BASTEI
LÜBBE

BASTEI LÜBBE LARRY NIVEN IM TASCHENBUCH-PROGRAMM:

ABENTEUER AUS DEM RINGWELTUNIVERSUM

24 238 Ringwelt
24 239 Ringwelt-Ingenieure
22 111 Kinder der Ringwelt
24 185 Geschichten aus dem Ringwelt-Universum
24 236 Ringwelt-Thron
24 258 Brennans Legende
24 262 Crashlander
24 266 Flatlander

DIE KZIN-KRIEGE

24 244 Das Katzenhaus
24 251 Neandertal
24 254 Höllenfeuer
24 265 Der Überlebende
24 269 Katzenmusik
24 272 Die trojanische Katze

LARRY NIVEN

HAL COLEBATCH · MARK O. MARTIN
GREGORY BENFORD · PAUL CHAFE

OUTSIDER

DIE KZIN-KRIEGE

ABENTEUER AUS DEM RINGWELTUNIVERSUM

BASTEI
LÜBBE

BASTEI LÜBBE TASCHENBUCH
Band 24 277

1. Auflage: August 2000

Vollständige Taschenbuchausgabe

Bastei Lübbe Taschenbücher
ist ein Imprint der
Verlagsgruppe Lübbe

Deutsche Erstveröffentlichung
Titel der amerikanischen Originalausgabe: Man Kzin Wars VII

Lektorat: Ruggero Leò / Stefan Bauer
Titelillustration: Arndt Drechsler
Umschlaggestaltung: QuadroGrafik, Bensberg
Satz: Fotosatz Steckstor, Rösrath
Druck und Verarbeitung:
Brodard & Taupin, La Flèche, Frankreich
Printed in France

ISBN 3-404-24277-7

Sie finden uns im Internet unter
http://www.luebbe.de

Der Preis dieses Bandes versteht sich einschließlich der gesetzlichen Mehrwertsteuer

INHALT

DES COLONELS TIGER

VON HAL COLEBATCH
UND GREGORY BENFORD

INS DEUTSCHE ÜBERTRAGEN
VON DIETMAR SCHMIDT

INDISCHE NORDWESTGRENZE, 1878

»Bleiben Sie still liegen«, riet ihm der Arzt. »Ruhen Sie sich aus. So ganz auf dem Damm sind Sie noch lange nicht.«

»Ruhig liegenbleiben? Und dabei zuhören?«

Von den kahlen, schneebedeckten Hügeln im Norden trug der Wind abgerissenen Gefechtslärm heran: das dumpfe Knallen von Hinterladergewehren und das Knacken der Musketenschüsse, das an verbrennendes Dornengestrüpp erinnerte.

»Ruhen Sie sich aus, sage ich. Das ist für Sie vorerst vorbei, Captain Vaughn.«

»Ich habe genug – von den Träumen. Der Übelkeit. Dem Delirium.«

Der Kranke schwang seine Beine aus dem Bett, setzte die Füße auf den Boden und erhob sich. Er ging ein halbes Dutzend Schritte, und als er zusammenbrach, fing der Arzt ihn auf. Ein *Punkah*-Kuli sprang herbei und half dem Doktor, den ausgezehrten Soldaten zurück ins Bett zu schaffen.

»Ich schlage Ihnen einen Handel vor: Sobald Sie es ohne Hilfe bis zur Latrine schaffen, erlaube ich Ihnen, Ihre Schwadron in die Berge zu führen. Aber vorher nicht.«

»Ich fühle mich hier nur so ... nutzlos. Das sind meine Männer!«

»Wenn es Sie tröstet: die Kavallerie hat sich die ganze vergangene Woche nur ausgeruht – das da oben, das ist Arbeit für Maulesel und Infanteristen. Übrigens, noch ein Trost: Vor einer Woche standen Sie noch auf meiner Sterbeliste. Sie und Ihre Freunde.«

Der Kranke lächelte matt. »Viel hätte mein Kätzchen ohnehin nicht eingebracht. In letzter Zeit hat es im Kasino bestimmt etliche Auktionen gegeben.«

»Ganz so schlimm war es nicht. Old Bindon knausert auf Strafexpeditionen mit Menschenleben. Für Ihr Tigerfell hätte man sicherlich einen netten Erlös erzielt – na, nur ruhig!«

Eine krampfartige Übelkeit übermannte den Kranken, und der Arzt stützte seinem Patienten hilfsbereit den Kopf. Als Vaughn sich wieder etwas erholt hatte, hob er schwach die Hand und betastete sich die Kopfhaut an der Stelle, wo der Arzt ihn berührt hatte. »Mein Kopf!« keuchte er. »Was ist geschehen?«

»Ich nehme an, nun kann ich es Ihnen zeigen.« Der Arzt hielt ihm einen Spiegel vors Gesicht.

»O mein Gott!«

»Bei Curlewis und Maclean sieht's nicht anders aus. Bei diesem Teufel von Afridi, der bei Ihnen war, auch nicht. Aber Sie kommen durch. Vor einer Woche haben Sie noch Blut erbrochen, allerdings befanden Sie sich in einem Zustand, in dem Sie das nicht einmal bemerken konnten.« Der Arzt hielt dem Hauptmann ein Glas Wasser an die Lippen und mäßigte das Zittern des Kranken, während dieser trank. »Ich muß nun gehen. Ruhen Sie sich aus, das ist das Beste.«

»Wo ist das Fell?«

»Eingesalzen. Der *Gomashta* hat sie. Ich habe ihm ein paar Rupien im voraus bezahlt.« Als er die Geräusche hörte, auf die er gewartet hatte, erhob er sich: näherkommendes Hufgetrappel und das Ächzen von Holzrädern – Sanitätskarren aus Dirragha.

Captain Vaughn ließ sich erschöpft zurücksinken. Er schloß die Augen und sah ihn wieder in der Finsternis vor sich – den Kopf der großen Katze mit den funkelnden, gold-violetten Augen und den Ohren, die an Fledermausflügel erinnerten, den ineinander verschränkten Reißzähnen, die sich über die Lippen schoben – die große Katze, die man nun ›Captain Vaughns Tigermenschen‹ nannte. Die dunkle Höhle, die Raketen ...

Die Verwundeten wurden von den Karren ins Lazarett getragen. Die unverkennbaren Geräusche riefen Vaughn aus seinen Tagträumen zurück in die Gegenwart, zu den Strapazen des Tages. Der Afghanistanfeldzug ging zu Ende, und nicht weniger als fünftausend Mann fochten, um das öde Bergland zu befrieden – was unfaßbares menschliches Leid mit sich brachte. Im Vergleich dazu verblaßten Vaughans durchlebte Strapazen zur Bedeutungslosigkeit. Dennoch war er noch nicht wieder ganz klar im Kopf. Der Arzt konnte sagen, was er wollte, Vaughn jedenfalls machte das Gefühl der Schwäche und Nutzlosigkeit schwer zu schaffen. Er schämte sich dafür.

»Dich und mich werden sie vergessen«, flüsterte er dem Antlitz seines Feindes zu. »Aber nicht das Dirragha-Expeditionskorps.«

Nahm man diese beiden Behauptungen zusammen, so sollte Vaughn allenfalls zum Teil recht behalten.

KAPITEL 1

Einem Zeitgenossen mußte es beinahe unmöglich sein, im allgemeinen Wohlstand die schleichende Fäulnis und den latenten Verfall zu erkennen. Der lange Friede und die Uniformität der römischen Verwaltung flößten der Lebensader des Imperiums ein verstohlenes und langsam wirkendes Gift ein. Der menschliche Geist wurde auf ein einheitliches Maß herabgezogen: der Funke des Genies erlosch, und selbst der militärische Elan verflüchtigte sich.

Edward Gibbon, *Verfall und Untergang des Römischen Reiches*

In Brent, einem Ort mit einer der größten öffentlichen Bibliotheken Großbritanniens, hat man vor kurzem 66.000 Bücher ihres Bestandes von 100.000 zerstören lassen. Als Erklärung für diesen Kahlschlag ließ der Stadtrat verlauten, bei den fraglichen Werken habe es sich um Bücher gehandelt, die »sich mit Krieg, Geschichte und anderen, für die Gemeinde unerheblichen Themen befaßten«.

R. J. Stove, *Wo Unwissen Segen ist,* 1993

Sir Bors war fortgeschafft worden, ebenso Sir Kay, Sir Lanzelot, Lady May, Lady Helen, und wie sie alle hießen. Eine Routineangelegenheit – schon bald würde der 'Doc seinen Abschlußbericht ausgeben.

Nach der Gedächtnistilgung würden die Mitglieder

des »Ordens der Militärhistoriker« feststellen, daß sie ihre alten Namen und Nummern zurückerhalten hatten und daß sie zu neuen Menschen geworden waren.

In gewisser Weise gewährte man ihnen ein Privileg – sie erhielten eine vollkommen kostenlose Reise ins All, an deren Ende eine bezahlte Anstellung auf sie wartete. Zwar ging die Reise nicht sehr weit, und auch die Jobs waren nicht unbedingt das Beste vom Besten – sie würden am Boden der Mars-Cañons veraltete Maschinen warten; ein Langzeit-Terraforming-Projekt niedriger Priorität, das hauptsächlich wegen seiner Nützlichkeit bei der Rehabilitation von Straftätern beibehalten wurde. Trotzdem hätten viele die Häftlinge um diese Beschäftigung beneidet.

In unserer zivilisierten Welt zahlte sich das Verbrechen aus: Schlossen sich Fantasten zu einem Kreis zusammen, in dem sie einander sonderbare Namen gaben, sich in bizarren Zeremonien Rangtitel verliehen und Sammlungen von antiken Waffen und Kriegsspielprogrammen zusammentrugen, so erhielten sie am Ende doch noch eine Aufgabe, die ihrem Leben einen Sinn verlieh.

In den roten Cañons gewährte man den Delinquenten adäquate medizinische, geriatrische und andere Behandlungen. Bei ihrer Rückkehr auf die Erde wären Lady May und Lady Helen noch immer schön, und auch die »Ritter« wären nach ihrer Rehabilitierung durchaus noch in der Lage, an genehmigten Sportarten teilzunehmen. Sie hatten Glück, doch ich bezweifle, daß sie selbst ohne Gedächtnistilgung je geahnt hätten, *wieviel* Glück. Einige ihrer Vorgänger waren noch in den Organbanken gelandet.

Ich schloß die Dateien und sandte Alfred O'Brien

meinen Bericht. Nach dem Orden der Militärhistoriker zu fahnden und ihn aufzulösen, ohne dabei mehr Aufsehen zu erregen als nötig und gleichzeitig so sanft vorzugehen wie möglich, hatte mir eine Abwechslung von der immer mehr zur Routine geratenden Literaturarbeit verschafft. Ich programmierte meinen Schreibtisch neu und wünschte, der 'Doc könnte mit meiner Hirnchemie etwas anfangen, das mich immun machte gegenüber dem verbotenen Buch namens »Das Große Geheimnis der Langeweile, in der die Menschen leben«, das ich einmal aufgeschlagen hatte und nicht mehr vergessen konnte.

Zumindest versuchte ich mir einzureden, daß ich Langeweile verspürte. Für meine ›Gaben‹, die mich wertvoll für die ARM machten, schien immer weniger Bedarf zu bestehen. Schreibtischarbeit gab es zwar genug, aber letztlich konnte jede hinreichend intelligente Person diese Arbeit erledigen. Und die Spiele waren für mich uninteressant, weil ich wußte, welches Ergebnis wir vorherbestimmt hatten. Wieso sollte ein Marionettenspieler an der Olympiade seiner Puppen teilnehmen wollen? Als zwei Tage später Alfred O'Brien anrief, beschäftigte ich mich gerade mit einer nicht allzu realistischen Idee, mit der ich mir selbst eine Weltraumreise verschaffen wollte (schon vor langer Zeit hatte ich meinen Wunschtraum Wunderland aufgegeben, aber hätte man überhaupt im Belt für mich Verwendung?). O'Brien wollte mich persönlich sprechen und zitierte mich in sein Büro.

Er begann mit einer Erörterung meines Berichts.

»Man findet nicht mehr viele solcher Leute«, stellte er fest.

O'Brien verfügte über die Statistiken und den globalen Überblick. Ich hingegen nicht, und ich wollte auch gar nicht mehr wissen als nötig: Früher, vor meiner Zeit, waren die Militärfantasten weit verbreitet gewesen. Sie hatten eine gewaltige Menge krankhafter Prosa und Pseudogeschichte hervorgebracht. Damals arbeiteten viele Leute auf dem Gebiet. Aber in den letzten Jahren hatte die Gesellschaft große Entwicklungsfortschritte gemacht.

Zudem wurde auch die Beschäftigung mit *echter* Weltgeschichte starken Beschränkungen unterworfen. Das schien durchaus dazu beigetragen zu haben, daß viele Militärfants nicht mehr weitermachen konnten. Noch vor wenigen Jahren erhielt jeder zehnte Mensch die Freigabe, sich mit Geschichte befassen zu dürfen. Heute war es jeder tausendste.

Ich selbst gehörte nicht zu den Auserwählten. Meine Aufgaben waren fest umrissen: Ich beschäftigte mich mit der Literatur, nicht mit der Historie.

Der Herr Abteilungsleiter war in Redelaune. Seltsam: normalerweise beschränkte er Gespräche entweder aufs Geschäftliche oder aufs Private. Daß er nun darüber sinnierte, was wir trieben, paßte gar nicht zu ihm; zumindest war es sonderbar, daß er vor mir laut darüber nachdachte. Selbst ohne meine Ausbildung hätte ich bemerkt, daß O'Brien etwas auf dem Herzen hatte und sich keine große Mühe gab, dies zu verbergen. Ich erkannte, daß ihm entweder etwas Sorgen bereitete oder ihn zumindest verwirrte.

Nach einer kurzen Pause sprach er weiter.

»Seit wir zum letztenmal so etwas hatten, sind einige Jahre vergangen. Aber es ist immer schwierig, dergleichen auseinanderzudividieren. Manchmal finde ich es wirklich erstaunlich, wie beharrlich sich die Militärfantastereien halten. Erinnern Sie sich noch an den Fall Magnussen?«

Das tat ich. Magnussen hatte auf Teilzeitbasis als ehrenamtlicher Helfer in unserem Museum gearbeitet und war Mitglied eines Verbands namens Skandinavische Historische Vereinigung gewesen, der mittlerweile in aller Stille aufgelöst worden war. Aufgrund der Untersuchung von Ritualgegenständen hatte Magnussen eine Theorie entwickelt, derzufolge seine norwegischen und dänischen Vorfahren im neunten und zehnten Jahrhundert einer seefahrenden Kriegerkultur angehörten, die zum Teil vom Krieg und vom Plündern lebte. Den meisten Menschen wäre diese Theorie als ziemlich langweilige akademische Spitzfindigkeit erschienen, und nur wenige hätten sich in irgendeiner Weise dafür interessiert, doch die ARM hielt es für besser, aus Magnussens Behauptungen keine Sensation zu machen.

Magnussen war recht hart angefaßt worden: Diejenigen von uns bei der ARM, die sich berufsmäßig mit der Thematik befaßten, wußten, daß es in der Tat auch noch zu späteren Zeitpunkten sporadische Ausbrüche von Gewalttätigkeit gegeben hatte, als man offiziell zugab; dies traf zumindest auf abgelegene Gegenden weitab der großen Städte zu. Ich wollte nicht mehr Einzelheiten darüber erfahren als zur Erledigung meiner Arbeit erforderlich, aber selbstverständlich besaß ich eine grobe Vorstellung von der Sachlage. Ganz gleich, aus welchem Grund Magnussens Vorfahren in See gestochen waren, man hatte ihn nun auf eine viel längere Reise geschickt.

»Trotzdem glaube ich, daß wir die Militärfants allmählich loswerden«, fuhr Alfred O'Brien fort.

»Anfangs habe ich oft befürchtet, die Perversion und die Torheit der Menschen würde nie ein Ende nehmen ... Da fällt mir ein ...« Er trommelte mit den Fingern auf den Tisch und zögerte erneut. Nun war ich sicher, daß er verlegen wirkte.

»Da ist noch etwas«, sagte er schließlich.

»Ja?«

»Etwas Seltsames.«

»Scheint mir auch so.«

»Ja. Es weicht ein wenig vom Üblichen ab, aber man hat uns gebeten, daß wir es einmal unter die Lupe nehmen. Erinnern Sie sich an die *Angel's Pencil?*«

Das Schiff war verabschiedet worden, kurz nachdem man mich der Sonderabteilung für literarische Recherche im Rahmen des Programms zugeteilt hatte. Mittlerweile mußte das Schiff die Umlaufbahn von Tisiphone passiert haben. »Ich kenne den Namen«, antwortete ich. »Ein Kolonistenschiff, richtig?«

»Genau. Mit einer gemischten Crew aus Beltern und Erdenbürgern. Vor achtzehn Jahren ist sie nach Procyon aufgebrochen.« Er berührte die Kontrolleiste auf seinem Schreibtisch, und hinter ihm erwachte eine Hemisphärenkarte zum Leben. Es war mehr Zeit vergangen, als ich gedacht hatte. Die Positionsanzeige des Schiffes leuchtete an einem Punkt, der Lichtjahre hinter dem letzten wandernden Wächter des Sol-Systems lag.

»Sie wollen mir doch hoffentlich nicht sagen, daß Militärfants an Bord waren?« fragte ich lachend. Kurz zuvor hatten wir uns wegen eines wissenschaftlichen Forschungsschiffs Sorgen gemacht, das auf den Namen *Fantasy Prince* getauft worden war. Die Ermittlungen ergaben jedoch, daß es sich bei dem Schiffsnamen um einen unschuldigen Zufall handelte, der nichts mit Militärfantasten zu tun hatte.

Er lachte nicht.

»Ich weiß es nicht. Aber an dergleichen könnte es liegen. Immerhin hatte die *Angel's Pencil* Ärger, großen Ärger. Wenn Ärger das richtige Wort dafür ist. Ich dachte, wir wüßten über jedes Tanj Bescheid, das im Weltraum schiefgehen kann, aber diese Sache hat uns völlig überrascht.«

Er zündete sich eine seiner ›Zigarren‹ an. Das hatte er Buford Early abgeguckt. Normalerweise fiel es O'Brien niemals schwer, ein Wort an das andere zu reihen. *Die Angelegenheit muß ziemlich bizarr sein,* dachte ich. *Andernfalls hätte er wohl kaum* mich *rufen lassen. Die ARM hat genügend Leute zur Verfügung, die sich um das Übliche kümmern können.*

»Möglicherweise beeinträchtigt etwas die Geistesverfassung der Besatzung – etwas, womit der Autodoc des Schiffes nicht mehr fertig wird. Wir erhalten seine Meßwerte, und er stellt nichts Außergewöhnliches fest.«

'Docs, die im Weltraum versagen, sind ein Alptraum – für Raumfahrer jedenfalls.

»Also entweder das oder verbrecherische Umtriebe, was uns natürlich noch weniger gefallen würde ... Die *Angel's Pencil* schickt uns Nachrichten ... über Fremde.«

»Was?«

Er konnte mir an der Stimme anhören, wie aufgeregt ich war. Fremdkontakt war eins der Ganz Großen Dinger. Außerdem wohl eine Fata Morgana. Über vierhundert Jahre lang hielten wir nun schon nach Fremden zwischen den Sternen Ausschau, und etliche falsche Hoffnungen waren geweckt und enttäuscht worden. O'Briens nächste Worte dämpften meine Begeisterung.

»Nein. Keine echten Fremden. Wenn es um echte Fremde ginge, würde man sich auf erheblich höherer Ebene damit befassen. Was die *Angel's Pencil* uns sendet, kann unmöglich wahr sein.«

»Wahnvorstellungen?«

»Nicht ganz so einfach, obwohl das schlimm genug wäre. Die Leute von der *Angel's Pencil* haben uns Fotos gesendet, auch Holos. Wahnvorstellungen kann man nicht fotografieren ... Möglicherweise haben wir es mit einer Massenpsychose zu tun. Ich weiß, diese Erklärung ist alles andere als zufriedenstellend, aber ... man hat dort Dinge hergestellt – nichts Hübsches ...«

Er nickte vor sich hin und brabbelte etwas, dann riß er sich zusammen und sprach weiter.

»Dieser Bericht über einen Fremdkontakt ist ein einziger bizarrer, aber sorgfältig ausgearbeiteter Blödsinn. Man hat in mancherlei Hinsicht große Mühe auf sich genommen, um überzeugend zu erscheinen, aber woanders grundlegende Fehler begangen. Wissenschaftliche Schnitzer, die so offensichtlich sind, daß man fast glauben könnte, sie wären mit Vorsatz gemacht worden. Aber warum? Vielleicht hat ein Crewmitglied die Gewalt über das Schiff an sich gerissen.«

»Ich verstehe nur nicht, was Sie von mir wollen. Ich bin kein Mediziner, ich bin kein Psychiker. Sie wissen selbst, was ich bin.«

»Wir haben auch Mediziner auf den Fall angesetzt. Aber eine verbrecherische Verschwörung ist auch eine wahrscheinliche Möglichkeit: Jemand könnte aus der Sache finanziellen Vorteil ziehen wollen.«

»Ein Verbrecher könnte doch nur auf der Erde Gewinn machen – oder im Belt. Warum sollte man ein Verbrechen begehen, wenn man Lichtjahre von jedem Lohn entfernt ist? Außerdem – wenn man zur Besatzung eines Kolonistenschiffs gehört, ist das gute Leben nach Abschluß der Reise doch schon garantiert.«

»Da setzen Sie vielleicht zuviel als gegeben voraus. Nicht alle Kolonien haben sich nach Plan entwickelt. Und von jedem Gewinn getrennt zu sein bedeutet zugleich, jeder Strafverfolgung entkommen zu sein. Über mögliche Beltermotive möchte ich keine Spekulationen anstellen. Denken Sie sich selber welche aus. Und selbst hier auf der Erde könnte die Familie belohnt werden.«

Das Konzept der Familie gefiel uns ohnehin nicht besonders. Als ich schweigend einen Moment darüber nachdachte, kam mir eine andere, eigentlich offensichtliche Frage in den Sinn.

»Selbst wenn es sich um absichtliche Täuschung handelt, was macht es unter dem Strich denn aus? Ich meine, es ist doch sehr weit weg, oder nicht?«

»Sie wissen, welches Geld in die Kolonisierung investiert wird«, entgegnete er, zögerte und sagte dann: »Nein, Sie wissen es offenbar doch nicht. Überlegen Sie folgendes: Was, wenn man allgemein glauben würde, auf langen Raumflügen würde die Besatzung durchdrehen – lichtjahreweit von jeder Behandlungsmöglichkeit entfernt?«

»Das wäre nicht so gut.«

»Eine andere Möglichkeit: Kriminelle – oder

Militärfants – bringen das Schiff in ihre Gewalt und gründen eine Kolonie ... wir hätten es mit einer ganzen Welt zu tun. Denken Sie darüber einmal nach.«

Das tat ich. Bei dem Gedanken an die Langzeitwirkung lief mir augenblicklich ein eisiger Schauer über den Rücken.

»Nehmen wir den schlimmsten Fall an«, sagte O'Brien. »Alles, was die Kolonisierung des Weltraums beeinträchtigt, gilt als schlimmer Fall. Ein Kolonistenschiff kann niemals eine gute Investition sein, Karl. Zumindest aus der Sicht vieler politischer Lobbyisten vergeudet man beim Bau eines solchen Schiffes nur Geld und Ressourcen. Einen Politiker zu ... überzeugen, vorausschauend zu denken, ist niemals einfach. Ein einziger weiterer Nachteil könnte jederzeit das gesamte Programm zum Kippen bringen.

Und dazu kommt noch ein Weiteres: die übliche ARM-Perspektive. Wir mögen es nicht, wenn wir etwas nicht verstehen. Wir können uns gar nicht leisten, etwas nicht zu verstehen. Eins ist sicher: Diese Sache hat ihren Ursprung auf der Erde oder im Belt, und wir müssen erfahren, weshalb und wo.

Mir kommt die Angelegenheit nicht wie ein simpler Streich vor. Sie ist vielmehr so ausgearbeitet, daß ich noch nicht an ihr Ende glauben will. Ich vermute, daß die Sache vor dem Start der *Angel's Pencil* hier auf der Erde in Gang gesetzt worden ist. Es gab einmal etwas, das man ›Preisedrücken‹ nannte. Haben Sie je davon gehört?«

»Nein.«

»Lange Zeit bewegte man sich damit am Rande der Legalität; illegales Vorgehen ließ sich nur schwer beweisen. Jemand wollte Grundbesitz erwerben. Dazu zerstörte er den guten Ruf einer Wohngegend, bezahlte unangenehme Nachbarn, damit sie dort einzogen, verbreitete Gerüchte über unangenehme Änderungen im Bebauungsplan. Die Grundstückswerte sanken, und er konnte den Grundbesitz für weniger als den tatsächlichen Wert erwerben.

Aus offensichtlichen Gründen hat es dergleichen schon lange nicht mehr gegeben, aber vielleicht hat nun jemand das Preisedrücken an unsere Zeit angepaßt. Angenommen, es verbreitet sich das Gerücht, Raumreisen über mehr als wenige Lichtjahre treibe die Besatzungen in den Wahnsinn. Sofort sinken die Anteilswerte an allen Weltraum- und Kolonisierungsindustrien. Einige Schlaumeier kaufen sie auf, und dann ...«

»Aber man würde den Urheber anklagen und behandeln. Es sei denn ...«

»Es sei denn, man könnte ihn nicht aufspüren. Wenn die Theorie stimmt, dann ist der Urheber umsichtig und einflußreich.«

»Und Sie glauben wirklich, es könnte soweit kommen?«

»Nicht von allein ... und nicht, wenn es ein Einzelfall bleibt ... Um offen zu sein, sind wir schlichtweg bestürzt. Ich schätze«, fügte er hinzu, »daß ich mich bei vielen meiner Aussagen lediglich an Strohhalme klammere.«

Sehr ungewöhnlich, daß jemand in O'Briens Stellung vor jemandem in meiner Stellung solch ein Eingeständnis machte.

»Dann unterdrücken Sie es.«

»Das haben wir. Die Berichte sind von Director

Bernhardt zur Verschlußsache erklärt worden, und Director Harms hat es dabei belassen. Unserem neuen Director hingegen gibt es in der Angelegenheit zu viele ungeklärte Fragen. Und die Sendungen treffen weiterhin ein. Gehen Sie der Sache auf den Grund!«

Er berührte den Schreibtisch erneut, und der Sternenhimmel verschwand. Um uns herum erschienen wieder die Bürofenster. Alfred O'Briens Büro lag im vierzigsten Stock des Museumsgebäudes. Durch die Fenster sah ich die hohen, blättrigen Kronen der Megabaum-Sauerstoffabriken und dahinter, am Boden, eine Herde Pygmäenmammuts, ein Geschenk aus St. Petersburg. Auf ihrer klimakontrollierten subarktischen Wiese weideten sie Butterblumen. Dahinter lag eine Reihe von Sportarenen, die die ganze Stadt umringten, und der Fluß glitzerte blau in der Sonne.

»Wir machen uns Gedanken«, erklärte O'Brien, »nicht nur darüber, weshalb die Kolonisten Wahnvorstellungen haben oder was auch immer, sondern auch, weshalb es ausgerechnet diese bestimmte Kolonie sein muß. Sehen Sie, die *Angel's Pencil* meldet, daß diese Fremden versucht haben, sie zu zerstören!«

»*Krieg* ist das Wort dafür.«

Er fiel in Schweigen. Der obszöne Begriff schien zwischen uns in der Luft zu hängen.

»Seit Jahrhunderten arbeiten wir darauf hin, daß die Menschen dieses Wort vergessen, Karl. Warum hat die Besatzung der *Angel's Pencil* diese Idee ausgegraben?«

Die progressive Literaturzensur war schon seit längerem meine Aufgabe. Die Suche nach Militärfantkulten und das Abstellen ihrer sämtlichen Aktivitäten ging damit einher. Meine Arbeit war eine unverzichtbare Ergänzung zum genetischen Teil des Programms.

»Denken Sie nur an 1938«, sagte er.

1938 – eine der geheimen Jahreszahlen, die jeder ARM-Ermittler in unserer Abteilung kannte: In diesem Jahr hatte eine sogenannte »Radiosendung« über eine imaginäre marsianische Invasion einen großen Teil der ehemaligen Vereinigten Staaten für eine Nacht in Panik versetzt und das Land lahmgelegt – einer der ernstesten »Meilensteine« unter den Ausbrüchen der Militärfantasterei. Der »Krieg der Welten«. In unserer Ausbildung waren wir darauf hingewiesen worden, daß die Vorstellung von Krieg selbst bei den Menschen dieser Zeit noch Chancen hatte, ernstgenommen zu werden, obwohl damals der erste Testflug der V 2, der den Beginn des Weltraumzeitalters einläutete, nur fünf Jahre in der Zukunft lag. Ob die Fälscher auch davon gewußt hatten?

»Ich benötige mehr Informationen«, sagte ich.

»Natürlich. Sehen Sie sich das an.«

O'Brien berührte erneut den Schreibtisch, und eine Kaskade von Hologrammen erschien zwischen uns in der Luft, gefolgt von einigen Flachfotos.

»Das hier sind Bilder, die die *Angel's Pencil* uns gesendet hat. Nun, was halten Sie von den Fremden? Man hat sich wirklich etwas einfallen lassen, nicht wahr? Das sind doch wirklich hübsche Hurensöhne, finden Sie nicht?«

Auf den Bildern waren auch Menschen zu sehen, offenbar hauptsächlich, um einen Maßstab für die Größenverhältnisse zu liefern. Den anderen Wesen reichten die Menschen nicht einmal bis an die Schultern. Diese anderen Wesen waren orange und besaßen

Reißzähne, die ein wenig an den prähistorischen irdischen Säbelzahntiger erinnerten, aber es kamen einige merkwürdige Unterschiede hinzu: vierfingrige Vorderpranken, die aussahen wie krallenbewehrte Hände, kürzere Leiber und längere Beine als bei einem echten Tiger, dreieckige Köpfe mit breiten Hirnschädeln und mit Katzengesichtern. Verformte, entstellte Ohren. Insgesamt wirkten die Wesen regelrecht monströs.

»Jenny Hannifers«, sagte der Leiter. »In Vorzeiten nähten Seeleute tote Affen und Fische zusammen, um sie als gefangene Nixen zu verkaufen. Diese Katzen dort sind eine fortschrittliche Version der gleichen Idee.«

Ich warf einen nachdenklichen Blick auf die kleinen Mammuts, deren DNS von Exemplaren stammte, die im ewigen Eis Sibiriens die Zeit überdauert hatten.

»Sie meinen, das Gewebe sei in Tanks gezüchtet worden?«

»Nein, das glaube ich nicht. Obwohl es durchaus möglich wäre. Als Kolonistenschiff hat die *Angel's Pencil* viele tierische Zellkulturen an Bord, und sie verfügt auch über fortschrittliche DNS-Verknüpfungsmaschinen. Es geht aber auch viel einfacher. An Bord des Schiffes befinden sich alle möglichen Simulatoren und Programme für virtuelle Realität.

Die Frachtunterlagen der *Angel's Pencil* haben wir selbstverständlich überprüft. Komplett waren sie nie, weil nicht allzuviel des persönlichen Eigentums der Besatzungsmitglieder inventarisiert worden ist.

Auf jeden Fall sind die Bedürfnisse eines Kolonistenschiffes überaus komplex. Einige Behälter hätten deshalb durchaus gefälschte Körperteile von Außerirdischen enthalten können. Einige Fracht stammte aus dem Belt, und darüber besitzen wir überhaupt keine Akten. Wie Sie wissen, hassen die Belter Aufzeichnungen, die nicht lebenswichtig sind, über alles und verabscheuen jeden Eingriff in die Privatsphäre ihrer Bürger. Doch die *Angel's Pencil* brauchte überhaupt keine greifbaren Requisiten an Bord zu haben: Den Job hätten die Computer erledigt. Computerkapazität und Unterhaltungsprogramme – daran mangelt es keinem Schiff, das tief ins All vorstößt, und einem Kolonistenschiff schon gar nicht.«

»Mir erscheint das Ganze als sehr abwegiger Scherz.«

»Eben. Ein normaler Mensch käme überhaupt nicht auf solch einen Gedanken. Das bedeutet aber wiederum, daß wir in jedem Fall Probleme haben – ganz gleich, was das zugrundeliegende Motiv für die Fälschung gewesen ist.

Die Crew meldet, daß diese Fremden sich ihnen mit unglaublicher Geschwindigkeit genähert, den Kurs im Widerspruch zu allen grundlegenden physikalischen Gesetzen auf der Stelle angepaßt und dann versucht hätten, die Besatzung mit einer Art von unsichtbarem Hitzestrahl zu töten, nachdem sie vorher bei ihnen allen Kopfschmerzen verursacht hatten. Sie merken ja selbst, wie verrückt das Ganze klingt – man hat sich nicht einmal die Mühe gemacht, wenigstens die naturwissenschaftlichen Grundlagen richtig hinzubekommen, ganz zu schweigen von den soziologischen.

Dann hätten die Crewmitglieder, so berichten sie, bei einem Ausweichversuch den Fusionsantrieb auf das fremde Schiff gerichtet, und ein Belter habe ihn aktiviert. In gewisser Hinsicht können wir froh sein: Stellen Sie sich einmal vor, es wäre wirklich so geschehen! Der Bericht fährt mit der Untersuchung des Schiffswracks fort; dort will man eine Ladung von raketengetriebenen Bomben gefunden haben, Laserkanonen, Strahlenprojektoren: Waffen, keine Kommunikationsanlagen! Fusionsgeneratoren, die auf ein Fernsteuersignal instabil werden, und ähnlich krankhafte Ausgeburten eines Alptraums!«

»Sie haben recht«, stimmte ich ihm zu, als die Bedeutung dessen, was er mir gesagt hatte, langsam eingesickert war. »Wir haben es hier mit einer krankhaften Erscheinung zu tun. Etwas Tiefergehendes, als ich es je gelesen oder direkt gesehen habe.« Dann fügte ich hinzu, obwohl ich wußte, daß meine Feststellung angesichts solchen Wahnsinns lahm klingen mußte: »Das ergibt doch überhaupt keinen Sinn.«

»Nein. Es ergibt keinen Sinn. Und man würde ja wohl glauben, daß die Besatzung eines Raumschiff es besser wüßte, als uns weismachen zu wollen, ein anderes Raumschiff hätte bei achtzig Prozent der Lichtgeschwindigkeit einen Kursangleich vorgenommen und dabei die Richtung noch *augenblicklich* geändert. Als ob dabei nicht alles Lebende von der Massenbeharrung getötet würde. Und was ist mit dem hohen Beschleunigungswert? Der ist doch ebenso grotesk wie die Annahme, eine auf derart irrsinnige Weise aggressive Kultur würde es jemals in den Weltraum schaffen!«

Er projizierte ein weiteres Hologramm.

»Werfen Sie hierauf mal einen Blick. Das soll das Schiff der Fremden sein.«

Zwei große Wrackteile trieben im Raum; kleinere

Trümmer lösten sich von ihnen. Kabel, Leitungsschächte und unidentifizierbarer Kram ragte heraus. Mir kam der unangenehme Gedanke, daß das Blut und die Innereien einer Leiche, die von einem Riesen mit der Axt in zwei Teile gehauen war, in ähnlicher Weise heraussickern könnten. Kleine, in Raumanzügen steckende Gestalten waren zu sehen, und sie bewegten Objekte, einschließlich eingehüllter Leichen der Fremden. Weiterhin gab es Aufnahmen, die anscheinend im Wrack des fremden Schiffes gemacht worden waren, denn die *Angel's Pencil* hing vor dem Hintergrund des Firmaments im Bild. Doch Fotografien, die man im Weltraum aufnimmt, besitzen keinen Maßstab; die Gegenstände, die man darauf sah, hätten einen Kilometer durchmessen und in Wirklichkeit nicht mehr als handgroß sein können. Gut möglich, daß die Menschen in den Raumanzügen tatsächlich H0-Figuren aus einem Modellbausatz für Kinder waren. Aber wie O'Brien schon gesagt hatte, handelte es sich ohnehin eher um elektronisch erzeugte Bilder als um Modellaufnahmen. In vielerlei Hinsicht war die virtuelle Realität zu einem forensischen Problem geworden.

»Können wir das nicht überprüfen? Wir haben doch recht gute Computer.«

»Die *Angel's Pencil* aber auch.«

»Ich kann überhaupt nichts erkennen, was nach einem Antrieb aussieht«, sagte ich. »Kein Ramscoop, keine Düsen, kein Lichtsegel, keine Wasserstofftanks, kein Stellaratorengehäuse, nichts.«

»Stimmt genau. Ein wirklich grundlegender Fehler, ein Fremdraumschiff zu entwerfen, ohne sich Gedanken über das Antriebssystem zu machen. Aber ich habe ja schon gesagt, daß die Übeltäter sich nicht mit wissenschaftlichen Überlegungen belastet haben. Daß es sich um Fälschungen handelt, wissen wir jedoch bereits. Wir müssen nun in Erfahrung bringen, zu welchem Zweck diese Fälschungen angefertigt wurden.« Er verstummte und sog nachdenklich an seiner Zigarre. Dann richtete er den Blick wieder auf die Bilder.

»Diese ... Biester wären recht – wie soll ich sagen – ... verstörend, nicht wahr?«

»Irgendwie schon«, gab ich ihm recht. »Ich mag sie jedenfalls nicht.«

»Nein. Nur wenige Menschen haben diese Bilder bisher zu Gesicht bekommen – alles ausgebildete ARM-Leute oder Angehörige des Sicherheitsdienstes der Belter –, und jeder einzelne hat genauso reagiert. Diesen ›Fremden‹ liegt Kunst zugrunde.

Wir stammen von Geschöpfen ab, die von Großkatzen gejagt wurden, Karl. Es ist, als hätte, wer immer diese Fremden entworfen hat, irgendwie eine Art Menschheitserinnerung angezapft.«

»Ich sehe aber immer noch nicht, wo ich ins Spiel komme.«

Meinen Worten zum Trotz erahnte ich bereits meine Aufgabe. Und ich wußte eins: Wenn diese Holos der angeblichen Fremden jemals publik wurden, dann würden mehr als genug naive Menschen an ihre Echtheit glauben. Nicht daran, daß es sich um Symptome von Weltraumwahnsinn handelte, was schlimm genug wäre, sondern daran, daß die Bilder selbst authentisch wären.

Wie ich nur zu gut wußte, gab es genügend Menschen, die gelangweilt und dumm genug waren, um an alles zu glauben, was man ihnen vorsetzte. Tatsächlich handelte es sich hierbei um ein größeres soziales Problem, und allmählich begriff ich, weshalb O'Brien nach mir verlangt hatte.

Also gut. Ich schloß die Augen und lehnte mich bequem zurück. Mal sehen. Fangen wir mit Tigern an.

»Tiger sind indischen Ursprungs, richtig?«

»Das weiß ich nicht. Aber unten wird Ihnen schon jemand Auskunft erteilen können.« Das Museum unter uns bestand zum größten Teil aus Galerien und Ausstellungsräumen. Ich war ganz gut mit Arthur Guthlac bekannt, dem Leitenden Museumsführer und Assistenten des Stabschefs.

»Waren denn Inder an Bord?«

O'Brien reichte mir eine hauchdünne Speicherdisk. »Komplette Dossiers, mit Bildern.«

Ich schob sie in meinen Armbandcomp. »Sonst noch irgendwelche Bilder von den ... Biestern?«

»Hunderte. Die *Angel's Pencil* sendet sie immer noch. Fortwährend. Nur daß Ihnen das klar ist: Haben Sie bemerkt, daß man wenigstens daran gedacht hat, den Wesen Daumen zu geben?«

Er blätterte durch die Bilder. Nein, ich mochte sie nicht. Keine der Jenny Hannifers war komplett; sie wirkten verbrannt oder schlagartig im Weltraum der explosiven Dekompression ausgesetzt. Von einigen gab es nur Fetzen. Katzenhafte Riesenwesen mit Daumen. Sie waren im allgemeinen orange, variierten jedoch von fast rot bis fast gelb und wiesen oft dunklere Zeichnungen auf. Einer war erheblich kleiner als alle anderen. Ich hatte gewisse Erfahrungen mit krankhaften, sogar pathologischen Erscheinungen, das ließ sich bei meinem Beruf kaum vermeiden, doch was sich mir hier präsentierte, unterschied sich von allem, was ich je gesehen hatte.

Etwas war falsch an der Vorstellung, daß jemand mit derart großem Aufwand einen Schabernack geplant und bei den Einzelheiten solchen Einfallsreichtum bewiesen haben sollte. Ich dachte noch einmal darüber nach, was Jahre im All mit Menschen anstellen konnten – dachte *wirklich ernsthaft* darüber nach –, und begriff unvermittelt, wie mutig jene ersten Kolonisten auf Wunderland, auf Plateau und auf Jinx tatsächlich gewesen waren.

Es gab sogar Bilder von angeblich sezierten »Fremden«: knorpelige Rippen oberhalb der Magengegend, Blut, dessen Farbe zwischen Purpurn und Orange wechselte, vermutlich ein Analogon zum arteriellen und venösen Blut; Datensätze, die DNS-Sequenzen zu sein vorgaben; Skelette; Analysen des Verdauungskanals und des Muskelgewebes, von dem behauptet wurde, es enthalte fremdartige Proteine; dazu Blätter, auf denen angeblich die Schrift der Fremden zu sehen war, die an Prankenabdrücke erinnerte. Einige Holos zeigten die vorgeblichen Schädel der Fremden.

»Möglicherweise gibt es eine Verbindung zu Ihrer sonstigen Arbeit«, sagte mein Vorgesetzter. »Wie auch immer, es fällt offenbar ebensosehr in unsere Zuständigkeit wie in die von anderen. Ihre Freigabe ist um eine Stufe erhöht worden, nur für den Fall, daß Sie Zugang zu besonderen Informationen benötigen. Was unsere Mitarbeiter angeht, so gilt strikt, daß sie nur erfahren dürfen, was sie wissen müssen.«

Ich erhielt deutliche Signale, daß Alfred O'Brien unter Druck stand und ein Risiko einging – und daß er mich möglicherweise mit hineinzog. Höchstwahrscheinlich war man in den höheren Etagen noch geteilter Meinung, wie mit dieser Affäre umzugehen war. Eine Fehlentscheidung konnte Frühpensionierung bedeuten; ein wirklich falscher Beschluß, und ... So bizarr der Fall auch war, dann konnte es ernst werden. Alle Kolonisten waren Freiwillige, etwas anderes war kaum möglich oder vorstellbar. Dennoch durchliefen sie rigorose Untersuchungen und Auswahlverfahren. Es war vermutlich sehr richtig, daß Gerüchte oder Meldungen über obskure Geisteskrankheiten im Weltall die Begeisterung für alle Kolonisierungsbestrebungen verebben lassen konnte. Und die Bilder dieser wilden, drei Meter hohen Tigerkatzen übten auf den Betrachter eine erstaunlich verstörende Wirkung aus, die sich nicht abstreiten ließ. Irgendwie wurde es schwierig, sich viele der Bilder für längere Zeit anzuschauen, egal, ob die Wesen darauf nun ganz oder in Stücken abgebildet waren. Aber waren sie grundlegend unvertraut? Und weshalb stellte ich mir diese Fragen eigentlich?

Ganz tief in meinem Gedächtnis regte sich etwas. Aber was? Ich hatte noch nie etwas gesehen, das diesen angeblichen Fremdintelligenzen ähnelte, und doch ... Ich betrachtete die Sektionsbilder von neuem. Dort lag eine Andeutung, eine ganz schwache Erinnerung, irgendwo tief vergaben ...

»Vielleicht bieten die Schädel einen Ansatzpunkt«, sagte ich.

»Aha? Wieso?«

»Mir kommt es vor, als ... als würden sie vertraut aussehen.«

»Gut. Es ist gut, wenn Sie einen Ansatzpunkt haben, meine ich.«

»Kann ich Arthur Guthlac in Kenntnis setzen? Ich weiß, daß er an historischer Biologie interessiert ist.«

»Wenn Sie es für richtig halten. Aber nur soweit, wie er davon erfahren muß.«

»Eine merkwürdige Sache.«

»Deshalb brauchen wir Sie.«

»Für die Suche nach der Nadel im Heuhaufen.«

»Ist mir bewußt.« O'Brien nahm ein Blatt Papier auf und reichte es mir. »Ich weiß nicht, ob Ihnen das überhaupt weiterhilft, aber ich habe den Computer nach literarischen Quellen suchen lassen, in denen ›Weltraum‹ und ›Katze‹ nebeneinander vorkommen. Viel hat sich nicht gefunden. Das hier kennen Sie vielleicht nicht: ein altes australisches Gedicht von einer gewissen Gwen Harwood. Es heißt ›Schrödingers Katze predigt zu den Mäusen‹.

Seidig flüstert die Klinge auf Stein;
das geziemende Opfer, und meine Beute kam.
Liebkosendes Flüstern, dann treffe ich die Wahl
im Sprung an züngelnden Flammen vorbei.

Welche Gestalt hat der Raum? Der Raum formt
sich nach der Gestalt jeder Katze. Wisse:
Mein Diener Schrödinger ist mir vorausgeeilt,
um alles vorzubereiten.

Ich blickte auf das Ende:

Tot oder lebendig? Der Kasten trotzt
jeder Frage. Soll der Deckel verschlossen bleiben.
Die Wahrheit ist vor euren kleinen glänzenden Augen
verborgen. Spott lasse ich nicht mit mir treiben.

Keinen Platz gibt's in der Quantenmechanik
für etwas, das unbeobachtet ist.
Mit klassischer Physik kann niemand
den spontanen Zerfall bemerken.

Ob in der Kiste eine lebendige Katze steckt,
vermag kein Wissenschaftler auf Erden zu sagen.
Doch ich warte, geschmeidig und wohlgenährt;
Wahrlich, nicht alles wird gut.

Wenn ihr bei Gefahr für eure Seele glaubt,
ich wäre schon fort. Wisset, daß dieses Haus
mein ist und vor den Mauselöchern Kätzchen lauern,
die noch nie eine Maus erblickt haben.

O'Brien reichte mir eine Karte, in die das Symbol eines Autoritätsgrades eingeprägt war, mit dem ich zuvor nur zwei- oder dreimal zu tun gehabt hatte.

»Halten Sie sich von 'Docs fern«, sagte er. »Das hier ist Ihre Erlaubnis dazu. Tatsächlich erteile ich Ihnen sogar den Befehl. Keine Medikamente, bevor ich sie Ihnen genehmige. Wir lassen Sie so los, wie Sie sind.«

»Sie gehen wohl gern Risiken ein?«

»Sie sind kein Schizo. Sie werden niemanden umbringen. Wenigstens glaube ich das nicht. Aber das ist ein intellektuelles Problem. Sie werden alle Schärfe Ihrer Intuition bitter nötig haben. Und Ihren ganzen Verstand.

›Der Raum formt sich nach der Gestalt jeder Katze ...‹«, zitierte er noch einmal, als ich ging. »Das ist vor über vierhundert Jahren geschrieben worden.«

KAPITEL 2

Vergangene Woche habe ich meine Erstsemester mit der nationalsozialistischen Außenpolitik und der Vorbereitung des Krieges beschäftigt. Ich beschloß, den Unterricht etwas lockerer zu gestalten und mit den Studenten über Allgemeines zum Thema zu reden ... Wie merkwürdig, daß Collegestudenten der Politologie noch *nie* von den Booten gehört haben sollen, mit denen sich das Britische Expeditionskorps im Mai 1940 von Dünkirchen nach England gerettet hat. Oder von de Gaulle. Oder von der Spitfire. Sie haben überhaupt nichts darüber gewußt ... Vor dreißig oder vierzig Jahren glaubte man noch, daß gerade diese Einzelheiten niemals in Vergessenheit geraten würden. Nächste Woche werden wir den Holocaust behandeln ...

Aus einem Brief an den Autor
vom 10. Oktober 1991

Schnee stob. In ohrenbetäubender Lautstärke erklang ein wütendes Brüllen. Ein mit Säbelzähnen bewehrter Kopf schob sich über die Kuppe des schneebedeckten Kamms. Von den Fängen tropfte der Geifer. In einer einzigen fließenden Bewegung sprang die Großkatze auf den Fels und blieb einen Moment lang aufgerichtet stehen. Die Augen in ihrem flachen Kopf blitzten uns an.

Ich bemerkte, daß ich unterbewußt zurückgezuckt war. In plötzliche instinktive Angst mischte sich Ehrfurcht vor der Größe und der Bösartigkeit der Bestie.

Fauchend schnellte die große Katze durch die Luft auf uns zu; ihr Leib schien sich im Sprung zu unglaublicher Schmalheit zu strecken.

Sie jagte zwischen uns durch, dann gellte ein Tierschrei, Angst und Schrecken, als die Katze die gewaltigen Reißzähne in ihr Opfer schlug. Blut spritzte.

Arthur Guthlac schaltete das Holo ab, und die Pleistozän-Ausstellung verging.

»Die Kinder sind ganz begeistert davon«, sagte er. »Aus irgendeinem Grund ist das Smilodon heutzutage sogar noch beliebter als der Tyrannosaurus Rex.«

»Begeistert! Ich hab' Angst bekommen!«

»Vorschulkinder haben noch eine gewisse rudimentäre Wildheit in sich. Von allen Menschen sollten Sie das am besten verstehen. Sie lassen sich gern Angst einjagen. Ein bißchen Blutbad schadet auch nicht.«

»Das weiß ich ja«, versicherte ich ihm. »Ein Teil meiner Aufgaben besteht schließlich darin, antisoziales Verhalten schon im frühkindlichen Stadium zu erkennen. Und ich mag es nicht besonders, wenn man mir Angst einjagt.«

Guthlacs Lachen klang ein wenig gezwungen.

»Aber Sie, mein lieber Karl, sind auch ein angepaßter Erwachsener, und keiner unserer kleinen Wilden.«

Warme Luft umfloß uns – die Galerie kehrte zu normaler Raumtemperatur zurück. Als wir aus dem Ausstellungsraum in den Korridor traten, verkündete eine Lautsprecherstimme, das Museum schließe in zehn Minuten. Ob Guthlac sich über die besondere Bedeutung des Wortes »angepaßt« für meinen Fall im klaren war? Vermutlich spielte es keine Rolle.

»Das ist schon besser«, sagte ich. »Da drin war es mir viel zu kalt.«

»Im Pleistozän war es nun einmal kalt«, entgegnete er. »Eiszeit. Deshalb gab es ja Mammuts und Mastodonten, Höhlenbären und Säbeltiger. Große Körper speichern die Wärme besser. Ein Zeitalter der Riesen und des Eises. Dann paßte sich der Affe an die Kälte an, indem er ein großes Hirn entwickelte, und damit ist die Geschichte zu Ende.«

»Das weiß ich. Aber wir sind nun nicht mehr im Pleistozän. Ich verstehe überhaupt nicht, wie Sie unter solchen Bedingungen arbeiten können.«

»Nun, es geht darum, daß wir wenigstens die Vergangenheit unseres Planeten kennen sollten. Welchen Sinn hätte eine historische Ausstellung, die nicht realistisch ist? Früher war die Natur blutrot und tödlich. Erinnern Sie sich nur an den Vielfraß.«

»Das ist mir viel zu blutig und zu tödlich, als daß ich davon wissen wollte, vielen Dank. Das überlasse ich lieber den Kindern. Aber Sie wissen genau, daß ich weder die bluttriefenden Hologramme noch den kalten Luftzug meine. Ich meine, daß Sie Ihr Leben hier verbringen.«

»Schauen Sie mal«, forderte Arthur mich auf. Er zeigte auf die Schrifttafel unter der stofflichen Reproduktion eines großen Katzentieres. »Ein Gedicht aus einem alten Kinderbuch über Paläontologe namens *Whirlaway:* ›Das Lied des Säbelzahns‹.

Über die schwächeren Tiere
herrsche ich.
An ihrem warmen Fleisch
lab' ich mich.
Nur im Töten find' ich Ruhm.

Mit reißenden Zähnen und Klau'n
Mit Augen,
die durch das Zwielicht dring'n
Folge ich
Meinem Schicksal, meiner Pflicht.

Doch eines Tags stehe auch ich
vorm Stärk'ren.
Wenn ich ihn nicht töte,
dann sterb' ich
nach wildem, mutigem Kampf.

Na, weckt das nicht etwas in Ihnen?«

Dergleichen war mein Job, aber trotzdem war ich recht schockiert, nicht nur vom antisozialen Inhalt des Gedichtes, sondern auch, weil es den Flachbildern und Holos so sehr ähnelte, mit denen ich mich beschäftigt hatte. Warum hatte Guthlac sich ausgerechnet dieses Gedicht ausgesucht? »Glauben Sie wirklich, daß so etwas für Kinder geeignet ist?« fragte ich.

»Ich bezweifle, daß es irgendwelchen Schaden anrichten kann, wenn man ihnen zeigt, wie die Vorgeschichte – die vormenschliche Geschichte – gewesen ist. Empfinden Sie denn nicht Bewunderung und Ehrfurcht, wenn Sie sich ein Mammut, einen Höhlenbär oder einen Säbeltiger ansehen?«

»Doch, ein bißchen wohl schon.«

»Hier können Sie kreativ sein.«

Arthur schaltete in einer Nische neben der Tür zum Hauptdiorama ein kleineres Holo ein. Am Ufer eines Alkalisees schrie ein Hominide auf und rannte vor einer Großkatze davon. Andere Hominiden, die am

Ufer Muscheln gesammelt hatten, sprangen auf und flohen in alle Richtungen. Vorzeitliche Vögel stoben als kreischende Wolke auf. Diesmal wurden die Absichten des Säbelzahns durchkreuzt. Seit der ersten Szene waren Geologie und Evolution weiter fortgeschritten. Die Hominiden waren größer, und einige von ihnen hatten Stöcke.

Der Museumswärter legte einen Schalter um, und die Szenerie veränderte sich.

»Hier kann man einiges tun. Das hier ist unsere neue Attraktion für die Kinder. Unsere Was-wäre-wenns.« Er sprach in eine Leiste, und eine Reihe veränderter prähistorischer Tiere erschien.

»Hier können Sie selber Gentechnik betreiben: so hätten sich unsere Freunde vielleicht entwickelt, wenn die Bedingungen anders gewesen wären.« Er drehte an einem Regler, und die Holos veränderten sich erneut. »Schauen Sie! Jetzt haben andere Wesen die großen Gehirne!«

Tigerhafte Geschöpfe wanderten befremdlich aufrecht, im Hintergrund ragten prunkvolle Tigerstädte in den Himmel.

»Wir haben uns damit beschäftigt, was hätte sein können.«

Hier *war* etwas. Die Andeutung einer Spur? Ich verstand es nicht ganz. War hier etwas angelegt worden?

Nein, entschied ich, nicht von Arthur Guthlac. In seiner Akte wurde auf ein gewisses Interesse an ungeeigneten Spielen und unpassender Lektüre hingewiesen, für jemanden mit seinem Job wohl ein Berufsrisiko, dazu eine allgemeine Ruhelosigkeit und ein Widerstreben, sich einer Sache völlig zu widmen (sich *was* zu widmen?). Außerdem verfügte er, wie ich bereits überprüft hatte, über keinerlei finanzielle oder anderweitige Verbindung zu irgend jemanden, der aus Geschichten über Weltraumwahnsinn etwaigen Nutzen ziehen konnte. Ich sprach deshalb in beiläufigem Ton weiter.

»Ja, natürlich, Kinder mögen so etwas. Aber Sie müssen es doch irgendwann leid werden, wenn Sie es jeden Tag sehen, oder nicht? Ich verstehe nicht, weshalb Sie sich damit abplagen. Wenn Sie arbeiten wollen, gäbe es doch wesentlich sinnvollere Dinge.«

»Nein«, widersprach er mir, »ich werde es nicht leid. Es macht Spaß, mit den Holos zu arbeiten. Die Kinder versüßen es zusätzlich. Und was sollte ich denn sonst tun? Niemand wird mich je in den Weltraum schicken, nicht wahr?« Ich bemerkte den tiefen Groll, der sich hinter dieser Bemerkung verbarg – den Guthlac nicht gerade perfekt unterdrückte.

»Dieser Flügel ist in der Hauptsache ein Museum für Kinder, was die Ausstellungen betrifft«, fuhr er fort. »Deshalb gibt es hier menschliche Führer. Sie wissen, daß etwas unmöglich kindersicher sein kann, wenn man sie unbeaufsichtigt frei umherlaufen läßt. Die Ausstattung ist recht teuer.«

Er zögerte und fügte schließlich hinzu: »Außerdem, Karl, ist Geschichte wichtig.«

»Natürlich ist sie das. Aber die Welt ist voll von Menschen, die sagen, ihr Hobby sei wichtig. Wir alle haben sehr viel Freizeit auszufüllen. Also schön, ich stimme Ihnen zu: wir benötigen Menschen, die tun, was Sie hier tun. Aber Sie wollten doch einmal ins All.«

»Was nutzt ein Amateurgelehrter im Weltraum? Man hat zahlreiche echte Professoren nach Wunderland geschickt, aber jemand wie ich würde in einem Kolonistenschiff nur einen wertvollen Platz besetzen. Das weiß ich. Vor langer Zeit habe ich mich beworben ... Aber ich kann nichts, was auch nur die Transportkosten rechtfertigen oder mir erlauben würde, genug Geld zu verdienen, um meine Passage aus eigener Tasche zu bezahlen. Auf jede Familie scheint nur ein Raumfahrer zu kommen. Doch Sie haben nie gehört, daß ich mich beschwert hätte, oder?«

»Nicht derart wortreich«, entgegnete ich in neutralem Ton. Mir nutzte es nichts, darüber nachzudenken, weshalb man mich niemals sehr weit in den Weltraum lassen würde.

Arthurs Schwester war, wie ich wußte, Navigatorin auf der *Happy Gatherer* – ein Genie, eine Gentechnikerin, die sich zur Raumpilotin weitergebildet hatte. Arthur war stolz auf sie; aber ich vermutete, daß er ihr auf unbewußter Ebene grollte.

»Auf jeden Fall sollten Sie sich das hier noch ansehen.« Arthur öffnete eine weitere Tür zu einem atemberaubenden Panorama des Asteroidengürtels, wie man ihn von Ceres' Oberfläche sehen mußte. Die Felslandschaft wurde von der blauweißen Fusionsflamme eines Prospektorenschiffs erhellt, das in weitaus geringerem Abstand passierte, als es einem realen Schiff jemals gestattet würde.

Er berührte wieder einen Schalter, und plötzlich schienen wir auf der roten Marsoberfläche zu stehen. Unsere Füße versanken in Staub.

»Mit Holos kann man vieles tun«, sagte Arthur. »Als Museumsleiter kann man viel Spaß haben, wenn das Museum nur groß genug ist und solch gute VR zu bieten hat wie unseres.«

Er machte eine ausholende Armbewegung. »Wollen Sie unsere Großen Augenblicke der Weltgeschichte sehen? Die Ruhmeshalle der Sportler? Das Panorama der Olympischen Spiele? Die Halle der Musik? Wir haben alles da. Naturwissenschaft und Technik, die Geschichte der Raumfahrt: wie Wernher von Braun die erste V 2 startet?« Er wies durch die Halle auf das seltsam und doch vertraut geformte Modell der historischen Wettererforschungsrakete, das von der Decke hing.

»Weiterhin haben wir die Galerie der Beschämung, die Ausstellung der ausgerotteten Tierarten, wie zum Beispiel den vertrauensvollen Dodo. Aber eigentlich arbeite ich deshalb so gern im Museum, weil wir hier eine außerordentlich gute Bibliothek haben. Ich würde trotzdem gern auf dem Gebiet der Prähistorie arbeiten. Ganz gleich, woran.«

Mit einem Flüstern schloß sich der Haupteingang des großen Gebäudes. Auf Arthurs Computer erschien ein Muster aus grünen Lichtern. Überwachungsmonitore hatten sich mit dem Nachtwachzentrum verbunden. Die Sicherheitsmaßnahmen waren gering, und es gab mehr Vorkehrungen gegen Unfälle als gegen Verbrechen.

Ein Holo zeigte eine Übersicht über den Gebäudekomplex. Gesicherte Sektionen färbten sich grün, und die letzten, im Aufbruch begriffenen Besucher erschienen als blinkende weiße Lichtpunkte. Einige wenige rote Flecken stellten die Minimalbesetzung aus Angestellten dar, die die Überwachungsbildschirme bemannten und die in der Nacht gelegentlich durch die Korridore patrouillierten. Reinigungs- und Wartungsmaschinen begannen zu surren.

»So, nun habe ich dienstfrei. Ich freue mich, daß Sie mich besucht haben, Karl.«

»Es ist schon lange her gewesen seit dem letzten Mal. Ich hielt es für eine gute Idee, den Kontakt wieder ein wenig aufleben zu lassen.«

»Nun, jedenfalls schließen wir jetzt. Wollen Sie noch mit zu mir kommen?«

»Hätte denn Ihre Familie nichts gegen einen ungeladenen Gast einzuwenden?«

»Ich wohne allein. Ich dachte, das wüßten Sie.«

»Nun, ich habe heute abend nichts vor. Die kleinen Wilden bekommen wohl gerade ihre Bänder vorgespielt. Nun, also gut. Vielen Dank.«

Wir traten in eine Transitröhre. Aus der sehr kurzen Reisezeit folgerte ich, daß Arthur Guthlac irgendwo im Museumskomplex wohnte.

Psychologisch erschloß sich seine Wohnung sehr leicht. Es gab sehr detailgetreue Raumschiffmodelle, am herausragendsten ein Erkundungsschiff, und eine zweidimensionale Karte der interstellaren Kolonien.

Arthur gehörte natürlich zur ARM und besaß eine gewisse Freigabestufe. Die meisten Angehörigen des Museumspersonals, besonders aber die Verwaltungsangestellten, standen unter den Flügeln der Organisation, auch wenn sie von deren wahren Umfang und ihren wirklichen Zielen nichts wußten (was das betraf, so *ahnte* ich immerhin, wie wenig ich selbst wußte). Museumsangestellte kamen mit zu viel historischem Material in Berührung, als daß eine andere Regelung vorstellbar gewesen wäre.

Jeder, der in irgendeiner Weise mit der Vergangenheit zu tun hatte, stand unter Überwachung durch die ARM, und es war stets besser, wenn diese Leute schon zur Organisation gehörten. Nun konnten wir uns dergleichen leisten. Die gelegentlichen geheimen Zirkel von Militärfantasten, auf die man heute noch stieß – die Sir Kays und Lady Helens mit ihren Zeremonien und Taufen –, bedeuteten eine fortwährende, aber doch immer seltener werdende Plage, aber als wirkliche Bedrohung betrachtete man sie nicht mehr. Dank der modernen Medizin hatte man die Organbanken schließen können.

Dennoch lag unser gegenwärtiges Problem vor uns, und das Buch des Sports hat schon recht, wenn es uns ermahnt, nie den Ball aus den Augen zu verlieren. Ich weihte Arthur in das meiste von dem ein, was O'Brien mir erzählt hatte. Ich zeigte ihm auch die wichtigsten Bilder. Er dachte eine Weile darüber nach, und dann sagte er:

»Zeigen Sie mir doch das Bild von dem Schädel noch einmal ... Ja, es ist merkwürdig, aber ich fühle mich davon an etwas erinnert.«

»Ein Schädel ist eben ein Schädel.« Ich sagte ihm nicht, daß ich mich davon ebenfalls an etwas erinnert fühlte, das ich nicht benennen konnte.

»Ja, schon, aber ich habe so ein Gefühl, etwas ähnliches schon einmal gesehen zu haben.«

»Das Ding wirkt irgendwie mißgebildet«, meinte ich.

»Dann sollte es nicht schwer zu identifizieren sein.« Er wandte sich einem Computerterminal zu.

»Wir haben hier ein gutes Klassifizierungsprogramm für biologische Typen«, sagte er. »Lassen Sie es mich gerade einscannen.« Er schob das Bild in den Schlitz, und dann warteten wir, bis Zahlen auf dem Display erschienen.

»Wir haben alle wichtigen Typen gespeichert«, erklärte Arthur, »aber keine Abnormitäten.« Er drückte einige Tasten.

»Nein, zuviel«, sagte er schließlich. »Ich habe mich geirrt. Wir müßten ein neues Programm schreiben, um wenigstens innerhalb des nächsten Monats zu einem Ergebnis zu gelangen.«

»Bestimmt nicht. Ich kenne diese Programme. Sie werden mit praktisch unbegrenzten Datenmengen fertig. Dazu gibt es sie schließlich!«

»Ja, aber nur, wenn ihnen auch Daten zur Verfügung stehen. Das ist hier nicht der Fall. Es scheint keinen umfassenden Katalog für Mißbildungen zu geben.«

Er sann eine Weile nach und fuhr fort: »Wir müßten uns mit einem Museum nach dem andern verbinden. Das bedeutet nicht nur ehemalige Nationalsammlungen, sondern auch Provinzmuseen – wie Sie wahrscheinlich wissen, ist die Tiersystematik sehr alt und oft recht engstirnig betrieben worden. Sie hätte aktualisiert werden müssen, aber das ist nie geschehen. Ich weiß nicht einmal, wo einige dieser Länder liegen, ganz zu schweigen von den Distrikten und Provinzen.«

Mir fiel das Gedicht ein, daß der Leiter mir gezeigt hatte.

»Fangen Sie mit Australien an.«

Langsam arbeitete sich Guthlac durch die Datenmengen, die die Bildschirme anzeigten. Er schüttelte den Kopf. Das Gedicht schien völlig isoliert dazustehen, und wenn man es im ganzen las, entstand der Eindruck, es befasse sich hauptsächlich mit Quantenmechanik.

»In Australien gibt es keine echten einheimischen Feliden«, erklärte Arthur schließlich. »Der Tasmanische Tiger und so weiter sind allesamt Beuteltiere – konvergente Evolution.«

»Vielleicht sind wir ja gerade einem Beispiel für konvergente Evolution auf der Spur.«

Mehr Bilder. Mehr Textzeilen.

»Abnormale katzenartige Morpholgie ... Teratologie ...« las Guthlac brummend vor. »Konvergente Evolution siehe ...«

Er begann, Bildnisse von zahnbewehrten Schädeln abzurufen. Keiner davon besaß einen Hirnkasten wie der Schädel auf dem Bild von der *Angel's Pencil*.

»Das ist alles, was die australische Sammlung hat«, sagte Arthur. »Normale Feliden, die für Zoos und Ähnliches von wer weiß woher eingeführt wurden, Hauskatzen und ein paar konvergent entwickelte Beuteltiere ... Wußten Sie, daß es sogar einmal einen Beutellöwen gegeben hat? Starb mit dem Rest der Megafauna aus, als der Mensch dort ankam. Der naturgeschichtliche Hauptaspekt in bezug auf die Feliden Australiens dreht sich um verwilderte Hauskatzen.«

Verwildert. Es klang sehr seltsam, diesen Begriff auf Tiere anzuwenden. Bei der ARM wurde er benutzt, um einen bestimmten, sehr seltenen Menschentypus zu beschreiben.

»Ja. Alle Lebewesen Australiens hatten sich isoliert entwickelt und besaßen keinen Schutz, als die Katzen mit ihren großen Zähnen und Krallen und raschen Reflexen kamen. Sie haben eine ganze Reihe von Arten kurzerhand ausgelöscht.«

Hatten die Fälscher sich deswegen ausgerechnet

Katzenwesen ausgesucht? Um mit unterbewußten Assoziationen zu spielen? *Als die Katzen kamen.* Einen Augenblick lang schienen diese Wörter bedrohlich in der Luft zu schweben.

Dann sagte Arthur: »Warten Sie mal – da ist noch etwas anderes ... Vaughns Tigermensch.«

»Was ist das?« Regte sich in mir bei diesen Worten etwa eine ganz weit entfernte Erinnerung?

»Ein Tiger, der 1878 von Captain, dem späteren Colonel, Henry Vaughn von den Vierten Ulanen in Indien erlegt wurde.«

»Wie war der Name?« Eine Alarmglocke klingelte in meinem Kopf.

»Vaughn.« Arthur buchstabierte das Wort.

Auf der *Angel's Pencil* war ein Vaughn.

»Was waren Ulanen, was glauben Sie?«

»Keine Ahnung. Was ist ein Colonel?« Tatsächlich wußte ich, was Colonel hieß, und daraus konnte ich ungefähr schließen, was ein Ulan gewesen sein mußte. Aber welchen Sinn hätte es gehabt, Arthur Guthlac davon zu unterrichten? Ich merkte die naturgeschichtlichen Aufzeichnungen für eine Überarbeitung vor. Außerdem verriet mir Arthurs Körpersprache, daß er ebenfalls log: er wußte, was diese Begriffe bedeuteten.

»Und weiter?« fragte ich.

»Die Angaben stammen aus einem alten Journal, das von einer Gesellschaft aus naturgeschichtlich interessierten Laien herausgegeben wurde. Colonel Henry Vaughn hat einen abnormalen Tiger erlegt.«

»Aber das ist doch eine geschützte Art!«

»Damals nicht. Außerdem war das getötete Tier offensichtlich ein Menschenfresser.«

Diesen Ausdruck kannten wir bei der ARM: ›Menschenfresser‹ – dieser Begriff hatte es erst kürzlich zu schrecklichem Ruhm gebracht. Ein Vergnügungsluftschiff, das Touristen langsam und still in einer Höhe von zwanzig Metern über die afrikanische Savanne transportierte, hatte einen Motorschaden erlitten und mußte notlanden. Die Passagiere hätten in der geschlossenen, komfortablen Gondel nur wenige Stunden auf Rettung warten müssen – sogar weniger, wenn sie darauf bestanden hätten, es sei dringend. Statt dessen hatten sie völlig im Ungewissen über das Risiko, das sie eingingen, das Luftfahrzeug verlassen und waren umhergestreift. Während der darauf folgenden Ermittlung war uns allen ernüchternd zu Bewußtsein gekommen, daß wir uns genauso verhalten hätten. Arthur indes sprach weiter.

»Er behielt den Schädel und das Fell und siedelte sich später in Australien an. Aber nichts davon ist in der Sammlung des Australischen Museums. Nach Vaughns Tod hat die Familie den Schädel dem Britischen Museum gestiftet.«

»Gibt es eine Abbildung dieses Schädels?«

»Ja, hier, aber nur eine Zeichnung. Und die Hälfte fehlt.«

»Lassen Sie mich mal sehen.«

Eine halbe, zweidimensionale Zeichnung: die Vorderseite eines großen Schädels, der merkwürdig verformt wirkte. Sonderlich viele Einzelheiten waren nicht zu sehen, trotzdem konnte es sich bei diesem Schädel um die Inspiration für die Jenny Hannifer handeln. Jedenfalls glich diese Zeichnung den von der *Angel's Pencil* übermittelten Bildern weitaus mehr als alles, was wir bisher ausfindig gemacht hatten. Und mich beschlich das Gefühl, ich hätte diese Zeichnung schon einmal gesehen. Auf eine nicht näher zu benennende Weise war sie mit meiner Kindheit verknüpft, genauso wie die Worte: »Vaughns Tigermensch« eine Saite in mir anschlugen, die mit Erinnerungen an längt vergangene Tage verknüpft war. Ich war mir fast sicher, diesen Ausdruck schon einmal gehört zu haben.

Ich schloß die Augen und besann mich: ein großer Raum mit Riesenmöbeln, in dem Riesen lebten, lag vor mir. Haus und Eltern durch die Augen eines Kindes. Las mein Riesenvater mir aus einem Buch mit gelbem Umschlag vor? Das glaubte ich zwar, aber sicher war ich mir nicht. Vielleicht war die Originalzeichnung in einem der Bücher reproduziert gewesen, deren Lektüre wir unterbinden wollten: *Faszinierende Launen der Natur, Die Ungelösten Großen Rätsel, Das Zauberbuch der Wunder.*

Früher hatte es solche Bücher zuhauf gegeben, und mein Vater hatte sie gesammelt. Nun, immerhin wußte ich, wohin sie alle verschwunden waren.

Weitere Bildschirme voller Ziffern. Dann ein Piepen, und ein rot pulsierender Zeiger wies auf eine der Zahlen. Guthlac ging in ein anderes Menü und suchte erneut. »Ich habe eine Kistennummer gefunden. Der Schädel ist tatsächlich in England, aber er wird nicht ausgestellt – ist wenigstens schon sehr lange nicht mehr ausgestellt worden. Als er im Jahre 1908 eintraf, wurde er eingelagert, und ich vermutete, daß man es dabei belassen hat.«

»Gibt es eine Beschreibung?«

»Keine ausführliche. Eine Variante, heißt es hier, eine Mißbildung. Als der Tiger damals erlegt wurde, erregte er einige Aufmerksamkeit, aber er wurde nie als wissenschaftlich wichtig betrachtet. Nur als Beispiel für widerliche Pathologie.«

»Der einzige seiner Art?«

»Ganz genau. So wie der Elefantenmensch. Nicht genug, daß sich ein ehrgeiziger Doktorand damit einen Namen machen konnte. Damals war das Zeitalter der großen biologischen Entdeckungen, wissen Sie, und die Forscher haben sich mit allen möglichen größeren Projekten befaßt. Vaughn hat selbst etwas über seinen Tigermenschen geschrieben. Abnormale Gliedmaßen und Fangzähne; er schloß auf einen großen Hirntumor. Das Exemplar war fürchterlich mißgebildet. Wie schade, daß Vaughn nicht das ganze Skelett behalten hat.«

Arthur wandte sich mir zu. Unvermittelt wirkte er peinlich berührt. Als er endlich sprach, lag ein seltsames Zaudern in seiner Stimme.

»Karl?«

»Ja?«

»Wie wichtig ist das?«

»Ich bin hier, oder nicht?«

»Wenn es wichtig ist, dann habe ich der ARM einen Gefallen getan, richtig?«

»Selbstverständlich.«

»Gibt es eine ... Belohnung?«

»Sie haben einen echten Job. Was wollen Sie mehr? Sie dürfen wichtige Arbeit leisten. Das haben Sie selbst gesagt. Sie gehören zu dem privilegierten Viertel der Menschheit, dessen Leben aus mehr als Sport besteht. Wie viele Menschen würden wohl all ihren Besitz hergeben, nur um Ihren Job zu bekommen?«

»Ich will in den Weltraum.«

»Dann sparen Sie mal kräftig.«

»Nein! Nicht als Passagier ... Ich will ... ich will ...«

Seine Stimme verlor sich. Ich wußte, was er wollte. Er war einsam und lebte im Zölibat, ein einfacher Durchschnittsbürger, der sich an seiner Durchschnittlichkeit festhielt. Ich wußte es und war froh, das unangenehme Schweigen brechen zu können.

»Ja. Sie erwähnten ein Fell.«

»Davon steht hier nichts.« Dann brach es aus ihm hervor: »Sie haben wenigstens Ihre Jagden!«

Es hatte keinen Sinn, mit ihm zu streiten, aber wie falsch er lag! Jemand, der meine Arbeit in dem Sinne genoß, den Arthur angedeutet hatte, wäre nutzlos gewesen. Auf jeden Fall ist die geistige Vorbereitung, die man uns abverlangt, sehr gründlich. Was ich verrichte, ist eine Pflicht, und keine niedrige. Unsere Welt ist – nein, Plural, unsere *Welten,* sind – komplizierter geworden als man sich vorstellen kann. Ein Begriff kommt allmählich in Gebrauch: »Known Space – Bekannter Weltraum«. Jemand muß alle Fäden in der Hand behalten. Die Jagd ist weder ein Selbstzweck noch dient sie der Zerstreuung.

Ich mußte ihn verwarnen, und zwar auf der Stelle. Auf seinem Arbeitstisch stapelte sich ein Haufen Museumsmaterial. Ich setzte voraus, daß es legal dort lag. Darunter befand sich auch ein kleiner Stapel aus braunem Papier, Seiten aus alten Büchern, deren Einband schon lange dem Säuretod anheimgefallen war.

»Was ist das?« fragte ich beiläufig.

»Sportgeschichte. Ein Hobby.«

»Aha.« Mein Blick fiel auf das untere Ende einer losen Seite:

Ende März 1943 setzte an der Ostfront das Tauwetter ein. ›Marshall Winter‹ räumte dem noch meisterhafteren ›Marshall Schlamm‹ das Feld, und die Kampfhandlungen kamen unweigerlich zum Stillstand. Alle Panzer- und einige Infanteriedivisionen wurden von der Hauptkampflinie zurückgenommen, und alle Panzertruppen im Raum Charkow unter dem 48. Panzerkorps konzentriert. Wir übernahmen das Kommando über die 3., 6. und 11. Panzerdivision sowie die Panzergrenadierdivision ›Großdeutschland‹. Die Kampfpause wurde benutzt, um gründliche Schulungen durchzuführen, und Übungen ...

Arthur blickte über meine Schulter auf den Text. »Olympische Winterspiele, glaube ich«, sagte er. »Damals fing man an, sie in richtig großem Maßstab zu veranstalten. Das Jahr, in dem das Raumfahrtzeitalter begann.«

In dem Text ging es um die Zeit vor der Ära, auf deren Literatur ich mich spezialisiert hatte, und ich konnte ihm nicht sonderlich viel Sinn entnehmen. Zwar gefiel es mir nicht, daß Arthur ihn besaß, aber für einen untergeordneten ARM-Beamten stellte es nicht gerade ein Kapitalverbrechen dar, ohne Sondergenehmigung ein paar Zeilen aus alten Büchern zu besitzen, auch wenn es bedeutete, daß er auf sehr dünnem Eis Schlittschuh lief. Auf jeden Fall hatte ich Wichtigeres zu tun.

Die ARM hielt für Leute wie mich spezielle Einrichtungen zur Tiefenhypnose bereit, denn Erinnerung und Assoziation sind unsere unverzichtbaren Aktivposten.

Als ich der ARM beitrat, waren gewisse spezifische Teile meiner Kindheits- und Jugenderinnerungen als Routinevorsichtsmaßnahme blockiert worden, doch der Block war so angelegt, daß er notfalls umgangen werden konnte. Ich erinnerte mich noch immer nicht völlig, aber das Bild, das die Hypnose zutage förderte, war dennoch deutlich genug: ein uraltes Buch aus der Sammlung meines Vater namens *Großartige Wahre Abenteuergeschichten für Jungen.* Darin wurde auch von einer merkwürdigen Tigerjagd erzählt, die durch grobe Schwarzweißillustrationen veranschaulicht wurde. Einschließlich der Zeichnung jenes eigenartigen Schädels. Ganz gleich, was manche Menschen behaupten, Gedächtnistilgung ist keine Abart des Todes. Sie kann kontrolliert und an einem bestimmten Punkt gestoppt werden. Die Kindheitserinnerungen von Einzelpersonen konnten intakt bleiben – oft ließ man sie unverändert. Ich bin kein Mörder. Ich bin nicht im entferntesten ein Mörder.

KAPITEL 3

Letzte Woche ging eines der überall im Lande anzutreffenden japanischen Kamerateams auf die Straßen, um in Interviews verschiedene Meinungen über den bevorstehenden 50. Jahrestag des Angriffs auf Pearl Harbor einzuholen ... Offenbar ist in Japan die Geschichte so gründlich umgeschrieben worden, daß viele Teenager von Pearl Harbor noch nie gehört haben. Einige verliehen sogar ihrem Erstaunen Ausdruck, daß Japan je gegen die Vereinigten Staaten Krieg geführt habe.

Gareth Alexander,
Der Krieg, den Japan zu vergessen beschloß,
Pressebeitrag vom 3. Dezember 1991

London bereitete sich auf die einleitenden Runden von ›Anmutig wiegende Weide‹ vor, und als ich dort eintraf, waren die Straßen vollgestopft mit Fans in Mannschaftsfarben, die sich voreinander verbeugten und sich in Luftbussen und auf Bürgersteigen gegenseitig Platz machten; sie wetteiferten bereits in den Spielzielen von Höflichkeit und Kampflosigkeit.

Dr. Humphrey vom Britischen Museum war von meiner Ankunft unterrichtet worden und hatte Anweisungen erhalten. Gemeinsam arbeiteten wir uns durch die spärliche Literatur über das Exemplar, derer wir hatten habhaft werden können. Humphrey gehörte selbstverständlich ebenfalls zur ARM und fragte wohlwissend nicht nach dem Grund für meine Ermittlungen.

Als man den Mann abführte, der sich den Namen Sir Kay gegeben hatte, standen ihm die Tränen in den Augen, auf andere Weise aber wollte er seine Furcht nicht zeigen. Weshalb nicht? Ich wußte, wie verängstigt er gewesen war. Hatte es mit Tapferkeit zu tun, mit dem barbarischen Ehrenkodex eines kriegerischen

Adelsstandes, mit dem diese Leute sich zu ihrem Verderben identifiziert hatten? »Machen Sie sich überhaupt eine Vorstellung davon, was Sie hier vernichten?« hatte die Frau mich gefragt, die sich Lady May nannte, als ich mich auswies und sie alle festnahm. Ja, *allerdings* machte ich mir eine Vorstellung. Die ARM handelte schließlich nicht ohne Grund.

Selbst mit den Hilfsmitteln, die uns für unsere Recherche zur Verfügung standen, dauerte es noch seine Zeit, bis wir alle gespeicherten Daten über das fragliche Exponat gefunden hatten. Dann folgte eine rein körperliche Suche in den verschlossenen, tiefen unterirdischen Kammern, die all das Treibgut enthielten, das ein Museum im Laufe der Jahrhunderte anhäuft.

Ein Aufzug trug uns in ein Tiefkellergeschoß, in die unterste von vielen Kelleretagen, die ebenfalls der Lagerung dienten. Hier fanden sich uralte, primitiv ausgestopfte Exemplare von Tieren, deren Haut zerfiel, so daß lediglich makabre Skulpturen aus Draht und Knochen übrigblieben. Dort standen Gläser mit ausgetrockneten unidentifizierbaren Dingen auf den Böden und zerbröckelnde Steinfiguren, die einst von Menschen angebetet worden waren. Sogar falsch einsortierte Exponate aus der Sportgeschichte fanden sich hier, wie etwa eine kleine, einfache Flugmaschine mit offenem Cockpit und drei kurzen Tragflächen, deren rote Bespannung vom brüchigen Gerüst fiel. Die Konstrukteure hatten offenbar Manövrierfähigkeit und rasches Steigvermögen über alles andere gestellt, ein Gerät für eine Disziplin, die schon lange aus der Mode gekommen war.

Hinter diesem ausgedehnten, uralten Labyrinth

unter dem Gebäude existierten noch weitere Lagerstätten. Wir gelangten an eine Reihe verschlossener Metalltüren und betraten endlich, nachdem wir uns noch einmal auf einer Karte orientiert hatten, eine abgeschlossene Gruft.

Die Luft darin roch dumpfig. Hier waren selbst Reinigungsmaschinen schon lange nicht mehr gewesen. Schließlich gelangten wir an eine Reihe verschlossener Stahlschränke, die so alt waren, daß sie tatsächlich Rost angesetzt hatten.

Endlich fanden wir es. Das Etikett war von Staub bedeckt und fast unlesbar. Eine uralte Holzkiste. Als wir sie öffneten, knirschten und quietschten die Scharniere.

Der riesige Schädel war grau vor Alter, einige der empfindlichen Nasenknochen offensichtlich zerfallen oder bei der Handhabung zerbrochen. Im Schädel befanden sich mehrere unregelmäßige Löcher, von denen Risse ausgingen.

Obwohl sich diese Schränke unter Dr. Humphreys Obhut befanden, hatte er anscheinend noch nie einen Blick darauf geworfen. Das war nur zu verständlich. Hier unten gab es etliche Kilometer Regale auf Compactus-Schienen.

»Das ist kein Tiger«, sagte er. »Das ähnelt keinem Tierschädel, den ich je gesehen habe.«

»Eine Mißbildung?«

»Niemals. Ein derart mißgebildeter Tiger hätte auf keinen Fall lange genug gelebt, um auszuwachsen.«

»Was ist mit diesen Verletzungen?«

»So etwas habe ich schon an anderen Exponaten gesehen. Das sind Schußwunden; daran ist er gestorben. Und sehen Sie sich das an!« Er deutete auf die

Literatur, die er mitgebracht hatte, und dann wieder auf den Schädel. »Hirntumor! Von wegen!«

Es bedurfte unserer gemeinsamen Anstrengung, den Schädel umzudrehen. Humphrey führte eine Sonde ein. »Das ist alles Hirnkasten – größer als Ihrer oder meiner.«

Ich hatte ein Bild dabei, das von der *Angel's Pencil* stammte und einen Schädel zeigte. Es konnte nicht der geringste Zweifel bestehen: das Exponat vor meinen Augen hatte die Anregung für den »Fremdenschädel« von der *Angel's Pencil* geliefert. Ich verließ die Lagerabteilung des Britischen Museums und begab mich in die Archive, die so gut waren wie alle auf der Welt.

Die Familie Vaughn lebte noch immer in Australien. Sie hatte die Ereignisse des Jahres 2025 überstanden und war daraus sogar mit Landbesitz hervor-gegangen, der ihr etwas einbrachte: die Farm in der Nähe des Regenwaldes von New South Wales, auf die sich der Colonel nach seiner Pensionierung zurück-gezogen hatte, damals, als das Britische Weltreich praktisch ein einziges Land war. Wenige Stunden später traf ich dort ein.

Arthur Vaughn-Nguyen wirkte recht kooperativ. Ich stellte mich ihm als Historiker vor. Er war am Ende der mittleren Jahre, vielleicht hundertzehn Jahre alt, und alleinstehend. Das Land wurde noch bewirtschaftet, aber Roboter verrichteten die Arbeit. Er hatte zwei Söhne (also mußte er gute Gene besitzen), die aber beide nicht anwesend waren. Einer, so hörte ich, hatte diesen Planeten verlassen.

Vielleicht war Vaughn-Nguyen so hilfsbereit, weil er sich langweilte. Wie viele gelangweilte Menschen es gab! War er eventuell *zu* hilfsbereit? Von Anfang an war ich mißtrauisch. Die Farm besaß ein sehr historisches Flair, und das nicht nur, weil sie einer der Überlebenden-Familien gehörte.

Zuviel Geschichte, dachte ich, während ich mir die Bücher und Kunstgegenstände ansah, die längs der Wände der großen Halle in Vitrinen und Regalen standen.

Vermutlich war es sehr gut, daß Vaughn-Nguyen meine Gedanken nicht kannte, überlegte ich, als ich im Wohnzimmer saß, in der Hand ein Glas Bungle-Bungle-Rum, eine örtliche Delikatesse, die auf das Alte Australien zurückging, und ein lebender Hund seine Schnauze auf meine Füße legte. Die Familie schien all dies als Tradition zu betrachten. Bei den Vaughns hatten sich verdächtig viele Traditionen erhalten.

Auch Colonel Vaughn war anwesend: an der Wand hing ein überlebensgroßes Portrait von ihm. Er sah so aus, wie ich mir nach meinen Recherchen einen »Colonel« vorstellte: Adlernase, eine kunstvoll ausgearbeitete Jacke, die »Uniformrock« hieß, daran Zierat, den man »Tapferkeitsmedaillen« nannte. Dergleichen hatte ich schon vorher zu Gesicht bekommen, sowohl in Büchern als auch bei Militärfants. Etwas an dem Bild machte mich stutzig, und nach kurzem Nachdenken erkannte ich auch, was: Der Mann auf dem Bild hatte überhaupt kein Haar. Keinen Schnurrbart, keine Augenbrauen. Das war anachronistisch. Ich bezweifelte, daß sich Haarlosigkeit bereits zur Mode entwickelt hatte, bevor es die moderne Kosmetik gab.

Wahrscheinlich aber besaß diese Einzelheit keinerlei Bedeutung. Damals verloren die Menschen ihr

Haar wider Willen. Diese anhaltende öffentliche Zurschaustellung einer Uniform, wie sie Militärfants verehrten, stand wiederum auf einem anderen Blatt. Die ARM hätte den Vaughn-Nguyens schon vorher einen Besuch abstatten sollen.

Vieles von dem, was ich hier sah, würde im Schwarzen Loch verschwinden. Ich fragte mich, wie hoch wohl der Ausgleich ausfallen müßte, den der Nachkomme des Colonels für die Entfernung der Antiquitäten erhielte. Viel wäre es nicht. Wir hatten den Markt für solche Gegenstände schon vor geraumer Zeit vernichtet.

Ich erinnerte mich an etwas, das ich in der Grundausbildung gelernt hatte. Als die Organisation, die wir heute als ARM kennen, das Vorspiel zum Programm begann; damals, im Amerika und Frankreich des ausgehenden achtzehnten Jahrhunderts, hatte sie sich zur Priorität gesetzt, erbliche Ehrentitel lächerlich zu machen und zu zerstören.

Ein amüsanter Gedanke (hatte unser Ausbilder gesagt), daß diese Zerstörung im Namen der Freiheit und Demokratie, der Gleichheit und des Fortschritts geschehen war, obwohl der wahre Beweggrund in der Festigung von Macht bestanden hatte. Sogar die konstitutionelle Monarchie war durch die lang anhaltenden und oft subtil geführten politischen Programme und Medienkampagnen zerstört worden, und so verging die einzige bedeutende Institution, die einen Rivalen und somit eine Bedrohung der Macht darstellte (mit Ausnahme der Kirchen, für die es andere Pläne gegeben hatte).

Die Pflege der Familiengeschichte und der Familientraditionen war durchweg gefährlich. Vom Interesse am Andenken eines »Ahnen« bedeutete es nur einen kurzen Schritt, und man entwickelte Familienstolz und Familientreue, was im völligen und unvereinbaren Gegensatz zu den Zielen der fürsorglichen Erdregierung stand – beziehungsweise, wo sie sich noch voneinander unterscheiden ließen, der ARM.

Doch wenn sich die Vaughn-Nguyens zu sehr mit der Vergangenheit beschäftigten, so konnte mir das nur zugute kommen.

»Des alten Colonels Tigermensch? Ja. Damals ist er recht berühmt gewesen«, sagte Vaughn-Nguyen. Mit perfekter Beiläufigkeit fügte er hinzu: »Möchten Sie vielleicht das Fell sehen?«

Damit hatte ich nicht gerechnet. Ich nahm Arthur Vaughn-Nguyen näher in Augenschein. Was hatte der Mann wirklich im Sinn?

»Sie haben es hier?«

»Ja, natürlich.«

Er führte mich in ein anderes Zimmer. Der Hund folgte uns ein paar Schritte, dann blieb er stehen und gab einen merkwürdigen Laut von sich.

»Ist mit ihm alles in Ordnung?« fragte ich.

»Soeben haben Sie das Familiengeheimnis in Fleisch und Blut erwischt«, antwortete Vaughn-Nguyen. »Kein Tier betritt jemals diesen Raum.« Er lachte. »Wir sagen, darin spukt der Geist des Tigers.«

An der Wand stand eine große Truhe aus dunklem Holz. Sie war offensichtlich sehr alt und von Hand mit Schnitzereien verziert. Sie wirkte erheblich kostbarer als die Kiste im Museum.

Noch eine Antiquität, dachte ich, und diesmal eine von großem Wert. An der Kiste war weder ein elektronisches Schloß noch ein Aufzeichner. Völlig unmöglich, zweifelsfrei festzustellen, wann sie zum letztenmal geöffnet worden war. War ein Besatzungsangehöriger der *Angel's Pencil* hier gewesen? Die Aussicht, mit großem Zeitaufwand die Bewegungen der Kiste während der ganzen letzten Generation nachzuvollziehen, verlockte mich nicht im geringsten.

»Was ist darin?«

»Hier bewahren wir es auf. Früher wurde es als Vorleger benutzt, aber man hat es schon vor langem weggepackt.«

Einst war der Besitz von Fellen seltener Tiere strafbar gewesen. In jenen Tagen, als der Nachschubbedarf der Organbanken niemals versiegte, hatte es für alle Verbrechen, ganz gleich, wie geringfügig, nur eine Strafe gegeben. Diese Zeiten waren lange vorbei, aber die Vaughn-Nguyens mußten entweder Mut oder Leichtsinn in den Genen haben, wenn einer ihrer Vorfahren es riskiert hatte, dieses Fell zu behalten. Konnte das ein Hinweis auf potentielle Beteiligung an heutigen Verbrechen sein?

»Ich würde es gerne sehen«, sagte ich.

Der Truhe entströmte ein übler Geruch, als Vaughn-Nguyen sie öffnete. Zuerst war der merkwürdige Gestank noch unaufdringlich, aber noch nie hatte ich etwas Ähnliches gerochen.

Noch nie hatte ich etwas Ähnliches gerochen? An diesem Geruch war etwas – etwas, das mich dazu brachte, dieses Zimmer auf der Stelle verlassen zu wollen. Nach einem Augenblick erahnte ich den Grund für meine Reaktion: Es mußte am Tigergeruch liegen, obwohl mir dieser Geruch völlig unbekannt war. Nach dieser Erkenntnis vermochte ich mich mühelos zu beherrschen. Aus dem Nebenraum hörte ich ein Jaulen und das panikerfüllte Scharren von Krallen auf Dielenbrettern, als der Hund die Flucht ergriff.

Mein Gastgeber zog das Fell aus der Truhe und breitete es auf dem Fußboden aus.

Obwohl es nicht ganz vollständig war, wirkte es ebenso übergroß wie der Schädel. Die Beine waren länger als bei anderen Tigern, die Farbe war ein leuchtendes Orange. Es gab zwar einige dunklere Zeichnungen, die jedoch nicht mit gewöhnlichen gestreiften Tigerfellen übereinstimmten. Vielmehr sah es aus, als bestünde es aus synthetischem Gewebe. (Eventuell stimmte das sogar. Nun, das würden wir testen.)

Der Kopf war riesig. Er fühlte sich wie ein Spielzeug an, als ich ihn aufhob, denn die Höhlung, in der sich der Schädelknochen befunden hatte, war mit einer Art Pappmaché ausgestopft, die mittlerweile zerbröselte. Die nachgebildeten Kiefer waren aufgerissen, und einen Moment überlegte ich, wie viele Füße sich darin wohl verfangen hatten, als das Fell noch als Vorleger benutzt worden war. Die Augen bestanden aus Glas, und die Zähne waren Pflöcke aus Elfenbein.

Am Hinterteil und an der Brust war das Fell grob zusammengenäht. Dort hatten sich wohl, wenn man die Echtheit der Trophäe voraussetzte, die Kugellöcher befunden.

»Er hat ja gar keinen Schwanz«, sagte ich.

Am Ende des Rückgrats befand sich ein ausgefranstes Loch; dort war etwas abgeschnitten worden.

»Nein. Es hieß immer, mit dem Schwanz wäre etwas nicht in Ordnung gewesen. Deshalb hat man ihn nicht behalten.«

»Da scheint mir fast alles nicht in Ordnung zu sein«, entgegnete ich. »Gibt es nicht eine Rasse schwanzloser Katzen?«

»Kann sein. Das Gesicht ist jedenfalls ein Katzengesicht. Aber schauen Sie sich mal die Ohren an!«

Das Gesicht einer Katze, jawohl, trotz des abnorm großen Kopfes. Die Ohren waren kompliziert, nach all der Zeit noch immer flexibel und erinnerten mich an Fledermausflügel oder die Bespannung eines Regenschirms. Außen gingen sie in ein lederartiges Material über und endeten zerfranst; früher mochte sich vielleicht an der Stelle eine Art Membran befunden haben. Aber noch etwas anderes war an den Ohren ungewöhnlich. Ich beugte mich näher und betrachtete eingehend die dunkle, knorpelige Oberfläche.

»Sie sind tätowiert gewesen.«

»Ach? Etwas Besonderes?« Vaughn-Nguyen schien davon nichts gewußt zu haben.

»Kann ich nicht sagen.«

Er holte eine Lampe. Indem ich den Lichtstrahl durch die äußere Membran scheinen ließ, konnte ich tatsächlich ein Muster erkennen. Es bestand offensichtlich aus ... ich nannte sie ›Knochen‹, obwohl der Ausdruck nicht ganz paßte. »Wer würde denn die Ohren eines Tigers tätowieren? Und wozu?«

»Einen lebendigen Tiger zu tätowieren wäre jedenfalls recht schwierig. Er muß schon tot gewesen sein. Diente die Tätowierung möglicherweise der Identifizierung?«

»Für ein einmaliges Geschöpf wie dieses hier braucht man doch kein weiteres Unterscheidungsmerkmal, sollte man wenigstens meinen.«

»Da haben Sie auch wieder recht. Schauen Sie sich

mal die Hände an. Diese ganze ›Tigermenschen‹-Geschichte kommt nämlich von den Händen.«

Die überlangen Vorderläufe endeten nicht in den breiten Pranken eines Tigers, sondern in vierfingrigen Händen mit schwarzen Extremitäten. Einer der Finger an jeder Hand sah wie ein Daumen aus.

Ob sie wie Katzenkrallen funktionierten? Ich drückte den Ballen eines Fingers. Nichts geschah. Erst als ich fest preßte, fuhr eine Kralle aus. Eine schwarze Kralle. Ich berührte sie und riß die Hand zurück, steckte mir den blutenden Finger in den Mund und saugte an der Wunde. Die Kralle war so scharf wie ein Rasiermesser und hatte mir den Finger aufgeschlitzt.

Über allem lag dieser furchtauslösende Geruch. Und eine Andeutung von ... Ingwer?

»Hier sind noch mehr Sachen, die dem Colonel gehört haben«, sagte Vaughn-Nguyen. »Es gehört alles zusammen.«

»Sieht ganz so aus, als wäre die Truhe schon lange nicht mehr geöffnet worden.«

»Das stimmt. Mir hat man das alles gezeigt, als ich noch ein Kind war, und schon damals war das Fell ziemlich schimmelig. Ich berühre es am liebsten gar nicht. Seitdem hat es niemand mehr sehen wollen. Das Haus ist lange Zeit nicht bewohnt gewesen.« Vaughn-Nguyen, so schätzte ich, hatte sich vor etwa hundert Jahren im Kindesalter befunden.

Ein Holzgitter teilte das Truheninnere in einen oberen und einen unteren Teil. Der Unterteil enthielt zerfallendes Tuchgewebe. Einiges davon war einmal rot gefärbt gewesen, und daran hafteten Litzen und Schnüre aus Gold, das noch immer glänzte. Teile der ›Uniformen‹ des Colonels, nahm ich an.

Als wir es in die Hände nahmen, brach das Tuch an den Faltstellen, als würde es mit einem Messer zerteilt. Ich hatte bisher nie bemerkt, wie schwach und vergänglich alte Stoffe waren – oder waren sie etwa chemisch geschwächt worden, um alt zu erscheinen?

Zwei Metallgegenstände erkannte ich dank der ARM-Sonderschulung in Geschichte als Waffen: Eine davon nannte man »Schwert« – es diente zum Schneiden –, die andere »Revolver«, eine »Schußwaffe«, mit der man »Kugeln« warf – solide Metallstücke, die nicht unbedingt sphärisch sein mußten und von einer chemischen Explosion angetrieben wurden. Bisher hatte ich geglaubt, daß Kugelwerfer aus der Zeit nach dem Schwert stammten, und stellte nun mit Erstaunen fest, daß sie offenbar Zeitgenossen gewesen waren. Ganz am Boden der Truhe lag ein Bündel, das als ›Tigermensch‹ gekennzeichnet war.

Es enthielt einigen Krimskrams, von dem jedes einzelne Stück erneut in Tuch eingeschlagen war, und ein Zettel aus zerbröckelndem Papier, auf dem, wie Vaughn-Nguyen behauptete, in des Colonels Hand geschrieben stand: »Was ich in der Höhle des Tigermenschen gefunden habe«.

In diesem letzten Bündel gab es nur einen Gegenstand, dessen Sinn und Zweck ich auf der Stelle erkannte: ein übergroßes Messer, das fast so lang war wie das »Schwert« des Colonels, aber völlig anders geformt, und in einer Metallhalterung steckte. Als ich es zückte, sah ich, daß es eine gerade Klinge besaß und im Gegensatz zum Schwert, das vom Alter schwarz und rostnarbig war, wie neu wirkte.

Ich bin kein Metallurge, aber ich erkannte sofort, daß ich ein Metall wie das, aus dem das Messer bestand, noch nie zuvor gesehen hatte. Ich nahm das Schwert in die eine und das schwertgroße Messer in die andere Hand. Auch in Balance und Gewicht unterschieden sie sich, und sie lagen völlig unterschiedlich in der Hand.

Mit dem alten, rostigen Schwert konnte ich viel leichter umgehen als mit dem Messer. Letzteres war zu schwer und erschien schlecht konstruiert: Den Griff konnte ich gerade eben mit den Fingern umschließen. Die Vertiefungen im Griff waren für eine weitaus größere Hand als die meine vorgesehen, für eine Hand, die zudem nur vier Finger besaß. Ich hielt die beiden Waffen ins Licht und studierte ihre Oberflächenbeschaffenheit und die Schneiden, dann drückte ich beide Klingen sachte auf die hölzerne Seitenwand der Truhe. Das rostige Schwert hinterließ keinen Eindruck. Das andere fraß sich mühelos ins Holz, als wäre die Schneide mit Monodraht belegt.

Ich entschuldigte mich bei Vaughn-Nguyen und nahm das Messer mit ins Sonnenlicht. Auf dem Griff befand sich ein Muster aus Punkten und Kommas.

Ein anderer Gegenstand erwies sich als Handcomputer. Wie das Messer war er für eine überdimensionale Hand gedacht und von fremdartigem Design. Anscheinend war er beschädigt.

Weiterhin fand ich einen übergroßen Gürtel mit Taschen und allerlei kleine Metallgegenstände, die aus der gleichen Werkstatt wie der Handcomputer zu stammen schienen. An den Gegenständen befanden sich Buchsen, offenbar für Stromkabel, die zueinander paßten. An ihnen und auf dem großen Messer befand sich das gleiche, an Knochen erinnernde Muster wie auf den Ohren des Tigerfells.

»Schließlich haben wir noch das Buch des alten Herrn«, sagte Vaughn-Nguyen. »Er hat es für die Familie geschrieben. Darin ist auch ein Kapitel über den Tigermenschen. Großvater hat uns daraus vorgelesen, als ich noch ein Kind war. Ich glaube, damals haben wir das Fell zum letztenmal aus der Truhe genommen. Ich bezweifle, daß Sie irgendwo noch Exemplare des Buches bekommen können. Es ist schon lange nicht mehr in Druck und wohl nie elektronisch erfaßt worden.«

Da hatte er recht. Man erhielt nicht mehr besonders viele von diesen alten Büchern. Es gab alte Minenschächte, die voll von ihnen waren, Adern aus Zellulose, die die geologischen Formationen der Erde durchzogen. Ganze Industrien, sogar Weltraumindustrien, erzeugten ihre Produkte hauptsächlich auf der Basis von eingestampftem und hochkomprimiertem Papier. Einiges von unseren besten, natürlich angebauten Nahrungsmitteln wuchs auf Papier, das zuvor in Wurmfarmen zu Ackerboden umgewandelt worden war. Der Bücherboden oder ›B-plus Kompost‹, um den Handelsnamen zu erwähnen, diente sogar in den hydroponischen Gärten der Luxusraumschiffe zur Züchtung von Nahrungsmitteln für die Küche der ersten Klasse.

Vaughn-Nguyen war kaum in der Position zu wissen, daß seit mehreren Generationen etliche hunderttausend eigens dazu ausgebildete Männer und Frauen sich mit nichts anderem als der Zensur, der Entfernung und Vernichtung politisch inkorrekter Bücher und ähnlicher Medien beschäftigt hatten – oder? Vaughn-Nguyen benahm sich nicht wie jemand, der wußte, daß gegen ihn ermittelt wurde. Er wirkte offen, entspannt und freundlich. Oder war er dafür geschult worden? Bislang hatte er sich völlig kooperativ verhalten. Oder gehörte das zu einem geheimen Plan? Er war ein Mann, den man durchaus mögen konnte. Ich hoffte, daß er sich bei den Militärhistorikern wohl fühlen würde, sollte er denn in die Cañons des Mars verbannt werden.

Er wandte sich dem Bücherschrank zu, einem weiteren verzierten antiken Möbelstück mit gläsernen Schiebetüren, und reichte mir sehr vorsichtig ein Buch aus dem oberen Bücherfach.

»Seien Sie achtsam, es ist sehr empfindlich.«

Vaughn-Nguyen wollte nicht erlauben, daß ein Historiker Familienerbstücke mitnahm, nicht einmal vorübergehend. Am Ende mußte ich ihm deshalb doch noch meinen Ausweis zeigen. Ich versprach, daß er sie nach der Untersuchung zurückerhalten würde.

Viele Seiten aus dem Buch fehlten, und etliche zerfielen, als ich sie nur berührte – sie rissen nicht, sie zerbrachen einfach und zerfielen geräuschlos zu Staub. Da wurde ich vernünftig und faßte nichts mehr an. Ein Buch aus Schneeflocken hätte wohl kaum empfindlicher sein können. Aus beruflichen Gründen hatte ich schon viele alte Bücher zu Gesicht bekommen, doch bisher noch nie groß ihren Inhalt enträtseln müssen. Wenn Zweifel bestanden, dann fort damit, so lautete die allgemeine Regel.

Im Buch gab es nur wenige Bilder, und der antiquierte enge Satz und die alte Schrift würden es nach einer Weile zur sehr ermüdenden Lektüre machen, obwohl die Rechtschreibung verhältnismäßig modern war, so viel hatte ich gesehen. Ich nahm eine Schmerztablette und brachte das Buch zu

Bannerjee vom ARM-Laboratorium in New Sydney. Ich ließ ihn alle Seiten abfotografieren, bevor weiterer Schaden angerichtet wurde. Dann ging ich an einen 'Doc, um meinen Finger behandeln zu lassen. Ich hatte kaum jemals echtes Blut gesehen, und schon gar nicht mein eigenes. Der Anblick behagte mir überhaupt nicht. Früher mußten Menschen wie Colonel Vaughn sehr viel Blut zu Gesicht bekommen haben.

Der 'Doc behandelte meinen Finger, aber sonst nichts. O'Briens diesbezügliche Anweisung befand sich also bereits im Netz. In der Nacht schlief ich schlecht. Ich hatte Kopfschmerzen, die zu behandeln der 'Doc sich ebenfalls weigerte. In meinem Finger pochte es leicht, und dazu kam das unangenehme neue Gefühl von *Schmerz*. Wie in einem Fant-Buch, dachte ich säuerlich; ich lebte wohl, wie die Militärfants gerne leben würden. Und eventuell veränderte sich auch mein Stoffwechsel.

KAPITEL 4

An der Möhnetalsperre, jenem Staudamm im Sauerland also, der vor fünfzig Jahren von den ›Dambusters‹ zerstört worden war, wollte ich mir vor Ort für einen Artikel zum Jahrestag einen persönlichen Eindruck verschaffen. Auf die Ereignisse in der Nacht vom 16. zum 17. Mai 1943 [gab es] dort keinerlei Hinweis: keine Gedenktafel, kein Mahnmal, keine Postkarten. Kein Betonsockel mit verdrillten Bombensplittern.

Keine Wand, in die die Namen der Ertrunkenen eingemeißelt gewesen wären. Nichts. Es war knapp 28 °C warm, junge Mädchen nahmen ein Sonnenbad, und ein paar Segelboote wiegten sich behäbig in der Brise.

Peter Tory,
International Express vom 19.–25. Mai 1993

Am nächsten Morgen rief Bannerjee mich an. Er hatte die Seiten vergrößert und bereinigt. Auf dem Bildschirm erschien parallel neben dem Original in moderner Schrift der Text, der aus den lesbaren Teilen elektronisch erfaßt worden war, und den ich durcharbeiten konnte, ohne Kopfschmerzen zu bekommen.

Ich wies Bannerjee an, die Verbindung aufrechtzuerhalten, und wir gingen die Seiten gemeinsam durch. Die Erzählung begann recht konventionell mit einer Vorstellung der Familie des Colonels und war offenbar schon alt gewesen, als das Buch gesetzt wurde. Schon bald hatte ich das Kapitel gefunden, das mich interessierte.

Der Tiger sei vor einigen Monaten in den Distrikt eingebrochen, berichteten die Inder. Er sei, so sagten sie, während eines Sturms mit Blitz und Donner herniedergefahren.

Ihre abergläubische Ehrfurcht vor diesem Tiger beruhte wohl auf seiner außergewöhnlichen Wildheit. Hierzulande stürzen sich Tiger nur dann auf Menschen als Beute, wenn sie durch Alter oder eine Verletzung nicht mehr in der Lage sind, schnelleres, stärkeres Wild zu jagen und zu reißen. In diesem Fall aber schlug ein einzelnes Raubtier anscheinend wahllos Menschen, Vieh (einschließlich Büffeln), Hirsche, Bären und andere zahme wie auch wilde Tiere, sogar Elefanten. Es griff bei Tag ebenso an wie in der Nacht, bevorzugte jedoch offenbar das Tageslicht. Der Tiger galt als furchtlos und gab sich wenig oder gar keine Mühe, sich zu verbergen, es sei denn, er beschlich seine Beute nur zu seinem Vergnügen.

Der Versuch beherzter Dörfler, ihn zur Strecke zu bringen, endete in einem Desaster. Kaum hatte der Tiger sich der Jäger entledigt, drang er ins Dorf ein und verursachte dort ein Blutbad.

Die Überlebenden hatten *en masse* die Flucht ergriffen. Doch handelte es sich bei ihnen um zähe Bergbewohner, die den Tiger als ihren natürlichen Feind ansahen und normalerweise bereit waren, jeden Raub mit schweren Musketen zu Fuß anzugehen, wenn kein britisches Regiment mit Hinterladern und vielleicht einigen Elefanten in der Nähe stand.

Tatsächlich wurde sogar der halb aufgefressene Kadaver eines anderen Tigers gefunden, den der Menschenfresser offenbar besiegt hatte. Sher Ali, letzter einer langen Ahnenreihe von Jägern und Schützen, der den Kadaver untersuchte und sehr viel über Tiger wußte (selbst den Namen hatte er von ihnen), sagte mir, bei dem Besiegten habe es sich um einen ausgewachsenen Königstiger gehandelt. Von Sher Ali werde ich noch mehr berichten, denn an jedem Tag hat er sich bewährt und sollte noch lange in meinen Diensten bleiben, obwohl ich nicht sagen könnte, ich hätte ihn zum Diener genommen; vielmehr erwählte er mich nach Art der Pathanen – und er war ein Afridi – zu seinem Herrn. Der Tiger hatte weithin Furcht verursacht. In den Dörfern machten viele Geschichten die Runde, unser Jagdwild sei in Wirklichkeit ein Dämon oder ein böser Geist.

Wir hätten aufgrund der Beschreibungen durch die wenigen Glücklichen, die ihn gesehen und die Begegnung überlebt hatten, schon bezweifeln sollen, ob es sich dabei überhaupt um einen Tiger handele. Seine Fährten ähnelten den Prankenabdrücken normaler Tiger kaum. Curlewis mutmaßte, die Pranken könnten, vielleicht bei einem Waldbrand, zur Unkenntlichkeit verbrannt worden sein. Aber wie hätte der Tiger dann darauf so weit und so schnell vorwärtskommen sollen?

Auf einer amtlichen Karte trugen wir seine Umtriebe ein und versuchten ihn einzukreisen ...

An dieser Stelle befand sich eine Lücke. Aus dem Aussehen des Seitenrestes schloß ich, daß die Karte, auf die Vaughn sich bezog, hier ausfaltbar wiedergegeben gewesen war. Auf dem verbleibenden Seitenteil waren einige Dorfnamen und Höhenlinien erhalten, und ich ließ mir eine Kopie davon ausdrucken.

Die *Shikar* war sehr gut vorbereitet, die Ausrüstung vom Besten, was wir auftreiben konnten. Dem Zufalle wollten wir so wenig wie möglich überlassen, und nach allem, was wir über die Größe des Tieres gehört hatten, wählten wir Gewehre vom größten Kaliber, das uns zur Verfügung stand: als Hauptwaffen Elefantenbüchsen. Wir hatten Express-Gewehre mit den Sprenggeschossen aus der Munitionsfabrik in Dumdum, dazu selbstverständlich verläßliche Martini-Henri-Gewehre, die wir uns bei der Infanterie ausgeliehen hatten (ich glaubte nicht, daß unsere Karabiner von irgendwelchem Nutzen sein würden). Außerdem verfügten wir über zwei der neuen amerikanischen Winchesters, die auszuprobieren der Brigadier-General uns gebeten hatte. Wir sorgten dafür, daß die Träger und die Treiber gut mit Gongs, Raketen, Fackeln und Waffen ausgestattet wurden. Als Treiber stellte Sher Ali nur die zuverlässigsten aller Männer an.

Der Tiger schweifte weit umher auf seinen Raubzügen, aber seine Höhle befand sich, so wurde uns versichert, im Nachbartal, wo er zuerst gesehen worden und das mittlerweile beinah zur Gänze entvölkert war. In der Tat gab es im Umkreise von etlichen Meilen kaum noch menschliche Bewohner. Jene, die der Bestie nicht zum Opfer gefallen waren, hatten die Flucht ergriffen.

Nicht nur, daß dieser Tiger weitaus gefräßiger und angriffslustiger war als jeder Menschenfresser, von dem ich je gehört hatte, er war auch schneller und verschlagener. Kein Pferd ließ sich dazu bewegen, seiner Spur lange zu folgen.

Mit Hilfe der Karte hatten wir einen genauen Plan erarbeitet, unsere Treiber zu verteilen, um den

Räuber vor unsere Gewehrmündungen zu locken, nachdem wir ins Tal des Tigers eingedrungen waren. In der Nachschau gab es wohl nie einen Plan, der sich als überflüssiger erweisen sollte ...

An dieser Stelle klaffte eine andere Lücke. Der Abschnitt, der sich mit dem ersten Teil der Tigerjagd befaßte, war offenbar unwiderruflich verloren. Immerhin lag es nahe, daß das am häufigsten aufgeschlagene Kapitel des Buches auch am stärksten abgenutzt war. Die auf die Lücke folgenden Seiten hatten vor der Erfassung von altem Schmutz gereinigt werden müssen.

In nichts erinnerte sie an eine Tigerjagd, an der ich je teilgenommen hätte. Ein kühner Tiger mag sich manchmal nicht allzuviel Mühe machen, seine Spuren zu verbergen. Diese Raubkatze aber hatte sie überall hinterlassen. Der Pfad, der aus dem Tale führte, in dem der Tiger zuerst gesehen wurde und von dem aus er nun seine Streifzüge unternahm, wirkte ausgetreten wie eine Überlandstraße.

Der Tag war seltsam und drückend. Die Berge schienen sich enger zusammenzudrängen. Die *Bandar* – die Affen – waren von den Bäumen verschwunden, und alle Vögel schwiegen. Jeder Jäger berichtet von der eigenartigen Stille, die herrscht, wenn die Natur nach Anbruch einer Jagd ihre Geschäfte ruhen läßt, diese Stille

jedoch war tiefer und lastender als jede andere. Ich fragte mich, inwieweit diese Stille die Nerven der Träger beeinträchtigen mochte. Und obwohl ich nie auch nur einen Augenblick an seinem Mut gezweifelt hätte, sah ich die Schweißperlen auf Sher Alis Stirne. Mein eigenes Gesicht konnte ich nicht sehen, aber ich spürte, daß mein Herz weitaus schneller klopfte, als mir lieb war. Sher Ali war mein Waffenträger, und innerlich dankte ich dem Herrn dafür, daß er ein Afridi war. Nach allem, was ich von diesem Stamm wußte – und wir hatten an der Nordwestgrenze des öfteren mit ihnen Tee genommen –, wäre er lieber tausend Tode gestorben als irgendeiner Furcht nachzugeben, die er empfand, vor allem vor den Augen all dieses Hügelvolks aus dem Osten.
Sehr deutlich empfand ich die Gefahr, die der Stille zugrunde lag, als wir beim ersten Büchsenlicht vom Lager aufbrachen. Um der *Morale*, wie die Franzosen sagen, unserer Leute willen trugen wir Uniform, und ich befahl, obwohl ich es zu diesem Zeitpunkt eigentlich nicht für sonderlich sinnvoll hielt, die Gewehre bereits jetzt zu laden und zu spannen. Hätte ich letzterem Impulse nicht gehorcht, so könnte ich heute nicht diese Worte niederschreiben. Dann hörten wir ein Geräusch: ein wütendes Brüllen, lauter als jeder Tiger, den ich je gehört habe, lauter als das Brüllen eines afrikanischen Löwen ...

Sher Ali erblickte ihn zuerst, den orangenen Flecken, der sich seinen Weg durch die Bäume bahnte. Seltsam hell leuchtete das Fell aus den

Schatten hervor. Ich begriff, daß der Tiger sich weder vor uns verbarg noch uns beschlich. Kaum hatte er die Jagdgruppe gesehen, die Männer, Gewehre, Tiere und so fort, da stürmte er zum Angriff herbei! ...

... schneller als jeder Tiger, den ich je sah, raste er in einem merkwürdigen, hechtenden Gang heran, welcher mich an die Sprünge eines englischen Wiesels denken ließ. Doch dieses Biest wog drei- oder viermal soviel wie ein Mann! Es kam ...

Wieder kreischte das Ungetüm auf, ungleich jedem Tiger, den ich je gehört hätte. Völlig ohne Furcht stürmte es den Hügel hinauf zu uns! Mit welcher Geschwindheit! Zwei Treiber, die dem Tiger im Weg standen, wurden von einem Streich seiner Pranken im Vorbeihetzen getötet und zur Seite gewirbelt. Er preschte direkt auf mich zu, als wüßte er um mein Ziel und hätte mich unter allen anderen ausgewählt.
Diese Größe! Ich danke dem Herrn noch heute, daß ich das Elefantengewehr dabei hatte und nicht das Martini. Ich war mir sicher, daß ich den Tiger mit dem ersten Schuß traf, ein Schuß, der jeden Keiler niedergestreckt hätte, doch schien der Treffer seinen Vorsturm nicht einmal abzubremsen. Als ich zum zweitenmal feuerte, hatte er mich schon beinah erreicht: ein schlechter Schuß, denn das Biest – wieder anders als jeder Tiger, den ich je beobachtete – erhob sich auf die Hinterläufe, als ich abdrückte. Mein Auge und

meine Hand waren noch schnell in diesen lang zurückliegenden Tagen, doch das Monstrum war viel behender als ich, behender als irgendein Tier, das ich kannte.
Ich hatte in der Hoffnung auf den Kopf gezielt, mit einem Schuß Augen und Lunge zugleich zu treffen, was manchmal gelingt, wenn der Tiger direkt auf den Schützen zustürmt. Doch aus seinem Gebaren zu urteilen, mit dem er zusammenbrach, muß das Dumdumgeschoß ihn ins Becken getroffen haben. Dennoch schien der Tiger sich seinen schweren Wunden zum Trotz zu einem weiteren Angriff aufrappeln zu wollen, und ich schoß zum drittenmal. Hinter mir erklangen die Waffen der anderen.
Auch auf den dritten Schuß kann ich nicht stolz sein. Sie werden die Schwierigkeiten, vor denen ich stand, nicht recht einzuschätzen wissen, solange Sie sich nicht die immense Größe und überragende Schnelligkeit dieser Raubkatze vor Augen führen. Mit erstaunlicher Wendigkeit – die auch dann noch bemerkenswert gewesen wäre, hätte der Tiger noch keine schwerwiegenden Wunden erlitten gehabt –, warf das Untier sich beiseite. Weitere Kugeln trafen es: aus den Elefantengewehren, den Martinis und den Winchesters. Die schweren Musketen der Stammeskrieger krachten. Ich sah das Blei einschlagen. Von diesen Treffern wäre jedes gewöhnliche Raubtier in Fetzen gerissen worden.
Und selbst da war die Bestie noch immer nicht erlegt. Sie rollte sich ins Unterholz, und im nächsten Moment hörten wir das Ungetüm davonpre-

schen! Der Tiger hetzte dicht an Sher Ali vorbei (Gütiger Gott: Als das Magazin seines Repetiergewehrs leergeschossen war, verharrte der Pathane nicht, um nachzuladen, sondern zückte seinen Khyberdolch!), und ich hörte, wie die Winchesters einen Schuß nach dem anderen in die fliehende Raubkatze pumpten.

Daß die Treffer tödlich sein mußten, dessen war ich mir völlig sicher. Das Monstrum hatte genug Blei eingesteckt, um damit eine Herde Elefanten zu töten, doch darf man keinen verwundeten Tiger sich selbst überlassen. Ich war vorübergehend taub, in meinem Schädel dröhnte es, und von dem Rückstoß der Elefantenbüchse (immerhin des Kalibers .606) rann mir aus beiden Nasenlöchern das Blut.

Ich untersuchte die beiden gefallenen Treiber. Tragischerweise bedurfte es nur einer raschen Untersuchung, um ihren Tod festzustellen. Der eine war von den Klauen ausgeweidet, der andere fast in zwei Hälften gerissen worden. Sobald ich konnte, rief ich Maclean, Curlewis, Sher Ali und die erfahrensten Treiber zu mir, und wir machten uns an die Verfolgung.

Auf den Tod verwundet oder nicht, der Tiger bewegte sich zügig eine dicht bewachsene, steinige Böschung hinauf. Die Blutspur war kaum zu verfehlen, doch das Blut machte einen eigenartigen Eindruck. Manchmal sah es purpurn, manchmal orangen aus. Weiterhin fanden wir orangefarbenes Haar, Fleischfetzen und Knochensplitter, ja sogar Fetzen von Eingeweiden. Da wußte ich, daß die Sprenggeschosse ihre Aufgabe wohl verrichtet hatten. Noch immer aber herrschte die viel zu tiefe Stille und warnte unsere Jägerinstinkte. Von irgendwoher wußte ich, daß das Untier noch lebte. Nur bewegte es sich nun völlig lautlos und ohne zu brüllen. Vielmehr sammelte es, das spürte ich mit merkwürdiger Gewißheit, seine fast unglaubliche Stärke und Vitalität für einen letzten Sturmangriff. Wie gut, all diese vertrauenswürdigen Schützen hinter mir zu haben!

Lange suchten wir die vom Urwald überwucherten Felslöcher ab; zumindest erschien es uns sehr lang. Unsere Nerven waren zum Zerreißen gespannt. Wir folgten unserer Beute in ein langes, tiefes Felsental, das sich krümmte und wand. Es war überwuchert, und es gab dort dunkle Klüfte und Felsvorsprünge. Dann hörten wir das Geschöpf erneut. Es knurrte und fauchte nicht, seine merkwürdige Stimme hob sich und fiel ab; sie hörte sich an, als ob jemand Wasser auf ein erlöschendes Feuer goß. Gedämpft erklang sie aus der Ferne, von einer tieferen Stelle der Schlucht.

Mittlerweile hob sich der Morgennebel von den fernen Gipfeln. Ich erinnere mich noch des Widerstrebens, mit dem ich weiter vorausging. Ich blickte auf jene Gipfel, wo ich unschuldige Sambars und Moschustiere gejagt hatte, und fragte mich, ob ich sie wohl je wiedersehen würde. Die hohen Felswände der Schlucht verstellten uns schließlich fast völlig den Blick auf den Himmel, so daß man meinen konnte, wir wären tief unter der Erde.

Plötzlich zuckte ein Blitz über den Himmel, und ein

ohrenbetäubender Knall ertönte, so laut, daß wir nicht sicher wußten, ob wir uns direkt unter einem Gewitter befanden (obwohl der Knall lauter war als jeder Donner, den ich selbst im Bergland je gehört hatte) oder ob hundert Geschützbatterien gleichzeitig gefeuert hatten. Ein Stoß heißer Luft überströmte uns. Jenseits des Felsenkamms wogte eine gewaltige Staubsäule wie eine dichte Rauchwolke in den Himmel. Während eines Gefechts hatte ich einmal beobachtet, wie ein Munitionsdepot explodierte, aber gegen diesen Ausbruch verblaßte jene schreckliche Detonation zur Bedeutungslosigkeit. Der Wind trug Steine herbei und schleuderte sie auf uns, so daß wir unsere Gesichter mit den Armen schützen mußten.
Einen Moment lang verloren wir die Jagd aus den Augen und hasteten die Böschung hinauf, wobei wir unserem Wild den Rücken zukehrten, was man an sich niemals tun sollte. Ein gewaltiger Erdrutsch hatte die halbe Seite des nächsten Tals zum Absturz gebracht. Der Tiger, von dem es hieß, er sei mit Donner und Blitz herbeigekommen, hatte inmitten eines weiteren Aufbäumens der Natur den Tod gefunden.
So groß war die Gewalt des Erdrutsches, daß wir beobachten konnten, wie Bäume und Felsbrocken hoch über uns in die Luft geschleudert wurden und auf den Boden zurückprallten, um die Verwüstung noch größer zu machen. Lange standen wir da und starrten auf das Naturschauspiel, doch gegenüber solchem Kataklysmus waren wir völlig machtlos. Wir konnten nicht mehr tun als zu beten, daß keine unglückliche Seele dem Erd-

rutsch in den Weg gekommen war. Doch zum Glück hatten ja, wie ich bereits erwähnte, die Bewohner des Tales vor dem menschenfressenden Tiger die Flucht ergriffen. Wäre jemand zurückgeblieben, so wäre für ihn alle Hoffnung verloren gewesen.

»Er stand auf einem Felskamm und konnte sehen, wie ein Erdrutsch im nächsten Tal Bäume und Felsbrocken hoch in die Luft schleuderte?«

»So steht es da. Es geht noch weiter.«

Kaum war der Tumult des Erdrutsches verstummt, da vernahmen wir erneut die Laute unserer Beute. Kein anderer Tiger hat je solche Laute von sich gegeben, beinah erinnerten sie an artikulierte Sprache. Nun erklangen sie jedoch schwächer, und ich glaubte zu hören, daß der Tiger Blut in den Lungen hatte. Von den Lauten ließen wir uns durch das dichte Unterholz leiten und erblickten schließlich einen Höhleneingang, in den hinein die Blutspur führte.

Die Gerüche, die man in solchen Szenen wahrnimmt, prägen sich oft so ein, daß man sie sein ganzes Leben lang nicht mehr vergißt. Der Gestank pulverisierten Feuersteins von der Felslawine füllte mir die Nase, dazu kamen ein auffälliger Ingwer- und Blutgeruch.

Jäger und Soldaten müssen sich von Zeit zu Zeit in Gefahr begeben, doch ist Tollkühnheit weder ein Zeichen von Weisheit noch verdient sie

Ruhm. Maclean, Curlewis und ich postierten uns am Eingang, dann schickten wir die Treiber zurück, Fackeln und Raketen zu holen. Mehrere von ihnen wanden sich stöhnend am Boden und erbrachen sich – wohl ein Anzeichen von Hysterie über die beiden Aufregungen, die Hetzjagd und den ehrfurchtgebietenden Ausbruch der Naturgewalten, dessen Zeuge wir gerade geworden waren. Als unsere Helfer endlich zurückkehrten, feuerten wir mehrere Raketen in die Höhle, denn wir hofften, das Ungetüm damit auszuräuchern.
Schließlich aber betrat ich, ohne sonderlich begeistert zu sein, wie ich zugeben muß, als erster die Höhle, wobei ich eine Fackel weit vorstreckte. Wir alle hatten die Abzüge der Gewehre zum ersten Druckpunkt durchgezogen. Da lag der Tiger. Mit den Vorderpranken schien er etwas festzuhalten.
Er lag im Sterben. Sein Hinterteil war zerschmettert, und rings um das Tier breitete sich ein See aus Blut aus. Die Raketen, die noch flackernd am Boden lagen, hatten dem Tier schwere Verbrennungen zugefügt. Bei unserem Anblick jedoch krümmte es sich zusammen, als wollte es uns anspringen.
Wieder brüllte es, und ich schwöre, am Ton seiner Stimme erkannte ich, daß der Tiger mir eine Frage stellte! Einmal habe ich einen sterbenden Pathanenkrieger so schreien hören, weil er, wie ich glaube, noch den Namen des Kriegers erfahren wollte, der ihm den Tod brachte.
Der Tiger sprang so gut er vermochte. Unsere Waffen entluden sich gleichzeitig. Alle Mündun-

gen waren auf seine Brust gerichtet, und die große Katze wurde rücklings gegen die Felswand geschleudert. Dennoch versuchte sie einen letzten Angriff, während wir einen Schuß nach dem anderen aus unseren Repetiergewehren in sie hineinjagten: Mit den Krallen zog das Monstrum sich schleifend über den Boden und kreischte und fauchte mit seiner merkwürdigen Stimme. Niemals hätte ich vorher gedacht, es könnte irgendein Tier geben, das so schwer zu töten war. Aber schließlich verendete es doch.

Als wir den Tiger nun näher betrachteten, ging etwas Denkwürdiges vor. Zunächst überkam mich Bedauern. Ich habe bereits erwähnt, daß die meisten Menschenfresser alte oder verkrüppelte Untiere sind und die Jagd auf sie keine besondere Herausforderung: Es handelt sich schlichtweg um Ungeziefer.

Ich hatte schon vorher mißgestaltete Wesen gesehen, Abarten oder unglückselige Launen der Natur, aber etwas derart Deformiertes noch nie. Bedauern? Warum soll ein Soldat denn kein Bedauern empfinden, sobald er seine Pflicht getan hat und der Feind tot vor seinen Füßen liegt? Als ich den riesigen Kadaver eingehend untersuchte, überfielen mich jedoch Bestürzung und eine eigentümliche Furcht, wie ich sie zuvor noch nie empfunden hatte. Ich hatte meine Beute, wenngleich ein Menschenfresser, für ein edles Tier gehalten. Aber was konnte ich nun sagen?

Ja, was? Soll ich eine Erzählung niederschreiben, der keiner je Glauben schenken wird? Ich schreibe dies als alter, verbrauchter Mann, der seine Laufbahn lange hinter sich hat. Ich wünschte nicht, für verrückt gehalten zu werden, und doch habe ich mich darangesetzt, die Geschichte meines einfachen Lebens in Worte zu fassen und zu Papier zu bringen – und noch heute besitze ich den Schädel und das Fell des Tigers. Das Wesen hatte keine Pranken, sondern Hände! Und sein Kopf glich dem keines Tigers, den ich je gesehen habe!

Gehörte meine Beute zu einer bislang unbekannten Art und war vielleicht von den verschneiten Höhen Tibets herabgewandert? Auch der Schwanz wirkte falsch. Er war haarlos und rosa wie der einer riesigen Ratte. Irgend etwas an diesem Schwanz stieß mich ab.

Halten Sie mich nicht für verrückt, geneigter Leser, habe ich doch lange im Osten gelebt und einiges von östlicher Magie zu Gesicht bekommen. Ich weiß, daß es Geheimnisse gibt, die von uns Abkömmlingen westlicher Zivilisation niemals ergründet werden können. Selbst in den Garnisonen Indiens bin ich Zeuge von Ereignissen geworden, die niemand glauben würde, käme ich auf den Gedanken, in London oder Sydney davon zu berichten.

Handelte es sich bei dem Tiger vielleicht um eine Schöpfung der tibetischen Magie? War er wirklich ein Dämon? Wenn ich am gemeinsamen Kirchgang und an der Spitze meiner Männer zu Gott bete, wie kann ich dann nicht bereit sein, letzten Endes doch die Existenz von Dämonen für möglich zu halten?

Doch könnte ein Dämon einem Schuß aus einem Gewehr zum Opfer fallen? Was wir getötet hatten, war ein Wesen von Fleisch und Blut.
In den Dörfern habe ich und haben andere immer wieder Geschichten von Geistern und Wer-Tigern gehört: Tiger, die des Nachts geschossen werden und deren Kadaver man nie findet, doch liegt am nächsten Morgen ein Mann aus dem Dorf – üblicherweise der ansässige Geldverleiher – mit einer Kugel im Leib tot im eigenen Hause. Hörte ich in meinen frühen indischen Jahren solche Geschichten, so schenkte ich ihnen wenig Beachtung, doch das Fell des Tigermenschen liegt vor mir, während ich diese Zeilen niederschreibe.
Dazu kamen der Gegenstand, den dieses bepelzte Un-Tier mit der *Hand* umklammerte, und die Gegenstände, die wir unweit von ihm fanden und deren Herkunft und Natur niemand zu deuten weiß. Sind unsere Fundstücke das Werk tibetischer Priester? Was bedeutet die Schrift auf dem schweren Messer? Ich habe mich bei Mr. Lockwood Kipling vom Museum in Lahore erkundigt und zur Antwort erhalten, er habe dergleichen noch nie erblickt. Ich überlasse es anderen, diese Gerätschaften zu entschlüsseln.
Hatte der Tiger vielleicht zuvor einen von weit her gekommenen Bewohner dieser Höhle verschlungen? Oder befanden sich die Gegenstände nur durch Zufall darin, hinterlassen von Ruhmalwallahs oder anderen geheimen Reisenden? Standen sie überhaupt mit dem Tiger in irgendeiner Verbindung? Warum hatte er noch im Sterben gerade diesen Gegenstand umklammert? Sher

Ali hätte beinahe den Verstand verloren, nachdem wir ihn dazu überreden konnten, die Höhle zu betreten (seine Furcht konnte ich kaum verstehen, denn nun war der Tiger tot, dieser Tapferste der Tapferen im Leben!). Er stammelte, der Tiger selbst habe diese Gegenstände mitgebracht! Und dennoch, seine Worte wollten mir nicht mehr aus dem Kopf gehen ...

Mr. Kiplings berühmter Sohn hat in einem seiner Gedichte geschrieben: »Und der kühnste Traum in Kew* ist Wirklichkeit in Katmandu ...«; außerdem verfaßte er Geschichten über einen Jungen, der im indischen Dschungel von Wölfen aufgezogen wurde. Vielleicht haben diese Geschichten ihren Ursprung in meinem Tigermenschen. Doch was ich erlegte, war kein Mensch, den Tiger aufgezogen hatten. Wenigstens dessen bin ich mir sicher. Wie ich schon erwähnte, und wie jedermann weiß, der dort lange genug gedient hat, steckt der Osten voller Geheimnisse.

Aber vielleicht war mein Tigermensch nicht der einzige seiner Art. Vielleicht gibt es in den hohen Weiten Tibets noch andere solche Tiger. Wir haben schon von anderen denkwürdigen Geschöpfen erfahren, die dort oben leben. Steckt hinter dem menschenfressenden Yeti oder Migou, den die Tibeter so fürchten, in Wahrheit der Tigermensch?

* Kew: Vorort von London mit einem berühmten botanischen Garten. (Anm. d. Übers.)

Das Kapitel ging zu Ende, und ein neues begann.

Zwei Wochen nach dem Erlegen des Monstrums, das im Kasino später als ›Vaughns Tigermensch‹ bezeichnet werden sollte, erhielten wir Befehl, zur Grenze auszurücken und uns dem Dirragha-Expeditionskorps unter Brigadier-General Bindon anzuschließen. Schon seit wir ins Quartier zurückgekehrt waren, hatte ich mich krank gefühlt, und so verbrachte ich den Beginn des Feldzugs im Lazarett. Ein sehr merkwürdiges Fieber hatte mich befallen, von dem auch Maclean und Curlewis nicht verschont blieben ...

Nun folgten mehrere Kapitel, die sich mit ›Grenzscharmützeln‹ und einem anderen Spiel beschäftigten, welches ›Polo‹ genannt wurde und von dem der Colonel offenbar begeistert gewesen war.

Andere alte indische Rituale wurden erwähnt, auf die ich mir keinen Reim machen konnte, ›Durbars‹ und ›Hungersnöte‹, Zeremonien und ›Manöver‹. Uralte Flachfotos klebten auf manchen Buchseiten, durchweg von sehr schlechter Qualität. Die Ärzte (ein anderes Wort für 'Doc, damals gab es nur menschliche 'Docs) rieten dem Colonel, sich in einem Klima anzusiedeln, in dem es weder die Fieber Indiens noch die Winterkälte Englands gab.

Ich blätterte zu den letzten Seiten vor:

Im Dienste des Empire verbrachte ich so viel meiner Lebenszeit im Exil. Aber von hier, vom Ende her betrachtet, würde ich mein Leben nicht gegen ein anderes eintauschen wollen. Dieses kleine Buch habe ich für meine Söhne geschrieben. Seit ich den Osten verließ, bin ich nicht mehr so gesund gewesen wie vorher, aber ich habe mehrere Krankheiten überlebt und bin noch nicht bereit zu sterben. Manchmal fühlte ich mich auf meinem Lebensweg wie vorzeitig gealtert, doch dem muß ich gegenüberstellen, daß ich noch in meinen späten Jahren unerwartet mit Heirat, Kindern und einem Leben in einem neuen, vielversprechenden Land gesegnet worden bin. Nur eine Sorge trübt mein Glück: Ich weiß, daß ich nicht damit rechnen darf, so lange zu leben, meine Söhne noch als erwachsene Männer sehen zu dürfen.
Deshalb habe ich diese Erinnerungen an ferne Zeiten und Orte niedergelegt, damit sie erfahren, was ihr Vater im Dienste der Königin und Kaiserin und des Empire, unseres gemeinsamen Erbes, vollbracht hat. Damit sie von unserer nationalen Tradition des Dienens wissen und auch, daß sie einer Familie mit eigenen Traditionen entstammen. Soldatensöhne ...

Die letzte Seite war völlig zerfallen. Ich verbrachte etliche Stunden damit, ARM-Datenbanken und alte Bibliothekskataloge in diversen Teilen der Welt zu durchforsten. Im ausgehenden neunzehnten Jahrhundert waren mehrere Berichte über den ›Tigermenschen‹ veröffentlicht worden, aber bis auf die Fetzen, die ich schon kannte, waren sie alle bereits vernichtet. Nach seiner Pensionierung hatte der Colonel sogar Vorträge über sein Ungetüm gehalten.

Mit der nötigen Zeit und Geduld hätte sich jeder beliebige Forscher meine Ermittlungsergebnisse erarbeiten können, wenn er wußte, wonach er zu suchen hatte, und eine mittlere bis hohe Sicherheitseinstufung besaß. Ich überließ es Bannerjee, sich mit den anderen Gegenständen zu befassen.

Niemand aus der Familie Vaughn-Nguyen besaß irgendwelche augenfälligen oder aktenkundigen Verbindungen zu Militärfantkulten. Aber einer von Vaughn-Nguyens Söhnen war in den Belt ausgewandert. Der andere war Tiefseefarmer und -prospektor geworden, besaß also Zugang zu biotechnischen Werkstätten *und* metallurgischen Laboratorien. Er war reich. Reiche Familien blieben in der Regel deshalb wohlhabend, weil sie versuchten, noch reicher zu werden.

Vaughn-Nguyen war im Moment unverheiratet. Schon als junger Mann hatte er die Farm verlassen und war erst vor einigen Jahren dorthin zurückgekehrt. Den größten Teil seines Lebens hatte er mit Delphinen gearbeitet. Reisen in den Weltraum waren nicht verzeichnet, nur Ausflüge auf den Mond. In seiner Abwesenheit war die Farm von Robotern bewirtschaftet worden, und die versiegelten Gebäude hatte im Laufe von über achtzig Jahre niemand betreten.

Eine Stunde später traf die Trumpfkarte ein: Der Paul Vaughn-Nguyen, der in den Belt ausgewandert war, war identisch mit dem Paul Vaughn in meinem Dossier: der System-Überwacher der *Angel's Pencil*.

Viel mehr blieb wohl nicht zu ermitteln. Wir wußten nun, wer verantwortlich für die Sache war. Nun mußte nur noch das Weshalb geklärt werden.

Allerdings störte mich irgend etwas an den Fotografien im Buch des Colonels. Ich ließ sie daher vergrößern und vom Computer aufbereiten. Mehrere Tage brauchte ich, bis ich herausgefunden hatte, was mir daran keine Ruhe ließ.

Es gab ein Bild von Vaughn, das aufgenommen worden war, als er noch ein junger ›Captain‹ war und mit einer Gruppe anderer, merkwürdig gekleideter Männer posierte – nach dem Ende der berühmten Tigerjagd.

Der Tiger war auf dem Bild aus der Höhle gezerrt und gehäutet worden. Als dunkle Masse lag er auf dem Boden, neben ihm der Schädel und das Fell. Die alte Fotografie lieferte keinerlei morphologische Details. Außerdem hatten die drei Männer sowie ein anders Gekleideter – Sher Ali, nahm ich an – ihre Füße auf den Kadaver gestellt und verdeckten weitere Einzelheiten.

Die nächste Fotografie zeigte ebenfalls den Colonel, als er schon älter war. Er posierte mit anderen kurz nach Abschluß des ›Dirragha-Feldzugs‹, welcher, wie ich entdeckte, offenbar gar kein Spiel, sondern eine Art Konflikt gewesen sein mußte.

Auf beiden Fotos trug Vaughn mehr oder weniger die gleiche Kleidung. Die Bildunterschrift identifizierte seine Begleiter einschließlich der zwei Männer, die mit Vaughn auf beiden Bildern zu sehen waren, nämlich Captain Curlewis und Lieutenant Maclean. Es gab auch noch eine andere Aufnahme von Sher Ali. Alle Fotos waren von einem Hurree Mukkerjee aufgenommen worden, der als ›erster Brigade- und

Regimentsphotograph‹ beschrieben wurde. Damals war die Fotografie so selten – selbst eine primitive wie diese –, daß man den Namen des Fotografen als einer Erwähnung würdig erachtete.

Aber hatten nicht alle echten Kriege schon lange vor dieser Zeit aufgehört? Schon damals waren Soldaten Anachronismen gewesen und übten, wie ich in den Kursen gelernt hatte, nur noch untergeordnete Polizeiaufgaben aus – wie zum Beispiel gefährliche Tiere im Wildland zu jagen. Hatte es noch Gruppen ... von – wie hieß das Wort ... Banditen gegeben? Briganten? –, die von Soldaten verfolgt und verhaftet wurden?

All das paßte nicht zusammen.

Und Soldaten sollten Raketen benutzt haben?

All das klang wie eine schlechte Militärfantasterei.

In dieser Nacht schlief ich wieder sehr schlecht. Und immer wieder sah ich die Gesichter der Militärhistoriker vor mir. Sie ließen mich einfach nicht los, aber sie machten mir nicht nur um ihrer selbst willen Sorge, sondern auch weil ich überhaupt an sie dachte. Jemand, der tut, was er zu tun hat, braucht sich normalerweise keine Gedanken zu machen über jene, um die er sich streng nach Vorschrift kümmern muß.

Sie waren noch immer im Krankenhaus. Nach dem Gesetz stand ihnen eine Berufung zu, und die Zeit für diese Formsache mußte ihnen gewährt werden. Schließlich gab ich Anweisung, die Gedächtnistilgung aufzuschieben, ohne genau zu wissen, warum.

KAPITEL 5

Unser Unvermögen, der Fortschrittlichkeit unserer Mittel zum Trotz die doch verhältnismäßig einfache Frage zu beantworten, ob wir in der Galaxis allein seien, ist sicherlich ärgerlich. Doch gleichzeitig sollte es uns, wie Professor [Glen David] Brin herausstellt, Furcht einflößen: Zwar könne man sehr leicht zu dem Schluß kommen, der Grund für das Große Schweigen sei der Umstand, daß eben keine anderen Zivilisationen existierten, doch biete sich noch eine andere, düsterere Erklärung. ... Nicht nur die Toten bewahren Stille, sondern auch – das Raubtier.

Adrian Berry,
Ice With Your Evolution, 1986

Geplant war ein sechs Monate währendes Fest voller Konzerte und Spiele. Unsere Abteilung hatte damit nur wenig zu tun, aber sehr viel ARM-Kapazität wurde darauf verwandt. Mehrere hundert Leute, von denen ich wußte, und sehr viel Computerzeit war allein darauf verwendet worden, Spiele, Musik und Tänze zu recherchieren und zu erfinden; eine Anstrengung, die den Aufwand im Vergleich zur bloßen Veranstaltung um ein Mehrfaches übertraf.

Es sah ganz danach aus, als wetteiferte nach Vollendung des historischen Programms die Spielentwicklung mit der Landschaftsumgestaltung um den ersten Platz unter den Hauptbeschäftigungen der ARM, während die Aufgaben, die man gemeinhin mit uns in

Verbindung brachte, in den Hintergrund traten. Mir war bekannt, welche Mühen in die Spiele investiert worden waren, besonders in ›Anmutig wiegende Weide‹, ein Spiel, dessen Schwerpunkt darauf lag, ein guter Verlierer zu sein, doch selbstverständlich war dergleichen nicht für mich gedacht. Seit meiner Rückkehr aus Australien war ich sehr fleißig gewesen; einen gehörigen Teil meiner Zeit hatte ich darauf verwendet, Alfred O'Brien zu bewegen, mir Zugang zu Dateien mit höherer Sicherheitseinstufung zu gewähren.

Ich wandte mich erneut der Lektüre über Waffen zu. Zunächst hatte ich angenommen, es wäre ein Fehler der Fälscher gewesen, das ›Schwert‹ und den ›Revolver‹ des Colonels zusammen in die Truhe zu legen, ein Anachronismus, doch nun erfuhr ich, daß ›Offiziere‹ noch lange zu rituellen und zeremoniellen Zwecken Schwerter getragen hatten, nachdem diese Waffen keine praktische Verwendung mehr fanden. In Kriegerkulturen waren sie manchmal vom Vater an den Sohn weitergereicht worden. Aber im Jahre 1878 hätten doch Schwert und Revolver schon lange gleichermaßen nur noch schmückendes Beiwerk sein müssen?

Allmählich begriff ich, wie wenig ich wirklich wußte. Setzte man voraus, daß immerhin die zugrundeliegende Geschichte der Wahrheit entsprach, so hatte Colonel Vaughn diesen Tigermann auf einer primitiven, riskanten Jagd erlegt – und das weniger als hundert Jahre vor Anbeginn des Weltraumzeitalters.

Und anscheinend war er kurz darauf in den *Krieg* gezogen! Noch im neunzehnten Jahrhundert Kriege?

Wo doch jedem Schulkind beigebracht wurde, daß Kriege gleichzeitig mit dem Beginn der historischen Aufzeichnung und dem Anbruch der Zivilisation per definitionem verschwunden waren?

In der Literaturabteilung der ARM wußten wir, daß es auch danach sporadisch zu Kriegen gekommen war und daß sie erst später verschwanden, aber noch immer Jahrhunderte vor der Zeit des Colonels. Lange vor Kolumbus und Galilei.

Aber alles, was ich in letzter Zeit gelesen und recherchiert hatte, zeigte, daß es noch in den siebziger Jahren des neunzehnten Jahrhunderts Heere gegeben haben mußte – und diesmal ging es nicht um Erfundenes, wie in den alten Büchern, an deren Vernichtung ich beteiligt war, sondern um offizielle Chroniken. Sicherlich hatte die Bekämpfung der Kriminalität damals noch in den Kinderschuhen gesteckt, und die Welt war gefährlich und zum Teil noch unerforscht. Aber ganze Heere für Polizeiaufgaben und Tigerjagden? Es fiel mir schwer, daran zu glauben.

Innerhalb der Geschichte, die in unseren Museen gelehrt und dargestellt wurde, markierte das Jahr 1943 einen der bedeutsamsten Punkte. Jedes Kind wußte, daß von Braun in diesem Jahr die ersten funktionstüchtigen Forschungsraketen zur Erforschung des Wetters und der kosmischen Strahlung gestartet hatte: die »*Vetterraketen*«, wie das alte deutsche Wort lautete, oder V 1 und V 2. Innerhalb kürzester Zeit mußte die Gesellschaft große Fortschritte gemacht haben, wenn im zwanzigsten Jahrhundert Kriege und Armeen verschwunden waren und das Raumfahrtzeitalter beginnen konnte. Unglaublich große Fortschritte.

Angenommen, diese alten Bücher voller pathologischer Belletristik und Fantastereien, die zu unterdrücken ich half, waren nicht alle erfunden gewesen? Und es hatte so viele davon gegeben!

Etwas anderes kam noch hinzu: Anscheinend harmlose Werke über vergleichende Literaturwissenschaft und archaische Prosagestaltung hatten allerhöchste Priorität erhalten – nicht zur Unterdrückung und Verbergung, sondern zur sofortigen Zerstörung. Wieso? Etwa zu dem Zweck, daß Operatoren wie ich nicht in die Lage versetzt wurden, erfundene Technik von dokumentierter zu unterscheiden?

Bei meinen Eintritt in die Literaturabteilung hatte ich fortwährend Warnungen erhalten, sowohl unverhohlene als auch verdeckte Warnungen vor den absolut tödlichen Auswirkungen auf die Karriere, sich *allzusehr* mit seiner Arbeit zu identifizieren.

Warum waren mir diese Umstände vorher nie aufgefallen? Weil ich erst seit wenigen Tagen keine Medikamente mehr bekam und diese Medikamente ein Mittel zur Dämpfung der Intelligenz enthielten? Wieviel Intelligenz benötigte man, um ein Fantbuch als solches zu erkennen oder einen Fantkult zu infiltrieren? Nicht besonders viel, das wurde mir allmählich klar. Schizos wie Anton Brillov und Jack Strather, die in anderen Abteilungen an anderen Aufgaben arbeiteten, hatten erheblich umfangreicheren Zugriff auf echte Geschichte als ich.

Und die Fantkulte selber ... warum waren sie so beharrlich, und warum standen sie abgesehen von gewissen Unterschieden miteinander in Einklang? Warum hatten frühere Generationen solch bizarre Gegenstände hervorgebracht wie »Spielzeugsoldaten« und »Plastikmodellbausätze«, von denen noch gelegentlich welche auftauchten?

Die Frage, die diese Lady May mir auf dem Weg zur Gedächtnistilgung gestellt hatte: *Hatte* ich denn wirklich gewußt, was ich zerstörte?

Das Programm war eingerichtet worden, um eine Strömung des Zerstörungswahns aus der menschlichen Kultur zu entfernen – so wie sein genetisches Gegenstück versuchte, ein Gen für Zerstörungswahn aus dem menschlichen Erbgut zu tilgen; ein nutzloses und gefährliches Gen. Aber ich selbst war verrückt und bekam kein Heilmittel, wie die Schizos, die bei der ARM beschäftigt waren und während der Dienststunden keine Medikamente erhielten. Waren wir nutzlos und gefährlich? Vermutlich würden wir es sein, sobald das Programm beendet war.

Und noch immer paßte so vieles nicht zusammen – genauer gesagt, paßte vieles zusammen, was nicht zusammengehörte; Dinge, über die ich noch nie zuvor nachgedacht hatte.

Ich wußte, daß die ARM auch den eigenen Mitarbeitern alles verbotene Wissen vorenthielt, das sie nicht zur Erledigung ihrer Aufgaben benötigten, gefährliche Tatsachen ebenso wie gefährliche Erfindungen. Nun aber konnte ich meine Augen nicht mehr vor all den Ungereimtheiten verschließen, die direkt vor meiner Nase standen.

Ich versuchte, andere Gedanken zu verfolgen: Als die *Angel's Pencil* die Erde verließ, war das Programm noch längst nicht so weit fortgeschritten. Unter den Besatzungsangehörigen konnten durchaus Personen sein, die sich mit den heikleren Aspekten der Weltgeschichte beschäftigt hatten.

Und was die groben, offen ins Auge fallenden wissenschaftlichen Schnitzer in den Beschreibungen des fremden Raumschiffs und seiner Fähigkeiten betraf: Handelte es sich dabei um absichtliche Signale, vielleicht von einem Crewmitglied eingebracht, das mit der Täuschung nichts zu tun haben wollte?

Bannerjee rief mich an. Er hatte in New Sydney mit den unbekannten Gegenständen gearbeitet.

»Das ist ein elektronisches Buch«, sagte er. »Sehen Sie: Hier sprechen Sie hinein, und das hier ist eine Art Speicherbank. Das hier ist das Display. Eine Art Notebook. Auf jeden Fall wüßte ich nicht, was es sonst sein soll.«

»Können Sie es auslesen?«

»Es ist beschädigt. Eine Minute lang hat es mal zu mir gesprochen. Auf jeden Fall glaube ich, daß es sich dabei um Sprache gehandelt hat und nicht nur um Störgeräusche. Klang wie kämpfende Katzen. Und es ist sehr merkwürdig. Die Anlage der Schaltkreise ist beispiellos. Mit Gewißheit kann ich sagen, daß das Metall im Weltraum hergestellt wurde. Ein High-Tech-Produkt.«

»Wie alt ist es?«

»Es müßte recht neu sein. Neuer als es riecht. Vielleicht hat es sich jemand im Belt einfallen lassen.«

»Aber es soll aus Indien gekommen sein«, entgegnete ich, »und sehr alt sein.«

»Hm ... mein Vater hat sich für Indien interessiert. Im ganzen Haus standen bei uns Messingtöpfe. Das hier ist aber kein Messing. Definitiv ein Produkt des Weltraumzeitalters. Ein Vorfahr von mir nahm am ersten indischen Weltraumprogramm teil, müssen Sie wissen. Nun, die Schaltkreise scheinen in Ordnung zu sein. Ich kann ihm noch einmal Strom geben und sehen, was geschieht.«

Ich wartete, während er das Gerät mit Energie versorgte. Zischen und Kreischen ertönte. Ich hätte nicht sagen können, ob es artikuliert war oder sich nur um versagende Elektronik handelte. Dennoch wirkte es auf die Dauer variant und moduliert wie Sprache. Auf meinem Bildschirm sah ich hinter Bannerjee weitere Bildschirme: Computerbänke mit Zahlenkolonnen, die sich ständig veränderten. Ich kannte den Typ der Computer und wußte, was ihre Benutzung kostete. Diese Ermittlung uferte allmählich aus.

»Es gibt eine relativ kleine, regelmäßig wiederkehrende Lautgruppe«, erklärte Bannerjee. »Wenn es sich um Sprache handelt, die nicht verschlüsselt ist, dann könnten wir dort vielleicht einen Ansatzpunkt finden.«

»Halten Sie mich auf dem laufenden.«

Ich beobachtete den Tanz der Zahlen und phonetischen Symbole auf den grünen Glasit-Schichten hinter Bannerjees dunklem Gesicht. Der Zweck der Täuschung lag allmählich auf der Hand: Ganz offensichtlich sollte der Tiger als eine Art verschollener Fremder präsentiert werden.

Die Vaughn-Nguyens hatten die Geschichte ihres Vorfahren über den mißgestalteten Tiger zum Aufhänger genommen oder sich davon inspirieren lassen. Aber zu welchem Zweck?

Die »Sprache« in dem »Buch« ließ sich leicht erklären: Ein Computer hatte sie entworfen. Imaginäre Sprachen imaginärer Fremdintelligenzen entstanden zuhauf als legitime Fantasieprodukte. Es gab ganze Gesellschaften, die sich nur dem Ersinnen neuer außerirdischer Sprachen widmeten; Vereinigungen gelangweilter Menschen befaßten sich mit allem Erdenklichen. Die meisten davon steuerte die ARM. Die Sprache des »Tigermenschen« würde sich daher irgendwann übersetzen lassen. Wenn die Erfinder dieser Fremdsprache die Aufzeichnung in ihrem ›Notebook‹ auch noch verschlüsselt hatten, so hätten sie des Guten zuviel getan.

Die »Relikte«, ob organisch oder anorganisch? Alles wäre mit genügend Zeit und technisch fortschrittlichen Mitteln leicht genug zu fälschen.

Soweit es mich betraf, konnte eine Möglichkeit zumindest ausgeschlossen werden: daß wir es mit einer *echten* Weltraumkrankheit zu tun hatten und daß die Berichte über katzenartige Fremdintelligenzen Ausgeburten echten Wahnsinns waren, die auf unbewußten Kindheitserinnerungen an Erzählungen über Vaughns Tigermenschen beruhten und nicht zuletzt auf zu viele in VR-Programmierern verbrachten Stunden zurückzuführen waren. Diese Gegenstände waren definitiv angefertigt worden, bevor die *Angel's Pencil* ihre Reise begann.

Eine merkwürdige Abart politischer Rebellion, die irgendwie mit den Vaughn-Nguyenschen Vorstellungen von Familienstolz zusammenhing? Möglich gewesen wäre das schon. Vermutlich gab es sogar mehrere Motive.

Vor Jahrhunderten war ein mißgebildeter Tiger getötet worden. Das war, soweit ich feststellen konnte, in der Tat geschehen. Ich bezweifelte, daß alle Quellen, die ich zu Rate gezogen hatte, manipuliert worden sein konnten, oder daß die Richtung, die ich mit meiner Recherche einschlug, sich vorherbestimmen ließ. Abgesehen von den späteren Berichten hatte ich auch, mit einer Sondererlaubnis, den relevanten Teil der »Chronik des 4. Ulanenregiments« aus den unterirdischen Archiven geborgen – was mich mehr an eine archäologische Ausgrabung erinnerte als an historische Recherche.

Ich befaßte mich wieder mit den alten Fotografien, den beiden Bildern vom Colonel und seinen Freunden. Auf beiden Fotografien hatten sie alle denselben ›Rang‹ inne, und nach Angabe der Memoiren lag zwischen den beiden Bildern ein nur kurzer zeitlicher Abstand.

Und doch mußten die drei in diesem kurzen Zeitraum um Jahre gealtert sein. Im ersten Bild trug Curlewis einen seltsamen ›Tropenhelm‹, der seinen Kopf bedeckte, aber die anderen hatten ihre Helme wohl verloren und waren daher barhäuptig. Alle besaßen sie volles Haar, das allerdings kurz geschnitten war und im Vergleich zu heutigen Moden sehr merkwürdig erschien. Alle drei hatten Schnurrbärte. Auf dem zweiten Bild, das vor einem feierlichen Diner aufgenommen worden war, waren sie alle drei barhäuptig – und vollkommen kahl.

Dann das Bild des indischen Jägers Sher Ali. Auf beiden Bildern trug er ein eigenartiges Stoffstück um den Kopf gewickelt, aber auf dem zweiten war sein Gesicht bartlos. Das erste, ältere hingegen zeigte ihn noch mit wallendem schwarzen Vollbart.

Ich rief bei der ARM an, und bald folgte eine weitere Expedition in die alten britischen Archive. Sowohl Curlewis als auch Maclean hatten sich wegen periodisch auftretender Krankheit frühzeitig in den Ruhestand versetzen lassen.

Vor dem Ende des neunzehnten Jahrhunderts war in Großbritannien die Registrierung von Tod und Geburt eingeführt worden, und mit Hilfe ihrer Dienstnummern war es verhältnismäßig einfach, die beiden aufzufinden. Beide waren im Alter zwischen fünfzig und sechzig an Krebs gestorben. Colonel Vaughn hatte länger gelebt. Ich mußte die australischen Archive bemühen, um seinen Totenschein zu finden, doch auch er war dem Krebs erlegen.

Die biologischen Laboratorien der ARM testeten noch immer den Schädel und das Fell. Bislang war es nicht gelungen, eine Verbindung zu einer bekannten Katzenart herzustellen. Im Gegenteil, man hatte gravierende Unterschiede festgestellt. Nun wurden die ausgetrockneten Gewebereste Molekül für Molekül analysiert, und ich entnahm den Worten der Wissenschaftler, daß sie völlig fassungslos waren über die Ergebnisse ihrer Untersuchungen.

Doch nach wie vor herrschte Unklarheit über die Motive der Vaughn-Nguyens. Erneut ließ ich die Möglichkeiten Revue passieren.

Wenn die Geschichte von einer Weltraumkrankheit ernst genommen würde, mit der Wahnvorstellungen über schreckliche Fremde einhergingen, so hätte dies gewiß die Hemmung der Weltraumerkundung zur Folge – von dieser Voraussetzung waren wir ausgegangen. Doch mit einer Täuschung wie dieser konnte man kaum davonkommen, wenigstens nicht auf der Erde, denn die Aufzeichnungen der ARM hätten rasch verraten, wer in letzter Zeit Raumfahrtindustrieanteile abgestoßen hatte.

Religiöse Fanatiker? Unwahrscheinlich, wir lenkten die meisten Kulte.

Chiliastische Panikmacher? Auch über sie wußte die ARM Bescheid. Sie hatte bereits etliche von ihnen in Verwahrung genommen. Dergleichen konnte sich zu einem sozialpolitischen Waldbrand ausweiten. Aber warum sollte man solch ein Feuer überhaupt in Gang setzen?

Ich fragte mich sogar, ob ich auf ein ARM-internes Machtspiel gestoßen war. Die Mittel der ARM hätten es leichtgemacht, selbst eine derart komplizierte Irreführung in die Wege zu leiten.

Wenn dem so war, konnte ich nichts unternehmen. Die ARM war kein Monolith, dessen war ich mir durchaus bewußt. Es gab genug interne Konflikte und Interessengruppen, beschleunigte Beförderungen und vorzeitige Pensionierungen, aber der Gedanke, die ARM könnte die ARM in die Irre leiten, erschien einfach falsch. Wenn meine Intuition überhaupt etwas wert war, dann lag die Antwort woanders.

Die merkwürdigen Gegenstände? Woher kamen sie? Bannerjee hatte den Belt erwähnt. Im All hergestellte Metalle?

Waren die Vaughn-Nguyens Agenten der Belter? Seit Generationen ruhte die Rivalität zwischen der Erde und dem Belt (so hatte man mir gesagt) mehr oder weniger, aber jede Behinderung der irdischen Weltraumaktivitäten würde dem Belt einen Wettbewerbsvorteil schenken.

Eine Geschichte über kriegerische Fremdwesen – oder über Halluzinationen von kriegerischen Fremdwesen – würde nicht viel bewirken, konnte jedoch Grundlage einer auf lange Sicht geplanten psychologischen Beeinflussung sein.

Als nächstes würde man vielleicht sterbliche Überreste herstellen, keine Produkte der virtuellen Realität mehr, sondern »echte« Jenny Hannifers aus Fleisch und Blut, die im Belt in großen Bottichen gezüchtet wurden, möglicherweise das Ergebnis von Genexperimenten an Zookatzen. War in letzter Zeit irgendwelches Genmaterial aus Zoos gestohlen worden? Welches Genmaterial hätten Zoos oder Universitäten im Belt ohnedies zur Verfügung?

Gab es im Belt überhaupt Zoos? Der Lebensraum im Asteroidengürtel war begrenzt, doch ich wußte, daß vor Jahren noch auf Niederkunft, dem künstlich geschaffenen Asteroiden mit Erdschwerkraft, wo die Belter geboren wurden, ein recht großes Volumen ungenutzten Raumes zur Verfügung gestanden hatte, Raum, in dem man Parks errichtet hatte, Vergnügungszentren und ... Zoos? Aber die Bevölkerung des Belts war angewachsen. Ich rief die neusten Daten über Niederkunft ab.

Sicherlich lebten auf den größeren Asteroiden wenigstens ein paar Hauskatzen. Im All dienten Katzen zur Mäusejagd (der ganz auf Effizienz bedachte Belt – was man uns ständig unter die Nase rieb – hätte sicherlich eine bessere Lösung gefunden, doch die größeren »Flatlander-Pötte« wie etwa Kreuzfahrtschiffe schafften es nie, auch die letzte Maus an Bord loszuwerden. Oder die Katzen dienten den Raumfahrern auf einsamen Schiffen und Felsen einfach nur als gesellige Schoßtiere – sowie als medizinische Hilfsmittel: Nach wie vor mußten etliche Menschen ihr Leben aufgrund ihrer Herzbeschwerden in der Schwerelosigkeit verbringen, und für einen Katzenliebhaber stellte das Spielen mit und das Streicheln einer Katze mit Abstand das beste bekannte nichtmedizinische Beruhigungsmittel dar. – Zur Hölle! Die Belter mußten eine komplette Bibliothek sämtlicher DNS-Sequenzen besitzen und konnten jede Erbinformation züchten, verbinden und verspleißen, die sie nur haben wollten!

Der Schwindel konnte stufenweise aufgebaut worden sein. Als nächstes könnte ein ›fremdes‹ Raumschiff mit eigens gezüchteten ›fremden‹ Leichen gefunden werden, das entweder irgendwann auf der Erde abgestürzt war oder, noch gelegener, durch den Weltraum trieb. Und um einen weiteren Beweis für eine schreckliche, feindselige Spezies zu schaffen, die irgendwo im schwarzen Nichts jenseits des solaren Gravitationstrichters lauerte, könnte man eventuell ein oder zwei irdische Raumschiffe spurlos verschwinden lassen. Ein Beweis, daß es dort draußen jemand auf uns abgesehen hatte. Nein, nicht einfach ein ›Jemand‹, sondern große, orange, katzenhafte Fremdwesen; abscheuliche zähnefletschende Fleischfresser im Besitz einer Technik, die der unsrigen weit überlegen war – Gestalten, die ein pervertiertes Genie ersonnen hatte und deren Anblick allein genügte, um eine Panik auszulösen ... indem sie Urerinnerungen an den alten Jäger weckte: die Natur hatte keine Tötungsmaschine hervorgebracht, die der Perfektion so nahekam wie die Feliden. Ein Bild, das die Bevölkerungsmassen der Erde sofort annehmen würden – die Massen der Erde, für die heute die Langeweile der größte Feind war; von der Langeweile wurde erwartet, daß sie in naher Zukunft zum sozialen Problem Nummer Eins würde. Mir trat ein Bild vor Augen: Strohhalme im Feuer.

Und doch – *wozu?* Der Antwort auf diese Frage war

ich noch keinen einzigen Schritt näher gekommen. Ich vermochte mir keinen Gewinn vorzustellen, für den sich diese Investition an Zeit und Mitteln gelohnt hätte. Vaughn-Nguyen würde uns seine Beweggründe schon verraten, wenn erst ein Haftbefehl gegen ihn vorlag, aber bis dahin konnte er ungestört seine möglichen Mitverschwörer alarmiert und anderen Schaden angerichtet haben.

Was, wenn das Motiv wirklich darin bestand, die Erde verarmen zu lassen und den Belt zu bereichern? Eine Kriegspanik konnte durchaus dazu führen.

Eine Idee, die zur Berechnung der Belter paßte: den echten, wirtschaftlichen Krieg zu gewinnen, indem man die Erde dazu brachte, ihre Ressourcen auf die Vorbereitung eines vorgetäuschten Weltraumkriegs zu verschwenden.

Wären selbst die Belter zu solch einem Verbrechen fähig? – *Selbst* die Belter? Was dachte ich mir da eigentlich? Belter waren Menschen wie wir! – *Wirklich?* In solchem Denken lagen ... solches Denken riß Abgründe auf!

Ich war ohnehin nicht mehr geneigt zu glauben, daß die Verschwörer uns glauben machen wollten, die Besatzung der *Angel's Pencil* sei durch die Nebenwirkung einer langen Weltraumreise in Wahnvorstellungen versetzt worden. Ihr Ziel war radikaler: Sie wollten uns davon überzeugen, die riesigen katzenartigen Fremden seien echt. Daher auch die sorgfältige Vorbereitung hier auf der Erde.

Hatte deswegen vielleicht ein tapferer Erdenbürger unter den Besatzungsmitgliedern der *Angel's Pencil* im Geheimen das Nachrichtenprogramm umgeschrieben, um die Glaubwürdigkeit der Botschaften zu untergraben, indem er nicht nur kriegerische Fremdintelligenzen einfügte, sondern sie auch immun gegen die Massenbeharrung machte und mit einem reaktionslosen Antrieb ausstattete, der ihnen erlaubte, bei 0,8 *c* ein anderes Schiff abzufangen und sich dabei um den Geschwindigkeitsunterschied nicht kümmern zu müssen?

Oder war das wiederum zu kompliziert gedacht? Vielleicht sollte man simplere, wirtschaftliche Motive zugrunde legen: Die Behinderung der Weltraumkolonisierung würde einen Zusammenbruch des Aktienmarktes verursachen. Das Preisedrücken. Der damit verbundene Geldfluß ließe sich jedoch nicht sehr lange vor den wachen Augen der ARM verbergen. Mit Hilfe von Scheinfirmen und Strohmännern könnte man sicherlich einiges umleiten, sogar vom Planeten fort. Erneut böte der Belt das ideale Versteck für die Drahtzieher. Man munkelte, daß im Belt sehr viele Dinge verborgen gehalten wurden, sogar Waffenhorte. Vaughn-Nguyen beschwerte sich beim Museum, er wolle sein Eigentum zurück.

Krieg gegen den Belt? Das stand völlig außer Frage. Weltraumflug und Krieg waren miteinander unvereinbar. Meine Ermittlungen erhielten ihren verrückten Aspekt ja erst dadurch, daß man von einer Intelligenz denken und sprechen mußte, die gleichzeitig kriegerisch und wissenschaftlich war; was nicht mehr Sinn ergab, als von einem quadratischen Kreis zu denken oder zu sprechen. Aber Wirtschaftskrieg? Wirtschafts... – wie hieß das Wort? – ... Sabotage?

Und dann dieser *anklagende* Ausdruck im Blick der Militärhistorikerin. Warum sollte ich mir darüber Gedanken machen? Ich brauchte mir doch nur anzusehen, womit ich es zu tun hatte: eine massive und nach wie vor rätselhafte Verschwörung, die mich vollends ausfüllen und beschäftigen sollte.

Ob die Vaughn-Nguyens nun Haupttäter oder Handlanger waren, sie hatten sich jedenfalls exponiert und die Ermittlung auf sich aufmerksam gemacht, um ihre Geschichte durch die unweigerlich folgende Nachforschung bestätigen zu lassen. Der ›Tigermensch‹, die beweisbare Grundlage des Schwindels und darum zunächst scheinbar der Schwachpunkt, ließ sich leicht in einen Vorteil verwandeln: Man brauchte nicht sonderlich viel Phantasie, um auf die Idee zu kommen, ihn in eine Art gestrandetes oder ausgesetztes Fremdwesen zu verwandeln. Erneut rief ich Bannerjee an. Er glaubte, kurz vor einem Durchbruch in der Entschlüsselung der Sprache zu stehen: Er hatte gewisse immer wiederkehrende Lautgruppen identifiziert und führte an, daß eine authentische Aufzeichnung von der Sprache eines Einzelwesens, das auf einer fremden Welt gestrandet war, eigentlich das Wort ›ich‹ recht häufig aufweisen müßte. Außerdem sollte der angebliche Bericht eines raumfahrenden Wesens zudem Verweise auf Weltraum, Weltall, Weltraumfahrt, Raumschiffe und Antriebe enthalten. Wegen des allgegenwärtigen Musters regte ich an, er solle auch nach dem Wort ›Knochen‹ suchen.

Wer immer diese Täuschung zusammengebraut hatte, würde die Sprache schwer – sehr schwer – übersetzbar machen, sonst wäre die Fremdartigkeit nicht glaubwürdig gewesen – aber nicht so schwer, daß die Übersetzung zur Unmöglichkeit geriet, denn dann wäre der Zweck verfehlt. (Der Zweck? Glauben an Fremdwesen zu erzeugen? Aber warum? *Warum?*)

Wenigstens seit dem ausgehenden einundzwanzigsten Jahrhundert gab es Marotten über dergleichen – Behauptungen, daß die Pyramiden, die Statuen auf der Osterinsel und Kreise in Kornfeldern auf Fremdintelligenzen zurückzuführen seien. War nicht schon vor Jahrhunderten ein Film unterdrückt worden, in dem es um ein Fremdwesen ging, einen Darth Vader? All das besaß keinerlei wissenschaftliche Grundlage, aber einige Menschen waren damit reich geworden.

Gab es noch immer Anbeter des – wie hieß das Wort? – Cuthulu? Verehrer alter Götter, die sich nicht groß von den verschiedenen Militärfantkulten unterschieden. War am Ende der frustrierte, weltraumsehnsüchtige Arthur daran beteiligt? Wenn ich nun an seine Lektüre zurückdachte, wußte ich mit Bestimmtheit, daß er, wenn er noch kein echter Militärfant war, sich doch auf dem besten Wege befand, einer zu werden. Hatte er nur seine Rolle gespielt und mich absichtlich auf die Vaughn-Nguyens aufmerksam gemacht? Nein, zu abwegig. Ich hatte ihn ja aus freien Stücken aufgesucht. Hatte Alfred O'Brien sich schon mit seiner Rezitation dieses seltsamen Gedichts in die gewünschte Richtung gelenkt? Warum? Warum?

Motive? Motive? Mich beschlich das bohrende Gefühl, daß die ganze Antwort auf diese unerklärliche Situation viel einfacher sei, als ich glauben wollte, und daß ich etwas übersah.

Ganz ruhig. Behutsam. Wenn ich den Faden verlor, war ich nutzlos. Aber ... das Museum. Plötzlich wußte ich, daß ich im Museum etwas Wichtiges gesehen hatte, ohne es in meine Überlegungen mit einbezogen zu haben. Nicht im Britischen Museum, nicht in dessen uralten Grüften, sondern in Arthurs

Museum voller erzieherischer Ausstellungen und den Büros der ARM unmittelbar darüber. Dort war etwas ...

Etwas ... ich versuchte, Bilder und Assoziationen frei fließen zu lassen ... Guthlacs Träume vom Weltraum, vom Auswandern nach Wunderland ... Nein, nicht Guthlacs Träume, sondern meine eigenen, lange zurückliegenden. Warum sollte das wichtig sein? Das Museum – Wunderland. Welcher Zusammenhang sollte da bestehen?

Wunderland, die nächste und älteste extrasolare Kolonie im Alpha-Centauri-System, viereinhalb Lichtjahre war sie entfernt ... Ursprünglich von einem Konsortium aus Nordeuropa besiedelt, unter der Federführung von Familien aus Deutschland, Holland, Skandinavien und den baltischen Staaten. Deutschland ... Deutsch ... Vor langer Zeit hatte ich einmal Deutsch gelernt, als mir der Traum von Wunderland noch im Kopf umhergeisterte.

Deutsch und das Museum mit seiner Darstellung der Raumfahrtgeschichte und den wissenschaftlichen Exponaten. Raumflug ... Das hing zusammen ... eine alte Rakete im Flug ... eine deutsche Rakete ...

Und nun drängte sich ein Gedanke vor, geweckt von meiner besonderen Physiologie – noch rätselhaft, aber scharf und hart und klar: Die Abkürzungen V 1 und V 2 konnten nicht für ›Wetterrakete‹ gestanden haben.

Das deutsche Wort hieß ›Wetter‹, nicht ›Vetter‹, wie jemand es intuitiv geschrieben hätte, der englisch sprach, denn im Englischen wurde das ›V‹ ausgesprochen wie das deutsche ›W‹. Die Raketen hätten also W 1 und W 2 heißen müssen.

Es spielte eine Rolle. Im Augenblick konnte ich nicht sagen, wieso. Nun aber stieg ein anderes Gefühl in mir auf:

Isoliert. Kinderlos, lange zölibatär. Schizos sind oft attraktiv, Menschen wie ich hingegen weniger. Ein Geheimpolizist ohne persönliche Bindungen. Mehr oder weniger verbittert über meinen Zustand. Weshalb empfand ich plötzlich ... nein, es gab kein anderes Wort dafür ... *Dankbarkeit?* War ich dankbar für Vereinsamung und Lieblosigkeit? Dankbar, daß ich niemanden hatte? Warum erschien mir die Welt plötzlich ... nein, schöner eigentlich nicht, aber ... wertvoller?

Hör auf damit! Die Antwort würde von selbst ans Licht kommen. Ich hatte noch andere Rätsel zu lösen.

Drei britische Soldaten, die an Krebs starben. Aber in jenen Tagen war der Krebs doch sicher noch nicht der große Mörder gewesen? Wenn ich mich recht entsann, hatten die Menschen damals meist nicht lange genug gelebt, um Krebs zu bekommen.

Ich begann eine oberflächliche Suche, um meine Vermutung zu bestätigen. Wie andere historische Dokumente waren auch die öffentlichen medizinischen Daten fragmentarisch, aber verhältnismäßig leicht zugänglich. In den Speicherbänken fand ich die ›Mortalitätsliste‹ für London in einer Woche des Jahres 1665. Nicht gerade zeitgenössisch, aber dicht genug. Etwas namens ›Schwindsucht‹ hatte 134 Menschen getötet, ›Fieber‹ 309, ›Vleckenfieber‹ 101 und ›Pest‹ erstaunliche 7.165. Alles in allem waren 8.297 Menschen in dieser Woche gestorben, von Krankheiten namens ›Alther‹ bis hin zu ›Würm‹, aber nur einer an ›Krebs‹.

Zurück in die Akten des Britischen Heeres. Bei der zweiten Fotografie im Buch des Colonels hatte es sich um ein Gruppenfoto gehandelt: dreißig Offiziere waren darauf zu sehen, und jeder einzelne davon wurde in der Bildunterschrift beim Namen genannt.

Erneute Computerrecherche. Mehrere Offiziere (ich gewöhnte mich mittlerweile an Begriffe, die ich vorher nur aus verbotener Literatur und Militärfantkulten gekannt hatte) waren während ihrer Zeit beim Regiment in Indien gestorben. Die Totenscheine der anderen ließen sich aufspüren, indem ich einer Spur in eine Einrichtung folgte, die einmal das Britische Zentralarchiv geheißen hatte. Die meisten waren an Krankheiten zugrunde gegangen, die es heute nicht mehr gab, aber kein einziger von ihnen an Krebs.

Als ich um die Ermächtigung bat, weitergehende Informationen über die V 1 und V 2 einzuholen, rief Alfred O'Brien mich nicht zurück. Doch schon das war eine Antwort: Ich wußte nun, um was es sich dabei gehandelt hatte.

Dafür rief Bannerjee wieder an. Er hatte die Schrift von dem kleinen Display des ›Notebooks‹ reproduziert. Ich vermutete, es handelte sich um Punkte und Krallenabdrücke.

Ein paar Stunden später saß ich wieder in O'Briens Büro. Ich fragte nicht wegen der V-Raketen nach. Es war ein ungeschriebenes Gesetz, daß Themen, die einmal als verboten bekannt waren, nicht wieder angesprochen werden durften. Außerdem war es gar nicht mehr nötig.

»Haben Sie die Schrift von der *Angel's Pencil* schon übersetzen lassen?« fragte ich ihn.

»Nein. Wozu?«

»Veranlassen Sie es bitte.«

»Es ist doch eigentlich keine richtige Sprache ... Wir haben im Moment einiges mit höherer Priorität zu erledigen.«

»Man will uns glauben machen, daß der abnormale Tiger, der vor Hunderten von Jahren in Indien geschossen wurde, ein verlorenes Fremdwesen gewesen ist, und daß wir den gleichen Wesen nun im Weltraum begegnen.«

»Wer ist ›man‹?«

»Die Vaughn-Nguyens haben sich vermutlich an die alten Geschichten erinnert und sind auf die Idee gekommen. Es wird noch andere Täter geben. Dieser Verdacht muß jedoch erhärtet werden. Wenn ich mit meiner Vermutung recht habe, können wir mit dieser Hypothese das Problem der Sendungen lösen.«

Ich gab ihm die Ablesung vom Handcomputer aus Australien. »Und lassen Sie das hier einscannen.«

O'Brien warf einen Blick darauf. »Die gleiche Schrift.«

»Ja. Und wissen Sie auch, woher sie stammt? Offenbar aus einem Computer.«

»Dann müssen wir den Computer finden. Vielleicht hat man das Programm noch nicht gelöscht.«

Wir benötigten eine Weile, um zu der Computerzeit, die wir ohnehin schon beanspruchten, noch weitere Kapazität zu erlangen und sodann einzuspeisen, was Bannerjees Übersetzungsprogramm bereits erstellt hatte. Noch länger dauerte es, bis tatsächlich eine Übersetzung herauskam. Nach Abschluß der Vorarbeiten fiel dem Computer die Übertragung immer leichter, und die Masse an Material, die von der *Angel's Pencil* zur Erde gestrahlt worden war, beschleunigte den Vorgang zusätzlich. Viele der angeblich astronomischen Daten und Navigationstabellen ließen sich sehr rasch auswerten. Es gab zahlreiche Listen: Sie sollten wohl Waffenbestände und Feuerleittabellen darstellen, dazu kam eine Art Gedicht. Aus dem Gedicht konnten wir weitere militärische Begriffe folgern. Indem wir all das wieder auf das elektronische Buch anwendeten, erhielten wir Informationen über die Schrift und die gesprochene Sprache.

Noch immer gab es Verzerrungen, noch immer unübersetzbare Laute, aber allmählich ließ sich dem Ganzen ein Sinn entnehmen. Parallelrechner mit Gigabytes an Hauptspeicher verfeinerten die Daten unablässig. Es gab viele Extrapolationen und Vermutungen, doch das Endergebnis bestand in einer Botschaft:

> Bein-Knochen zerschmettert, ich kann nicht springen. Nur wenig Zeit übrig. Möge ich Heldentod! Aber Leben ist am Ende und Zeit Reflexion.
> Arriagh kharzz uru ... Mögen rächende Söhne Knochen erhalten in Schrein der Verehrung! Und Patriarch, ich verlange wieder vollen Namen: Skragga-Chmee! Auch wenn nicht Erlauchter Eroberer, habe ich doch große Eroberung entdeckt. Aus ich nneiirkruuw Ruhm für mein Haus und den Patriarchen.

Der Übersetzer stockte einen Moment. Das nächste Geräusch klang, als würde jemand ein stromführendes Kabel in Wasser tauchen. Es hätte sich um elektronische oder molekulare Verzerrung oder den Versuch handeln können, nichtmenschliche Sprache nachzuahmen. Dann ging die Übersetzung weiter:

Söhne wissen, ich lenkte Jagd auf mich wie geplant. Söhne werden kommen, wenn Usurpator Zkarrarr-Nig in Stücke gerissen ist und Besitz auf Skrullai und Name wiedergewonnen. Ich hinterließ Einzelheiten über meinen Kurs. Kz'eerkti! Die Kzinti kommen über euch!
Ich jagte gut. Reifere Welt für Eroberung als ich in alten Legenden. Jedem meiner Söhne große Jagdreviere! Arrearrllagah Karsscht Krrar Rsss-Rrlaghh ... Erhaltet und ehrt die Knochen von Skragga-Chmee!
Welche Jagd! Ich als Zähnefletschender Gott gnadenlos wie Kzintosch soll, selbst ... Ich, der edle Kzrral'ee A Hwrrowl töte ohne Waffe außer Wzai des Zeugers! Bis heute. Möge der Zähnefletschende Gott Zkarrarr-Nig und seine Brut verfluchen! Möge der Gott seine Seele erbrechen!
Ich nicht mehr sehen. Ich Selbstzerstörung von *Ferner Lauerer*. Schwerkraftmaschinen und Waffenkammer sollen nicht in Hände von werkzeugbenutzenden Kz'eerkti!
Ich erweise Kz'eerkti Dienst. Ich erhalte dem Patriarchat. Die Kz'eerkti-Bevölkerung wächst rasch ... Vermessung vor der Landung zeigte Kz'eerkti-Banden an vielen acht Stellen kämpfen.

Der Computer rejustierte sich. Er stellte fest, ein neues Analogon entdeckt zu haben und ersetzte das Geräusch: ›Kz'eerkti‹ durch ›Affen‹. Auch die Übersetzung schien nun besser zu werden.

Über die Ozeane fliegend, sehe ich Affenschiffe mit primitiven Kanonen. Selbst auf See wollen sie kämpfen? Zahnige gute Herausforderung und gescheite Sklaven sind sie, aber wenn sie mit chemischen Gewehren Waffenkammer *Ferner Lauerer* entdecken, finden die nächsten Helden, die zu Welt kommen, nur rauchende Krater. Finden Affen Schwerkraftpolarisator, dann ist Gottes Scherz. Aber soweit wird es nicht kommen.

Rotgekleidete Affen mit weißen Helmen sind Jäger, der sie anführt, ist ihr Häuptling. Er wird in meine Höhle kommen, das ist sicher. Wenn er glaubt, ich tot, locke ich ihn vielleicht vor meine Krallen.

Zurückgezogen habe ich mich, um Selbstvernichtungsprogramm zu starten. Meine Söhne, nur deswegen habe ich den Kampf abgebrochen, als ich tödliche Wunden spürte! Kein Feigling bin ich. Keine deutlichere Spur zu dieser Welt für meine Söhne, aber sie kennen meinen Weg ... Planet mit beginnender Industrialisierung – nur die Strahlungssignatur der Selbstzerstörung wird sie herbeilocken. Meine Nachkommen sind große Jäger! Sterbend verlange ich Ehrennamen Eroberer der diese Nachricht findet übermittele sie an Söhne von Skragga-Chmee, gestürzter Lord von R'kkia auf Skrullai! Verlange auch Ehrenname Söhne Krieger Belohnung.

Nun klaffte wieder eine Lücke. Ein neuer Datenstrom wurde eingespeist, und sogleich zeigte der Bildschirm wieder die Übersetzung an. Die nächsten Worte, die letzten Worte, lagen dicht an gewöhnlichem Englisch.

> Viel Schmerz. Höre Affen und Sklaventiere sich nähern ... Mehr kann ich wohl nicht mehr sagen. Rächt mich! Ehrt meine Knochen! Kriegersöhne ...

Ganz wie ich vorhergesagt hatte, denn es gab keine andere Möglichkeit, die einzelnen Puzzleteile sinnvoll miteinander zu kombinieren, nachdem die Relikte des Tigermenschen einmal aufgefunden waren. Wie nun feststand, waren diese Relikte von Anfang an dazu ausersehen gewesen, von jemandem wie mir gefunden und identifiziert zu werden.

Die Fälscher hatten weiter vorausgedacht, um die Einzelheiten stimmig zu gestalten, als ich ihnen zunächst zugetraut hätte. Selbst die unglaubliche Geschwindigkeit und Manövrierfähigkeit des angeblich fremden Schiffes war in gewisser Weise berücksichtigt worden, indem man einen Verweis auf eine Technik der Schwerkraftkontrolle einflocht.

Auch die Mühelosigkeit, mit der die *Angel's Pencil* das scheinbar unüberwindbare ›Feindschiff‹ vernichtete, ließ sich aus dem Szenario erklären, das die Verschwörer ersonnen hatten: Trotz ihrer technischen Überlegenheit konnten die Feinde überrascht werden – zum Beispiel von einem Fusionsmotor, den man als improvisierte Waffe einsetzte, denn die Fremden hatten nie eine derart umständliche und primitive Antriebsmethode entwickeln müssen.

»Sie haben ein hübsches Päckchen daraus gemacht«, lobte mich Alfred O'Brien. »Aber Tanj! Man muß doch schon ganz schön verdreht sein, um überhaupt auf so einen Plan zu verfallen!«

Und auch, um dahinterzukommen, aber das brauchte er nicht eigens zu sagen.

»Was kommt als nächstes?« fragte ich ihn.

»Die Sache wird auf höherer Ebene weiterverfolgt. Verhöre wird es keine geben. Überhaupt nichts, was irgendwelchen Ärger mit dem Belt verursachen könnte.«

»Sollte der Belt denn nicht Entschädigung leisten, wenn er darin verwickelt ist? Die Ermittlung hat eine Menge Zeit und Geld gekostet.«

»Nein! Die Entscheidung ist bereits an höchster Stelle gefällt und sehr eindeutig formuliert worden. Wenn der Belt darin verwickelt ist, dann wollen wir nichts davon wissen. Es darf keine Entschuldigung für die Entfesselung eines anderen Konflikts auftauchen! Nun, da das Problem erledigt ist, wird es *keine* Zwischenfälle mehr geben.«

Er blickte mir in die Augen und sprach mit einer Stimme weiter, wie ich sie noch nie gehört hatte, einer Stimme so grau wie Asche. »Nicht, wo es Tausende von Schiffen mit Fusionsantrieben gibt.« Ich glaube, zuerst sah ich ihn erschauern, und erst dann drang die Bedeutung seiner Worte zu mir durch. Da schauderte es mich ebenfalls. Vielleicht zum allerersten Mal begriff ich vollends, wozu die ARM und das Programm existierten.

Als O'Brien wieder das Wort ergriff, klang er wieder normal. »Die Vaughn-Nguyens erhalten komplette Gedächtnistilgung, und damit hat es sich. Ins Schwarze Loch. Alles.«

»Und die *Angel's Pencil?*«

»Zu weit entfernt, als daß wir ihretwegen etwas unternehmen könnten. Wir werden die Sendungen abblocken. Ende der Geschichte. Sie haben Ihre Sache gut gemacht, Karl.

Für die nächsten paar Tage behalten Sie Ihren gegenwärtigen Operationskode wohl besser bei«, fügte er hinzu. »Schließlich benötigen Sie den Zugriff auf die entsprechenden Dateien noch, wenn Sie Ihren Bericht schreiben ...« Er nickte vor sich hin.

»Sie haben Ihre Sache gut gemacht«, sagte er dann noch einmal. Bemerkte ich da einen Anflug von Zweifel in seiner Stimme? Wie das? Ich hatte meine Sache wirklich gut gemacht.

Ich bedankte mich und ging. Ich wollte ein paar Tage frei nehmen und mich dann wieder in die Routinearbeit stürzen.

Eine Sache jedoch stand noch aus, ein letztes Teil des Puzzles lag noch nicht dort, wohin es gehörte. Ich fragte mich, ob ich mir wirklich die Mühe machen wollte, die Sache erneut aufzugreifen, und entschied mich schließlich dafür, denn es konnte nichts schaden, durch eine letzte kleine Handlung die leise Stimme zum Schweigen zu bringen, die mir unablässig eine einzige, ungeklärte Frage ins Ohr flüsterte. In England war noch Tag. Ich rief Humphrey vom Britischen Museum an. »Wie lange«, fragte ich ihn, »ist es her, daß der Schädel von Vaughns Tiger zuletzt untersucht wurde? Bevor wir ihn uns neulich ansahen, meine ich natürlich.«

Mehrere Stunden später rief er mich zurück.

»Der erste Teil der Suche hat nicht lange gedauert«, erklärte er, »aber für den Rest mußte ich sehr alte Aufzeichnungen durchforsten. Dieser Teil der Archive ist nicht mehr betreten worden, seit die elektronischen Schlösser installiert wurden. Also zuletzt vor mehr als hundert Jahren. Und laut den schriftlichen Akten hat niemand die Kiste geöffnet, nachdem das Material im Jahre 1908 von Australien hierher zu uns geschickt und inventarisiert wurde.«

Die letzte Antwort.

Ich schreckte davor zurück. Ich kam mir vor wie ein Mann, der den Ausgang einer dunklen Höhle erreicht und, während er sich eilig dem Ausgang und dem Tageslicht nähert, mit der tastenden Hand auf eine Schlange faßt.

Ich schreckte davor zurück, aber ich zwang mich, erneut darüber nachzudenken und mir klarzumachen, was diese letzte Antwort bedeutete. Und schließlich begriff ich den Grund, weshalb die *Angel's Pencil* diese Nachrichten sendete. Meine vage Eingebung hatte recht gehabt: Die ganze Zeit über hatte sie vor unserer Nase gelegen, die einfache Erklärung.

KAPITEL 6

Unsere Abstammung von Raubtieren bedeutet für die Menschheit die größte Hoffnung ... Affen waren bewaffnete Mörder ...

Robert Ardrey, *Afrikanische Genesis*

Alfred O'Brien ließ mich in einen Autodoc schaffen. *In* einen 'Doc, nicht *zu* einem 'Doc. Tiefgehende Behandlung. Man ließ sogar einen menschlichen Arzt nach mir sehen.

Heute glaube ich, daß er meinen Abschlußbericht schon vorhergeahnt und nur abgewartet hatte.

Niemand hätte einen Schädel so exakt und als dreidimensionales Objekt reproduzieren können, ohne auf eine Vorlage zurückzugreifen; von dem Schädel existierte jedoch keine einzige komplette Zeichnung, und zudem hatte man ihn bereits weggeschlossen, bevor irgendeiner von uns geboren wurde.

Ich ging in Urlaub. Die ARM setzte mich an die Spitze der Wartelisten, um im Naturpark Großer Sklavensee zu wandern und zu campen und in den Lagunen der Truk-Inseln zu tauchen. Ich besuchte die Osterinsel und das Tadsch Mahal. Nachdem ich Agra besichtigt hatte, verbrachte ich noch ein wenig Zeit in Indien. Ich verließ die Touristenpfade und reiste nach Norden; nicht heimlich, aber doch bedacht, keine Aufmerksamkeit auf mich zu lenken.

In der Nähe des hochgelegenen Dschungels, wo Assam an Tibet grenzt, gab es ein neues Sperrgebiet. Ein Teil des Naturparks, ein Tal, erfordere besonderer Aufforstung, sagte man mir. Als ich aufbrach, erhaschte ich einen Blick auf die Maschinen, die einfuhren. Schwere Grabungsmaschinen. Sie hielten auf ein Tal zu, das ich von dem Fetzen einer Karte kannte und von dem ich wußte, daß es dort vor langer Zeit einen schweren Erdrutsch gegeben hatte.

Ich weiß nicht, ob die ARM mich je wieder nimmt. Anderthalb Jahre sind vergangen, und ich habe noch immer kein offizielles Wort gehört.

Inoffiziell habe ich einige Kontakte gepflegt.

In aller Regel geht die ARM langsam und indirekt vor. Ich weiß nicht, wann oder ob man dort die Pläne der fremden Bombenraketen und Laserkanonen von der *Angel's Pencil* benutzen wird, um Fabrikanlagen aufzubauen. Es gab auch eine Beschreibung des Schwerkraftmotors.

Vielleicht handelt die ARM auch zu langsam. Falls ja, werde ich es nicht erfahren, bevor es zu spät ist.

Hatte die Crew der *Angel's Pencil* daran gedacht, im Wrack des feindlichen Kriegsschiffs nach einer Notrufbake zu suchen? Hatte man sie abgeschaltet? Zu spät, um sich darüber jetzt noch Gedanken zu machen.

Ich bin gewarnt worden, die Erde nicht zu verlassen und auf keinen Fall mit irgend jemandem Kontakt aufzunehmen, der Verbindungen zum Belt oder zu den Medien besitzt.

Bin ich getäuscht worden? Angenommen, das Ganze war, wie von uns zuerst angenommen, tatsächlich ein außerordentlich groß angelegter Schwindel, nur nicht mit dem Ziel, einen Einbruch in der Raumfahrtindustrie zu erzeugen, sondern einen Boom für eine neue Militärindustrie? Sollte dies wirklich der Fall sein? Obwohl wir keine Spur irgendwelcher finanziellen Transaktionen gefunden haben, die damit zusammenhängen könnten? Und auch trotz der Tatsache, daß keine kriegerische Spezies oder Kultur jemals Zivilisation und Wissenschaft erlangen kann, ganz zu schweigen davon, das Energieaufkommen zu bewältigen, das Grundvoraussetzung ist für die Weltraumfahrt?

Doch eins habe ich diesbezüglich mittlerweile

erfahren, und das untergräbt zumindest die Gültigkeit des zweiten Punktes: Das Axiom, eine kriegerische Spezies könne sich nicht bis zum Erlangen der Raumfahrt weiterentwickeln, ist eine Erfindung, eine fromme Lüge, eine Behauptung, die niemals geprüft worden ist. Bevor ich meinen Abschlußbericht einreichte, durchsuchte ich ein letztes Mal die alten Militärakten, folgte der Fährte, deren wahre Länge ich gerade erst zu ahnen begann. Unser Raumfahrtzeitalter hatte im Krieg begonnen.

Ich fürchte, es ist nun zu spät, den Dschinn wieder in die Flasche zu sperren. Wie ich weiß, werden von Angehörigen der ARM verstärkt Schlüsselwörter eingesetzt, die zu alten Militärakten führen. Neue Geschichtskurse wurden eingerichtet, und ausgewählte ARM-Leute werden in Scharen geschult. Meine Militärhistoriker sind, wie ich glaube, darin verwickelt. Jedenfalls sind sie verschwunden, und ich bin mir sicher, daß sie nicht auf dem Mars Maschinen warten.

Außerdem ist Anton Brillov beteiligt, und daher auch Buford Early. Auf dem Mond ist eine neue Basis errichtet worden, aber keine neue Billig-Erholungskuppel für Touristen. Ich glaube, daß Buford Earlys Herren den Machtkampf innerhalb der ARM gewinnen.

Auch hat es, wie ich erfahren habe, eine Reihe unvorhersehbarer Versetzungen gegeben. Mir ist aufgefallen, welche Art von Leuten versetzt werden. Während ich auf meine Genehmigungen wartete, rief ich etwa ein Dutzend Bekannte an, angeblich, um im Urlaub ein wenig Gesellschaft zu haben.

Tatsächlich interessierte ich mich am meisten für

den Aufenthaltsort von zweien in dem Dutzend: zwei Spezialisten für Röntgenlaser. Beide waren plötzlich umgezogen, und ich konnte sie nicht mehr finden. Auch einige von den Hausschizos der ARM, meine Fast-Kollegen, sind verschwunden.

Zudem hat es außerplanmäßige Treffen mit der Führung des Belts gegeben. Gerüchteweise ist ein neues Konstruktionsteam für Raumschiffe zusammengestellt worden. Ich hege bestimmte Vermutungen über den Raumschifftyp, den man dort entwickeln wird. Mit Kommunikationsanlagen wird es sehr gut ausgestattet sein, mit Signallasern, die große Energiemengen erfordern. Aber es sind zwei Paar Schuhe, einen neuen Schiffstyp zu entwerfen und ihn dann zu bauen.

Unsere Spiele und unsere Freizeitprogramme ändern sich. »Anmutig wiegende Weide« ist aus den Nachrichtensendungen verschwunden. Das neue Spiel, »Oberhand«, betont das Gewinnen. Die Tänze sind ganz verschwunden.

Wenn Earlys Hintermänner den Sieg davontragen, dann werde ich wohl bald eine neue Verwendung erhalten. Andernfalls wird man mich einberufen und einer Gedächtnistilgung unterziehen. Davonzulaufen hat keinen Sinn: Die ARM kann mich überall auf der Erde finden, und wenn ich in den Weltraum entkommen könnte, wohin sollte ich dort fliehen?

Arthur Guthlac ist für Sonderaufgaben abgestellt worden, mit ihm zahlreiche andere, die sich am Rande der verbotenen Studien bewegt hatten. Seinen Museumstitel als Assistent des Stabschefs hat er behalten. Ein Witz Earlys?

Das Schiff seiner Schwester ist mit dem Befehl zur

Umkehr angestrahlt worden. Ein Grund wurde nicht angegeben. Die Nachricht wird das Schiff erst in sieben Jahren erreichen, aber wenn ihm bereits etwas zugestoßen ist, kommt die Nachricht zu spät.

Ich bedaure Arthur Guthlac und versuche, mir nicht auszumalen, was er empfinden muß, doch gleichzeitig frage ich mich, ob er nun endlich den Lebenszweck gefunden hat, nach dem er immer suchte.

Ich habe getan, was ich konnte. Sollte es in Zukunft noch eine Geschichtswissenschaft geben, so werden die Historiker fassungslos über den Zufall sinnieren, auf dem alles beruht: Colonel Vaughn hat gut geschossen und der Menschheit damit fünfhundert Jahre Frist erkauft.

Sie können Fehler begehen. Sie sind zu Wunschdenken fähig. Skragga-Chmees Geschöpfe sind nicht zu uns gekommen. Wir mußten zu ihnen gehen.

Meinen Urlaub habe ich hauptsächlich deswegen genommen, weil ich mich von allem, was gewesen ist, verabschieden wollte, von allem, was wir als selbstverständlich voraussetzten. Ich besuchte Orte der Erde, die ich im Laufe eines langen Lebens kennengelernt habe, welches, wie ich nun fast zu spät feststelle, auch sein Gutes gehabt hat. Schöne Anblicke, friedvolle Szenen, Ruhe und pulsierendes Leben. Szenen aus den letzten Tagen des Goldenen Zeitalters.

Wie werden diese Landschaften in ein paar Jahren aussehen?

Kriegsfabriken, in denen rund um die Uhr Zwangsarbeit geleistet wird? Glühende Bombenkrater? Oder die Jagdgründe der katzenartigen Erderoberer?

Die Zeit wird knapp.

Welche Gestalt hat der Raum?
Der Raum formt sich nach der Gestalt jeder Katze ...

Bei Nacht blicke ich auf und weiß, was kommen wird. Die ARM handelt entweder rechtzeitig oder nicht. Vielleicht ist der technische Vorsprung der Katzenwesen einfach zu groß. Sie sind schon so lange im Weltraum. Vielleicht ist es für uns schon zu spät, um uns noch wiederzubewaffnen, vielleicht haben wir unsere Spezies bereits der Wehrhaftigkeit beraubt.

Sir Bors, Lady Helen! Wenn Ihr und die Euren nur drei Tage früher verhaftet worden wärt, wie anders hätte Eure Geschichte dann zu Ende gehen können! Ich weiß nur nicht zu sagen, ob es ein schlechteres oder ein besseres Ende gewesen wäre.

Eins weiß ich: das Programm und alles, für das ich gearbeitet habe, liegt in Trümmern.

Vielleicht bin ich deshalb so glücklich.

ENDE

EINE DUNKLE GEOMETRIE

VON MARK O. MARTIN
UND GREGORY BENFORD

INS DEUTSCHE ÜBERTRAGEN
VON RAINER SCHUMACHER

TEIL 1
LAND ZWISCHEN DEN STERNEN

KAPITEL 1

Der tiefe Raum ist groß und kalt. Er erstreckt sich endlos. Ewige, unversöhnliche Nacht.

Betrachte zuerst die winzigen Blasen aus Licht und Hitze, die das Wimmeln warmen Lebens nähren. Leben aus Kohlenstoffverbindungen, die die ewig geduldige Kälte und Dunkelheit herausfordern. Nicht allzu nah an diesen stellaren Feuern, doch auch nicht allzu weit davon entfernt, existieren kleine Gruppen orbitaler Körper, die ein chemisches Ungleichgewicht ermöglichen: warmes Leben.

Dort drehen sich Myriaden Wasserwelten, auf denen es von Leben nur so wimmelt, Sphären in Grün und Blau und Weiß, die sich in gleichgültiger Trägheit aalen. Selbstbewußt drehen sich die Welten des warmen Lebens um die Sonnen, die ihre Eltern sind. Junge Sterne, die vor Energie nur so strotzen. Quellen des Lebens, die auf den geduldigen Appetit der Entropie warten.

Solche dünnen Scheiben der Raumzeit sind nur winzige Kerzen in einem riesigen, abgedunkelten Ballsaal.

Betrachte nun das, was *nicht* ist, die überwältigenden Tiefen zwischen den Sternen, eine dunklere Geometrie, der Großteil von Raum und Zeit. Seltsame Geister wohnen in dieser scheinbaren Leere, weit weg von der hektischen Hitze des sonnennahen Raums.

Die *Tiefe* besitzt ihre eigene Schönheit – rein, subtil und alt jenseits aller Vorstellungskraft. Ein flackerndes, kaltes Glühen von Plasmaentladungen; das diamantene Glitzern weit entfernten Sternenlichts auf zeitbeflecktem Eis; ein dünner Nebel suprakühlen Heliums in komplizierter, kodierter Bewegung: Dies sind die Wunder der Tiefe, weit entfernt von jeder Sonne.

Hier leben die Outsider.

Seit Äonen ziehen sie durch die Tiefe, denken ihre kalten Gedanken und gehen ihren noch kälteren Geschäften nach, während die Spiralgalaxis sich ein Dutzend Mal um die eigene Achse dreht.

Was die Outsider – kryogenische Lebensformen auf Heliumbasis – in dieser riesigen Zeitspanne gesehen haben, bleibt ein Mysterium für jegliches warme Leben. Outsider-Logik ist kalt, und ihre Pläne sind so schattenhaft wie der Raum zwischen den Sternen; ihre Gedanken sind den wimmelnden Kindern von Kohlenstoff, thermonuklearer Hitze und Licht vollkommen fremd. Die Outsider sahen zu, während sich auf einer Welt nach der anderen warmes Leben entwickelte; das begann vor neun Milliarden Jahren. Sie hielten sich abseits, als die ersten warmen Lebensformen die Raumfahrt entdeckten und in ihrer unbeholfenen Arroganz im Namen der Entdeckung und Eroberung nach nahen Sternen griffen. Dann und wann halfen einige Outsider diesen emporgekommenen, frechen Spezies, und zwar aus kalten, fremdartigen Gründen, die nur sie selbst kannten.

In vergangenen Zeiten und aus anderen Gründen jäteten die Outsider das Unkraut aus den warmen Spezies.

Sie reisten durch die Galaxis, segelten durch die Tiefe, beobachteten und dachten nach, während das warme Leben von Sonne zu Sonne huschte, unbedeutende Staubflocken im gewaltigen Reich der Outsider.

Leidenschaftslos verfolgten sie, wie sich der Einfluß der telepathischen Thrint von einer warmen Welt zur nächsten ausbreitete, bis die Slaver schließlich die gesamte Galaxis mit ihrem *Willen* unterjocht hatten. Die Thrint stellten keine Bedrohung für sie dar: Das Gehirn eines Outsiders besteht aus einem komplexen Wirbel interagierender, supraleitender Flüssigkeiten. Kein neurologisch-telepathischer Befehl, der an die Biochemie warmen Lebens angepaßt ist, vermag einen Outsider zu beeinflussen.

Vor über einer Milliarde Jahren endete die Tnuctipun-Revolte in der Selbstmordnacht: ein Schrecken jenseits aller Vorstellungskraft. Die besiegten Thrint nutzten ihren künstlich verstärkten *Willen*, um die gesamte Galaxis abzudecken, und jedem Lebewesen den Tod zu befehlen, das auch nur die geringste Intelligenz besaß.

Natürlich nur jedem *warmen* Lebewesen.

Für die Outsider war das plötzliche Ende unzähliger winziger Geister nur ein vorübergehendes kaltes Ereignis im langsamen Lauf der Zeit. Im trüben Anfang des Universums existierten solche Geister nicht; sie waren plötzlich erschienen, und nun waren sie wieder in der kalten Stille verschwunden. Das war mehr eine Information für die Outsider, denn ein Unheil. Sie sahen keinen Grund, sich in die Angelegenheiten warmer Lebewesen zu mischen.

In den kleinen Blasen aus Licht und Wärme, die sich im direkten Umkreis so vieler Sterne gebildet hatten, herrschte seitdem Stille. Keine winzigen Schiffe mehr, die durch die Tiefe oder den Hyperraum zogen. Die Sterne schlummerten weiter vor sich hin.

Und noch immer lebten die Outsider ihre langen, kalten Leben. Schließlich verging auf den verwüsteten, warmen Welten genug Zeit, daß die blinde Hand der natürlichen Selektion die frühere Nahrungshefe der Thrint zu komplexeren Strukturen formen und ihr schlußendlich Intelligenz verleihen konnte.

Wieder lernten die warmen Spezies, aus flüchtigen Gründen von Stern zu Stern zu reisen. Schließlich stießen sie mit ihren hektischen Bewegungen erneut ins Reich der Outsider vor, wobei sie manchmal Muster zerstörten, die mehr als eine halbe Milliarde Jahre alt waren. Die Outsider begegneten den Eindringlingen auf unterschiedliche Art: Manchmal wischten sie die Störenfriede einfach hinweg, dann wiederum lenkten sie deren Aufmerksamkeit in eine andere Richtung oder ignorierten die Störung einfach.

Die Outsider wußten, daß auch diese Periode vorübergehen würde.

Einige Fraktionen der vielschichtigen Outsider-Gesellschaft interagierten mit diesen Emporkömmlingen, den wiedergeborenen Kindern der stellaren Hitze. Gelegentlich handelten sie mit winzigen Datenmengen, die sie über Jahrmilliarden für Chemikalien oder Kaltweltanlagen angesammelt hatten; sie handelten mit Informationen. Die kalten Wesen waren gerissene Händler und Vermittler; sie lebten schon seit Äonen und hatten es bereits mit allen möglichen Formen intelligenten Lebens zu tun gehabt.

Für die Outsider war nur wenig neu und noch weniger interessant.

Die Outsider veränderten sich im Laufe der Zeit scheinbar nicht. Sie waren zeitlos, so wie auch ihr kaltes Reich verhältnismäßig unverändert existierte, seit die Galaxis aus nuklearem Feuer geboren worden war. Natürlich fielen die großen Wolken aus Staub und einfachen Molekülen noch immer zusammen und formten Sonnen, wodurch die interstellaren Weiten immer mehr schrumpften; das machte es den Outsidern leichter, den Raum zu durchqueren. Plasma formte und organisierte sich im Laufe der Zeit, aber das waren langsame Bewegungen. Warmes Leben war hektisch und wild – ein übermäßiger Reiz.

Die kalten Händler ängstigen die warmen Spezies. Die Schiffe der Outsider sind kunstvolle Gebilde; sie sind unbegreiflich, und das sowohl in ihrer Ästhetik als auch in ihrer Funktion.

Auch die Gestalt der Outsider ist von kalter Schönheit; ihre zwiebelförmigen Körper mit den sich wiegenden Tentakeln fließen elegant dahin wie eine tanzende, kryogenische Flüssigkeit. Wenn sie mit warmem Leben kommunizieren, tun sie es auf eine Art, die eine enorme Distanz signalisiert. Die Outsider waren schließlich schon da, als sich selbst die fortgeschrittenste der warmen Spezies noch im Einzellerstadium befand.

Die warmen Spezies wissen so gut wie nichts über die Outsider. Sie kennen nur deren Gestalt und ihre Vorliebe für den Handel. Gelehrte vieler Völker verschwendeten ihr ganzes Leben in dem Versuch, das rätselhafte kalte Volk zu verstehen. Sie ergingen sich in Spekulationen, debattierten und kamen nie zu einem Ergebnis, denn es mangelte ihnen an Daten; ihr Gerede führte zu nichts. Die Outsider sprachen nie über sich selbst. Wo und wann haben sie Intelligenz entwickelt, und aus welcher früheren Form sind sie entstanden? Waren sie befreit vom Gesetz der natürlichen Selektion? Was schätzten, und was verschmähten sie? Kannten die Outsider Hoffnungen, oder, schlimmer noch: Furcht? Existierten sie in unterschiedlichen Gesellschaftsformen, oder besaßen sie alle den gleichen, eisigen Verstand?

Die Outsider behielten ihre Geheimnisse für sich.

Aber neben den Outsidern existierten noch andere Geister, andere Seelen in der ewigen Tiefe – ältere und auch viel fremdere –, die die Antworten auf diese Fragen vielleicht kannten.

Im schwarzen Abgrund zwischen den Sternen wartet das Fremde.

KAPITEL 2

Bruno Takagama starrte auf das verzerrte Sternenpanorama auf seinem Bildschirm und schauderte bei dem Gefühl, von unsichtbaren Augen beobachtet zu werden.

Vor Antritt seiner Wache war er wieder mit einem erstickten Schrei auf den Lippen aus dem *Traum* erwacht, schweißdurchtränkt und erfüllt von unaussprechlicher Furcht. Nun schienen die Sterne ihn zu bedrohen, und das vielleicht aus gutem Grund. Er rieb sich die Schläfen und konzentrierte sich auf den Bildschirm.

Vom Navigationsdeck der *Sun-Tzu* aus betrachtet,

quetschte der Geist von Einstein das Universum mit der unerbittlichen Faust seiner alten Gleichungen zusammen und ließ es unheimlicher und verwirrender wirken, als Bruno es sich je vorzustellen vermocht hätte.

Das Erdenschiff reiste mit knapp über siebzig Prozent der Lichtgeschwindigkeit und war scheinbar allein in der unendlichen Dunkelheit des Weltraums. Die physikalischen Gesetzte bewiesen ihre Gültigkeit aufs Neue, preßten das normalerweise unveränderliche Sternenfeld vorne und achtern zusammen, und verzerrten auf diese Weise die einst so felsenfeste Konstante aller Reisenden: den Sternenhimmel. Die Relativität bündelte die Sterne unmittelbar vor der *Sun-Tzu* zu einer Handvoll lodernder blauer Diamanten, während Sol zu einem mattroten Glühen hinter ihnen zusammengeschrumpft war, ein verlorener Fleck im höllischen Strahl des Antimaterietriebwerks.

Im Geiste sah Bruno die Hand des Traums auf seiner Schulter: braun und ledrig, mit Knöcheln von der Größe einer Walnuß. Sie wirkte fremd und vertraut zugleich. Er schauderte und zwang sich, das Bild beiseite zu schieben.

Eins kann meine Dämonen immer vertreiben, sinnierte Bruno und aktivierte den Schiffscom. Er hoffte, daß der Captain in der Stimmung für eine kleine Unterhaltung war.

»Carol, bist du da?« Bruno leckte sich leicht nervös über die Lippen, während er auf die Antwort wartete. Manchmal überwältigte die Leere, die das Schiff umgab, auch Carol.

Ein leises Knistern drang aus den Decklautsprechern: Statik, erzeugt vom relativistischen Aufprall winziger Partikel interstellaren Staubs auf dem erodierenden Bug der *Sun-Tzu*.

»Nein, ich liege an einem Strand in Australien.« Carols Stimme klang klar und deutlich, obwohl sie sich mehr als einen halben Kilometer entfernt auf der anderen Seite des vereisten interstellaren Kriegsschiffs befand.

Trotz seiner Stimmung lächelte Bruno ob des frechen Tonfalls seiner Gesprächspartnerin. Das war ein gutes Zeichen. »Du würdest Australien noch nicht einmal auf der Karte finden.«

»Karte, Karte! Ich hab es mal durch ein Teleskop auf Ceres gesehen: ein großer brauner Fleck im Pazifistischen Ozean.«

»Das heißt *Pazifischer* Ozean.« Carol neckte ihn nur; das wußte Bruno. Belter-Frechheit gegen Flatlander-Traditionsbewußtsein.

Carols Tonfall blieb locker und unbeeindruckt. »Ganz toll, Flatlander. Sah auf jeden Fall wie Hundescheiße aus.«

»Was weiß ein Belter schon von Hunden?« erwiderte Bruno amüsiert.

»Hab mal einen in einem Lunazoo gesehen. Sie tragen doch ihr Herz am Ärmel, stimmt's?« Pause. »Okay, okay, Mr. Präzise, sie tragen ihr Herz auf der Zunge. Bist du jetzt glücklich?«

»Ekstatisch geradezu. Wie auch immer, wir Flatlander züchten Hunde nun einmal so. Wer will schon ein Haustier, das er nicht durchschauen kann.«

»Dann erklär mir mal Katzen.«

»Hmmm ... Ein Punkt für dich.« Wieder lächelte Bruno, und das hakennasige Gesicht des Traums mit seinen traurigen, wässrigen Augen zog sich bei Carols fröhlichem Geplapper immer weiter zurück. Der Captain der *Sun-Tzu* war eine bessere Therapeutin als all die Psychiker, mit denen Bruno unten auf der Erde gearbeitet hatte. Ihre Art zu reden strotzte vor seltsamer Belter-Logik, und häufig wechselten sie unvermittelt das Thema. Das lag wohl daran, daß Belter ausgesprochen praktisch veranlagt waren; stets suchten sie nach einem Schlupfloch und fanden es meist auch. Bruno erinnerte sich zum Beispiel daran, daß es Carol dank ihrer scharfen Zunge immer wieder gelungen war, illegale Güter an den Goldhäuten der UN-Polizei im Belt vorbeizuschmuggeln …

… bis die Kzinti gekommen waren und alles sich verändert hatte.

»Mit Scheißhaufen«, fuhr Carols Stimme über den Comlink in gespielt wissenschaftlichem Tonfall fort, »kenne ich mich aus. Bevor ich meinen Pilotenschein gemacht habe, habe ich jahrelang in einer Recyclinganlage gearbeitet.« Sie legte eine rhetorische Pause ein. »Und natürlich habe ich auch schon viel mit Männern zu tun gehabt.«

»Deine Sprachgewandtheit ist ja so einnehmend«, schnaufte Bruno spöttisch. »Und wie diplomatisch du bist.« Er spürte, wie sich die Sorgenfalten auf seiner Stirn allmählich glätteten. Er hatte seine Chance genutzt und war in seinem Schlagabtausch mit Carol kurzfristig in Führung gegangen, was seine Laune drastisch verbesserte.

Carol ließ sich jedoch nicht so leicht übertreffen. »Jetzt bist du mit Reden dran. Was kommt als nächstes? Blumen?«

»Nun, Blumen wachsen aus Scheißhaufen …«

Carol schnaufte verächtlich. »Eine recht überstrapazierte Metapher und noch dazu schlecht gewählt. Ich hatte gehofft, das Thema Blumen würde dem Gespräch eine etwas romantischere Wendung geben.« Eine verletzte Pause. »Versuchst du etwa, Süßholz mit mir zu raspeln, Schiffskamerad? Du solltest bei Gelegenheit mal einige meiner Gedichte lesen.«

»Was? All die Jahre, die wir nun zusammen sind, und du hast heimlich Gedichte geschrieben?«

»Hm-mmmh. Bist du überrascht, daß ein alter Schmuggler wie ich auch ein, zwei Geheimnisse hat, du alter Schiffszwieback?«

»Nein, eher angenehm berührt. Nicht, daß du alt wärst, aber vielleicht besitzt du noch ein paar verborgene Winkel, die ich noch nicht erkundet habe.«

»Ich hoffe, das war auch eine Metapher, du Primat.«

»Ich glaube, schon – was auch immer eine Metapher sein mag. Außerdem bist du der Boß. Einem höherrangigen Offizier möchte ich keinesfalls zu freizügig gegenübertreten.«

Carol ignorierte Brunos Ausfall. »Die verborgenen Winkel einer Dame sollte man an Bord eines Schiffes *ausschließlich* metaphorisch betrachten.« Wieder legte sie eine rhetorische Pause ein. »Immerhin ist es auf der *Sun-Tzu* recht eng.«

Bruno lachte. Ein Belter, der sich um seine Privatsphäre sorgte? »Die Winkel betreffend bin ich mehr interessiert an ihrer, äh ...«

»Ihrem Fassungsvermögen? Was um sie herum ist? Es fällt mir schwer, solche Dinge auf meine reizende, damenhafte Art auszudrücken.« Ihre Stimme hatte einen schelmischen Tonfall angenommen, wie immer. Auch ein verborgenes genießerisches Schnurren schwang in ihren Worten mit.

»Ich kann es gar nicht erwarten, mir deine damenhaften Gedichte anzusehen. Wie heißt die Datei?«

»Hey, nicht so schnell. Sei nicht so direkt. Ein paar Jahre fleischlicher Intimitäten und schon willst du meine Zeilen mit deinem zudringlichen Blick verschlingen? Willst dein unanständiges, patriarchalisches Flatlanderauge darauf werfen?«

Bruno spürte, wie er vor Vorfreude errötete. »Okay, du kannst sie für mich rezitieren. Heute nacht in der Flitterwochensuite. Eine Privatvorstellung.«

»Ich werde sie aus dem Gedächtnis rezitieren müssen, Schiffskamerad. Ich habe sie nicht niedergeschrieben.«

Bruno konnte beinahe die Lachfalten sehen, die Carols Gesicht in diesem Augenblick zierten, und genußvoll streckte er sich auf seiner Druckliege. »Klingt mir mehr nach *eingebildeter* Dichtkunst, als hätte da jemand den Mund zu voll genommen.«

»Das halte ich für eine Ente! Dafür wirst du bezahlen – heute nacht, mein Kerlchen.«

»Okay, aber vergiß nicht: Ich bin dran mit oben liegen, Dichterlesung hin oder her.« Brunos Sorgen schienen weit, weit weg zu sein, wenn er an Carol dachte.

»Huh? Willst du etwa deine Machoinstinkte ausleben, während ich Gedichte rezitiere?« Sie spielte die Beleidigte. »Kunst gilt nur wenig in diesen Zeiten!«

»Ist es wirklich schon so weit gekommen? Ts, ts, ts.«

»Oha! An deiner Stelle würde ich heute nacht nicht meinem Mund vertrauen, o großer Literaturpapst!«

»Hast du jetzt ›vertrauen‹ oder ›verhauen‹ gesagt?« Er hielt kurz inne. »Wie auch immer. Ich habe mich schon darauf gefreut, daß . . .«

»Hey«, unterbrach ihn Carol. »Dein Versuch, mich heiß zu machen, ist unfair, Flatlander.«

»Was meinst du mit ›Versuch‹? Klingt eher ganz danach, als sei mir das bereits gelungen.« Bruno genoß das Rollenspiel, das sie beide aus der rauhen Wirklichkeit der *Sun-Tzu* und des Projekts Cherubim entführte.

Carols Stimme nahm einen vorwurfsvollen Tonfall an. »Typisch penisorientierte Arroganz. Du glaubst wirklich, meine, hm, Erregung erkennen zu können, wenn du mich nur über den Comlink hörst?«

»Also gut, Belterpirat. Leugne es.«

»Nichts da. Aber, hey, Liebling, ich muß jetzt Schluß machen. Ich hab hier einiges zu tun. Romantik und die Reparatur des Recyclers vertragen sich irgendwie nicht miteinander, stimmt's? Aber trotzdem danke für das, äh ... Zwischenspiel.«

Bruno seufzte. Carol hatte recht. Die Zeit der spielerischen Ablenkung war vorbei. »Aye, Aye, Skipper. Auf mich wartet auch die Arbeit. Bye.«

Es war sinnlos, Carol schon jetzt von seinen dunklen Vorahnungen zu berichten. Statt dessen wurde es höchste Zeit, daß er sich wieder an die Arbeit machte. Das Bildoptimierungsprogramm würde bald Ergebnisse liefern. Er seufzte.

Bruno fühlte sich ein wenig benommen. Zwar spürte er es kaum, aber das taube Gefühl war da. Mehr und mehr hatten ihn die Beruhigungsmittel abhängig gemacht, die der Autodoc der *Sun-Tzu* ständig ausspuckte, und wenn Carol wüßte, daß ihn noch immer der *Traum* heimsuchte, würde sie seine Dosis zusätzlich erhöhen. Bis zu einer gewissen Grenze war Bruno sogar damit einverstanden. Die Antidepressiva halfen, während der schwarze Graben zwischen Schiff und Heimat immer größer wurde. Trotz Carols Gegenwart fühlte er sich sowohl allein als auch heimlich beobachtet. Aber das war weder ein Nebeneffekt der Drogen noch des Alptraums, den er einfach nur den *Traum* nannte.

Denn obgleich die Tiefe scheinbar leer war, die die *Sun-Tzu* umgab, wußte Bruno instinktiv, daß irgendwo dort draußen im schwarzen Vakuum Kzintikriegsschiffe lauerten.

Blinzelnd betrachtete er die Zusammenfassung auf dem Holoschirm. Die Daten zeigten ihm, wie beschränkt sein Geist war. Sie erinnerten ihn daran, daß er nicht *verbunden* war. Wäre er an den Computer der *Sun-Tzu* angeschlossen gewesen, hätte er sich die Mühe sparen können, die lange Liste komplexer Daten zu interpretieren, die vor ihm erschienen war.

Er hätte einfach *gewußt*, was sie bedeuteten.

Bruno sehnte sich nach diesem Gefühl. Die Anzeigen abzulesen und zu deuten war gleichbedeutend mit dem Versuch, komplexe arithmetische Probleme zu lösen, indem er mit den Fingern rechnete. Augenblicklich mußte er zwar kriechen, doch er wußte, daß er irgendwann in nicht allzu ferner Zukunft wieder würde fliegen können – *bald, bald,* dachte er voller Sehnsucht.

Bruno verzog das Gesicht und benutzte widerwillig verbale Befehle und einen Datenhandschuh, um mit dem Schiffscomputer zu kommunizieren. Diese Vorgehensweise ging so langsam vonstatten, war so unbeholfen und ineffizient. Bruno ließ mehrere Diagnoseroutinen durchlaufen, um seine früheren Beobachtungen zu bestätigen; dann stellte er dem Computer ein paar knappe Fragen, zeichnete einige Graphen und rief Datenbankeinträge mit schnellen, präzisen Gesten seiner rechten Hand ab, die im Datenhandschuh steckte.

Ihm gefiel der bestätigende Datenstrom nicht, der über eines der offenen Holoschirmfenster scrollte, die mitten in der Luft vor ihm schwebten. Die Daten bargen einige Ungereimtheiten, die ihn beunruhigten.

Mehrere Erklärungen kamen für die flüchtigen Gravitationswellen in Betracht, die der vordere Massedetektor während der letzten Wache aufgezeichnet hatte. Die Signale waren schwach, doch Bruno hatte inzwischen beweisen können, daß sie nicht auf einer Fehlfunktion der Sensoren beruhten.

Er runzelte die Stirn. Eine mögliche Interpretation der Signale lautete, daß sich die *Sun-Tzu* nicht alleine im tiefen Raum befand, und daß sich ein oder mehrere Kzintischiffe auf einem langsamen Abfangvektor dem Erdenschiff näherten.

Die *Sun-Tzu* hatte fast ein Drittel des Wegs zur Wunderlandkolonie auf Alpha Centauri zurückgelegt. Da die Gesetze der Relativität nun einmal galten, konnten die Kzinti das Schiff unmöglich entdeckt und zur Antwort eigene Schiffe gestartet haben. Brunos Stirnrunzeln vertiefte sich noch.

Die Signale könnten von einigen Nachzüglern der Dritten Flotte stammen, die wieder nach Alpha Centauri zurückkehrten – jener Flotte, die wieder einmal von Startlasern, tapferen Belterpiloten und einer gehörigen Portion Glück besiegt worden war. Aber nach Dutzenden von Selbstmordangriffen der katzenartigen Aliens hatte niemand im UN-Raumkommando vermutet, daß eines der fremden Schiffe überlebt haben könnte. Bruno biß sich auf die Lippe und stieß einen lauten Seufzer aus; dann rollte er die Schultern, um die Verspannung aus den Muskeln zu vertreiben. Die Druckliege, auf der er lag, surrte leise und paßte sich seinen veränderten Konturen an. Das war zwar nützlich, aber nichts im Vergleich zu einer von Carols Massagen.

Die geheimnisvollen Signale könnten im schlimmsten Fall auf eine Vierte Flotte hindeuten, die sich auf dem Weg nach Sol befand. Kurz dachte er über diese Möglichkeit nach. Die Rezeptoren des Datenhandschuhs fühlten sich plötzlich kalt an, als er das Menü der Datenbank über Kzintitechnik aufrief. Während er auf die Anzeige wartete, zog er die Hand aus dem Datenhandschuh und bewegte die Finger, um die Durchblutung wieder anzukurbeln.

Erneut dachte er an die Hand aus seinem Traum: Carols Hand, die für ewig durch den Virus aus einem fremden Sonnensystem verändert worden war. Bruno schob den Gedanken beiseite. Er hatte viel zu tun.

Als er die eigenen Hände betrachtete, bemerkte er, daß sie noch immer verschwitzt waren; unter den Fingernägeln hatte sich Dreck gesammelt. Es schien unmöglich, dieses Schiff von Staub und Schmutz zu befreien. In gewissem Sinne empfand Bruno das sogar als beruhigend: ein glänzendes Hightechfahrzeug wie die *Sun-Tzu* war voll der uralten Gerüche nach verbranntem Öl, vergammeltem Essen und menschlichem Schweiß. Staub sammelte sich in den Ecken des Navigationsdecks und verlieh ihm eine wohnliche Atmosphäre. Beiläufig fragte sich Bruno, ob die Kzinti Filtergitter in ihre Ventilatoren einbauten, damit sich keine Fellbüschel darin verfingen. Der Gedanke ließ ihn lächeln. Er hoffte natürlich, daß dem nicht so war, und das die Katzen an ihrem eigenen Gestank erstickten.

Bruno zog den Datenhandschuh wieder über die schmerzende Hand und wählte mehrere Untereinträge in der geöffneten Datenbank. Innerhalb weniger Augenblicke hatte er die Dateien geladen und entpackt, in denen zum einen die verschiedenen Schiffsantriebe der Kzinti beschrieben wurden und zum anderen in mit den tatsächlichen Beobachtungen verglichen wurden, die während der drei Angriffe auf das Solsystem gemacht worden waren. Subroutinen begannen, die Modelle mit den eingehenden Daten zu vergleichen; sie gingen eine mögliche Interpretation nach der anderen durch und legten den Grad der Übereinstimmung fest. Bruno benötigte handfeste Beweise, daß es sich bei den mysteriösen Signalen um Kzintischiffe handelte, bevor er irgend etwas unternehmen konnte.

Jeder im UN-Raumkommando kannte die Geschichte des *Jinx, der Bandersnatcher rief*. Bruno wollte seiner Sache *sicher* sein.

So irrational die Aggressivität der Kzinti zunächst auch gewirkt haben mochte, ihr letzter Angriff war koordiniert genug gewesen, daß es die Menschheit einen Großteil der Basen auf Ceres, Pallas und Titan gekostet hatte, sowie Hunderte von Belterschiffen, Dutzende von Laserbatterien und den interstellaren Antriebslaser auf Juno. Der Ausgang der Schlacht war knapper gewesen, als die meisten Leute glaubten. Bruno wußte das aus streng geheimen Berichten, die er in Genf gesehen hatte: Eine kleine Flotille sorgfältig getarnter Kzintischiffe war nur eine halbe Million

Kilometer von der Erde entfernt abgefangen und vernichtet worden.

Sie hatten Glück gehabt, gottverdammtes Glück.

Es stand jedoch zu bezweifeln, daß Glück ausreichen würde, um die Katzenmonster ewig aufzuhalten. *Die Miezekatzen lernen. Sie werden mit jeder Angriffswelle besser*, dachte Bruno. Die Erste Flotte, die die Kzinti gegen Sol geschickt hatten, war von den Startlasern auf dem Merkur in Stücke geschossen worden. Gigawattlaser in Verbindung mit semi-intelligenten Spiegelrichtanlagen stellten in der Tat eine hervorragende Waffe gegen einen Feind dar, der nicht darauf vorbereitet war.

Als sechs Jahre später die Zweite Flotte eintraf, vermochten die Kzinti bereits, ihre magnetischen Monopole abzuschirmen, wodurch die fremden Schiffe schwer zu entdecken, geschweige denn zu verbrennen waren. Einige der Gefechte in dieser Schlacht waren Schiff gegen Schiff ausgetragen worden, und oft verliefen diese Gefechte recht einseitig. Die fusionsangetriebenen Belterschiffe konnten es mit den Kzintischiffen nicht aufnehmen, die aus irgendeinem Grund in der Lage waren, die Newtonschen Gesetze zu ignorieren und Hunderte von g zu ziehen. Doch auch die Menschen lernten mit jedem Kampf, und wieder wurden die Aliens zurückgeschlagen.

Die Dritte Flotte traf sieben Jahre nach der Zweiten ein, und ihr gelang es beinahe, die verbesserten Verteidigungsanlagen von Sol zu durchbrechen. Diesmal griffen die Katzen nicht mit ihrer üblichen Schrei-und-Spring-Strategie an, sondern wählten die wesentlich gefährlichere Strategie des *Täusche*-und-Spring. Es war wirklich knapp gewesen. Im Solsystem war man noch immer damit beschäftigt, die stark beschädigten äußeren Verteidigungssysteme zu reparieren, wobei Belter und Flatlander ohne Murren zusammenarbeiteten. *Die Strategien der Kzinti ergeben einfach keinen Sinn,* dachte Bruno, biß sich auf die Lippe und blickte auf den Holoschirm. Flackernde Bilder krochen über das schwebende Fenster wie winzige technofarbige Insekten. Er mußte sich seiner Sache *absolut sicher* sein, bevor er den Captain der *Sun-Tzu* informierte.

Die Daten entfalteten sich rasch in vier Dimensionen, und Bruno versuchte, sie so gut wie möglich an die taktischen Bewertungsvorgaben der UN anzupassen. Die analytischen Parameter änderten sich mit jedem Modell, das der Computer aus den relevanten Dateien bezog, und glatte graphische Gebilde verwandelten sich infolgedessen in gewölbte oder zerklüftete Strukturen. Dann und wann griff Bruno in die Subroutinen ein und veränderte eine Vorgabe, um das jeweilige Modell der menschlichen Intuition anzupassen. Während er arbeitete, klopfte er gleichmäßig mit den Schiffsschuhen aufs Deck, das leicht im Rhythmus des Antimaterieantriebs vibrierte.

Die Miezekatzen sind verrückt, dachte er. *Sie müssen die verrückteste Spezies in der gesamten verdammten Galaxis sein.*

Dafür brauchte Bruno keine Beweise mehr.

OUTSIDER EINS

Überraschung – Sorge. Spüre das Schwinden entlang der aufstrebenden Energievektoren in Zone {^/}. Innerhalb aller Vier Aspekte des Nexus ist Alarm gegeben worden.

Ablenkung. Dieses kürzlich aufgetauchte Phänomen ist durch seinen Lokal-Nodus registriert worden. Kompensierung wurde initiiert. Sofortige Handlungsanalyse wird in Erwägung gezogen.

Sorge. Der Ander-Nodus besaß mutmaßlich die Kontrolle über solch ein Eindringen! Es existiert eine größere Instabilität wertvollen dichten Plasmas entlang dieser lebenswichtigen Zone. Die Feldintegrität ist bedroht! Was ist die Natur dieser Abscheulichkeit!

Zuversicht. Transferiere Datenpaket von diesem Lokal-Nodus zum Ander-Nodus.

Nachdenken. Erhalten. Analyse initiiert. Weitere Ausführungen und Klarstellung erbeten von Ander-Nodus.

Erklärung. Die Warmweltfahrzeuge werden sich bald nähern. Ihre rituelle Gewalt wird sich schon bald wieder in diesem wertvollen Sektor der gefälligen Ausdehnung entladen. Beobachte, und denke nach. Interaktion mit dem Fokus ist minimiert.

Verwirrung. Die endlose Energieverschwendung des Warmen Lebens ergibt keinen Sinn. Eine weise Evolution, Muster-Gestalter, würde einer solchen Verschwendung Einhalt gebieten oder die Energie nützlicheren Zwecken zuführen.

Selbstvertrauen. Der Ander-Nodus geht von der Fehlannahme aus, daß die Evolution der Warmen Welten Sinn ergeben muß. Dies ist ein weit verbreitetes, unlogisches Denken über die vielen Warmen Lebensformen. Überprüfe vorherigen Netzeintrag {**%/##}. Erinnere er sich, daß es sich bei der Entstehung Warmen Lebens nur um eine Reaktion zwischen stochastischen und chaotischen Kräften handelt.

Zustimmung. Die Schöpfung verschwendet ihre reichhaltigen Wunder auf solch unbedeutende Staubkörner. Zu welchem Zweck? Der wahre Sinn der Schöpfung liegt in dem Einen Geist der Strahlenden Herren, die den Weg kennen.

Fanatischer Eifer. Nur die Göttlich Strahlenden - und jene wie dieser Lokal- und Ander-Nodus {-++-}, die Ihnen dienen - besitzen einen tiefen kosmischen Sinn in dieser Realität und der Anderen. Alles weitere ist unbedeutend, eine vorübergehende Störung des Großen Musters.

Pein. Diese Warmweltfahrzeuge, die ständig Schutt ausspeien und die erhabenen Kraftmuster durcheinanderbringen, können nicht mehr als ein flüchtiger Reiz im Großen Plan der Göttlich Strahlenden sein. Erinnere er sich daran, daß für diesen Gebiet-Raum einst ein Großes Konstrukt in Erwägung gezogen worden ist; es ist klar, daß diese Geometrie den noch immer schweigenden Herrn nach wie vor heilig ist. Dieser Lokal-Nodus argumentiert in vollem Ernst für die Auslöschung der Warmleben-Staubkörner – die Vernichtung von allen.

Überraschung. Geht der Ander-Nodus so leicht in die Falle der Häretiker? Konsultiere die Hohen Texte für einen vollständigen Überblick der Argumente und Debatten, die in die Gitter eingefroren sind. Die Empfehlung des Ander-Nodus muß von den Hohen in Betracht gezogen werden, die für die schon seit langem schweigenden Strahlenden sprechen. Dieser Lokal- und Ander-Nodus sind nur Beobachter, geduldige Wachen und wachsame Werkzeuge.

Empörung. Doch Nodus-Werkzeuge können handeln, wenn ein akzeptiertes Fallbeispiel existiert. Das Netz enthält eine Vielzahl von Beispielen, wo die Verhältnisse ähnlich liegen.

Autorität. Finde er sich damit ab, ungeduldiger Nodus-und-Werkzeug. Beobachte und diene, wie es der oberste Zweck solch einfacher Materie ist. Dieser Lokal- und Ander-Nodus sind als Werkzeug konstruiert worden, um in der Welt der verdichteten Materie zu dienen.

Wut. Aber die Warmwelt-Staubkörner sind Ungeziefer! Sie mischen sich in Angelegenheiten, die älter sind als ihr Muster.

Zustimmung. Wahrheit. Ihr Ende wird kommen, so wie das der anderen Staubkörner über die Äonen hinweg. Dieser Lokal- und Ander-Nodus werden bleiben, und ihren Zweck erfüllen.

Widerspruch – Ungeduld. Dieser Lokal- und Ander-Nodus haben vor kurzem gehandelt, und Flotten von Warmwelt-Ungeziefer vernichtet, die aus dem galaktischen Zentrum in naheliegender Vektorzone {^*/} entfliehen wollten. Dieses Ungeziefer unterschied sich nur wenig von dem, das man auf einem der Staubkörner unter Beobachtung findet. Selbst als einfache Wache beseitigte dieser Lokal- und Ander-Nodus rasch die Gefahr für den Großen Plan der Herren.

Wut – Bedauern. Erinnere er sich, daß solch einseitiges und unbeherrschtes Handeln zur Abscheulichkeit des Vertrags mit den häretischen Vettern {^^^///} geführt hat. Dieser Lokal- und Ander-Nodus haben viel von ihrer Autorität und Selbständigkeit eingebüßt.

Zorn – Zustimmung. Elende Häretiker! Die Wilden haben die Weisheit der Hohen und der Göttlich Strahlenden zurückgewiesen. Statt dessen verkehren ihre vielen Nodus-Verbindungen mit Warmwelt-Ungeziefer wie diesen irritierenden Staubkörnern!

Nachdenken – Sorge. Wahrheit. Dieser Lokal-Nodus würde sich ruhiger fühlen, wenn direkter Kontakt mit den Göttlich Strahlenden wiederhergestellt werden könnte. Ihre Einsichten würden ...

Ungeduld. Der Ander-Nodus beruft sich immer auf die Göttlichen. Immer! Dieser Lokal-Nodus vermißt Ihre tröstende Sicherheit so sehr wie der Ander-Nodus. Der Nexus muß sich nicht nach Ihren Antworten auf unbedeutende Fragen sehnen.

Trauer. Doch direkter Kontakt würde richtiges Handeln garantieren.

Sarkasmus. Seit mehr als einer Galaktischen Revolution schweigen die Orakel. Vertraut der Ander-Nodus den Hohen nicht? Sind die Hohen Texte nicht

Erleuchtung genug? Zeigen sie nicht ausreichend viel vom Einen Geist der Göttlich Strahlenden? Ist der Ander-Nodus im Bunde mit den Häretikern {^^^///}?

Reue – Empörung. Unwahrheit! Die Interpretation der Hohen Texte durch die Hohen ist Absolutes Gesetz innerhalb des Großen Nexus – absolutes Gesetz für die Nodus-Verbindungen {-++-}. Die Wilden {^^^///} lehnen die Autorität der Hohen im Namen der Göttlich Strahlenden ab.

Besänftigung. Dieser Lokal-Nodus stellt erleichtert fest, daß der Ander-Nodus das Gesetz und die Hohen Texte respektiert. Aber was ist mit dem langen, einsamen Schweigen der Göttlich Strahlenden? Dieser Lokal-Nodus vermutet, die Göttlich Strahlenden sind es leid, dem Großen Nexus und seinen ärgerlichen Fragen zu lauschen, die Sie in ihrer unendlichen Kontemplation des Großen Musters und der Anderen Wirklichkeit stören. Die Göttlich Strahlenden haben die Nodus-Verbindungen konstruiert, damit sie benutzt werden, und damit sie unabhängig zu handeln vermögen, so wie Sie Ihre Großen Konstrukte im Raum hinterlassen haben. Merke er sich das!

Irritation. Der Ander-Nodus ist sehr hart. Unabhängiges Handeln war es immerhin, was die {^^^///} vom Großen Nexus getrennt hat. Merke er sich das! Lange Pflichterfüllung in diesem leeren Geometrie-Gebiet hat Bitterkeit erzeugt.

Humor – Zustimmung. Die Integrität eines möglichen Großen Konstrukts in diesem Gebiet-Raum regt nicht gerade die Kodierung dieses Lokal-Nodus an.

Vorsicht. Dann ist das also die Quelle

der Ungeduld, die den Ander-Nodus zu möglicherweise überstürztem Handeln treiben könnte? Langeweile?

Neutralität. Die Logik des Ander-Nodus berührt die Wahrheit mit vielen Ranken, wenn er sie auch hart formuliert. Dieser Lokal- und Ander-Nodus wird beobachten und notfalls handeln. Sicherlich ist das akzeptabel für den Ander-Nodus.

Große Vorsicht – Zustimmung. Dieser Lokal- und Ander-Nodus sind Eines Geistes in dieser Frage. Doch die anfängliche Beobachtung hat Vorrang. In erster Linie sind dieser Lokal- und Ander-Nodus Wachen, die einer alten, weit weiseren Kodierung folgen.

Ungeduld. Wachen sind in der Lage, weit mehr zu tun, als nur achtzugeben, falls das Warmwelt-Ungeziefer auf diesem Kurs fortfahren sollte.

Vorsicht – Zustimmung. Womöglich ... Falls solch extremes Handeln durch die Ereignisse gerechtfertigt ist.

Neutralität – Entschlossenheit. Dieser Lokal-Nodus vermutet, daß Handeln notwendig sein wird – wegen der Handlungen dieser Warmwelt-Staubkörner und ihrer irritierenden, wachsenden Phänomene. Bereits jetzt wird dieser Ort eines möglichen Großen Konstrukts unserer Herren durch Störungen im Plasmafluß und den Feldlinien bedroht! Merke er sich das!

Sorge-und-widerwillige-Zustimmung. Dieser Lokal-Nodus befindet sich in Übereinstimmung mit dem Ander-Nodus. Dieser Lokal- und Ander-Nodus sind Eines Geistes.

KAPITEL 3

Bruno Takagama verbrachte einen Großteil seiner Zeit an Bord der *Sun-Tzu* damit, zu warten und sich zu sorgen. In beidem war er inzwischen recht gut geworden.

Ein tiefer Ton hallte über das Navigationsdeck, als der Computer seinen letzten Analysedurchlauf beendet hatte und nach und nach die Ergebnisse anzeigte. Bruno hob den Kopf. Es war an der Zeit festzustellen, ob die *Sun-Tzu* in der Leere zwischen den Sternen allein war.

Bruno streckte sich in der Druckliege, um seine verkrampften Schultern zu lockern. Geistesabwesend kratzte er über das Linkinterface in seinem Nacken und atmete Luft, die vom Ausstoß der Maschinen und menschlichen Ausdünstungen leicht bitter roch. In seiner Nase kämpfte der Ozongeruch mit den weit schärferen, organischen Aromen um die Vorherrschaft. Immerhin lebten sie nun schon seit fünf Jahren auf der *Sun-Tzu*, und kein Recycler war perfekt.

Bruno verzog ob dieses Gedankens mürrisch das Gesicht. Er wußte nur allzu gut, daß viele Dinge an Bord der *Sun-Tzu* alles andere als *perfekt* waren ... Eigentlich galt das sogar für die gesamte Mission. Und selbst ohne die Kzinti waren er und Carol nicht allein im interstellaren Raum.

Viele Dinge schwebten durch das vermeintlich leere Vakuum zwischen den Sternen: ionisierte Gase, winzige Eisplitter, mikroskopisch kleine Staubkörner; all das konnte die *Sun-Tzu* beschädigen, wenn sie bei einer Geschwindigkeit von 0,7c damit zusammenstieß. Ein winziges Eisstück reichte aus, um dem Schiff kraft seiner kinetischen Energie einen mächtigen Schlag zu versetzen. $E=mc^2$ verwandelte winzige Kiesel in Bomben. Die Buglaser und ein magnetisches Feld räumten einen Großteil dieses Materials aus dem Weg, aber bei weitem eben nicht alles.

Die hohe Hintergrundstrahlung im Inneren des Schiffes, die vor allem der Autodoc ständig überwachte, war nur ein Zeichen dafür, daß der Schild nicht perfekt funktionierte. Ferngesteuerte Kameras auf dem Rumpf hatten bereits Bilder von Kratern und Narben am vereisten Bug der *Sun-Tzu* übertragen, der langsam aber sicher von interstellarer Materie erodiert wurde.

Doch die Physik ging davon aus, daß noch weit exotischere Gebilde durch den Raum zwischen den Sternen trieben. Vielleicht stammten die Signale, die die Langstreckensensoren auffingen, von etwas weit Seltsamerem als lediglich einem fremden Raumschiff.

Doch Bruno mußte sichergehen. Er ließ seine Gedanken wandern, während er beobachtete, wie der Computer die merkwürdigen Signale verdaute und analysierte, um anschließend die Ergebnisse auf einem der schwebenden Holofenster anzuzeigen. Auch wenn Brunos direkter Link zum Computer deaktiviert war, konnte er unterbewußt für gewöhnlich die verborgenen Datenmuster erkennen. Er hatte wegen der mysteriösen Signale ein schlechtes Gefühl, und das ließ ihn nicht in Ruhe.

Er erinnerte sich an Colonel Earlys scharfen Kommentar auf einem der Briefings in Genf. »Sohn«, hatte Early zu Bruno gesagt, »das Problem mit Aliens ist, daß sie eben *fremd* sind.« Bruno lächelte freudlos, als er sich nun an dieses Gespräch erinnerte, das bereits Jahre zurücklag.

Mehr als jeder andere kannte Bruno sich mit nichtmenschlichen Gedankenmustern aus.

Die Ängste, die man im Belt und in Genf gehegt hatte, hatten die *Sun-Tzu* hierhergebracht – auf der Spitze eines gigantischen Schwerts aus superheißem Plasma und Gammastrahlung. Offensichtlich hatten die Kzinti ihre wiederholten Angriffe von der Wunderlandkolonie auf Alpha Centauri aus gestartet; schließlich hatte man von dort schon seit einer halben Ewigkeit nichts mehr gehört. Daher hatte die *Sun-Tzu* den Auftrag erhalten, den Krieg nach Alpha Centauri zu tragen.

Das Kind kehrte zum Vater zurück.

Der Holoschirm blinkte zweimal, um Brunos Aufmerksamkeit zu erregen. Auge und Datenhandschuh arbeiteten effizient zusammen, während Bruno die ausgegebenen Resultate durchging und weitere Einzelheiten mit geschickten Fingerbewegungen auf den Schirm zauberte. Die letzte Subroutine war durchgelaufen, und die Endergebnisse unterschieden sich nur wenig von den anfangs aufgestellten Hypothesen. Zwar reichten die Ergebnisse nicht aus, um eine absolut sichere Identifizierung zu gewährleisten, doch die Messungen der Sensoren stimmten generell mit den technischen Angaben der Kzintischiffsdatenbank überein. Natürlich konnte es sich diesmal um einen ebenso falschen Alarm handeln wie die beiden Male zuvor, als Bruno sich getäuscht hatte. Doch andererseits könnte es sich dort draußen *tatsächlich* um Kzintischiffe handeln. Bruno schürzte die Lippen; er wußte, daß er kein unnötiges Risiko eingehen durfte.

Er stieß einen vermeintlich vergessenen, obszönen Fluch aus, den ihn Early während einer Gefechtssimulation auf Luna gelehrt hatte, schlug auf eine Taste und versetzte die *Sun-Tzu* in Alarmzustand.

Die Alarmsirene hallte über das Navigationsdeck. Automatisierte Subsysteme gingen online. Waffen wurden aktiviert, und gepanzerte Antennen an der Außenhülle des Schiffes richteten sich aus. Energie aus dem Antimateriereaktor wurde in die Akkumulatoren und Eindämmungsfelder umgeleitet – und in ihre wertvollste Waffe, die *Dolittle*, die tief im Innern der *Sun-Tzu* verstaut war. Überall im Schiff wurden Notfallunterprogramme in einen Zustand kybernetischer Bereitschaft versetzt, so daß sie bei Bedarf sofort aktiviert werden konnten.

Carols Stimme hallte aus dem Comlink. »Bin unterwegs!«

»Großartig. Hier oben geht's ziemlich verrückt zu.«

»Was ist los, Jungchen? Haben diese . . .?«

»Wir reden später. Im Augenblick hab ich hier echt 'ne Menge zu tun.«

Bruno überprüfte immer wieder die Myriaden technischer Details, die jeder Alarm mit sich brachte – eine ausgesprochen mühselige und frustrierende Arbeit, zumal Brunos Link deaktiviert war und er somit keine direkte Verbindung zum Computer besaß.

Wenn die Kzinti ihre Kriegskunst auch nur ein wenig verbesserten, war die Menschheit verloren – das wußte Bruno. Und vielleicht würde Earlys geheime Gruppe das Projekt Cherubim in Sol initialisieren müssen, oder – das wäre das schlimmste aller Szenarien – vielleicht sogar auf der Erde selbst. Bilder seines immer wiederkehrenden Traums tauchten vor

Brunos geistigem Auge auf und verschwanden wieder. Er schauderte und diktierte einige Bemerkungen in das Schiffslogbuch, während er auf die Ankunft des Captains der *Sun-Tzu* wartete.

Nach wenigen Minuten schlängelte sich Carol Faulk durch die Einstiegsluke aufs Navigationsdeck. Sie keuchte. Zuvor hatte sie die Kälteschlafkammern überprüft, wo ihre dreißig Kameraden in kryogenischem Schlaf auf die Ankunft in Alpha Centauri warteten; die ganze Strecke zum Navigationsdeck war sie gerannt.

Bruno wartete, bis sie wieder zu Atem gekommen war. Anerkennend runzelte er die Stirn darüber, wie sich ihr Schiffsanzug an ihren schlanken, wohlgeformten Belter-Körper schmiegte. Durchtrainierte Muskeln bewegten sich gleichmäßig unter der künstlichen Haut. Selbst in einer Krisensituation wie dieser war seine Aufmerksamkeit nicht ausschließlich auf intellektuelle Fragen gerichtet. Er fragte sich, ob die Kzinti ebenso von sexuellen Trieben beeinflußt wurden wie Menschen. Diese Möglichkeit erschien ihm äußerst unwahrscheinlich.

Carol schnappte nach Luft. Ihr Atem bildete kleine Wölkchen in dem eisigen Raum, und sie betrachtete die Daten, die auf den Holoschirmen angezeigt wurden. Dann strich sie sich über ihren Belter-Kamm – ein stoppeliger Streifen schwarzen Haars, der von der Stirn bis in den Nacken reichte. Die verschwitzte Hand wischte sie sich an der ohnehin schon verdreckten Hose ab. Außerhalb des Sol-Belts war solch eine Frisur nur selten zu sehen, zu Carol jedoch paßte sie; sie unterstrich ihre dunklen, exotischen Gesichtszüge. Carol beugte sich kurz zu Bruno hinab und hauchte ihm einen Kuß auf die Wange. Schließlich kratzte sie sich elegant. Die Wartung der *Sun-Tzu* erforderte eine Menge Handarbeit, und es dauerte noch ein paar Tage, bis sie und Bruno ihre wöchentliche Dusche genießen konnten.

Immerhin gab es keine perfekte Automatisierung. Auch in einem von High-Tech geprägten Zeitalter wie dem 24. Jahrhundert hatte noch niemand etwas erfunden, um eine gute Bürste und Kernseife zu ersetzen. *Und Carol ist alles andere als scheu, wenn es um die Anwendung solch antiker Hygienetechniken geht,* sinnierte Bruno. Tradition, nannte sie es; sich kräftig abzuschrubben diene der Charakterbildung. Bruno glaubte allerdings, daß es noch andere, passendere Worte gab, um die Art zu beschreiben, in der ein Belter sich wusch.

Belter waren krankhaft reinlich.

»Tut mir leid, daß ich so lange gebraucht habe, um zu dir zu kommen, mein alter Schiffszwieback«, entschuldigte sich Carol mit ihrer rauhen Altstimme zwischen zwei tiefen Atemzügen. »Bin eure Erdkriecher-Schwerkraft einfach nicht gewöhnt.«

Den Großteil ihres Lebens hatte Carol damit verbracht, von einem Asteroiden des Belt zum nächsten zu reisen; jedem kurzen Stoß des Fusionstriebwerks folgten lange ballistische Flüge bei 0 g.

Bruno versuchte, so gelassen wie möglich zu klingen. »Hab ein paar Bogeys auf dem Schirm.«

»Schon wieder? Na ja, aber erst mal ... Hast du Wasser?« fragte Carol mit geübter Lässigkeit. »Dann kannst du mir die schlechten Nachrichten verkünden, die sich – hoffe ich – ohnehin wieder als falscher Alarm herausstellen werden.« Ihr Gesichtsausdruck wurde *zu* neutral, als ihre Klugscheißerfassade bröckelte und sie wieder ganz der Captain wurde.

Es überraschte Bruno nicht, daß Carol ruhig blieb. Aufgrund der Himmelsmechanik und der Gesetze des Delta Vau gingen Veränderungen im Belt nur sehr langsam vonstatten, so daß Belter meist dazu neigten, alles ruhig und besonnen anzugehen; sie ließen sich Zeit – eine Angewohnheit, die nur schwer abzulegen war. *Aber wenn der Krieg mit den Katzen noch länger dauert, ist es mit dieser Angewohnheit ein für allemal vorbei,* dachte Bruno. Und Carol hatte schon gegen die Katzen gekämpft und zwar Schiff gegen Schiff, wobei sie gelernt hatte, sich zu beherrschen.

Bruno warf Carol eine Wasserblase zu, die sie jedoch nicht aufzufangen vermochte, da ihre Reflexe mehr an Schwerelosigkeit angepaßt waren als Brunos Flatlander-Muskeln. Als aber die Blase von der Wand abprallte, bekam Carol sie schließlich doch zu fassen, öffnete den Verschluß und leerte sie mit einem kräftigen Schluck. Diese Woche hatten sie sich für Wasser mit Limonengeschmack entschieden, um den irdenen Geschmack zu vertreiben, den sie dank der Lufterneuerer ständig im Mund hatten. Carol zuckte unwillkürlich zusammen und warf die leere Blase in den Recyclingschlitz. *Vermutlich schmeckt das Wasser bitter,* dachte Bruno, *vielleicht ein Fehler im Computer, der den Geschmack produziert.*

Carol beugte sich über Bruno, um einen eingehenderen Blick auf die Holoschirmfenster zu werfen, und massierte ihm Nacken und Schultern mit beiden Händen, ganz so, wie er es mochte. Sie war eine Zauberkünstlerin mit ihren Händen. Ihr Griff war fest, und sie wußte ganz genau, wo und wie sie zupacken mußte – ein Wissen, daß sich im Laufe der letzten Jahre, da sie die *Sun-Tzu* gemeinsam nach Wunderland flogen, immer weiter verfeinert hatte.

Carols Hände wanderten über Brunos Nacken, mieden jedoch geflissentlich das Hartplastik des deaktivierten Linksteckers.

»Was hast du?« fragte sie nach einer Weile und widmete sich den Stellen, wo die Verspannung am größten war. Wieder schlich sich der autoritäre Unterton des Captains in ihre Stimme.

Normalerweise hätte Bruno Carols Massage genossen, Schweiß hin oder her. Zwar verursachte die Intimität auf langen Raumreisen bei ihm keine Abscheu Carol gegenüber, doch Verlangen verspürte er im Augenblick trotzdem nicht. Die Anzeigen auf den Holoschirmen und die damit verbundenen Implikationen hielten sein Testosteron im Zaum. Statt dessen riet ihm sein Instinkt zur Flucht, doch er wußte nicht, wohin der fliehen sollte. Die *Sun-Tzu* besaß nur wenige Verteidigungswaffen.

Bruno atmete tief durch. »Während der letzten Wache, Skipper«, erklärte er, »haben die Langstreckensensoren einige Gravitationswellen aufgefangen, die sich deutlich von der üblichen Hintergrundstrahlung abgehoben haben. Wie du ja weißt, lasse ich die Subsysteme alles in Echtzeit analysieren, was sich in der Nähe unserer Flugbahn befindet.« Er lehnte sich in Carols kräftigen Griff zurück. »Du kannst dir ja vorstellen, was selbst ein Staubkorn mit unserem Schiff bei einem Siebtel der Lichtgeschwindigkeit anstellen würde, ganz zu schweigen von einer Mikrosingularität. Bei unserer Geschwindigkeit bleibt uns nicht viel Zeit zu reagieren.«

Carol hörte auf, ihm den Nacken zu massieren und klopfte ihm statt dessen mit der linken Hand auf die Schulter. »Komm auf den Punkt«, murmelte sie geduldig. Sie war nun schon lange genug mit Bruno zusammen, um ein gesundes Gleichgewicht zwischen ihren Rollen als Captain und Liebhaberin gefunden zu haben.

Bruno verzog das Gesicht. »Die Signale kommen und gehen, aber ich habe sie immer aufgezeichnet, und schließlich ist es mir gelungen, ein paar vernünftige Daten zu bekommen.«

Bruno murmelte dem Computer etwas zu und bewegte die Finger im Datenhandschuh. Das Hauptfenster teilte sich in drei Bereiche: Rohdaten links, eine idealisierte Grafik unten rechts, und in der Mitte die vom Doppler-Effekt verzerrten Sterne unmittelbar vor der *Sun-Tzu*. »Asymmetrisch polarisierte Gravitationswellen, vermutlich aus verschiedenen Quellen. Das zumindest ist klar. Aber was genau die Wellen verursacht, ist natürlich etwas vollkommen anderes.«

Carol erstarrte förmlich, während sie nachdachte – noch so eine seltsame Belter-Eigenart, wie Bruno schon vor langer Zeit bemerkt hatte: Unter Schwerelosigkeit konnte ein schwebender Arm oder Ellbogen versehentlich einen wichtigen Schalter betätigen und den Fusionsantrieb oder eine Luftschleuse aktivieren. Wie alle Belter bewegte sich auch Carol nur, wenn sie sich bewegen *wollte*. Dennoch machte es Bruno jedesmal nervös, wenn sie sich in eine Statue verwandelte.

Für eine kurze Weile pfiff sie leise vor sich hin. »Besteht die Möglichkeit, daß die Wellen von einem dieser verdammten reaktionslosen Kzintitriebwerke stammen?«

»Durchaus.«

Carol rieb ihren Belter-Kamm an Brunos Gesicht. »Dann ist es diesmal also kein falscher Alarm?«

»Ich glaube nicht«, antwortete Bruno in kühlem Tonfall.

»*Katzen*! Genau wie dieser Dinosaurier Early vorausgesagt hat, stimmt's?« Sie hob die Augenbrauen und zog eine Grimasse.

Bruno nickte und ignorierte Carols Anspielung. Sie hatte nicht annähernd soviel Zeit mit Early verbracht wie Bruno auf Luna und in Genf, und so konnte sie auch nicht wissen, daß sich hinter all der Prahlerei und dem atavistischen Zigarrenqualm ein grundanständiger Mann verbarg. Early war wie ein Vater für Bruno gewesen, und er schien alles zu wissen, was 200 Jahre lang in den ARM-Datenbanken unter Verschluß gehalten worden war. Die Menschheit benötigte jedes Wissen, das auch nur ansatzweise militärisch verwendet werden konnte, um es mit den Kzinti aufnehmen zu können; das Triebwerk, das die *Sun-Tzu* nach Wunderland brachte, war nur ein Beispiel für solch eine Technik. Als Chef der UN Special Projects Group hatte Early großen Anteil daran, daß derartige Entwicklungen allmählich Verbreitung fanden.

Bruno und Early hatten Jahre miteinander verbracht und die geheimsten Datenbanken der ARM auf Luna studiert, auch jene im sogenannten Schwarzen Gewölbe. Dort hielt man Dinge verborgen, die noch weit gefährlicher waren als ein einfacher Antimaterieantrieb – wie zum Beispiel der Inhalt der winzigen Gefrierflasche, die zur Fracht der *Sun-Tzu* gehörte; eine Gefrierflasche mit einem uralten Virus, älter noch als die Menschheit.

Der Virus war auch die Ursache für Brunos Traum. Aber – vielleicht – war er auch eine Waffe, der die Kzinti nichts entgegenzusetzen hatten.

Bruno warf Carol ein Lächeln zu und zuckte mit den Schultern. »Die Wellenform ähnelt der, die wir bei beschädigten Kzintischiffen in Sol festgestellt haben, die sich zu tarnen versuchten. Allerdings stimmt sie eben nicht *ganz* mit den vorhandenen Daten überein, wie ich zugeben muß.«

»Aber sie gleicht ihnen genug, daß du dir Sorgen machst«, bemerkte Carol. Ihr vorbehaltloses Vertrauen, selbst nach zwei Fehlalarmen, wärmte ihm das Herz.

Bruno nickte erneut. »Kzintitriebwerke verlieren keine Neutrinos wie unsere Fusionsantriebe, aber einige der Katzenschiffe scheinen aphasische Gravitonen abzustrahlen.« Wieder zuckte er mit den Schultern und deutete auf eines der Symbole auf dem Holoschirm. »Jetzt weißt du genauso viel wie ich. Eine Zusammenfassung findest du unter den üblichen Menüpunkten.«

Carol ließ sich neben Bruno auf die zweite Druckliege fallen. Mit typischer Belter-Sorgfalt schnallte sie sich an und zog den Datenhandschuh über. Bruno kannte seinen Captain. Geduldig wartete er, bis Carol ihre eigenen Überlegungen angestellt hatte, während sie die Daten betrachtete, die über den Holoschirm scrollten. Schließlich rief sie ihre eigenen analytischen Subroutinen auf; auch das war typisch für Belter-Piloten. Bruno war nicht beleidigt. Ein Belter konnte es einfach nicht ertragen, jemand anderen Entscheidungen treffen zu lassen, die das Schiff betrafen – auch keinen langjährigen Liebhaber.

Carol grunzte, warf Bruno ein halbherziges Lächeln zu und gab es schließlich auf, die komplexen Anzeigen zu studieren. Frustriert schürzte sie die Lippen. Abermals war Bruno nicht überrascht. Die Hälfte der Instrumente an Bord der *Sun-Tzu* war nach Plänen aus dem Schwarzen Gewölbe auf Luna entworfen worden. Selbst als er noch teilweise direkt mit dem System verbunden gewesen war, hatte er Monate benötigt, um die Feinheiten der Schiffssensoren genau kennenzulernen und zu verstehen.

Mit gespielter Verzweiflung deutete Carol auf den Holoschirm. »Okay, du hast gewonnen, Klugscheißer.«

»Hast du schon genug von dem ganzen Technokram?«

»Mehr als genug, Schiffskamerad.« Scharf, knapp; die Captain-Stimme. »Laß uns mal davon ausgehen, daß die Signale nicht dem feuchten Traum eines Psychikers entstammen. Wie viele Katzenschiffe und wie weit weg? Zeig mir, wo sie sind – zumindest so genau, wie du es bestimmen kannst.«

Beide vermieden es, auf das Link-Interface zu blicken, das an der Hauptkonsole befestigt war. Ein Bündel Fieberglaskabel führte zum Netzwerk-Port der Haupt-CPU, einem schmutzig aussehenden Stecker. Das entsprechende Gegenstück, ein schwarzer organischer Stecker, befand sich auf der linken Seite von Brunos Hals, unmittelbar unter dem Ohr, wo Wirbelsäule und Schädel aufeinandertrafen.

Bruno spürte das einsame Jucken des Links in seinem Kopf, so wie immer, wenn er nicht verbunden war. Wie immer ...

Nach einem Unfall in seiner Kindheit hatten die

Chirurgen, Neuro- und Computerwissenschaftler einen Großteil seines beschädigten Gehirns durch eine Phalanx aus Makroschaltungen und eine High-Speed-Matrix ersetzt. Der Gedanke, Teil einer Maschine zu sein, mißfiel Bruno nicht, im Gegenteil: Es war vertraut und beruhigend. Seit seiner Kindheit war er daran gewöhnt, daß sein Gehirn mit Halbleitern und Plastik vollgestopft war.

Bruno war der stabilste Linker, den Earlys Projekt »Wilde Talente« hatte finden können. Aber Linker verfielen stets in Katatonie, nachdem sie gewisse Zeit an einen Hochleistungscomputer angeschlossen gewesen waren. Menschenähnliche Computer schwiegen nach einigen Monaten. Warum also sollte es Menschen, die mit Computern verschmolzen, anders ergehen? Bruno versuchte, nicht an diesen Aspekt seiner Mission zu denken.

Er wußte, daß er aus diesem Grund seine Gesamtverbindungszeit minimieren mußte; er mußte seine geistige Gesundheit so lange wie möglich erhalten, um die Mission erfüllen zu können, wenn er und Carol Wunderland erreichten. Aber mit dem Link war er soviel *mehr* als nur ein Mensch. Bruno konnte Hunderte von Servos zugleich steuern und gleichzeitig noch Dutzende anderer Arbeiten ausführen. Er vermochte jede Datenbank im Speicher des Hauptcomputers innerhalb weniger Sekunden in sein Gedächtnis zu übertragen. Sein Bewußtsein konnte an mehreren Orten zugleich sein.

War er mit dem Computer über den Link verbunden, konnte Bruno das *Ganze* sehen ... war Teil davon.

Ohne den Link war er einfach nur Bruno. Dann verblaßte die Erinnerung an die Transzendenz, und er entsann sich nur noch schwach an das glorreiche Gefühl, mit einer Maschine verbunden zu sein. Er ertappte sich dabei, wie er reumütig seufzte und hoffte, daß Carol es nicht bemerkt hatte.

Carol hauchte ihm einen sanften Kuß auf die Wange und rief ihn wieder in die rauhe Wirklichkeit zurück. *Sie kennt mich wirklich viel zu gut,* sinnierte Bruno und lächelte schwach. Carol war der einzige Mensch, den er je getroffen hatte, in dessen Gegenwart er sich nicht so fremd fühlte wie ein Kzin.

Aber Carol ist der »verbundene« Bruno auch egal, dachte er traurig. Sie konnte die Wahrheit nicht ... nicht *erfahren,* wie er es konnte. Über einen Link mit dem Computer verbunden zu sein stellte sie sich kaum anders vor als das, was ihr und den anderen Besatzungsmitgliedern widerfahren würde, wenn sie auf Wunderland die Kryoflasche öffneten.

Aber eine Debatte über dieses Thema würde sie beide nur weiter auseinander treiben, nicht näher zusammenbringen. Mit Hilfe seines Links würde er vielleicht einen Weg finden, um ...

Bruno vertrieb die Schatten der Transzendenz aus seinem Geist und konzentrierte sich auf die weniger direkte Kommunikation mit dem Computer. Er murmelte einige Befehle und bewegte die Finger geschickt im Datenhandschuh.

Der relativistisch veränderte Anblick des Sternenfelds vor der *Sun-Tzu* veränderte sich, wechselte die Farbe, und schließlich erschien ein Bild ihres Ziels auf dem Holoschirm, wie es der Betrachter bei nichtrelativistischen Geschwindigkeiten sehen würde. Alpha Centauri leuchtete klar und deutlich in einem blinkenden grünen Kreis unmittelbar vor ihnen. Bruno deutete auf die Zahlenkolonnen im numerischen Teil der Anzeige und erklärte Carol, in welchem Verhältnis sie zu der vielfarbigen grafischen Analyse standen, die er und der Computer erstellt hatten. Ein Großteil der Daten basierte tatsächlich auf Vermutungen – wenn auch auf gut begründeten –, da alle Informationen auf die Lichtgeschwindigkeit abgestimmt waren, denn sowohl die *Sun-Tzu* als auch die mutmaßlichen Kzintischiffe bewegten sich mit ungefähr einem Siebtel davon. Bruno flüsterte weitere Befehle, während Carol zuschaute und ungeduldig vor sich hin pfiff. Nervöse Belter zappelten nicht herum; sie pfiffen oder summten, oder schlimmer noch: Manchmal *sangen* sie. Bruno grunzte triumphierend, als ein kleiner roter Punkt in dem holographischen Sternenfeld erschien, rechts unterhalb ihrer Position.

»Genau da, Boß«, sagte er und deutete auf das schwebende Bild. Der holographische rote Fleck begann zu blinken, und neben der grafischen Darstellung erschien ein Zahlendisplay.

»Verfolgen sie uns?«

»Vermutlich.«

»Sie sind vor uns und halten den Abstand ein?«

»Ich glaube, ja.« Bruno bemühte sich, seine Antworten so knapp und präzise wie möglich zu halten.

»Und es sind wirklich Kzintischiffe?« Carol kaute auf ihrer Unterlippe. »Wie viele?«

Bruno zuckte mit den Schultern. »Wer sonst sollte hier draußen im Großen Nichts sein? Ich würde sagen, es handelt sich um mehr als ein Schiff, aber um weniger als zehn.«

»Ach, wie ich deine wissenschaftliche Ungenauigkeit liebe.«

Bruno ignorierte den Spott und fuhr fort: »Wie es scheint, versuchen sie, uns in die Enge zu treiben. Sie sind uns ein Stück voraus und fliegen in flachem Vektor auf uns zu – ein sehr, sehr vorsichtiges Abfangmanöver.«

»Irgendwie komisch. Das paßt nicht zu den Katzen. Wie nah sind sie?«

Bruno deutete auf das Datenfenster unmittelbar neben dem roten Punkt. »Ungefähr sieben Lichtminuten.«

Bei einer Entfernung von über hundert Millionen Kilometern wirkte der blinkende rote Punkt harmlos genug, aber bei diesen Geschwindigkeiten ...

»Die *Dolittle*«, murmelte Carol.

Sowohl Bruno als auch Carol wußten, daß die *Sun-Tzu* nicht für einen interstellaren Nahkampf ausgerüstet war. Nachdem sie das Wunderland-System erreicht hätten und die *Dolittle* erst einmal gestartet wäre, könnten Carol und Bruno Kzintischiffe zu Dutzenden vernichten. Doch ihre Einwegwaffe, die *Dolittle,* bliebe vorerst noch mehrere Jahre an ihrem Platz, bis sie Alpha Centauri ein gutes Stück näher gekommen wären.

»So weit außerhalb Wunderlands? Das wäre riskant – um mich vorsichtig auszudrücken.«

»Trotzdem. Vielleicht haben wir eine Chance ... falls dieser rote Punkt nur ein paar Aufklärer darstellt.«

»Vielleicht.« Bruno klang skeptisch. »Wir haben ein paar Waffen ...«

»Und der Captain ist ein erfahrener Veteran.«

Bruno warf Carol einen spöttischen Blick zu. »Zu dumm, daß wir ihnen nicht unsere überdimensionalen Egos um den Kopf schlagen können.«

Carols Stimme nahm einen süßlichen Tonfall an. »Das sparen wir uns für den Notfall auf. Außerdem reicht dein Ego vermutlich aus. Nun, Schiffskamerad, laß uns einmal davon ausgehen, daß der verdammte Punkt ein Katzenschiff ist.« Sie blickte am Holoschirm vorbei. »Warum dieser flache Vektor, wenn sie uns abfangen wollen? Jedes Kzintischiff mit seinem reaktionslosen Antrieb könnte uns innerhalb von Stunden stellen.«

Beide schwiegen eine Weile nachdenklich.

»Ich habe eine gute und eine schlechte Nachricht«, erwiderte Bruno schließlich.

»Und?« Carols Tonfall verriet Ungeduld.

Bruno studierte noch immer aufmerksam die Datenströme, die über den Holoschirm scrollten. »Die gute Nachricht ist, daß sie glauben, wir können sie nicht sehen.«

»Wie kommst du darauf?«

»Die Katzen sind bekannt für ihre Haudrauftaktik, stimmt's?« Bruno wartete, bis Carol nickte. »Sie würden nicht da draußen hocken und warten, wenn sie glauben würden, wir könnten sie sehen. Sie würden uns angreifen.«

»Und die schlechte Nachricht?« Carol klang noch immer ungeduldig.

»Ach, die.« Sorgfältig wählte Bruno jedes einzelne Wort. »So gut wie alles, was wir tun, wird ihnen verraten, daß wir sie entdeckt haben. Es gibt keinen Grund, warum wir im interstellaren Raum von unserer Routine abweichen sollten. Wenn wir es aber dennoch tun, werden sie sich wahrscheinlich mit allem, was sie haben, auf uns stürzen.«

»Hmmm. Katz ... und Maus.«

Bruno setzte ein schiefes Lächeln auf. »Boß, ich glaube, sie wollen uns entern.«

Carol nickte. »Stimmt. Sonst hätten sie uns schon längst zerquetscht wie ein verfaultes Ei.«

»Welch poetisches Bild.« Obwohl sie im Moment ganz Captain war, wagte Bruno es, ihre Hand zu ergreifen.

Carol ignorierte ihn und schürzte nachdenklich die Lippen. »Aber sie fliegen in *unsere* Richtung: von Sol nach Wunderland. Das sind doch bestimmt Versprengte der Dritten Flotte, oder?«

Wieder wählte Bruno seine Worte mit äußerster Sorgfalt. »Nicht unbedingt. Es könnte auch die Vierte Flotte sein.« Er rieb mit dem Daumen über Carols glatten Handrücken. Ihre Haut fühlte sich beruhigend warm an. Zumindest *schien* sie keine Angst zu haben.

»Und in dem Fall . . .?« hakte sie nach.

»In dem Fall könnten sie uns gesehen und gewendet haben. Vergiß nicht, über welche Antriebe sie verfügen.« Er zuckte mit den Schultern. »Aber egal, ob nun Dritte oder Vierte Flotte, der Punkt ist, sie wollen vermutlich unser Schiff.«

»Und uns möglicherweise auch.«

»Das heißt«, erwiderte Bruno, »wenn es denn wirklich Kzintischiffe *sind*. Es könnte auch noch etwas weit Schlimmeres sein.«

Carol grunzte. »Du bist mir ja ein schöner Optimist.«

»Ich bin wahrscheinlich ein ebenso guter Optimist wie du eine gute Dichterin.«

Carol runzelte leicht die Stirn und schüttelte den Kopf. »Es ergibt einfach keinen Sinn, soviel Delta Vau zu verschwenden, um . . .«

»Aber Captain, lieber Captain«, unterbrach sie Bruno lächelnd. Die scherzhafte Anrede verwendete er absichtlich, um die Spannung ein wenig zu lösen. »Wie du dich vielleicht erinnerst, können ihre Schiffe Hunderte von g ziehen. Es würde sie nur wenige Wochen kosten abzubremsen, zu wenden und wieder auf relativistische Geschwindigkeit zu beschleunigen.«

Carol schüttelte den Kopf bei dem Gedanken, innerhalb von nur einer Woche von 0 auf ein Siebtel der Lichtgeschwindigkeit zu beschleunigen. Für einen Belter grenzte das an Magie. »Plus die Extrazeit, die es sie kosten würde, unserem Abgasstrahl auszuweichen.«

Bruno blinzelte; dann grinste er. »Das *stimmt*. Unser Abgasstrahl besteht immerhin aus purem Plasma und Gammastrahlung.«

Carol lächelte humorlos. »Das ist der Witz bei der ganzen Sache, o du, meine treue Mannschaft: Wann ist eine Waffe keine Waffe?«

»Wenn es ein Schiffsantrieb ist«, antwortete Bruno. »Das hat uns die *Angel's Pencil* gelehrt.«

»Reaktionsloser Antrieb hin oder her, unsere Triebwerke können die Katzen förmlich kochen.« Carol fletschte die Zähne, die weiß im Licht der Holoschirme schimmerten.

Die Emissionsfahne der *Sun-Tzu* war eine Säule ionisierten Wasserstoffs mit harter Strahlung, die dem Schiff folgte wie eine riesige Sichel. Im interstellaren Vakuum glühte sie in unheimlichem blauen Licht, und ihre Länge betrug mehrere tausend Kilometer.

Bruno dachte jedoch praktischer. Ihr wunderlicher Antimaterieantrieb hatte als Waffe auch seine Grenzen: Er war schwer auszurichten, konnte nur langsam gestartet beziehungsweise abgeschaltet werden, und es war äußerst schwer, ihn in Betrieb zu halten. Und um ihn neu auszurichten, müßte man ihn ausschalten; zudem konnte man die Stabilisatoren nicht umgehen, ohne sie bei abgeschaltetem Antrieb neu programmieren zu müssen.

Konnte die *Sun-Tzu* mit unterlegenen Waffen und fast ohne jede Manövrierfähigkeit die Kzinti im interstellaren Raum aufhalten? Die *Sun-Tzu* war nicht als Kriegsschiff konzipiert worden. Ihre Aufgabe bestand lediglich darin, die *Dolittle* mitsamt Mannschaft – und die Kryoflasche mit dem gottverdammten Virus – so rasch wie möglich nach Wunderland zu bringen. Antimaterieantrieb hin oder her, die Kzintischiffe konnten förmlich um die *Sun-Tzu* herumtanzen.

Die *Sun-Tzu* war größtenteils von einer dicken Eisschicht umgeben. Wasser stellte einen effektiven, wenn auch unvollkommenen Schutz sowohl gegen den relativistischen Aufprall von Staubkörnern am Bug als auch vor der künstlichen Hölle des Antimaterieantriebs am Heck dar. Dank dieser Eisschicht wirkte das Schiff weit größer als es tatsächlich war, und das gefrorene Wasser würde ihnen auch Schutz vor den Waffen der Kzinti bieten ...

... bis zu einem gewissen Punkt.

Aber das Wichtige zuerst, ermahnte sich Bruno. Mit dem Antrieb herumzuspielen, solange er noch in Betrieb war, wäre mit Sicherheit Selbstmord. Er würde ihn ausschalten und das Schiff neu ausrichten müssen. Das würde die Besatzung allerdings einer erhöhten Strahlung aussetzen, da sie in diesem Augenblick auch den Schutz der 100-Kilogauss-Magnetfelder verlöre.

Selbst bei aktivierten Magnetfeldern stieg die Strahlung mit jeder Wache zwar langsam, aber doch unaufhaltsam an. Irgendwann würde der Autodoc nicht mehr in der Lage sein, die Zellschäden zu reparieren.

Bruno kam sich wie ein Verräter vor, auch wenn er wußte, daß das Unsinn war. Ein Teil von ihm sagte ihm immer wieder, daß sie ein anderes Missionsziel verfolgen sollten: Wunderland erreichen; Bruno verbunden mit den Computern der *Dolittle*, Carol und der Rest der Crew, die bis dahin wieder aus ihrem Kälteschlaf aufgewacht sein würde.

Dann würde er Carol für immer verlieren, aber nicht an einen anderen Mann oder an eine andere Frau, sondern an einen Virus, der älter war als die Menschheit; doch in einem gewissen Sinne würden sie sich auch niemals näher sein.

Bruno fühlte sich ein wenig benommen. Er wünschte, Carol läge nicht in der Druckliege neben ihm, so daß er sich ein paar Antidepressiva aus dem Autodoc hätte holen können. Seine Gefühle versuchten, mit seiner Logik Schritt zu halten. Schließlich drückte ihm Carol die Hand und blickte ihm in die Augen.

»Ich glaube, es ist das Beste, wenn wir den Antrieb auf deinen kleinen roten Punkt ausrichten«, sagte sie und deutete auf den Holoschirm. »Das wird unsere Fragen ein für allemal beantworten. Wenn dein roter Punkt sich dann bewegt, wissen wir Bescheid. Natürliche Phänomene im interstellaren Raum weichen keinem Abgasstrahl aus.«

Bruno nickte, und ein Teil von ihm staunte über die Anmut, mit der sich Carols Gesichtsmuskeln bewegten. Wie würde sie wohl aussehen, nachdem der Virus sein Werk vollbracht hatte? Der Traum zeigte ihm immer wieder einen Teil der schrecklichen Wahrheit: haarlos, gewölbte Stirn, vergrößerter, zahnloser Kiefer, lederne Haut. Aber Carols Augen würden sich nicht verändert haben, wenn sie ihn traurig aus dem entstellten Gesicht anstarren würde.

Bruno riß sich von diesen Gedanken los und kehrte in die Gegenwart zurück. Später würde er noch genug Zeit haben, um sich Sorgen zu machen. »Hm, gut, du bist der Boß. Aber wenn das wirklich Katzen da draußen sind, dann möchte ich wetten, daß sie genau mit so etwas rechnen und sich einen entsprechenden Plan zurechtgelegt haben.«

»Erzähl mir was Neues!« schnappte Carol mit einer Stimme kalt wie Eis.

Wieder senkte sich Schweigen herab. Carol hatte das Spiel übernommen.

»Initiiere Abschaltsubroutine«, befahl sie dem Computer formell und bestätigte anschließend die beiden Sicherheitsabfragen. Auf dem Holoschirm öffnete sich ein weiteres Fenster, in dem die Abschaltprozedur zu sehen war, komplett mit sämtlichen Schemata und Datenanalysen. Schritt für Schritt verstärkte das Siliziumgehirn der *Sun-Tzu* die magnetische Flasche, in der die tödliche Wolke aus Antiwasserstoff gefangen war, und erhöhte die Leistung der Ionenlaser, die den Treibstoff in eine nutzbare Form brachten.

Gleichzeitig senkte der Computer langsam den Zufluß normaler Materie, die aus dem interstellaren Gas und der Eishülle des Schiffes gesammelt wurde und die kontrollierte Hölle in der Reaktorkammer schuf. Es war ein fein abgestimmtes, elektronisches Ballett; jeder noch so kleine Schritt wurde sorgfältig überwacht. Der kleinste Fehler reichte aus, um die *Sun-Tzu* innerhalb weniger Mikrosekunden in eine Mininova zu verwandeln.

Bruno richtete all seine Aufmerksamkeit auf die Telemetriedaten, die auf dem Holoschirm erschienen; mehr denn je wünschte er sich, seinen Link benutzen zu können. Das Jucken in seinem Nacken war zu einem Brennen geworden. Aber andererseits: Wäre er direkt mit dem Computer verbunden gewesen, hätte er auf Carols Wärme verzichten müssen. Allerdings wäre ihm das gewiß egal gewesen. Wie auch immer ... Im Augenblick brauchte er den Kontakt zu ihr mehr als alles andere.

Ich brauche ihn sogar noch mehr als die Verbindung zur Maschine, sagte er sich.

Carol drückte seine Hand inzwischen so fest, daß es fast schmerzte. Mehrere Minuten vergingen, während der Computer vorsichtig die Reduzierung des Materiezuflusses durch den Aufbau des magnetischen Feldes ausglich. Der Holoschirm zeigte den Vorgang in allen Einzelheiten. Weder Bruno noch Carol sagte etwas; sie beobachteten und warteten. Doch der gegenseitige Druck ihrer Hände wirkte beruhigend und zwar auf beide – der liebevolle Trost von Hautkontakt.

Eine vertraute, menschliche Geste, mit der beide der schrecklichen, fremden Bedrohung entgegentraten.

Das gleichmäßige Brummen des Antriebs wurde mit jeder Stufe des Abschaltprotokolls leiser. Daß gleichzeitig auch der Vorwärtsschub abnahm, war kaum zu spüren; dennoch fühlte sich Bruno plötzlich irgendwie leichter.

Abschaltprotokoll ... verrinnende Zeit ... angespannte Blicke ... mehr Strahlung, die durch den schwächer werdenden magnetischen Schild drang ... draußen glitt die relativistische Welt in ihrer vielfarbigen Pracht vorbei ...

Ein letztes Schaudern erschütterte das gesamte Schiff, als hätte jemand eine riesige Glocke geläutet. Vorwärtsschub gleich Null.

Das plötzliche Gefühl freien Falls drehte Bruno den Flatlander-Magen um, nur daß sich das Schiff bei diesem ›freien Fall‹ mit 70 Prozent der Lichtgeschwindigkeit durch die interstellare Leere bewegte.

Ein tiefer Ton erregte Brunos Aufmerksamkeit und zog seinen Blick wieder zum Holoschirm. Eine sanfte Stimme erklärte: »*Abschaltprotokoll vollständig. Werte innerhalb normaler Parameter. Kühlprotokoll für Kammer initiiert.*«

Bruno atmete tief durch und spürte, wie Carol seine Hand losließ; seine Finger waren taub, so fest hatte sie zugedrückt. Er beugte sich zu ihr hinüber und küßte sie auf die Wange, als wolle er sich bedanken.

»Antrieb abgeschaltet«, verkündete Carol formell fürs Logbuch; dann, an Bruno gewandt: »Laß uns einen Plan schmieden.« Sie streckte die Finger im Datenhandschuh, um sie wieder aufzuwärmen.

Bruno beobachtete, wie Carols Augen schmal und hart wurden; es waren die Augen eines Überlebenden und Veteranen, der gegen die Zweite und Dritte Flotte gekämpft hatte. Ihr Gesicht wirkte kalt und nüchtern, ebenso wie ihre Stimme. »Das ist der Punkt, wo all der heroische Scheiß, den dir Early ins Ohr gesetzt hat, plötzlich wahr wird.«

Bruno wußte, daß sie wieder an die Schiff-zu-Schiff-

Kämpfe dachte, die sie während des Angriffs der Zweiten Flotte ausgefochten hatte. Er hatte seinen Traum, gegen den er kämpfte; Carol jedoch besaß *echte* Erinnerungen an den Krieg.

Bruno ergriff Carols freie Hand. Sie dachte oft an den Krieg. Er erinnerte sich daran, wie häufig er Carol in den Armen gehalten hatte, nachdem sie sich geliebt hatten. Sie pflegten, einander in den Armen zu liegen, umgeben von der sanften Dunkelheit der Schlafzelle; die einzige Beleuchtung stammte von den Holoschirmen, die die Hängenden Gärten des Kapselasteroiden zeigten. In Augenblicken wie diesen, verschwand Carols Lächeln jedesmal langsam; zunächst dachte sie schweigend an ihre Kriegserlebnisse und sprach anschließend darüber. Das war immer so. Manchmal hatte sie sogar in seinen Armen geweint, wenn ihr all die vergangenen Schrecken wieder bewußt geworden waren, und ihr muskulöser Körper hatte sich verspannt, wenn die Erinnerungen sie Jahre und Milliarden von Kilometern in die Vergangenheit zurückgetragen hatten.

Erinnerungen an Luft, die aus dem zerschmetterten Helm eines alten Freundes strömte und sich in glitzernde Eiswolken im fahlen Sonnenlicht verwandelte. Erinnerungen an Kontrollkonsolen, die nach einem direkten Treffer durch einen Kzintipartikelstrahl explodierten, und am schlimmsten: Erinnerungen an das Geräusch von Schnellfeuerkanonen, die langsam den Rumpf des Schiffes durchlöcherten, gefolgt vom wahnsinnigen Zischen der entweichenden Luft. Bruno vermochte sich kaum vorzustellen, welche Wirkung das tödliche Ballett eines Raumkampfes auf einen Menschen haben konnte – das schier endlose

Warten und die Sekunden panischer Aktivität und unermeßlichen Entsetzens. Carol wurde mit ihren Ängsten weit besser fertig, als Bruno es je geschafft hätte – das wußte er –; dennoch mußte sie ihren Angstgefühlen mitunter Ausdruck verleihen, und er akzeptierte das.

Carol atmete laut aus, schob die Vergangenheit beiseite und drehte den Kopf, um die Nackenmuskeln zu entspannen. Sie löste sich aus Brunos Griff und tätschelte ihm liebevoll die Hand.

»Glaubst du nicht, daß es Zeit ist?« fragte sie leise, und wieder vermied sie es, das Interface anzuschauen, daß vor Bruno an der Konsole befestigt war. »Du kannst die Punkte besser verfolgen, wenn du deinen Link benutzt, und auch ein Neustart könnte dann schneller erfolgen, stimmt's?«

Bruno nickte und ergriff ihre Hand erneut, um sie zu drücken. Carol reagierte nicht. »Gehe ich recht in der Annahme, daß das ein Befehl war?« fragte er.

Carol drehte sich zu ihm um und blickte ihm in die Augen. Harte Erinnerungen spiegelten sich in ihren markanten Zügen. »Ja«, antwortete sie schlicht und ohne sich anmerken zu lassen, daß sie alles andere als glücklich über diesen Befehl war.

Bruno nickte. Er griff nach dem Interface und steckte es in das dafür vorgesehene Verbindungsstück in seinem Nacken. Seine Hand zitterte.

KAPITEL 4

Rrowl-Kommandeur brüllte seine Wut hinaus, und die Brückenbesatzung der *Bauchschlitzer* verstummte.

»Initiiere Notfallplan *Krechpt!*« kreischte er ins Schiffsintercom.

Das Zischen der Schwerkraftpolarisatoren wurde plötzlich lauter. Der Schiffsrumpf schien sich zu verformen und unregelmäßig zu vibrieren, während der Raum sich rings um das Schiff veränderte. Rrowl-Kommandeur wandte sich vom Intercom ab und blickte sofort zu den Anzeigen an seinem Kommandosessel. Statusberichte in der Punkt-und-Komma-Schrift der Kzinti marschierten über den taktischen Schirm. Die anderen beiden Schiffe unter seinem Kommando folgten wie erwartet seinen Befehlen und entfernten sich mit der höchsten Geschwindigkeit voneinander, die ihre Schwerkraftpolarisatoren zuließen.

Rrowl-Kommandeur wandte sich der Quelle ihrer Probleme zu.

»Stratege«, fauchte er in der Heldensprache und schlug verärgert mit dem nackten, rosafarbenen Schwanz, »erkläre mir, warum das Affenschiff seinen Antrieb abgeschaltet hat! Sie sind noch weit vom Abbremspunkt entfernt.« Die kühle, trockene Schiffsluft füllte sich rasch mit dem aggressiven Duft von Rrowl-Kommandeurs Zorn, und jedes einzelne Haar seines glänzenden, orangefarbenen Fells hatte er in wilder Wut aufgestellt.

Der Kzin, dessen Aufgabe es war, menschliches Verhalten in der Schlacht vorauszusehen, stand wie erstarrt da, hatte die Schnurrhaare gesenkt und die Ohren ein Stück zurückgelegt, um sein Unbehagen anzuzeigen. Dann hob er die Pranke zum Salut mit eingezogenen Krallen vors Gesicht. »Dominanter«, begann er, »die Menschen müssen uns entdeckt haben.«

Rrowl-Kommandeur unterdrückte einen wütenden Schrei. Er konnte seine Wut kaum beherrschen, und seine geschnurrte Antwort war voll beißenden Spotts. »Das sehe ich selber, o Herr-der-grasfressenden-Sklaven-Taktik! Bitte überanstrenge dein namen- und ehrloses Blätterfresser-Hirn nicht, indem du mir Dinge erklärst, die jeder wahre Held mit Augen im Kopf und dem Herz eines Kriegers auch selbst erkennen kann!«

Hoffnungsvoll blickte er zu dem anderen Kzin, der ob der Beleidigung nur zweimal kurz blinzelte. Stratege kannte die Launen seines Kommandeurs, und so wußte er auch, daß es im Augenblick besser war, zu schweigen und respektvoll zu warten.

Seit der Vernichtung der Dritten Flotte hatten Pflichtbewußtsein und Ehre stets in Rrowl-Kommandeurs Kriegerherz miteinander gerungen. Die Disziplin, die er daraufhin an Bord der *Bauchschlitzer* eingeführt hatte, war weit härter als das, was sonst auf Kzintischiffen als üblich erachtet wurde. Er schnaubte verächtlich und flehte den Zähnefletschenden Gott um Geduld und Weisheit an.

Seine drei Schiffe hatten der Dritten Flotte angehört, jener Heldenflotte, die einmal mehr von den haarlosen Affen mit ihren Grasfressertricks vernichtet worden war. Anstatt ehrenhaft beim Angriff auf die Menschenheimat zu sterben, wie es sein Kriegerherz verlangte, hatte Rrowl-Kommandeur dem letzten

Befehl des Dominanten-Kommandeurs der Dritten Flotte gehorcht, Chsst-Admiral.

Und indem er seine Pflicht erfüllt hatte, hatte er seine Ehre aufgegeben. Er schämte sich aus tiefster Seele. Rrowl-Kommandeurs Leber und Herz vergaßen diese Schande keinen Augenblick lang.

Die drei Scoutschiffe unter Rrowl-Kommandeurs Kommando, die *Stoßschläger*, die *Wirbelbrecher* und sein eigenes Schiff, die *Bauchschlitzer*, waren sorgfältig getarnt worden, bevor sie von der Menschensonne zurück nach Ka'ashi aufgebrochen waren – oder wie die Affen in ihrer jaulenden Sprache sagten: nach *Alpha Centauri*. Rrowl-Kommandeurs Aufgabe bestand dain, die seelenlosen Affen mit seinen drei Schiffen im leeren Raum zu beobachten und gleichzeitig die gewaltigen Datenmengen nach Ka'ashi zu übertragen, die während der Niederlage der Dritten Flotte gesammelt worden waren.

Chsst-Admiral besaß graues Fell und war von Strahlungsnarben übersät, die deutlich zeigten, daß in seiner Brust ein wahres Kriegerherz schlug. Schon während des Angriffs auf Ka'ashi vor vielen Jahren war er Rrowl-Kommandeurs Vorgesetzter gewesen, und so hatte er sich dessen Respekt und Ehrerbietung verdient. Jeder Kzin wäre dem Dominanten der Dritten Flotte selbst in die Dunkle Tiefe gefolgt.

Chsst-Admiral hatte Rrowl-Kommandeur davon überzeugt, daß sein eigener Weg als Krieger darin liege, demütig der Rache zu dienen, die die Vierte Flotte zweifelsohne bringen würde. Rrowl-Kommandeur hatte gehorcht und seine Ehre der Flottendisziplin untergeordnet; doch seine Entscheidung roch trotzdem nach Feigheit, nach Gras-im-Atem.

Chsst-Admiral wiederum hatte nachdrücklich bewiesen, daß sein eigenes Herz und seine Leber dem Riit-Patriarchen in der Kzintiheimat zur Ehre gereichten. Er war bei einem glorreichen Selbstmordangriff auf den großen interstellaren Startlaser auf einem der Monde des großen Gasgiganten gefallen, den die Menschen Juno nannten.

Rrowl-Kommandeur fauchte ob seiner verlorenen Ehre, und die Erinnerungen brannten wie Salz in einer von Krallen zerfetzten Nase. Während seiner Kommandozeit hatte er mit zwei Oktalen anderer Helden gekämpft, und stolz befühlte er die Ohren, die an seinem Trophäengürtel hingen. Für kurze Zeit hatten ihm diese Duelle das Gefühl verliehen, seinem schon lange verstorbenen Vater Ehre zu erweisen, und auch seinem betrauerten Nestbruder und dem Riit-Patriarchen selbst.

Doch der Geschmack der Feigheit, bitter wie der Geschmack von Gras und Blättern, kehrte nur allzu bald wieder zurück. Rrowl-Kommandeur beobachtete mit halber Aufmerksamkeit Stratege. Der wiederum wartete schweigend und hatte die Augen abgewandt, doch nach vorne gerichtet – ein deutliches Zeichen dafür, daß er mit einem Angriff rechnete. Stratege glaubte, daß sein Kommandeur ihn Glied für Glied auseinanderreißen würde.

Das war nicht überraschend für den Herrn der *Bauchschlitzer*. Immerhin war das schon öfter geschehen, seitdem er auf dieser Brücke das Kommando hatte.

Doch Rrowl-Kommandeur konnte es sich nicht leisten, noch weitere fähige Offiziere zu verlieren, besonders nicht angesichts dieser neuen Bedrohung durch die Affen. Also beherrschte er seinen Zorn für den Augenblick und konzentrierte sich auf das vorliegende Problem. Chsst-Admiral hatte Rrowl-Kommandeur befohlen, mit seinen Schiffen im hohen Gras des tiefen Raums zu lauern und zu beobachten; angreifen sollte er auf keinen Fall. Sie waren hier, um den Weg für die Vierte Flotte vorzubereiten. Und das hatte Rrowl-Kommandeur bis jetzt auch getan, auch wenn ihn das seine Ehre gekostet hatte.

Doch dieses Menschenschiff, das von der Menschenheimat nach Ka'ashi flog, stellte eine zu große Beute dar, als daß ein Kzin ihr hätte widerstehen können. Getarnt und unsichtbar hatten Rrowl-Kommandeurs Schiffe das seltsame Affenschiff von weitem viele Wachen lang belauert und es studiert. Sein Triebwerk stieß einen erschreckend effektiven Plasmastrahl aus. Fremdtechnologe hatte sogar die Vermutung geäußert, daß die Affen einen Gegenmaterieantrieb konstruiert haben könnten, so unwahrscheinlich das auch sein mochte.

Auf jeden Fall war dieses Triebwerk für einen Kzin mit wahrem Kriegerherzen mehr als nur ein Antrieb! Mit solch einem Gerät konnte man ganze Kontinente vom Orbit aus verbrennen; es konnte Gottesfeuer herabregnen lassen wie in den alten, längst vergessenen Mythen. Dieser Antrieb stellte eine furchterregende Waffe dar, und wer auch immer sie dem Riit-Patriarchen bringen würde, erlangte gewiß dessen Anerkennung, und unvergleichliche Privilegien erwarteten den Entdecker.

Schließlich hatte Rrowl-Kommandeur nicht länger warten können und seinen drei Schiffen befohlen, näher an das Affenschiff heranzusteuern, um sich die reiche Beute zu sichern. Dann hatte das fremde Schiff seinen Antrieb abgeschaltet! Erneut schlug Rrowl-Kommandeur frustriert mit dem Schwanz.

Es wäre einfach gewesen, das Affenschiff zu entern, wenn die Menschen sie nicht bemerkt hätten. Die einzige Frage wäre gewesen, wieviel Heldenleben es gekostet hätte, das Schiff möglichst unversehrt in die Pranken zu bekommen. Vielleicht wäre es am besten gewesen, ein Enterkommando vorauszuschicken und kinetische Waffen als Reserve zurückzuhalten ... Oder die *Bauchschlitzer* und ihre Bruderschiffe hätten das Menschenschiff einfach mit kinetischen Energiebomben eingedeckt und in der darauffolgenden Verwirrung einen Heldentrupp an Bord geschleust.

Solch ein Kampf wäre Balsam für Rrowl-Kommandeurs verwundete Ehre gewesen.

Der tödliche Schweif aus Gammastrahlung und ionisiertem Gas, der das Affenschiff durchs All schob, hätte es für die Besatzung unmöglich gemacht, Verbindung zu ihren Brüdern im Menschenheim aufzunehmen. Die Affen der Menschensonne hätten vermutlich geglaubt, ihr Schiff hätte versagt, oder wäre bei sechs Achtel der Lichtgeschwindigkeit von interstellaren Trümmern zerstört worden.

Eroberungs-Gouverneur hätte Rrowl-Kommandeur sicherlich mit offenen Armen empfangen, wäre er mit solch einer Beute nach Wunderland zurückgekehrt. Ehre, Sklaven, ein Platz im Regierungsrat, Ländereien und Kzinrretti ... All das hätte ihm gehört! Vielleicht hätte man ihm sogar private Jagdgründe zugesprochen, und fast sicher hätte man ihm einen vollen Namen gewährt!

Doch dieser schmackhafte Happen war ihm durch

feige Inkompetenz aus den zuschnappenden Kiefern gerissen worden! Rrowl-Kommandeurs Reißzähne schmerzten ob dieses Verlusts.

Der Zorn in seinem gekränkten Kriegerherzen brodelte erneut an die Oberfläche. Rrowl-Kommandeur warf den Kopf zurück, brüllte seine Wut hinaus und schlug mit den Krallen durch die Luft. Die gesamte Brückenmannschaft hob unterwürfig die Pranken vors Gesicht.

Rrowl-Kommandeur knurrte und stieß die Anzeigetafel an seinem Kommandosessel beiseite. Dann richtete er sich zu seiner vollen Größe von fast drei Metern auf – ein zweibeiniger Tiger mit schier unglaublichen Muskeln – und stapfte über die Brücke, als befände er sich auf der Jagd. Die Mannschaft hielt den Atem an; niemand rührte sich, und alle warteten darauf, wer wohl das Ziel des Zorns ihres Kommandeurs sein würde.

Rrowl-Kommandeur schlich zu Stratege, und als er sprach, klang seine Stimme ruhig, sehr ruhig sogar – und deshalb umso gefährlicher. Er blickte Stratege unverschämt in die Augen, von Kzin zu Kzin, eine geradezu unglaubliche Herausforderung. Langsam bewegte sich Rrowl-Kommandeurs Schwanz von einer Seite zur anderen und strafte seinen ruhigen Tonfall Lügen.

»Nun, Kzin-ohne-Namen, erklär mir, wie diese primitiven Affen, diese *Menschen*, unsere Schwerkraftpolarisatoren haben entdecken können.« Sein mühsam unterdrückter Zorn zeigte sich in dem wilden Grinsen des Kommandeurs.

Stratege schwieg, schluckte sein eigenes, herausforderndes Knurren herunter, und Rrowl-Kommandeur wiederum verzichtete darauf, ob dieser bemerkenswerten Zurückhaltung anerkennend zu husten.

»Sie können unsere Monopole entdecken. Das stimmt.« Zweimal klopfte der Kommandeur dem anderen Kzin mit ausgefahrener Kralle auf die Brust: eine tödliche Beleidigung für jeden Helden.

Stratege schluckte und zitterte sowohl aus Furcht als auch aus Wut.

»Doch das ist keine große Überraschung«, schnurrte Rrowl-Kommandeur, »da die elenden Affen selbst Monopole nutzen und daher deren Eigenschaften kennen. Deswegen schirmen wir die unseren ja auch vor ihren Instrumenten ab – ein Trick, auf den sogar ein Kätzchen hätte kommen können.« Sein Schwanz zuckte.

Wieder schluckte Stratege und schnappte nach Luft. Mit dünner Stimme begann er zu sprechen. »Dominanter, es scheint ...«

»Es *scheint*«, unterbrach ihn Rrowl-Kommandeur in seidenweichem Tonfall. »Es scheint, daß du meine Intelligenz beleidigen willst, indem du behauptest, diese armseligen Affen würden bereits Schwerkraftpolarisatoren verstehen, wo sie doch noch mit heißen Abgasen durchs All reisen.« Er entblößte die Zähne und säuberte sie mit einer Kralle in einer Geste des Spotts und der Verachtung.

Rrowl-Kommandeur beobachtete, wie Stratege bei dieser Beleidigung seiner Vorfahren tief durchatmete, und zuckte zufrieden mit dem Schwanz. Führerschaft brachte so manchen Vorteil mit sich.

»Das sind *Affen*«, fuhr er fort, und Verachtung troff aus jeder Silbe. »Diese namenlosen, ehrlosen Menschen sind grasfressendes Ungeziefer ...« Er verstummte plötzlich. Erneut drohte er, die Selbstbeherrschung zu verlieren. Vor Zorn zitternd wischte er sich mit der bepelzten Pranke den Speichel von den schwarzen Lefzen.

Rrowl-Kommandeurs Zorn war jedoch nicht nur ein Ausdruck der Wut ob seiner verlorenen Ehre oder des mißlungenen Annäherungsversuchs an das Affenschiff; er verbarg auch eine Erinnerung hinter diesem Zorn, die ihm tief in seinem Herzen Todesangst bereitete: Immer wieder sah er vor seinem geistigen Auge, wie ganze Flotten durch unzählige Lasern in Dampf verwandelt wurden, Laser überall, bemannt von den scheinbar so schwächlichen Affen. Diese entsetzliche Vorstellung weckte in ihm das Verlangen, sich vor seinen Feinden zu verstecken, vor der Gefahr zu *fliehen*! Erneut verwandelte sich seine Leber in Wasser, als das schreckliche Gefühl sich seiner abermals bemächtigte.

Einen Augenblick lang sahen Rrowl-Kommandeurs Augen nichts außer dem grünen Licht von Laserfeuer, das das gesamte Universum erfüllte, und seine Nüstern brannten vom Geruch der eigenen versteckten Feigheit, die nach Grasfresser stank.

Es war der Geruch von *Beute*.

Der Wahnsinn hielt jedoch nur kurz an. Rrowl-Kommandeur spie aufs Deck und murmelte halb zu sich selbst: »Es sind nur große, haarlose *Ch'tachi*, Affen, mit ihren ineffizienten Fusionstriebwerken und ihren armseligen Lasern und Partikelstrahlern . . .«

Auf der Brücke herrschte Schweigen. Rrowl-Kommandeurs Helden blickten allesamt auf die mit Teppichen bedeckten Bodenplatten.

Sorgfältig leckte sich Rrowl-Kommandeur über die

trockene Nase, während er versuchte, seine widersprüchlichen Gefühle unter Kontrolle zu bringen. Sein Atem dampfte in der eiskalten Luft an Bord der *Bauchschlitzer*, und sein haarloser, rattengleicher Schwanz ragte in einer Geste wütender Herausforderung steil in die Höhe.

Stratege blickte stur geradeaus; seine violetten Augen waren bar jeden Ausdrucks. Nach einer respektvollen Pause salutierte er erneut mit eingezogenen Krallen und senkte den Kopf. »Dominanter, ich glaube nicht, daß die Menschen unsere Schwerkraftpolarisatoren unter normalen Umständen entdecken können. Vermutlich ist einer oder mehrere unserer Polarisatoren aus dem Gleichgewicht geraten.«

»Oh.« Ruhig, seidenweich.

Stratege hielt den Atem an, während Rrowl-Kommandeur ihn weiter anstarrte. Die Schnurrhaare des Kommandeurs zuckten. »Schwerkraftpolarisatoren, die ihr Gleichgewicht verloren haben ... hinterlassen eine schwache Gravitonsignatur, die man mit Massedetektoren entdecken kann«, fuhr Stratege fort.

Rrowl-Kommandeur wirkte einen Augenblick lang wie erstarrt und dachte nach. Sein Fell, das er noch vor wenigen Augenblicken wütend gesträubt hatte, glättete sich trügerisch. Der Herr der *Bauchschlitzer* begann, sich nachdenklich zu striegeln und den orangefarbenen Pelz mit dem angefeuchteten Handrücken glattzustreichen.

»Mrrr ... jaaa«, stimmte Rrowl-Kommandeur zu. »Angesichts ihrer primitiven Technik könnten diese Menschen uns nahe der Lichtgeschwindigkeit unmöglich auf andere Art entdecken.«

Stille trat auf Deck ein – Stille, wie sie oft kurz vor

dem Augenblick herrschte, da tödliche Kiefer sich um die Beute schlossen. Rrowl-Kommandeur sprang in seinen Kommandosessel zurück ... und setzte sich. »Schwerkraftpolarisatoren aus dem Gleichgewicht«, sinnierte er. Seine Pupillen weiteten und schlossen sich wieder, während er über die Folgen dieser Erkenntnis nachdachte.

Und über den Grund für all das.

Stratege salutierte ein weiteres Mal ergeben – der Kommandeur bemerkte ihn nicht –; dann setzte auch er sich wieder. Die Brückenmannschaft verhielt sich weiterhin still; jeder vermutete schon, was als nächstes geschehen würde, und alle waren sie erleichtert. Sie wurden ruhiger, warteten auf das Unvermeidliche und hielten ihre Blicke stur auf die Konsolen gerichtet.

Rrowl-Kommandeur lächelte breit, doch nicht ohne Humor. »Maschinenflicker«, schnurrte er übers Schiffscom, »erstatte deinem bescheidenen Kommandeur Bericht – den gefallenen Eroberern von Wunderland zuliebe. Ich habe einige Fragen zur letzten Routineüberprüfung des Polarisatorantriebs.«

Er kicherte heiser, während er die rechte Pranke betrachtete, zuerst den Prankenrücken, dann den ledrigen Teller. Eine nach der anderen fuhr Rrowl-Kommandeur die Krallen aus und schärfte sie rhythmisch am abgenutzten Kdatlynolederbezug seiner Sessellehnen.

Langsam vergingen die Minuten, während der Kommandeur leise ein Kinderjagdlied vor sich hin summte und das Geräusch der kratzenden Krallen die Brücke erfüllte. Rrowl-Kommandeur befahl dem Kzin mit Namen Kommunikationsoffizier, Strateges Bericht an die *Stoßschläger* und *Wirbelbrecher* zu übertragen und den Kommandanten die Anweisung zu geben, entsprechende Maßnahmen zu ergreifen. Dann schnurrte er weiter vor sich hin, überdachte seine Strategie und machte sich ein paar Notizen in der Punkt-und-Komma-Schrift der Kzinti. Ihm kam tatsächlich eine Alternative in den Sinn, wie er sich dem Affenschiff doch noch nähern könnte ...

Als sich irgendwann leise die Zugangsluke zur Brücke öffnete, wagte die Mannschaft nicht aufzublicken. Rrowl-Kommandeur jedoch löste seine funkelnden Augen von der Anzeigetafel wie ein Jäger, der sich aus dem hohen Gras erhebt – ein Jäger, der des Lauerns müde und bereit war, die Jagd zu beenden.

Maschinenflicker kroch auf dem Bauch zum Kommandosessel. Die Luft schien zum Schneiden dick zu sein, als Rrowl-Kommandeur ein tiefes Knurren ausstieß und mit entblößten Zähnen grinste.

Rrowl-Kommandeur schrie und sprang.

Die Mannschaft entspannte sich ein wenig und legte die fledermausartigen Ohren an ob des feuchten, schmatzenden Geräuschs, das übers Deck hallte. Sie kannten die Art ihres Kommandeurs; schon oft waren sie Zeugen seiner Wutausbrüche geworden. Eine Zeitlang würde die Disziplin an Bord wieder weniger streng sein, und alle würden sich darauf konzentrieren können, das Affenschiff zu fangen.

Außerdem würden sich auch neue Gelegenheiten ergeben; aber zunächst würde natürlich Maschinenflickers Stellvertreter befördert werden.

KAPITEL 5

Klick-klack.

Carol Faulk betrachtete Brunos nervöses Gesicht, als dieser das dicke Interfacekabel in den dafür vorgesehen Stecker in seinem Nacken steckte. Fast wirkte er sehnsüchtig. Nur mit Mühe gelang es Carol, nicht zusammenzuzucken, als sie das laute Klacken hörte, welches andeutete, daß Mann und Maschine nun verbunden waren.

Wie ein Blutegel, dachte sie und verfluchte unsinnigerweise den Computer. Aber es würde noch schlimmer kommen.

Den nächsten Teil verabscheute Carol besonders.

Mit dem Kabel im Nacken, das wie ein ungewöhnlich dickes Neunauge herabhing, lächelte Bruno sie leicht verlegen an. So sehr sie es auch haßte, sie wußte, daß dieser Ausdruck ein Zeichen erwartungsvollen Verlangens war.

»Würdest du mir die Ehre erweisen?« fragte er mit ruhiger Stimme.

Bruno hatte keine andere Wahl: Aufgrund der langfristigen Risiken durfte der Link nur auf Befehl eingerichtet werden; in diesem Fall bedeutete das: Carol mußte eindeutig zustimmen. Ringsum seufzte und stöhnte das Schiff, denn die *Sun-Tzu* befand sich nun im freien Fall, und das immerwährende Brummen des Antimaterieantriebs war verschwunden. Das Zischen der Ventilatoren und das dumpfe Klicken von Servos erfüllte die Luft. In den Ecken wirbelte Staub auf, und bisweilen schwebten einige Körnchen durch die Holoschirme und glitzerten wie winzige Sterne.

Carol nickte und verzog die Lippen zu dem selbstbewußten Lächeln, das ihr Liebhaber offenbar sehen wollte. Verbal befahl sie dem Computer, die Verbindungsroutine zu initialisieren, dann bestätigte sie die beiden darauf folgenden Sicherheitsabfragen. Schließlich tippte sie den entsprechenden Kode ein, und der Vorgang wurde unwiderruflich ins permanente Logbuch der *Sun-Tzu* eingetragen.

Aus Brunos Druckliege fuhren gepolsterte Fesseln aus und legten sich ihm um Arme, Beine, Kopf und Brust. Er schwieg und blickte auf den Holoschirm mit der Sternenfeldanzeige. *Oder vielleicht blickt er auch* hinter *das Sternenfeld,* sinnierte Carol. Kurz schloß sie die Augen, beugte sich vor und küßte Bruno auf die Wange. Sie spürte, wie er als Reaktion auf die Berührung den Mund zu einem Lächeln verzog. Carol ließ sich in die eigene Druckliege zurücksinken.

»Es wird schon alles gutgehen«, flüsterte Bruno. »Ich bin nicht wie die anderen Linker, erinnerst du dich?«

Carol nickte. »Ja, ja, Sportsfreund.«

Bruno war mit Sicherheit nicht wie die anderen Linker; er war weit mehr, und das wollte Carol unter keinen Umständen verlieren.

Ein Glockenton ertönte aus dem Computerlautsprecher, und mit kühler, elektronischer Stimme informierte die Maschine das Navigationsdeck darüber, daß die vollständige Computer-Neuralverbindung nun initialisiert werde. Ein Fenster öffnete sich im Statusfeld des Hauptholoschirms, auf dem man grafisch den Prozeß der Verbindung zwischen Bruno und dem Hauptcomputer der *Sun-Tzu* verfolgen konnte.

Carol verzog das Gesicht, als Bruno plötzlich von

den üblichen Krämpfen geschüttelt wurde. Er zitterte und zuckte, doch die gepolsterten Fesseln hielten ihn fest. Speichel spritzte ihm aus dem offenen Mund und flog in winzigen Tropfen durch die Luft.

Carol wollte ihn festhalten, doch sie hielt sich zurück. Jetzt konnte sie ihm nicht mehr helfen.

»Ah! Aaaah!« Ein Greifarm mit Hypospray fuhr aus der Nackenstütze wie eine Klapperschlange und injizierte Bruno mit lautem Zischen das Medikament in die Halsschlagader. Das schien ihn kurz zu beruhigen, obwohl er noch immer zuckte und unter Schmerzen leise vor sich hin murmelte, während sein Geist in die komplexe Datenstruktur des Schiffscomputers eindrang.

Oder sein Geist schlägt mit Computergeschwindigkeit schreiend um sich wie eine schreckliche, mentale Peitsche, dachte Carol.

Die Verbindung, erinnerte sie sich, war eine äußerst schmerzhafte Angelegenheit, egal was die Linker davor oder danach auch sagen mochten. Sie schienen sich an den eigentlichen Verbindungsprozeß und die Abkopplung nie richtig erinnern zu können, nicht an den Schmerz, die Krämpfe und an die Zeit, die sie anschließend im Autodoc verbringen mußten.

Gerne nahmen die Linker diese Qualen in Kauf. Sie erinnerten sich nur an die Transzendenz, daran, wie sie eins mit dem Ganzen geworden waren.

Ein menschliches Gehirn, das mit einem Macroframe-Computer der sechsten Generation verbunden war, besaß natürlich zunächst nur die numerischen Fähigkeiten der Maschine. Aber ein Linker war weit mehr als nur ein blitzschneller Rechner; er war in der Lage, sämtliche Konten der Weltbank innerhalb von

Nanosekunden auszubilanzieren. Außerdem konnte der Geist eines Linkers analoge Subroutinen, Zufallsgeneratoren und Syntax mit einer Sicherheit manipulieren, die eine nicht-intelligente Maschine unmöglich zu generieren vermochte.

Dennoch dachte ein menschlicher Geist, der solch eine enge Verbindung mit einem Computer eingegangen war, nicht ausschließlich linear wie die Maschine. Ganz im Gegenteil.

Tatsächlich schätzte man, daß ein verbundener Geist mehrere Tausendmal schneller dachte als ein unverbundenes neuronales Netz. Er war schneller, besser, drang tiefer vor; aber vor allem: er dachte *anders*. Der verbundene Geist konnte Beziehungen entdecken, wo es scheinbar keine gab, praktische Antworten auf normalerweise offensichtlich unlösbare Fragen. Chaostheorie hin oder her, auch komplexe Systeme erschlossen sich mühelos, wenn ein menschlicher Geist die homöostatische Kontrolle übernahm.

Aber natürlich gab es auch einen Haken. In Verbindung mit einer Maschine war der menschliche Geist nicht mehr *menschlich* im eigentlichen Sinne. Je länger ein menschlicher Geist mit einem Rechner der sechsten Generation verbunden blieb, desto schwerer konnte er sich wieder aus dieser Verbindung lösen. Es schien, als bliebe mehr und mehr von der Maschine im menschlichen Gehirn zurück, oder als würde der Geist des Linkers mit der Architektur des Computers verschmelzen. Aber was auch immer geschehen mochte, auf jeden Fall verlor der Linker immer mehr von seiner Menschlichkeit.

Carol hatte diese Schrecken schon selbst beobachten können ... bei Bruno.

Die richtigen AI-Computer, jene mit beinahe menschlichen Zügen, waren anfangs stets sehr nützlich, doch nach einigen Monaten schalteten sie sich regelmäßig ab und verwandelten sich in einen großen Haufen Müll. Sie waren noch nicht einmal mehr in der Lage, die einfachsten Gleichungen zu lösen. Carol wurde das Gefühl nicht los, daß das Wissen über diesen Prozeß den Neuro-Computer-Interface-Forschern auf Luna hätte ausreichen müssen, um die Finger von der Sache zu lassen. Doch wieder und wieder verband man Menschen mit Maschinen.

So wie ihre Vettern aus Silizium schalteten sich auch die Linker nach gewisser Zeit ab. Aber was verursachte diese Katatonie sowohl bei Menschen als auch bei Maschinen?

Niemand wußte es.

Mit diesem Wissen im Hinterkopf tat Carol ihr Bestes, um Brunos Verbindungszeit an Bord der *Sun-Tzu* so kurz wie möglich zu halten. Natürlich hatte es auch seine Vorteile, wenn der Pilot ein Teil des Schiffes war; aber wenn die *Dolittle* ihren ersten und letzten Flug nach Wunderland unternehmen würde, wurde er noch gebraucht – und zwar heil und gesund und mit klarem Verstand. Dann wäre Bruno noch lange genug verbunden, denn er würde die *Dolittle* die meiste Zeit über mit Hilfe seines Links fliegen.

Das würde ihn mit Sicherheit in den Wahnsinn treiben – wie Carol wußte, und sie war alles andere als froh darüber – und zwar unabhängig davon, ob sich Brunos hybrides Gehirn nun von dem anderer Linker unterschied oder nicht. Und doch gehörte dies alles zur Mission der *Sun-Tzu*, für die die gesamte Mannschaft sich freiwillig gemeldet hatte – einschließlich

Carol und Bruno. Auch Carol würde ihrem Schicksal begegnen. Allerdings bereitete ihr das nicht allzu viel Kopfzerbrechen. Sie hatte genug Schlachten während des Angriffs der Dritten Flotte erlebt, hatte genug Freunde verloren, um zu wissen, was Opfer bedeuteten. Natürlich wollte Carol nicht sterben, nein, aber sie wußte, wieviel für die Menschen im Krieg gegen die Katzen auf dem Spiel stand. Die Menschheit mußte bereit sein, *alles* zu versuchen ...

... selbst Projekt Cherubim.

Carol beobachtete die seltsamen Zuckungen auf Brunos Gesicht, während der Verbindungsprozeß sich seinem Ende näherte. Unter Brunos Haut bewegten sich die Muskeln auf unnatürliche Art, jedoch im Einklang mit den Biotelemetriedaten auf dem Holoschirm. Brunos Finger krümmten sich immer wieder in einem Rhythmus, der Carol irgendwie unmenschlich erschien.

Doch mehr als alles andere entsetzten Carol Brunos Augen. Mal starrten sie ins Leere; mal drohten sie aus den Augenhöhlen zu quellen, und dann wieder verdrehte er sie so sehr, daß nur noch das Weiße zu sehen war. Sie wollte Bruno übers Gesicht streicheln, doch sie wußte, daß der Prozeß noch nicht weit genug fortgeschritten war, als daß sie eine Berührung hätte riskieren dürfen. Spüren würde er allerdings jetzt schon nichts mehr. Schweiß trat ihm auf die Stirn und stieg in kleinen Tropfen von seinem Gesicht in die Beinahe-Schwerelosigkeit des Navigationsdecks empor.

Nachdem sie zum ersten Mal Sex miteinander gehabt hatten, hatte sich Carol geschworen, sich niemals in diesen armen kleinen Mann mit seinem verkrüppelten Cranium zu verlieben. Die Reise war lang, und zu Beginn stand noch zu bezweifeln, daß einer von ihnen auch nur die ersten Stadien überleben würde. Nun hatten sie jedoch bereits Jahre an Bord eines experimentellen Schiffs verbracht, und am Ende ihrer Reise wartete eine Selbstmordmission. Jeder an Bord der *Sun-Tzu* wußte, egal ob er nun schlief oder nicht, welches Schicksal dieses Schiff erwartete.

Carol hatte sich immer wieder eingeredet, daß ihre Gefühle für Bruno nur auf das Nachlassen der Spannung zurückzuführen waren, oder daß es sich um eine Nachwirkung ihrer Kriegserlebnisse handelte. Immerhin war sie eine unabhängige Frau. Als die Kzinti die Zweite Flotte gegen Sol geschickt hatten, hatte Carol einen Würger-Einmannjäger geflogen. Während des dritten Angriffs hatte sie bereits mehrere Geschwader befehligt, wovon die Abzeichen auf ihrer Uniform zeugten. Sol zu verteidigen war zu ihrem einzigen Lebensinhalt geworden. Carol hatte keine Zeit für romantische Beziehungen, besonders nicht mit einem Flatlanderzwerg wie Bruno Takagama.

Und doch *hatte* sie sich in ihn verliebt, in diesen launenhaften Mann mit dem seltsamen Sinn für Humor. Bruno Takagama war Kind und Mann zugleich und doch keines von beiden. Das Plastik und die Elektronik in seinem halbverheilten Schädel verliehen ihm eine Art zu denken, die sich von jedem unterschied, den Carol jemals im Belt getroffen hatte.

Sie hatte herausgefunden, daß sie das ausgesprochen anziehend fand.

Bruno war die Familie, die Carol nie gehabt hatte, und sie wußte, daß er genauso für sie empfand. Die strengen Neo-Amish-Belter, die Carol aufgezogen hatten, nachdem ihre Eltern bei einem Unfall mit ihrem

Erzschlepper im freien Vakuum ums Leben gekommen waren, waren voll des Lobes für Bruno – wenn auch widerwillig. Er sei ein Mann, so hatten sie erklärt, dessen Herz so groß sei wie seine Seele.

Es traf Carol zutiefst, zusehen zu müssen, wie der Mann, den sie liebte, mit dem kalten Metall einer seelenlosen Maschine verbunden wurde und allmählich seine Menschlichkeit verlor. Doch wenn sie länger darüber nachdachte, entbehrte das Ganze nicht einer gewissen Ironie: Schließlich bedeutete Projekt Cherubim für sie in etwa das gleiche, oder? War es nicht Earlys Plan, sie und den Rest der schlafenden Mannschaft in etwas Unmenschliches zu verwandeln wie den Virus in der Kryoflasche? Sie preßte die Lippen zu einem schmalen Strich zusammen.

Der Hauptcomputer summte, und Carol kehrte wieder in die Gegenwart zurück.

»Carol? Ich bin bereit, mit der Arbeit zu beginnen.«

Brunos Stimme klang ungewohnt hoch und seltsam rhythmisch. Zwar betonte er nach wie vor jede Silbe korrekt, doch klang alles irgendwie ... künstlich. Es war, als müsse er sich *bemühen*, menschlich zu klingen.

Carol blickte zu ihm hinüber. Die Fesseln hatten sich geräuschlos in die Druckliege zurückgezogen. Bruno hatte jedoch noch immer die Augen aufgerissen, und seine unnatürlich weiten Pupillen schimmerten schwarz. Nur mit Mühe unterdrückte Carol das Verlangen, angewidert das Gesicht zu verziehen.

Die Augen sind aber nur ein Teil davon, dachte sie. Brunos Gesicht war fast vollkommen erschlafft, so daß es einer schlecht sitzenden Maske ähnelte. Während er mit der Maschine verbunden war, hatte

Bruno anderes zu tun, als sich um die korrekte Funktion seiner Gesichtsmuskulatur zu kümmern.

Ruhig lag er auf der Druckliege, und das dicke Interfacekabel, das aus seinem Hals ragte, schlängelte sich in der Mikroschwerkraft wie das Tentakel eines Tintenfischs. Carol empfand die üblichen widersprüchlichen Gefühle: Liebe zu Bruno und Unbehagen gegenüber seinem verbundenen Ich.

Unwillkürlich streckte sie die Hand aus, um sein Gesicht zu berühren; dann jedoch zögerte sie und zog sie wieder zurück. »Ich vermute, die Verbindung ist komplett?« Sie sprach in kühlem, professionellem Tonfall, und jede Silbe kostete sie unglaublich viel Kraft.

»Ja«, antwortete Bruno. »Ich kann wieder *sehen.*«

Während Bruno verbunden war, konnte er dank der Sensoren der *Sun-Tzu* im elektromagnetischen Spektrum sehen. Carol wußte, daß sich Brunos Sensorium drastisch von dem unterschied, das jeder Belter-Pilot zur Verfügung hatte, wenn er dann und wann aus Bequemlichkeit eine oberflächliche Verbindung mit einem Rechner einging. Hier ging es nicht nur um das Ablesen telemetrischer Navigationsdaten über den optischen Nerv.

Ein voll verbundener Bruno nahm *alles* wahr, alles zugleich. Die Datenflut drang ungefiltert direkt in seinen Geist.

Er nannte es das ›Ganze‹. Carol konnte die computer-verstärkte Wahrnehmung ihres Geliebten ebensowenig verstehen wie ein Wurm den Regenbogen.

Sie wandte sich von ihm ab und gab vor, die Anzeigen auf dem Holoschirm zu studieren. Die Situation war unerträglich für sie, auch wenn sie nicht leicht aus der Fassung zu bringen war und diesen Vorgang schon mehrere Male beobachtet hatte.

Carol wußte, daß Brunos geistiger Zustand sich immer mehr verschlimmerte, und der Prozeß würde unaufhaltsam voranschreiten. Immer häufiger blitzte die kybernetische Erfahrung in Brunos Augen auf, selbst wenn er nicht mit der Maschine verbunden war.

Es war unvermeidlich. Der verbundene Bruno war kein Mensch mehr. Der Computer hinterließ immer mehr von *sich selbst* in Brunos Geist, je häufiger dieser mit ihm verbunden war. Jedesmal wenn Bruno aus dem Autodoc kletterte, nachdem die Verbindung gelöst worden war, fehlte ein weiteres Stück von dem Mann, den Carol liebte. Seine Persönlichkeit löste sich allmählich in einem elektronischen Meer auf.

Und doch wollte er die Verbindung, ja, er *gierte* sogar danach.

Carol verzog das Gesicht. Vielleicht war sie unfair. Sie fragte sich, wie sie sich wohl fühlen würde, nachdem der Virus in der Kryoflasche sie erst einmal verändert hätte – der Virus mit dem komischen Namen: *Baum des Lebens*. Sie wußte, daß ihre Gefühle bezüglich Brunos Verbindung mit dem Computer ein wenig irrational waren, denn er konnte sich jederzeit wieder aus der Verbindung lösen – jetzt noch.

Für Carol würde es keine Rückkehr mehr geben, wenn die *Sun-Tzu* erst einmal Wunderland erreicht hatte. Nicht nachdem sie die Crew aus dem Kälteschlaf geweckt, die Flasche mit dem Virus im Geheimfach der *Dolittle* geöffnet und Projekt Cherubim in Gang gesetzt hätte.

Sie straffte die Schultern. Der Trick bei der ganzen Sache war – das wußte Carol aus Erfahrung –, daß sie ihre Kommandantenpersönlichkeit von ihrem wirklichen Ich trennen mußte. Sie blickte zu Bruno und fragte kalt: »Nun, mein alter Schiffszwieback, glaubst du immer noch, daß dein Geisterpunkt da draußen ein Kzintischiff ist?«

Bruno starrte sie noch immer an. Er rührte sich kaum, und seine normalerweise grauen Augen hatten sich in schwarze Löcher verwandelt. Das machte Carol nervös.

»Nun?« hakte sie nach und ignorierte die Gänsehaut, die ihr über den Rücken lief.

»Interessant«, sagte Bruno und imitierte auf verabscheuungswürdige Art sein unverbundenes Lächeln. »Du versuchst, keine Gefühle in deiner Stimme zu zeigen; aber ich kann deine Streßmuster deutlich erkennen. Deine Gesichtsbewegungen sind leicht zu deuten, wenn man sie mit den Kontourbitmaps früherer Aufzeichnungen vergleicht. Auf biotelemetrische Daten greife ich ebenfalls zurück; deine Kapillaraktion stimmt mit meiner Schlußfolgerung überein.« Das fremdartige Lächeln verschwand. »Ich mache dich nervös.«

Im Gegensatz zu ihm behielt Carol ihren steinernen Gesichtsausdruck bei. »Ja«, gestand sie in gleichgültigem Tonfall, doch ein wenig Sarkasmus konnte sie sich nicht verkneifen. »Um das festzustellen, bedarf es in der Tat eines genialen Geistes, der mit einer Maschine verbunden ist.«

Sie beobachtete Bruno, doch dieser schwieg.

»Das sollte wohl lustig sein, nehme ich an«, erklärte er schließlich.

Carol versuchte es erneut. »Du machst mich natürlich nervös. Du machst *jeden* nervös, wenn du verbunden bist. Das machen alle Linker. Das ist doch wohl nicht das erste Mal, das du das bemerkst.«

Brunos Gesicht erstarrte ... Ahmte er sie nach? »Das ist korrekt. Ich entschuldige mich. Aber bitte erinnere dich daran, daß ich zum Teil noch immer der Bruno bin, den du kennst, und dieser Teil meines Ganzen sorgt sich sehr darum, was du denkst und fühlst.«

Carol blinzelte ob dieser seltsamen Wortwahl. Dennoch beruhigten sie die merkwürdigen Worte: Selbst im verbundenen Zustand blieb ein Teil des Mannes erhalten, den sie liebte.

»Danke«, erwiderte sie mit ruhiger Stimme und versuchte, sich wieder zu konzentrieren. »Aber jetzt sollten wir uns wieder an die Arbeit machen. Könntest du bitte mal auf den Holoschirm sehen, die entsprechenden Daten aufrufen und mir sagen, was unsere mutmaßlichen Katzenfreunde gerade tun, nun da wir den Antrieb abgeschaltet haben?«

Bruno lachte leise; auch das hörte sich künstlich an. »Du scheinst vergessen zu haben, was es bedeutet, verbunden zu sein – oder vielleicht willst du es auch einfach nicht akzeptieren«, erklärte er in gelassenem Tonfall. »Im Multitaskingmodus benötige ich keine optischen Reize, um Daten zu lesen und zu interpretieren.« Das entsprach natürlich der Wahrheit; Carol wußte das. Unmengen von Daten strömten ständig durch das Interfacekabel zwischen Brunos Hybridhirn und dem Herz des Schiffscomputers hin und her. Doch trotz dieses Wissens und obwohl sie das alles schon öfter erlebt hatte, machte es Carol immer wieder nervös, daß ein Linker seine Aufmerksamkeit auf mehrere Dinge zugleich richten konnte.

Und noch beunruhigender war das Wissen, daß der

verbundene Bruno nur mit einem unendlich kleinen Teil seines transzendenten Bewußtseins zu ihr sprach. Der Rest von ihm war ... irgendwo anders ...

»Nun, und warum siehst du mich dann an, hm?« murmelte sie widerwillig neugierig.

»Weil ich es genieße, dich anzusehen, Carol, egal ob ich nun verbunden bin oder nicht. Dadurch habe ich Zugriff auf viele angenehme Erinnerungen meines größeren Ichs – Erinnerungen, die dem menschlichen Teil zugehören. Allerdings sehe ich noch mehr von dir, kann dich besser verstehen, wenn ich die Grenzen menschlicher Erfahrung überschritten habe.« Er hielt kurz inne und drehte den Kopf in Richtung Holoschirm. »Und so nehme ich auch wahr, daß dich meine Handlungen immer noch nervös machen. Deshalb werde ich von nun an nach vorne blicken.«

»Nun, ich ...« Carol schämte sich ein wenig, als hätte sie Bruno auf einer Cocktailparty versehentlich beleidigt.

»Aber um deine andere Frage zu beantworten ... Die Signale, über die wir gesprochen haben, stammen mit fast 100prozentiger Sicherheit von drei Kzintikriegsschiffen der Raubvogel-Klasse, die sich getarnt haben. Die exakte Wahrscheinlichkeit liegt bei 99,98 Prozent. Ich vermute, sie gehörten zur Dritten Flotte, da keine größeren Veränderungen am Design festzustellen sind.«

»Wie kannst du so sicher sein?« fragte Carol. Sie und der unverbundene Bruno hatten die Daten sorgfältig analysiert, und sie hatten nichts entdeckt – absolut *gar* nichts –, was eine solch sichere Schlußfolgerung gerechtfertigt hätte, wie sie der verbundene Bruno nun zog.

Carol hegte ein gesundes Mißtrauen gegenüber den an Schwarze Magie grenzenden Aspekten der Mensch-Computer-Verbindung.

Bruno schwieg einen Augenblick lang, dann: »Bitte definiere für mich die Geschmacksrichtungen ›süß‹ und ›sauer‹ und zwar in objektiven, nichtmenschlichen Termini.«

»Hääh ...?«

Brunos Wange zuckte, während er aufmerksam auf den blinkenden roten Punkt im oberen Teil des Holoschirms starrte. War das ein Lächeln? Eine verirrte Gefühlsregung, die das Maschinenbewußtsein hatte entkommen lassen?

»Ohne entsprechende Erfahrungswerte ist es für gewöhnlich ausgesprochen schwer, Empfindungen mit exakten Termini zu beschreiben«, erklärte er. »Selbst für ein intelligentes Netzwerk. Es reicht, wenn ich sage, daß die anormalen Signale wie drei Kzintischiffe ›schmecken‹, und noch einmal: Sie unterscheiden sich nur wenig von jenen Schiffen der Dritten Flotte, die wir in unseren Datenbanken haben.«

Carol beschloß, auf sein Wort zu vertrauen. Er hatte es *geschmeckt*. Immerhin war das der Grund dafür gewesen, daß man Bruno zum Piloten der *Sun-Tzu* bestimmt hatte. Wenn Carol Brunos Urteil im verbundenen Zustand nicht vertraute, warum war er dann an Bord?

Doch nichtsdestotrotz roch ihr das alles noch immer viel zu sehr nach Schwarzer Magie. Würde sie die Wirklichkeit ebenso wahrnehmen wie der verbundene Bruno, nachdem sie dem Virus im Bauch der *Dolittle* ausgesetzt worden wäre?

Carol schürzte die Lippen und dachte einen Augenblick lang nach. »Also hättest du keine Einwände dagegen«, fragte sie vorsichtig, »wenn wir die Antimateriekammer auf sie ausrichten, um zu sehen, was sie tun?«

»Im Gegenteil. Unter allen Umständen will ich meine ... Intuition verifizieren.«

»Dann mach es«, befahl Carol. Auf dem Hauptfenster des Holoschirms erschien ein Schema der *Sun-Tzu,* komplett mit sämtlichen Koordinaten. Steuerdüsen flackerten in der Darstellung auf, und langsam drehte sich das Schiff. Carol spürte, wie sich die Gurte ihrer Druckliege strafften, während sich die Lage des echten Schiffs dem Schema gemäß veränderte.

Wenige Sekunden später lockerten sich die Gurte wieder, und das Liniendiagramm der *Sun-Tzu* verschwand vom Holoschirm. Bruno schloß die Augen, als der Roboterarm wieder aus der Druckliege fuhr, um ihm ein Stimulans zu injizieren.

»Neuorientierung beendet«, verkündete er schließlich mit klarer Stimme. »Jetzt müssen wir nur noch warten, bis die vermeintlichen Kriegsschiffe unsere veränderte Ausrichtung bemerken.«

Sie warteten gemeinsam. Sieben Lichtminuten entsprachen 120 Millionen Kilometern. Insgesamt würde es ungefähr 15 Minuten dauern, bis die Reaktion der fremden Signale von der *Sun-Tzu* registriert werden konnten – falls es denn überhaupt eine Reaktion gäbe. Carol befahl Bruno, die Langstreckensensoren auf maximale Empfindlichkeit einzuregeln und auf jede noch so kleine Veränderung im tiefen Raum rings um das Schiff zu achten.

Bruno lächelte sein dünnes, unmenschliches Lächeln und informierte Carol, daß er das bereits die ganze Zeit über getan habe – neben unzähligen anderen Dingen natürlich.

Carol wollte dem verbundenen Bruno so viele Fragen stellen. Wie schätzte die Superintelligenz, die schlaff auf der Druckliege neben ihr lag, die Erfolgschancen ein, nachdem das Schiff erst einmal Wunderland erreicht hätte? Wie dachte sie über die »normale« Menschheit?

Konnte dieser Bruno überhaupt noch so etwas wie Liebe empfinden?

Carol hatte ihm noch nie derartige Fragen gestellt, während er verbunden war. Vielleicht fürchtete sie sich einfach nur vor den Antworten, doch etwas anderes fürchtete sie noch viel mehr.

Wenn Projekt Cherubim erst einmal beendet war und sie sich verändert hatte, würde sie dann das gleiche sehen und fühlen wie der verbundene Bruno? Oder würde sie sich in einem noch viel schlimmeren Zustand befinden? Die Aufzeichnungen aus dem Schwarzen Gewölbe hatten einer strengen Zensur unterlegen; selbst der Mannschaft der *Sun-Tzu* waren sie nicht zugänglich gewesen.

Carol blickte zu ihrem Liebhaber, der mit dem dicken Interfacekabel im Nacken auf seiner Druckliege lag, als hätte er keine Knochen im Leib. *Was ist das wohl für ein Gefühl,* dachte sie, *so viel gleichzeitig zu sehen, zu hören und zu wissen.*

Vielleicht würde sie es selbst herausfinden, nachdem die *Sun-Tzu* Wunderland erreicht hätte.

Der verbundene Bruno hatte Carol einmal erzählt, daß er im transzendenten Zustand nur wenige Entscheidungen nach freiem Willen treffen konnte: Als ob das Wissen um die beste Entscheidung die Freiheit der Wahl aufhebe – es sei denn, Bruno entschied sich *absichtlich*, etwas Falsches zu tun. Verbunden mit dem gigantischen Siliziumgehirn des Computers hatte Bruno ihr erklärt, daß er förmlich dazu *getrieben* würde, die beste Lösung für ein bestimmtes Problem zu finden; daher besaß er keinen freien Willen mehr, zumindest nicht auf diese Weise, wie Carol es kannte.

Sie dachte eine Zeitlang darüber nach. *Was wäre*, überlegte sie, *wenn es zum Wesen des freien Willens gehört*, Fehlentscheidungen *treffen zu dürfen?*

Der Holoschirm blinkte auf, und das Heulen des Kampfalarms riß Carol aus ihren Gedanken.

»Bitte entschuldige«, sagte Bruno mit ruhiger Stimme; die Augen hatte er noch immer geschlossen, »aber wenn ich Teil des Alarmsystems bin, muß ich mich dementsprechend verhalten.« Das elektronische Heulen verstummte, ohne daß Carol es zu deaktivieren brauchte.

»Macht nichts. Gib mir einen Statusbericht.« Carols Finger verkrampften sich um die Konsole vor ihr. Der Datenhandschuh und die Tastatur hingen nutzlos daneben. Solange Bruno verbunden war, waren ohnehin all ihre Befehle sinnlos.

Das Bild auf dem Hauptfenster des Holoschirms verschwand und wurde von drei blinkenden Punkten ersetzt, die sich rasch in verschiedene Richtungen von der Bildmitte entfernten. Carol blickte zu Bruno, doch dieser hatte noch immer die Augen geschlossen.

»Es scheint«, erklärte er, »als hätten wir den Jackpot geknackt, wenn ich so sagen darf.« Ohne auf entsprechende Befehle zu warten, öffnete er neben den Punkten drei Datenfenster, auf denen Zahlenkolonnen entlangscrollten, die seine Aussage bestätigten.

»Der mysteriöse Punkt«, fuhr er fort, »hat nicht darauf gewartet, daß wir unsere Ausrichtung ändern, Carol.« Plötzlich kicherte er äußerst unmaschinenhaft, und seine schlaffen Gesichtsmuskeln zuckten merkwürdig. »Welch ein Mysterium!«

Carol zuckte unwillkürlich zusammen ob dieses unerwarteten Gefühlsausbruchs. Brunos Gesicht erschlaffte wieder, als er eine weitere Injektion bekam. Im flachen, präzisen Tonfall einer Maschine fuhr er fort: »Vermutlich haben sie vor etwa 7,5 Minuten bemerkt, daß wir unseren Antrieb ausgeschaltet haben. Daraufhin hat sich der einzelne Punkt in drei deutlich voneinander zu unterscheidende Signale aufgespalten. Schlußfolgerung: drei Schiffe, die bisher getarnt und in enger Formation nebeneinander geflogen sind.«

»Verdammte Scheiße! Mit einem wären wir ja vielleicht fertig geworden, aber drei?«

Auf den Holoschirmfenstern erschienen die entsprechenden Daten als leuchtende Ziffern und glitzernde Diagramme. »Offensichtlich hält die Tarnung Manövern nicht stand, bei denen hohe g-Werte im Spiel sind, deshalb ist es mir gelungen, hervorragendes Datenmaterial zu sammeln. Es war mir ein leichtes, den elektronischen Gegenmaßnahmen zu begegnen, die unsere Ziele bei dieser Beschleunigung haben aktivieren können.«

»Und?« Carol nickte sich selbst zu. Sie klammerte sich an die Lehnen ihrer Liege, bis die Knöchel weiß hervortraten. Waren es tatsächlich *Kzinti*? Es konnte nicht anders sein.

»Alles ist so, wie ich vorausgesagt habe«, erklärte Bruno, ohne einen Hauch von Gefühl in der Stimme.

»Drei Kzintikriegsschiffe der Raubvogel-Klasse.« Während er sprach, öffnete sich ein größeres Fenster auf dem Holoschirm, auf dem ein Vergleich zwischen den empfangenen Signalen und den in der Datenbank vorhandenen Spezifikationen eines Raubvogel-Zerstörers zu sehen war. »Der Triebwerksausstoß«, fuhr Bruno fort, »entspricht dem eines leicht beschädigten Antriebs, wie er von den Schiffen der Dritten Flotte verwendet wurde. Als ihre Instrumente registriert haben, daß unser Triebwerk abgeschaltet worden war, hat sich der Konvoi sofort aufgelöst. Jedes Schiff bewegt sich mit 200 g in eine andere Richtung, was der äußersten Belastbarkeitsgrenze der Raubvogel-Klasse entspricht.«

Carol atmete tief durch und zwang sich, ihre Anspannung zu bekämpfen. Sie trommelte mit den Fingern auf der Konsole. »Sind sie zu weit weg, oder können wir sie mit unserem Triebwerk grillen?«

»Das ist das eine Problem«, antwortete Bruno. »Wenn wir jetzt den Antrieb reaktivieren, müßte sich der Plasmastrahl innerhalb kürzester Zeit über mehrere Millionen Kilometer ausdehnen, was er nicht kann. Außerdem wären wir dann nicht mehr in der Lage, die Manöver der fremden Schiffe durch die Strahlung zu verfolgen.«

Er hielt kurz inne und sog zischend die Luft ein. »Zudem könnten die Kzinti bereits Energiewaffen abgefeuert haben, deren Geschosse wir mit unseren optischen Sensoren nicht oder noch nicht wahrnehmen können.«

Carol lehnte sich auf ihrer Liege zurück. »Irgendwelche Empfehlungen?«

Über Brunos Gesicht huschte der Geist eines

menschlichen Lächelns. »Ich schlage vor, daß wir den Antimaterieantrieb in unregelmäßigen Abständen entlang eines Vektors zünden, den die Kzintischiffe vermutlich kreuzen werden.«

Carol kniff die Augen zusammen. Sie war nicht so recht überzeugt von dieser Idee. »Aber du kannst doch gar nicht genau wissen, wo die Schiffe sind, wenn du den Antrieb auf sie abfeuerst.«

Der Einwand schien die kleine, doch ungeheuer mächtige Gestalt auf der Druckliege neben ihr kaum zu stören. »Das ist selbstverständlich«, erwiderte er, »und zwar aufgrund der Beschränkungen der Lichtgeschwindigkeit und der Tatsache, daß alle drei Schiffe ständig ihre Beschleunigung und ihren Kurs ändern. Es ist klar, daß sie versuchen, einen eventuellen Beschuß durch Energiewaffen oder Raketen zu vermeiden. Allerdings bin ich ein wenig mit der Strategie der Kzinti vertraut. Ich weiß, wie sie im interstellaren Raum kämpfen, und deshalb gehe ich davon aus ...« Er hielt kurz inne und fuhr dann fort: »Du würdest es vermutlich ›Gefühl‹ nennen. Immerhin ist der biologische Verstand nur zu einem begrenzten Maß an Originalität fähig.«

Carol runzelte die Stirn bei dieser letzten Bemerkung. Sie wußte nicht, auf wen diese Beleidigung Brunos abzielte. »Dann bleibt uns also keine andere Wahl. Pilot, folgen sie ihrem ›Gefühl‹«, befahl sie.

Bruno drückte sich in seine Liege und öffnete langsam die Augen. Dann drehte er den Kopf zu Carol und blickte sie mit seinen fremden, unheimlichen Augen an. »Da wir vermutlich keine Zeit haben werden, auf Manöver der Kzintischiffe zu reagieren, werde ich die Kontrolle über sämtliche Schiffssysteme übernehmen und die Automatik abschalten. Du mußt verstehen, daß das einen Großteil meiner Kapazität beanspruchen wird. Hinzu kommt, daß ich auf viele meiner vorprogrammierten Subroutinen werde zurückgreifen müssen, um stochastische Ergebnisse gewinnen zu können ...« Erneut hielt er kurz inne. »Du würdest vermutlich sagen, ich ›rate‹.«

»Was sagst du da?« fragte Carol, die einfach nur etwas tun wollte – *irgend etwas* –, während sie die drei roten Punkte beobachtete, die sich langsam durch das Sternenfeld auf dem Holoschirm bewegten. Verschwommene Zahlenkolonnen neben jedem Punkt zeigten, wie häufig die Schiffe Geschwindigkeit und Kurs änderten.

Bruno nickte knapp. »Ich werde nur wenig überschüssige Kapazität besitzen, um noch ein menschliches Gespräch führen zu können, Carol. Es kann gut sein, daß ich mehrere Minuten nicht mehr in der Lage sein werde, mit dir zu sprechen. Alle Informationen werde ich auf dem Holoschirm darstellen.« Er wandte sich wieder von ihr ab und schloß erneut die Augen. Seine Druckliege summte, und wiederum wurde er automatisch mit gepolsterten Fesseln gesichert.

Carol biß sich auf die Lippe; dann sagte sie: »Liebling ... Ich meine, Bruno ... Ich wollte dir nur sagen, daß ...«

Mit geschlossenen Augen verzog Bruno die Lippen zu einem fast menschlichen Lächeln. »Ich liebe dich auch, Carol«, unterbrach er sie mit sanfter Stimme, »egal ob ich nun verbunden bin oder nicht.« Das Lächeln wurde mechanisch, und schließlich löste es sich auf. »Zumindest gilt das für einen Teil von mir.«

Carol lief ein Schauder über den Rücken.

OUTSIDER ZWEI

*** *Entrüstung.* Die Warmweltschiffe manövrieren so gefährlich, wie es dieser Lokal-Nodus vorhergesehen hat. Das verabscheuungswürdige Ungeziefer fügt den Flußlinien und der Partikeldichte dieser heiligen Region großen Schaden zu!

Zurückhaltung. Dieser Lokal-Nodus schlägt vor, daß dieser Lokal- und Ander-Nodus beobachten und weiter darüber nachdenken. Was hier geschieht, hat etwas Seltsames an sich, das Vorsicht und Zurückhaltung fordert.

Zorn. Dieser Lokal-Nodus verlangt die Ausrottung des Ungeziefers! Dieses Geometrie-Gebiet ist heilig!

Zurückhaltung-gemischt-mit-Sorge. Solch überstürztes Handeln verletzt den Vertrag mit den wilden {^^^///}. Weiteres Handeln könnte zu neuen Abscheulichkeiten wie dem Vertrag führen. Vergesse er nicht den Autonomieverlust dieses Lokal- und Ander-Nodus.

Ungeduld. Dieser Lokal- und Ander-Nodus hat auch früher schon Maßnahmen ergriffen, wenn Warmes Leben die Gebiets-Geometrie heiliger Natur entehrt hat. Die Notwendigkeit gebietet solches Handeln.

Besänftigung. Wahrheit. Dieser Lokal- und Ander-Nodus hat viele Flotten Warmweltschiffe ausgelöscht. Doch der Preis! Es war genau dieses unglückliche Handeln, was zu dem Vertrag mit den {^^^///} geführt hat.

Neutralität. Dieser Lokal-Nodus wird ein kurzes Intervall lang warten, aber nicht mehr. Wenn das Ungeziefer weiterhin sein unharmonisches Plasma ausspeit ...

Übereinstimmung. Dieser Lokal-Nodus stimmt dem Ander-Nodus zu. Sind eins. Erinnere er sich, daß Wachen aufpassen, bis Handeln erforderlich wird - vielleicht bald. Beobachten, die gesammelten Daten gliedern und lernen. Das ist der Weg.

KAPITEL 6

Rrowl-Kommandeur hörte auf, sich die Zähne mit einem elegant zurechtgeschnitzten *Stytoch*-Knochen zu säubern, seufzte und steckte das Erbstück wieder in die Gürteltasche zurück; dann blinzelte er zufrieden. Zeremoniell durchbohrte er das Ohr des toten Maschinenflickers mit dem rechten Reißzahn und steckte es an die metallene Trophäenschlinge, die an seinem Gürtel hing. Dann schüttelte er die Schlinge, um die ledrigen Ohren der Länge nach daran zu verteilen und erzeugte dabei ein Rascheln, das trotz des Brummens der Schwerkraftpolarisatoren deutlich zu hören war.

Bedächtig musterte Rrowl-Kommandeur die übervolle Trophäenschlinge, spielte mit einer Kralle an den trockenen Fledermausohren herum und ließ schließlich davon ab.

Er nahm sich vor, schon bald eine größere Schlinge am Gürtel anzubringen. Vermutlich würde er sie brauchen.

Es gab nichts besseres als ein Strafduell, sinnierte der Kommandeur, um ein Kriegerherz zu reinigen und das heiße Blut der furchterregenden Gedanken wegzuspülen, die vor kurzem in seinen Geist gedrungen waren. Das grüne Höllenlicht der Affenlaser war endlich aus seinem Geist verschwunden. *Bis zum nächsten Mal*, dachte er säuerlich. *Möge der Zähnefletschende Gott alle Affen verfluchen.* Rrowl-Kommandeurs Frustration war mit seiner gestillten Blutlust verebbt, und er war wieder in der Lage, sich auf die Probleme der Gegenwart zu konzentrieren …

... wie das Abfangen und Entern des Affenschiffes.

Die Schnurrhaare des Herrn der *Bauchschlitzer* zuckten verärgert, als er sich in seinem Sessel zurücklehnte. Einen Augenblick lang studierte er die Anzeigen auf dem vorderen Display und brummte gedankenverloren. Nun, da die Affen Rrowl-Kommandeurs Schiffe entdeckt hatten, würde es weitaus schwieriger werden, das fremde Schiff zu entern. Das war eine Schande – soviel stand fest –, doch er war satt und zuversichtlich.

Täuschen-und-Springen, ermahnte er sich selbst. So lautete die neue, schmerzliche Lektion, die die Kzinti aus den Debakeln der drei Flotten gelernt hatten, die ausgezogen waren, die Menschensonne zu erobern.

Rrowl-Kommandeur ließ seinen Blick über das Deck vor sich schweifen und blinzelte überrascht. Er hustete ein Kzintikichern ob seiner eigenen Vergeßlichkeit und winkte träge den vier Jotoki-Sklaven, die nervös neben der Brückenluke warteten. Die fünfarmigen und fünfäugigen Kreaturen hatten während des Blutduells ständig in ihrer barbarischen Sklavensprache gemurmelt, wobei sie stets mindestens ein Auge auf den kreischenden und zuschlagenden Rrowl-Kommandeur gerichtet hielten.

Die Wesen gehorchten dem Befehl sofort und huschten herbei. Drei sammelten die Überreste von Maschinenflicker mit ihren warzigen Armen auf und trugen sie fort, während der vierte Sklave eilig die Brücke putzte und den Teppichbelag von Blut und Fleischfetzen befreite. Die Brückenbesatzung schaute den pflanzenfressenden Sklaven angewidert zu.

Rrowl-Kommandeur knurrte mißbilligend. Er war nicht so voreingenommen wie seine Mannschaft.

Jotoki konnten durchaus nützlich sein. Die fünfarmigen Sklaven waren schnell und intelligent. Besonders wichtig war, daß sie weit besser miteinander arbeiten konnten als Helden mit ihresgleichen. Außerdem war allgemein bekannt, daß wilde Jotoki ausgesprochen gefährlich waren. Doch gebildete Kzinti fürchteten keine Jotoki-Sklaven, wenn diese richtig aufgezogen worden waren, denn die häßlichen Kreaturen wurden von den Sklavenaufsehern auf unbedingte Treue zu ihren Herrn programmiert. Rrowl-Kommandeur grübelte über die nahezu unendliche Launenhaftigkeit des Zähnefletschenden Gottes, der solch kluge Wesen zu derart elenden Sklaven gemacht hatte, die überdies biologisch voneinander abhängig waren.

Es war offensichtlich, daß der Zähnefletschende Gott die Jotoki erschaffen hatte, damit sie den Kzinti dienten, ganz egal, was auch immer die blutlosen Historiker mit ihren stumpfen Krallen und schlechten Augen den Kätzchen in den Schulen Kzins lehren mochten. Allein die bloße Vorstellung war lachhaft, daß diese unterwürfigen, häßlichen Biester einst den Kzinti technologisch überlegen gewesen sein sollten ... ja, es wurde sogar behauptet, sie seien die Auftraggeber schwertschwingender Kzintisöldner gewesen!

Rrowl-Kommandeur gähnte seinen Zorn ob dieser Vorstellung hinaus und fletschte die tödlich spitzen Zähne. Im Gegensatz zu den Kzinti zogen die Jotoki nicht ihre Kraft aus dem Großen Netz allen Lebens, und sie konzentrierten und priesen auch nicht die Essenz des Lebens von untergeordneten Kreaturen. Die Kzinti hatten ihren Platz im Mittelpunkt des Großen Netzes, so wie es in den Lehren des Zähnefletschenden Gottes geschrieben stand. Das war nicht nur die Meinung der zahnlosen Priester, sondern auch die eines jeden Kzins mit gesundem Katzenverstand.

Ganz egal, was irgendwer Lichtjahre entfernt vor sich hinbrabbelte, eines war klar: Jotoki fraßen *Pflanzen*.

Der Kommandeur fauchte und spie abfällig aufs Deck. Sofort sprang ein Jotok herbei, um den Speichel mit seinen emsigen Fingerchen wegzuwischen. Rrowl-Kommandeur lehnte sich zurück und grunzte, während der Sklave das Deck schrubbte, bis es sauber war, wobei eines der fünf Augen immer wieder unauffällig zu seinem Herrn aufblickte. Es hatte Jahrhunderte gedauert, die kleinen, fünfarmigen Sklaven zu domestizieren, aber jetzt nahmen die Jotoki widerspruchslos ihren Platz im Reich des Riit-Patriarchen ein.

Und irgendwann wird es auch den lästigen Affen so ergehen, dachte Rrowl-Kommandeur und fuhr immer wieder gedankenverloren die Krallen aus.

Die Menschen-Affen in Ka'ashi hatten bereits begonnen, sich mit ihren neuen Herrn zu arrangieren – zumindest jene, die auf der Planetenoberfläche lebten. Den Berichten zufolge, die sie über Funk empfangen hatten, war die Befriedung fast abgeschlossen, und es würde auch nicht mehr lange dauern, bis Helden die feigen, wilden, weltraumfahrenden Affen unterworfen hatten, die den Asteroidengürtel von Ka'ashi bewohnten.

Und Helden würden auch schließlich das Menschenheim erobern, dessen war sich Rrowl-Kommandeur sicher. Wie lange dehnten die Kzinti ihr Reich schon im Vergleich zu diesen Affen aus?

Rrowl-Kommandeur ignorierte das grüne Höllenlicht, das wieder für einen Moment in seinen Gedanken aufflackerte, als wolle es ihn tadeln. Es war den Kzinti bestimmt, in jedem System zu herrschen, das ihre Schiffe zu erreichen vermochten; Rrowl-Kommandeur war zutiefst davon überzeugt, denn sie waren das auserwählte Volk des Zähnefletschenden Gottes.

Er steckte eine Krallenspitze in einen Slot auf der Lehne seines Kommandosessels und drehte die Pranke. Die dünne, kristallene Kontrollmatrix fuhr aus der Seite des Sessels, und ein flaches Display mitsamt Konsole entfaltete sich auf Augenhöhe des Kzins. Sofort leuchteten auf dem Schirm verschiedene Befehlsfunktionen auf. Rrowl-Kommandeur schnurrte heiser; er war begierig darauf, mit der Jagd zu beginnen.

»Kommunikationsoffizier«, krächzte er.

Ein junger Kzin mit überschwenglicher, naiver Leber wirbelte herum und nahm Haltung an. »Befehlt mir, Dominanter!«

»Richte Laserverbindungen zur *Stoßschläger* und *Wirbelbrecher* ein. Volle Kodierung für den Fall, daß die Affen unseren Datenverkehr abfangen und den Kode geknackt haben sollten.«

Das war zwar unwahrscheinlich, doch das grüne Höllenfeuer in Rrowl-Kommandeurs Geist mahnte ihn zur Vorsicht. Er entfaltete ein Ohr und richtete es fragend auf Kommunikationsoffizier.

»Sofort!« erwiderte der andere Kzin, und seine Finger huschten über die Konsole.

Rrowl-Kommandeur wartete ungeduldig und schob immer wieder die Zungenspitze zwischen den mächtigen Reißzähnen hindurch. Ein Stück von

Maschinenflicker hing noch immer zwischen zwei Zähnen und war ausgesprochen schwer zu entfernen. Plötzlich hustete Rrowl-Kommandeur amüsiert; der namenlose Stumpfzahn war sogar noch ein Ärgernis, *nachdem* er zu Futter geworden war!

Aufmerksam studierte Rrowl-Kommandeur die Anzeigen auf seinem Display und stellte zufrieden fest, daß die Kommandanten der *Stoßschläger* und *Wirbelbrecher* exakt die Kurs- und Geschwindigkeitsänderungen vornahmen, die zuvor abgesprochen worden waren, um nicht zu Zielen für Affenwaffen zu werden. Die Schiffsbewegungen durften nicht vorhersehbar sein. Alle drei Kzintischiffe manövrierten so, daß sie schließlich das Affenschiff einkreisen und gleichzeitig genug Raum haben würden, um ihre individuellen Missionen ausführen und ungehindert angreifen zu können.

Dann wandte sich Rrowl-Kommandeur dem fremden Schiff zu. Er jaulte mißtrauisch, als er es unter extremer Vergrößerung betrachtete. Das spitz zulaufende, große Eisball-Schiff, dessen furchterregender Reaktorantrieb augenblicklich noch schwieg, hatte seine Orientierung geändert. Nun deutete es drohend auf die Position, wo sich vor nicht allzu langer Zeit noch Rrowl-Kommandeurs Konvoi befunden hatte. Obwohl das Bild bei dieser Vergrößerung leicht verschwommen war, erkannte er deutlich, daß das Affenschiff ständig seine Ausrichtung änderte, als suche es nach einem Ziel.

»Die *Stoßschläger* und *Wirbelbrecher* haben ein Ping zur Bestätigung gesandt, Dominanter!« verkündete Kommunikationsoffizier voller Elan.

Rrowl-Kommandeur leckte sich über den Handrücken und strich sich nachdenklich das Gesichtsfell zurück. Die Frequenz der Laserverbindungen war nun festgelegt, was ermöglichte, Telemetriedaten und Nachrichten über vorher festgelegte Punkte von einem Schiff zum anderen zu schicken, falls niemand ein ungeplantes Manöver flog. Schwerkraftpolarisatoren und die Entfernung der Schiffe zueinander machten selbst eine Kommunikation mit Lichtgeschwindigkeit schwierig, besonders unter Kampfbedingungen.

Rrowl-Kommandeur tippte mit den Krallen auf der Konsole herum und bereitete alles dafür vor, den Plan zur Übernahme des fremden Schiffes in die Tat umzusetzen. Mit gefletschten Zähnen blickte er haßerfüllt in den Fiberoptikabtaster, und seine Stimme nahm den typischen knurrenden Tonfall eines befehlshabenden Offiziers an.

»Tchaf-Kommandant«, fauchte er zur *Wirbelbrecher*, »du wirst deine Helden dem zweiten Teil des Notfallplans Krechpt gemäß gegen das Affenschiff führen.« Er hielt kurz inne, dann fügte er widerwillig hinzu: »Mögest du dem Riit und dem Zähnefletschenden Gott Ehre machen.« Mit einem raschen Klick der ausgefahrenen Kralle war die Nachricht kodiert und abgesandt. Nur Sekunden später bestätigte ein Ping den Empfang.

Dann informierte er Cha'at-Kommandant, der auf der *Stoßschläger* das Kommando hatte, daß es für ihn ebenfalls an der Zeit sei, seine Befehle auszuführen. Nach dieser Nachricht grinste der Herr der *Bauchschlitzer* breit. Er zweifelte keinen Augenblick daran, daß der Kommandant der *Stoßschläger*, ein kleiner Kzin mit wildem Blick und größerer Leber als Verstand, seine Befehle wortgetreu ausführen würde. Wie zur Bestätigung kam das Antwort-Ping noch schneller als von der *Wirbelbrecher*.

Nach der schmählichen Niederlage der Dritten Flotte und dem Aufbruch von der Menschensonne hatte Cha'at-Kommandant Rrowl-Kommandeur während der langen Reise immer wieder Ärger bereitet. Es war nur eine Frage der Zeit, das wußte Rrowl-Kommandeur, bevor Cha'at-Kommandant ihn zum Zweikampf herausfordern würde, um die Befehlsgewalt über die drei Schiffe an sich zu reißen.

Der Herr der *Bauchschlitzer* zog es jedoch vor, Kzintiblut nicht zu vergießen, um lediglich im Rang aufzusteigen.

Im Augenblick jedoch war Rrowl-Kommandeur noch immer der unumstrittene Führer des Konvois, und er hatte dem aggressiven kleinen Kommandanten der *Stoßschläger* Befehle erteilt, die das Problem ein für allemal lösen würden. Natürlich konnte Cha'at-Kommandant sich den Befehlen seines Vorgesetzten nicht widersetzen. Gemäß den Lehren des Zähnefletschenden Gottes war Gehorsam der kleine Bruder der Ehre; Rrowl-Kommandeur hatte Cha'at-Kommandant persönlich die entsprechenden Verse ins Gedächtnis zurückgerufen.

Es war kein Zufall, daß Cha'at-Kommandant zu den Fundamentalisten der Traditionalistensekte von *Hs'sin* gehörte. Für einen ungebildeten kleinen Helden, dumm, aber tapfer, stellten die Lehren des Zähnefletschenden Gottes den Höhepunkt der Schöpferkraft dar.

Rrowl-Kommandeur wußte jedoch, daß die Lehren von jedem Kzin zitiert werden konnten und zwar unabhängig von Rang oder Abstammung. Selbst atheistische Helden konnten sich darauf berufen, wenn es die Situation erforderte. Schließlich handelte es sich bei den Lehren nur um ein altes Buch, das von den Priestern des Zähnefletschenden Gottes über Generationen hinweg weitergegeben worden war. Es amüsierte Rrowl-Kommandeur ein wenig, daß der wilde Cha'at-Kommandant sich aufgrund solch eines Textes einfach so in sein Schicksal gefügt hatte.

Cha'at-Kommandant sollte in guter, alter Schrei-und-Spring-Taktik die *Stoßschläger* gegen das Menschenschiff führen und so das Feuer der Affen auf sich ziehen, während die *Wirbelbrecher* die Ablenkung nutzen würde, um auf einer hyperbolischen Bahn an dem Affenschiff vorbeizufliegen und eine getarnte Monopolbombe abzusetzen. Die Bombe würde nahe genug an dem fremden Schiff detonieren, um dessen Elektronik durch einen elektromagnetischen Impuls lahmzulegen. Das wäre ein schwerer Schlag gegen die Affen, denn sie verließen sich allzu sehr auf ihre elektronischen Werkzeuge und Instrumente.

Anschließend würde die *Wirbelbrecher* einen Heldentrupp absetzen, um die Beute zu entern und zu sichern. Rrowl-Kommandeur und die *Bauchschlitzer* würden die Reaktionen der Affen überwachen, im Notfall eingreifen und schließlich das Aufräumen erledigen. Sobald das fremde Schiff gesichert war, würde Rrowl-Kommandeur persönlich das Affengefährt inspizieren und dafür sorgen, daß es für die lange Reise nach Ka'ashi an Kzintibedürfnisse angepaßt wurde.

Zwar mißfiel Rrowl-Kommandeur der Gedanke, das Blut von mehreren Oktalen Helden an Bord der *Stoßschläger* zu riskieren – zumal es sich ja nur um ein

Ablenkungsmanöver handelte –, doch wenn der ach so gewaltige Cha'at-Kommandant weise und fähig genug war – was Rrowl-Kommandeur allerdings eher für unwahrscheinlich hielt –, dann würde die Mannschaft vielleicht überleben.

Sollte dies der Fall sein, würde er Cha'at-Kommandants wachsender Insubordination in anderer, offenerer Art begegnen müssen – auf eine Weise, die dem Widersacher keine Gelegenheit mehr gäbe, seinem Namen Ehre zu machen. Natürlich war die Mannschaft der *Stoßschläger* ihrem Kommandanten treu ergeben. Rrowl-Kommandeur würde vorsichtig sein müssen oder zumindest gründlich.

Wie auch immer: Es war mehr als wahrscheinlich, daß Cha'at-Kommandant und seine Mannschaft nach ihrem ruhmreichen Ablenkungsmanöver ohnehin kein Problem mehr darstellen würden.

Rrowl-Kommandeur entspannte sich wieder ein wenig und träumte von den Ländereien im Menschenheim, die man ihm zur Belohnung übertragen würde, nachdem er den Antimaterieantrieb nach Ka'ashi gebracht hatte, damit er gegen die Affen eingesetzt werden konnte. Sicherlich würde man ihm auch einen Palast für seine vielen Kzinrretti bauen, die allesamt selbstverständlich aus den edelsten Familien stammen und seine eigene Linie bereichern würden. Auch würde er eigene Jagdgründe besitzen, entschied er, einen Ort, wo nur er und seine Kätzchen lauern und jagen dürften. Vielleicht würde er sich den Luxus leisten, jede Woche einen nackten Affen zu jagen.

Das würde ihn sicherlich von dem grünen Höllenfeuer befreien, das ihn immer wieder in seinen Alpträumen heimsuchte.

Gelangweilt leckte er sich über die dünnen schwarzen Lefzen, während er über die Verleihung eines Doppelnamens nachdachte. Welchen würde er wählen? Vielleicht jenen, den sein Nestbruder so sehr gemocht hatte, bevor er gestorben war, als sie beide noch in der Krippe lebten.

Rrowl-C'mef. Rrowl-Kommandeur knurrte den Namen tief in seiner Kehle. Er klang weise und mächtig und schmeckte nach Ehre und Würde. Er schmeckte nach Beute, die zwischen den Zähnen zappelte. Er, Rrowl-Kommandeur, würde doch noch Ehre und Ruhm aus der Niederlage der Dritten Flotte ziehen.

Plötzlich heulten Alarmsirenen auf. Unwillkürlich faltete Rrowl-Kommandeur die Ohren zusammen, um sich vor dem Lärm zu schützen. Seine schlitzförmigen Pupillen zogen sich zusammen, als er die Statuszeilen auf dem Display betrachtete, über die in rascher Folge Daten scrollten.

»Statusbericht!« kreischte er.

Stratege deutete wortlos auf den Hauptschirm. Rrowl-Kommandeur sah, daß das Affenschiff seine Position stabilisiert hatte, und beobachtete, wie eine große Wolke ionisierten Gases aus der Antriebssektion des Menschenschiffes quoll.

»Wie ist die Ausrichtung der Antriebssektion?« brüllte er wütend. Die *Stoßschläger* würde jeden Augenblick mit ihrem Schrei-und-Spring-Ablenkungsmanöver beginnen.

»Sie entspricht fast genau dem Annäherungsvektor der *Stoßschläger*«, antwortete Stratege mit einem Knurren.

In der Tat war auf dem Hauptschirm deutlich zu

erkennen, wie Cha'at-Kommandants Schiff sich auf die potentielle Bahn des Strahls zu bewegte. Rrowl-Kommandeur fauchte vor Wut.

»Haben wir noch Zeit, die *Stoßschläger* über die Laserverbindung zu warnen?« verlangte er brüllend von Kommunikationsoffizier zu wissen.

Der junge Kzin ließ den Schwanz hängen. »Nein, Dominanter«, antwortete er unterwürfig. »Wir sind zu weit weg.«

Rrowl-Kommandeur blickte wieder auf den Taktikschirm und sah, daß es stimmte. In hilfloser Wut schlug er mit den Krallen durch die Luft. *Im Namen des Zähnefletschenden Gottes, verflucht sei die Lichtgeschwindigkeit!*

Der Gegenmaterieantrieb des Affenschiffs zündete. Die Gaswolke, die die Antriebssektion umgab, glühte einen Augenblick lang in strahlend hellem, violetten Licht.

Plötzlich wurde das Bild auf dem Hauptschirm weiß; dann nahm der Schiffscomputer automatisch Korrekturen vor, um das gleißendhelle Licht des fremden Triebwerks zu kompensieren. Der Emissionsstrahl verwandelte sich zu einer weißen Lichtsäule, heller als eine Sonne, und mit nahezu unglaublicher Geschwindigkeit schoß er über den Bildschirm. Hilflos knirschte Rrowl-Kommandeur mit den schrecklichen Zähnen, während er beobachtete, wie die *Stoßschläger* verzweifelt versuchte, dem tödlichen Energiestoß zu entkommen.

»Die *Stoßschläger* beschleunigt nicht weiter!« schrie Stratege.

Rrowl-Kommandeur entblößte die Zähne. Offenbar hatte der Schwerkraftpolarisator unter der Belastung versagt, als Cha'at-Kommandant versucht hatte, dem sich rasch ausbreitenden Todesstrahl des Gegenmaterieantriebs zu entkommen. Die *Stoßschläger* war zu einem hilflosen, ballistischen Klumpen Metall geworden.

Auch die Brückenmannschaft beobachtete machtlos, wie der Schwung die *Stoßschläger* mitten in die Bahn des tödlichen Plasmastrahls trug. Rrowl-Kommandeur fauchte und kratzte mit den Krallen über das Kdatlynoleder an seinem Kommandosessel.

Dann schwenkte der strahlendweiße Strahl aus dem Affenschiff langsam herum, der *Bauchschlitzer* entgegen, wie ein gigantisches Schwert aus den alten Legenden.

»Kommunikationsoffizier«, knurrte Rrowl-Kommandeur, »schick eine Nachricht an die *Wirbelbrecher*. Sag ihnen, *wir* werden jetzt die Affen ablenken, damit sie ihren Auftrag erfüllen können.«

»Sofort«, bestätigte Kommunikationsoffizier stolz.

Rrowl-Kommandeur beugte sich im Sessel vor und unterdrückte seine verborgenen Ängste. Er würde also doch noch zu Ruhm und Ehre kommen ... und gleichzeitig würde er seine inneren Dämonen besiegen.

»Navigator«, fauchte er, »leite erste Ausweichmanöver ein und zwar nach innen, auf das Affenschiff zu. Versuche, ihr Feuer auf uns zu ziehen. Stratege, hilf ihm mit deinem Wissen.« Rrowl-Kommandeur hatte sich eine Kralle angerissen, und Blut tropfte unbemerkt auf die Sessellehne.

»Sofort, Dominanter«, riefen die beiden anderen Kzinti mit Heldenstimmen.

Die Brücke erbebte, als der Schwerkraftpolarisator

mit leisem Brummen seine Arbeit aufnahm und die Ventilatoren einen leichten Brandgeruch in den Raum bliesen; während der Polarisator bis an die Grenzen seiner Spezifikation belastet wurde. Dann hallte die Brücke vom Knurren und Fauchen der aufgeregten Mannschaft wider, und der Duft ihres Zorns erfüllte die Luft.

Der tödliche weiße Strahl des fremden Gegenmaterieantriebs erstreckte sich bereits von einem Ende des Hauptschirms zum anderen, doch die Daten zeigten, daß er noch weiter wuchs und zwar schnell. Und langsam, ganz langsam bewegte er sich auf die *Bauchschlitzer* zu.

Zum Zeichen seiner Ergebenheit für den Zähnefletschenden Gott schlug Rrowl-Kommandeur mit der Pranke durch die Luft und beobachtete, wie sein Schicksal auf ihn zuraste.

KAPITEL 7

Verbunden sein bedeutete Göttlichkeit.

Bruno spürte, wie der Hagel relativistischer Partikel langsam die Hülle der *Sun-Tzu* abschmirgelte. Der tödliche Strahl, der die Sensorabtastungen verzerrte, glich dem Sonnenschein in der Wüste, warm und freundlich.

Aber Bruno wußte, daß es noch weit mehr gab als das, was sich unmittelbar außerhalb des Schiffs befand. Mehr Dinge, die er wahrzunehmen und zu genießen begehrte – weit mehr, das er sich *einverleiben* wollte! *Alles* um die *Sun-Tzu* herum war nun ein Teil von Bruno: die brutale Kraft des Antimaterieantriebs, die geduldige, tödliche Spannung in den Waffensystemen, die zunehmend empfindlichere Wahrnehmung seines wachsenden Sensoriums.

Im verbundenen Zustand war er zu viel mehr in der Lage, als lediglich ein Raumschiff wie eine zweite, empfindliche Haut zu tragen. Brunos Geist war nicht länger der eines normalen Menschen; er war mehr.

Er war *der* Geist geworden.

Aus dem winzigen menschlichen Kern wuchsen an mehreren Loci schnell größer werdende *Unter*geister, die alle eigene Interessen verfolgten und ein unabhängiges Bewußtsein besaßen; dennoch waren sie Teil des miteinander verbundenen Ganzen. Bruno war zu einer großen Gemeinschaft geworden, eine Gemeinschaft der Geister, und jede einzelne Untereinheit war deutlich größer als ihr elend beschränkter biologischer Vorfahre.

Bruno sandte sein verstärktes Bewußtsein aus, um ruhelos durch die Sensoren und Computernetze der *Sun-Tzu* zu ziehen, während er gleichzeitig nach außen und innen blickte. Innerhalb eines Sekundenbruchteils konnte er das ganze Universum erfassen, vom Quark bis zum Quasar. Ein Teil von Bruno geriet noch immer ins Wanken ob des Wissenssturms, der durch seine Gedanken fegte, doch mit jeder vollen Verbindung gelang es ihm besser, die schier unendlichen Datenmengen zu verarbeiten, die ihn umgaben. Es war, als würde er sich in Myriaden separater Persönlichkeiten aufspalten, die sich alle im Ozean des Wissens auflösten.

Aber das beunruhigte ihn nicht sonderlich, noch

nicht einmal jenen Teil von ihm, der noch immer Bruno war.

Denn Bruno wußte, daß er sich mit jeder Verbindung veränderte, daß er sich *verbesserte*. Die Zeit, die er nicht mit dem Computer verbunden war, verlor mehr und mehr an Bedeutung; bereits jetzt glich sie nur noch einer vagen Erinnerung an etwas, daß er schon seit Jahrzehnten vergessen hatte.

Die Verbindung ermöglichte es Bruno auch, seinen Geist auf nie geahnte Art zu manipulieren. Er lernte, wie er sein Zeitgefühl ohne große Mühe ausdehnen und wieder verringern konnte. Schon bald würde er in der Lage sein, eine Mikrosekunde in eine Ewigkeit zu verwandeln oder umgekehrt. Ein winziger, fehlerhafter Teil von ihm – die eingeschränkte, biologische Komponente – wollte vor Freude schreien, doch auch menschliche Gefühle hatte er weit hinter sich gelassen.

In der vollen Verbindung wurde Bruno zu einem transzendenten Wesen.

Sein Bewußtsein umgab und durchdrang die *Sun-Tzu* und war zugleich eins mit dem großen Ganzen. Ein Teil seines Geistes beobachtete, wie eins der Kzinschiffe hilflos in den Strahl des Antimaterietriebwerks stürzte. Ohne es bewußt zu wünschen, analysierte Brunos neues Sensorium die spektralen Charakteristika des fremden Schiffes, das in seine Atome zerlegt worden war:

– vereinzelte Kohlenstoff-, Eisen- und Indiumatome, zerbrochen.

– wirbelnde Staubteilchen, die einst Teil eines mächtigen Kriegsschiffs und fremder Lebensformen waren, zerfetzt und verbrannt.

– eine große Wolke gedemütigter Ionen, die nur noch eine Verunreinigung im weißglühenden Sturm aus Plasma und Gammastrahlung darstellten, den die Sun-Tzu *Millionen von Kilometern hinter sich her zog.*

Bruno genoß es, die Kontrolle zu haben. Der Antrieb lief auf niedrigstem Niveau; er konnte den Triebwerkstrahl als mächtige Waffe hin und her schwingen und hatte gleichzeitig noch genug Energie übrig, um die Schiffsbewegungen zu beherrschen. Es war so elegant, so sauber ... so *wahr*. Bruno blickte jenseits des Triebwerksstrahls und der glitzernden Ionenfelder ins Gesicht der Unendlichkeit. Ein Gefühl der Ehrfurcht erfüllte seine Schaltungen und Neuronen.

Er gestattete einem Teil seines Geistes, die Wunder zu genießen, die seine Myriaden Persönlichkeiten umgaben, während ein anderes Bruchstück dieses erweiterten Bewußtseins sich mit der wachsenden Bedrohung für die *Sun-Tzu* beschäftigte.

Ein winziger Teil von ihm bemerkte, daß Carol mit seiner menschlichen Komponente sprach. Er verspürte das Verlangen zu antworten, wieder in menschlichen Termini zu reden, sein unverbundenes Ich empfand bereits stechenden Hunger und erste Anzeichen fleischlicher Lust. Im vollverbundenen Zustand wirkten einfache menschliche Bedürfnisse wie simple Instinkte, denen es der kristallklaren Sicherheit und Unendlichkeit der Transzendenz ermangelte. Bruno sandte einen Tentakel seines größeren Geistes in den niederen, unbedeutenden biologischen Teil seines Ichs und verstärkte sein Bewußtsein und seine Verarbeitungskapazität an diesem Ort.

Plötzlich sah er das Navigationsdeck wieder so klar und deutlich, daß es fast schmerzte.

»Ja, Carol. Ich bin bei dir. Das war ich die ganze Zeit.« Die Worte, einfache modulierte Klangwellen, erschienen ihm fürchterlich unpräzise, und sie waren so beschränkt ...

... so *unzureichend*.

Bruno rief ein Echtzeitbild von Carol auf, das von den Kameras auf dem Navigationsdeck stammte; erst dann richtete er seine biologisch-visuellen Organe auf den Captain der *Sun-Tzu*. Auf Brunos Sensorium wirkte das biologische Bild nicht akkurater als das der Kameras, ganz im Gegenteil sogar. Trotzdem ... Er wußte, daß es für Carol angenehmer war, wenn er seine biologischen Augen auf sie richtete.

Das war eine menschliche Eigenart, der entgegenzukommen Bruno nichts ausmachte, auch wenn er dadurch einen Teil seiner Kapazitäten verschwendete.

Auf Carols Gesicht spiegelten sich die Sorgen und andere Gefühle, die nicht so leicht zu quantifizieren waren. Bruno konzentrierte sich auf ihre Worte.

»Danke, daß du den Kopf gedreht hast. Nun, mein alter Schiffszwieback, ich habe gerade gesehen, wie eines der Katzenschiffe vaporisiert wurde.«

»In der Tat. Das Kzintischiff versuchte, dem Triebwerkstrahl auszuweichen, hat jedoch seine Energie verloren und wurde ... verschlungen.«

Bruno griff auf die Biotelemetrie und die Daten der Stimmenstreßanalyse zu. *Rechne, rechne* ... Es war offensichtlich, daß sich Carol ebenso große Sorgen um *ihn* machte wie um die fremden Schiffe. Bruno empfand das kybernetische Äquivalent zu Heiterkeit ob ihrer farblosen Sorgen. Daß sie sich um ihn sorgte war süß, niedlich ... Sie glich einem Hund, der versuchte, einen Schwebegleiter zu verstehen.

»Was ist mit den anderen beiden Schiffen, Pilot? Kann dein vergrößerter Intellekt sie finden, oder bist du schon ganz besoffen von deiner Göttlichkeit?« Ihre Stimme klang wütend ... das irritierende Summen eines lästigen Insekts.

»Gib mir einen Moment«, erwiderte Bruno und versuchte, beruhigende, emotionale Muster in seine biologische Stimme zu legen, um Carol zu beruhigen, während er die Situation analysierte. Bruno war fasziniert. Einfacher Mensch hin oder her, Carol hatte etwas gesagt, das die Aufmerksamkeit seines größeren Geistes erregt hatte. Er wollte darüber nachdenken, wollte die Worte genießen, doch zunächst mußte er ihren Status und alle möglichen Implikationen evaluieren.

Einen kurzen Moment richtete Bruno seine volle Aufmerksamkeit nach außen. In relativ sicherer Entfernung nahm er zwei weitere Kzintischiffe wahr. Einer ersten Risikoanalyse folgend schien keine unmittelbare Bedrohung von ihnen auszugehen. Sicherlich konnte er sich einige Sekunden leisten, um seine internen Funktionen zu verbessern.

Der menschlich-analytische Teil seines Ichs dachte noch immer über Carols Bemerkung nach. Bei dem Wort »besoffen« handelte es sich klar um ein Pejorativ, und es implizierte suboptimale Leistung.

Vielleicht funktionierten *in der Tat* einige seiner Unter-Ichs nicht mit voller Leistung. Natürlich war sein dummer, schlecht gestalteter menschlicher Teil das schwache Glied in der Kette. Eine rasche interne Diagnose bestätigte und quantifizierte die Mängel. Bruno zwang einen größeren Teil seines Geistes in die biologische Komponente, in den bescheidenen Samen, aus dem sein größeres, verbundenes Ich geboren worden war. Dann nahm er Änderungen an der neurologischen Systemarchitektur vor. Der Körper auf der Druckliege begann, unkontrolliert zu zucken – eine grobe, leere Parodie des Verbundenseins.

Bruno hatte mit solchen Nebenwirkungen gerechnet, während er versuchte, ein derart ungefüges Analysegerät wie das elektronisch verbesserte Gehirn seines menschlichen Teils zu verbessern. Immerhin war dazu eine tiefgreifende Neustrukturierung des gesamten Interfacenetzes notwendig. Eine Neuorientierung der neuronalen Verbindungen wäre ebenfalls angebracht. Bruno befahl den Fesseln der Druckliege, seine biologische Hülle festzuhalten, um mögliche Schäden während der Neuprogrammierung zu vermeiden.

Für Carol jedoch war der Anblick schrecklich, den Brunos zuckender Körper bot.

»Bruno! Liebling!« hörte der biologische Sensor seines Geistes Carol schreien. »Was ist los?«

»Es ist schon gut«, brachte er mühsam mit klappernden Zähnen hervor und versuchte, seiner Stimme einen ruhigen Ton zu verleihen. »Du hattest recht, Carol. Dieser Teil von mir hat nicht einwandfrei funktioniert.«

»Was meinst du damit? Welcher ›Teil‹?« Ihre Worte klangen besorgt.

Brunos Unter-Ich, das mit der Analyse von Biotelemtriedaten beauftragt war, stellte die Vermutung auf, daß Carol emotionell sehr erregt war. Bruno wußte, daß er Carols Ängste zerstreuen mußte.

»Wir programmieren unseren menschlichen Teil neu, damit er besser funktioniert.« Diese Erklärung würde ihre Erregung sicherlich mildern.

Bruno hörte Carol erneut schreien und wandte den größeren Teil seines komplexen Intellekts von ihren Worten ab. Sonarer Lärm, keine Kommunikation. Einige Aspekte ihres Tonfalls hatten negative Auswirkungen auf die Neuprogrammierung. Carols Stimme wurde immer leiser, bis sie schließlich nur noch wie aus weiter Ferne zu sprechen schien und ihre Worte mit dem Hintergrundlärm des Navigationsdecks verschmolzen. Nur noch Brunos menschlicher Teil besaß vollen Zugang zu ihren Äußerungen; aber ebendieser Teil wurde natürlich noch immer repariert und neuprogrammiert.

Es war schwer, die Mikronetze zu löschen, neu zu programmieren und intern umzuleiten, die sich im elektronischen Teil seines Gehirns befanden. Obwohl die Makrostruktur des Interface eine große Plastizität besaß, war nur wenig komplex im absoluten Sinne. Doch schon bald wußte Brono gewiß, daß er genauso rasch lernen würde, biologische Subsysteme zu manipulieren wie elektronische.

Natürlich gab es einige Probleme mit der Bandbreite und dem Umfang – einige waren sogar geradezu delikat in ihrer Schwierigkeit. Dennoch würde Bruno bald imstande sein, eine neuronale Neustrukturierung des Hirngewebes zu erzwingen, was zu einer wahren, binären Verbindung zwischen Silizium und Synapsen führen würde.

Dann würde die Verbindung noch einfacher werden, und er wäre weit weniger eingeschränkt und verfügte über ein noch größeres Sensorium.

Als Bruno bemerkte, daß die Neuprogrammierung des Makronetzes beendet war, empfand er den Anflug eines Gefühls, das einst Befriedigung gewesen sein mochte. Interne Debugging-Routinen zeigten verbesserte Wahrnehmungs- und Analysefähigkeiten. Auch waren die hormonellen Nebenwirkungen, die es mit sich brachte, wenn man noch ein biologisches Ich besaß, auf ein Minimum reduziert worden.

Gut. Gut. Emotionen führten häufig zu einer Verminderung der kognitiven Fähigkeiten.

Brunos biologisches Wahrnehmungsfeld dehnte sich aus, bis es Carols grimmiges Gesicht erfaßte. Tränen standen ihr in den Augen und rollten ihr in der Mikroschwerkraft langsam über die Wangen.

Brunos erster Gedanke galt den physikalischen Kräften, die die Tränen bewegten, und sofort begann er, die voraussichtliche Beschleunigung des Antimaterieantriebs im Kampfmodus bei 0,012 g zu berechnen. Jener Teil seines Geistes, der den Antrieb kontrollierte, stimmte ihm zu und bestätigte die Berechnungen bis auf drei Stellen hinter dem Komma.

Bruno streckte seine biologische Hand aus, streichelte Carol über die Wange und spürte ihre Tränen auf seiner Haut. Es gab einige taktile Empfindungen, die Aktions-Reaktions-Kreisläufe nicht zu erfassen vermochten. Vielleicht lag das an einer spezifischen emotional-hormonellen Komponente. Bruno erschuf ein Unter-Ich, um dieses Phänomen zu untersuchen und gab ihm mittlere Priorität. Er sorgte sich um Carol, und er wünschte sich, daß sie sicher und glücklich war. Es wäre gut, ihr diese Absicht zu zeigen.

»Wir sind jetzt verbessert«, erklärte ihr Bruno stolz. In Echtzeit waren fünf Sekunden verstrichen, seit er die Neuprogrammierung initiiert hatte.

»Ich ... Ich sehe das«, erwiderte Carol. Noch immer glitzerten Tränen in ihren Augen.

Die Biotelemetrie-Subroutinen berichteten von Carols stark erregtem, doch unterdrückten emotionellen Status. Bruno empfand Sorge für den Captain der *Sun-Tzu*. Ein Teil seines Geistes dachte über Carols Verhalten nach und begann mit einer tiefgehenden Analyse. Der Rest von Bruno blickte nach außen und hielt nach der Bedrohung durch die katzenhaften Aliens Ausschau. Er war begierig darauf, die Kzinti zu besiegen; schließlich gab es dort draußen noch ein ganzes Universum, über das er nachdenken mußte.

Für Bruno waren die beiden übriggebliebenen Kzintischiffe winzige Fehler im Gewebe des Universums, nichts als glitzernde Refraktionen ihrer trägheitslosen Antriebe. Eine dieser winzigen Falten in der Raumzeit beschleunigte plötzlich und steuerte an den Triebwerksstrahl heran.

»Initiiere Manöver«, berichtete Bruno seinem Captain. Carol nickte knapp und starrte schweigend auf das Holoschirmdisplay.

Bruno sandte einen niedrig aufgelösten Datenstapel an ein Holoschirmfenster, so daß Carol die Schlacht verfolgen konnte. Etwas lenkte ihn ab: die seltsame, kühle Berührung von Carols Tränen auf seiner Hand, die langsam trockneten. Kühlung durch Verdunstung? Erneut mußte Bruno eine Veränderung des emotionalen Zustands seiner biologischen Komponente hinnehmen, doch es fiel ihm leicht, die daraus resultierende Minderung der Gesamteffizienz zu kompensieren. Wenn er doch nur die Hormonausschüttung kontrollieren und einen Zustand heiterer Gelassenheit erreichen könnte ...

»Kann ich helfen?« fragte sie. Die Worte waren vorsichtig, wirkten gering.

Bruno spürte das kybernetische Äquivalent von Belustigung. »Nein«, antwortete er schlicht.

Es folgte eine Pause. »Ich habe auch so meine Raumkampferfahrung, weißt du?« Carols Stimme klang ein wenig verärgert.

»Ja. Aber ich habe Zugriff auf alle taktischen und strategischen Daten der UN Space Navy.« Er hielt kurz inne und durchsuchte seine wachsende interne Datenbank. »Einschließlich deiner eigenen persönlichen Kampfberichte und Logbucheinträge.«

Carol blickte wieder auf den Holoschirm. Ihr Gesichtsausdruck wirkte neutral, doch sie atmete schwer. Letzteres verwirrte Bruno: Er war weder extreme Manöver geflogen noch beschleunigte das Schiff derart, daß die daraus resultierende Schwerkraftänderung einen Menschen belastet hätte. Gleichzeitig griff ein anderer Teil seines Geistes wieder auf die Biotelemetriedaten zurück, und er stellte fest, daß Carol erhöhten Blutdruck hatte und ihr Herz schneller schlug. Seltsam.

Bruno wendete die *Sun-Tzu.* Elegant schwenkte er die weißglühende Säule des Antimaterietriebwerkstrahls – eine riesige Sichel, die einen aktinischen Pfad aus tödlichem Licht durch das verzerrte Sternenfeld schnitt.

Doch die Manövrierfähigkeit der *Sun-Tzu* wurde sowohl durch ihre beachtliche Masse eingeschränkt als auch durch die Reaktionstriebwerke, die ihr als Steuerdüsen dienten. Mehrmals schlug Bruno mit dem tödlichen Plasmastrahl nach den winzigen Schiffen, eine gigantische Fliegenklatsche gegen lästiges, kleines Ungeziefer. Sie duckten sich – aber nicht viel. Bruno veränderte den Vektor und drehte das Schiff wie eine Ballerina um die eigene Achse. *Näher heran; gut so.* Aber den beiden Mücken gelang es noch immer, seinen Hieben auszuweichen.

Bruno bemerkte, daß eine der Mücken ihre Waffen gegen die *Sun-Tzu* abfeuerte. Auf diese Entfernung konnte er nichts dagegen unternehmen. Sein Eisball konnte nicht hin und her huschen wie die Kzintischiffe mit ihren Schwerkraftpolarisatoren, und den Triebwerksstrahl neu zu orientieren kostete ihn jedesmal wertvolle Sekunden.

Er sandte einen Teil des größeren Geistes in seine biologische Komponente.

»Carol«, zwang er seinen menschlichen Mund zu sagen, »bereite dich auf Treffer vor.«

»Das hat ja wohl so kommen müssen«, erwiderte Carol, ohne Brunos biologischen Teil anzusehen. Sie griff nach dem Kontrollpad, um ihre Druckliege auf mehr Sicherheit einzustellen, doch Bruno hatte es bereits für sie erledigt, bevor ihre Finger auch nur eine Taste berühren konnten.

Feindlicher Laserbeschuß schmolz kleine Stücke aus der Eishülle seines Schiffes, und Projektile aus automatischen Kanonen schlugen tiefe Krater in den rumpf, in der Nähe der Sensorbatterien. Brunos biologische Sensoren nahmen die Einschläge als dumpfes Scheppern wahr, das über das gesamte Navigationsdeck hallte. Er bemerkte, daß das zweite Kzintischiff auf einem indirekten Vektor beschleunigte; vermutlich bereitete es sich auf eine hyperbolische Annäherung auf der anderen Seite der *Sun-Tzu* vor, aber es war zu weit weg, als daß er ihm irgendwelche größeren Schäden hätte zufügen können.

Bruno errechnete mit geradezu atemberaubender

Geschwindigkeit, daß es ihm unmöglich war, mit dem Triebwerkstrahl beide Feindschiffe zugleich zu bedrohen. Er widmete den offensiven und defensiven Systemen der *Sun-Tzu* mehr Aufmerksamkeit, die er sofort umprogrammierte. Die *Sun-Tzu* war nicht für den Kampf konstruiert worden; das war die Aufgabe der *Dolittle*. Doch was ihm zur Verfügung stand, würde Bruno auch nutzen. Schier unglaubliche Energiemengen zog er aus dem Antimateriereaktor ab und führte sie anderen Zwecken zu.

Bruno streckte einen Laserfinger aus, und beinahe wäre eines der Kzintischiffe von einer Strahlenlanze aufgespießt worden. *Nah, so nah* ... Die automatischen Geschütze der *Sun-Tzu* feuerten einen Hagel von Eisengeschossen in komplexen Mustern auf die Gegner ab. Die Kzintischiffe wichen ihnen elegant aus.

Gleichzeitig programmierte und startete Bruno ein Dutzend nukleargetriebener Röntgenlaserbomben. *Plop, plop* fielen sie in den relativistischen Strudel und eröffneten das Feuer.

Ihre Strahlen verfehlten das Ziel – knapp, aber sie verfehlten es. *Warum?* Bruno kannte die Antwort bereits, bevor die Frage in seinem Geist Gestalt angenommen hatte; seine Unter-Ichs erstatteten ihm mit elektronischer Stimme Bericht. Ein säuerlicher Geschmack breitete sich in Brunos Sensorium aus: die vorbeihuschenden Schatten menschlicher Gefühle. Er verwendete die besten Waffen der Menschheit, aber sie wurden vom Chaos relativistischen Plasmas geschlagen, von den Verzerrungen am Rande der Lichtgeschwindigkeit und der Gewandtheit von Kzintipiloten. Bruno wußte, daß die *Sun-Tzu* ihren Gegnern unterlegen war.

Auf irgendeiner nicht quantifizierbaren, unlogischen Ebene spürte Bruno, daß sich die Gefahr unerbittlich der *Sun-Tzu* näherte.

KAPITEL 8

Carol Faulk fühlte sich hilflos.

Doch die Situation entbehrte nicht einer gewissen Ironie. Sie war ein Veteran vieler Kämpfe und besaß Erfahrungen sowohl im Einmannschiffkampf wie auch in der Führung ganzer Geschwader. Sie hatte eine ganze Reihe von Kzintischiffen in Stücke geschossen, hatte gute Freunde sterben sehen, Entscheidungen getroffen, die Leben gerettet hatten, und viele Gefechte gewonnen.

Aber jetzt blieb ihr nichts anderes übrig, als ruhig dazusitzen und machtlos zuzusehen, wie die *Sun-Tzu* von einem halbmenschlichen Monster geflogen wurde.

Doch es war eben dieses halbmenschliche Monster, das einst ihr Freund und Liebhaber gewesen war. Carol schürzte die Lippen ob dieser schmerzvollen Ironie.

Zum hundertsten Mal rief sie sich in Erinnerung, daß sich, ihre Meinung über die Worte ›Monster‹ und ›Alien‹ vermutlich drastisch ändern würde, nachdem sie erst einmal Wunderland erreicht hätte ... am Ende ihrer langen Reise, wenn sie die Kryoflasche öffnen würde, die den Virus mit dem seltsamen Namen *Baum des Lebens* enthielt. Vielleicht verstünde sie Bruno besser, nachdem der Virus erst einmal sein Werk getan hatte.

Andererseits gewann Carol angesichts der Daten auf dem Holoschirm, den Eindruck, daß die Initiierung von Projekt Cherubim mehr als fragwürdig geworden war. Sie hatten noch nicht einmal den halben Weg nach Alpha Centauri zurückgelegt, und schon waren ihnen die Miezekatzen auf den Fersen.

Brunos gewundenes Interfacekabel wirkte auf sie immer mehr wie ein Blutegel. Unverwandt hielt er den Blick auf sie gerichtet, während immer neue Daten auf dem Holoschirm erschienen und sich die Anzeige veränderte. Sein Gesicht war vollkommen schlaff, die Augen groß und starr und die Pupillen stark vergrößert, wie es typisch für jemanden war, dessen Geist sich mit einer Maschine verbunden hatte. Carol wußte, daß der Großteil von Brunos Aufmerksamkeit nicht ihr galt, egal wie intensiv er sie auch anstarren mochte.

Brunos Aufmerksamkeit war woanders, an unzähligen Orten zugleich.

Carol blinzelte, um die Tränen aus ihren Augen zu vertreiben, und fluchte über ihre eigene Schwäche. Es dauerte einen Augenblick, bis es ihr gelang, ihre Gefühle zu unterdrücken. Immerhin war sie der Captain dieses Schiffes. Sie atmete tief durch, straffte die Schultern und zwang sich, die Tatsachen zu akzeptieren. *Es wird immer schlimmer mit Bruno, und zwar schneller als erwartet.*

Er wurde immer fremdartiger; der Mensch glich sich der Maschine an. Er hatte Carol sogar gesagt, er programmiere sein Gehirn um, um es zu einer effizienteren ›Komponente‹ zu machen. Aus *Ich* war *Wir* geworden, während er sich immer mehr in der wachsenden maschinellen Intelligenz der *Sun-Tzu* verlor.

Mit Gedanken an Pflichterfüllung und Strategie vertrieb Carol das unangenehme Thema aus ihrem Geist. Im Augenblick konnte sie ihrem Liebhaber ohnehin nicht helfen. Nachdem sie diese Schlacht erst einmal überlebt hatten, würde sie noch genug Zeit haben, Bruno den Klauen des maschinellen Wahnsinns zu entreißen, der ihn ihr wegzunehmen drohte ... vielleicht.

Bis dahin blieb ihr nur die Hoffnung.

Carol spürte, wie sich die Gurte ihrer Druckliege strafften und wieder lockerten, während die *Sun-Tzu* manövrierte und ihr Schwert aus Plasma und Gammastrahlung schwang. Und sie spürte auch, wie das Schiff unter den Treffern der Kzintiwaffen erbebte. Auf dem Statusfenster des Holoschirms erschienen die jeweils aktuellen Schemata, die den Verlauf der Schlacht anzeigten. Zwei winzige rote Punkte standen für die beiden überlebenden Kzintischiffe, die sich auf unregelmäßigen Bahnen näherten, um den Lasern und der tödlichen Sichel des Emissionsstrahls auszuweichen.

Carol zwang sich, ihren Liebhaber anzusehen. »Bruno.«

»Ja, Carol?« Er sprach nicht mit Hilfe seiner Stimmbänder, sondern über das Bordkommunikationssystem. Das überraschte sie nur wenig. Zumindest *klang* die synthetische Stimme wie Bruno.

»Kannst du einen Teil deiner Kapazität entbehren, um mit deiner biologischen Stimme zu sprechen?« Sie verzichtete darauf hinzuzufügen, *immerhin bist du ein Mensch,* denn sie fürchtete sich vor Brunos Antwort.

Es folgte eine kurze Pause.

»Ja«, antwortete er schließlich, und tatsächlich bewegte sich der Mund in dem schlaffen Gesicht. Prüfend leckte er sich über die Lippen. »Dürfen wir fragen, warum du diesen Kommunikationsmodus bevorzugst?«

»Ich bin deine ... deine *biologische Komponente* gewöhnt, wie du dich auszudrücken pflegst.«

»Aber die Informationen, die du erhältst, sind ein und dieselben.« Ironie wäre bei dem neuen, verbesserten Bruno wohl vergebene Mühe.

»Ist ja auch egal«, seufzte Carol. »Auf jeden Fall danke, daß du es getan hast. Könntest du mir bitte einen Statusbericht geben?«

»Natürlich. Der Holoschirm versorgt dich zwar mit allen erforderlichen Daten, aber ich könnte dir sicherlich eine vokalisierte Zusammenfassung geben.«

»Ich bitte darum, Liebling.«

Bruno antwortete nicht direkt. Schwieg er wegen ihrer letzten Bemerkung? Wieder bekam Bruno eine Injektion.

Er blinzelte zweimal; dann fuhr er mit seiner künstlich klingenden Stimme fort:

»Eines der Kzintischiffe bewegt sich spiralförmig auf uns zu und verursacht an meinen Sensoren und einigen Hilfssystemen beträchtlichen Schaden. Das andere Schiff beschleunigt auf einem ungewöhnlichen Vektor.«

Carol lief ein Schauder über den Rücken. »Warte mal einen Augenblick. Das Wort ›Hilfssysteme‹ bereitet mir Sorge. Noch weitere Schäden?«

»Keine. Es sind keine Versuche unternommen worden, den Antimaterieantrieb zu beschädigen, und auch keine andere Komponente, die an den Antrieb gekoppelt ist. Nur die Sensoreinheiten und Waffenbänke sind Ziel der Angriffe.«

Carol runzelte die Stirn. »Deine Vermutung war also korrekt?«

»Ja. Sie versuchen, mich zu entern.«

Mich? Sorgfältig achtete Carol darauf, sich äußerlich nichts von ihren Gefühlen anmerken zu lassen. Mehrere Male hatte Bruno sich schon mit der *Sun-Tzu* gleichgesetzt. Aber auch das ›wir‹ benutzte er fortwährend; meinte er damit sie beide oder den unheimlichen elektronischen Geist, der ihn beherrschte?

»Und das andere Schiff?« erkundigte sich Carol und biß sich auf die Lippe.

»Das ist gegenwärtig schwer vorauszusehen. Die Strategien von Schiffen, die mit 200 g beschleunigen können, sind noch neu für uns.«

»Zeig mir bitte den Vektor und zwar in Echtzeit.«

Bruno antwortete nicht, aber der Holoschirm zeigte, wie sich das weiter entfernte Kzintischiff auf einer geschwungenen Bahn näherte, die Bahn der *Sun-Tzu* nur knapp verfehlen würde. Irgend etwas an dem Diagramm machte Carol nervös.

»Und das nähere der beiden Katzenschiffe?« fragte Carol und kaute weiter auf ihrer Lippe herum.

»Der Pilot ist ungewöhnlich gut für ein biologisches System. Wir haben einen Großteil unserer Prozessorzeit dafür aufgewendet, sein Verhalten vorauszusehen. Auf jeden Fall könnten sie weit mehr Schaden verursachen als den, den sie im Moment anrichten.«

Ein tiefer Warnton hallte über das Navigationsdeck.

»Carol, es gibt ein Problem.« Wieder kam Brunos Stimme aus den Lautsprechern und nicht aus seiner

Kehle. »Das nähere Kzintischiff manövriert wie wild und feuert aus allen Rohren. Es wird beachtliche Schäden ...«

Die *Sun-Tzu* erbebte und dröhnte wie eine riesige Glocke, und eine unsichtbare Hand preßte Carol auf die Liege.

»Ein thermonuklearer Sprengkopf ist steuerbords vor dem Bug detoniert«, berichtete Bruno. »75 Prozent aller Sensoren in diesem Rumpfbereich sind zerstört worden.«

»Das habe ich mir auch schon gedacht, danke«, erwiderte Carol bissig und fletschte die Zähne. Sie war hilflos, wollte jedoch etwas tun – *irgend etwas*. Die Fenster des Holoschrims zeigten die Bilder der Kameras auf dem vereisten Rumpf des Schiffs. Das Kzintischiff feuerte mit all seinen Waffen auf die *Sun-Tzu* und richtete großen Schaden an.

Die *Sun-Tzu* wendete, um den Verlust von Sensoren und Waffensystemen zu kompensieren. Carol spürte, wie ihr rasch verschlungenes Mittagessen langsam wieder nach oben stieg.

Ein weiteres Dutzend nukleargetriebener Röntgenlaser startete gegen das Kzintischiff, das jedoch bereits wieder abgedreht hatte. Erneut verfehlten die Laser ihr Ziel.

»Es tut mir leid, Carol«, verkündete Brunos Stimme gefühllos aus den Lautsprechern. »Aufgrund von Netzwerkstörungen haben wir Verarbeitungsprobleme.«

Carol fragte sich, ob ihm die Beschädigungen des Netzwerks wohl Schmerz zufügten.

Dann kam ihr plötzlich ein Gedanke.

»Bruno! Was ist mit dem anderen Schiff?«

Pause.

»Es tut mir sehr leid«, antworteten die Lautsprecher in einem Tonfall, der schon eher Carols Liebhaber ähnelte. »Auf dieser Seite waren wir ungefähr 20 Sekunden lang blind, bevor ich wieder neue Sensordaten bekommen konnte.«

»Und?«

»Das Kzintischiff erreicht in wenigen Sekunden den Punkt der größten Annäherung an die *Sun-Tzu*. Es hat jedoch nicht gefeuert. Vielleicht versucht es, unser Feuer auf sich zu ziehen, damit das andere Schiff um so größeren Schaden anrichten kann.«

Plötzlich wußte Carol, was hier vor sich ging. Erschrocken riß sie den Mund auf. Wie konnte Bruno das mit seinem so sehr vergrößerten Intellekt nur übersehen?

Sie packte Brunos Arm. »Hör zu, Liebling, richte soviel Sensorkapazität, wie du entbehren kannst, auf das näherkommende Schiff. Dreh die Waffen in seine Richtung; wirf mit Müll, irgendwas ...«

Die ausdruckslose Maschinenstimme nahm einen fragenden Tonfall an.

»Warum machst du dir solche Sorgen?«

Carol verspürte das Verlangen, mit der Faust auf die Tastatur einzuhämmern, doch sie hatte ja jegliche Kontrolle über den Computer an Bruno übergeben. »Kapierst du's wirklich nicht, oder was?« krächzte sie. »Die wollen uns bombardieren. Tu, was ich dir sage!«

Doch da war es bereits zu spät. Im Schutz des wild angreifenden Schwesterschiffs war das andere Kzintischiff still und heimlich bis auf eine Million Kilometer an die *Sun-Tzu* herangekommen, und es war bereits an ihr vorbei, als die Energiewaffen der Menschen tödliche Strahlen spuckten. Relativistische Verzerrungen machten es unmöglich, das Gefecht auf dem Holoschirm deutlich nachzuvollziehen ...

... bis plötzlich eine Röntgenlanze das feindliche Schiff durchbohrte und in eine glühende Trümmerwolke verwandelte. Zu diesem Zeitpunkt hatte das zweite Schiff bereits wieder gewendet und bewegte sich auf die andere Seite der *Sun-Tzu*.

Ein Lichtblitz erfüllte den Holoschirm.

»Bruno?« fragte Carol leise. »Was ist passiert?«

Wieder folgte eine kurze Pause, dann sprach Bruno sowohl mit seinen Stimmbändern als auch über den Commlink.

»Es tut mir sehr leid, Carol. Die Kzinti haben eine Monopolbombe abgeworfen. Sie muß stark getarnt gewesen sein, damit meine Sensoren sie nicht orten konnten.«

Carol fluchte. Im isolierten Herz einer Monopolbombe trafen Nord- und Südpol mit voller Wucht aufeinander und erzeugten eine wahre Flut hochenergetischer Elektronen. Diese Elektronen rasten nun knapp zwanzig Prozent der Lichtgeschwindigkeit entlang magnetischer Linien auf die *Sun-Tzu* zu.

Wenn der Elektronensturm auf das dichte Magnetfeld der *Sun-Tzu* traf, würden die Elektronen abgebremst und stark strahlen. Zwar würden sie nie den vereisten Rumpf der *Sun-Tzu* durchdringen, doch ihre tödliche Aufgabe hätten sie erfüllt. Der daraus resultierende elektromagnetische Sturm würde die meisten elektrischen Geräte an Bord des Menschenschiffes zerstören, solange sie nicht tief im Innern der *Sun-Tzu* verborgen waren, und das zweite Kzintischiff befände sich im sicheren Sensorschatten.

Bruno sagte noch immer nichts.

Carol begann, wie verrückt Tasten auf ihrer Konsole zu drücken. Die Sicherheitsgurte lockerten sich ein wenig, wodurch sie in der Mikroschwerkraft mitunter ein wenig von der Druckliege abhob.

»Wie lange bis zum Einschlag?« fragte sie.

»Zehn Sekunden.« Die Antwort klang so nüchtern wie die Ansage eines Lufttaxis.

»Nun, dann laß uns beide in die *Dolittle* gehen. Ich habe eine Idee.«

»Unmöglich.«

Carol erkannte, daß es Minuten dauern würde, Bruno aus seiner Verbindung mit dem Computer zu lösen, selbst unter massiver Anwendung biotelemetrischer Kontrollen. Und unglücklicherweise verliefen deren Leiterbahnen ungeschützt von den Sensoren auf der Schiffsaußenhülle bis tief ins Herz des Hauptrechners ...

... und von dort in Brunos Gehirn.

»Ich liebe dich, Bruno«, flüsterte Carol. Mit beiden Händen packte sie das Interfacekabel und atmete tief durch.

KAPITEL 9

Während er beobachtete, wie sich Carols Muskeln spannten, als sie das Interfacekabel packte, versuchte Bruno sein gesamtes Bewußtsein in seinen unzulänglichen biologischen Teil zu drängen, um sich gegen Carols Eingriff zu verteidigen. In dem kleinen Gefäß war jedoch nicht genug Platz für Brunos verbesserten Geist, und mit plötzlicher Klarheit empfand er das schreckliche, kybernetische Äquivalent von Schmerz. *Nein*. Er zwang seinen Arm, sich schützend zu dem Kabel zu bewegen, und ...

Mit lautem Grunzen riß Carol das Interfacekabel aus der Konsole.

Bruno hatte keine Zeit zu schreien, noch nicht einmal in Echtzeit. Er fühlte, wie sein Geist kollabierte und starb. Die Transzendenz verlosch wie eine Kerzenflamme im Wind.

Kalte Finsternis drang in seine Seele, ein dunkler Sturm der Qual. Das Gefühl des Verlusts brannte wie Gift in ihm und zerschmetterte sein transzendentes Ich. *Weg, weg* ... Gedankenfetzen im kosmischen Wind ...

Während er Todesqualen ausstand, spürte Bruno, wie der elektromagnetische Schlag das Magnetfeld der *Sun-Tzu* traf. Holoschirme flackerten in den unterschiedlichsten Farben und verschwanden mit lautem Knistern, Knacken und Knallen. Wie eine tödliche Schlange schlug der Impuls aus der explodierenden Konsole ...

... zuckte suchend wie ein Lebewesen hierhin und dorthin ...

... bis zum sich windenden Ende des Interfacekabels.

Bruno spürte, wie der elektrische Schlag durch die verräterische Leitung aus Metall und Silizium in sein Gehirn eindrang. Sein Geist, seine *Seele* schien sich in eine Supernova zu verwandeln und zu verglühen.

Die erstickende Dunkelheit wurde von einem tödlichen Licht vernichtet.

110010100011110010101010110111110101
0111011010011100
010111011101011110100101110100100110
1010110011001111

Der verunglückte Schwebegleiter lag still und dunkel auf dem Rücken. Mit seinen dicken, ungeschickten Fingern befreite sich der fünfjährige Bruno aus seinem Crashnetz und fiel auf die Innenseite des Dachs. Dort lag er dann keuchend. Er war benommen und verspürte das Verlangen, sich zu übergeben.

Verbranntes Haar, verbrannte Erde, ein warmer feuchter Geruch. Überall um ihn herum nichts als schmerzhafte Dunkelheit. Er hatte große Angst.

Bruno konnte sich an die Explosion erinnern, an das Schreien und an den langen Fall. An den schrecklichen Aufprall konnte er sich nicht erinnern.

Sein Kopf schmerzte höllisch.

Bruno versuchte sich zu übergeben, aber in seinem Magen war nichts mehr übrig außer der ekelerregenden Flüssigkeit, die in seiner Kehle brannte. Mama wird wütend sein, *dachte er und wischte sich mit dem zerfetzten Ärmel über den Mund. Er mußte Mama und Papa finden, die irgendwo in dem verunglückten Gleiter waren. In der Dunkelheit wirkte der Innenraum ungewöhnlich groß. Bruno rief und rief, und seine Stimme hallte durch den Raum, der sich auf so unheimliche Art vergrößert hatte.*

Niemand antwortete ihm. Entschlossen zog er sich mit den Armen über den Boden, denn seine Beine wollten ihm nicht so recht gehorchen. Sie waren taub, aber zumindest schmerzten sie nicht.

Nichts schmerzte so sehr wie Brunos Kopf.

»Mama? Papa?«

Dann fand seine linke Hand Vater und Mutter, die noch immer Seite an Seite in ihren Crashnetzen hingen. Sie antworteten nicht, egal wie sehr er auch weinte und flehte. Schließlich schüttelte er sie so fest er konnte, und sein Kopf quälte ihn mehr denn je. Seine Hände waren feucht und klebrig, und sie schmeckten salzig, wenn er sich damit übers Gesicht wischte.

Bruno weinte, weil seine Eltern ihn in der Dunkelheit nicht in den Arm nehmen wollten und auch nicht mit ihm sprachen. Noch nie hatte er sich derart allein gefühlt und so große Angst gehabt.

Schließlich konnte er den Kopfschmerz nicht länger ertragen. Benommen vor Qual und Erschöpfung legte sich Bruno flach auf die Innenseite des Dachs des verunglückten Gleiters. Noch immer weinte er leise, als er die Hand hob und die linke Seite seines Kopfes berührte, jene Stelle, die ihm die größten Schmerzen bereitete.

Seine Finger versanken tief in seinem zerschmetterten Schädel, drangen in etwas Weiches, Feuchtes. Scharfe Knochensplitter stachen ihm in die Finger. Lichter explodierten in Brunos Kopf, und er schmeckte *die Farbe Blau,* fühlte *den Geruch von nassem Heu. In der Ferne glaubte er eine Sirene zu hören, doch der Schmerz war zu groß, als daß er dem Geräusch größere Beachtung geschenkt hätte.*

Erschöpft legte er seinen schmerzenden Kopf auf das kühle Metall, um darauf zu warten, daß Mama und Papa wieder aufwachten und ihn nach Hause brachten; dann würde alles wieder gut werden. Der Gleiter um ihn herum begann, sich mit schwindelerregender Geschwindigkeit zu drehen. Er hörte ein Murmeln besorgter Stimmen in der Dunkelheit, die ihn riefen.

Das kalte Nichts packte den kleinen Bruno und zog ihn in die Bewußtlosigkeit.

110010100011110010101010110111110101
0111011010011100
010111011101011110100101110100100110
1010110011001111

Bruno öffnete die Augen; noch immer verkrampfte er sich in unregelmäßigen Abständen. Entlang des Ganges blinkte die Notfallbeleuchtung. Er beobachtete, wie der Hauptverbindungsgang der *Sun-Tzu* verschwommen an ihm vorüberflog.

Carol trug ihn zur *Dolittle*. Ihre weiten Sprünge in der Mikroschwerkraft ließen seinen Kopf hilflos von einer Seite zur anderen baumeln. Sein Nacken brannte. Bruno versuchte, Worte über seine Lippen zu zwingen, doch es schmerzte ihn bereits zu *denken*, von sprechen ganz zu schweigen.

Er glaubte, Carol zu hören, die ihm sagte, er solle durchhalten, die *Dolittle* sei nicht mehr weit entfernt; doch er verstand nur Bruchstücke ihrer Worte.

»Mama?« murmelte er und verlor das Bewußtsein.

KAPITEL 10

Rrowl-Kommandeurs triumphierendes Brüllen hallte über die Brücke der *Bauchschlitzer*. Er sprang aus seinem Sessel und breitete die bepelzten Arme aus. Die Brückenmannschaft brüllte ebenfalls, fuhr die Krallen aus, und Speichel troff von erregten Lefzen.

Die Jagd war erfolgreich gewesen! Nach langen Wachen des Lauerns hatten sie endlich ihre Fänge in die Beute schlagen können. Das Bild des Affenschiffes auf dem Hauptschirm drehte sich träge. Offenbar hatte es sämtliche Steuerkontrollen verloren, nachdem es vom mächtigen elektromagnetischen Impuls der Monopolbombe getroffen worden war. Der Gegenmaterieantrieb arbeitete jedoch weiterhin und spie seine tödliche Emissionssäule aus, während das Schiff sich willkürlich drehte. Die Reaktorkontrollen jedoch waren zu tief im Eisball des Affenschiffes verborgen, als daß der elektromagnetische Sturm auch sie hätte zerstören können. Doch wenigstens ließ sich das Schiff nicht mehr steuern.

Alles läuft wie geplant, schnurrte Rrowl-Kommandeur zu sich selbst.

Flackernde elektrische Entladungen krochen wie Lebewesen über das fremde Schiff. Das war der einzige Hinweis auf die gewaltige elektromagnetische Kraft der Monopolbombe, die wie die Faust eines Helden die Elektronik der Affen zerschmettert hatte.

Stolz richtete Rrowl-Kommandeur die Fledermausohren auf. Der Sieg hatte jedoch auch einiges gekostet. Viele Helden hatten für diese Beute ihr Leben geopfert, das wußte er. Die Verluste waren groß, aber akzeptabel. Auf dieser Jagd war nicht sinnlos Heldenblut vergossen worden.

Die gesamte Mannschaft der *Stoßschläger* einschließlich des lästigen Cha'at-Kommandanten war gleich zu Anfang vom Triebwerksstrahl der Affen in nur einer Mikrosekunde verdampft worden. Darin lag nur wenig Ehre. Aber dem tapferen Kommandanten der *Wirbelbrecher* würde man noch posthum einen vollen Namen gewähren zur Ehre seiner Söhne und Väter! Rrowl-Kommandeurs Kriegerherz schrie und sprang vor Stolz. Der Preis war nicht zu hoch gewesen – weder für den Sieg noch für die Ehre. Beide Kommandanten und die Mannschaften der *Stoßschläger* und *Wirbelbrecher* waren, wenn auch unwissentlich, ein Gewinn für den Riit und den Zähnefletschenden Gott gewesen. Wenn er im Triumph nach Ka'ashi zurückkehrte, würde Rrowl-Kommandeur von seinem Prisengeld für beide Mannschaften eine Ehrenzeremonie bezahlen.

Rrowl-Kommandeur knurrte, um Schweigen auf der Brücke zu gebieten.

»Navigator«, spie und zischte er selten gut gelaunt, »bitte flieg uns zum Bug des Affenschiffes, wo Fremdtechnologe eine Luftschleuse entdeckt hat.«

»Sofort, Dominanter«, schnappte der stolze Mannschaftskzin.

»Gehe nicht davon aus, daß die Ressourcen der Affen bereits erschöpft sind, auch jetzt noch nicht«, ermahnte ihn Rrowl-Kommandeur. »Fliege Standardausweichmanöver.«

»Die Affen sind doch vollkommen hilflos, Dominanter!«

Rrowl-Kommandeur spreizte amüsiert die Ohren. »Es scheint so, ja. Aber wie geht ein wahrer Held bei diesen Affen vor?«

»*Täuschen-und-Springen!*« spie und zischte die gesamte Brückenmannschaft im Chor.

Rrowl-Kommandeur schnurrte zustimmend. Kurz dachte er darüber nach, wie er das fremde Schiff am besten übernehmen könnte. Es würde eine Weile dauern, bis sie die fremde Technologie verstanden hatten, denn die Affen dachten nicht wie Helden. Notwendigerweise würde Rrowl-Kommandeur eine kleine Prisenmannschaft abstellen müssen, um das Schiff nach Ka'ashi zu fliegen, nachdem es an die Bedürfnisse der Kzinti angepaßt worden war. Wem konnte er vertrauen? Welcher seiner Helden schätzte Gehorsam höher als eine Gelegenheit? Rrowl-Kommandeur brummte nachdenklich.

Das jedoch waren Fragen für die Zukunft. Die Lehren des Zähnefletschenden Gottes waren eindeutig in dieser Sache: *Teile nicht die Beute, bevor sie gerissen ist.* Wenn man darüber nachdachte, schlugen die Lehren ihre Fänge häufig in die Wahrheit.

»Ich brauche ein Oktal Helden, um Fremdtechnologe zu begleiten, nachdem wir uns dem Affenschiff ausreichend genähert haben«, knurrte er ins Schiffscom. Dann konsultierte Rrowl-Kommandeur die Datenbank, um seine aggressivsten Helden auszuwählen; sie sollten ein Gegengewicht zu Fremdtechnologes vorsichtiger, wenn auch unkzinhafter Natur bilden. Für beide Fraktionen unter seinem Kommando, so überlegte er, würde das eine gute Übung sein.

Rrowl-Kommandeur lehnte sich in den Sessel zurück, schnurrte leise, während er die Krallen am Kdatlynoleder schärfte, und träumte seine blutigen Träume von Eroberung.

Nur noch ein schwaches grünes Höllenflackern verunstaltete die Pracht seiner Gedanken.

KAPITEL 11

Schwach spürte Bruno, wie Carol ihn in den Autodoc der *Dolittle* legte. Flatternd öffneten sich seine Augen. Eine geschwungene Metallwand über ihm; Carols Lippen, die sich bewegten; ihre Stimme, die wie unter Wasser klang, undeutlich, gurgelnd. Geräuschfetzen. Silben, die wie verängstigte Vögel umherflatterten. Schwer zu fangen.

»Bruno, ich muß uns hier rausbringen. Wir haben keine andere Wahl als die *Dolittle*.« Ihr Gesicht war dicht an dem seinen, ihre Lippen nah an seinem Ohr. »Entweder das, oder wir sind Katzenfutter, Liebling.«

In seinem beschädigten Geist tummelten sich ihre Worte und flohen voreinander.

Er spürte, wie Carols Hände seine Arme in den sargähnlichen Autodoc stopften und Anzeigegeräte an diversen Körperteilen befestigten. Taub. Er kämpfte darum, einige Worte über die Lippen zu bringen.

»Liebe ...«, gelang es ihm zu grunzen.

Traurig betrachtete Bruno den verschwommenen Fleck, der Carols Gesicht war. Glitzerte da etwas im schmerzenden Licht in ihren Augen?

»Ich liebe dich auch, Computerkopf.« Immer deutlicher schälte sich ihr Gesicht aus dem großen verschwommenen Fleck, der alles war, was Bruno zu erkennen vermochte. »Der Autodoc bringt dich schon wieder auf die Beine ... glaube ich.« Sie küßte ihn, ein schwacher Druck auf seinen toten Lippen, dann verschwand sie hinter seinem Horizont.

Surrend senkte sich der Deckel des Autodoc und schloß sich mit einem Klicken. In der Dunkelheit spürte er den Druck der Sensoren auf Handgelenken und im Nacken. Unter leisem Gurgeln füllte sich der Autodoc mit Heilflüssigkeit. Sanft senkte sich eine Maske auf sein Gesicht, und purer Sauerstoff brannte in seinen Lungen.

Bruno fühlte, daß die Dunkelheit in seinem Geist anschwoll wie eine unbarmherzige Flut und ihn wieder ins Vergessen zog.

1100101000111100101010101101111110101
0111011010011100
010111011101011110100101110100100110
1010110011001111

Der zehn Jahre alte Bruno betrachtete neugierig den Isolationstank. Dicke Drähte, Konsolen und seltsame Maschinen wirkten wie ein elektronisches Puzzle. Gesichtslose Techniker standen diskret ein Stück entfernt und schwiegen, doch beobachteten sie ihn ständig.

»Und das kann mir helfen, mit Computern zu sprechen?« fragte Bruno ungläubig.

Colonel Early von der UN Special Projects Group lächelte beruhigend, und seine Zähne schimmerten weiß in dem zerfurchten Gesicht.

»Das ist richtig, Sohn. Du hast bereits gelernt, wie du den Maschinen über dein Interface mentale Befehle erteilen kannst, richtig?«

»Sicher.« Das war leicht. Man dachte *einfach an etwas, und es geschah. Es war genauso leicht, wie den Arm zu heben. Man tat es einfach.*

»Nun, wir wollen, daß du mit dieser Maschine weit mehr tust als nur das. Kann ich dir sagen, an was wir gedacht haben?« Earlys Stimme klang ruhig und geduldig.

Bruno vertraute Colonel Early. Er hatte für Brunos Erziehung bezahlt und entweder persönlich oder über Hololink viel Zeit mit Bruno verbracht. In dem Forschungsinstitut war es sehr einsam; die Wissenschaftler vermittelten Bruno das Gefühl, er sei nur ein Projekt oder ein Alien. Sie sprachen ihn an, unterhielten sich jedoch nicht mit ihm.

Nur weil sie die Gehirnschäden, die er als kleines Kind erlitten hatte, mit einem neuronalen Makronetz geflickt hatten, glaubten sie, er wäre ihr Eigentum. Tech-Gerede. Tu dies. Tu das. Nie erklärte ihm jemand die Gründe. Das machte Bruno wütend, und manchmal verweigerte er die Zusammenarbeit.

Doch Colonel Early konnte ihn immer dazu überreden, mit den Wissenschaftlern zusammenzuarbeiten.

»Okay«, erwiderte er auf Colonel Earlys Frage, der geduldig auf die Antwort gewartet hatte. Er hörte Bruno immer zu und behandelte ihn wie einen Erwachsenen. Bruno hätte fast alles für Colonel Early getan.

»Nun, wir würden dich gerne mit einem richtigen Computer verbinden. Mit einem großen, und diesmal wird es nicht so eine einfache kybernetische Verbindung sein wie die, mit denen du bisher gearbeitet hast. Wir werden dich in den Isolationstank stecken.« Early deutete auf den kleinen Tank, der mit Kontrollinstrumenten und Interfacemonitoren geradezu übersät war. Leitungen führten von dort zu einer Computerwand. »Der menschliche Geist, Bruno, braucht Stimulation.«

Bruno runzelte die Stirn. »Und in einem Isolationstank wird mich nichts stimulieren?« fragte er.

Colonel Early nickte. Er wirkte sehr ernst. »Das ist richtig, Sohn. Aber dein Gehirn wird nach einem Weg suchen, um Stimulation zu bekommen. Es braucht sie, aber in dem Tank wirst du weder etwas sehen, hören oder ertasten kön-

nen. Schließlich wird dein Gehirn lernen, sich mit dem Computer zu verbinden.«

Bruno blinzelte und dachte nach. »Wie wird es sein?«

»Menschen, die ihre Gehirne mit hochgradigen Computern verbinden, nennt man ...«

»Linker«, unterbrach ihn Bruno.

»Das ist richtig, Sohn. Linker. Man sagt, ein Linker weiß alles.«

»Alles?« Bruno war fasziniert.

Colonel Early wirkte ein wenig traurig. »Ich bezweifele das. Hast du je von Faust gehört, Sohn?«

»Faust? Wer ist das?«

Der ältere Mann seufzte. »Ich vermute, du standest nicht auf der Zulassungsliste; aber heutzutage steht wohl niemand mehr darauf.« Sein Gesicht hellte sich ein wenig auf. »Auf jeden Fall glauben wir, daß du besser mit einem Computer arbeiten wirst als jeder andere Linker.«

»Weil ich ein Computerkopf bin«, protestierte Bruno wütend und verzog das Gesicht.

Colonel Early legte ihm sanft die Hand auf die Schulter. »›Computerkopf‹ ist ein böses Wort, Bruno.« Er blickte dem Jungen in die Augen. »Nur dumme Menschen, die zu Vorurteilen neigen, benutzen es.«

Bruno erwiderte nichts darauf, doch seine Lippen zuckten vor Wut. Im Laufe der Jahre hatten ihn eine Menge Leute ›Computerkopf‹ geschimpft, nachdem sie seine Geschichte gehört und erfahren hatten, wo er lebte. Der Unfall. Was sich in seinem Kopf befand. Er haßte es, anders zu sein.

»Deshalb sehen mich auch die Wissenschaftler so seltsam an, nicht wahr?« fragte er. Er konnte Early nicht länger in die Augen blicken.

Colonel Early war jedoch hartnäckig. Mit zwei Fingern ergriff er Brunos Kinn und zwang das Kind, ihn anzusehen.

»Bruno, dieses Wort wird nur von kleingeistigen Menschen verwendet, die sich vor dem Neuen fürchten. Du solltest Mitleid mit ihnen haben.«

»Wenn Sie das sagen.« Bruno war nicht überzeugt. Aber zumindest Early mochte ihn, obwohl Bruno ein Computerkopf war.

Gemeinsam warteten sie eine kurze Weile in dem überfüllten Raum. Colonel Early schwieg. Er redete nie mehr als nötig.

»Wird es wehtun?« fragte Bruno schließlich.

»Nein, Sohn. Zuerst wirst du vielleicht Angst haben und dich allein fühlen ... das heißt, bis dein Gehirn lernt, sich mit dem Computer zu verbinden.«

Ein Hauch von Enthusiasmus schlich sich in Brunos Stimme. »Und dann werde ich alles wissen?«

Colonel Early lächelte leicht. »Nun, soweit würde ich nicht gehen, Sohn; aber du wirst sehr viel mehr wissen, als jeder andere – das verspreche ich dir.«

Bruno dachte einen Augenblick lang nach. »Werde ich Ihnen bei ihrer Arbeit für die UN helfen können?« fragte er.

»Sohn, das ist ja der Grund, warum ich dich darum bitte. Meine eigenen Kinder sind schon alle erwachsen, ebenso wie meine Enkelkinder, und für weitere Kinder bekomme ich keine Erlaubnis.«

Bruno lächelte. »Das ist schon okay, Colonel Early. Ich habe weder Vater noch Mutter; aber ich vermute, daß wissen Sie bereits.«

Natürlich wußte er das. Als Bruno nach dem Unfall im Krankenhaus aufgewacht war, hatte er als erstes Colonel Earlys Gesicht erblickt, und auch nach den ersten Operationen war der Colonel immer an seiner Seite gewesen.

Wieder warteten sie schweigend. Early drängte Bruno nie, und dieser wußte das durchaus zu schätzen.

»Ich werde es tun«, verkündete Bruno schließlich und ignorierte das erleichterte Murmeln der Wissenschaftler, die um den Tank versammelt waren.

»Gut.«

»Wann fangen wir an?«

»Wie wär's mit jetzt?« erwiderte Colonel Early und reichte Bruno einen Helm mit seltsamen Steckern und Kabeln. Der Helm war schwerer als er aussah, und Bruno blickte die vielen Kabel unsicher an. »Laß mich dir helfen.« Langsam, beinahe ehrfürchtig setzte Early Bruno den Helm auf den Kopf.

Wie eine Krone.

11001010001111001010101011011110101
01110110100111 00
01011101110101111010010111010010011 0
1010110011001111

Bruno Takagama stöhnte unter der weichen Atemmaske im Tank des Autodoc. Mechanische Finger begannen damit, die Verbrennungen an seinem Nackenstecker zu untersuchen. Kleine Schwimmroboter kreuzten durch ein Meer aus Heilflüssigkeit zu seinen Wunden; in ihren kleinen Greifarmen hielten sie winzige medizinische Instrumente. Als der Autodoc Brunos Erregung bemerkte, verabreichte er ihm ein starkes Sedativum, und schon bald fiel Bruno in einen traumlosen Schlaf.

KAPITEL 12

Carol Faulk drückte eine Taste und spürte, wie ihre Druckliege daraufhin erzitterte. Die *Dolittle* schoß den düsteren Fluchttunnel entlang zur Außenhülle der *Sun-Tzu*.

Carol aktivierte die Fluchtluke am Ende des Tunnels. Dann heizte sie den Fusionsantrieb an, der ohnehin schon warm und bereit war, damit Carol auf das erste Anzeichen feindlicher Aktivität reagieren könnte. Geräuschlos detonierten die Sicherungen der Luke, die daraufhin in Fetzen flog, ein Loch in das Eis am Rumpf sprengte, und plötzlich war die kleine, spindelförmige *Dolittle* im freien Raum.

Jetzt. Ja! Mit den Händen auf der Steuerkonsole hatte Carol endlich wieder das Gefühl, alles unter Kontrolle zu haben. Sie war nicht länger hilflos und unfähig zu kämpfen. Die Sternenlandschaft war noch immer relativistisch verzerrt, aber zumindest hatte Carol ihr Schicksal wieder in der Hand.

Und Brunos.

Die *Dolittle* schoß fort von der sterbenden *Sun-Tzu*. Ihnen blieb weniger als eine Stunde, bevor Carols rasch zusammengeschusterte Falle zuschnappen und das Eindämmungsfeld des Antimaterieantriebs abschalten würde.

Bis dahin mußte sich die *Dolittle* möglichst weit von der *Sun-Tzu* entfernt haben.

Carol rief die Diagnosedaten des Autodocs auf ihre Konsole. Die Sensoren waren bereits mit Bruno verbunden, und winzige Medizinroboter schwärmten in und um ihn herum, um seine Verletzungen zu heilen.

Blinkende rote Lichter zeigten, in welch ernstem Zustand er sich befand.

»Komm schon, du alter Schiffszwieback«, flüsterte Carol. »Du mußt es einfach schaffen.«

Es war ihr keine andere Wahl geblieben, als Bruno rasch vom Computer zu trennen. Sicherlich war sein Gehirn dabei beschädigt worden, ganz zu schweigen vom Schaden, den der EMP verursacht hatte. Aber wäre Bruno mit dem Computer und seinem elektronischen Netzwerk verbunden geblieben, hätte der elektromagnetische Impuls sein Gehirn zu Asche verbrannt.

Bruno: krank oder tot. Das war ihre Wahl gewesen.

Carol achtete sorgfältig darauf, den mächtigen Rumpf der *Sun-Tzu* zwischen der *Dolittle* und dem Kzintischiff zu halten, das sich in eben diesem Augenblick dem Erdenschiff näherte, um es zu entern. Der Gedanke an Katzen, die durch die leeren Korridore der *Sun-Tzu* sprangen und Carols eingefrorene Mannschaft fanden, war ekelerregend. Aber vielleicht würde sie doch noch ihre Rache bekommen.

Sie würde ihren zum Tod verdammten, schlafenden Kameraden ein wahres Wikingerbegräbnis geben.

Carol lächelte grimmig. *In 58 Minuten werden die Katzen eine große Überraschung erleben,* dachte sie schadenfroh; *aber wie lange wird es wohl dauern, bis die Katzen die Kommandoprogramme analysiert haben und damit beginnen, die Aktivität des Antriebs zu kontrollieren?*

Die *Dolittle* flog auf geradem Vektor. Carol war eine gute Pilotin, und der schlichte Fusionsantrieb des Schiffes war ihr vertraut. Man mußte nicht Teil eines Computers sein, um ein Kriegsschiff fliegen zu können.

Inzwischen war das Katzenschiff nahe genug an der *Sun-Tzu,* daß die *Dolittle* ihre Flucht hinter dem massiven Rumpf verbergen konnte. Jede Sekunde brachte sie in größere Sicherheit, bevor das Eindämmungsfeld des Antimaterieantriebs versagte.

Nachdem sie sich etwa 1000 Kilometer von der *Sun-Tzu* entfernt hatte, ohne entdeckt worden zu sein, entfaltete Carol die supraleitenden Flügel der *Dolittle.*

Noch 40 Minuten.

Die riesigen Schwingen des kleinen Schiffes fingen das magnetische Feld zwischen den Sternen auf wie ein Vogel den Aufwind. Ein Leiter, der sich schnell durch ein magnetisches Feld bewegte, erzeugte elektrischen Strom, und dieser Strom wiederum lieferte die Energie für das Bremssystem des Schiffes – eine riesige, elektromagnetische Bremse.

Die Energie, die auf diese Weise bei relativistischen Geschwindigkeiten gewonnen wurde, war enorm und konnte für vielerlei Zwecke verwendet werden.

Ursprünglich war geplant gewesen, daß sich die *Dolittle* und ihre Mannschaft nahe bei Wunderland von der *Sun-Tzu* lösen sollten. Bruno sollte die *Dolittle* voll verbunden steuern, während Carol und ihre aufgewachten Mannschaftskameraden hinter den nun nutzlosen hermetischen Türen des Laderaums dem Baum-des-Lebens-Virus ausgesetzt würden.

Ohne die versiegelten Türen hätte der Virus Bruno getötet. Sowohl Gehirn als auch Körper veränderten sich unter dem Einfluß des uralten Virus, und da Brunos Gehirn mit elektronischen Implantaten durchsetzt war, wäre dieser Einfluß für ihn mit Sicherheit tödlich gewesen.

Carol und ihre Mannschaft andererseits wären in

ein Entwicklungskoma gefallen, und Autodocs hätten sich um ihre Körper gekümmert, während sie die Metamorphose durchliefen, die in den UN-Berichten beschrieben war. Sie wären als Wesen erwacht, die einen gewöhnlichen Menschen weit übertrafen – ein ironisches biologisches Gegenstück zu dem verbundenen Bruno.

Protektor-Menschen. Klüger, stärker und schneller als jeder andere. Während des Vorbereitungstrainings hatte ihnen Buford Early widerwillig Holos und stark zensierte Berichte gezeigt. *Einmal ARM, immer ARM,* dachte Carol. *Early würde noch das Rad als geheim einstufen, wenn er denn könnte.*

Bruno hatte Early schließlich dazu gedrängt, die Mannschaft der *Sun-Tzu* darüber zu informieren, worauf sie sich einließ. Early war entsetzt gewesen, daß sein treuer Bruno zu so etwas fähig war. Carol wiederum hatte das als Zeichen gedeutet, daß ihre Mission vielleicht doch Aussicht auf Erfolg hatte.

Die Daten waren sowohl faszinierend als auch furchterregend gewesen. Carol verstand sofort, warum die UN dieses Wissen unter Verschluß hielt: Material über Pssthok, den Alien, der die gescheiterte Pak-Brüter-Kolonie auf der Erde gesucht hatte, die der Ursprung des homo sapiens gewesen war, und dessen getrockneter Körper nun im Smithonian ausgestellt war. Über den Belter Jack Brennan, den ersten Menschen, der durch den Baum-des-Lebens-Virus verändert worden war. Er war zum Brennan-Monster oder Vandervecken geworden und hatte die Menschheit während des Langen Friedens durch seine Geschenke vielleicht gerettet, gegen die noch nicht einmal die ARM etwas hatte unternehmen können.

Und laut Early hatte er die Menschheit in der Nähe der Home-Kolonie auf Epsilon Indi vielleicht auch vor den Flotten der Pak-Protektoren gerettet. Home war durch den Baum-des-Lebens-Virus untergegangen, aber dank Brennans Plan war es gelungen, eine Armee aufzustellen, um die Pak-Protektoren zurückzuschlagen.

Als die Kzintiflotten im Solsystem erschienen waren und zu gewinnen schienen, brachte die Home-Geschichte Early auf eine Idee. Projekt Cherubim würde Protektor-Menschen gegen die Kzinti einsetzen.

Bruno sollte die Protektormannschaft nach Wunderland fliegen, wo sie die Kzinti bekämpfen würden. Die ungeheuren Energien, die zum Abbremsen der *Dolittle* verwendet würden, trieben zugleich gewaltige Laser und Partikelstrahler an. Zu guter Letzt sollte die Mannschaft sich dem Widerstand im Schlangenschwarm anschließen.

Doch die Besatzung träfe verseucht dort ein und würde keine weiteren Protektor-Menschen mehr erschaffen können.

Der Plan war, die Infektion in Grenzen zu halten, da Protektoren – selbst Protektor-*Menschen* – alles, aber auch wirklich alles taten, um ihre Blutlinie zu verteidigen. Das würde Chaos auf den übervölkerten Welten der Menschen heraufbeschwören. Der Baum-des-Lebens-Virus machte Intelligenz und Stärke zu Sklaven von Gefühl und Instinkt.

Brennans Geschichte war ein warnendes Beispiel dafür.

Carol bremste ab und beobachtete, wie die *Sun-Tzu* von ihrem Bildschirm verschwand. Dann leitete sie einen Teil der überschüssigen Energie in einen der großen Gaslaser um und feuerte in unterschiedliche Richtungen. Sie hoffte, keine nahe Staubwolke zu treffen, deren anschließendes Fluoreszieren die Kzinti auf die Flucht der *Dolittle* aufmerksam machen würde.

Der holographische Chronometer hing mitten in der Luft. Carol versuchte, nicht zu oft zu ihm hochzublicken – ohne Erfolg. Aus eigener Erfahrung wußte sie, daß Warten das Schwerste bei einem Kampf war. Wenn die Zeit zu handeln jedoch gekommen war, hoffte man nur noch, lange genug zu überleben, um wieder warten zu können.

Noch 35 Minuten.

KAPITEL 13

Rrowl-Kommandeur stapfte auf der Brücke auf und ab und beobachtete aufmerksam die Anzeigen auf dem Hauptschirm, während er ungeduldig mit dem nackten Schwanz schlug. Seine Stiefel verursachten kaum ein Geräusch auf den Teppichen, die auf Deck ausgelegt waren. Er stieß ein kehliges Knurren aus. Die Brückenmannschaft schwieg und verhielt sich äußerst respektvoll; alle hatten die Augen abgewendet und die fledermausartigen Ohren angelegt. Krallenbewehrte Finger schwebten erwartungsvoll über Tastaturen und warteten darauf, daß der Kommandant der *Bauchschlitzer* einen wütenden Befehl kreischte.

Fast eine halbe Wache lang hatte sich die *Bauch-*

schlitzer vorsichtig dem Affenschiff genähert. Nachdem das feindliche Schiff von der Monopolbombe zum Schweigen gebracht worden war, hatte das langsame Annäherungsmanöver stark an Rrowl-Kommandeurs Geduld genagt, ebenso wie an der seiner Mannschaft. Beinahe hielten sie die standardgemäße Vorsicht des Täuschens-und-Springens für übertrieben, und rasch nahm der Triumph den Geschmack der Niederlage an.

Sich an den Kadaver des Affenschiffes heranzuschleichen, widersprach den Oktal-und-Zwei Wahrheiten des Kriegerherzens. Rrowl-Kommandeur knurrte frustriert und schlug mit einer Pranke durch die Luft.

Höchste Anspannung herrschte an Bord des einzigen überlebenden Kzintischiffes.

Das Warten forderte seinen Tribut von ihm und der Mannschaft der *Bauchschlitzer*. Die Ventilatoren bliesen trockene, kühle Luft aufs Deck und versuchten die Schrei-und-Spring-Hormone zu verdünnen, die jeder einzelne Kzin an Bord in Unmengen ausschied, und zwar solange, bis sie wieder einem Feind gegenüberstanden, den sie mit Schläue und Krallen bekämpfen konnten.

Erregt und frustriert zeigten die ersten Mannschaftsmitglieder mangelnde Disziplin. Bis jetzt reichte es allerdings aus, wenn Rrowl-Kommandeur mit seinem neuen, vergrößerten Trophäengürtel spielte, und die Betreffenden beherrschten sich wieder. Befriedigt fletschte er die Zähne ob seiner neu verstärkten Dominanz.

Schließlich hatte Rrowl-Kommandeur die ungeduldige Mannschaft an die kleveren *P'charth* auf der

Kzinti-Heimatwelt erinnert. Die Biester täuschten den eigenen Tod vor, um ihrer Beute, neugierigen Aasfressern, im geeigneten Augenblick ihr schnell wirkendes Nervengift ins Gesicht zu speien. In den Lehren des Zähnefletschenden Gottes wurden die *P'charth* als Metapher für die Gefahren allzu großer Selbstsicherheit im Kampf verwandt: *»Der weise Held vergewissert sich, daß die Beute kein Räuber ist, der sich im hohen Gras von List und Tücke versteckt; einige Pranken können sowohl tiefe Wunden schlagen als auch davonlaufen.«*

Indem er seine Mannschaft auf diese Art beruhigt hatte, beruhigte er auch sich selbst.

»Navigator«, fauchte Rrowl-Kommandeur.

Der Angesprochene blickte von seiner Konsole auf; sein Gesichtsfell war matt von Konzentration. Für den Augenblick beschloß Rrowl-Kommandeur zu übersehen, daß sein Gegenüber sich offenbar schon länger nicht mehr gestriegelt hatte.

»Dominanter!« erwiderte Navigator und wirbelte herum. Daß er in Gedanken noch immer bei seiner Aufgabe war, war ihm kaum anzumerken.

»Wie kommst du voran?« erkundigte sich Rrowl-Kommander und bemühte sich, so ruhig wie möglich zu klingen. *Für einen Helden muß es wahrhaft frustrierend sein, Zahlen in einem blutlosen Computer hinterherzuschleichen,* sinnierte er. *Da könnte man genausogut in einen Haufen Feinde hineinspringen, die nur aus Schatten und Nebel bestehen.*

»Dominanter«, zischte und spie der andere Kzin in respektvollem Tonfall, »bitte werft einen Blick auf den vorderen Schirm.« Ein Schema des großen, runden, mit Eis ummantelten Affenschiffes wurde auf den Schirm projiziert. Magnetische Kraftlinien, die das interstellare Medium aus dem Weg des fremden Schiffes verdrängten, wurden dem Diagramm hinzugefügt. Die *Bauchschlitzer* näherte sich ihrer Beute auf einer Kreisbahn, um die tödlichen Magnetfelder zu umgehen und zum Bug des Affenschiffes zu gelangen.

»Hrrr ...« knurrte Rrowl-Kommandeur nachdenklich. »Deine aufmerksame und präzise Pflichterfüllung ist vermerkt und wird angemessen belohnt werden. Wir können es uns nicht leisten, diese Beute wieder an die hinterlistigen Affen zu verlieren, egal wie sehr wir uns auch wünschen, unsere Eroberung zu genießen und die erfolgreiche Jagd zu feiern.«

Stolz ob des Lobs seines Vorgesetzten sträubte der andere Kzin das orange-schwarze Fell. »Ohne die Hilfe von Fremdtechnologe wäre das nicht möglich gewesen, Dominanter.« Er hielt kurz inne und strich sich nachdenklich über die Schnurrhaare. »Die Konstruktionen der Affen ergeben ebensowenig Sinn wie ihr Verhalten, Dominanter. Es ist schwer, ihre Designphilosophie zu verstehen. Wenn wir allerdings einen Telepathen hätten ...«

Rrowl-Kommandeur schnaufte verächtlich. »Das haben wir aber nicht. Außerdem füllt es nicht den Bauch eines Helden, im *Traum* die Fänge in die Beute zu schlagen, und es gereicht dem Großen Netz des Seins auch nicht zur Ehre.« Kurz dachte er nach. »Es ist, wie du sagst: Diese Affen unterscheiden sich von uns Helden. Sie unterscheiden sich von den Kdatlyno, den Chunquen und selbst von unseren loyalen Jotoki. Der Zähnefletschende Gott hat die unterschiedlichsten Sklaven erschaffen, um unseren Bedürfnissen zu dienen.«

»Ihr habt selbstverständlich recht, Dominanter«,

stimmte ihm Navigator zu und ließ gehorsam die Schultern hängen.

»Selbst ein blutloses Kätzchen könnte diese Tatsachen erbeuten.« Verächtlich schob Rrowl-Kommandeur das Thema beiseite. Er fuhr eine seiner spitzen Krallen aus und deutete auf den Schirm. »Deine Beachtung aller Details, während du uns geschickt um die magnetischen Felder herumführst, ist besonders bemerkenswert.«

Navigator hob die Pranke vors Gesicht als Zeichen, daß er das Kompliment angenommen hatte. »Es ist geschehen, wie Ihr befohlen habt, Dominanter. Fremdtechnologe und ich haben die Fakten gejagt und Hypothesen aufgestellt. Die Affen verwenden im Gegensatz zu uns keine Schwerkraftpolarisatoren, also besitzen sie auch keine Energieschilde wie wir. Zum Schutz müssen sie sich auf primitive magnetische Felder verlassen.« Deutlich zeigte sich Verachtung in seinem Tonfall.

»Dennoch besitzen diese Felder große Kraft«, knurrte Rrowl-Kommandeur warnend. »Unterschätze niemals die Affen und ihre Tricks. Es mag ihnen an Ehre mangeln, wie sie in den Lehren des Zähnefletschenden Gottes begründet ist, aber ihre Strategien können selbst dem stärksten Helden den Schwanz abschneiden, wenn er zu selbstsicher wird.«

»Wie Ihr befehlt«, fügte sich der andere Kzin mit einem Zischen. Mit ein paar Schlägen auf die Konsole markierte er auf dem Schirm die Flugbahn der *Bauchschlitzer;* sie waren nur noch wenige Augenblicke davon entfernt, sich mit der Luftschleuse zu verbinden, die Fremdtechnologe kurz nach Einsatz der Monopolbombe entdeckt hatte.

»Gibt es Anzeichen von Aktivität an Bord des Ziels?« erkundigte sich Rrowl-Kommandeur.

»Nein, Dominanter. Nur der Gegenmaterieantrieb und die Magnetfeldanlagen scheinen optimal zu funktionieren. Keine Laser- oder Mikrowellenstrahlung. Nichts.« Navigator schnurrte nachdenklich. »Vielleicht sind die Affen durch ein Versagen des Lebenserhaltungssystems oder eine andere Katastrophe getötet worden. Vielleicht haben nur wenige automatisierte Subsysteme den elektromagnetischen Schlag überlebt.«

Rrowl-Kommandeur leckte sich ungläubig die Nüstern. Was roch sein Unterbewußtsein da? »Sicherlich sind ihre Lebenserhaltungssysteme ausreichend abgeschirmt.«

»Die Monopolbombe der *Wirbelbrecher* besaß außerordentliche Kraft und ist präzise ins Ziel gebracht worden, Dominanter. Die Menschen dürften nichts ausreichend gesichert haben außer dem Antrieb und den Feldgeneratoren. Alles andere wäre Zufall.«

»*›Selbst die schärfsten und geschicktesten Zähne können abbrechen‹*«, zitierte Rrowl-Kommander aus den Lehren des Zähnefletschenden Gottes. Der andere Kzin blinzelte zustimmend. Nur allzu oft beherrschte der Zufall das Universum.

Rrowl-Kommandeur zischte besorgt. Den ganzen angespannten Flug zum Bug des fremden Raumschiffs über hatte er mit irgendeinem Affentrick gerechnet, aber das riesige Schiff trieb scheinbar steuer- und mannschaftslos durchs All. Keine automatischen Kanonen, keine Laser, keine Partikelstrahler, keine Raketen.

Nichts.

Das Affenschiff glich einem führerlosen Geist, und sein furchterregender Triebwerksstrahl schwang träge hin und her. Alles an dieser Situation schmeckte nach Sieg, doch der Geschmack war nicht so befriedigend wie Rrowl-Kommandeur erwartet hatte; er war blutig, aber nicht warm und frisch.

Da der Gegenmaterieantrieb ausgesprochen gefährlich war, mußte es doch Sicherheitsmaßnahmen geben, und solch ein Subsystem wäre gewiß ausreichend geschützt gewesen, um den elektromagnetischen Schlag zu überleben. Vielleicht besaß auch der magnetische Schild eine derartige Priorität. Immerhin dachten die Affen nicht wie Helden. Rrowl-Kommandeurs Gedankengang roch nach Fänge-in-Tatsachen, nach Logik. Dennoch hatte er das unbestimmte Gefühl, vom Feind beobachtet zu werden. Er spürte, wie sich ihm unwillkürlich das Fell sträubte.

»Kehr auf deine Station zurück«, befahl er Navigator in gebieterischem Tonfall. Der andere Kzin hob die Pranken vors Gesicht und drehte sich wieder zu seiner Konsole um.

Rrowl-Kommandeur dachte über die eigenen tapferen Worte nach. Erneut sah er vor seinem geistigen Auge das grüne Höllenfeuer der Affen, das den ganzen Himmel erfüllte, sein Kriegerherz beschämte und ihm Stücke aus der Leber riß. Wütend schob er die Grasfresser-Vision beiseite, sprang in seinen Sessel und setzte sich wieder.

»Andockmanöver wird eingeleitet«, verkündete Navigator über den Schiffscom.

»Hole Fremdtechnologe aus seinem Quartier«, rief Rrowl-Kommander zu Lehrling-der-Kommunikation, der sofort nervös auf seine ungeschickten Füße sprang. »Sag ihm, ich hätte befohlen, er solle seine Helden an der Steuerbord-Luftschleuse sammeln und zwar in Raumkampfausrüstung.« Der junge Kzin kauerte sich neben die Comkonsole und wiederholte mit lautem Zischen und Spucken den Befehl seines Vorgesetzten.

Rrowl-Kommandeur lehnte sich in seinem Sessel zurück und lauschte auf das Zischen und Rasseln der Schwerkraftpolarisatoren, deren Leistung langsam verringert wurde. Vorsichtig näherte sich die *Bauchschlitzer* dem fremden Schiff und hielt nur wenige Kzinsprünge von der eisigen Außenhülle entfernt an.

Der Hauptschirm zeigte das ringsum von der Relativität verzerrte Universum, einsame Punkte komprimierten Lichts und schwarzer leerer Raum. Von Zeit zu Zeit trafen hochenergetische Partikel des interstellaren Mediums auf das Magnetfeld des Affenschiffs und erzeugten geisterhaft flackernde Lichter, die gleich darauf wieder verglühten.

Hier draußen zwischen den Sternen sind wir so weit weg von unseren Nestern, dachte Rrowl-Kommandeur. *So weit weg von unseren Kätzchen und Kzinrretti.*

Er winkte seinem persönlichen Jotoki-Diener, der sofort herbeieilte und ihm zur Beschwichtigung mit seinen warzigen Sklavenfingern eine Delikatesse reichte: eine noch zuckende Scheibe *K'chiit* aus dem Vivarium an Bord. Rrowl-Kommander schlang das warme Fleisch in einem Stück herunter. Der Akt des Fressens, die Tatsache, daß zumindest sein Schlund mit einem greifbaren Feind kämpfte, ließ ihn wieder ruhiger atmen. Er nahm den Lappen, den ihm sein Jotok reichte, und wischte sich damit das warme Blut von den Fängen. Für den Augenblick war er in der Tat beschwichtigt.

»Andockmanöver beendet«, knurrte Navigator über den Schiffscom.

Rrowl-Kommandeur sprang auf und schnurrte kampfbereit. Dann stolzierte er mit erwartungsvoll erhobenem Schwanz zur Brückenluke.

Es war Zeit, die Jagd zu beenden.

KAPITEL 14

Bruno blinzelte in die hellen Lichter, die ihm in die Augen strahlten, und hustete, als die Maske sich von seinem Gesicht löste. Ferngesteuerte Sensoren zogen sich vorsichtig von seinem Körper zurück. Der Deckel des Autodocs öffnete sich langsam, und Bruno sah verschwommen Carol Faulk, die auf ihn hinunterblickte.

Dem nach zu urteilen, was Bruno erkennen konnte, befanden sie sich an Bord der *Dolittle.* Es schmerzte ihn ein wenig, als er versuchte, sich das Geschehene in Erinnerung zu rufen. Wieder blinzelte er mehrere Male, um einen klaren Blick zu bekommen, und schließlich schüttelte er den Kopf; er hatte das Gefühl, als hätte ihm jemand mit dem Hammer auf den Schädel geschlagen.

Bruno wußte nicht, was geschehen war; sein Kurzzeitgedächtnis war wie ausgelöscht, weggebrannt von irgend etwas Schrecklichem ...

»Komm schon, Schiffskamerad«, sagte Carol in lässigem Tonfall und half Bruno aus dem Tank. Er glaubte zu spüren, daß das Schiff mit einem halben g beschleunigte. Eine zähe Flüssigkeit tropfte von seinem Körper, während Carol ihn vorsichtig abtrocknete. Er versuchte, den steifen Hals zu drehen, um auf den Holoschirm zu blicken, der sich in der überfüllten Kabine nur wenige Meter von ihm entfernt befand. Seine Sehfähigkeit war jedoch noch immer zu schlecht, als daß er das Statusfenster aus dieser Entfernung hätte erkennen können, doch auf die Fälle stellte die Hauptanzeige ein relativistisch verzerrtes Sternenfeld dar.

Zischend sog Bruno die Luft ein, als er benommen erkannte, daß die *Sun-Tzu* nirgends zu sehen war.

Er versuchte zu sprechen, die offensichtlichen Fragen zu stellen, aber Carol weigerte sich, auf seine gegrunzten Artikulationsversuche zu antworten. Statt dessen fuhr sie fort, ihn gründlich abzutrocknen, und gab ihm einen Klaps auf die Hand, als er schwerfällig versuchte, sie davon abzuhalten.

»Hmmm«, kommentierte sie in gespielt vielsagendem Tonfall und widmete sich den sensibleren Bereichen. »Sieht so aus, als könntest du ein wenig Bodybuilding vertragen, und ich weiß genau, wo, wann und wie du deine Muskeln trainieren kannst, Schiffskamerad.«

Trotz der Benommenheit erkannte Bruno, daß Carol ihn aufmuntern wollte; sie versuchte, ihn von irgend etwas Wichtigem abzulenken. Seine Lippen fühlten sich trocken an und schienen aufgeplatzt zu sein, und sein Mund schmeckte nach bitterer Medizin und altem Leder. Er wußte, daß irgend etwas nicht in Ordnung war; irgend etwas war schrecklich schiefgelaufen.

»Was ist hier los?« brachte er schließlich mühsam

über die tauben Lippen. Seine Stimme war nicht mehr als ein heiseres Krächzen. »Hör auf, an mir herumzufummeln. Irgend etwas stimmt mit mir nicht.« Schwarze Flecken huschten am Rand seines Sichtfelds umher wie lästige Insekten.

Carol sagte nichts, sondern nahm ihn in den Arm und drückte ihn an sich. Dann ließ sie ihn plötzlich wieder los und fuhr fort, ihn abzutrocknen, wenn auch etwas gröber als zuvor. Brunos Haut begann zu jucken, als langsam wieder Blut in die Adern strömte, und einige der Spinnweben in seinem Geist lösten sich auf. Carol half ihm in den Overall und ignorierte all seine Versuche, sie zum Reden zu bewegen.

Es muß wirklich schlimm sein, dachte Bruno. Allmählich dachte er wieder ein wenig klarer. Böse Erinnerungen kamen an die Oberfläche; allerdings blieben sie nach wie vor undeutlich. Er schauderte.

Den Arm um seine Schultern gelegt, half Carol Bruno auf die Druckliege und betätigte übertrieben fest eine der Kontrolltasten. Bruno spürte, wie sich die Sicherheitsgurte strafften. Carol legte sich auf die Druckliege neben ihn und schnallte sich ebenfalls an; dann drehte sie sich zu ihm um.

Nun bekam es Bruno *wirklich* mit der Angst zu tun. Carol hatte Tränen in den Augen. *Carol.*

»Okay«, brachte er mühsam hervor, und irgendwie gelang es ihm, in ruhigem Tonfall zu sprechen. »Komm, sag's mir. In meiner Druckliege sind Sedativa.« Verzweifelt suchte er nach einem lustigen Kommentar, um die Situation zu entspannen. »Nein, sag's mir nicht. Du hast einen anderen, stimmt's?«

Carol ignorierte den Scherz. Sie war aschfahl und hatte tiefe Falten, die Bruno bisher nie aufgefallen waren. »Kannst du dich noch an die EMP-Bombe erinnern?« fragte sie leise.

Die brennende Erinnerung an das schreckliche schwarze Licht stieg in Bruno hoch, und er verzog das Gesicht. Dann nickte er und versuchte angestrengt, sich zu konzentrieren.

»Du hast meinen Stecker rausgezogen«, erklärte er schlicht.

»Ja. Genauer gesagt habe ich die Kabel aus der Konsole, und nicht aus deinem Hals gerissen.« Sie wandte sich von ihm ab und wischte die Tränen aus ihrem Gesicht; sie schämte sich. »Der elektromagnetische Impuls hätte dich getötet, Liebling. Er hätte dein Gehirn förmlich gebraten. Allein die Induktion hätte schon beinahe gereicht.«

»Ich weiß.« Brunos Gehirn fühlte sich tatsächlich an, als wäre es nur noch ein Haufen Asche. »Du hast das Richtige getan.« Er konnte nur sehr, sehr langsam denken. In seinen verschwommenen Erinnerungen sah er das Chaos auf dem Navigationsdeck, als der EMP die Schiffshülle getroffen hatte. Winzige Blitze schossen aus der Konsole und durch das Interfacekabel, das von seinem Hals herabhing. Ein schrecklicher Schmerz schlich sich in die Erinnerung. Bruno hob die Hand und berührte den Stecker in seinem Nacken; er schien verbrannt zu sein und fühlte sich warm an.

Was natürlich unmöglich war.

»Der Autodoc sagt, dein Gehirn sei beschädigt worden.« Jetzt klang Carols Stimme gezwungen kühl und sachlich. Sie blickte ihn noch immer nicht an. »Deine elektronischen Prothesen versuchen, den Schaden zu kompensieren.« Carol sah schrecklich aus, erkannte Bruno. Da war noch irgend etwas anderes.

Er zwang sich zu einem Lächeln, obwohl ihn die aufgesprungenen Lippen schmerzten.

»Nun, genug von mir geredet«, sagte er. »Was ist sonst noch passiert, während ich in Urlaub war?«

Carol antwortete nicht, und ihre Augen glitzerten im hellen Licht der Kabine.

Schließlich schlug Bruno einen ernsteren Tonfall an.

»O Captain-mein-Captain«, sagte er leise, »du hättest nichts anderes tun können. Ich wäre mit Sicherheit getötet worden, wenn der Schlag meine Chips getroffen hätte.« Er zuckte leicht mit den Schultern und bemühte sich, tapfer zu klingen. »Wir wissen nicht einmal, wie schlimm der ... der Schaden ist. Entweder kann er wieder repariert werden oder nicht.« Er ergriff Carols Hand. »Wir werden es gemeinsam herausfinden.«

Carol lächelte knapp. Sie wirkte sowohl müde als auch traurig; dann erzählte sie ihm alles. Die Bilder, die sie heraufbeschwor, schienen aus einem Alptraum zu stammen und bestätigten Brunos hohe Meinung über ihr Können. Sie hatte seinen zuckenden Körper durch einen dunklen Gang in die *Dolittle* geschleppt, zur Tarnung alle Hauptsysteme des Schiffes abgeschaltet und den Kzinti eine Falle gestellt, indem sie das Eindämmungsfeld des Antimateriereaktors manipuliert hatte – eine Maßnahme, die sie schon Jahre zuvor, während einer paranoiden Phase, vorbereitet hatte. Schließlich hatte sie die *Dolittle* gestartet und war aus der *Sun-Tzu* geflohen.

Bruno kratzte sich die Wange. »Wie lange noch, bis die *Sun-Tzu* explodiert?«

Carol deutete auf eine der Anzeigen des Holoschirms; sie hatte Null erreicht.

Sie grinste so wild wie ein Kzin. »Sie haben jetzt noch ungefähr drei Stunden. Eine Zeitlang wird das Eindämmungsfeld noch normal erscheinen, bevor es schließlich zur Katastrophe kommt. Und sie werden es nicht herausfinden, bis es zu spät ist – es sei denn, es gelingt ihnen, direkten Zugang zum Computerkern zu finden.«

Neugierig hob Bruno die Augenbrauen.

»Ich habe ein falsches Telemetriesystem eingerichtet«, erklärte Carol. »Wenn sie sich da einloggen, werden sie glauben, der Reaktorkern arbeite friedlich innerhalb normaler Parameter.« Sie preßte die Lippen zu einem dünnen Lächeln zusammen. »Natürlich nur, bis das Eindämmungsfeld zusammenbricht und sie gegrillt werden.«

»Clever«, erwiderte Bruno anerkennend. »Können sie es aufhalten?«

»Ich glaube nicht.« Carol schüttelte mehrmals den Kopf, während sie in Gedanken verschiedene Möglichkeiten durchexerzierte. »Solange sie keine Experten für komplexe Systeme und Kryptographie sind, haben sie keine Chance. Zuerst müßten sie herausfinden, daß die Telemetriedaten gefälscht sind. Dann müßten sie ohne unsere Diagnosegeräte die korrekten Kabelverbindungen finden. Schließlich müßten sie die Systemarchitektur der Subsysteme begreifen und die Kontrolle über die Feldspulen und Ionenlaser erlangen.«

»Und das alles in nur wenigen Stunden«, ergänzte Bruno. »Keine Chance.«

Er streckte den Arm aus und berührte Carols Hand. Seine Finger wollten sich noch immer nicht bewegen; sie fühlten sich alt und ungelenk an.

»Wie hast du die anderen aus der Kälteschlafkammer in den Laderaum bekommen?« fragte er und nickte in Richtung der versiegelten Kabinentür.

Carol blickte auf ihre Konsole und antwortete nicht.

»Du hast sie zurückgelassen«, bemerkte Bruno schlicht.

Carol nickte, hielt den Kopf jedoch gesenkt.

»Ich hatte keine andere Wahl«, erklärte sie mit ihrer ruhigen Captain-Stimme. Die Falten in ihrem Gesicht zeigten, welchen Preis diese Entscheidung von ihr gefordert hatte.

In Brunos Kopf drehte sich alles. Er und Carol hatten jeden einzelnen der dreißig Männer und Frauen im Kälteschlaf gekannt. Sie hatten mit ihnen trainiert, mit ihnen getrunken, gestritten und mit ihnen studiert. Sie alle hatten Namen, Hobbys, Lieblingsgetränke und -spiele ...

Nun waren sie Katzenfutter.

Carol pfiff einige Sekunden vor sich hin, dann streckte sie die Hand aus und drückte Bruno die Schulter.

»Bruno«, sagte sie in ernstem Tonfall, »du weißt ganz genau, daß ich sie nicht hätte retten können. Und sie werden schon bald gerächt werden.«

Bruno kam der Gedanke, daß Carol in ihrer Vergangenheit als Kriegsschiffpilot vermutlich schon oft derartige Entscheidungen hatte treffen müssen – Entscheidungen, die Leben gerettet oder vernichtet hatten.

»Wird es jemals leichter?« fragte er.

Carol wußte, was Bruno damit meinte. »In jedem Augenblick deines Lebens erinnerst du dich an jeden einzelnen von ihnen.«

Bruno seufzte. Vorsichtig schob er seine zitternden Finger in den Datenhandschuh und blickte auf den Holoschirm. Er mußte ... Plötzlich entdeckte er das zusammengerollte Interfacekabel neben der Konsole. Seine Gedanken und Gefühle überschlugen sich.

Was ist, wenn ich keine volle Verbindung mehr eingehen kann? fragte er sich entsetzt. Sein Herz klopfte so stark, als wolle es ihm den Brustkorb zerschmettern, und er atmete tief durch, um sich wieder zu beruhigen. *Laß dir Zeit; laß dir Zeit*, sagte er sich immer wieder, als wiederhole er im Geiste ein Mantra.

»Was ist?« fragte Carol und versuchte zu ignorieren, worauf er geschaut hatte.

»Nichts«, antwortete er barsch. »Könntest du mich jetzt bitte über den Stand der Dinge informieren?«

Carol verstand den Wink und ging mit ihm die Anzeigen auf den verschiedenen Datenfenstern durch. Sein Geist arbeitete noch immer ausgesprochen langsam, doch er verstand, was geschehen war, nachdem der elektromagnetische Impuls das Magnetfeld der *Sun-Tzu* getroffen hatte.

Verbunden könnte ich ... Er schob den Gedanken beiseite und konzentrierte sich statt dessen auf die kleinen Holoschirmfenster über der Konsole. Zahlenkolonnen zogen vor ihm vorbei, und komplexe Diagramme blinkten und veränderten sich – sterile Darstellungen eines Kampfes auf Leben und Tod. Brunos und Carols Leben als leuchtende Zahlenreihe.

Schließlich drehte sich Bruno wieder zu Carol um. Die Situation war ernst.

Er ergriff zuerst das Wort. »Werden wir weit genug von der *Sun-Tzu* entfernt sein, wenn das Eindämmungsfeld zusammenbricht?«

»Ich weiß es nicht«, antwortete Carol im gleichen sachlichen Tonfall wie Bruno. »Ich glaube, daß wir einen Teil der Energie aus den supraleitenden Flügeln in einen improvisierten magnetischen Schirm umleiten könnten. Das dürfte uns die geladenen Partikel vom Hals halten.

»Was ist mit der Gammastrahlung?«

Carol lächelte humorlos. »Was die Nebenwirkungen betrifft, werden wir uns wohl auf unser Glück verlassen müssen, Schiffskamerad.«

KAPITEL 15

Rrowl-Kommandeur glich den Druck aus und öffnete seinen Helm. Der ranzige, feuchte Geruch von Affen, die zu lange auf zu engem Raum zusammengepfercht gewesen waren, erfüllte die Dunkelheit ringsum und drang ihm in die Nüstern.

Er unterdrückte das Verlangen, angewidert auszuspucken, und versuchte, durch den Mund zu atmen.

Die anderen Helden des Enterkommandos schwebten noch in der Luftschleuse und warteten respektvoll darauf, daß er sie zu sich rief. Als Rrowl-Kommandeur ihnen die Erlaubnis zuzischte, öffneten sie ebenfalls die Helme. Rrowl-Kommandeur hörte das angewiderte Fauchen seiner Helden. Es stank hier wirklich wie im Tunnel eines Jotokibioms. Das einzige Licht stammte von ihren Helmlampen. Geräusche ertönten in der Dunkelheit und verschwanden in der feuchten Stille.

Rrowl-Kommandeur änderte seinen Griff um die zerbrechlichen Affenhalterungen und blickte sich in dem Zugangstunnel um. Im Licht der Helmlampe sah er nur kahle Wände und hier und da eine Leiter oder eine an der Wand befestigte Werkzeugkiste. Fauchend verfluchte er die Tatsache, daß die Affen über keine Schwerkraftpolarisatoren verfügten. Diese Wilden!

Mit einem Echo-Thumper hatte Fremdtechnologe festgestellt, daß auf der anderen Seite der Luftschleuse eine atembare Atmosphäre existierte. Rrowl-Kommandeurs Helden hatten daraufhin eine versiegelte Blasenkuppel um die Schleuse befestigt und sich mit schweren Lasern durch das Metall geschnitten, bis schließlich der lange, dunkle Zugangstunnel zu sehen gewesen war.

Keine Bombenfallen, keine feigen Affentricks.

Rrowl-Kommandeur gebührte aufgrund seines Ranges die Ehre, als erster die Krallen in das fremde Schiff zu schlagen. Es war sein Sieg, seine Beute.

Er fauchte Befehle, und die Soldaten verankerten starke Suchscheinwerfer in der Nähe des Stromkabels, das durch die Luftschleuse ins Schiff verlegt worden war. Beruhigendes, orangefarbenes Licht erhellte den Tunnel, bis nur noch kleine Schatten von der Dunkelheit übriggeblieben waren. In weiter Ferne konnte Rrowl-Kommandeur das Glitzern einer weiteren Schleuse erkennen.

Plötzlich krallte er sich erschrocken in die Affenhalterungen, als er erkannte, das der Tunnel senkrecht nach *unten* verlief. Er und seine Mannschaft schienen am gefährlichen Rand eines riesigen Lochs zu schweben. Für seinen Verstand machte es keinen Unterschied, daß der Gegenmaterieantrieb im Augenblick nicht genug Beschleunigung produzierte, um sich großartig auf die Schwerkraft an Bord auszuwirken. Zwar wußte er natürlich, daß er den Schacht nicht wie ein Stein hinunterfallen, sondern wie ein Fellbüschel sanft zu Boden gleiten würde.

Aber Kzinti fürchteten sich vor nichts mehr als vor einem Sturz. »Fremdtechnologe«, krächzte er, nachdem er mehrmals tief Luft geholt und seine Furcht wieder unter Kontrolle gebracht hatte.

Der Kzin sprang unbeholfen von der anderen Seite des Tunnels zu Rrowl-Kommandeur, wobei er sich einer Reaktionspistole bediente, um die Sprünge zu lenken. Bei seinem Kommandeur angekommen, klinkte er einen Sicherheitshaken in eine der Affenhalterungen. Rrowl-Kommandeur war beeindruckt, weigerte sich jedoch, das zu zeigen.

»Befehlt mir«, sagte Fremdtechnologe nicht gerade tapfer. Offensichtlich machte ihn der Tunnel genauso nervös wie seinen Vorgesetzten.

»Führe deinen Trupp zur inneren Luftschleuse, und sichere das Affenschiff.«

»Sofort, Dominanter!«

Rrowl-Kommandeur beobachtete mit wiederwilliger Bewunderung wie ein Oktal Helden unter Fremdtechnologes Kommando den Tunnel hinunterschwebte. Die Gestalten in den schweren Raumkampfanzügen wurden rasch kleiner, obwohl sie sich alle paar Meter sicherten.

Rrowl-Kommandeur hob eine gepanzerte Pranke und aktivierte den Schiffscom. Statisches Rauschen erklang in seinen Ohren.

»Befehlt mir!« knurrte und spie die Stimme von Navigator auf der Brücke der *Bauchschlitzer*.

»Status.«

»Das Affenschiff operiert noch genau wie zuvor. Dronen sind zu allen Hauptsektoren der Außenhülle geschickt worden.« Navigator klang zuversichtlich und voller heroischem Stolz. »Keinerlei Anzeichen von Fallen oder Verrat.«

»Öffne einen Telemetriekanal zu meinem tragbaren Monitor.«

»Sofort!«

Rrowl-Kommandeur klappte den persönlichen Monitor auf und griff auf die Daten zu, die ihm von der *Bauchschlitzer* übertragen wurden. Ein Statusbericht folgte dem anderen. Das fremde Raumschiff schien in der Tat aufgegeben worden zu sein; nur der Gegenmaterieantrieb und die magnetischen Feldgeneratoren waren noch aktiv. Kein Funkfeuer, keine Navigationskontrolle.

Er betrachtete die Daten eine Zeitlang und leckte sich nachdenklich über die spitzen Zähne, während er darauf wartete, daß die Dronen ihre Scans abschlossen.

»Dominanter«, knisterte Fremdtechnologes Stimme aus den Lautsprechern, »wir haben das Affenschiff gesichert, wie ihr befohlen habt.«

»Habt ihr Affen gefunden?«

»Ja«, kam die Antwort, begleitet von einem erfreuten Schnurren. »Wir haben fast vier Oktale Menschen in künstlichem Winterschlaf entdeckt.« Pause. »Die Lebenserhaltungssysteme scheinen sowohl intakt als auch in Betrieb zu sein.«

Rrowl-Kommandeur wußte, was Fremdtechnologe dachte. *Frisches, lebendes Affenfleisch.* Rrowl-Kommandeur lief das Wasser im Maul zusammen, und er leckte sich über die dünnen schwarzen Lippen. Schiffsrationen waren nicht gerade angenehm für die Gaumen edler Helden. Doch zunächst galt es, Wichtigeres zu erledigen.

»Willst du damit sagen, dieses Schiff ist von Maschinen geflogen worden?«

»Alle Winterschlafkammern sind belegt.«

Rrowl-Kommandeur richtete verwirrt und mißtrauisch die Ohren auf. Die Affen verließen sich viel zu sehr auf ihre automatischen Systeme, das stimmte; aber die Kontrolle eines solch schrecklichen Antriebs einer Maschine zu überlassen grenzte an Wahnsinn.

Sie denken nicht wie Helden, ermahnte sich Rrowl-Kommandeur erneut. *Keine Fremdspezies denkt wie ein Held.* Aber welche künstliche Intelligenz hatte sich solch einen gerissenen Angriff ausdenken können?

»Habt ihr schon die Brücke gefunden?« fragte er schließlich.

Ein Hauch von Stolz erfüllte die zischende Stimme in seinem Helm. »Das haben wir, Dominanter. Der Raum ist nicht angerührt worden. Er wartet auf Euch.«

Rrowl-Kommandeur unterdrückte ein Schaudern und klinkte sich in die Führungsleine ein, die der Entertrupp zurückgelassen hatte. Dann glitt er mit alptraumhafter Langsamkeit den Affenschacht hinab. Von Zeit zu Zeit feuerte er seine Reaktionspistole ab, um den Fall noch weiter abzubremsen; nur mit Mühe konnte er es vermeiden zu wimmern wie ein ängstliches Kätzchen. Als er schließlich den Boden erreichte, sorgte seine Haltung dafür, daß keiner der anderen Kzinti es wagte, in seine Richtung zu blicken, nachdem er durch die innere Schleuse getreten war.

Im Innern des Schiffes war es ausgesprochen eng. Der Entertrupp hatte entlang der leeren Korridore Lampen aufgehängt, die ein angenehmes orangefarbenes Licht verströmten, das selbst bis in die dunkelsten Ecken reichte. Rrowl-Kommandeur hörte das Zischen und Spucken von Technikern, die sich über fremde Geräte gebeugt unterhielten. Er hatte gewußt, daß die Affen winzig waren; dennoch schmerzte ihn allmählich der Rücken, nachdem er sich mehrmals durch die kleinen Luken hatte ducken müssen. Es wäre einfacher, auf allen Vieren durch diese fremden Korridore zu laufen, doch die schwere Raumkampfrüstung ließ das nicht zu.

Grob stieß er einen niederrangigen Kzintilehrling an, der zur Wache eingeteilt war. »Namenloser«, grollte er, »zeig mir den Weg zur Affenbrücke.«

Der Kzin salutierte und führte seinen Vorgesetzten durch einen dunklen Korridor in einen kleinen Raum mit zwei winzigen Beschleunigungsliegen und den dazugehörigen Konsolen. Erneut salutierte der namenlose Kzin und baute sich am Luk auf, um auf weitere Befehle zu warten. Zeremoniell urinierte der Rrowl-Kommandeur in alle vier Ecken der Affenbrücke und markierte sie so als Kzintiterritorium …

… und als Rrowl-Kommandeurs Eigentum im Namen des Riit-Patriarchen.

Sorgfältig untersuchte er die Steuerkonsole und die von dem elektromagnetischen Impuls verbrannte und beschädigte Ausrüstung. Neugierig schnüffelte er an einem dicken Fiberoptikkabel, das aus einem seltsamen Stecker herausgerissen worden war. Er runzelte die Stirn. Dann schnüffelte er erneut an dem zerstörten Ende.

Irgend etwas stimmte hier nicht, dachte Rrowl-Kommandeur sofort, und erregt sträubte er das Fell. Er unterdrückte ein wütendes Fauchen, während sein Blick von einer Seite zur anderen huschte. Halb erwartete er, daß plötzlich die Wände aufbrechen und Horden von Affen hervorstürmen würden.

Seine Fänge paßten nicht in diese Wunde, wie sie hätten passen sollen.

Plötzlich wirbelte er herum und schnüffelte an den leeren Beschleunigungsliegen. Der Geruch war noch frisch.

Rrowl-Kommandeur stieß ein tiefes Knurren aus.

»Fremdtechnologe«, zischte er in den Comlink.

»Dominanter!« kam sofort die Antwort.

»Wo bist du im Augenblick?«

»Ich studiere den Gegenmaterieantrieb. Dominanter, die rohe Kraft, die die primitive Affentechnologie erzeugen kann, ist erstaunlich. Sie haben Gegenpartikel in eine Vakuumkammer gepreßt und ...«

»Genug«, unterbrach ihn Rrowl-Kommandeur. »Bestätige mir noch einmal, daß alle Winterschlafkammern belegt sind.«

»Das stimmt, Dominanter. Trotz seiner offensichtlichen Größe ist dieses Raumschiff eigentlich recht winzig – ein Eisball mit einer kleinen Lebensblase in seinem Inneren.«

Rrowl-Kommandeur blinzelte nachdenklich, starrte auf die leeren Liegen und sog prüfend den Geruch ein, den sie verströmten. »Ist es möglich«, zischte er, »daß zwei der Affen erst vor kurzem in die Kammern gegangen sind?«

Es folgte kurzes Schweigen.

»Nein, Dominanter. Trotz der fremden Technologie

ist offensichtlich, daß die Winterschlafkammern schon seit Jahren belegt sind.«

»Melde dich sofort bei mir!« kreischte Rrowl-Kommandeur. Er rief Navigator auf der *Bauchschlitzer,* schrie und spie Befehle und verlangte Informationen.

Es dauerte einige Zeit, bis bewiesen war, was Rrowl-Kommandeurs Nase vermutet hatte. In der Tat waren zwei Affen wach und warm an Bord gewesen, kurz bevor Rrowl-Kommandeurs Enterkommando das Schiff betreten hatte. Es gab keine Leichen, und alle Winterschlafkammern waren schon lange in Benutzung.

Selbst ein blutloses Kätzchen konnte seine Fänge in diese Tatsachen schlagen: Die beiden Affen waren entweder geflohen oder hatten sich versteckt.

Fremdtechnologe überprüfte mit seinem Echo-Thumper Wände, und nach einiger Zeit fand er eine leere Schiffsbucht, die hinter einem falschen Schott versteckt lag. Die Instrumente maßen eine Reststrahlung, die eindeutig von dem zusammengebrochenen Fluchttunnel herrührte, der bis zur Außenhülle des Schiffs und dann durch das Eis ins All führte.

Dann entdeckten Navigators Instrumente an Bord der *Bauchschlitzer* anhand der Dronendaten und Fremdtechnologes Vermutungen eine magnetische Anomalie, die sich rasch von ihnen entfernte. Sie bremste in der Tat mit beachtlicher Geschwindigkeit ab und schien ihren Ursprung auf dem aufgegebenen Affenschiff zu haben.

»Warum laufen die ehrlosen Grasfresser davon, anstatt zu kämpfen?« knurrte Rrowl-Kommandeur wütend und frustriert. »Warum fliehen sie und überlassen uns die wehrlosen Körper ihrer Kameraden?«

Kzinti ließen niemals zu, daß Helden zu Beute wurden.

Fremdtechnologe wandte die Augen ab und faltete die Ohren zusammen. »Weil sie nicht gewinnen können, Dominanter; deshalb fliehen sie wie die Verrückten vor edlen Helden.«

Rrowl-Kommandeur schlug tadelnd mit den Krallen durch die Luft ob der speicheltriefenden Torheit des anderen. »Wohl kaum«, knurrte er wütend. »Das hier stinkt nach Affentricks.« Er schwieg einen Augenblick lang und dachte nach. *Denk wie ein doppelzüngiger Affe,* ermahnte er sich angewidert.

»Der Gegenmaterieantrieb ist stabil?«

»Ja, Dominanter. Wir haben uns in die Telemetriekabel der Affen eingeklinkt; das Eindämmungsfeld ist vollkommen intakt.«

Ein statisches Knurren von Navigator, der sich noch immer an Bord der *Bauchschlitzer* befand, kam über den Comlink. »Dominanter, ich will Euch nicht stören, aber wir haben hier eine anormale Anzeige . . .«

»Bericht«, fauchte Rrowl-Kommandeur.

»Die Dronen in der Nähe der Antriebssektion zeigen ein Ansteigen der Radioaktivität«, erklärte die verzerrte Stimme.

Plötzlich schien sich der abgedunkelte Korridor rims um Rrowl-Kommandeur zu drehen und auf ihn einzudringen wie die unerbittlichen Klauen eines Feindes. Er fühlte, wie ein lautes Brüllen in seiner Kehle aufstieg.

»Habt ihr keine andere Möglichkeit«, zischte er den Kzin vor sich an, »um festzustellen, ich welchem Status der Antrieb sich *wirklich* befindet? Sind wir auf das angewiesen, was die Affen uns wissen lassen *wollen*?«

Fremdtechnologe blickte seinen Vorgesetzten verständnislos an.

»Dominanter, ich verstehe nicht. Es handelt sich um Standard-Telemetrieverbindungen, die direkt vom Gegenmaterieantrieb zu diesen Konsolen führen ... hrrr«, erwiderte er und schwieg nachdenklich.

Rrowl-Kommandeur machte sich kaum die Mühe, seinen Zorn zu verbergen. »Überprüfe sofort den Status des Gegenmaterieantriebs. *Sofort!* Persönlich, falls nötig. Ich spüre den Blick des Feindes und rieche Gefahr.« Rrowl-Kommandeur unterdrückte das Verlangen, diesem affenvertrauenden Fremdtechnologen ein Ohr abzureißen und es sich an den Trophäengürtel zu stecken. »In der Zwischenzeit wird der Rest des Trupps, den du nicht brauchst, wieder zur *Bauchschlitzer* zurückkehren.«

Rrowl-Kommandeur schnaubte Fremdtechnologe mißbilligend an, der in der Mikroschwerkraft auf und ab hüpfte wie das Spielzeug eines Kätzchens. Er ignorierte den Salut seines Untergebenen und drehte sich um, um die Brücke wieder zu verlassen.

Rrowl-Kommandeur würde der Besatzung der *Bauchschlitzer* eine kleine Ablenkung bescheren; er würde sie auf die Jagd nach den entflohenen Affen führen, die lieber fortliefen als zu kämpfen. Wenn er dann mit seinen Trophäen wieder zurückkehrte, hätten Fremdtechnologe und seine Leute vielleicht *wirklich* die Beute in Besitz genommen. Rrowl-Kommandeur betrat den Zugangstunnel und klinkte sich wieder in die Führungsleine ein. Er knurrte; dann sprang er hoch und trieb auf die äußere Luftschleuse zu, wobei er seine Reaktionspistole benutzte, um in der Mikroschwerkraft zusätzlichen Schwung zu gewinnen.

Kein einziges Mal blickte er nach unten.

Als Rrowl-Kommandeur die *Bauchschlitzer* betrat, spürte er wieder die beruhigende, künstliche Schwerkraft an Bord des Kzintischiffes. Plötzlich jaulte und zischte Fremdtechnologes Stimme aus dem Comlink; er sprach zu schnell und zu laut, als daß man ihn hätte verstehen können.

Doch obwohl Rrowl-Kommandeur die Worte nicht verstand, war der Tonfall doch eindeutig: Angst. Warnung.

KAPITEL 16

Carol grinste breit, als der Tod der *Sun-Tzu* den Holoschirm in eine einzige weißglühende Fläche verwandelte.

Blitz – *nichts* – und das Display kalibrierte sich neu und zeigte die schreckliche Strahlung der Materie-Antimaterie-Explosion in gedämpften Farben.

»Bumm«, sagte Bruno leise.

Die Wolke aus strahlendem Plasma, die einst die *Sun-Tzu* gewesen war, breitete sich langsam in einem komplizierten, fluoreszierenden Muster aus. Magnetische Felder und die relativistischen Zusammenstöße mit dem interstellaren Medium ließen die Wolke wie ein kriechendes Lebewesen wirken, das man unter einem Mikroskop betrachtete.

Carol beugte sich zu Bruno und küßte ihn mit plötzlicher Leidenschaft.

»Wie üblich«, murmelte sie ihm zu und rieb die

Nase an seinem Ohr. »Wie üblich untertreibst du.« Zärtlich strich sie ihrem Liebhaber über die Wange. »Ich wünschte, du würdest wenigstens die Absicht zu schätzen wissen, wenn schon nicht den Akt.«

Carol stellte zufrieden fest, daß Brunos Lächeln menschlich war.

»Nun«, erwiderte er, »die Situation ist nun einmal, wie sie ist. Ich kann deine Position verstehen.«

Carol zwinkerte ihm zu und grinste schelmisch. »Über ›Positionen‹ können wir uns später noch unterhalten«, flüsterte sie und wandte sich wieder dem Holoschirm zu.

Das heißt, dachte sie, *wenn wir nicht so sehr verstrahlt werden, daß wir uns die Eingeweide aus dem Leib kotzen.* Sie wußte, daß Bruno in etwa das gleiche dachte. Ihr Flirten diente sowohl dem Trost als auch der Ablenkung.

Und trotz der Gefahr, der sie sich gegenüber sahen, hatten sie auch Spaß daran.

Carol hatte getan, was sie konnte, bevor der Großteil der Strahlung das Schiff erreichen würde, jener triumphale, doch tödliche Bote, der von der Vernichtung der Katzen kündete. Und so sehr sie es auch haßte, darüber nachzudenken, kündete er auch vom Tod von 30 ihrer Freunde und Kameraden, die eingefroren in den Kälteschlafkammern gelegen hatten – von Menschen, für die sie als Captain der *Sun-Tzu* verantwortlich gewesen war.

Sorgfältig hatte sie die supraleitenden Flügel der *Dolittle* so ausgerichtet, daß ihr magnetisches Feld einen Großteil der anfliegenden geladenen Partikel ablenkte. Auch hatte Carol das Schiffsheck der sterbenden *Sun-Tzu* zugewandt, wodurch sie den langen

Treibstofftank als zusätzlichen Schild nutzen konnten. Jetzt blieb ihnen nichts weiter übrig, als zu warten.

Und während sie darauf harrten, daß die Strahlungsfront die *Dolittle* traf, studierte Carol die Autodocdaten. Physisch gesehen schien sich Bruno gut von dem Trauma erholt zu haben, das er an Bord der *Sun-Tzu* erlitten hatte. Die »manuelle Linkauflösung« – sie runzelte die Stirn ob des antiseptischen Ausdrucks – hatte nur wenige oder gar keine körperlichen Schäden verursacht, und dank verschiedener Stimulanzien verhielt sich Bruno relativ ruhig und normal.

Seine elektronischen Prothesen würden die Hirnschäden reparieren – oder auch nicht. Die beiden Menschen hatten ohnehin keinen Einfluß darauf. Aber auf jeden Fall wollte Carol nicht alleine sterben. Lange Zeit schwieg sie.

»Na gut«, seufzte Bruno schließlich, »es bleibt also alles beim alten: Der Captain spricht nur, wenn der Captain sprechen will. Gesegnet sei der Name unseres Captains.«

»Demnächst wirst du mich wohl noch als die ›Segensreiche‹ preisen.« Carol lächelte trotz ihrer trüben Gedanken. Bruno kannte sie einfach viel zu gut.

»Ja, vielleicht.«

»Schmeicheleien werden dir gar nichts nutzen, Kabinenbursche.«

»Das klingt ja fast nach sexueller Belästigung«, erwiderte Bruno in spöttischer Entrüstung und klimperte in gespielter Wut mit den Wimpern.

Carol lachte. »Du hast wieder in den Datenchips mit Earlys Geschichtsvorlesungen herumgeschnüffelt, stimmt's? ›Sexuelle Belästigung‹! Dieses Wort wird schon seit zweihundert Jahren nicht mehr benutzt.«

»Woher willst du denn das wissen?« Ein schelmisches Grinsen huschte über Brunos Gesicht.

Carol drückte ihm den Arm. »Du weißt immer, wie du mich zum Lachen bringen kannst, Liebling. Danke, daß du mir meine gute Laune zurückgegeben hast.«

Eine Zeitlang schwiegen beide.

»Es ist gleich soweit, nicht wahr?« fragte Bruno schließlich in ruhigem Tonfall.

»Das muß ich leider bestätigen.«

Trotz geschlossener Augen sahen sie einen geräuschlosen Blitz, als die Strahlungsfront die *Dolittle* traf. Gammastrahlen durchdrangen das magnetische Feld, welches das Schiff umgab, die Außenhülle, den langen Deuteriumtank und ihre Körper – alles innerhalb nur einer Mikrosekunde.

»Nun«, bemerkte Bruno, »du führst mich immer an die interessantesten Orte, meine Liebe.«

Carol ignorierte Brunos Humor und beschäftigte sich statt dessen mit der Datenflut auf dem Biotelemetriefenster des Holoschirms. Einen Augenblick später unterstützte Bruno sie bei der Auswertung.

Schließlich seufzte sie erleichtert. Die Strahlungsdosis, die sie abbekommen hatten, war hoch, aber nicht tödlich. Zwar würden sie Fieber bekommen und vielleicht auch unter Übelkeit leiden, doch das konnten die Medikamente des Autodocs rasch beheben.

»Sieht so aus, als würden wir weiterleben«, sagte Carol.

»Für eine Weile.« Brunos Tonfall war ruhig und sachlich.

»Kein Projekt Cherubim mehr, und wir werden es weder nach Wunderland schaffen noch nach Hause, nicht wahr?«

»Es ist zumindest zweifelhaft. Vielleicht können wir zwei Kälteschlafkammern aus den Ersatzteilen des Autodocs zusammenbauen. Aber auf jeden Fall haben wir nicht genug Recyclerkapazität und Proviant für einen längeren Flug.« Seine Laune besserte sich ein wenig. »Vielleicht findet uns ja ein anderes Erdenschiff, während wir im Kälteschlaf sind.«

»Oder ein Kzintischiff, was wahrscheinlicher ist«, erinnerte Carol ihren Gefährten. »Die würden uns portionsweise wieder auftauen.«

Erneut herrschte Schweigen in der *Dolittle*.

»All das für nichts«, erklärte Bruno schließlich in düsterem Tonfall.

»Nein«, widersprach Carol mit fester Stimme. »Wir haben drei Katzenschiffe mitgenommen. Ungefähr zweihundert Kzinti sind zu Staub zerblasen worden. Das sind doch bestimmt ein paar Punkte für uns.«

Brunos Gesichtsmuskeln erschlafften plötzlich, als sei er wieder mit einem Computer verbunden, und Sorge schlich sich in Carols Gedanken.

»Was ist los, Schiffskamerad?« erkundigte sie sich so ruhig wie möglich.

»Ich hoffe nur, daß wir alle Kzintischiffe erwischt haben.«

Carol deutete auf den Holoschirm. »Natürlich haben wir das. Sieh dir doch nur einmal das Feuerwerk an.« Die Antimaterieexplosion war in der Tat enorm, und die Wolke schillerte in allen Farben. Carol kam plötzlich der Gedanke, daß die strahlende Wolke vermutlich über Lichtjahre hinweg sichtbar sein würde.

»Können wir sicher sein?« Brunos Stimme klang seltsam, ein wenig wie eine Maschine.

»Willst du damit etwa andeuten, daß wir sie *nicht* alle erwischt haben könnten?« fragte Carol nach und runzelte die Stirn.

»Ich glaube nicht, daß ich mich je wieder mit einem Computer verbinden kann; also ist es nur eine Vermutung. Vielleicht mache ich mir ja unnötig Sorgen.« Tonfall und Gesichtsausdruck wurden wieder normal.

Carol beugte sich zu ihm hinüber und rieb ihr stoppeliges Haar an seiner Wange. »Du kannst dir gar nicht vorstellen, wie attraktiv ich eine menschliche Vermutung finde, mein Freund.«

KAPITEL 17

Rrowl-Kommandeur roch den eigenen Tod in der engen Kabine des Einmannjägers. Er schloß die Nüstern vor dem eigenen Gestank: dem Gestank nach Beute. Der Kzin wußte, daß er nach der Explosion des Affenschiffes eine tödliche Strahlendosis abbekommen hatte. Er war weit entfernt von den Medizintanks im Wrack der *Bauchschlitzer*, und die Ausrüstung an Bord des Einmannschiffs war minimal.

Er hatte kaum Zeit gehabt, seine Flucht zu planen.

Fremdtechnologes Warnung war zu spät gekommen, viel zu spät. Rrowl-Kommandeur und seine Mannschaft hatten den Schwerkraftpolarisator der *Bauchschlitzer* auf maximale Beschleunigung hochgefahren, doch sie waren erst wenige hundert Meter von dem Affenschiff weggekommen, als das Eindämmungsfeld des Gegenmaterieantriebs zusammengebrochen war. Die Schäden waren enorm gewesen: Rrowl-Kommandeurs geliebtes Schiff war nur noch ein armseliger Haufen Metall und seine Mannschaft entweder tot oder kurz davor. Aus irgendeinem unerklärlichen Grund hatte der Zähnefletschende Gott Rrowl-Kommandeur vor allem bewahrt – nur nicht vor der Strahlung.

Vor seinem geistigen Auge sah Rrowl-Kommandeur noch immer seine Helden, die vor Schmerz wimmerten: blind, verbrannt, vergiftet durch Affentricks. Selbst jene Kzinti, die so unversehrt geblieben waren wie ihr Vorgesetzter, würden schon bald an der Strahlung in ihren Knochen sterben.

Rrowl-Kommandeurs Träume von wiedererlangter Ehre und großen Belohnungen waren von den hinterlistigen, feigen Affen zerschmettert worden.

In dem Chaos, das nach der Explosion geherrscht hatte, war es ihm irgendwie gelungen, seinen Raumkampfanzug zu versiegeln. Dann hatte er sich einen Weg durch das Wrack der *Bauchschlitzer* gebahnt, entlang schwarzer Korridore, die voller schwebender Heldenleichen gewesen waren – oder schlimmer noch: voller *sterbender* Helden. Schließlich hatte er den noch intakten Einmannjäger des Schiffes erreicht, die *Spitze Fänge*. Allerdings besaß der kleine Jäger weder starke Gravitationsschilde wie größere Kzintischiffe noch war es für Geschwindigkeiten nahe der Lichtmauer gebaut worden.

Doch Rrowl-Kommandeur hatte nichts zu verlieren und nur wenig zu gewinnen – nichts, außer der Möglichkeit, ein letztes Mal als Held Rache zu nehmen.

Er wußte, daß er dem Tode immer näher kam, während er versuchte, den brennenden Schmerz in seinen Eingeweiden zu ignorieren. Es war ein Gefühl, als hätte er Glassplitter geschluckt, als würden die Zähne eines Feindes an seiner Leber nagen. Seine Eingeweide lösten sich auf, was zu der starken Übelkeit führte, die üblicherweise Strahlenvergiftungen begleitete. Er spürte förmlich, wie seine sterbende Haut Blasen schlug, und büschelweise fiel ihm das Fell aus.

Rrowl-Kommandeur würgte und spie Blut auf das winzige Deck, wo es sich mit dem bereits trocknenden Erbrochenen mischte, das er vorhin dort hinterlassen hatte. Natürlich war ihm bewußt, daß ihm nicht mehr viel Zeit blieb; aber zumindest hatte er noch die Chance, seine Ehre, sein Kriegerherz zu beweisen, bevor er dem Zähnefletschenden Gott gegenübertrat. Die Erinnerung an seinen toten Nestbruder verlangte es.

Rrowl-Kommandeur würde diese verabscheuungswürdigen Affen als seine Ehrensklaven in die Jenseitigen Jagdgründe mitnehmen.

Mit verletzten Augen starrte er suchend auf den Anzeigeschirm des Jägers. Schließlich fand Rrowl-Kommandeur das Fluchtfahrzeug der Menschen. Die Instrumente zeigten große magnetische Felder rings um das Schiff der Feiglinge an. Rrowl-Kommandeur fauchte böse, als er den Kurs der *Scharfe Fänge* entsprechend änderte; sein Mund war wie ausgetrocknet. Die Luft schmeckte nach Tod und Versagen, und Rrowl-Kommandeurs Reißzähne drohten auszufallen.

Das fliehende Affenschiff mit seinen komischen, hauchdünnen Flügeln konnte nicht manövrieren, und der Schub des Fusionstriebwerks war nicht sehr hoch. Alles, wozu das Menschenschiff fähig schien, waren ein langsames, doch starkes magnetisches Abbremsmanöver und geringfügige Kursänderungen. Die Bildschirmanalyse zeigte, daß sich die Geschwindigkeit der Affen sogar *beträchtlich* verringerte. *Die Belastung muß enorm sein für das kleine Schiff,* sinnierte Rrowl-Kommandeur und zischte kampfbereit.

Er erhöhte die Geschwindigkeit der *Spitze Fänge,* belastete den Schwerkraftpolarisator bis zum Sicherheitslimit und sogar noch darüber hinaus. Das Dröhnen des Antriebs klang mehr und mehr wie das Brüllen eines Raubtiers. Purpurfarbene Warnleuchten blinkten auf der Konsole auf, und aus den Lautsprechern drang ein lauter Alarmton. Rrowl-Kommandeurs Kopf begann zu pochen, während sich der Raum ringsherum stärker krümmte, als er es je zuvor erlebt hatte. Das Affenschiff auf dem Schirm wurde rasch größer. Rrowl-Kommandeur bereitete die Bordwaffen vor.

Irgend etwas nagte an ihm. *Wozu,* fragte er sich, *sind diese feigen Affen mit der überschüssigen Energie aus ihrem Abbremsmanöver fähig?* Auf jeden Fall war das fremde Schiff nur unter ungeheurem Energieaufwand dazu imstande, so stark abzubremsen. Das Schiff war klein und benötigte eigentlich keine größeren Energiereserven ...

Plötzlich erschien eine grüne Hölle auf Rrowl-Kommandeurs Kontrollschirm, und mit lautem Knallen und Zischen verbrannten die Leitungen in der Steuerkonsole.

Überrascht und voller Angst biß er die Zähne zusammen. In der kleinen Kabine heulten Alarmsirenen auf. Die reaktive Panzerung des Schiffsrumpfes wurde abgerissen, und die *Spitze Fänge* wurde zur

Seite geworfen, weg vom tödlichen Laserstrahl der Menschen. Ersatzsensoren und Notbildschirme gingen online.

Inmitten der sich auflösenden Trümmerteile der Panzerung sah Rrowl-Kommandeur deutlich den Laserstrahl. Dann griff der Laser wieder nach dem Kzin wie die unerbittliche Kralle des Zähnefletschenden Gottes.

Mit einem wilden Fauchen vertrieb Rrowl-Kommandeur seine Furcht und initiierte weitere Ausweichmanöver. Diesmal war die Lichtgeschwindigkeit auf Rrowl-Kommandeurs Seite. Der Polarisator kreischte ob der plötzlich von ihm verlangten Energiemenge, und der Gestank von verbrannten Kabelummantelungen erfüllte die Luft.

Rrowl-Kommandeur fuhr die Krallen aus und ließ sie über die Tasten auf seiner Konsole huschen. Die *Spitze Fänge* begann einen Zickzackflug, um dem tödlichen Laser auszuweichen, der nach ihr griff.

Welche Waffen standen Rrowl-Kommandeur zur Verfügung? Partikelwaffen wären angesichts eines solch starken magnetischen Schutzschilds nahezu nutzlos, und sein Laser war auf diese Entfernung ebenfalls wirkungslos. Die *Spitze Fänge* besaß nur ein kleines Waffensortiment; sie war für den Nahkampf konstruiert.

Trotzdem trug das kleine Schiff ein paar Spezialwaffen. Rasch überprüfte Rrowl-Kommandeur, was er mit sich führte, dann blinzelte er zweimal. Er hustete – das Kzintiäquivalent eines Kicherns –, denn jetzt wußte er, wie er das Affenschiff zahnlos machen konnte.

Die großen, dünnen Flügel des Schiffes waren

supraleitend! Sie entzogen dem interstellaren Medium Energie und versorgten damit die Affenlaser; ein Prinzip, das in vielerlei Hinsicht dem antiker Elektrogeräte glich. Der Kzin leckte sich mit trockener Zunge über die aufgesprungenen Lippen, und vor lauter Aufregung troff ihm blutiger Speichel von den Lefzen.

Die Flügel waren die Schwäche der Affen. Ohne sie wären sie machtlos.

Rrowl-Kommandeur wußte, daß seine Strategie Risiken barg, aber sie war zumindest ehrenvoll. Er gab die entsprechende Befehlsfolge ein, zischte und spie ein Gebet an den Zähnefletschenden Gott; dann schrie und sprang er auf das Affenschiff zu.

OUTSIDER DREI

Zorn. Beobachte diese schwere Beleidigung des Plasmas und der sich trennenden Feldlinien! Wie hat dieser Handlungsverzicht den Göttlich Strahlenden gedient?

Sorge. Ein Warmweltschiff ist vollständig atomisiert worden, wie der Ander-Nodus vorhergesehen hat. Welchen Schaden wird dieses Ereignis verursachen?

Wut. Die Plasmawolke wird riesig sein, und die ineinander verschlungenen Feldlinien werden schließlich auf die Heilige Region einwirken. Die Beleidigung der Göttlich Strahlenden und ihres Großen Plans wird schmerzlich sein.

Kummer. Dieser Lokal-Nodus hatte gehofft ...

Ungeduld. Hoffnung ist unzureichend! Die Gicht hochionisierten Plasmas wächst – und das an einer Stelle, wo sie nicht wachsen sollte.

Widerwillige-Zustimmung. Wieder einmal sind dieser Lokal- und Ander-Nodus Eines Geistes. Doch die Bedingungen des Vertrages ...

Entschlossenheit. Verträge mit den wilden Häretikern sind angesichts des Hier-und-Jetzt hinfällig! Dieser Lokal- und Ander-Nodus sollten handeln, als Ein Geist!

Zustimmung-mit-Vorsicht. Wahrheit. Doch die {^^^///} besitzen auch Wachen. Sicherlich beobachten die wilden Nodi auch das Geschehen und sind Eines Geistes wie dieser Lokal- und Ander-Nodus. Zuerst sollten dieser Lokal- und Ander-Nodus das Wesen der Beleidigung und ihr Potential feststellen.

Irritation-Frustration. Wie, denkt sich der Ander-Nodus, soll solch eine Feststellung vor sich gehen? Die Natur und die Absichten des Ungeziefers bleiben unbedeutend.

Vorsicht. Doch die Handlungen der Warmleben-Staubkörner haben schwerwiegende Konsequenzen. Dieser Lokal-Nodus argumentiert, daß das beleidigende Ungeziefer gefangen und seine internen und externen Muster auf Handlung und Absicht untersucht werden. Betrachte er diese Tatsachen als in Übereinstimmung mit dem Großen Muster.

Wut-Hinnahme. Wahrheit. Die Hohen Texte implizieren solche Vorsicht. Dieser Lokal- und Ander-Nodus sind Eines Geistes. Erinnere er sich jedoch der Argumente dieses Lokal-Nodus.

Zustimmung. Dieser Lokal-Nodus ist Eines Geistes mit dem Ander-Nodus, einschließlich seiner Vorbehalte dem Ander-Nodus gegenüber. Vielleicht sind vor der Aneignung des Ungeziefers weitere Analysen angebracht. Die wilden {^^^///} könnten zu dem gleichen Schluß gekommen sein wie der Lokal-Nexus.

Entschlossenheit. Genug! Es ist genug debattiert worden. Dieser Lokal-Nodus sendet das Initiierungssignal. Versammle die Vielen! Der Nexus muß handeln!

KAPITEL 18

Bruno beobachte ein wenig überrascht, wie Carols Finger über die Waffenkontrollkonsole huschten. Ihre Finger tanzten ein elegantes, tödliches Balett: die eine Hand im Datenhandschuh, die andere auf den Tasten.

Wenn er allerdings darüber nachdachte, ergab es durchaus Sinn, daß Carol so geschickt an den Waffenkontrollen war; immerhin war sie ein Veteran zweier Kzintiangriffe. Doch Brunos Wahrnehmung war von der absoluten Sicherheit verdorben worden, die er in Verbindung mit einem Computer empfand. Im transzendenten Zustand genügte ein Gedanke, um etwas geschehen zu lassen. Er mußte nicht im eigentlichen Sinne etwas *tun;* es genügte, etwas zu *wissen.*

Er runzelte die Stirn. Seitdem er aus dem Tank des Autodocs gestiegen war, hatte er jedesmal schreckliche Kopfschmerzen bekommen, wenn er an die Verbindung gedacht hatte. Seltsame Bilder drangen in seinen Geist. Er hatte das Gefühl, Farben schmecken und Geräusche fühlen zu können. Es war furchterregend, doch irgendwie vertraut. Bruno redete sich ein, daß diese Empfindungen nur Nebenwirkungen der Reparaturen waren, die seine neuronale Matrix an dem beschädigten Hirngewebe vornahm.

Oder vielleicht war es auch eine Nebenwirkung des Schadens selbst.

Entschlossen schob er diese Gedanken beiseite; im Augenblick waren sie ausgesprochen unproduktiv. Auf dem Holoschirm sah Bruno, wie das als Punkt dargestellte Kzintischiff im Zickzackkurs durch das idealisierte Sternenfeld flog. Carol versuchte, das

Fadenkreuz auf den Kurs des Schiffes auszurichten, bevor sie den enorm durchschlagskräftigen Gaslaser der *Dolittle* abfeuerte.

»Komm schon, Miezekatze«, spornte sie sich selbst an. »Nur ein bißchen länger auf diesem Kurs ...«

Sie verfehlte ihr Ziel erneut. Der Kzintijäger kam näher.

»Soll ich versuchen, mich wieder zu verbinden?« fragte Bruno, ohne zuvor über die Worte nachgedacht zu haben, und das Pochen in seinem Kopf begann erneut.

Carol wandte sich nicht eine Sekunde vom Holoschirm ab. »Kerl, Liebling«, antwortete sie abgelenkt, »denk noch nicht einmal daran, das Ding in deinem Nacken mit irgend etwas zu verbinden, was an einen Stromkreislauf angeschlossen ist ... nicht, bevor wir eine vollständige Diagnose unserer Geräte gemacht haben.«

Sie hatte recht. Im Augenblick könnte es ihn töten, wenn er versuchte, eine Verbindung einzugehen.

Bruno haßte das Gefühl, dumm und langsam zu sein Er war immer so viel *mehr* gewesen ... mehr als nur ein Mensch ...

»Nein«, fuhr Carol fort, »überlaß das Kätzchen ruhig Mama Carol.« Sie hielt kurz inne und machte Lockerungsübungen mit ihren Fingern. »In meiner dunklen Vergangenheit habe ich schon so manchen Kzintijäger vom Himmel geholt.«

»Wir haben also eine Chance?«

»Da kannst du deine letzten Credits drauf verwetten, Schiffskamerad.« Carol schlug ihm mit der freien Hand auf die Schulter und machte sich wieder an die Arbeit.

Bruno beschäftigte sich damit, die Diagnoseprogramme der *Dolittle* durchzugehen und ein wenig Inventur zu machen. Sollten er und Carol diesen Kampf überleben, könnte er vielleicht aus Ersatzteilen eine Art Kälteschlafkammer zusammenflicken. Falls nicht, stand ihnen ein langsamer Erstickungstod bevor, denn irgendwann würde die Lebenserhaltung versagen.

»Yahooo!« schrie Carol, als sie einen erneuten Treffer landete. Im Licht des Lasers sah Bruno eine Wolke vaporisierter Trümmerteile. »Aaah, Scheiße, schon wieder nur Panzer«, fluchte Carol laut, als das Kzintischiff mit voller Beschleunigung und scheinbar unbeschädigt aus der Wolke raste.

Bruno entdeckte ein Detail. »Was ist das?« fragte er und benutzte seinen eigenen Datenhandschuh, um die entsprechende Stelle auf dem Schirm zu markieren. Ein winziger, blinkender Lichtpunkt bewegte sich rasch auf sie zu.

Carol wandte ihre Aufmerksamkeit kurz von dem Kzintischiff ab und öffnete ein Echtzeitfenster auf dem Holoschirm. Dann vergrößerte und verstärkte sie das umgebende Sternenlicht, um das neue Signal besser erkennen zu können. Eine kleine, glitzernde Kugel raste aus dem relativistisch verzerrten Sternenfeld auf sie zu.

»Eine Bombe?« fragte Bruno.

Carol schüttelte den Kopf. »Ich empfange keine Daten außer ein paar schwachen, undefinierbaren Signalen. Keine Strahlung, keine Monopole, nichts.«

»Wie schnell?«

»Es nähert sich mit knapp 100 Kps, relativ.« Sie lächelte angespannt. »Laß uns mal sehen, ob wir nicht ein wenig ›Licht‹ in die Angelegenheit bringen können.« Sie schob das Fadenkreuz im Taktikfenster über die mysteriöse Kugel.

»Warte!« rief Bruno und deutete auf das Echtzeitfenster.

Überrascht beobachteten beide, wie sich die Kugel in zwei gleichgroße Halbkugeln trennte. Die beiden Halbkugeln wirbelten so schnell umeinander herum, daß man ihnen mit bloßem Auge kaum folgen konnte; doch je weiter sie sich voneinander entfernten, desto langsamer wurden sie.

»Sieht wie ein Bolo aus«, bemerkte Bruno; er fühlte sich an etwas erinnert, das er einmal in einer Geschichtsdatenbank gesehen hatte. »Die beiden Dinger müssen durch irgend etwas miteinander verbunden sein. Kannst du erkennen durch was?«

Carol schüttelte den Kopf. »Negativ, Schiffskamerad. Bist du sicher, daß etwas dazwischen ist?«

Bruno war sich sogar sehr sicher. Physik war immerhin Physik. »Wie sonst sollten sie sich so schnell umeinander drehen können?«

»Da hast du nicht ganz unrecht. Aber auf jeden Fall kommen die Dinger uns allmählich nahe.« Carol positionierte das Fadenkreuz unmittelbar zwischen beide Halbkugeln, die nun über einen Kilometer voneinander entfernt waren. »Feuere mit voller Leistung.«

Einen Moment lang erstrahlte der Raum zwischen den beiden Gebilden so hell in grünem Licht, daß es die Augen schmerzte; der Strahl selbst war kaum zu sehen. Sofort verschwand das Licht, und auch mit Infrarotsicht war nichts mehr davon zu erkennen.

Bruno stieß einen unsinnigen Fluch aus, den Buford Early ihn gelehrt hatte – irgend etwas über Wasservögel und Sex. »Carol«, sagte er angespannt, »ich habe das ungute Gefühl, daß wir es hier mit einer mononuklearen Faser zu tun haben. Schieß auf eine der beiden Halbkugeln. Sofort!«

Erst nach mehreren Laserschüssen war Carol davon überzeugt, daß die supraleitende mononukleare Faser sogar die enorme Energie ihres Gaslasers ableitete. Die beiden Halbkugeln schienen ebenso unverwundbar zu sein wie der Faden zwischen ihnen. Nach jedem Treffer kühlten die Kugeln innerhalb von Sekunden wieder auf Umgebungstemperatur ab.

»Du solltest uns besser aus dem Weg fliegen«, sagte Bruno, während das fremdartige Karussell immer näher kam. »Der Faden wird unser Schiff durchschneiden wie Butter.«

»Verdammt!« Carols Gesicht war eine Maske der Konzentration.

Doch wie Bruno befürchtet hatte, steuerte der Kzin die wirbelnden Gebilde; sie waren nicht einfach ballistisch. Zudem mußte Carol den Laser ab und zu auch auf das Kzintischiff abfeuern, das inzwischen mit dem eigenen Laser die *Dolittle* unter Beschuß nahm. Bis jetzt waren die Schäden gering, da das Kzintischiff offensichtlich nur für den Nahkampf konstruiert worden war, aber der Beschuß genügte, um Carol von der wahren Bedrohung abzulenken.

Brunos Kopfschmerzen machten sich wieder bemerkbar, als er sich vorstellte, wie er wohl in verbundenem Zustand mit dieser Situation umginge. Das Schiff war immerhin dafür entwickelt worden, von einem Linker gesteuert zu werden. Er heizte den Fusionsantrieb zu voller Leistung an und versuchte, die *Dolittle* zu manövrieren. Die supraleitenden Flügel waren nicht für rasche Kurskorrekturen geeignet, sondern nur zum Abbremsen und für weite, langsame Wendemanöver. Daher vermochte Bruno nur minimale Kurskorrekturen vorzunehmen.

Die seltsame, feindliche Waffe näherte sich der *Dolittle*.

Bruno verließ der Mut, als er bemerkte, daß das Kzintischiff plötzlich auf Abstand blieb.

»Aufprall steht kurz bevor«, verkündete Carol. Sie drehte das Schiff um die eigene Achse.

Die wirbelnden Kugeln verfehlten die *Dolittle*, schnitten aber elegant den Steuerbordflügel ab. In einem Fenster des Holoschirms sah Bruno, wie der hauchdünne Flügel in die Dunkelheit davontrieb. Die Hälfte der grünen Statusleuchten auf der Konsole blinkten plötzlich rot.

»Das war knapp«, keuchte Carol.

»Carol, der Flügel war das Ziel der Waffe, nicht das Schiff.«

Carol wischte sich den Schweiß von der Stirn und blickte weiterhin auf den Holoschirm.

»Sicher, Kamerad«, erwiderte sie in gleichgültigem Tonfall. »Die Katze will uns gesund und munter. Sie will uns Stück für Stück auseinandernehmen.«

»Funktionieren die Laser noch?«

»Ja, aber nur mit halber Kraft«, antwortete Carol und hob eine Augenbraue.

Keiner von beiden erwähnte ihr größeres Problem: Nun da sie einen ihrer supraleitenden Flügel verloren hatten, würde die *Dolittle* unmöglich bei relativistischer Geschwindigkeit auf gerader Linie abbremsen können. Je langsamer sie wurden, desto mehr würden sie nach Backbord abdriften.

Carol feuerte den Laser ein weiteres Mal auf das Kzintischiff ab, während Bruno sich geistesabwesend am Interfacestecker im Nacken kratzte. Er aktivierte den Partikelstrahler und die Röntgenbomben. Der Laser, der seine Energie aus dem verbliebenen Flügel bezog, war zwar ihre Hauptwaffe, doch Bruno wollte, daß Carol ihre gesamtes Arsenal zur Verfügung stand.

Plötzlich strafften sich ihre Sicherheitsgurte, als das Universum um sie herum zu wirbeln begann – dann lockerten sie sich wieder. Alarmsirenen heulten auf. Automatisch öffneten sich mehrere Fenster auf dem Holoschirm und zeigten Schemata und in Echtzeit berechnete Diagnosedaten.

»Verdammt noch eins!« brüllte Carol, und einem uralten Belter-Instinkt folgend erstarrten ihre Hände kurz auf der Tastatur. »Was geht hier vor?« Noch während sie sprach, hatten ihre Hände bereits wieder die Arbeit aufgenommen. Carol suchte nach einer Antwort.

Bruno glaubte weder den Anzeigen der Konsole noch denen des Schirms.

»Carol«, sagte er leise und voller Staunen. Er schüttelte den Kopf.

»Bruno«, erwiderte sie in nüchternem Tonfall und blickte auf das Fenster, das ein Kamerabild vom Bug der *Dolittle* zeigte, »würdest du mir bitte sagen, was du da siehst?« Er hörte sie schlucken. »Ich will wissen, ob ich verrückt geworden bin.«

»Unsere Geschwindigkeit scheint nicht länger 0,7c zu betragen«, erklärte Bruno und starrte auf den normal wirkenden Sternenhimmel, der weder verzerrt noch sonstwie relativistisch verändert war. »Die Flügelbatterien verbrauchen keine Energie mehr, was darauf hindeutet, daß unsere Geschwindigkeit nicht schneller als 0,1c sein kann.« Er hielt kurz inne. »Das bedeutet, daß auch die Waffensysteme inoperabel sind.«

Ob Brunos letzter Bemerkung zuckte Carol mit den Schultern. Ihre Finger tanzten wieder über die Konsole. »Darüber kannst du dir später Gedanken machen, Bruno. Ich schalte den Fusionsantrieb auf Standby«, sagte sie, während die Erinnerung an die kurzfristig erhöhte Schwerkraft verschwand und dem Gefühl der Schwerelosigkeit wich. »Ist der Kzintijäger noch da?«

»Ja«, antwortete Bruno, der noch immer ein wenig benommen war. »Relativ gesehen scheint er sich auf derselben Position zu uns zu befinden wie vor dem ... Vorfall.« Bruno warf einen Blick auf den Datenstrom neben dem Kzintiicon im Taktikfenster. »Er scheint sich nicht zu bewegen ... genau wie wir ... scheinbar ...«

Verwirrt versuchte Bruno zu analysieren, was in den letzten Minuten geschehen war. Einen Augenblick später kniff Carol ihn in den Arm.

»Bruno!«

»Ja?« antwortete er ein wenig abgelenkt.

»Was ist das für ein Ding da auf Steuerbord?« Sie zwickte ihn erneut, diesmal stärker, denn er antwortete nicht sofort.

»Oh, das.«

»Ja, das.«

»Entweder ist es ein Alienschiff oder ein Artefakt.« Er räusperte sich und überprüfte übertrieben vorsichtig die Anzeigen auf den Holoschirmfenstern. »Sein Durchmesser beträgt ungefähr 100 Kilometer.«

KAPITEL 19

Die Augen ängstlich aufgerissen starrte Rrowl-Kommandeur auf das Statusfenster. Er schrie vor Zorn und Überraschung; dann übergab er sich, doch diesmal ließen die Krämpfe nach kurzer Zeit wieder nach.

Ihm lief in der Tat die Zeit davon.

Welche Macht konnte sowohl die *Spitze Fänge* als auch ihre feige Affenbeute so plötzlich im interstellaren Raum zum Stillstand gebracht haben, wo sie doch noch vor wenigen Augenblicken mit relativistischer Geschwindigkeit geflogen waren? In der Nähe der Lichtgeschwindigkeit war das kinetische Potential enorm. Er konnte es sich nicht erklären, doch offensichtlich hatte das fremde Raumschiff in das Geschehen eingegriffen.

Das Gefährt besaß die Größe eines kleinen Mondes und glich mehr einer überfüllten Stadt denn einem Raumschiff. In der Vergrößerung waren Türme und viereckige Gebäude zu erkennen, offene Areale und Kuppeln, und winzige Lichtpunkte bewegten sich über und durch das riesige Konstrukt. Dann lösten sich gigantische Spinnennetze vom Hauptschiff, die im Infrarotbereich förmlich glühten, und gaben überschüssige Hitze in den interstellaren Raum ab. Die Instrumente zeigten, daß das Mond-Schiff eine gleichmäßige Temperatur von 40 Einheiten über Absolut Null besaß.

Langsam fletschte Rrowl-Kommandeur die schmerzenden Zähne. Unmöglich konnten Affen dieses Schiff gebaut haben, ebenso wenig wie Kzinti, auch wenn er es gerne gesehen hätte, wenn die Söhne des Zähnefletschenden Gottes ihm zu Hilfe gekommen wären. Keine Spezies, die Rrowl-Kommandeur kannte, war in der Lage, solch ein Schiff zu konstruieren.

Vielleicht hatten die Fremden sich zugunsten der Affen eingemischt. Rrowl-Kommandeur hustete erneut und spie Blut.

In seinem Unterbewußtsein flackerten Erinnerungen an das grünliche Feuer auf. Hatte sein Alptraum ihn in den Wahnsinn getrieben ...?

Er fauchte, als er sich mit verbrannten Fingern ein weiteres Fellbüschel ausriß. Dann schluckte er noch einige der Antistrahlungskapseln, die im Gürtel seines Kampfanzugs steckten, doch das Medikament verzögerte nur das Unvermeidliche.

Nein, dachte Rrowl-Kommandeur nach längerer Überlegung, das fremde Raumschiff hatte sich nicht zugunsten der Affen eingemischt. Wäre es die Absicht der Fremden gewesen, Rrowl-Kommandeur und die *Spitze Fänge* zu vernichten, hätten sie dies schon längst getan. Das war so klar wie die Zähne in seinem Maul.

Die Fremden hatten sich schlicht und ergreifend in Dinge gemischt, die sie nichts angingen.

Rrowl-Kommandeur konsultierte die Anzeigen auf seiner Konsole. Auf dem Schirm war deutlich zu erkennen, daß auch das Affenschiff regungslos im Raum hing. Trotz seiner Strahlenkrankheit lächelte Rrowl-Kommandeur und knurrte amüsiert. Wenn die Affen sich nicht bewegten, dann bedeutete das, daß ihr Antrieb ausgeschaltet war.

Fremde Einmischung hin oder her, Rrowl-Kommandeur würde seine zeremonielle Jagd beenden. Er würde die Menschenohren nicht mehr an seinen Trophäengürtel stecken können, aber er würde etwas fast ebenso Schmackhaftes tun. Eine letzte Delikatesse zu Ehren seines Nestbruders.

Mit zitterten Pranken wärmte Rrowl-Kommandeur den überlasteten Schwerkraftpolarisator an und schaltete die Waffen auf Standby. In wenigen Augenblicken würde er schreien und springen und das Affenschiff zerstören. Dann würde er sich um diese seltsamen Fremden kümmern.

Eine lautes Alarmheulen ließ Rrowl-Kommandeur innehalten, und die Pranke, die er schon über die Konsole gehoben hatte, erstarrte.

Mit einem Fauchen auf den Lippen blickte er auf und sah Oktale von Oktalen alptraumhafter schwarzer Gestalten, deren Schatten das Licht der Sterne verschluckte: Lebewesen, die durch den Raum auf die *Spitze Fänge* zuschwebten.

Eine Vektoranalyse belegte, daß diese Horden von dem Mond-Schiff stammten. Die Wesen waren sogar noch häßlicher als Jotoki, bemerkte Rrowl-Kommandeur und zischte angewidert. Dicke Stämme, von denen zwölf sehnige Tentakeln ausgingen – doch die Wesen trugen Werkzeuge und Schutzpanzer.

Ob diese Spezies nun mächtig war oder nicht – Rrowl-Kommandeur konnte weder zulassen, daß die Wesen ein Heldenschiff bedrohten, noch seine Pläne gefährdeten. Er richtete die Waffen auf das neue Ziel und bereitete sich darauf vor, das Feuer zu eröffnen.

KAPITEL 20

Wie Bruno war auch Carol noch immer wie benommen vom plötzlichen Auftauchen des gigantischen Alienschiffes, daß sie irgendwie mitten im Raum zu Stillstand gebracht hatte und nun steuerbords in einer Entfernung von 10.000 Kilometern verharrte. Langsam drehte sich Carol zu Bruno um, der sich allmählich vom Schock der letzten Minuten zu erholen schien. Zumindest untersuchte er bereits wieder die eingehenden Daten, anstatt mit leerem Blick auf die seltsam unverzerrten Sterne zu starren, die ihnen der Holoschirm zeigte.

»Wo ist das Katzenschiff?«

Carols Liebhaber schüttelte leicht den Kopf und drückte ein paar Tasten. Ein roter Kreis erschien auf dem Holoschirm. »Knapp zweihundert Kilometer unmittelbar vor uns. Genau dort, wo es gewesen ist, als plötzlich alles ... nun, als plötzlich alles *verrückt* wurde.«

Verrückt ist das richtige Wort, dachte Carol. Wie konnte die *Dolittle* bei 0,7c innerhalb einer Sekunde zum Stillstand kommen?

Ein oder zwei Sekunden spähte sie zu jenem Teil des Schirms, der das Kzintischiff zeigte, und hielt nach möglichen Aktivitäten Ausschau. »Sieht so aus, als würde der Kzin sich auch nicht mehr bewegen.«

»Vielleicht haben ihn die Ereignisse genauso überrascht wie uns.«

Carol dachte kurz darüber nach, dann beschloß sie, das Thema zu wechseln. Sie aktivierte eine Beobachtungssubroutine, die sofort Alarm schlagen würde, sollte das Katzenschiff sich bewegen oder eine andere Handlung vollziehen. Dann markierte Carol das fremde Schiff auf dem Schirm.

»Nun, Bruno«, fragte sie lächelnd, »was hältst du davon?«

Bruno konnte den Blick nicht vom Holoschirm losreißen. »Wie dir vorhin schon aufgefallen ist, o Captain-mein-Captain: Es besitzt die Größe eines Mondes.«

»Eines kleinen Mondes.«

»Sicher. Aber welchen Sinn macht ein Raumschiff von *100* Kilometern Durchmesser?«

Das ist natürlich ein Argument, dachte Carol. Außerdem glich das Gefährt mehr einer Stadt oder einem Insektenbau denn einem Raumschiff. Auf seiner komplexen Oberfläche befanden sich überall gebäudeähnliche Konstrukte. Der Anblick wirkte ... irgendwie *barock;* das Gebilde ähnelte einem viktorianischen Christbaumschmuck, wie Carol ihn einmal in einem Geschichtsbuch gesehen hatte.

»Sind dir diese netzähnlichen Strukturen aufgefallen?« Bruno deutete auf einen bestimmten Punkt des in Echtzeit dargestellten und vergrößerten Schiffes. »Sieh sie dir mal in Infrarot an.«

Die Infrarotsicht verdeutlichte, daß die ›Netze‹ mehrere 100 Grad wärmer waren als der Rest des Schiffes.

»Hitzeaustauscher?« fragte Carol.

Bruno nickte. »Ich wette, sie sind jetzt besonders heiß, weil sie uns vor kurzem erst ... gestoppt haben. Das muß die Fremden eine *Menge* Energie gekostet haben.«

Carol bemerkte unzählige, winzige Lichter, die

rings um die Türme des gigantischen Alienschiffs schwebten. »Und was sind das?«

»Keine Ahnung«, antwortete Bruno und machte sich am Bild zu schaffen; doch auch bei höherer Auflösung erkannte er nur verschwommene, glühende Gestalten, die wie Motten um die oberen Teile des Mond-Schiffs kreisten.

Schließlich stellte Bruno die alles entscheidende Frage: »Was tun wir jetzt?«

»Nichts«, antwortete Carol. »Laß sie den ersten Schritt machen.« Sie streckte die Hand aus und streichelte seinen Arm. »Schiffskamerad, was auch immer das für Wesen sind, sie sind weit mächtiger als du oder ich. Sie könnten uns jederzeit in Staub verwandeln. Ich halte es für besser, wenn wir friedlich abwarten, was sie mit uns vorhaben.«

Bruno nickte bedächtig.

»Ich komme mir nur so dumm und hilflos vor«, sagte er und senkte den Kopf. »Ich habe einmal *alles* gewußt.«

»Aber nur, wenn du Teil der Maschine warst. Mir gefällst du als Mensch besser.« Carol zog die Mundwinkel mit den Fingern hoch, und Bruno belohnte sie dafür mit einem echten Lächeln.

»Carol?«

Nervös deutete Bruno auf den Holoschirm.

»Was ist?« fragte Carol.

»Das Kzintischiff bekommt Besuch.«

Die Langstreckensensoren zeigten mindestens 100 kleine Objekte, die von dem Alienschiff auf den Kzintijäger zuflogen. Bei extremer Vergrößerung erkannte man verschwommen Gestalten mit mehreren Armen an einem stämmigen Leib. Die Wesen drehten sich elegant im Flug und nutzten die Arme zur Stabilisierung.

»Das müssen unsere neuen Freunde sein«, kommentierte Bruno. Carol erwiderte darauf nichts, sondern kaute auf ihrer Lippe. Schon bald würden sie wissen, was die Aliens vorhatten, je nachdem, wie sie sich dem Kzintischiff gegenüber verhielten. Daß sie dem Jäger bereits so nahe waren, bewies, daß sie sich mit beachtlicher Geschwindigkeit bewegten.

Ein tiefer Warnton hallte durch die Kabine.

Carol verzog das Gesicht, während sie die Daten auf dem Holoschirm studierte. »Sieht so aus, als würden auch wir ein paar Besucher bekommen«, sagte sie und deutete auf eine kleine Wolke von Punkten, die der Kurzstreckenscanner entdeckt hatte. Mit jeder Sekunde näherte sich die Wolke der *Dolittle* mehr und bremste rasch ab.

»Willst du immer noch, daß ich nichts unternehme?« erkundigte sich Bruno.

Carol nickte. »Beobachte das Katzenschiff.«

Als die Aliens sich dem Kzintischiff näherten, bewegte sich dieses anhand seines reaktionslosen Antriebs langsam von den Wesen weg. Unter extremer Vergrößerung war deutlich zu erkennen, wie ein blaßvioletter Strahl von einer der schwarzen Gestalten zu dem Katzenschiff schoß. Kurz glühte das ganze Schiff violett, dann verschwand die seltsame Aura.

Der Kzintijäger hing bewegungslos im All. Mit Hilfe der Langstreckensensoren stellten Carol und Bruno fest, daß das Katzenschiff keine Elektrowellen mehr abstrahlte. Die Traube winziger Gestalten verschmolz mit dem Jäger.

»Wie gesagt«, erklärte Carol in beiläufigem Tonfall, »es ist besser, nichts zu tun.«

Bruno lächelte schwach. »Halt den Gedanken fest, Carol. Unser Besuch ist eingetroffen.« Er deutete auf das Holoschirmfenster, das ein Bild der Außenhülle zeigte. Vielarmige Gestalten schwärmten an den Kameras vorbei.

»Würdest du ihnen bitte mit den Kameras folgen.«

Bruno öffnete eine Reihe kleiner Fenster auf dem Holoschirm, die verschiedene Abschnitte des Rumpfes zeigten. Sie erkannten wedelnde Tentakel, die sich hektisch bewegten.

»Schalt auf Infrarot«, sagte Carol nach einer Weile. Vielleicht waren die Aliens bei einer anderen Wellenlänge besser zu erkennen.

Eins nach dem anderen verloschen die Fenster; nur noch holographisches Flimmern füllte die Bildschirme.

»Was ist denn jetzt wieder passiert?« schnappte Carol.

»Hardwareversagen. Sie machen irgend etwas mit dem Schiff.«

Bevor Carol antworten konnte, versagten auch die externen Langstreckensensoren ... dann die Waffentelemetrie.

Sie schnallte sich los und schwebte zum Gerätespind.

»Was tust du?« fragte Bruno, schnallte sich ebenfalls ab und gesellte sich zu ihr.

»Ich zieh mich an und werde versuchen, die häßlichen Viecher davon zu überzeugen, damit aufzuhören, was auch immer sie da draußen machen. Ich werde den autoritären Offizier raushängen lassen, du weißt schon ...«

Ihr Liebhaber runzelte die Stirn. »Du weißt, daß ich

im Augenblick keine Verbindung eingehen kann, und an der Konsole bist du besser als ich. Laß mich rausgehen. Ich brauche dich hier, um uns notfalls rauszubringen.«

Sein bittender Blick zerriß Carol das Herz.

Einen Augenblick lang versuchte sie, die seltsame Mischung aus Mutterinstinkt und sexuellem Verlangen zu unterdrücken, die Bruno immer wieder in ihr weckte. Sollten sie das hier überleben, würde sie den Autodoc einen Blick in ihr verwirrtes Gehirn werfen lassen.

»Geh«, erwiderte die Captain-Persönlichkeit schließlich. »Aber sei vorsichtig, du alter Schiffszwieback«, fügte ihr wahres Ich hinzu. »Ich brauche dich auch.«

Bruno drückte sie rasch an sich, dann half sie ihm in den Raumanzug.

»Oh«, sagte Carol in beiläufigem Tonfall, »das hier könntest du vielleicht noch brauchen.« Sie drückte ihm ein Elektronenstrahlgewehr in die Hand. Bruno starrte die Waffe an. Er wußte nicht, was er damit tun sollte; schließlich hängte er sie sich jedoch um die Schulter.

Der Hauptcomputer initiierte einen automatischen Neustart und fuhr mit halber Prozessorleistung wieder hoch. Weitere Warntöne gesellten sich zu den ersten.

»Du solltest dich besser beeilen«, sagte Carol leise, »solange wir noch die Luftschleuse bedienen können.«

Bruno schloß den Helm und ging zur Schleuse. Vor dem Luk blieb er kurz stehen und drehte sich zu Carol um. Er lächelte.

»Ich liebe dich auch«, sagte Carol schlicht und erwiderte das Lächeln.

Als sich das Luk wieder schloß, wurde ihre Miene sofort wieder ernst. Dann blinzelte sie ein paarmal, um die Tränen aus den Augen zu vertreiben, und schnallte sich auf ihrer Druckliege fest. Schließlich ließ sie ihre Finger wieder über die Konsole tanzen, um zu überprüfen, welche Systeme noch reagierten.

KAPITEL 21

Bruno öffnete das äußere Schleusenluk der *Dolittle*.

»Carol«, flüsterte er über den Comlink.

»Ich bin hier, Liebling«, antwortete sie, begleitet von statischem Rauschen.

»Ich verlasse jetzt die Luftschleuse. Hast du ein Bild?«

»Ja.«

Unbeholfen zog sich Bruno aus der Schleuse und setzte die magnetischen Stiefel auf die Außenhülle der *Dolittle*. Unzählige Sterne schienen gleichgültig auf ihn herab. Er befand sich im Tiefen Raum; auf Lichtjahre hinweg gab es keine einzige freundliche Sonne.

Auf einer Seite schimmerte das von unzähligen Lichtern übersäte Alienschiff, das so groß wirkte wie der Vollmond, wenn man ihn von der Erde aus betrachtete.

Ihr eigenes Schiff wirkte wie ein dunkles, verschwommenes Etwas. Bruno betätigte die Videokontrollen mit der Zunge und unterdrückte ein erstauntes

Schnaufen. Die gesamte Außenhülle der *Dolittle* war voll mit Aliens; es war unmöglich, sie alle zu zählen.

»Siehst du das?« fragte er.

»Ja«, bestätigte Carol knapp.

Die Aliens waren vielleicht 1,5 Meter groß. Sie ähnelten neunschwänzigen Katzen mit einem übertrieben dicken Griff, und ihre Peitschenarme wanden sich wie Schlangen. Jeder einzelne Arm teilte sich an der Spitze in eine Vielzahl kleinerer Tentakel auf, die offensichtlich dazu dienten, Gegenstände zu manipulieren. Die Fremden trugen geschmückte Harnische, auf denen Taschen und metallisch aussehende, dreieckige Gebilde zu erkennen waren. Einem Gefühl folgend schaltete Bruno seine Helmkamera auf Infrarot und sah, daß die dreieckigen Gebilde ungefähr 70 Grad wärmer waren als die Aliens selbst.

Offenbar handelte es sich um Hitzeaustauscher – ähnlich den spinnennetzartigen Konstruktionen auf dem Mutterschiff. Diese Vermutung bestätigte sich, als ein weiterer Alien 20 Meter von Bruno entfernt mit ausgestreckten Armen auf der *Dolittle* landete, und die Dreiecke an seiner Rüstung plötzlich aufglühten, was im Infrarotbereich deutlich zu erkennen war.

Auch waren die Aliens unter Infrarot mehr als nur dunkle, vielarmige Gestalten: Feinste Adern zeichneten sich unter der kalten Haut ab, die zwar nicht deutlich, doch erkennbar wärmer waren als die Umgebung; die Adern schienen eine Art Kreislaufsystem zu bilden. Manche Teile der Alienanatomie waren eindeutig dafür ausgelegt, kälter zu sein als andere.

Bruno beobachtete, wie eines der Aliens einen komplizierten Gegenstand aus der Tasche zog und damit einen Teil der Schiffshülle öffnete. Der Gegenstand veränderte dabei seine Konturen, bis er schließlich die Form einer Nadel oder Sonde annahm; das Ding wirkte mehr wie ein Lebewesen denn wie ein Werkzeug. Die Sektion, an dem das fremde Wesen arbeitete, erkannte Bruno als Teil des Hauptsensorsystems. Die Hitzeaustauscher des Wesens glühten. Weitere Aliens eilten ihrem Gefährten zu Hilfe und vergrößerten die Öffnung mit ihren seltsamen Werkzeugen, während andere wiederum die losgelösten Teile mit den schlangenartigen Armen abtasteten.

»Carol«, flüsterte Bruno. »Bist du noch bei mir?«

»Ja.«

»Sieht so aus, als würden sie unsere Elektronik studieren. Das ist vermutlich auch der Grund dafür, warum immer mehr Systeme ausfallen.«

»Glaubst du, sie wollen alles abschalten?« fragte Carols statikverzerrte Stimme.

»Das wage ich zu bezweifeln. Wenn sie uns hätten töten wollen, dann hätten sie das schon vor einer ganzen Weile getan. Ich glaube, sie sind einfach nur neugierig.«

»Und warum beachten sie dich dann nicht?«

Bruno antwortete nicht darauf. Mehrere Aliens bewegten sich mit einer Serie von Überschlägen über den geschwungenen Rumpf der *Dolittle*. Alle sammelten sie sich um das Wesen, das in das Sensorsystem vorgedrungen war.

Fasziniert beobachtete Bruno, wie sich die Infrarotmuster auf der Haut der Aliens ständig veränderten, während ihre Tentakel sich elegant hierhin und dorthin wanden. Statik rauschte und knisterte in seinen Ohren, die nicht vom Comlink stammte. War das ihre Art miteinander zu kommunizieren?

»Bruno!« Carols Stimme klang plötzlich ernst.

»Ich bin hier«, antwortete er und versuchte, so ruhig wie möglich zu klingen.

»Gerade ist das Lebenserhaltungssystem ausgefallen. Ich steige jetzt in meinen Anzug.«

Bruno stieß einen lauten Fluch aus. Er mußte versuchen, die Wesen aufzuhalten, bevor sie ihn und Carol töten würden – wenn auch vermutlich aus Versehen. Er nahm das Elektronenstrahlgewehr von der Schulter und überprüfte den Ladezustand. Die Anzeige leuchtete grün: volle Ladung. Bruno legte den Sicherungshebel um.

»Ich weiß nicht, ob ihr mich hören könnt, doch falls ja, werdet ihr mich vermutlich ohnehin nicht verstehen«, sagte er zu dem Haufen vielarmiger Gestalten, die die Hülle der *Dolittle* auseinandernahmen. »Aber ihr müßt damit aufhören.«

Bruno zielte knapp über den Alien, der ihm am nächsten war. Lautes Knistern dröhnte aus seinen Ohrlautsprechern, als er den Abzug betätigte und ein unsichtbarer Stoß hochenergetischer Elektronen über die Tentakel hinwegschoß.

Die Reaktion kam sofort.

Die fremden Wesen wirbelten herum, wedelten wild mit den Tentakeln und glitten rasch auf ihn zu.

Bruno wich zur Luftschleuse zurück.

»Liebling?« Carol war wieder online. »Ich hab 'ne Menge Statik, und die Videoverbindung ist auch zusammengebrochen. Hörst du mich?«

»Ich glaube, ich habe ein Problem, Carol. Ich habe über ... nun, ich habe über das hinweggeschossen, was ich für ihre Köpfe halte, und jetzt sind sie wohl ein wenig verärgert.«

»Komm wieder rein.«

»Aye, Aye, Captain, mein Gedanke.« Bruno drehte sich um und fluchte erneut. Drei der wedelnden Gestalten hockten vor der Luftschleuse. »Ich bin umzingelt.«

»Erschieß einen.«

»Ich glaube nicht, daß sie eine Kapitulation akzeptieren werden.«

»Es sieht so aus, als würden sie erst alles auseinandernehmen, bevor sie Fragen stellen.«

Bruno atmete tief durch und zielte auf einen Tentakel der Kreatur direkt vor ihm. Er nahm sich nicht die Zeit nachzudenken, sondern schoß einfach.

Sofort glühte das gesamte Wesen auf, wie Bruno in Infrarotsicht beobachtete. Es sprang auf, fort von der *Dolittle*, und verschwand scheinbar unverletzt inmitten der Sterne.

»Bruno«, zischte Carols Stimme drängend, »bist du in Ordnung?«

Als er zur Antwort ansetzte bemerkte er, wie die Aliens zu seiner Rechten einen schwarzen Gegenstand auf ihn richteten. Ein blasser, purpurfarbener Lichtblitz erfüllte sein gesamtes Blickfeld und hüllte ihn ein.

Sein Anzug schaltete sich augenblicklich ab, und er hatte das Gefühl, als würde sein Kopf explodieren. Nachdem der anfängliche Schmerz ein wenig abgeebbt war, erkannte er, daß sich seine Magnetschuhe von der Schiffshülle gelöst hatten. Wundersamerweise stieß er mit dem Arm an einen Klettergriff, den er instinktiv umklammerte. Die Luftschleuse war nur wenige Meter ... Bruno wollte verdammt sein, wenn er Carol alleine sterben ließe.

Plötzlich hielt etwas sein Bein fest ... dann das andere. Bruno zog mit den Armen. Als er die Hand hob, um den nächsten Griff zu packen, schlang sich etwas um sein Handgelenk. Er wünschte, den Angreifer sehen zu können, doch ohne die elektronischen Verstärker in seinem Anzug war es zu dunkel.

Wie lange war es jetzt her, seit sein Anzug versagt hatte? Allmählich wurde es stickig im Helm. Bruno spürte, wie ein dünnes Etwas langsam einen Finger nach dem anderen löste, mit denen er sich noch immer an dem Griff festklammerte. Dann hoben ihn Dutzende peitschenähnlicher Arme von der Hülle der *Dolittle*.

Er wünschte, er hätte Carol zumindest noch Lebewohl sagen können.

Bruno wartete darauf, daß die Aliens seinen Anzug ebenso auseinandernehmen würden, wie sie es mit dem Rumpfabschnitt der *Dolittle* getan hatten. Er gähnte unkontrolliert. Zuviel Kohlendioxyd ...

Im selben Augenblick, da er das Bewußtsein verlor, spürte er, wie sich winzige Finger durch den Interfacestecker in sein sterbendes Gehirn brannten.

Keine Kraft ... noch nicht einmal mehr, um verzweifelt zu schreien.

TEIL 2
KALTE LOGIK

KAPITEL 1

Es gibt eine tiefere Realität jenseits des angenehm Offensichtlichen.

Der Weltraum ist weder leer noch grenzenlos. Der Kosmos *scheint* sich nur unendlich weit zu erstrecken, von den schwarzen Hüllen längst gestorbener Sterne bis zu den glühenden Infernos der Quasare, die in weit entfernten Galaxien brennen. Selbst die gähnende Leere zwischen diesen Objekten ist nicht wirklich leer, sondern summt die uralten Melodien ionisierten Gases und magnetischer Felder. Das reine Vakuum ist voll von Akten der Schöpfung und der Zerstörung, von Partikeln und Anitpartikeln, die aus dem Nichts geboren werden und im Nichts vergehen, alles in winzigen Splittern der Zeit.

Doch es war nicht immer so.

Es gab eine Zeit, weit jenseits des Verständnisses von Geistern, die auf zeitliche Invariablen und drei Dimensionen beschränkt sind, eine Zeit, als das Nichts über allem herrschte. Nicht die Leere.

Das *Nichts.*

Bevor es eine Realität gab, wie hätte es da eine Existenz geben können? Die Zeit besitzt einen Ausgangspunkt, einen Anfang. Die kosmische Symmetrie verlangt, daß es zum Ausgleich einer Alphazeit einen ultimativen Omegapunkt geben muß. Ob durch Zufall, Naturgesetz oder Manipulation, *irgend etwas* erschien, als es nichts gab. Über dieses Mysterium ist nichts wirklich bekannt. Aber was auch immer der Erste Grund gewesen sein mag – die zeitlose Leere blühte im alles verschlingenden Inferno der Schöpfung, der Gesamtheit dessen, was man eines Tages Materie und Energie nennen würde: ein Universum.

Die ersten Augenblicke dieser Zeit waren ein einziges großes Feuer unvorstellbarer Energien und winzig kleiner Staubkörnchen. Selbst das Licht war zu schwach, um ungeteilt und frei in diesem Inferno existieren zu können. Es war eine Zeit neugeborener Realitäten, die allesamt in ungezügeltem Zorn gegen das Nichts anrannten, ein gigantisches Leuchtfeuer, das versuchte, eine unendliche Dunkelheit zu füllen.

Aber damals wie heute müssen alle Dinge, die brennen, irgendwann wieder abkühlen. Die Entropie bleibt der letzte Richter dieser Realität. Das helle und unversöhnliche Ganze begann sogleich, sich abzukühlen und auszudehnen. Und ebendies sollte das Ganze fortan auf ewig tun, seit diesem einen, quälenden Augenblick. Schließlich schlüpften Photonen aus der weißglühenden Schmiede der Schöpfung und flohen unermüdlich über das Gesicht dieser neuen Realität. Eine subatomare Menagerie traf aufeinander und verschmolz zu neuen, exotischen Verbindungen. Materie wurde geboren und rang mit Energien, fein oder grob, um die Vorherrschaft; beide gewannen in verschiedenen Teilen des Raum-Zeit-Kontinuums.

Das neugeborene Universum wuchs weiter, und noch immer war es heißer als der Kern einer Sonne, doch es kühlte ab. Es dehnte sich aus wie die Oberfläche eines kosmischen Ballons, der von einem Orkan aufgeblasen wird. Doch das Gewebe der Raumzeit ist nicht unendlich dehnbar, und die Ausdehnung erfolgte nicht gleichmäßig. Unter unvorstellbaren Belastungen stöhnte die Realität selbst unter den Nachwirkungen des feurigen Schöpfungsakts. Risse entstanden im Gewebe der Raumzeit.

So wie Sprünge in Wasser entstehen, wenn es zu Eis gefriert, war es auch mit der Realität. Als das kosmische Ei gelegt wurde, entstanden Risse in dessen Schale, die zwar winzig, aber machtvoll waren. Jeder Riß war weit dünner als ein Atom dick ist, doch erstreckten sie sich über mehrere Lichtjahre hinweg.

Die ursprünglichen Risse pochten und wanden sich vor lauter Energie und Kraft. Ihre gequälten Bewegungen trafen nahe Konzentrationen heißer Materie wie eine Faust. An ihren Rändern breiteten sich brüllend elektromagnetische Felder aus und induzierten seltsame, komplizierte Muster in lokale Gaswolken.

Einige dieser Risse, die während der Schöpfung entstanden waren, verbanden sich zu gigantischen Netzen, zu Gebilden einer wilden Topologie. Andere wiederum spalteten sich in kleinere Risse auf und strahlten mächtige Gravitationswellen ab, die sich im neugeformten Universum ausbreiteten wie Wellen auf der Wasseroberfläche eines Teichs.

Diese verschlungenen Knoten der Raumzeit verzerrten das expandierende Universum ungleichmäßig – kosmische Gabelungen, in denen sich das Feuer der Sterne entzündete. Einige größere Netze dienten der Schwerkraft als Fokus; Samen für die Aggregation verschmelzender Materie, aus der sich schließlich ein Sternenmeer entwickeln sollte. Eines Tages sollte man die riesigen stellaren Strudel Galaxien nennen.

Aber das lag noch Äonen in der Zukunft.

Die meisten Risse und Spalten in der Raumzeit verschwanden; überall im Universum entzogen ihnen mächtige Schwerkrafttrichter alle Energie und Kraft. Die wilde Ausdehnung der Realität verlangsamte sich, und die größere Struktur des Universums wurde sichtbar.

Doch einige Knäuel in der Raumzeit überlebten, jedoch beschnitten in ihrer Macht und Herrlichkeit. Intelligenzen, die schließlich in unserem Universum entstanden, gaben diesen Überresten eine Vielzahl von Namen in unzähligen Sprachen. Die Menschen sollten sie irgendwann als Kosmische Strings bezeichnen.

Aber es waren keine Fäden, wie der Name vermuten läßt.

Es waren Fenster.

Die Knoten und Knäuel der Raumzeit waren winzige Verbindungen zwischen dem neuen Universum und anderen Raum-Zeit-Kontinua. Intelligenzen durchstreiften diese andere Realität und gingen unbekannten Geschäften nach. Diese Intelligenzen waren nicht aus denselben Komponenten entstanden wie jene im anderen Kontinuum. Ihr Äquivalent von Fleisch und Blut bestand nicht aus Quarks und Quanten, aus Elektronen, Protonen und Neutronen. Sie unterlagen nicht den Kräften und Naturgesetzen, die unsere Realität bestimmen und die Vergangenheit mit Gegenwart und Zukunft verbinden.

Komparative Fremdartigkeit war Teil ihrer Natur.

Aber wie fremd sie auch erscheinen mochten, die Wesen auf der anderen Seite der Kosmischen Strings besaßen einen eigenen Geist und auch so etwas ähnliches wie Neugier. Schließlich entdeckten sie die verzerrten Fenster in unsere Realität, jene verwahrlosten Überreste aus den ersten Augenblicken der Schöpfung. Die Wesen lernten, daß man durch diese Verzerrungen im Raum-Zeit-Kontinuum Informationen zu übermitteln vermochte.

Die Geschöpfe, vollkommen fremd für jedes Wesen, das unserem Kontinuum entstammt, spähten durch die summenden Risse in unsere Realität. Dieser Ort, der sich so sehr von ihrem eigenen Heim unterschied, erregte ihre Neugier, und ihr Interesse wuchs, als sie erste Blicke eines neuen Universums erhaschten, neue Arten der Existenz entdeckten. Schließlich wünschten sie, diesen fremdartigen Ort zu erforschen, der ihnen so nah und doch so fern war.

Sie konnten dieses Raum-Zeit-Kontinuum ebensowenig betreten und dort leben, wie ein menschliches Wesen in einer Buchseite leben kann. Aber sie verspürten einen starken Entdeckerdrang – auch wenn sie sich dazu eines Stellvertreters bedienen mußten.

Die Wesen erforschten dieses Raum-Zeit-Kontinuum auf die einzige Art und Weise, die ihnen zur Verfügung stand. Vorsichtig griffen sie durch die Fenster an den Grenzen ihrer eigenen Realität ...

... in die unsere.

Nenne die Geister, die sich in dieses andere Universum vorwagten, ›Jene, die hinübergleiten‹.

KAPITEL 2

Sie näherten sich dem Outsiderschiff, und er hatte große Angst.

Der Name des verängstigten Puppenspielers war eine wunderbare Symphonie, die den Mündern am Ende seiner beiden Hälse entsprang. Wörtlich übersetzt bedeutete der Name: »Er, der schwierige Wahrheiten in den weisen Ohren des Hintersten zähmt.« Man konnte ihn jedoch auch kurz »Diplomat« nennen. Seine Lippen mit den Fortsätzen, die seine Spezies als Finger verwandten, zitterten nervös.

Er ignorierte die höhnische Frage der Pilotin der *Weisheit des Rückzugs* und bemühte sich, seine Atmung wieder unter Kontrolle zu bringen. Indem er durch die Nacken atmete, versuchte er sich zu beruhigen. Die drei Herzen des Puppenspielers pochten ungleichmäßig.

Er hatte einen Drogenklumpen in seinem persönlichen Medizinbeutel, doch er wußte, daß es besser war, ihn nicht zu kauen. Die Pilotin der *Weisheit des Rückzugs* wäre nicht damit einverstanden.

Während der viel zu kurzen Notfallbesprechung in der Festung des Hintersten hatte Diplomat Berichte über das fremde Schiff gesehen. Die Zahlen und deren Bedeutung brannten noch immer in seinem Geist wie ein Buschfeuer, das über eine trockene Ebene hinwegfegt.

Er flötete der Pilotin Zustimmung zu und stählte sich schlußendlich für das, was er mit seinen beiden Augen sehen würde. Die Pilotin schnaufte amüsiert und wandte sich wieder der Befehlskonsole zu.

Mit einem einzigen tiefen Befehlston aktivierte sie jenen Teil des Schiffsrumpfes, der als Bildschirm diente, und das seltsame Outsiderschiff erschien. Es war schlimmer, als Diplomat erwartet hatte; ein furchterregendes, raumfahrendes Nest voller unbekannter Bedrohungen. Er kämpfte gegen seine Angst und das unbestimmte Gefühl an, daß dies alles nicht wahr sein könne. Die Berichte und Hologramme waren dem entsetzlichen Artefakt in keinster Weise gerecht geworden.

Fast war es zuviel für Diplomats Verstand. Er betrachtete die metrischen Markierungen, die der Schiffscomputer neben das Bild des fremden Gefährts projizierte; allein die riesigen Ausmaße des Objekts machten ihn nervös, und das extrem vergrößerte Bild auf dem Schirm trug sein Übriges dazu bei.

Die Schwerkraftplaner der *Weisheit des Rückzugs* leiteten eine unerwartete Kurskorrektur ein, und der erschrockene Diplomat heulte wie eine Alarmsirene. Instinktiv rollte er sich zitternd in seinem Kraftnetz zu einem Ball zusammen. Diplomats Geist floh vor der Bedrohung durch die Outsider in angenehme Dunkelheit.

Durch einen stechenden Schmerz an der Basis seiner beiden Hälse wurde er unsanft wieder in die Realität zurückgeholt. Der Schlag war so stark, daß er leuchtende Punkte vor den Augen sah.

Nicht schon wieder, dachte Diplomat, schloß die Augen so fest er konnte und preßte Hälse und Beine enger an den Mittelteil. Er biß die stumpfen Vegetarierzähne zusammen, denn er wußte, daß die Schläge erst aufhören würden, wenn er wieder herauskam.

Die Pilotin sang einen martialischen Fluch. Diplomat spürte ein elektrisches Prickeln, als sie ihr Kraftnetz deaktivierte. Ein dumpfer Knall und ein Knacken folgten; die Pilotin hatte ihre vielgliedrigen Stiefel von der Konsole gelöst. Deutlich fühlte Diplomat, wie sie sich vor ihm aufbaute.

Der beruhigende Geruch der Herde, den die Ventilatoren verteilten, wurde vom Gestank uneingeschränkter Dominanz und wilder Wut verdrängt. Diplomat schluckte und versuchte, durch die Münder zu atmen, um den Gestank nicht riechen zu müssen.

Der Geruch stammte von der Pilotin, war nur stärker als üblich und voller Wut. Die ganze Reise über hatte Diplomat Distanz zu ihr gewahrt, auch wenn das in der Enge der Lebenskapsel ausgesprochen schwierig gewesen war. Die Kapazität der Luftwascher reichte nicht aus, um den aufdringlichen Duft der Pilotin auszufiltern, die große Mengen Angriffspheromone verströmte.

Leider mochte sie »den Duft der Schlacht«, wie sie ihren Körpergeruch zu nennen pflegte.

Der verängstigte Puppenspieler wünschte sich nichts sehnlicher, als wieder im Hospitalbau zu sein, wo die Psychiker mit ihren Induktionsgeräten sein müdes Hirn beruhigen würden. War Diplomat nicht gerade erst von seiner letzten Mission auf Q'rynmoi zurückgekehrt? Hatten die Psychiker nicht offen erklärt, daß er noch nicht wieder für eine weitere Mission bereit sei? Er schlang die Hälse um den Leib.

Diplomat hörte das wütende Pfeifduett der Pilotin. Sie sang einen mißtönenden Befehl, und Diplomats Kraftnetz löste sich auf. Ein leichtes, statisches Jucken war alles, was von dem Schutzschild übriggeblieben war.

»Steh auf, und beherrsch dich, du elender *Feigling.*« Der Tonfall der Pilotin war eine Symphonie der Verachtung, die ein Wort, das unter Puppenspielern als Ehrenbezeichnung galt, in eine Beleidigung verwandelte.

»Kau deine Mutdrogen, wenn es denn sein muß«, sang sie hochmütig weiter. »Du bist hier im Auftrag des Hintersten und aller Puppenspieler. Das ist wichtiger, als dein beschämender Mangel an bemerkenswerten Akkorden.«

Die Worte der Pilotin trafen Diplomat härter als der Schmerz in seinen Hälsen. Er war stolz auf seine seltene Fähigkeit, mit Dutzenden fremder Spezies arbeiten zu können. Warum also war es ihm unmöglich, mit einem Mitglied seines eigenen Volkes zurechtzukommen?

Zumindest *glaubte* Diplomat, die Pilotin gehöre zu seiner Spezies.

Der ängstliche Puppenspieler atmete tief durch; es war sinnlos, das Unvermeidliche hinauszuschieben. Er wickelte seine Hälse aus und öffnete die Augen eins nach dem anderen. Vorsichtig erhob er sich in der kleinen Lebenskapsel. Der wütende Geruch der Pilotin brach über Diplomat herein wie ein Schwarm stechender Insekten.

»Nein«, sang er in bedächtigem Tonfall und schob seine Ängste so weit beiseite, wie er konnte. »Im Augenblick brauche ich die Drogen nicht.« Diplomat war nicht sicher, ob diese Erklärung der Wahrheit entsprach. Er blickte weder auf den Schirm noch zur Pilotin.

Abfällige Musik hallte durch die Kapsel.

»Dann sieh mich an, *Diplomat.*« Ein Akkord kalter

Ironie schlich sich in den Gesang der Pilotin. »Wenn du *mich* nicht ansehen kannst, wie willst du dann die Befehle des Hintersten ausführen, geschweige denn, den Heliumbiestern ins Gesicht blicken?«

Es folgte eine nachdenkliche Pause.

»Das heißt«, fuhr sie fort, »falls sie überhaupt Gesichter *haben* sollten.« Die Pilotin summte und pfiff eine weitere Tonfolge in ihre Befehlskonsole. »Der Rumpf ist wieder undurchsichtig. Beherrsche deine Furcht.«

Schließlich hob Diplomat die Köpfe, blinzelte und blickte zur Pilotin der *Weisheit des Rückzugs* empor ...

... immer höher empor ...

Die Wächterin des Hintersten war mehr als zwei Meter groß. Der Leib des riesigen Puppenspielerweibchens steckte in einem Prallanzug, und an jedem ihrer Hälse war eine schimmernde Spiegelplatte befestigt, die einen Strahl gebündelten Lichts zu reflektieren vermochte. Jeden Kopf zierte ein traditioneller Kriegshelm mit scharfen Krallenornamenten, und aus den Augen der Pilotin sprachen Gefühle, die Diplomat fremd waren. Ihre Beine waren ebenso gepanzert wie ihre Hälse, und Holster hingen in Reichweite jeden Mundes. Weil die Wächter auch geschickt mit ihren Hufen umzugehen vermochten, steckte jeder in einem Magnetstiefel, an dessen Außenseite Schneidewerkzeuge, Laser, Projektilwaffen und noch jede Menge andere Geräte befestigt waren, deren Schrecken der Große Wühler allein verstehen mochte.

Die Wächter waren eines der bestgehütetsten Geheimnisse der Puppenspieler. Die Kriegerkaste war klein, gezüchtet und trainiert für den gelegentlich notwendigen Wahnsinn von Gewalt und Kampf. Der

Hinterste sprach für alle Puppenspieler, und die Wächter des Hintersten vollzogen den Willen jener, die von hinten führen. Sie erzwangen Verträge zwischen einzelnen Puppenspielergruppierungen, berieten den Tiefsten Rat, entwarfen und bauten Sicherheitsgeräte und Waffen. Von Zeit zu Zeit rief man sie, um die Interessen der Puppenspieler auf eine etwas *direktere* Art zu verteidigen.

So wie in der gegenwärtigen Situation, sinnierte Diplomat, und ein ängstlicher Schauder lief ihm über beide Nacken. Diese Wächterin des Hintersten hielt einen ihrer Köpfe aufrecht und ein wenig zur Seite geneigt, während der andere vornüber gebeugt war, so daß der Mund unmittelbar über dem Holster am linken Bein schwebte. Diese vorsichtige Haltung nahm jeder Wächter in Situationen ein, die er für potentiell gefährlich hielt – oder mit anderen Worten: immer. Die Wächter des Hintersten rechneten stets mit Gefahren, heftigen Auseinandersetzungen und selbst mit solchen Obszönitäten wie Kämpfen. Es hieß, sie genössen es sogar.

Das allein ließ die Pilotin noch fremdartiger auf Diplomat wirken als die barbarischen Q'rynmoi und ihre Brutkolonien.

»Schon besser«, schnaufte die Pilotin. »Vielleicht wirst du doch noch von Nutzen sein.«

»Wie lange dauert es noch, bis wir uns mit dem Outsiderschiff treffen?« fragte Diplomat und deutete mit einem Kopf auf den trüben Bildschirm.

»Zu bald für dich«, antwortete die Pilotin; ihr Lied klang frech. Sie hob beide Köpfe, die sich gegenseitig kurz amüsiert anblickten, und nahm daraufhin wieder ihre normale Haltung ein.

Diplomat richtete sich zur vollen Größe auf. Es war an der Zeit, die Aufgabe mit beiden Mündern anzugehen. »Bitte, zeig mir noch einmal das Outsiderschiff, Wächterin.« Vielleicht benutzten die Giganten innerhalb ihrer Kaste Namen, doch in der Gesellschaft der Puppenspieler wurden die Wächter des Hintersten nur mit ›Wächter‹ angeredet.

Die einzige andere Anredeform, die ein Wächter akzeptierte, war das obszöne Wort ›Krieger‹.

Diplomat war zu gut gezüchtet, um solch ein Wort in die Münder zu nehmen.

»Ein kleiner Schwätzer wie du findet plötzlich seinen Mut wieder?« summte die Wächterin. »Und das ohne Drogen? Ich muß sagen, ich bin beeindruckt.«

Bevor Diplomat etwas erwidern konnte, trat die Pilotin an ihre Konsole und sang wieder ein klares Bild auf den Bildschirm. Diplomat ließ sich in sein Drucknetz fallen, schluckte und blickte nach vorne.

Das Outsiderschiff wirkte mehr wie ein biologisches Konstrukt denn wie ein Raumfahrzeug. Diplomat zwang sich, die Köpfe hierhin und dorthin zu drehen, um eine bessere Perspektive zu bekommen. Das Schiff besaß die Größe eines kleinen Mondes, war aber kein fester Körper. Ein komplexes Gewirr aus seltsam gefärbtem Metall glitzerte im Sternenlicht. Die verworrene Topologie des Dings strengte Diplomats Augen an. Hier und da ragten Plattformen und merkwürdig geformte Objekte aus dem Gewirr. Strahlend helle Lichter kreisten um das Schiff wie Orbitalkörper, und winzige Staubkörner glitzerten und schossen über, unter und durch das Outsiderschiff hindurch.

Das ist in der Tat ein Nest bedrohlichen Ungeziefers,

dachte Diplomat und trommelte mit den Hufen. Er verdrängte seinen autonomen Fluchttrieb in die Schatten seines Unterbewußtseins.

»Was ist deine Einschätzung, Passagier?« fragte die Pilotin. »Entschuldige, ich wollte natürlich *Diplomat* singen.«

Diplomat ignorierte die Beleidigung. »Ich habe ein solches Outsiderschiff noch nie gesehen«, erwiderte er, und erneut ergriff ihn Furcht. Einer seiner Köpfe tauchte zum Medizinbeutel ab. »Gleiches gilt für alle im Tiefsten Rat. Wir haben aber unsere Theorien – so wie du mit den Hufen stampfst, wenn du etwas Neues siehst.«

Diplomat blinzelte verwirrt; es war mehr ein Flattern, um seinen Blick zu verschleiern.

»Es scheint, als würde das Outsiderschiff einen Hyperraumantrieb benutzen«, sinnierte er laut. Die kalten Händler zogen für gewöhnlich relativistische Geschwindigkeiten dem Hyperraum vor. Das Auftauchen des Outsiderschiffes aus dem Hyperraum hatte auf sämtlichen Heimatwelten die Alarmsirenen aufheulen lassen.

Diplomat sträubte sich das Nackenfell. »Welche Art Notfall könnte Wesen wie diese wohl zu solch einem Verhalten getrieben haben?« Die Outsider hatten nur wenig mit kohlenstoffbasiertem, sonnenorientiertem Leben zu tun. Was galt für einen Outsider als Notfall? Der Gedanke jagte Diplomat einen Schauder über die Nacken.

»Vielleicht kocht ihr flüssiges Helium«, pfiff die Pilotin säuerlich.

Diplomat verstand die grundlegende, aggressive Paranoia der Wächterkaste – in einem feindlichen

Universum ergab sie sogar meist Sinn –, aber die Outsider waren schon lange Partner der Puppenspieler.

»Sind die Outsider nicht unsere Verbündeten?« fragte er so diplomatisch, wie es seinem Titel entsprach. »Haben sie unserer Spezies in der Vergangenheit nicht oft geholfen?«

»Wieder erfaßt du die Wahrheit nur mit einem Mund«, summte die Pilotin. »Wir verdanken den Heliumbiestern viel, aber andererseits ergibt sich aus dieser Abhängigkeit auch eine Bedrohung für unsere Spezies.«

Typisch Wächter, dachte Diplomat, *die Geschenke der Outsider als Bedrohung zu betrachten* ... Die kalten Wesen hatten die Puppenspieler mit vielen technischen Wundern versorgt, einschließlich des Weltenbewegers, der die Puppenspieler vor so langer Zeit gerettet hatte. Die Outsider hatten dafür lediglich als Gegenleistung verlangt, daß die diplomatischen Puppenspieler andere Lebensformen für sie beobachteten und ihnen gelegentlich Bericht erstatteten.

Indem sie die technischen Wunder der Outsider an andere warme Spezies verkauften, hatten die Puppenspieler einen Reichtum angehäuft, der für Jahrtausende reichen würde.

Es war ein harmloses Abkommen gewesen, bis plötzlich ein barscher Ruf auf den Heimatwelten empfangen worden war. Und anschließend war dieses furchterregende Schiff von der Größe eines kleinen Mondes knapp außerhalb des Gravitationstrichters der Puppenspielerwelten erschienen. Jetzt wartete es auf den dringend angeforderten Botschafter.

Was ging hier vor?

Nachdenklich spielte Diplomat mit den Fingerlippen an seiner linken gespaltenen Zunge. »Du hast in dieser Angelegenheit mit der Studienherde gegrast, nehme ich an.«

Die Wächterin blinzelte zustimmend.

»Ich brauche jegliches Material, das man dir in den Lagebesprechungen zur Verfügung gestellt hat, Wächterin, und zwar sofort«, forderte Diplomat ungewohnt energisch.

Amüsiert hob die Wächterin die Köpfe. »Wohl kaum«, krächzte sie unmelodisch. »Ich muß dir die Information langsam geben, so wie man Kleine nur langsam mit weichen Blättern füttert, bevor ihre Mahlzähne hervorkommen. Du würdest sicherlich unter der Belastung zusammenbrechen, solltest du alle Information über unsere Mission auf einmal bekommen.«

Diplomat legte stolz die Köpfe zusammen und unterdrückte seine Ängste, die wie stets nur darauf warteten auszubrechen. Trotzdem: Er war von großer Bedeutung für diese Mission und mußte die Pilotin der *Weisheit des Rückzugs* an diese Tatsache erinnern. Er zwang sich, der Wächterin in die Augen zu sehen ...

... und zwar nicht unterwürfig.

Die Puppenspielerkämpferin senkte ihren freien Kopf und berührte bedeutungsvoll das Medaillon auf ihrem Prallanzug. Es war die holographische Darstellung eines zurückweichenden Puppenspielers: das Siegel des Hintersten. Sie schnaufte verächtlich ob Diplomats stolzem Tonfall. Obwohl er im Augenblick nur durch die Münder atmete, roch er ihre Verärgerung.

»Ich erkenne deine Autorität und Ehre an«, beharrte

Diplomat und wunderte sich darüber, daß er sich nicht instinktiv wieder zusammenrollte, um sich von der Wächterin treten zu lassen. »Doch *ich* handle auch für den Hintersten. Wir arbeiten zusammen, Wächterin, wie eine kleine, eigenständige Herde. Wir werden gegen einen gemeinsamen Feind antreten. Auch *das* ist der Befehl des Hintersten.«

Es folgte eine lange Pause.

Diplomats linker Kopf hielt die Luft an, während er versuchte, nicht auf den rasselnden Atem der Wächterin zu achten.

»Gut gesprochen«, erwiderte die Wächterin schließlich mit einer spöttischen Untermelodie in ihren Worten. »Dein Name ist gut gewählt, kleiner Schwätzer.« Sie griff in den Beutel an ihrer Seite und zog einen kleinen, schillernd bunten Datenwürfel hervor.

Diplomat wartete. Er wußte, daß er Status besaß: Hatte der Hinterste ihn nicht persönlich für diese Mission ausgewählt? Diplomat schüttelte sich leicht, wodurch die Edelsteine auf seinem elegant gestriegelten Rückenpelz leise klimperten: seine Rangabzeichen.

Wieder folgte eine längere Pause.

»Ich bitte vielmals um Verzeihung, o großer Weiser. Hier sind die verlangten Daten, *Diplomat*.« Die Wächterin wartete darauf, ob Diplomat ihren ironischen Köder schlucken würde oder nicht.

»Wie lange dauert es noch, bis wir an dem Outsiderschiff andocken, Wächterin?« fragte Diplomat erneut und bemühte sich, so gleichgültig wie möglich auszusehen.

»Dir bleibt genug Zeit, den Inhalt des Datenwürfels zu begutachten und die Sprachprogramme in deinem

Kommunikationsmodul zu verdauen, o großer Weiser.« Wiederum schwenkten die Köpfe der Wächterin kurz herum und schauten einander an. »Allerdings vermute ich, daß dir nicht gefallen wird, was du sehen wirst.«

Mit dem linken Mund bot sie Diplomat den Datenwürfel an – aber natürlich blieb sie knapp außer Reichweite, so daß Diplomat sich zu ihr hinüberbeugen mußte.

Nebenbei bemerkte Diplomat, daß sich der rechte Mund der Wächterin keinen Augenblick lang auch nur einen Zentimeter von ihrem Holster entfernte; selbst in der Sicherheit der *Weisheit des Rückzugs* war sie stets kampfbereit.

Nervös leckte er sich mit der linken Zunge über die Fingerlippen ... und reckte der Wächterin den Hals entgegen. Er mußte sich sehr weit vorbeugen. Diplomat griff nach dem glitzernden Würfel, der sein Schicksal enthielt ...

... und vielleicht auch das vieler, vieler anderer.

OUTSIDER EINS

Verwirrung. Dieser Lokal- und Ander-Nodus können in diesem zerstörten Geometrieraum die Irritationen durch die warmen Lebensformen nicht genau identifizieren. Auf allen Vibrationsharmonien ergibt die Suche nach den näheren Umständen Null.

Aufmerksamkeit. Dieser Lokal-Nodus siebt die Plasmaturbulenzen mit großer Sorgfalt. Es gibt keine Spur, nur Trümmer der Warmleben-Usurpatoren. Die beiden kämpfenden Staubkörner sind nicht anwesend.

Nachdenken. Eines Geistes. Ist dann vielleicht alles Warmleben-Ungeziefer vernichtet worden? Es gab keine Gelegenheit, die Pläne des Ungeziefers zwecks Analyse und Entscheidung zu erfragen. Der Nexus *muß* vor Gefahren beschützt werden.

Argwohn. Dieser Lokal- und Ander-Nodus sind Eines Geistes. Dieser Lokal-Nodus registriert eine Turbulenz in {#@@#@}. Es ist mehr als die Resonanz von freigesetzten, zerstörerischen Kräften. Etwas jenseits der Möglichkeiten des Warmleben-Ungeziefers war anwesend. Bereite er sich darauf vor, die relevanten Datenpakete zu empfangen.

Zorn. Empfangen. Analyse vollständig. Die häretischen Wilden sind in der Tat durch diesen Raum-Zeit-Locus gezogen und sind geflohen! Vielleicht haben die Wilden die Warmleben-Exemplare an sich genommen – und sicherlich zu Zwecken, die den Absichten der Göttlich Strahlenden entgegenstehen.

Verwirrung. Eines Geistes. Was sollen dieser Lokal- und Ander-Nodus unternehmen? Der Vertrag schränkt die Handlungsfähigkeit nahe dieser Geometrie ein.

Entschlossenheit. Der Vertrag besitzt Konturen, die endlich sind. Der Nexus sammelt sich, von Lokal- und Ander-Nodus in den Nodus. Der Nodus wird feststellen, auf welchem Vektor die Wilden in den {#@@#@}-Raum gezogen sind, und sie verfolgen.

Vorsicht. Was ist mit dem Vertrag?

Rechtschaffenheit. Verträge dienen einem höheren Zweck. Stimmen die Göttlich Strahlenden zu? Ihr Schweigen ist Grund genug zu handeln.

Entsetzen. Diese Denkrichtung führt den Ander-Nodus auf den Weg der Wilden.

Belustigung. Der Ander-Nodus scherzt. Den Direktiven der Göttlich Strahlenden zu folgen, führt *nicht* zu wilden Handlungen.

Sorge. Ist der Ander-Nodus sicher?

Ungeduld. Genug. Alle Lokal- und Ander-Nodi vereinen sich zum Nodus, und Eines Geistes werden sie sicher sein. Sie werden den Energien zu den Quellen folgen, die die Wilden auseinandergerissen haben.

KAPITEL 3

Die Wächterin bot Diplomat den glitzernden Datenwürfel an. Es war Teil ihrer Mission, den zerbrechlichen Passagier zu beschützen. Einem Rang Geltung zu verschaffen, hatte jedoch wenig mit Schutz zu tun. Der kleine Puppenspieler mußte sich strecken, um an die Informationen zu gelangen. Das zwang ihn, unterwürfig den Hals zu recken.

Solch ein Akt war sowohl Tradition als auch ein Test, erinnerte sich die Wächterin. Wie würde der kleine Schwätzer reagieren?

Pflichtbewußt und respektvoll mied Diplomat direkten Augenkontakt mit der Wächterin und ergriff den Datenwürfel mit dem linken Mund. Keine Herausforderung.

Doch noch immer, so bemerkte die Wächterin, war seine Haltung so tapfer, wie es einem Puppenspieler seiner Blutlinie möglich war. Sie blinzelte zweimal anerkennend. Diplomats Akt höflicher Wertschätzung gefiel ihr insgeheim, obwohl sie nach außen hin einen ernsten Ausdruck bewahrte und den anderen mit ihrem Blick noch immer gefangenhielt.

Diplomat war klein, verwundbar und offensichtlich unglaublich verängstigt – und das aus gutem Grund. Die Wächterin war froh, daß er sich bemühte, seine Gefühle zu verbergen. Er hob sogar seine Hälse ein wenig, was für ihn wohl ein Zeichen ungewöhnlichen Mutes war.

Trotz all der Drohungen und Beleidigungen, die sie gegen ihn ausgesprochen hatte, genoß es die Wächterin, sich um Diplomat zu kümmern. Ein kleiner Puppenspieler wie Diplomat *verlangte* den Schutz eines Wächters, und es wärmte ihr das Herz, diese Pflicht erfüllen zu dürfen. Es wäre ihr eine große Freude gewesen, für ihren Schützling zu sterben.

Natürlich würde sie so etwas der kleinen Kreatur gegenüber niemals zugeben. Die Fassade der Wächter zwang die anderen Puppenspieler, sie mit Respekt zu behandeln und ihren Worten Aufmerksamkeit zu schenken – wenn auch zumeist aus Furcht. Nie gestattete ein Wächter seinen Gefühlen, ihn bei der Erfüllung der Aufträge des Hintersten zu beeinflussen.

Für einen Wächter der Puppenspieler gab es nur die Pflicht.

Unbedingte Pflichterfüllung war der Grund, aus dem Wächter über Jahrtausende hinweg auf die gleiche Art gezüchtet und trainiert worden waren. Unbedingte Pflichterfüllung dem Hintersten gegenüber: Das waren die ersten Worte, die ein Fohlen der Wächterkaste in der Wiege hörte; und es waren die letzten nach einem langen Leben des Dienens.

Die Wächterin funkelte noch ein wenig strenger mit den Augen, um das Bild zu verstärken, das sie nach außen hin abgab. Diplomat verneigte sich vor ihr mit beiden Köpfen und wandte sich seiner Konsole zu. Das Siegel des Hintersten knirschte, als er es mit den Zähnen aufbrach.

Die nächsten Minuten blickte die Wächterin nicht nach vorne. Dies hier verlangte behutsames Vorgehen.

Ich bin eine Wächterin, dachte sie, *kein Melodien summender Psychiker*.

Aber der Befehl des Hintersten war und blieb nun einmal ein Befehl.

Aus dem Augenwinkel heraus beobachtete die

Wächterin, wie Diplomat den Datenwürfel ins Lesegerät steckte. Mit einem Minimum an Floskeln pfiff er die Hypericons herbei; er wirkte kühl und effizient. Das war eigentlich gar nicht so überraschend. Die Wächterin wußte, daß Diplomat es gewohnt war, im Feld zu arbeiten; er war kein Heimatwelt-Geck, auch wenn er sein Rückenfell wie ein solcher gestriegelt hatte.

Ein Wächter ließ sich niemals von Äußerlichkeiten täuschen.

Die Wächterin gestattete sich ein spöttisches Züngeln, als Diplomat mit heuchlerischem Selbstvertrauen auf den Konsolenschirm blickte, der plötzlich zum Leben erwachte. Sie wandte sich der eigenen Konsole zu und aktivierte das Kraftnetz, dessen statische Ladung angenehm auf ihrem Kampfpanzer prickelte und sie an Ort und Stelle hielt.

Wenn die Wächterin Diplomat den Inhalt des Datenwürfels *einfach so* verarbeiten ließ, würde der kleine Puppenspieler wieder kurzzeitig in Katatonie fallen. Zwar war die Wächterin auf solchen Missionen insgeheim milde gegenüber ihren Schützlingen gestimmt, aber sie hatten dennoch keine Zeit für Fellkraulereien außerhalb der Balzzeit.

»Nun, geehrter, großer Weiser«, fragte sie mit rauhem Humor, »macht es dir etwas aus, mir deine ersten Eindrücke mitzuteilen?«

»Ich danke dir«, flötete Diplomat ehrerbietig. Seine Melodie klang beherrscht. »Ich werde noch einige Zeit brauchen, um die kodierten Informationen durchzusehen, bevor ich diese Frage korrekt beantworten kann.«

Die Wächterin blickte zu Diplomat. Anhand seiner

Melodie und Haltung konnte sie nicht erkennen, wie er wirklich reagierte. Sorgfältig legte sie sich in Gedanken jedes einzelne Wort zurecht.

Sanft, ermahnte sie sich. *Aber schnell …*

Ohne Musik in der Stimme sprach sie mit deutlicher, unpuppenspielerhafter Betonung. »Ich weiß ein wenig über die Mission, die vor uns liegt, Diplomat. Ich war weit weg vom Hintersten, als die Outsidernachricht empfangen wurde. Später war ich in der Herde mit dem Tiefsten Rat und habe dabei geholfen, die Anweisungen in dem Datenwürfel vorzubereiten. Das ist Arbeit für Wächter, nicht für Puppenspieler, die zu sehr in den eigenen Bau verliebt sind.«

Vielleicht würde ihre Zurschaustellung falscher Überlegenheit den nicht unerheblichen Stolz des kleinen Puppenspielers verletzten. Eine solche Kränkung bewirkte oft, daß der Beleidigte seine Furcht vergaß und mit der Aufgabe weitermachte, die zu erledigen er sich vorgenommen hatte.

Aber wie auch immer: Die Wächterin hatte eine sehr, sehr alte Beleidigung ausgesprochen, aber eine, die nicht wirklich schmerzte. Seit Anbeginn der Geschichtsschreibung lebten die Puppenspieler schon nicht mehr in Höhlen. Die Wächterin schwieg und harrte einer Antwort auf die rüde Melodie.

Doch der kleine Puppenspieler schwieg ebenfalls, und auch an seiner Haltung war keine Reaktion zu erkennen.

Gut, sinnierte die Wächterin, *dieser hier ist tatsächlich so fähig, wie der Tiefste Rat behauptet hat.*

»Trotzdem«, fuhr die Wächterin fort, »folgen meine Kaste und ich dem Lied des Hintersten, das von weit hinten gesungen wird. Du wirst als Repräsentant des

Hintersten den Heliumbiestern gegenübertreten, und vielleicht wirst du auch noch mehr tun müssen.« Für den Bruchteil einer Sekunde starrten die beiden Köpfe der Wächterin einander an in einem Anflug trockenen Puppenspielerhumors. »Ich hoffe nur, daß du dich ehrenhaft verhältst, denn deine Münder sprechen für alle Puppenspieler.«

Diplomat hob den rechten Kopf, und der Datenstrom auf dem Schirm kam zum Erliegen.

»Wächter sind nicht gerade für ihre elegante Konversation bekannt«, sang er mit einem Hauch von Tadel in der Melodie. »Du versuchst meine Gedanken zu striegeln und mich zu besänftigen. Der Striegel deiner Worte ist wirklich nicht notwendig.«

Beeindruckt neigte die Wächterin den rechten Kopf zur Seite. »Gut gesprochen, kleiner Schwätzer. Ich will in der Tat, daß du ruhig bleibst.«

»Das ist der Grund, warum ich Stimmungsveränderer bei mir trage«, erinnerte sie der andere. »Deine Befürchtungen sind nicht ganz unbegründet, ja, aber habe ich mich bei den Q'rynmoi nicht ehrenhaft verhalten?«

»An jenem Tag hast du wie ein Wächter gehandelt, kleiner Schwätzer.« Die Wächterin schlug die Zähne aufeinander und blinzelte respektvoll.

Diplomats Köpfe blickten einander an, dann blinzelte auch er freundlich. »Ich fühle und akzeptiere den Geist des Kompliments, auch wenn nur wenige meiner Kaste es mit beiden Augen so sehen würden.«

Die Wächterin schnaufte.

»Dann bereite mich für diese unsere Mission vor«, summte Diplomat, und aller Humor war aus seiner Stimme verschwunden.

Er wandte der Wächterin beide Augen zu.

»Nahe unseres eigenen Gebietes gibt es neue Bedrohungen im Weltraum.« Den Worten der Wächterin mangelte es erneut an Melodie, und kreischend hallten sie durch die gefilterte Luft der Lebenskapsel. Ihr rechter Kopf schwang langsam hin und her, und ihre linke Zunge berührte kurz die Fingerlippen.

Selbst Wächter können Furcht empfinden, ermahnte sie sich selbst. *Sie beherrscht uns nur nicht so wie die Kleinen.*

»Die Heliumbiester«, fuhr die Wächterin fort, »haben uns Neuigkeiten aus einem Sektor jenseits unseres Reiches gebracht. Beweise für zwei neue Spezies: aggressive Kreaturen, die eine Bedrohung für die Geschäfte und das Wohlergehen der Puppenspieler darstellen.«

Diplomat rollte das linke Auge in einem Anflug von Ungeduld. »Ich verstehe die unterschwellige Gegenmelodie in deinem Lied nicht, Wächterin. Ich vermute, die Outsider haben uns mit dieser Information lediglich einen Dienst erweisen wollen.«

Die Wächterin schwieg.

»Aber die Outsider sind unsere Verbündeten«, sang Diplomat mit wachsendem Unglauben. »Seit Jahrhunderten profitieren wir aus unserer Zusammenarbeit.«

»Das stimmt, kleiner Schwätzer«, erwiderte sein Gegenüber.

»Was willst du mir damit singen, Wächterin?«

Die Wächterin deutete mit der rechten gespaltenen Zunge auf Diplomats Konsole. »Dort wirst du die Antwort darauf finden.«

»Mit allem Respekt vor deiner Stellung muß ich mich wiederholen: Bereite mich vor«, tadelte der kleine Puppenspieler.

Die Wächterin pfiff wie ein Teekessel; dann war sie plötzlich wie erstarrt. »Der Hinterste«, sang sie, »vertraut diesen besonderen Outsidern nicht voll und ganz. Sie scheinen einem neuen Plan zu folgen.« Sie senkte den linken Kopf zu ihrem Beinholster, in dem ein Gerät steckte, das wie ein Disruptor aussah; sie berührte die Waffe flüchtig, um sich zu beruhigen, und nahm wieder Haltung an.

Sie beobachtete, wie Diplomat erzitterte, die Augen schloß und die Hälse an den Körper legte: der erste Schritt zum Rückzug. Schließlich besiegte er jedoch seine Furcht und reckte die Hälse wieder, auch wenn seine Nackenmuskeln noch immer zuckten. Abermals war die Wächterin beeindruckt.

»Du bist die Stimme des Hintersten«, erinnerte sie ihn.

Diplomat blinzelte bestätigend. »Ich kenne meine Pflichten, Wächterin.«

»Vielleicht hilft dir ein wenig Meditation«, schlug die Wächterin vor.

Der kleine Puppenspieler zirpte zustimmend. Er öffnete seinen Medizinbeutel und nahm mit der linken Zunge eine dreieckige Pastille heraus – einen Drogenklumpen.

Die Wächterin verstand Diplomats Verwirrung über die Outsider. Die kalten Lebewesen hatten die Puppenspielergesellschaft vor mehr als 100.000 Jahren ins technische Zeitalter geführt. Sie hatten den Puppenspielern die Gravitationsmaschine verkauft, den Hyperraumantrieb und eine schier endlose Menge an Sicherheitsgeräten.

Auch den Weltenbeweger.

Am wichtigsten war jedoch, daß die Outsider den

Puppenspielern gestattet hatten, für eine geringe Profitbeteiligung als ihre Agenten unter den warmen Lebensformen zu dienen. Aber die Outsider hatten stets nur ihren eigenen Pläne verfolgt – Pläne, die kein nichtkryogenes Lebewesen je würde verstehen können.

Erfreut beobachtete die Wächterin, wie Diplomat die Köpfe zusammensteckte, wodurch er weitaus lebhafter wirkte. Vielleicht halfen die Drogen ja doch ein wenig.

»Ich werde den Datenwürfel genau auswerten. Dennoch behalte ich mir das Recht vor, weitere Fragen zu stellen«, erklärte er. »Darf ich noch einmal fragen, wie lange es noch dauern wird, bis wir uns mit dem Outsiderschiff treffen?«

»Weniger als eine Stunde«, antwortete die Wächterin. »Bereite dich auf die entsprechenden Manöver vor. Die Heliumbiester haben eine Reihe von Energievorhängen um ihr Schiff aufgebaut. Ich weiß nicht warum.«

Die Wächterin flötete einen Befehl in ihre Konsole und aktivierte Diplomats Kraftnetz.

Dann drehte sie den linken Kopf, um Diplomat erneut anzusehen. Er erwiderte ihren Blick mit chemisch verstärkter Gelassenheit.

»Du solltest besser noch ein paar Drogen kauen, kleiner Schwätzer. Du wirst sie brauchen.« Sie wandte sich wieder ihrer Konsole zu und korrigierte die Anzeigen, doch einen Kopf hielt sie nach wie vor halb auf ihren Passagier gerichtet.

Der Inhalt des Datenwürfels scrollte über die Doppelschirme vor Diplomat, ein Schirm für jeden Kopf. Nach wenigen Minuten hielt er den Datenfluß an, öffnete den Medizinbeutel und schluckte einen weiteren, größeren Drogenklumpen. Diplomat pfiff, und die Daten setzten sich wieder in Bewegung.

Die Wächterin hatte geschwiegen, als Diplomat seinen zweiten Stimmungsregulator schluckte. Nun jedoch hob sie die Köpfe, die einander flüchtig anschauten, und knurrte ohne ihre typische Wildheit.

»Ja«, summte sie, »jetzt hast du die Sorgen des Hintersten mit beiden Mündern gepackt. Zwei kriegerische Spezies mit der Fähigkeit, den interstellaren Raum zu durchqueren, und sie sind im Besitz von Massenvernichtungswaffen.« Sie hielt kurz inne, um ihre Worte wirken zu lassen.

»Sie sind mit Reaktionsantrieben und Nuklearwaffen in eine umstrittene Outsidergeometrie eingedrungen?« fragte Diplomat ungläubig.

»Ja, und das einfach so und nicht lange nach Unterzeichnung des Pakts.«

Der kleine Puppenspieler trommelte mit den Hufen. »Man erwartet von mir, daß ich mit den Gefangenen kommuniziere.«

Die Wächterin blinzelte bestätigend. »Der Datenwürfel enthält zwei Sprachdateien für dein Übersetzermodul. Du wirst dich mit ihnen verständigen können, kleiner Schwätzer.«

Diplomat betrachtete noch immer die Informationen, die über die Doppelschirme huschten. Dann griff er abermals in seinen Medizinbeutel und schluckte einen weiteren Drogenklumpen. »Einer von ihnen ist ... karnivor.« Es fiel ihm schwer, das Wort auszusprechen, denn es galt als obszön unter den Puppenspielern.

»In der Tat«, erwiderte die Wächterin. »Es ist die

größere der beiden Spezies, nicht wahr? Jener, der sich selbst als *Kzin* bezeichnet. Aber er und sein Volk beunruhigen den Hintersten nicht, kleiner Schwätzer, ebenso wenig wie mich. Es sind diese ... *Menschen*. Vielleicht erkennst du ja ihren morphologischen Typus.«

Diplomat flötete verwirrt, dann schwieg er, als sich weitere Daten über die Schirme bewegten. Er schauderte und leckte sich wiederholt mit der linken Zunge über die Fingerlippen. Dann erstarrte er, doch nur, um kurz darauf die Anzeige auf dem linken Schirm einzufrieren.

Ah, dachte die Wächterin. *Der Huf trifft ins Ziel.*

Diplomat heulte alarmiert.

Erneut blickten die Köpfe der Wächterin amüsiert einander an. »Ich habe mich schon gefragt«, sang sie leise zu Diplomat, der klang, als sei er dem Wahnsinn verfallen, »wann du diese Verbindung entdecken würdest.«

Rasch schlang Diplomat die Hälse um den Leib und wimmerte ängstlich. Die Bildschirme froren zunächst die Anzeige ein, und als sie längere Zeit nicht bedient wurden, schalteten sie sich ab.

»Diese ... *Menschen* sind offensichtlich Pak-Brüter, auch wenn sie sich in vielerlei Hinsicht von ihnen zu unterscheiden scheinen.« Die Wächterin steckte ihren langen Hals in den eigenen Medizinbeutel und griff nach einem Hypospray mit Sedativum.

Sie musterte den kleinen Puppenspieler, der am ganzen Leib zitterte. Er hatte die Hälse so fest um den Körper geschlungen, daß er wie ein Fohlenspielzeug aussah.

Die Wächterin schluckte mehrmals und dachte

nach. Allem Anschein zum Trotz hatte dieser kleine, feige Diplomat eine Puppenspielerkolonie vor der vollständigen Vernichtung durch die Q'rynmoi gerettet. Die Wächterin kannte einige Männchen in ihrer Kaste, die sich mehr vor dieser Aufgabe gefürchtet hätten als Diplomat. Wenn man ihn jetzt so betrachtete, sah man nur wenig von dem edlen Retter der Kolonie.

Es hieß, die Psychiker des Hintersten hätten erklärt, Diplomats Gedankenkorrekturen nach diesem Ereignis seien nicht vollständig gewesen; Gerüchten zufolge hatten die Psychiker dazu geraten, weitere Erinnerungen auszulöschen, bevor man ihn wieder in den aktiven Dienst versetzte.

Doch ein Befehl des Hintersten war ein Befehl, und der Tiefste Rat hatte zugestimmt.

Die Wächterin dachte, daß vielleicht mehr an diesem kleinen Schwätzer war, als es den Anschein hatte. Sie konnte nicht genau erklären, was es war, aber irgendwie unterschied er sich von den anderen kleinen Feiglingen. Er schien so etwas wie Mut zu besitzen, auch wenn er bisweilen in Katatonie fiel oder leise vor sich hin wimmerte. Aber wie auch immer ... Auf jeden Fall würden sie beide die Hilfe des jeweils anderen benötigen, um die Mission erfolgreich zu Ende führen zu können.

»Du erinnerst dich doch an die Pak, oder, mein kleiner Diplomat?« Die Melodie der Wächterin klang beiläufig, während sie dem fast katatonischen Diplomat eine Injektion in den rechten Hals verabreichte. In der kleinen Lebenskapsel zischte das Hypospray laut. Anschließend nahm die Wächterin einige Korrekturen am Ventilationssystem vor und ersetzte den Geruch von Diplomats Angstpheromonen durch künstlichen Herdenduft. Diplomat zitterte kurz; dann hörte das Wimmern auf, und er schlief ein. Über die Fernsteuerung zog die Wächterin sein Kraftnetz enger.

Erneut blickten die Köpfe der Wächterin einander an. »Ja, die Pak sind also doch noch nicht ausgestorben, und das trotz der 10.000jährigen Bemühungen dreier Spezies.« Sie sang einen Befehl, und ein Teil des Rumpfes wurde durchsichtig; rasch nahm sie einige Kurskorrekturen vor.

Schließlich ließ sich die Wächterin wieder in ihr eigenes Kraftnetz sinken, das mit ihr im Duett pfiff. Die Melodie beruhigte sie, denn sie fühlte sich an ihre ersten Tage in der Krippe erinnert.

Es war ein Marschlied – so alt, daß sich niemand mehr an seinen Ursprung erinnern konnte. Es hieß, es sei schon gesungen worden, als die Vorfahren der Wächterin Diplomats Vorfahren in großen Herden zu neuen Weidegründen geführt hatten. Das Arpeggio sang von Ordnung, Selbstvertrauen und Erfolg.

Nach ein paar Augenblicken griff sie nach dem schlafenden Puppenspieler neben ihr und klopfte ihm liebevoll den Rücken.

»Zwei Kriegerspezies«, sang sie leise, und gespaltene Zungen zuckten über beide Fingerlippen. »Zwei Bedrohungen für die Sicherheit unseres Volkes.« Die Kriegerin hielt kurz inne und betrachtete die neu berechnete Kurslinie.

»Oder vielleicht auch drei«, fügte sie nach kurzem Nachdenken hinzu.

Das Outsiderschiff wurde immer größer, je näher die *Weisheit des Rückzugs* dem Treffpunkt kam.

KAPITEL 4

In seiner Jugend war das Universum anders. ›Jene, die hinübergleiten‹ beobachteten die fremdartige, neue Wildnis durch ein Fenster, das nicht größer war als ein Atom.

Die Schwerkraft hatte ihre Herrschaft über die riesigen Wolken aus Staub und Gas verkündet. Die Wolken verschmolzen, zogen sich zusammen und brachen schließlich wieder ein. Die von der Schwerkraft zusammengepreßten Gase wurden heißer und heißer; Atome prallten in wild-romantischen, nuklearen Reaktionen aufeinander, setzten Energie frei und wandelten Elemente um. Diese glühenden Wolken wuchsen zu den Sternen der ersten stellaren Generation heran, deren Fusionsfeuer verschwenderisch von der Kraft der Schwerkraft gespeist wurden.

Dennoch stellten diese Sternenfeuer nur eine matte Erinnerung an die ersten Augenblicke der Schöpfung dar, als die gesamte Realität um ein Millionenfaches heißer gewesen war.

›Jene, die hinübergleiten‹ beobachteten dies alles, als sie durch die verzerrten, interdimensionalen Fenster spähten, die man dereinst Kosmische Strings nennen sollte.

Die Intelligenzen in dem anderen Universum waren auf ihre Art von diesem fremdartigen Raum-Zeit-Kontinuum fasziniert. Sie wollten die neuen Gesetze studieren, die dieses kochende, neugeborene Universum beherrschten und versuchten, Ordnung in das Chaos zu bringen.

Aber wie? ›Jene, die hinübergleiten‹ war ein ironisch gewählter Name; sie konnten nicht wirklich durch die Risse zwischen den Realitäten zu solch einem fremden, exotischen Ort ›hinübergleiten‹. Selbst wenn solch ein Akt möglich gewesen wäre, unterschieden sich die Gesetze ihres eigenen Universums so sehr von dem neuen, daß sie dort nicht hätten überleben können. Aber komplexe Daten waren aus dem fremden Universum in das ›Jener, die hinübergleiten‹ gelangt. Sicherlich gab es eine Möglichkeit, Daten auch in die entgegengesetzte Richtung fließen zu lassen.

›Jene, die hinübergleiten‹ wußten, daß der Geist nur ein komplexes Geflecht aus Informationen ist. Unweigerlich würde sich Intelligenz in dem anderen Universum entwickeln, egal in welchem Medium und unter welchen Bedingungen auch immer.

Obwohl sie selbst nicht in der Lage waren, physisch durch die atom-dünnen Fenster zwischen den Universen zu schreiten, wußten die Wesen, daß es Möglichkeiten gab, bestimmte Muster auch aus der Ferne zu beeinflussen. In der Nähe eines Kosmischen Strings entdeckten sie eine große Wolke aus geladenen Gasen mit einem glühenden Netz filigraner Magnetfelder.

Perfekt für ihre Zwecke.

Durch so etwas wie Induktion, doch weit mächtiger, griffen ›Jene, die hinübergleiten‹ durch den verzerrten Spalt in diese Realität. Sie zwangen der geladenen Wolke ein reines Muster auf. Eine Struktur nahm Gestalt an: Streifen virulenten Lichts und dunkler Staub, Magnetfelder und induktive Hitze. Unausgeglichene, elektromagnetische Kräfte durchwirkten die Wolke und stopften Staub und Gas in die Struktur.

Die glühende Wolke reagierte auf die Herausforderung ›Jener, die hinübergleiten‹. Ein Netz aus dunklem Plasma flammte auf und formte neue Gebilde.

Die Wolke bewegte sich, lernte, wuchs. Primitive Reflexe sogen die neuen Muster auf, die durch den Riß des Kosmischen Strings drangen. Die Wolke lagerte Informationen, manipulierte Daten und sandte sie zurück durch das Fenster zwischen den Realitäten zu ›Jenen, die hinübergleiten‹. Schließlich kopierte die Wolke sich selbst, und neue Gaswolken entstanden, die dem neuen Universum, das sie umgab, ihre eigenen Muster auferlegten.

Diese Wolken handelten wie Lebewesen. Die Kommunikation zwischen den Plasmawolken und ihre Komplexität nahm expotentiell zu, während ›Jene, die hinübergleiten‹ sie sanft in diese oder jene Richtung führten, um ihre Kapazität und Fähigkeiten zu vergrößern.

Schließlich erwachte Intelligenz in diesen Geistern aus heißem Plasma und kaltem Staub.

Nun besaßen ›Jene, die hinübergleiten‹ Agenten in dem neuen Universum, halbautonome Späher, die bereit waren, diese fremde Realität zu durchwandern und ihren Schöpfern darüber zu berichten. Während die Wolken sich im Universum ausbreiteten, entwickelten sie eine Sprache, eine Kultur und grundlegende Gesetze. Sie reisten durch den Raum in der Nähe toter Sonnen und wagten sich sogar an die heiß brennenden Feuer junger Sterne.

Und all die Zeit über standen sie im Dienst ›Jener, die hinübergleiten‹.

Nenne die intelligenten Wolken staubigen Plasmas die Strahlenden.

KAPITEL 5

Carol öffnete die Augen. Sie waren verklebt und nahmen alles nur verschwommen wahr. Über ihr war blauer Himmel. Sie konnte es nicht glauben.

Carol setzte sich auf und rieb sich die Augen. Der Anblick änderte sich nicht.

Sie und Bruno lagen auf dem weichen Boden einer offenen Ebene. Der Untergrund ähnelte Gras, auch wenn es grüner war als das auf der Erde – ein unnatürliches Grün. Der Himmel über ihnen war nicht blau, wie es zunächst den Anschein gehabt hatte, sondern violett, und dünne Federwolken zogen über ihn hinweg. Carol vermochte den Blick nicht von diesem seltsamen Firmament abzuwenden.

Die Luft roch frisch und antiseptisch; der Duft von Ozon war unverkennbar. Eine frische Brise strich über Carols Arm wie die zarte Berührung tröstender Finger. Es war so still, daß sie ihr eigenes Herz schlagen hören konnte.

Nirgends sah sie eine Spur der seltsamen Aliens, ebensowenig wie von den Kzinti oder der Tatsache, daß sie noch vor wenigen Augenblicken in einen Kampf verwickelt gewesen waren.

Carol konnte sich lediglich daran erinnern, daß die Verbindung mit Bruno plötzlich abgerissen war – danach an nichts mehr, bis sie hier wieder aufgewacht war. Sie drehte den Kopf und streckte sich.

Hinter ihr schwebte die Luftschleuse der *Dolittle* aus irgendeinem Grund mitten in der Luft. Der Rest des Schiffes war jedoch verschwunden. Eine weitere Unmöglichkeit. Sie schienen allein zu sein.

Carol sprang leichtfüßig auf – *zu* leichtfüßig, wie sie bemerkte. Schon seit Monaten hatte sie sich nicht mehr so gut gefühlt – seit *Jahren,* um genau zu sein. Sie ging zu Bruno und suchte nach Lebenszeichen. Er schien tief und fest zu schlafen. Sanft rüttelte sie ihn wach.

»W... Was?« stammelte Bruno und schüttelte den Kopf; dann öffnete er die Augen und erstarrte überrascht. Verwirrt schaute er sich um. Schließlich erkannte er Carol und nahm sie in den Arm.

»Ich dachte, ich wäre *tot*«, flüsterte er.

»Ich auch.«

Sein verwirrtes Stirnrunzeln vertiefte sich noch, als Carol ihm auf die Beine half.

»Frag mich nicht«, erklärte sie, als er sich abermals umschaute. »Es sei denn, du glaubst an einen Himmel.«

Bruno bückte sich und rupfte ein kleines Büschel aus dem unnatürlich grünen Rasen. Dann zeigte er Carol die zehnlappigen Blätter und die purpurroten Wurzeln, die sanft in der frischen Brise zitterten.

»Ich bezweifele«, sagte Bruno mit leiser Stimme, »daß im Himmel extraterrestische Pflanzen wachsen.«

»Wie nett, daß du so sicher bist.«

Carol folgte Bruno, der zum Schleusenluk der *Dolittle* ging, das wie magisch in der Luft schwebte. Er griff zunächst rechts, dann links am Luk vorbei, betastete dann die Luft oberhalb des Luks und schnaufte zufrieden.

»Versuch's auch mal«, forderte er Carol auf.

Carol fand heraus, daß das Schleusenluk in einer unsichtbaren Wand verankert zu sein schien. Die Wand fühlte sich weder heiß noch kalt an, nicht wie

Metall, Plastik oder Stein, doch sie war genauso hart, auch wenn man sie nicht sehen konnte. Abgesehen davon, daß es sich bei der unsichtbaren Barriere offenbar um einen perfekten Hitzeleiter handelte, hätte es ein optischer Diamant sein können. Die grasbewachsene Ebene jenseits der Wand war ohne Zweifel eine Illusion, die den beiden Menschen den Eindruck vermitteln sollte, ihr ... ihr *Käfig* sei größer, als er wirklich war.

Gemeinsam fanden Bruno und Carol rasch heraus, daß sie sich in einem runden Areal befanden, das von allen Seiten von der unsichtbaren Mauer umgeben war und offensichtlich unmittelbar an die *Dolittle* grenzte; doch nur die Luftschleuse ragte durch die Mauer, was auch immer die Aliens damit bezwecken mochten.

Die Schleuse ließ sich ohne Probleme öffnen, und dahinter erwartete sie die *Dolittle*. Sie war vollkommen intakt; allerdings reagierte weder das Sensornetz noch das Computersystem auf irgendwelche Befehle. Proviant und Ausrüstung – alles noch da. Nur eines hatte sich verändert, wie die beiden Menschen sofort bemerkten: Nicht ein Staubkorn war mehr in der *Dolittle* zu sehen; sie war blitzblank.

Carol verließ das Schiff und trat wieder auf den viel zu grünen Rasen hinaus. Kurz darauf gesellte sich Bruno zu ihr. Eine Zeitlang betrachteten sie die falschen Wolken und genossen die Ruhe.

Es war gut, etwas zu atmen, das wie frische Luft roch – besonders nach all den Jahren, in denen sie dem Gestank der Luftaustauscher ausgesetzt gewesen waren.

»So«, sagte Bruno schließlich. »Ich schlage vor, wir

warten einfach, wie wir es auch schon zuvor getan haben.«

Carol wollte Bruno gerade eine interessante Möglichkeit vorschlagen, wie sie sich die Wartezeit versüßen könnten, als sich hinter ihnen plötzlich jemand räusperte. Beide sprangen sofort auf und wirbelten herum.

In diesem Augenblick bereute Carol ihren Scherz über Himmel und Religion und beschloß, daß ihre Bemerkung alles andere als lustig gewesen war.

Vor ihnen stand Colonel Buford Early.

Carol erstarrte. Early sah genauso aus, wie sie ihn von ihrem letzten Briefing in Erinnerung hatte. Seine Zähne strahlten weiß in seinem alterslosen Gesicht, und seine Uniform war makellos. Selbst das vertraute, arrogante Funkeln in den uralten Augen war noch wie eh und je.

»Bruno, mein Sohn«, sagte Early in seinem typisch beschwingten Tonfall, der unter diesen bizarren Umständen mehr als unangebracht erschien. »Und die liebliche Carol Faulk. Es ist mir ein Vergnügen.«

Carol blickte zu Bruno, der Early mit offenem Mund anstarrte. Sie wußte, daß Early für Bruno eine Art Vaterfigur war. Sie stieß ihm den Ellbogen zwischen die Rippen, um ihn aus seiner Starre zu reißen.

»Colonel Early«, sagte Carol in nüchternem Tonfall, »könnten Sie uns bitte erklären, wie Sie hierhergekommen sind?« Sie hielt kurz inne, dann fügte sie erregter, als beabsichtigt hinzu: »Und wenn Sie uns dann auch noch sagen könnten, wo genau dieses ›hier‹ ist, wäre ich Ihnen sehr dankbar.«

Earlys Gesichtsausdruck veränderte sich nicht. Sein Lächeln war wie festgefroren und wirkte sinnlos wohlwollend. Er sprach seltsam abgehackt. »Sie und Bruno sollten sich entspannen. Eins nach dem anderen. Wir müssen nachdenken. Angemessene Kommunikationskanäle müssen eingerichtet werden. So viele Fehler entstehen durch überstürzte Entscheidungen. Zuviel Informationen führen oft zu Verwirrung und infolgedessen zu falschem Handeln. Würdest du mir darin nicht zustimmen, Bruno?« Early sprach jeden Satz in einem leicht anderen Tonfall aus.

»Carol?« flüsterte Bruno. Carol war froh, daß Bruno die Erscheinung als das erkannte, was sie war.

»Laß ihm seinen Willen«, murmelte sie zurück.

Bruno straffte die Schultern. »In der Tat, Colonel Early. Aber wie läuft der Krieg gegen die Kzinti?«

Earlys Gesichtsausdruck änderte sich noch immer nicht. Das Grinsen war wie in Stein gemeißelt.

»Krieg ist etwas Böses; doch manchmal ist es notwendig, etwas Böses zu tun, um das Gute zu bewahren. Der Tod ist eine Tragödie. Die Kzinti sind Schreiund-spring-Katzen. Ihre Strategien verbessern sich.«

Carol verzog das Gesicht. »Der falsche Early ist noch nicht einmal gut gespielt«, flüsterte sie, während die Gestalt vor ihnen Platitüden von sich gab.

»Stimmt«, bestätigte Bruno. »Das sind nur Bemerkungen von Early, die *das Ding da* irgendwie als Antwort auf unsere Fragen zusammenwürfelt.«

»Seid ihr jetzt ruhig?« fragte das grinsende Early-Ding. »Ruhe ist die erste Voraussetzung für ein Debriefing.«

Beiläufig zog Carol einen Schreibstift aus dem Anzug und warf ihn dem Duplikat von Colonel Early zu.

Die Gestalt versuchte erst gar nicht, ihn zu fangen.

Der Stift flog durch sie hindurch und landete auf dem Rasen.

»Mangel an Vertrauen ist beklagenswert«, erklärte die Early-Kopie. »Mißverständnisse kündigen sich an. Vertrauen ist von fundamentaler Bedeutung.«

»Ein Hologramm, und zwar ein ziemlich gutes«, bemerkte Bruno.

Carol nickte; dann ging sie mitten durch das Hologramm hindurch, hob ihren Stift auf, steckte ihn in die Tasche und kehrte auf dem gleichen Weg wieder an Brunos Seite zurück.

Die Early-Kopie verschwand.

Carol blickte in den falschen violetten Himmel empor und forderte in ruhigem Tonfall: »Zeig dich, oder sprich mit uns.«

Ein Stimme schien von überall her zugleich zu antworten, und noch immer erinnerte sie an Early.

Kummer meiner.

»Bitte?« fragte Carol verwirrt nach.

»Ich glaube, das sollte eine Entschuldigung sein«, flüsterte ihr Bruno ins Ohr.

Bruno-Wesen ist korrekt. Ich/Wir beabsichtigen Null-Aufregung, Null-Verwirrung. Beruhigungsversuch gescheitert. Akzeptiert.

Es war ein seltsames Gefühl, Earlys Stimme solch merkwürdige Sätze sprechen zu hören.

»Warum benutzt ihr Buford Early als Modell?« fragte Bruno.

Frage Eins. Neugier/Innovation wertvoll. Interne Muster von Bruno-Wesen angeeignet. Elektronen fließen interessant. Muster klarer als die von Carol-Wesen. Projektion gedacht, um Kommunikation zu ermöglichen.

»Sie haben sich in dein Interface eingeloggt und deine Gedanken gelesen?« fragte Carol ihren Gefährten, der plötzlich sichtlich verspannt wirkte.

Unbehagen wird verspürt. Quelle: Bruno-Wesen. Musteraneignung war notwendig. Wissen über Bruno-Wesen und Carol-Wesen ist erforderlich. Maßnahme für Dauerhaftigkeit. Akzeptiert.

»Sie mußten herausfinden, wie sie uns am Leben erhalten konnten«, übersetzte Carol für Bruno, der sich offenbar noch immer äußerst unwohl fühlte.

»Seid ihr die ... äh, Wesen, die unser Raumschiff analysiert haben?« erkundigte sich Bruno.

Wahrheit. Eines Geistes.

Carol lächelte ein wenig. »Wie sollen wir euch nennen? Besitzt eure Spezies einen Namen?«

Belustigung. Ich/Wir nicht wie du/ihr. Kein Wesentitel. Viele in einem Nodus-Ort. Ein Nodus-Ort in vielen. Ich/Wir außerhalb von Wissen von Bruno/Carol/Ander-Wesen. Muster anders. Außerhalb von Wissen.

»Wie wäre es dann, wenn wir euch ›Outsider‹ nennen würden?« Carol hob die Augenbrauen und blickte zu Bruno, der daraufhin nickte.

Akzeptiert. Eines Geistes.

»Warum habt ihr uns gefangengenommen?« fragte Carol, die hoffte, daß die Outsider ihre Sprache besser verstehen als sprechen konnten.

Wesen-weder-Bruno-noch-Carol. Befragen. Konzeptschwierigkeit. Nachfragen. Aggression. Unterbrechung. Ineffizient. Muster unklar. Sachverhalt komplex.

Es folgte eine lange Pause.

Schutz.

Bruno blickte zu Carol. »Wollen sie uns beschützen, oder verlangen sie von uns, daß wir das für sie tun sollen?«

»Das können wir später immer noch herausfinden – obwohl ich es hassen würde, etwas zu treffen, wovor *die* sich fürchten.«

Carol atmete tief durch; dann fuhr sie fort: »Outsider, es gibt viele Dinge, die wir nicht verstehen. Werdet ihr uns helfen zu lernen?«

Lobenswert, aber nicht möglich. Warm/Kalt mischen sich nicht. Warm/Warm mischen sich nicht oft; Bruno-und-Carol-Wesen mit Ander-Wesen. Einige Warm/Warm mischen sich. Helfen ja/nein. Verstehen nicht. Beobachten. Lernen.

»*Was* sollen wir beobachten?« murmelte Carol frustriert.

»Carol! Sieh mal!«

Zu ihrer Rechten schwebte ein rundes Fenster in der Luft, das den Blick auf einen weiteren »Käfigpark« eröffnete. Durch das Fenster sahen sie die matte, eiförmige Konstruktion eines Kzintieinmannjägers, und daneben lag ein großes orangefarbenes Fellknäuel. Federartige Gebilde ragten aus der Erde und hielten den auf dem Bauch liegenden Kzin am Boden. Carol war fest davon überzeugt, daß es sich bei dem Fellknäuel um die Katze handelte, die die *Dolittle* angegriffen hatte.

Heftige Auseinandersetzung. Absichten. Befragen. Kodierung ähnlich. Nicht-Mischen verstehen nicht. Wesen Aggression Heiß/Kalt/Warm. Nicht Eines Geistes. Befragen.

»Ich verstehe nicht«, erwiderten Carol und Bruno im Chor.

Eines Geistes. Zeit notwendig. Lösung kurze-Dauer.

Carol ignorierte die seltsamen Worte und blickte erneut zu dem am Boden liegenden Kzin. »Ist er tot?« fragte sie.

Negativ. Aggression hoch. Nicht Eines Geistes. Aneignung schwierig. Schaden schwer. Reparaturen bald vollständig.

»Können wir euch irgendwie helfen?« fragte Carol.

Nicht ich/wir. Nicht-eins. Wesen nicht-Bruno/Carol, nicht-Ander-Wesen. Eins befragen. Ankunft angekommen. Sprechen wünschen befragen. Glück besser: Warm/Warm Fokus verbessert Warm/Kalt. Sprechen wünschen befragen.

Bruno pfiff leise vor sich hin. Carol war inzwischen vollkommen verwirrt und fragte ihn nach seiner Meinung.

»Ich glaube, ich verstehe sie. Bei den Outsidern ist noch irgendein anderes Wesen, das mit uns sprechen will, ein anderer ›warmer‹ Typ, aber weder Mensch noch Kzin.«

Wahrheit. Bruno-Wesen. Eines Geistes.

Carol nickte. »Outsider, wir würden gerne mit dieser anderen Lebensform sprechen.«

Akzeptiert. Eines Geistes. Beobachte. Interagiere.

Ein weiteres Fenster erschien in der unsichtbaren Wand unmittelbar neben Bruno und Carol.

»Was zum ...?« zischte Bruno.

Die Absonderlichkeit dieser Begegnung verwirrte Carol immer mehr, und sie schüttelte den Kopf. *Soviel hat sich in so kurzer Zeit verändert,* dachte sie und straffte die Schultern.

Etwa zehn Meter von ihnen entfernt standen zwei

Aliens. Beide besaßen drei Beine mit winzigen Hufen am Ende. Jedes der Wesen besaß zwei flache Köpfe mit nur je einem Auge am Ende zweier langer, sich windender Hälse. Sie waren bekleidet und trugen offenbar Werkzeug bei sich. Das größere von beiden schien überdies eine Art scharfkantigen, dornenbesetzten Panzer zu tragen, und ein Kopf schwebte über einer Art Holster, in dem ein pistolenähnliches Objekt steckte. Dieser Kopf bewegte sich nicht. Das Haar an den Halsansätzen des kleineren Aliens war elegant frisiert und glitzerte. Geschmeidig wand er die Hälse; einen Kopf hielt er hoch, den anderen senkte er.

Es folgte ein langes Schweigen.

»Bringt mich zu eurem Anführer«, murmelte Bruno vor sich hin. Carol hätte ihm am liebsten vors Schienbein getreten.

Plötzlich neigte der kleinere von beiden einen Kopf zur Seite und blickte mit zuckenden Bewegungen von Carol zu Bruno. »Mr. Takagama«, sang das Alien mit einer Altstimme, die so sexy klang, daß Carol erstaunt den Mund aufriß, »ich glaube kaum, daß unter den gegebenen Umständen eine solche Leichtfertigkeit angemessen ist.«

Dann drehte das Wesen den anderen Kopf zu Carol, die langsam wieder den Mund schloß.

»Wir beabsichtigen keineswegs, Ihnen gegenüber unhöflich zu sein, Captain Faulk«, sang das Wesen mit dem zweiten Kopf, doch mit gleicher Stimme. »Tatsächlich sind wir uns über die Protokolle der Primaten sogar durchaus im klaren. Dürfen wir trotzdem offen mit ihnen sprechen? Wir haben nur wenig Zeit für soziobiologische Höflichkeiten.«

KAPITEL 6

Carol Faulk wartete vergebens darauf, daß die Zentrifuge in ihrem Kopf aufhörte, sich zu drehen. Der Rotor schien zu allem Überfluß leicht aus dem Gleichgewicht zu sein.

Es hatte sich einfach zu viel verändert, seit sie zum ersten Mal die Kzintischiffe hinter der *Sun-Tzu* entdeckt hatten. Und alles war so schnell geschehen.

Die Schlacht zwischen der *Sun-Tzu* und den Kzintischiffen, der elektromagnetische Impuls, der Bruno beinahe das Gehirn herausgebrannt hätte, das Gefecht zwischen der *Dolittle* und dem Kzintijäger. Dann das Mond-Schiff der Aliens, das sie von einer Sekunde auf die andere von 0,7c zum Stillstand gebracht hatte, und die Aliens mit ihren Peitschenarmen, die langsam aber sicher die *Dolittle* auseinandergenommen hatten. Anschließend waren Carol und Bruno dann nicht nur in irgendeiner Art Zoo neben einem komatösen Kzin aufgewacht, nein ... Plötzlich hatten sie *einer weiteren* fremden Spezies gegenübergestanden. Das war einfach zuviel!

Diese zweiten Aliens waren zweiköpfige, intelligente Wesen, und eines von ihnen sprach Belter-Standard! Sie sahen aus, als kämen sie gerade von einem Maskenball und trügen noch ihre bizarren Mutantenkostüme mit einäugigen Köpfen, die auf etwas saßen, was eigentlich Arme hätten sein sollen ... wie Handpuppen.

Puppenspieler? dachte Carol.

Erneut schüttelte sie den Kopf. Der Schleier vor ihren Augen verschwand allmählich. Sie mußte ihren

Geist kampfbereit machen. Zum Glück verdrängte ihre Neugier langsam den ersten Schock. *Okay,* dachte sie. *Du stehst jetzt also drei verschiedenen Sorten von Aliens gegenüber. Was soll's?*

Diese neuen Wesen warteten höflich – zumindest *schienen* sie sich um Höflichkeit zu bemühen. Der große – jener, der über und über mit Waffen behangen war – schwieg und rührte sich nicht.

Carol wollte wieder Herr der Lage werden. Vielleicht gab es ja einen Weg aus all dem Chaos.

Aber klar doch gibt es den.

Bruno lachte noch immer leise ob des unglaublichen Anblicks der beiden Gestalten, doch seine Stimme besaß einen fast hysterischen Unterton. War das alles zuviel für ihn?

»Hör auf damit«, zischte Carol.

»Warum? Sie sehen wie dreidimensionale Comicfiguren aus, die sich irgend jemand ausgedacht hat, der ... der ein wenig zuviel von bestimmten Chemikalien zu sich genommen hat – wie Aliens in 'nem Kinderholo.«

»Stimmt schon«, flüsterte Carol und lächelte wider besserer Absicht. »Wie aus 'ner Braindust-Puppenshow.«

»Es fällt mir ziemlich schwer, sie ernst zu nehmen; aber uns über sie lustig zu machen, ist wohl auch keine sonderlich gute Idee.«

Carol runzelte die Stirn und kniff die Augen zusammen. Bruno hatte recht; auf den ersten Blick wirkten die Wesen eher lächerlich als beeindruckend. Die Outsider waren bei weitem furchterregender ... vielleicht weil sie einfach *fremdartiger* aussahen, so wie es sich für Aliens gehörte. Oder lag es daran, daß sie mühelos einen Kzintijäger besiegt und die *Dolittle* auseinandergenommen hatten?

Selbst mit ihren schlangenartigen Hälsen sahen die dreibeinigen Aliens irgendwie dümmlich aus.

Vergiß nicht die Waffen des großen, ermahnte sich Carol. Ihre alten Kämpferinstinkte jagten ihr eine Gänsehaut über den Rücken. Sie fühlte die Gefährlichkeit des größeren Wesens und war entsprechend mißtrauisch, denn während ihrer Zeit im Kampf gegen die Kzinti hatte sie gelernt, ihren Instinkten zu vertrauen.

Im Weltraum waren die Dinge nur selten das, was sie zu sein schienen.

Carol stieß Bruno mit dem Finger zwischen die Rippen, um ihren Worten Nachdruck zu verleihen. »Ich glaube, du hast recht. Wir dürfen sie nicht unterschätzen.«

»Ich stimme dir zu.« Er nickte.

»Besonders der große sieht aus, als könne er es mit einer ganzen Herde Bandersnatcher aufnehmen. Sieh dir nur einmal das ganze Zeug an, daß er mit sich herumträgt. Nahkampf- *und* Strahlenwaffen? Das ergibt einfach keinen Sinn.«

Brunos Lächeln verschwand, als er darüber nachdachte. »Das Komische an Aliens ist ...« begann er.

»... daß sie eben Aliens sind«, beendete Carol den Satz mit ihm im Chor. »Gepriesen sei die Weisheit deines alten Kumpels Buford Early.«

»Des *echten* Buford Early«, fügte Bruno hinzu.

Carol atmete tief durch und wandte sich den dreibeinigen Wesen zu, die durch das große Fenster zu ihnen hineinblickten. »Woher kennt ihr uns?« verlangte sie zu wissen.

Der kleinere der beiden riß plötzlich beide Köpfe hoch, die daraufhin einander anblickten; doch genauso schnell nahmen die Köpfe wieder ihre ursprüngliche Haltung ein. Carol fragte sich, was diese Geste wohl zu bedeuten hatte.

»Captain Faulk«, flötete das Wesen in heiterem Tonfall, »wie ich bereits erwähnt habe, ist Zeit von allergrößter Bedeutung. Dennoch wäre es im Sinne einer raschen Ergebnisfindung vielleicht förderlich, wenn wir uns Ihnen vorstellen würden. Immerhin sind Bezeichnungen aller Art für Ihre Spezies von großer Wichtigkeit. Bin ich da korrekt informiert?«

Carol spürte, wie sich unpassenderweise ein Lächeln auf ihrem Gesicht ausbreitete. Sie konnte einfach nicht anders.

Die beiden Köpfe des Alien neigten sich in unterschiedliche Richtung, und seine einzelnen Augen blinzelten mit beinah menschlich wirkenden Lidern. »Captain Faulk?« sang das Wesen. »Übersetzt das Kommunikationsmodul meine Worte nicht korrekt? Sie antworteten nicht.«

»Oh, wir verstehen Sie«, mischte sich Bruno ein. Er klang sowohl erschöpft als auch amüsiert. »Es fällt uns nur schwer, an Sie zu glauben.«

Der Alien musterte Bruno einige Sekunden lang; dann wandte er sich wieder Carol zu. »Auch wir haben Schwierigkeiten, wenn wir auf eine neue Spezies treffen. Können wir jetzt fortfahren?«

Die seltsame Kreatur wartete, bis Carol zustimmend mit dem Kopf nickte.

»Hervorragend«, trillerte das Wesen. »Sie können mich Diplomat nennen; das ist meine Berufsbezeichnung.« Vorsichtig deutete ein Kopf auf die größere der beiden Kreaturen. »Diese hier können sie als Wächterin ansprechen oder ...« Kurz hielt das Wesen inne, und als es wieder sprach, besaß seine Stimme einen zögerlichen Unterton. »... oder als Kriegerin.«

Carol kratzte sich am Kinn. »Dann sind wir also vom Regen in die Traufe gekommen, wie's scheint.«

Nach einer kurzen Pause riß die kleine Kreatur erneut die flachen Köpfe hoch, die einander rasch anblickten; abermals nahm das Wesen kurz darauf seine normale Haltung ein.

Das, so hatte Carol inzwischen akzeptiert, war wohl eine normale Geste für die dreibeinigen Aliens. *Aber wo,* fragte sie sich jetzt, *sitzt das Gehirn der Wesen? Auf jeden Fall nicht in den kleinen flachen Köpfen. Im größeren Mittelteil vielleicht?*

Die Kreatur ergriff wieder das Wort. Ihre Stimme war noch immer unverkennbar die einer heißblütigen, jungen Menschenfrau. »Ah, jetzt habe ich die Bedeutung Ihrer Worte im symbolischen Kontext erkannt. Es ist ein Versuch, so etwas wie unharmonische Synthese zum Ausdruck zu bringen ... Humor.«

Bruno lachte lauthals auf und beugte sich dicht an Carols Ohr. »Wie ich sehe, wissen selbst fremde Lebensformen den trockenen Belterhumor zu schätzen«, flüsterte er, und sein warmer Atem strich beruhigend über Carols Wange.

Carol ignorierte ihn und blickte auf die Waffen des größeren Aliens. Dann hob sie eine Augenbraue und wandte sich wieder dem kleineren zu.

Das Wesen stieß einen hohen, wohlklingenden Ton aus. »Um Ihre unausgesprochene Frage zu beantworten, Captain Faulk: Sie haben nichts von meiner Gefährtin zu befürchten. Unter normalen Umständen wären Sie dieser speziellen Kaste meiner Spezies überhaupt nicht begegnet.«

Bruno verschränkte die Arme vor der Brust und meldete sich zu Wort. »Das sagen Sie, mein Freund.«

Carol war ein wenig verärgert über Brunos Einmischung, aber er hatte nicht ganz unrecht. Militärische Disziplin hatte auch ihre Nachteile.

»In der Tat, Mr. Takagama«, erwiderte das kleinere der beiden Wesen. »Aber wie auch immer, ich möchte Sie darauf hinweisen, daß Sie weder repariert noch aufgeweckt worden wären, wenn ich oder unsere Gastgeber Ihnen etwas hätten antun wollen.«

»Repariert?« Carol war verwirrt.

»Natürlich. Sie beide haben eine hohe Dosis Ionenstrahlung abbekommen und sind während Ihrer ... äh, *Aufnahme* schwer verletzt worden.« Kurz summte das kleine Wesen vor sich hin. »Aber selbstverständlich sind Sie nicht annähernd so sehr verletzt worden wie Ihr doch recht aggressiver und kampflustiger Gegner im angrenzenden Umwelt-Lokus.«

Das Wesen deutete mit dem Kopf auf das andere Fenster. Dort war noch immer der am Boden liegende Kzin neben seinem Jäger zu sehen. Die weißen Fäden, die die Katze am Boden hielten, bewegten sich leicht.

Bruno stieß Carol mit dem Ellbogen an. »Die Katze muß eine sehr hohe Dosis abbekommen haben, als die *Sun-Tzu* explodiert ist. Wie konnten sie so schnell einen solchen Schaden reparieren?«

Bevor Carol antworten konnte, stieß das größere Wesen einen lauten Trompetenton aus. Das andere flötete und sang als Antwort.

»Meine geschätzte Gefährtin hat recht«, trillerte das kleine Alien mit zuckersüßer Stimme. »Während der

Lagebesprechung haben uns unsere Gastgeber deutlich zu verstehen gegeben, daß die Zeit drängt. Wie bereits erwähnt, dürfen wir uns nicht mit Höflichkeiten aufhalten. Wir müssen handeln, und zwar mit Ihrer Hilfe.«

»Ich verstehe nicht.« Carol runzelte die Stirn.

»Das müssen Sie gegenwärtig auch nicht. Es reicht, wenn ich Ihnen sage, daß Sie durch Ihre ... *Auseinandersetzung* mit diesen ... diesen Kzin-Wesen Mächte geweckt haben, die Sie besser hätten in Ruhe lassen sollen; doch das konnten Sie nicht wissen. Dieses Problem müssen wir augenblicklich lösen.«

Das größere Wesen trompetete erneut wie eine ganze Militärkapelle.

»Wieder hat meine Gefährtin recht«, sang das Alien mit Namen Diplomat. »Wenn wir noch lange genug leben, um eine Lösung zu finden.«

Carol war frustriert. Sie wußte, daß sie in Schwierigkeiten steckten, doch es ärgerte sie, daß sie die genaue Art des Problems nicht kannte. »Dann sagen Sie uns wenigstens, was mit uns geschehen wird, und warum man uns überhaupt gefangengenommen hat.«

Das kleiner Wesen sah Carol mit beiden Augen zugleich an. »Sie sind nicht gefangengenommen worden, Captain Faulk.«

»Wie würden Sie es denn nennen?« fragte Bruno spöttisch. »Ich habe den Eindruck, daß das Universum uns in letzter Zeit ganz schön herumgeschubst hat.«

»Mr. Takagama, fühlen Sie sich nicht gut? Meinen Unterlagen zufolge ist Paranoia für Ihre Spezies kein normaler Zustand. Statt des Terminus ›gefangennehmen‹ würde ich an Ihrer Stelle das Wort ›retten‹ für angemessener halten.«

»Gerettet vor was?« fragte Carol, der ein kalter Schauder über den Rücken lief. Jetzt kamen sie endlich auf den Punkt.

»Von den Zeloten«, antwortete das kleine Alien. »Durch Ihre ahnungslose Aktion ist ein kompliziertes Machtgefüge aus dem Gleichgewicht gebracht worden.«

Carol gefiel das ganz und gar nicht. »Den Zeloten?«

Das Wesen mit Namen Diplomat sang rasch. »Es existieren mehrere Fraktionen unserer niedrig-temperierten Gastgeber. Einige treiben Handel mit Lebensformen wie der unseren. Sie handeln mit Informationen. Andere Fraktionen wiederum verfolgen, äh ... eine obskurere Agenda.«

»Obskur?« hakte Bruno nach, der ebenso verwirrt zu sein schien wie Carol. »Sie meinen wohl ›feindlich‹.«

Das Wesen drehte elegant den Kopf und blinzelte rasch. »Die Zeloten sind eine Gruppe von Traditionalisten, die deutlich andere Ansichten hegen als unsere Gastgeber. Sie werden schon bald hier eintreffen und versuchen, uns alle zu vernichten. Daher müssen wir unter allen Umständen dafür Sorge tragen, daß wir zu diesem Zeitpunkt nicht mehr hier sind.«

Erneut schien sich der Käfig mit dem falschen Himmel und dem viel zu grünen Gras wie ein Strudel um Carol zu drehen. Deutlich spürte sie den fremden Boden unter ihren Füßen, doch sie hatte das Gefühl, als befände sie sich im freien Fall.

»Bruno?« murmelte sie, blickte zu ihrem Geliebten und sah, daß er die Augen zusammengekniffen und das Gesicht verzogen hatte.

»Ja, o Captain-mein-Captain?«

Carol seufzte. »Wir scheinen mitten in einem Krieg gelandet zu sein.«

Ein Schnaufen. Sie spürte, wie Bruno ihr den Arm drückte. »Du verstehst es wirklich, deine Mannschaft aufzumuntern.«

Carol wandte sich wieder an die Aliens. »Was geschieht nun?« Sie brauchte Informationen, und zwar schnell, und die Frage nach ihrem weiteren Schicksal hatte absolute Priorität.

Die Kreatur neigte ihre Köpfe in zwei verschiedene Richtungen. War das ein Ausdruck der Verwirrung? »Wir werden tun, was jedes intelligente Wesen unter diesen Umständen tun würde.«

Carol leckte sich über die Lippen. »Und was ist das?«

»Wir laufen weg«, antworteten das kleine Wesen und Bruno im Chor.

KAPITEL 7

Die Strahlenden zogen durch das junge Universum und ergründeten seine Fremdartigkeit. Vor lauter Neugier brannten die Wesen so hell wie ihre Kerne, alles im Sinne ›Jener, die hinübergleiten‹.

Es gab viel zu lernen und viel Raum für eine solch weitgefächerte Erziehung. Die denkenden Plasmawolken schwammen in den großen Meeren aus glühendem Gas und entlang der Bahnen aus funkelndem Staub. Immer waren sie auf der Suche und empfanden Ehrfurcht.

Alles, was sie lernten, berichteten sie ihren Schöpfern auf der anderen Seite des Kosmischen Strings.

Doch einige Teile dieser frischen Realität vermochten die Strahlenden nicht zu erkunden. Die Welten kalter Materie besiegten die ewig neugierigen Plasmawesen. Allein die Berührung des kalten, festen Stoffs entzog den weißglühenden Gaswolken gierig die Energie ihrer Herzen. So waren die Strahlenden gezwungen, ihre einprogrammierte Neugier eine Weile zu vergessen ebenso wie die rätselhaften dunklen Punkte, die die stellaren Feuer umkreisten.

Es gab jedoch noch immer viel zu lernen, und ein ganzes, neues Universum diente den Strahlenden als eine einzige, große Vorlesungshalle.

Für ›Jene, die hinübergleiten‹ ergab dieses neue Universum nur wenig Sinn. Widersinnigerweise schien es aus zwei Extremen zu bestehen: dem sehr Heißen und dem sehr Kalten. Das sehr Heiße vermochten die Strahlenden ohne große Probleme für ihre Herren zu erkunden, aber die eisige Kälte blieb tot. ›Jene, die hinübergleiten‹ waren fasziniert von dieser neuesten Entdeckung in dem fremden Universum, und so sandten sie neue Instruktionen durch das Fenster des Kosmischen Strings zu ihren Strahlenden Dienern. Auch diese viel fremdartigere Grenze des Kalten sollte erkundet werden.

Unter sorgfältiger Anleitung wiederholten die Strahlenden den Akt ihrer eigenen Genesis. Zu diesem Zweck verwandten sie die interaktiven Fähigkeiten von Materie, die weit kälter war als ihre eigene Substanz, die von Hitze geprägte war. Anstelle von Mustern im Tanz der Atome, die man ihrer Elektronenwolken beraubt hatte, untersuchten die Strahlenden nun weit subtilere, unbekannte Kräfte, die ebenso auf die Atomstruktur einwirkten.

Sie führten Tests durch, besuchten kühle Gaswolken und manipulierten sie aus der Ferne. Mit den Werkzeugen ihrer kollektiven Energie griffen die Plasmawesen in die staubige Fremde hinaus. Lineare Atomketten trafen und verzweigten sich, kamen zusammen und wurden wieder vorsichtig auseinandergerissen. Die Komplexität des Musters wuchs ebenso wie das Wissen der Strahlenden.

›Jene, die hinübergleiten‹ staunten ob dieses Wissens und drängten ihre Diener, mit den Untersuchungen fortzufahren. Unabhängig von dem Medium, das sie verwandten, formte sich ein Geist in dem Muster. Vielleicht vermochte selbst diese tödliche Schwärze Intelligenz zu gebären, so daß neue Diener in einem weiteren Existenzmodus geschaffen werden konnten.

Viel fanden sie über verdichtete Materie heraus. Sie war ungeschliffen, eigensinnig und unfähig, den Gesang der Energie aufzunehmen, der das Blut der Strahlenden war. Aber diffuse Staubwolken reichten nicht aus. Mit großer Vorsicht lernten die Strahlenden, sich den kalten, tödlichen Staubsphären zu nähern, damit sie ihre Zusammensetzung durch geschickte Induktion studieren konnten. Die Strahlenden legten den langsam dahinströmenden, supraleitenden Flüssigkeiten, die sie in den kalten Materieklumpen fanden, Muster auf. Wie in den Plasmawolken, aus denen die Strahlenden geboren waren, verliehen Unreinheiten dem Medium eine nichthomogene Natur: Rohmaterial für die primitiven Geister, die bereits jetzt in der Flüssigkeit Gestalt annahmen.

Da elektromagnetische Kräfte nicht ausreichten, die

kalte Materie zu berühren und zu bewegen, legten die Strahlenden eine Haut aus schützenden Polymeren über die supraleitende Flüssigkeit. Flexible Streben aus kristallinem Material verliehen ihr Gestalt und Kraft unter dem unerbittlichen Sog der Gravitation.

Nach einer gewissen Zeit wuchtete sich eine bauchige Wesenheit aus dem flüssigen Helium. Langsam gebar sie ein Materieband aus ihrem Zentrum. Das Tentakel glitt über die kalte Oberfläche und wickelte sich schließlich um einen kleinen Felsen.

Bedächtig hob der kaum denkende Kaltleben-Automat den Felsen in der schwachen Schwerkraft an und winkte mit seiner Beute den glitzernden Plasmawolken zu, die den kalten Planetoiden umkreisten. Das Tentakel-Konstrukt empfand so etwas wie kalten Triumph und begann, nach neuen Objekten zu suchen, um sie zu studieren.

So wurden die Dunklen geboren.

Über viele Revolutionen hinweg folgten die Dunklen den Geboten der Strahlenden in der Welt kalter Materie. Die Strahlenden selbst setzten ihre Erkundungen am anderen Ende des Spektrums fort, in unvorstellbarem Licht und Hitze. So erforschten die beiden Klassen gemeinsam das neue Universum und entdeckten viele seltsame, erstaunliche Dinge.

Stets auf der Suche nach Neuem bewegten sich die Dunklen von einem kalten Fels zum nächsten und lernten. Doch das reichte nicht aus, denn sie spürten weitere Welten im Raum, der sie umgab. Sie lernten, sich autonome Nester zu bauen, von wo aus sie Expeditionen in weit entfernte Gebiete starten konnten, um neues Wissen zu erlangen. Die Neugier der Dunklen war derart, daß manche ihrer Nester im Vakuum schneller als ein Photon zu reisen vermochten.

Die Strahlenden wiederum bauten große Strukturen aus Gas, Staub und elektromagnetischen Feldern. Die zarten Gebilde sollten dem leisen Lied anderer Galaxien lauschen oder den schwachen Geräuschen, die von Neutronensternen ausgingen. In den feurigen Zentren und großen Wirbeln weit entfernter Galaxien warteten unzählige Mysterien darauf, erkundet zu werden.

Die Dunklen und die Strahlenden lernten viel über das neue Universum, und sie trugen diese Informationen zu einem der Risse in Raum und Zeit. Vollgestopft mit Wissen, pflegte ein Bote der Strahlenden sich in die Feldlinien des Kosmischen Strings einzuklinken, eine intime Berührung – geprägt von Anziehung und Abstoßung zugleich. Zu einem unendlich dünnen Faden gestreckt, schlang sich die intelligente Wolke dann eng um das Portal zwischen den Universen und sandte die gesammelten Informationen an ›Jene, die hinübergleiten‹, welche auf der anderen Seite des Kosmischen Strings warteten. Im Gegenzug übertrugen ›Jene, die hinübergleiten‹ neue Informationen und Instruktionen an den Boten. Anschließend löste der Bote sich wieder vom Kosmischen String und verbreitete die Neuigkeiten.

So ging es über Äonen hinweg ... bis zum Großen Rätsel.

›Jene, die hinübergleiten‹ hörten auf, mit den Strahlenden durch das Fenster des Kosmischen Strings zu kommunizieren. Die Kinder, die sie in diesem neuen, fremden Universum geboren hatten, waren plötzlich auf sich allein gestellt. Nun war es an ihnen, ihr Schicksal zu meistern, nachdem ihre Schöpfer auf der anderen Seite des interdimensionalen Risses zwischen den Realitäten verstummt waren.

Die seltsamen Kinder ›Jener, die hinübergleiten‹ besaßen Antrieb und Energie, doch war dieser Antrieb nicht länger auf einen konkreten Zweck gerichtet, und deshalb wandelte sich ihre Neugier und ihr Forscherdrang zum Selbstzweck.

Schon bald verloren die Strahlenden jegliches Interesse an den Dunklen und konzentrierten sich stattdessen auf Angelegenheiten, die nicht das geringste mit fester Materie zu tun hatten. Einige Strahlende lernten, sich selbst zu verwandeln, um im Kern einer Sonne existieren zu können; im turbulenten Herz der Galaxis lebten große Gemeinschaften der Plasmawesen und versuchten, das Unfaßbare zu verstehen. Andere wiederum umschlangen weiterhin die Feldlinien um den nun schweigenden Kosmischen String und hofften auf die Rückkehr ›Jener, die hinübergleiten‹.

Nach einiger Zeit kommunizierten die Strahlenden nur noch selten mit ihren kalten Dienern, die lediglich aus trüber Materie bestanden. Die denkenden Wolken verstummten ebenso wie ihre Schöpfer auf der anderen Seite des Kosmischen Strings.

Sie hatten andere Sorgen.

Und so waren auch die Dunklen gezwungen, ihr eigenes Schicksal im Kosmos zu finden. Einige von ihnen reisten einfach immer weiter und sammelten Daten wie bisher – auch wenn es niemanden mehr gab, dem sie diese Informationen hätten weitergeben können.

Andere wiederum machten es zur Religion, den Ritualen der Alten Zeit genau zu folgen, als die Strahlenden, die Dunklen und ›Jene, die hinübergleiten‹ in ständiger Kommunikation miteinander gestanden hatten. Vielleicht lag das Große Schweigen ja darin begründet, daß einige Instruktionen nicht strikt genug befolgt worden waren. Zugleich entwickelten wenige Dunkle ein Interesse an den anderen, eingeborenen Geistern, die schließlich in dem neuen Universum entstanden. Diese weniger organisierten Dunklen ergründeten schon bald, daß ihr alter Drang, Informationen zu sammeln, durchaus nützlich sein konnte; sie vermochten die neuen Wesen zu manipulieren, um weitere Daten zu gelangen.

Der Großteil der Dunklen wollte jedoch unabhängig von sozialen Strukturen nichts mit den anderen, minderen Wesen zu tun haben, die allmählich das neue Universum bevölkerten. Lieber taten sie es ›Jenen, die hinübergleiten‹ gleich und schwiegen fortan. Jene Dunklen, die von Zeit zu Zeit mit den neuen Wesen interagierten, sind überall in der Galaxis unter vielen Namen bekannt geworden.

In einem Teil der Raum-Zeit nennt man sie die Outsider.

KAPITEL 8

Rrowl-Kommandeurs Träume waren nicht angenehm.

Sie jagten ihn wie ein großer, lauter Räuber, der sich selbstbewußt seiner Beute nähert – einer *verletzten*

Beute, die über ein freies Feld humpelte und sich nicht verstecken kann, eine Beute ohne Verbündete und ohne Waffen.

Es gab kein Entkommen.

In seinem Traum war Rrowl-Kommandeur noch immer ein Kätzchen, dessen Name Zweiter-Sohn-von-Graach-Kanonier lautete. Er und sein Nestbruder, Erster-Sohn-von-Graach-Kanonier, waren in der Krippe unzertrennlich gewesen. Wenn schließlich Illuminatoren am Abend gedämpftes Licht ausstrahlten, unterhielten sich die Brüder in ihrem Schlafbau oft über die Heldennamen, die sie wählen würden, nachdem sie für ihre künftige Tapferkeit belohnt worden wären. Für sie stand außer Zweifel, daß sie eines Tages Ehre erwarben. Waren sie nicht tapfere Kzinti? Hatten sie das nicht gelernt und bewiesen, als sie Jotoki im Reservat gejagt hatten?

Daß in Wahrheit ihre Lehrer darauf achteten, sie in bester Kzintitradition zu erziehen, war völlig gleichgültig. Die Brüder waren jung und fest davon überzeugt, genug Ehre sammeln zu können, daß Generationen von Helden sich ihrer erinnern würden.

Sie waren Kzinti, die Spezies im Mittelpunkt des Großen Netzes. Konnte irgend jemand bezweifeln, daß in ihren jungen Brüsten die Herzen von Kriegern schlugen? Erster-Sohn-von-Graach-Kanonier beabsichtigte, sich einen Heldennamen aus der Familiengeschichte zuzulegen: C'mef. Vor Jahrhunderten hatte ein anderer C'mef ein Mitglied der Riit-Familie gegen aufsässige Kolonisten verteidigt. Nichts bedeutete Graach-Kanoniers Familie mehr als die Ehre; in jedem von ihnen brannte das Feuer eines Kriegerherzens. C'mef war ein stolzer Name, der es wert gewesen wäre, auch ein zweites Mal in den Familienteppich eingewebt zu werden. Zweiter-Sohn-von-Graach-Kanonier hatte die Leber und das Kriegerherz seines Nestbruders stets bewundert und wünschte sich bis heute nichts sehnlicher, als ihm Ehre zu machen. Er hatte seinem Bruder stets gegen ihre Feinde in der Krippe beigestanden; Kralle an Kralle, Fang an Fang hatten sie gekämpft. Insgeheim hatte sich Zweiter-Sohn-von-Graach-Kanonier den Namen von C'mefs Bruder ausgesucht: Rrowl. So wie es vor Jahrhunderten gewesen war, würde es einst wieder sein: C'mef und Rrowl.

Zumindest hatte sich Zweiter-Sohn-von-Graach-Kanonier das so vorgestellt, bis sein Nestbruder während einer Geschicklichkeitsübung von einem Felsen gestürzt war. Die Wucht des Aufpralls hatte dem jungen Kzin das Genick gebrochen; Erster-Sohn-von-Graach-Kanonier war auf der Stelle tot gewesen.

Zweiter-Sohn-von-Graach-Kanonier hatte tief getrauert, was selbst für ein Krippenkätzchen unangemessen war. Vielleicht hatte er seinem Nestbruder zu nahe gestanden, oder vielleicht war Graach-Kanonier ein zu harter Vater gewesen – er wußte es nicht.

Aber jeder Kzin war auf sich allein gestellt, wenn es darum ging, dem Zähnefletschenden Gott Ehre und Wahrheit abzuringen. Graach-Kanonier sandte einen Nachtschleicher, um seinen zweiten Sohn von der ungebührlichen Trauer zu heilen.

Die Schleicher waren Priester-der-schlechten-Kunde, deren Fell und Gedanken so schwarz waren wie ihre Namen. Sie entstammten allen Heldenlinien – selbst der der Riit –, so wie auch das Kriegerherz Teil einer jeden Linie ist.

Von Zeit zu Zeit kamen in einem Kzintiwurf Junge mit schwarzem Fell zur Welt, die die Nachtschleier an sich nahmen und zu Priestern ausbildeten. Deutlich hoben sie sich durch ihr Äußeres von den anderen Kzinti ab. Ein pechkohlrabenschwarzer Kzin mit Augen so dunkel wie ein zorniger Himmel wirkte auf die anderen befremdlich und furchterregend.

Und genau diesen Effekt wollten die Nachtschleicher hervorrufen. Sie erinnerten die Kzinti daran, daß ein Kriegerherz stets der Ehre und Tapferkeit gewidmet sein müsse. Sie waren die Richter des Zähnefletschenden Gottes, gefürchtet und verehrt zugleich.

»So, mein Kleiner«, hatte die schwarze Gestalt an jenem dunklen Tag Zweitem-Sohn-von-Graach-Kanonier zugezischt. »Dein Nestbruder ist in der Schlacht gefallen. Es war der Wille des Zähnefletschenden Gottes.«

Trotz seiner Furcht vor dem Schattenpriester hatte der junge Kzin erwidert: »Er ist gestorben, weil er von einem hohen Felsen gefallen ist! Wie kann das der Wille des Zähnefletschenden Gottes sein?«

Der Kzintipriester hatte lange Zeit geschwiegen; dann hatte er gelacht. »Deine Fänge sind nicht stumpf, kleiner Kzin; aber meine sind immer noch spitzer.« Eine schwarzbepelzte Hand war vor dem Gesicht des jungen Kzin erschienen, und Krallen hatten fast seine Augen berührt. »Aber du mußt lernen, daß du nicht nur auf deine Leber hören, sondern auch Respekt zeigen mußt.«

In einer Geste furchtsamen Gehorsams hatte Zweiter-Sohn-von-Graach-Kanonier die Augen geschlossen. Das war ein Fehler gewesen.

»Sieh mich an«, hatte der Priester gezischt, »oder

ich werde die Lider von deinen feigen Augen reißen wie das Fell von einem *Vatach*!«

Von plötzlicher Furcht gepackt, riß Rrowl-Kommandeur die Augen auf, und der Traum löste sich in einem Chaos aus Kummer, verlorenen Schlachten und der grünen Hölle auf, die das Feuer der Affenlaser bildete.

Er hob die Hand ans Gesicht und tastete nach der Narbe, die ihm vor so vielen Jahren die Kralle des Nachtschleichers beigebracht hatte.

Er wußte nicht, wo er war.

Über sich sah er einen falschen roten Himmel. Die Luft besaß den richtigen Duft, und doch roch sie merkwürdig. Weiße Fäden klebten an ihm wie *Chachatta*-Netze. Vorsichtig stand er auf und zog sich die Fäden ab. Nicht weit von ihm entfernt lag die *Spitze Fänge* auf dem sandigen Untergrund.

Die Luft war ruhig, dennoch schnüffelte er nach Gefahr.

Was ist passiert? fragte sich Rrowl-Kommandeur. *Die häßlichen Fremden, die meinen Kampf mit den Affen unterbrochen haben, feuerten mit einer Art Energiewaffe auf mich ... und dann ...*

Rrowl-Kommandeur stutze plötzlich, und er vergaß seine seltsame Umgebung. Von der Strahlenkrankheit, dem letzten dunklen Geschenk der Affenfalle, spürte und sah er nichts mehr. Rrowl-Kommandeur fühlte sich satt und gesund. Wie konnte das sein?

»Seid gegrüßt, Verehrter«, zischte und spie hinter ihm eine Stimme in der Heldensprache, die so hoch klang wie die eines kleinen Kätzchens. »Wir müssen mit Euch sprechen, denn wir brauchen Eure Tapferkeit und Ehre.«

Rrowl-Kommandeur wirbelte herum und sah ein Loch, das mitten in der Luft schwebte. Nein, erkannte er, es war kein Loch, sondern ein Fenster. Auf der anderen Seite sah er zwei seltsame Gestalten mit drei Beinen und zwei Köpfen. Rrowl-Kommandeur bemerkte sofort, daß die größere der beiden Kreaturen Waffen trug, und herausfordernd grinste er.

Dann sah er die Affen hinter dem fremden Ungeziefer – jene Affen, die ihm Namen und Ehre gestohlen hatten. Er würde sich an ihrem Blut weiden und an dem der anderen Kreaturen. Heiliger Zorn ergriff ihn, und er schrie und sprang und stürzte sich mit Krallen und Fängen auf seine Feinde.

KAPITEL 9

Bruno unterdrückte ein entsetztes Keuchen und wich unwillkürlich einen Schritt zurück, als der Kzin auf sie zuflog.

»Warte«, flüsterte Carol und legte ihm die Hand auf den Arm. Sie hatte sich nicht bewegt – abgesehen davon, daß sie sich wie jeder erfahrene Soldat kampfbereit geduckt hatte.

Am Scheitelpunkt seines Sprungs prallte der Kzin gegen ein Kraftfeld und wurde wie ein großer orangefarbener Ball zurückgeschleudert.

»Beeindruckend«, bemerkte Carol. »Aber nicht sehr klug.«

Bruno murmelte: »An so etwas werde ich mich nie gewöhnen.« Ihr ›Zoo‹ war von der unsichtbaren

Mauer eines Kraftfelds umgeben, warum also sollten die Fenster zwischen ihrem und dem Käfig des Kzin nicht ebenfalls durch ein Kraftfeld gesichert sein? Schließlich beherbergten sie Exemplare zweier verfeindeter Spezies.

Bruno beobachtete, wie Carol die Fäuste in die Hüfte stemmte und sich den dreibeinigen Wesen zuwandte, die offensichtlich geduldig warteten.

»Was soll ich sagen?« erklärte sie und deutete mit dem Finger auf den pelzigen Ball, der langsam aufstand. »Das ist typisch für die Katzen. Deshalb kämpfen wir ja mit ihnen.«

»Dennoch«, sang das Wesen mit Namen Diplomat, »ist es notwendig, beide Fraktionen zu involvieren, um dieses, hm ... dieses Problem lösen zu können, Captain Faulk. Immerhin betrifft es ja auch beide Spezies gleichermaßen.«

Das Fenster, in dem der offenbar rasende Kzin zu sehen war, verschwand und wich wieder der Illusion eines scheinbar endlosen Horizonts.

»Wie das?« erkundigte sich Bruno und kratzte sich am Stecker in seinem Nacken. Falls man ihn wirklich »repariert« hatte, dann konnte er sich vielleicht auch wieder mit einem Computer verbinden.

Aber nicht jetzt.

Das größere der beiden Wesen trompetete etwas, und das kleinere neigte einen seiner Köpfe zur Seite, als höre es aufmerksam zu; dann sang es eine Antwort. Die musikalische Konversation dauerte eine Weile: John Phillip Sousa gegen Vivaldi.

Schließlich wandte sich Diplomat wieder an Carol und Bruno. »Meine Gefährtin«, erklärte er, »stimmt zu, daß ich offener mit Ihnen beiden sein sollte.«

»Das heißt?« fragte Carol nach.

Bruno hatte das schon früher beobachten können. Carol mochte es ganz und gar nicht, hilflos zu sein; sie war oft viel zu sehr darauf aus, etwas zu unternehmen. Und ohne interstellares Schiff, weit weg von zu Hause und zwischen den Fronten mehrerer Fraktionen unbekannter Aliens waren sie wahrscheinlich sogar noch weit hilfloser, als es im Augenblick den Anschein hatte.

Das Wesen mit Namen Diplomat sprach noch immer: »Der sinnlose Kampf zwischen Ihrer Spezies und den Kzinti ...«

»Warten Sie mal eine Sekunde«, unterbrach Bruno. »*Sie* haben *uns* angegriffen und unser Volk versklavt. Selbstverteidigung würde ich keinesfalls als sinnlos bezeichnen.«

Carol fingerte sich am Ohrläppchen herum.

»Liebling«, flüsterte sie süßlich, »laß das nette Wesen ausreden, ja? Wir können unsere Handlungen später immer noch rechtfertigen.«

Diplomat hatte Bruno und Carol je einen Kopf zugewandt und beobachtete beide zugleich mit seinem dümmlich wirkenden Blick, den man so leicht unterschätzen konnte.

»Vielen Dank, Captain Faulk«, fuhr Diplomat fort. »Wie ich gerade singen, äh ... *sagen* wollte, hat die Tatsache, daß ihre beiden Spezies ihre solare Auseinandersetzung in den tiefen Raum getragen haben, eine recht traditionalistische Fraktion unserer Gastgeber zutiefst verärgert.«

Nachdenklich schürzte Carol die Lippen. »Sind wir – der Kzin dort und wir selbst – vielleicht in ihr Revier eingedrungen?«

»Ein hervorragender Vergleich«, erwiderte die kleine Kreatur. »Aber genauer gesagt, betrachtet die traditionalistische Fraktion den Raum zwischen den Sternen nicht als ›Revier‹, sondern als heilig.«

Bruno verstand allmählich. »Also handelt es sich hier um ein rein religiöses Problem.« Der Gedanke amüsierte ihn ein wenig, doch er verkniff sich ein Kichern.

Sofort wirbelten die beiden Köpfe des Aliens zu Bruno herum. »Mr. Takagama, sollte dieses Schluckgeräusch, das Sie da von sich geben, ein Zeichen der Belustigung sein, so will ich Ihnen abermals versichern, daß die Situation ausgesprochen ernst ist. Diese religiösen Bedenken der Zeloten haben ihren Ursprung in tatsächlichen Ereignissen aus einer frühen Ära des Universums.«

»Wir haben also ihren Tempel entweiht«, stellte Carol fest.

»Der berühmte Vergleich mit dem Wespennest scheint mir hier passender«, bemerkte Bruno und ergriff Carols Hand.

Diplomat neigte leicht den Kopf zur Seite. »Ich verstehe nicht.«

Bruno unterdrückte seine Ungeduld. »›In ein Wespennest stechen‹ – das ist eine Redensart bei uns. Wespen sind stechende Insekten, die auf unseren Welten in Nestern leben, Diplomat. Wenn sich diese Insekten in ihrem Nest gestört fühlen, greifen sie den Störenfried in Scharen an.«

»Hervorragend, Mr. Takagama. Sie haben das Problem mit beiden Mündern gepackt.« Wieder blickten sich die beiden Köpfe des Wesens kurz an.

»Also lassen wir ihren Tempel ab jetzt in Ruhe«,

erklärte Bruno. »Wir haben es nicht gewußt; jetzt ist alles klar.«

»So einfach ist das nicht, Mr. Takagama«, sang Diplomat. »Die Zeloten betrachten nun Sie – und Ihre gesamte Spezies – als ein Ärgernis, das es zu beseitigen gilt. Unsere Gastgeber wünschen, Sie von diesen potentiell zerstörerischen Ansichten abzubringen.«

»Moment mal«, meldete sich Carol wieder zu Wort. »Warum sind wir – oder der Kzin oder Ihre Spezies – für diese Fraktion der Outsider überhaupt von Bedeutung?«

»Man nennt die Outsider auch die ›Unharmonischen‹«, erklärte Diplomat. »Sie widersetzen sich den uralten Restriktionen der Zeloten, denn sie wollen die Herren ihres eigenen Schicksals sein, und deshalb gehen sie bisweilen Beziehungen zu Lebensformen wie den unseren ein.«

»Wie auch immer ... Auf jeden Fall bin ich froh, daß man uns gerettet hat. Aber wohin bringt man uns jetzt eigentlich ... und warum?«

Das dreibeinige Wesen begann, in einem komplexen Rhythmus mit den Hufen zu trommeln. Dann drehte es sich singend zu dem größeren um, das entsprechend antwortete.

»Carol ...?« begann Bruno, doch sie drückte nur fest seine Hand, um ihn zum Schweigen zu ermahnen.

Diplomat drehte sich wieder zu ihnen um. »Meine Wächterin hat mir geraten, noch direkter zu werden.« Die Köpfe schwankten ein wenig hin und her. »Ich will mich jedoch kurz fassen, da uns die Zeit davonläuft. In der Galaxis gibt es viele Spezies wie die Ihre ... wie Sie ja wohl wissen, wenn ich mir so Ihre Fracht ansehe ...«

»Woher wissen Sie davon?« fragte Bruno. Woher wußten diese Wesen, was es mit dem Baum-des-Lebens-Virus auf sich hatte, der noch immer im Laderaum der *Dolittle* verborgen war? Daß sie ihn gefunden hatten, war nicht weiter verwunderlich, aber woher wußten sie, wozu er *imstande* war?

Der Puppenspieler vollzog mit dem rechten Hals eine seltsame Bewegung, die offenbar eine abschätzige Geste darstellte. »Der Punkt ist, daß die Unharmonischen in der Vergangenheit schon viele Male mit den unterschiedlichsten Spezies zusammengearbeitet haben. Ihre eher, äh ... *undomestizierte,* wilde Spezies übt einen gewissen ... einen gewissen ästhetischen Reiz auf sie aus.«

»Lassen wir das jetzt erst mal beiseite«, sagte Carol.

»Wie Sie wünschen«, erwiderte Diplomat. »Die Unharmonischen wollen Ihre Spezies erhalten – ebenso wie übrigens die meine und die der Kzinti. Sie finden uns interessant, nutzen uns als Informationsquelle und ...«

Bruno mischte sich ein, denn er befürchtete, daß ihnen ein langer Vortrag drohte. »Wo sind wir jetzt, und wo gehen wir hin?«

Die Halbkugel über Bruno und Carol sah plötzlich nicht länger wie ein violetter Himmel mit kleinen weißen Federwolken aus. Sie glich jetzt vielmehr einer riesigen, umgespülpten Schüssel voller opalblauer Flecken, die so hell strahlten, daß es in den Augen schmerzte. Geometrische Formen in den unterschiedlichsten Farben schwammen darin herum. Der ›Himmel‹ veränderte sich mehr und mehr, zog sich zusammen und dehnte sich wieder. Carol und Bruno hatten noch nie etwas derartiges gesehen.

»Gegenwärtig«, sang Diplomat leise mit seiner weiblich klingenden Stimme, »befinden wir uns 100 Lichtjahre vom menschlichen Raum entfernt und bewegen uns mit 300facher Lichtgeschwindigkeit durch eine andere Dimension.«

»Eine andere Dimension?«

»Natürlich. Wie sollte man sonst schneller als das Licht reisen?«

»Der Hyperraum«, keuchten Bruno und Carol im Chor.

»In der Tat. Wir locken das Schiff der Zeloten immer weiter weg vom Raum der Menschen und Kzinti.«

»Und ...?« hakte Bruno nach, der noch immer ehrfurchtsvoll zu der Vision über ihm emporstarrte. Eine feste Form bildete sich am »Himmel«, drehte sich und zog wie eine Prozession durch die Kuppel. Mal wurde sie größer, mal kleiner, und schließlich löste sie sich in den fremdartigen Mustern auf.

»Wir hoffen, das Zelotenschiff hier, also jenseits des Normalraums, stellen und zerstören zu können.«

»Aber wie?« Bruno gewann den Eindruck, daß er und Carol von Elementen und Kräften umgeben waren, die sie nicht einmal ansatzweise verstehen, geschweige denn manipulieren konnten.

»Mit Ihrer Hilfe natürlich, Mr. Takagama.« Ein Kopf des Wesens nickte, um den Worten Nachdruck zu verleihen. »Aber Sie werden nicht allein sein. Die Wächterin und der Kzin werden Sie begleiten.«

KAPITEL 10

Es war mehrere Stunden her, seit Diplomat ihnen den Plan erklärt hatte, und noch immer vermochte er die Menschen nicht so recht zu durchschauen. Er wußte nur wenig über ihre bizarre Körpersprache, die Veränderungen in ihrer Körperchemie oder die Leitfähigkeit ihrer Haut – all das hätte ihm geholfen, ihre Handlungen besser vorauszusehen. Aber war er nicht als Diplomat bekannt?

»Kleiner Schwätzer«, polterte die Wächterin, »du scheinst diese Fremden jetzt nicht mehr zu fürchten.«

Diplomat nickte bestätigend. In gewissem Sinne würde er die riesige Kriegerin sogar vermissen.

Es stimmte, daß Diplomat bei weitem nicht mehr so verängstigt war wie noch zu Beginn der Gespräche. Aber natürlich lag dies nicht zuletzt daran, daß sie sich weit weg von dem Transformationsvirus befanden, den die Mechaniker der Unharmonischen im Laderaum des kleinen Menschenschiffs entdeckt hatten. Außerdem schützte ihn der Energieschild vor den Menschen, den sie unmöglich durchbrechen konnten.

Überdies hatte Diplomat auch diesmal all seine Aufmerksamkeit auf dringendere Fragen gerichtet, wie schon damals bei den Verhandlungen mit den Q'rynmoi. Sollte es ihnen nicht gelingen, jene Fraktion der Outsider in die Falle zu locken und zu vernichten, über die die Unharmonischen gesprochen hatten, stand mehr auf dem Spiel als nur das Schicksal zweier primitiver, kriegerischer Spezies. Seit ihm dies klargeworden war, hatte Diplomat einen Großteil seiner Angst verloren. Es gab Furcht, und es gab *Angst*.

Diplomat wußte etwas, das nur seiner Spezies bekannt war: Puppenspieler waren geradezu unglaublich feige ... *bis* ihnen keine andere Wahl mehr blieb, als tapfer zu sein.

Natürlich half ihm auch sein Vorrat an angstunterdrückenden Drogen.

Vielleicht würden die Zeloten *allem* warmen Leben ein Ende bereiten, wenn es ihnen gelang, andere Outsider-Fraktionen von ihrer Philosophie zu überzeugen. Also war alles warme Leben in dieser Region in Gefahr, einschließlich der Puppenspieler.

Die einstige Bedrohung durch die Pak war im Vergleich dazu regelrecht unbedeutend. Die Outsider waren überall, und sie besaßen eine Macht jenseits aller Vorstellungskraft.

Nach ihrer Ankunft auf dem Outsider-Gruppenschiff waren Diplomat und die Wächterin sofort zu einer Besprechung gerufen worden, während derer ihnen vieles zum ersten Mal bewußt geworden war. Die Unharmonischen, die Traditionalisten, die Zeloten. Das gesichtslose Äußere der Outsider verbarg eine weit größere Vielfalt als bisher angenommen, was eine große Herausforderung darstellte.

Diplomat und die Wächterin hatten sich Zeit genommen, die Informationen, die man ihnen gegeben hatte, zu verdauen und wiederzukäuen, während die kranken Menschen und der Kzin von den Outsidern mit Hilfe ihrer Technik so rasch wie möglich geheilt wurden – oder genauer gesagt: mit Hilfe der Technik, die sie auf ihren hominiden Experimentalwelten auf der anderen Seite der Galaxis entwickeln ließen.

»Unharmonische?« sang Diplomat in die Luft um ihn herum.

»Ich höre dich, Diplomat«, antwortete die Stimme. Sie klang wie die eines wohlerzogenen Puppenspielers, doch Diplomat wußte, daß sie einem hochentwickelten Übersetzungscomputer entstammte. Ohne solche Computer fiel den Outsidern die Kommunikation mit anderen Lebensformen ausgesprochen schwer. Schon bald würden sie auch ein Programm für die Menschen entwickelt haben, doch bis dahin würde Diplomat für sie sprechen.

»Ist alles in Bereitschaft?«

»Ja«, kam die Antwort. »Wir haben eigentlich keine andere Wahl. Wenn wir die Zeloten nicht hier und jetzt aufhalten, werden wir alle viel verlieren.«

Diplomat leckte sich mit der linken gespaltenen Zunge über die Fingerlippen. »Warum sollte der Mensch Bruno uns dabei helfen?«

»Die Frage ist berechtigt. Warum sollte die Wächterin? Warum der Kzin?«

Das war Diplomats größter Sieg gewesen: den wilden Fleischfresser davon zu überzeugen, daß seine gesamte Spezies in Gefahr war, und daß es nun an ihm war, zu ihrer Rettung beizutragen.

»Ich würde es bei weitem vorziehen, die Affen zu fressen«, hatte der Kzin Diplomat gegenüber erklärt. Dann hatte er Diplomat selbst bedroht, was ebenso typisch wie unwichtig war. Überall befanden sich Kraftfelder, und Rrowl-Kommandeurs Drohungen waren leer.

Und Diplomat hatte die Zeit gefehlt, sich Angst einjagen zu lassen. Später, ja, später vielleicht ...

Was die Wächterin betraf, so betrachtete sie die bevorstehende Aufgabe als Pflicht und auch als Vergnügen. Ungewöhnlicherweise hatte sie jedoch ihrer

Sorge Ausdruck verliehen, wie es wohl anschließend um Diplomats Sicherheit bestellt sein mochte.

»Diplomat, die Zeloten befinden sich mit uns hier im Hyperraum, und sie kommen rasch näher. Das Schiff ist bereit. Die anderen Mannschaftsmitglieder sind bereit. Wir müssen Bruno Takagama – und sein Gehirn – ebenfalls an Bord bekommen.«

Diplomat stand auf und ging rasch zu dem Energiefenster.

»Mr. Takagama«, rief er in der barbarischen Sprache der Primaten, der es vollkommen an Musik, Freude und Struktur mangelte.

Der männliche und der weibliche Mensch kamen auf Diplomat zu. Sie hielten sich an den Händen. Der Puppenspieler vermutete, daß es sich dabei um eine Geste der Zuneigung handelte.

»Wir brauchen eine Entscheidung von Ihnen«, begann Diplomat. »Die Zeloten nähern sich uns im Hyperraum, und wir beabsichtigen ... wie war das Wort noch? ... sie mit einer *Boobytrap* aufzuhalten.«

Das Gesicht des größeren Menschen – Carol Faulk – war vollkommen ausdruckslos. »Und Sie wollen, daß wir Sie begleiten?«

»In der Tat. Sie, meine Wächterin und der Kzin.«

»Der uns mit Sicherheit fressen wird«, schnappte das Weibchen.

»Das wage ich zu bezweifeln«, erwiderte Diplomat beruhigend. »Hier steht weit mehr auf dem Spiel als der Konflikt zwischen zwei Spezies. Außerdem wird die Wächterin sie beschützen.«

Der männliche Mensch, Bruno, wirkte verwirrt. »Ich sehe immer noch keinen Grund, warum Ihr Plan funktionieren sollte.«

»Wie unsere Gastgeber besitzen auch die Zeloten den Drang, Informationen zu sammeln. Aus Gründen, die älter als die Sterne sind, ist es Bestandteil ihres innersten Wesens. Sie werden unmöglich umhin können, das umgebaute Schiff zu untersuchen, das wir vorbereitet haben – und Sie.«

»Warum sollten sie es nicht einfach zerstören?« fragte der weibliche Mensch.

»Weil«, wiederholte Diplomat geduldig, »sie nicht widerstehen können, es zu *untersuchen*, bevor sie es zerstören. Nach der Zerstörung könnten sie schließlich unmöglich Informationen daraus ziehen.«

»Ich verstehe ...« sinnierte der männliche Mensch, der ohne sein Wissen bereits von den Outsidern programmiert worden war. Diplomat beobachtete, wie er sich am Interfacestecker kratzte.

Was bin ich froh, dachte Diplomat, *daß ich nichts Mechanisches oder Elektronisches in meinem Gehirn habe.*

Diplomat wollte nicht lügen. »Ich würde nicht davon ausgehen, daß sie alle überleben werden.«

Der Mensch mit Namen Carol Faulk stieß zischend Luft aus. »Niemand auf diesem Schiff wird überleben!« schrie sie.

»Aber wenn wir es nicht versuchen«, erklärte Diplomat in ruhigem Tonfall, »werden Ihre Spezies und viele andere in großer Gefahr schweben.«

Zorn zeichnete sich im Gesicht des Weibchens ab, und sie versuchte, etwas zu erwidern, doch der männliche Mensch legte ihr die Hand auf die Schulter.

Diplomat blickte ihn erwartungsvoll an.

KAPITEL 11

»Ich werde helfen«, erklärte Bruno mit ruhiger Stimme.

Carol wirbelte zu ihm herum. »Bruno!« rief sie. »Das ist ein Selbstmordkommando! Von einer Katze würde ich nichts anderes erwarten, aber von dir?«

»Sind Sie sicher?« fragte der Puppenspieler.

Noch nie in seinem Leben war Bruno sich einer Sache so sicher gewesen. Irgendwie fühlte er sich stärker als gewöhnlich.

»Carol«, sagte er und ergriff ihre Hände. »Du bist Pilotin, ein Soldat.«

»Ja, aber ...«, begann sie.

Bruno blickte in ihr wütendes Beltergesicht und schüttelte ihre Hände, um sie zum Schweigen zu bringen.

»Du und ich, wir wissen beide, daß wir hier nicht herauskommen. Keiner von uns.«

Bruno wußte, daß dies nicht ganz der Wahrheit entsprach, doch die Zeit war noch nicht reif dafür, es Carol zu erklären.

Sie nickte knapp. Ihr Gesicht war wie versteinert.

»Gut«, sagte Bruno. »Du warst schon immer zäher als ich, meine Beschützerin. Wer hat mich aus der *Sun-Tzu* gebracht, während ein Kabel aus meinem Hals baumelte?« Er legte den Kopf an ihre Brust und spürte ihren warmen Körper.

Vorsichtig strich Carol ihm mit der Hand über den Nacken.

Bruno blickte wieder auf. »Carol, ich liebe dich. Du hast immer zu mir gestanden, mir geholfen und mich beschützt. Nun tue ich das gleiche für dich. Wie könnte ich auch anders?«

Tränen glitzerten in Carols Augen: ein kleiner Riß in ihrer Belterpilotenrüstung.

Sie lächelte zaghaft. »Ich vermute, wir wußten schon, daß wir nicht lebend wieder herauskommen würden, als wir uns damals freiwillig für diese Mission gemeldet haben.«

Bruno nickte. Jetzt kam der harte Teil.

»Ich liebe dich mehr als das Leben, Carol Faulk. Durch dich habe ich mich wie ein Mensch gefühlt, was ich nicht bin und niemals war.«

Carol wollte etwas entgegnen, doch Bruno kam ihr zuvor. »Wir haben keine Zeit dafür, Liebes. Die Zeloten sind hier.«

Er richtete sich zu seiner vollen Größe auf, küßte sie auf den Mund und beschloß, die Erinnerung an diesen Kuß auf immer im Gedächtnis zu bewahren.

Dann trat er drei Schritte zurück und rief:

»Jetzt, Diplomat!«

Gequält beobachtete er, wie Carol auf ihn zustürzte und gegen die unsichtbare Barriere prallte, die der Puppenspieler zwischen ihnen errichtet hatte.

OUTSIDER ZWEI

Zorn. Wildes Ungeziefer, der Nodus kommt. Das Schicksal erwartet alle Nodi, die nicht Eines Geistes mit den Göttlich Strahlenden sind.

Belustigung. Kann es wahr sein? Der sich nähernde Nodus handelt ohne Instruktionen der lange schweigenden Herren? Was ist mit dem Pakt?

Rachsucht. Es ist an der Zeit, das Ungeziefer des warmen Lebens auszurotten und auch die Nodi, die es unterstützen. Schon bald werden alle weit entfernten Nodi Eines Geistes mit diesem Nodus sein.

Hinterfragend. Nicht alle. Nur die Nodi, die bereits Eines Geistes mit dem Ander-Nodus sind. Können der Nodus und Dieser-Nodus nicht einen neuen Pakt aushandeln?

Verwirrung. Warum verteidigt der wilde Nodus das warme Ungeziefer? Allein durch seine Existenz besudelt das warme Leben die saubere Geometrie.

Gewißheit. So wie die Schöpfer Diesen-und-Ander-Nodus zur Informationsbeschaffung nutzten, so nutzt Dieser-Nodus die Warmleben-Staubkörner. Ihre Art ist anders und oft wertvoll.

Entschlossenheit. Wild und häretisch zugleich. Selbst jetzt, durch die Flucht in diese verdrehte Raumzeit, beleidigt der Ander-Nodus die Schöpfer, die den Nodi vor langer Zeit Sinn gegeben haben.

Belustigung. Nicht Eines Geistes. Dieser-Nodus und der Ander-Nodus sind jedoch Eines Geistes, daß diese verdrehte Raumzeit bei dem gescheiterten Versuch entdeckt worden ist, das Reich der Schöpfer zu erreichen. Sie waren nicht in diesem Reich, und so kann es sie auch nicht beleidigen, wenn Dieser-Nodus und der Ander-Nodus darin reisen.

Unversöhnlichkeit. Genug. Bereite der Ander-Nodus sich darauf vor zu enden, sei es in dieser Geometrie oder einer anderen.

KAPITEL 12

Carol Faulk stand am Kraftfeldfenster neben dem Puppenspieler und hatte den Geschmack von Asche im Mund. Sie beobachtete, wie Bruno Takagama auf die Öffnung im Energieschild zuging und in dem länglichen Rumpf des umgebauten Puppenspielerschiffs verschwand. Sie wollte ihm hinterherrennen, ihn irgendwie aufhalten, doch dieser verdammte Schild hielt sie zurück.

»Carol«, hatte Bruno ihr erklärt, während sie getobt und geflucht hatte, »es besteht die Chance, daß du überlebst. Wenn du uns begleitest, wirst du nur mit uns sterben.« Dann hatte er in den fremden Himmel emporgeblickt. »Ich will, daß du lebst. Das ist meine Entscheidung.«

Carol dachte an einen Spruch, den sie so oft gehört hatte, als die Dritte Flotte damals Sol angriff: *Halt's Maul, und benimm dich wie ein Soldat*. Es war das Recht eines jeden Soldaten zu entscheiden, daß ein Freund oder Liebhaber leben sollte. Und Bruno – der kleine, schwache Bruno – war, wie sich herausgestellt hatte, ein echter Soldat.

Carol konnte den Puppenspieler noch nicht einmal hassen. Es war Brunos gottverdammte, eigene Entscheidung gewesen, mit der Puppenspielerkriegerin und dem Kzin auf dieses Selbstmordkommando zu gehen.

Aber sie haßte es, sich die Wahrheit eingestehen zu müssen: Hätte sie entscheiden müssen, hätte sie alles getan, um Bruno die gleiche Chance zu geben, die er ihr nun geben wollte.

Es mußte ihr ja nicht gefallen.

»Ist es soweit?« erkundigte sich Carol bei Diplomat.

Das dreibeinige Wesen sah Carol lange Zeit an, bevor es antwortete: »Ja.«

»Sie haben hier das Kommando«, sagte Carol verbittert. »Darf ich ihnen noch Glück wünschen, oder haben Sie etwas dagegen?«

Das Wesen starrte sie erneut aus zwei verschiedenen Winkeln an. »Nein, Captain Faulk. Ich werde ihnen ebenfalls viel Glück wünschen. Nicht einmal wir können den Zufall kontrollieren, auch wenn wir es versucht haben.«

Carol rätselte noch über diese Bemerkung, als das Kraftfeld um die Luftschleuse des Puppenspielerschiffs plötzlich schimmerte und sich auflöste.

Bruno war für immer fortgegangen; das wußte Carol sowohl im Herzen als auch im Kopf.

KAPITEL 13

Rrowl-Kommandeur machte es sich in dem modifizierten Kommandantensessel des umgebauten Puppenspielerschiffs bequem. Der Pflanzenfresser, der wie ein Räuber roch – die Wächterin? – flötete Bereitschaft.

Der Kzin schmeckte Galle, als er den Menschen ansah, aus dessen Kopf Kabel hingen, die an blutsaugende *Wrloch* erinnerten.

Das hier sollte die Schlachttriade eines Helden sein?

Aber trotz des Hasses, den Rrowl-Kommandeur für

die Affen und noch mehr für die vegetarischen Fremden empfand, war er sich durchaus bewußt, daß sie nun gemeinsam einem weit größeren Feind entgegentraten. Vielleicht würde er später noch Gelegenheit erhalten, sich am Blut seiner »Kameraden« zu laben.

Er hatte das Schiff, das aus Kzinti-, Menschen- und Puppenspielertechnologie zusammengesetzt worden war, *Größere Rache* getauft.

Rrowl-Kommandeur knurrte und startete den Schiffsantrieb mit einem Tastendruck.

Das glitzernde, fremdartige Raumschiff der Unharmonischen Outsider fiel hinter ihnen zurück. Extradimensional verzerrte Bilder flackerten mitten in der Luft vor Rrowl-Kommandeur auf, die alle das Schiff zeigten, das sie in den Hyperraum getragen hatte. Die *Größere Rache* wurde kräftig durchgeschüttelt, während sich der gequälte Raum um sie herum stetig veränderte.

Vor sich sahen sie das verschwommene, verzerrte Bild ihres Feindes.

Rrowl-Kommandeur stieß einen herausfordernden Schrei aus und erhöhte die Geschwindigkeit. Die alptraumhafte Vision des grünen Affenfeuers in seinem Hinterkopf ignorierte er. Die unglückseligen Affen warten jetzt seine Verbündeten ... zumindest für eine gewisse Zeit.

Der kleine Mensch bildete den Mittelpunkt des Outsiderplans, und er zeigte nicht die geringsten Anzeichen von Feigheit, im Gegenteil: Er war mehr als bereit, seinem Namen Ehre zu machen. Der Gedanke verwirrte Rrowl-Kommandeur.

»Was ist, edler Held?« knurrte und spie die übersetzte Stimme des Menschen. Die Vorstellung drehte

Rrowl-Kommandeur die Leber um, daß seine eigenen Worte im Gegenzug aus der Heldensprache in die wimmernden Laute des Menschen übertragen werden würden.

»Mensch, ich fordere unseren Feind heraus. Tut ihr nicht das gleiche, wenn ihr den Helden in der Schlacht gegenübertretet?« Er verzichtete darauf hinzuzufügen: *wenn ihr ihnen Fallen stellt.*

»Ich nehme an, das tun wir, Rrowl-Kommandeur«, antwortete die künstliche Stimme. Affenjaulen, das wie Heldenknurren klang. *Aaah!*

»Weniger reden«, unterbrach die melodische Stimme der Puppenspielerkriegerin, die selbst Rrowl-Kommandeurs Sprache weicher klingen ließ. »Ich verändere das Muster des Hyperraums um uns herum. Das wird uns eine Zeitlang schützen.«

Mit Mühe erkannten sie die Form des Zelotenschiffs, das zunächst rasch näher kam, sich dann jedoch wieder zu entfernen schien. Ständig veränderte sich seine Geometrie wie ein waberndes Bild unter Wasser.

»Wie lange dauert es noch bis zum Kontakt?« zischte und spie Rrowl-Kommandeur.

»Die Zeloten haben uns inzwischen bemerkt«, erwiderte die große Puppenspielerin. »Sie werden jeden Moment reagieren.« Anerkennend beobachtete Rrowl-Kommandeur wie die fremde Kreatur mit einem Kopf über die Waffe an ihrem Gürtel strich.

Kann auch ein ... ein Vegetarier *das Herz eines Kriegers besitzen?* sinnierte er. *Das brennende Verlangen, aus Pflicht- und Ehrgefühl gegen einen weit überlegenen Gegner zu kämpfen?*

»Seht dort!« rief der Mensch.

Das Zelotenschiff zerbrach in mehrere Teile, die sich alle auf die *Größere Rache* zubewegten. Statt ursprünglich eines Schiffes näherten sich nun dutzende durch den Hyperraum, die ihr riesiges Mutterschiff umkreisten, dessen Form an einen Speer erinnerte.

»Sind das unabhängige Schiffe?« fragte Rrowl-Kommandeur die Puppenspielerkriegerin.

»Ja. Ich aktiviere unsere Waffen. Wir müssen die zentrale Masse intakt erreichen.«

Rrowl-Kommandeur steuerte das Schiff weiterhin nach Instinkt, als verfolge er eine Beute durch ein Jagdreservat. Der Feind rückte immer näher.

Strahlen so schwarz wie die Nacht schossen aus der *Größere Rache* und trafen eines der kleineren Zelotenschiffe. Das Outsiderschiff begann zu flattern; dann lösten sich kleine geometrische Gebilde aus dem Schiff und *verschwanden,* als hätte ein unsichtbarer Räuber Stücke aus ihm gerissen.

Der Kzin fluchte. »Was ist passiert?« knurrte er.

Die Wächterin, deren Köpfe über die Waffenkontrollen tanzten, antwortete: »Wenn die Felder, die den Hyperraum vom Normalraum trennen, versagen, verschwindet das beschädigte Schiff Stück für Stück im Nichts. Materie kann hier nicht ohne Schutz existieren.«

Rrowl-Kommandeur war das ganze trotzdem nicht geheuer.

»Captain!« rief der kleine Affe mit dem beschädigten Gehirn. »Der Kern!«

Die *Größere Rache* näherte sich nun der Hauptstruktur des Zelotenschiffs. Rrowl-Kommandeur wandte sich seiner Waffenkontrollkonsole zu.

»Und was tun wir jetzt?« zischte und spie der Kzin.

Die Wächterin hielt noch immer die kleinen Zelotenjäger auf Abstand und sandte einen nach dem anderen in die Vergessenheit des Hyperraums. »Jetzt ist der Mensch dran.«

Rrowl-Kommandeur blickte auf seinen Schirm und sah, daß sich die Hauptstruktur des feindlichen Schiffes öffnete wie eine Blüte. Ein verzweigtes Gebilde aus fraktalen Wurzeln griff nach ihnen.

Der Kzin feuerte immer und immer wieder mit den ihm unbekannten Waffen des Schiffs, doch in der verzerrten Umgebung des Hyperraums vermochte er unmöglich genau zu zielen; jeder Schuß geriet zum Glücksspiel.

Eine glitzernde Wurzel flog durch den Hyperraum auf sie zu; mal groß, mal klein ... doch ständig kam sie näher. Der Kzin versuchte, dem Objekt auszuweichen – ohne Erfolg.

Mühelos schnitt das Gebilde durch den schimmernden Schleier des Energieschilds und schlug auf den Rumpf der *Größere Rache*.

Ein Riß erschien im Deck, und Dutzende goldener Tentakel drangen in die Kabine ein. Die Wächterin stieß ein wütendes Bellen aus und schlug wie rasend mit den scharfen Klingen an ihren Helmen um sich, da sie in der Enge der Kabine keine Energiewaffen einsetzen konnte.

Weitere Tentakel erschienen durch einen anderen Riß, und der Kzin sah, wie die Wächterin von schier unglaublich kräftigen Armen, in Stücke gerissen zu werden drohte.

Rrowl-Kommandeur schrie und stürzte auf die gefallene Puppenspielerin zu. Alle drei Beine und beide Köpfe wurden in verschiedene Richtungen gezogen. Der Kzin schlug mit den Krallen nach den goldenen Tentakeln, doch auf den glitzernden Gebilden zeigte sich nicht einmal ein Kratzer.

Die Wächterin platzte auseinander wie ein Kadaver, den man aus großer Höhe auf den Boden geworfen hatte. Als Unmengen von Blut durch die Kabine spritzten, fiel Rrowl-Kommandeur etwas auf: Inmitten all des Bluts und des Fleisches sah er Kabel und elektronische Bausteine, die man in die fremde Kriegerin eingebaut hatte.

Die feigen Grasfresser trauen den eigenen Verteidigern nicht, dachte er entsetzt. Die Wächterin war halb Lebewesen, halb Maschine gewesen ... wie der kleine Affe mit den Kabeln im Kopf.

Rrowl-Kommandeur sprang wieder auf seine Station zurück.

Ein goldenes Tentakel stieß von der Decke hinab in seine Konsole, und alles explodierte in grünlichem Licht.

Rrowl-Kommandeur lag mit gebrochenem Rückgrat auf der Seite. Seine Beine waren taub und nutzlos. Im Augenblick hielten noch die flackernden Energieschilde das Nichts des Hyperraums davon ab, sie zu verschlingen, aber er spürte, wie das kleine Schiff bebte und wankte, während es ins Innere des Zelotenschiffs gezogen wurde.

Nun hatte er nicht mehr die Möglichkeit, einen sauberen Tod zu sterben, um dem Zähnefletschenden Gott Ehre zu erweisen.

Doch zumindest hatte er noch ein letztes Mal gekämpft.

Der Mensch kniete neben ihm; offenbar fürchtete er sich, Rrowl-Kommandeur zu berühren.

»Sieht gar nicht gut aus«, wimmerte der Affe mit monotoner Stimme. »Aber zumindest haben wir unser Bestes getan.«

Der Mensch mit dem unmöglichen Namen sprach Englisch; die Übersetzter funktionierten nicht mehr; doch wie jeder Sklavenhalter besaß auch Rrowl-Kommandeur eine gewisse Kenntnis der armseligen Sprache.

Er hustete ein Kichern. »Du kein Feigling«, brachte er mühsam in Englisch hervor. »Selbst mit Maschine *ch'rowl* dein Hirn. Du fast Held.«

»Held?« wiederholte der Mensch.

»Ja«, hustete Rrowl-Kommandeur und spuckte Blut. »Kriegerherz nicht aufgeben.«

Der Mensch blickte ihm in die Augen. »Bleib ruhig liegen. Bald wird alles vorbei sein.«

Rrowl-Kommandeur ergriff die Hand des Menschen. Fast vollständig verschwanden die winzigen rosa Finger in der schwarzen Pranke.

»Nimm Name«, spie er.

»Ich verstehe nicht«, erwiderte der Mensch mit dem unmöglichen Namen.

»Nimm Name C'mef.« Ein Krampf schüttelte Rrowl-Kommandeurs Körper. Er drehte den Kopf und übergab sich. Der Geschmack in seinem Mund besaß das ekelerregende Aroma der Niederlage.

Der Mensch schwieg.

»Eines Tages«, zischte Rrowl-Kommandeur leise, »Helden und Affen zusammen kämpfen wie wir jetzt.« Er schloß die Augen. »Wenn wir nicht vorher fressen euch und euren Nachwuchs.«

Der Kzin glaubte zu spüren, wie der Mensch ihm als Antwort darauf die Hand drückte.

Ein Brüllen erfüllte die Kabine, als der Energieschild versagte. Rrowl-Kommandeur öffnete die Augen und sah vor dem wahnsinnigen Hintergrund des Hyperraums eine schwarze Gestalt, die nach ihm und dem Affen griff.

Die Gestalt schien mehrere Arme zu besitzen und einen flexiblen Leib. Für den Kzin besaß sie das furchterregende, dunkle Gesicht des Nachtschleichers, den ihm sein Vater vor so vielen Jahren geschickt hatte. Hinter dem Wesen brannte das helle grüne Feuer großer Affenlaser.

Diesmal jedoch hielt Rrowl-Kommandeur die Augen offen und schrie der Gestalt im Namen seines Nestbruders seinen Trotz entgegen. Er hatte sein Kriegerherz gefunden.

KAPITEL 14

1000100111100111001111101110011111101
0100010010010
11110100101000101100111010101011001000
1001000010111

Der Himmel war wie Wein so dunkel, beinahe homerisch.

Gnadenlos schien die Sonne herab, ein unerbittlicher Feind auf dem Schlachtfeld.

Theosus (Bruno) stand hoch aufgerichtet,

und sein Schatten fiel starr und schwarz auf den harten, ausgetrockneten Boden. Mit seinem kräftigen Arm hob er das Schwert gen Himmel ... Zum Gruße! Gelbes Licht lief wie Butter an der glitzernden Klinge herab. Warm schmiegte sich der bronzene Kettenpanzer an Theosus (Brunos) erhitzten Leib. Der Geruch von Staub, Blut und Eisen stieg ihm in die Nase und trieb ihm die Tränen in die Augen.

Theosus (Bruno) schaute sich nach dem Feind um, dem er sich stellen mußte. Es war sein Schicksal.

Aber ich bin kein antiker Krieger, protestierte sein Verstand. Der Gedanke wirbelte davon wie Rrowl-Kommandeurs Körperteile, bevor sich die Dunkelheit herabgesenkt hatte ... nach dem Angriff des Zelotenschiffs, das selbst den Cyborgpuppenspieler zerstört hatte.

Die Bilder verließen seinen Geist; sie flogen davon wie ... Vögel? Theosus (Bruno) schüttelte den Kopf.

Plötzlich stand Colonel Buford Early mit einer Pike in der Hand vor Theosus (Bruno). Die Spitze der Pike funkelte so hell, daß es Theosus (Bruno) in den Augen schmerzte, und er mußte blinzeln. Zusätzlich zur Uniform der UN Space Navy trug Colonel Early einen Legionärshelm.

»Sohn«, krächzte der alte Mann, »deine Gedanken verraten dich. Ich kann in dir lesen wie in einem offenen Buch.« Earlys

Gesichtszüge schmolzen dahin, als wären sie aus Wachs.

»So wie in anderen Dingen auch, die intimer sind als ein Buch«, fügte eine neue Stimme hinter Theosus (Bruno) hinzu.

Theosus (Bruno) drehte sich so schnell um, daß ihm beinahe der Helm vom Kopf gefallen wäre, der mit einem Busch verziert war. Hinter ihm stand Carol Faulk mit unpassend langem rotem Haar. Sie trug ein fließendes Gewand, das ihren gesamten schlanken Belterkörper bedeckte.

»Carol?« fragte Theosus (Bruno) ungläubig. Sein Geist war an zwei Orten zugleich, die 30 Jahrhunderte und Tausende von Lichtjahren voneinander entfernt waren.

»Weniger und doch mehr«, erwiderte die Gestalt geheimnisvoll. Ihr Haar änderte die Farbe, wurde schwarz und wuchs zurück, bis nur noch der vertraute Belterkamm übriggeblieben war. Auch Carols Haut- und Augenfarbe änderten sich.

»Warum bin ich hier?« Theosus (Bruno) schmerzte der Kopf wie damals, als er mit gebrochenem Schädel kopfüber in dem verunglückten Gleiter gehangen hatte, und ... und ...

Selbst diese Gedanken und Bilder flogen davon und hinterließen ein klaffendes Loch in seinem Geist. Vorsichtig tastete er mit seinen Gedanken um die Löcher in seinen Erinnerungen, als ob er mit der Zunge eine neue Lücke im Gebiß erkundete, wo einst ein gesunder Zahn gewesen war. Ein Zahn, den man ihm gegen seinen Willen herausgerissen hatte.

Die Buford Early-Gestalt ergriff wieder das Wort. »Deine Gedanken gehören nicht länger dir, Sohn. Schütze sie, bis die Zeit gekommen ist. Das Zentrum kann nicht halten, Junge, es sei denn, du sorgst dafür.«

Theosus (Bruno) war verwirrt. Verse eines Gedichts von Yeats schienen ihm von den Brauen zu springen wie Vögel und davonzuflattern wie auch all seine anderen Gedanken. Rasch verschwanden sie in den grünen Wolken und der blauen, summenden Luft.

Gingen all seine Gedanken in dieselbe Richtung? Was hatte das zu bedeuten? Theosus (Bruno) wußte es nicht. Verlor er den Verstand?

»Nichts ist verloren, mein alter Schiffszwieback«, flüsterte ihm die Carol-Gestalt ins Ohr, obwohl sie mehrere Schritt von ihm entfernt stand. »Deine Gedanken werden dir genommen. Sie werden gelesen und analysiert.«

»Warum?« brachte Theosus (Bruno) mühsam hervor und blickte verwirrt von einer Gestalt zur anderen. Er konnte sich weder daran erinnern, wie Carol roch, noch, wann sie sich zum ersten Mal getroffen hatten.

Stück für Stück nahm man ihm seine Erinnerungen, seinen Verstand. Theosus (Bruno) mußte das- oder denjenigen unbedingt aufhalten, der ihm das antat ... bevor sein Kopf vollkommen leer war.

Und noch etwas anderes mußte er tun.

»Wo?« wiederholte er.

Das Bild von Buford Early deutete mit seiner funkelnden Pike, die sich zu strecken und zu wachsen schien, auf eine Ruine in der Ebene vor ihm.

Die Sonne, die Theosus (Bruno) mit solch blendendem Licht beschien, begann zu flackern und verlor schließlich ihre Leuchtkraft. Ein kühler Wind wehte über seine Haut und jagte ihm einen Schauder über den Rücken.

Er drehte sich um. Die Early-Gestalt war verschwunden. Theosus (Bruno) konnte sich nicht länger an den Vornamen des verschwundenen Mannes erinnern; auch diese Erinnerung war in die wachsende Dunkelheit davongeflogen. Traurig blickte ihn das Bild von Carol an, deren Haut sich inzwischen tiefrot verfärbt hatte.

Theosus (Bruno) schluckte. Seine Kehle war so trocken wie der Staub der Arena, in der er würde antreten müssen.

»Wirst du mich begleiten?« fragte er Carols Bild.

»Ich kann nicht.« Tränen traten ihr in die Augen, und sie glitzerten wie Juwelen im schwindenden Licht. »Du mußt es alleine tun, Bruno.«

Theosus (Bruno) drehte sich um und ging davon, ohne etwas zu sehen. Ein Teil von ihm wußte, daß all das nur ein Bild in seinem Kopf war; nur so konnte sein Geist verarbeiten, was mit ihm in der Wirklichkeit geschah.

Er mußte etwas erledigen. Raumschiffkontrollen oder das Heft seines Kurzschwertes; gab es da einen Unterschied?

Das Schicksal wartete auf ihn an beiden Orten.

Das Gefühl, sich durch einen unwirklichen Traum zu bewegen, wuchs, während er langsam über die immer dunkler werdende Ebene auf die Ruine zuschritt, die aussah, als bestünde sie aus sonnengebleichten Knochen. Dort, das wußte er irgendwie, wartete eine schreckliche, vielarmige Gestalt auf ihn, die er nicht benennen konnte.

Aber was sich auch immer hinter der Gestalt verbergen mochte, sie wartete. Theosus (Bruno) hielt das Schwert in der Hand und beschleunigte den Schritt in Richtung der Steinblöcke, die unordentlich auf einem Haufen lagen. Das Tor war eingebrochen; nur die Torpfeiler ragten noch in den Himmel empor wie grausame Reißzähne. Theosus (Bruno) wollte nicht in völliger Dunkelheit dort ankommen.

Er betrat die schon lange verlassene Palaestra. Die Arena war leer, und keine Reliefs zierten die Wände.

Wie er vermutet - wie er gewußt hatte, wartete dort die Hydra auf ihn.

Sie war doppelt so groß wie Theosus (Bruno) und glich einem schwarzen Zylinder, aus dessen Spitze Dutzende schwarzer sehniger Arme wucherten, die sich ihm allesamt entgegenschlängelten. Am Ende eines jeden Arms saßen Mäuler, die mit den fürchterlichen Zähnen eines Neunauges gespickt waren.

Theosus (Bruno) fühlte eine Erinnerung -Haut, die über seine Beine glitt; der Geruch von sauberem Schweiß und Verlangen, als seine Lippen Carols berührten - ein Bild, das sich sofort von ihm losriß und die Flucht ergriff.

Ein Arm schnappte die Erinnerung aus der Luft, und Zähne bohrten sich in einen Teil von Theosus (Bruno). Auf ewig verschwunden.

Zorn erfüllte ihn, als er das Schwert schwang und sich schreiend auf die Hydra stürzte. Das Fleisch des Wesens besaß keine Substanz, sondern zischte nur, als die Klinge es durchschnitt.

»Du wirst mir nichts mehr nehmen!« krächzte Theosus (Bruno), während er immer und immer wieder das Schwert schwang und wundersamerweise weiches Fleisch aus der unwirklichen Kreatur schlug. Der Wind zerrte immer stärker an seiner Kleidung, und in der Ferne ertönte ein Donnern.

Die Hydra bewegte sich mit ihm, und für jeden Arm, den Theosus (Bruno) abschlug, wuchsen zwei neue nach. Das Ding schien ihn auszulachen, ein elektronisches Zischen, das sogar das Heulen des Windes übertönte, der durch die Palaestra fegte. Sand flog Theosus (Bruno) in die Augen und ließ ihn blinzeln.

Und für jeden Hieb, den Theosus (Bruno) ausführte, entrissen ihm die Arme der Hydra eine Handvoll Erinnerungen. Er packte das Schwert mit beiden Händen, um härter zuschlagen zu können, während es ringsum immer dunkler wurde und sich die abgeschlagenen Gliedmaßen der Kreatur in der Arena zu einem blutigen Haufen türmten. Doch noch immer sprossen neue Arme und Köpfe hervor, und alle gierten sie nach den Erfahrungen, aus denen Theosus (Bruno) bestand. Sie wichen seinen immer schwächer werdenden Schlägen aus und raubten ihm Stück für Stück die Erinnerungen.

– Die Puppenspieler, die er getroffen hatte.

– Der Name, den der Kzin ihm gegeben hatte, bevor er gestorben war.

– Der Name seiner Universität.

– Der Name ihres Schiffes.

– Das Gefühl der Transzendenz, wenn er verbunden war.

– Die Namen seines Vaters und seiner Mutter.

All das, was er war, schien in der aufgeblähten schwarzen Gestalt der Hydra zu verschwinden, die triumphierend über ihm aufragte. Erschöpft ließ Theosus (Bruno) das Schwert auf den Arenaboden fallen.

Die Arme der Hydra hielten ihn aufrecht, während sie sich durch seine Erinnerungen fraß. Der Schmerz war unerträglich. Theosus (Bruno) wollte den Namen einer Frau schreien, doch er hatte ihn vergessen.

Er blickte an sich herab, vorbei an den sich windenden Armen, die in seinen Körper eindrangen. Seine Haut wurde durchsichtig. Er konnte sein Herz in einem Käfig voller Schlangen schlagen sehen.

Oh, du mein alter Schiffszwieback, hörte Theosus (Bruno) die Stimme einer Frau aus weiter Ferne rufen. Ich liebe dich.

»Ich liebe dich auch«, krächzte er. Plötzlich erinnerte sich Theosus (Bruno) an etwas Altes, etwas Mächtiges – an etwas, das die Unharmonischen tief in ihm vergraben hatten, um es hier und jetzt zu benutzten. Eine Waffe.

Die Zeit war reif.

Theosus (Brunos) pochendes Herz veränderte sich und nahm die Form eines Juwels an, dann die eines zylinderförmigen Sprengkörpers. Dies war das Signal, das Programm zu aktivieren, das die Unharmonischen Outsider in ihn eingepflanzt hatten, bevor sie ihn in den Kampf gegen das Zelotenschiff schickten.

»Jetzt!« kreischte er und aktivierte das Programm, bei dem es sich um eine Art

Computervirus handelte; die rebellischen Outsider hatten den Virus mühelos in den Schaltungen seines elektronischen Gehirns verstecken können.

Ein helles, reines Feuer schlug aus Theosus (Brunos) Brust. Die Hydra schrie auf und versuchte, sich zurückzuziehen.

Theosus (Bruno) lachte schwach, klammerte sich an die brennenden Tentakel und zwang immer mehr des weißglühenden Lichts ins Herz der Hydra. Die Kreatur schrie erneut und versuchte wieder, sich von ihm loszureißen, doch er hielt sie fest. Rachsüchtig brüllte das reinigende Feuer auf.

Die Flammen erfaßten die Hydra; jeder einzelne Arm verwandelte sich in ein Flammenschwert, das die Dunkelheit durchschnitt. Dann flackerten auch in der Ferne Feuer auf, und weitere Schreie gesellten sich zu dem der Hydra.

Jener Teil von Theosus (Brunos) Geist, der nicht in dem Traum gefangen war, wußte, daß dies alles nur eine Metapher war; daß der Computervirus sich im Kollektivgeist der Zelotenoutsider verbreitete. Das sich selbstreplizierende Muster würde bis zu jeder mobilen Einheit des Zelotengeistes vordringen und dort Datenpakete löschen oder austauschen.

Theosus (Bruno) wußte, daß er hier mit den Zeloten sterben würde, daß er auf ewig in der anderen Dimension verloren bliebe, die man Hyperraum nannte. Aber sie würde leben, auch wenn die Zeloten ihm ihren Namen gestohlen hatten. Und vielleicht konnten die Unharmonischen die Strahlenden davon überzeugen ... und ihre Herren ... die anderen Zelotengeister dazu zu zwingen ... den menschlichen Raum in Ruhe zu lassen.

Schmerz. So viel.

Das Licht wurde immer heller und begann zu pulsieren. Die Arme der Hydra brannten nun lichterloh, doch noch immer versuchte sie, sich loszureißen. Aber Theosus (Bruno) hielt sie fest.

Agonie konnte so reinigend sein.

Ringsherum starb der Traum.

Bruno spürte, daß die Schaltungen in seinem Gehirn zu versagen drohten. Seine biologischen Komponenten fingen Feuer, als die Schilde um das Zelotenschiff versagten. Die verzerrte Raumzeit des Hyperraums drang in das Schiff ein, und in der Kapsel, die die Ausrüstung der Zeloten schützte, zeigten sich die ersten Lecks.

Eine geräuschlose Explosion erfüllte Theosus (Brunos) gesamtes Sensorium: Farben jenseits des Spektrums, Geräusche und Gefühle jenseits der Wahrnehmung. Er spürte, wie sich sein Rücken bog, als ein stummes Heulen in seinem Kopf ertönte.

Schmerz. Überall.

Schließlich ... Endlich wurde Bruno eins mit dem Ganzen.

1000100111100111001111011100111101
010001001001 0
1111010010100010110011101010110010 00
100100001011 1

KAPITEL 15

Carol und der zweiköpfige Puppenspieler standen dicht beieinander. Durch ein Fenster in der Halbkugel über ihnen beobachteten sie die wirbelnden Farben und seltsamen Formen des Hyperraums. Nichts von dem, was sie sahen, ergab einen Sinn, auch wenn die Unharmonischen Outsider den Anblick elektronisch verändert hatten, um ihn für ihre Gäste erträglicher zu machen. »Ich kann verdammt noch mal nichts sehen«, flüsterte Carol. Schicksalsergeben preßte sie die Lippen aufeinander. Sie hatte auch früher schon Freunde sterben sehen – auch Liebhaber.

Aber Bruno?

»Das Hauptschiff der Zeloten hat das Menschenschiff aufgenommen«, erklärte Diplomat, dessen lange Hälse ständig hin und her schwankten. Er steckte den linken Kopf in einen Beutel und zog ihn kauend wieder heraus.

»Woher wissen Sie das?« fragte Carol. Unter ihren Füßen fühlte sich das fremdartige Gras ungewöhnlich kühl an. Das Zelotenschiff über ihnen war eine einzige verschwommene Ansammlung sich ständig verändernder geometrischer Gebilde, die mal nah, mal weit entfernt erschienen.

»Ich werde für Sie die Auflösung ein wenig erhöhen«, erwiderte Diplomat.

Wenn Bruno an Bord des Outsiderschiffs geholt worden ist, dann muß er tot sein, dachte Carol. Ihre Wangen glühten, und Tränen stiegen ihr in die Augen. Energisch drängte sie die Flut der Gefühle zurück.

In Gedanken sah Carol Brunos schelmisches Grinsen und den unschuldig überraschten Blick seiner Augen. *Oh, Liebling,* dachte sie. *Du warst kein Soldat, egal ob verbunden oder nicht. Wie konntest du nur so etwas Sinnloses tun?*

Sie fühlte, wie Diplomat sie mit einem Auge neugierig musterte, ignorierte ihn jedoch.

Durch das Sichtfenster sah sie das kaleidoskopische Bild des Zelotenschiffes, das sich beständig in der bizarren Topologie des Hyperraums veränderte. Das feindliche Outsiderschiff war schwer zu erkennen, doch Carol lief ein Schauder über den Rücken – wie jedesmal, wenn ihr Instinkt Gefahr ankündigte.

Ein winziger, glitzernder Fleck verschmolz mit den wabernden Formen des Zelotenschiffs.

»War das alles wirklich sinnlos?« fragte sie.

»Ich glaube nicht«, sang der Puppenspieler mit der verführerisch weiblichen Stimme. »Die Unharmonischen haben eine ... eine Falle in Mr. Takagama eingebaut.«

»Eine Falle?«

»Ja. Ein selbstreplizierendes Muster, das ein geradezu unglaubliches Chaos im Gruppenbewußtsein der Zeloten veranstalten wird. Dieses Chaos wird sich immer weiter steigern und schließlich alles zerstören.«

»Aber was wird mit Bruno geschehen?« fragte Carol, obwohl sie die Antwort kannte.

Das Zelotenschiff begann zu schimmern, und Wellen aus Dunkelheit fluteten über es hinweg.

»Ich glaube«, sang der Puppenspieler, »daß Mr. Takagama Erfolg gehabt hat.«

Carol vermochte den Blick nicht abzuwenden.

In der Mitte des Zelotenschiffs tauchte plötzlich ein hexagonales Loch auf. Dreieckige Segmente lösten sich am Rand des Hexagons und verschwanden, wodurch sich das Loch rasch vergrößerte.

Beinahe schien es, als würde das Outsiderschiff *aufgefressen.*

»Was zum ...?«

»Wenn die Energieschilde versagen«, sang Diplomat leise, »kann die Materie unseres Raum-Zeit-Kontinuums nicht länger im Hyperraum existieren.«

»Wo geht sie hin?«

Der Puppenspieler schüttelte einen Kopf. »Irgendwohin. Überallhin. Nirgendwohin.«

Das Zelotenschiff war nun zu einem bizarren Flickenteppich aus Löchern geworden, und die Geschwindigkeit, mit der sich das Schiff auflöste, nahm stetig zu. Ein dünnes silbernes Netz erstrahlte kurz vor dem dunklen Hintergrund des Hyperraums, dann ...

Nichts.

Das Zelotenschiff war verschwunden, und Bruno Takagama mit ihm.

Carol drehte sich zu Diplomat um. »Ist es ...?« begann sie.

»Es ist vorbei.«

Carol wußte nicht, wie sie Bruno betrauern oder sich an ihn erinnern sollte. Ihre Augen brannten, doch die Tränen waren verschwunden.

Sie war stets eine praktische Frau gewesen, stark und immer in der Lage, ihren Mann zu stehen – das wußte Carol –, doch Bruno schien das alles immer egal gewesen zu sein. Er hatte sie dazu gebracht, sich ihm zu öffnen, und sie von ihrem Zynismus befreit. In Gedanken klaubte Carol alle Erinnerungen an das Leben mit dem kleinen Mann zusammen, derer sie sich entsinnen konnte. Erinnerungen an den Mann, der all die Jahre in den engen Korridoren der *Sun-Tzu* ihr Gefährte gewesen war.

Das *mußte* doch etwas bedeuten.

Selbst hier, gestrandet weit jenseits des menschlichen Raums, in einem fremden Schiff, das sich durch eine andere Dimension bewegte, selbst hier wußte Carol, daß Menschlichkeit etwas wert sei. Sie bedeutete mehr als Waffen, Technik oder auch Sex und Kampf.

Bruno hatte sie das gelehrt.

Carol stand vor einem Wesen, dessen Spezies nie zuvor ein Mensch gesehen hatte. Sie befand sich in einem Schiff, das Kreaturen konstruiert hatten, die noch weit seltsamer waren. Sie war ein viel zu guter Soldat, um damit zu rechnen, daß man ihr die Heimkehr gestatten würde. Würden sie Carol sezieren wie ein Versuchstier? Oder würden sie ihren Geist in Stücke brechen, wie sie es mit dem armen Bruno getan hatten, nachdem sie ihn an Bord geholt hatten?

Ihr Leben – *alles* – mußte doch etwas wert sein. Die Entropie konnte nicht *immer* gewinnen, nicht hier und jetzt.

Carol hatte für Dinge gekämpft, an die sie geglaubt hatte, und damit etwas bewirkt. Stets war sie ihren Idealen treu geblieben. Ebenso wie Bruno. Bruno

Takagama hätte nicht gewollt, daß sie aufgab, nein. Das hatte er nie gewollt, auch nicht, als sie gegen ihn gekämpft hatte.

Carol erinnerte sich an Brunos Liebe zu alten Gedichten, zu Gedichten aus jenen Tagen, da die Menschen noch allein über eine einzige Welt gewandert waren. Es waren Gedichte, die mit Pigmenten auf Blätter aus zusammengepreßtem Gemüse geschrieben worden waren; längst gestorbene Worte, die noch immer durch die Jahrhunderte hallten.

Jetzt kamen ihr einige Verse in den Sinn, die ein Dichter namens Hunt geschrieben hatte, bevor das Atom den Menschen seine Kraft offenbarte und ihnen das Geheimnis seiner Macht verriet. Das Gedicht stammte aus einem von Brunos Datenchips, und es hatte ihr immer gefallen. Es war fröhlich und dumm, doch sprach es auch die Wahrheit.

Ohne auf den Nichtmenschen neben sich zu achten, flüsterte Carol laut die Worte, wie sie sie in Erinnerung hatte:

»Sag, ich bin müde; sag ich bin traurig,
Sag, daß Gesundheit und Reichtum mich vergessen haben,
Sag, daß ich alt werde, doch füge hinzu,
daß Jenny mich geküßt hat.«

Carol drehte sich zu dem Alien um und nahm Haltung an, wie es sich für einen Soldaten der UN Space Navy gehörte. Sie wollte sich der Erinnerung an Bruno als würdig erweisen. Aufrecht hatte er sich seinem Schicksal gestellt; das konnte sie auch.

»Nun«, sagte eine Stimme aus der Luft um sie herum, »ich muß zugeben, daß ich noch nie jemanden mit Namen Jenny geküßt habe; aber Carol Faulk geküßt zu haben, das würde wohl niemand so schnell vergessen.«

Es war Brunos Stimme.

Carol öffnete den Mund ... und schloß ihn wieder. Wut stieg in ihr auf. »Ist das irgendein Trick?« zischte sie und stapfte mit erhobenen Fäusten auf den zweiköpfigen Alien zu. Sie prallte mit der Nase gegen eine unsichtbare Barriere. Das fremde Wesen war gut vorbereitet; das mußte ihm der Neid lassen.

Doch trotz des Schildes zwischen ihnen wandte sich Diplomat zur Flucht. Mit einem Kopf blickte er über die Schulter zurück.

»Captain Faulk«, sang das zweiköpfige Wesen leise, »ich kann Ihnen versichern, daß ich nicht die Absicht habe, irgendwelche Tricks gegen sie anzuwenden.« Das Auge, mit dem er Carol ansah, funkelte. »Kann ich mich darauf verlassen, daß Sie von gewalttätigen Handlungen absehen werden?«

Carol senkte die zitternden Fäuste und nickte.

»Ich möchte ihnen etwas anbieten, was die Menschen einen ... einen *Handel* nennen würden. Ist das das richtige Wort?« Der kleine Kopf, der gesprochen hatte, hielt kurz inne und neigte sich zur Seite.

Carol antwortete nicht. Innerlich kochte sie noch immer. Wollten sie jetzt auch noch einen Toten für ihre Pläne mißbrauchen?

»Wie auch immer«, fuhr Diplomat fort. »Ich glaube, jetzt wäre eine Demonstration angebracht.« Das Wesen hob die Stimme. »Mr. Takagama?«

»Ja?« antwortete Brunos Stimme aus dem Nichts.

»Da Captain Faulk von meinem Annäherungsversuch, äh ... unterwältigt? ... ist, könnten Sie bitte Ihre Gegenwart erklären?«

In Carols Kopf drehte sich alles.

»Ich bin es *wirklich*, Carol. Bevor die Unharmonischen uns mit der Datenbombe in meinen Schaltungen gegen das Zelotenschiff geschickt haben, haben sie meine Gedanken in ihren Prozessorkern geladen.«

»Aber das ist . . .«

»Unmöglich?« Die vertraute Stimme bekam einen belustigten Unterton. »Du hast, glaube ich, nie so richtig darüber nachgedacht, wieviel von mir Elektronik und wieviel Mensch war.«

Mißtrauisch dachte Carol eine Weile über die Worte nach. Sie enthielten ein Körnchen Wahrheit, doch es konnte trotzdem ein Trick sein, eine verbesserte Version des Buford-Early-Hologramms, das sie und Bruno begrüßt hatte, nachdem sie an Bord des Outsiderschiffes gebracht worden waren.

»Willst du, daß ich dir den Rest des Gedichtes zitiere? Ich könnte natürlich auch den Teil korrigieren, den du wie immer falsch zitiert hast«, fragte Brunos Stimme. »Das kann ich nämlich, weißt du? Leigh Hunt war einer meiner Lieblingsdichter. Oder würdest du Yeats vorziehen? Dylan Thomas? Oder wie wäre es mit Gulati?«

»Nein«, antwortete Carol rasch. Sie wollte einfach nicht glauben, was hier geschah. »Information ist Information. Brunos Datenchipsammlung befand sich an Bord der *Dolittle*. Jeder hätte sie ohne weiteres downloaden können.«

»Ich erinnere mich daran, wie ich mit Buford Early und Smithly Greene aus dem Schwarzen Gewölbe gegangen bin, als du gerade hereinkamst.« Lachte die Stimme? »Bei lunarer Schwerkraft siehst du verdammt gut aus. Wir kamen gerade von einem Runden

Tisch zum Thema Antimaterieeindämmung. Colonel Early hat uns einander vorgestellt, und du hast mich angesehen, als wäre ich ein Mistkäfer.«

Carol lächelte. Als sie Bruno Takagama zum ersten Mal getroffen hatte, hatte sie ihn *wirklich* für einen Mistkäfer gehalten. »Ich vermute, das habe ich. Aber um noch einmal darauf zurückzukommen ... Wie ist das möglich?«

»Die Outsider denken nicht wie wir; sie *können* es nicht. Sie brauchen ein Modell für fremde Denkweisen, das ihnen als Übersetzer dient.«

Carol schürzte die Lippen. »Einen elektronischen Sklaven?«

»Kaum. Sie wissen, wie sie mein ... mein Wachstum eindämmen können, damit ich menschlich bleibe. Sie wollen eine Kopie meines Geistes als Übersetzer behalten.«

Wenn Brunos Geist sich in einem Computer frei bewegen konnte, würde er sich mit schier unglaublicher Geschwindigkeit verändern und in etwas Unmenschliches verwandeln. In der Vergangenheit hatten seine Reaktionen auf längere Verbindungszeiten das hinlänglich bewiesen. Aber wußten die Outsider genug über die Funktionsweise des menschlichen Gehirns, um dies zu erkennen?

»Da ist noch mehr, Captain Faulk«, mischte sich der Puppenspieler ein.

Carol bedeutete ihm fortzufahren.

»Unsere Gastgeber können Mr. Takagama einen neuen biologischen Körper bauen. Dafür steht ihnen sowohl das Wissen zur Verfügung, das sie von Ihnen und über Sie erworben haben, als auch der Autodoc der *Dolittle*.« Die schwankenden Köpfe blickten Carol in die Augen. »Sie könnten seinen Geist in diesen Körper laden.«

»Unmöglich«, erwiderte Carol spöttisch.

Diplomat scharrte mit den Hufen. »Sie scheinen dieses Wort sehr oft zu benutzen, Captain Faulk.«

War der Hyperraum nicht auch unmöglich? Und was war mit dem galaktischen Krieg zwischen Kreaturen aus Feuer und Eis? Carol war sicher, daß man ihr auch jetzt noch nicht gesagt hatte, was hier wirklich auf dem Spiel stand.

»Carol«, mischte sich Brunos Stimme wieder ein. »Bitte, hör zu. Bitte.«

»Falls das ein weiterer Trick sein sollte«, warnte sie Diplomat in beinahe sanftem Tonfall, »dann werde ich einen Weg durch diesen Energieschild finden und Ihnen die Hälse verknoten ... werter Herr Diplomat.«

Die Köpfe erstarrten. »Das würden Sie tun? Wirklich, Captain Faulk?«

»Wenn Sie die Wahrheit sagen«, antwortete Carol schnippisch, »dann haben Sie auch nichts zu befürchten, oder?«

Der Puppenspieler dachte kurz über diese Bemerkung nach. »Bei Ihrer Spezies gibt es immer irgend etwas zu befürchten.«

Carol unterdrückte ein Lächeln. »Behalten Sie das im Hinterkopf.«

Sein rechter Kopf neigte sich leicht zur Seite. »Wie Sie wünschen, Captain Faulk; aber mit Drohungen verbessern Sie nicht gerade Ihre Lage. Dennoch ist es wahr, daß die Outsider Mr. Takagamas Geist in einen neuen Körper laden können. Unter normalen Umständen wäre das außergewöhnlich kompliziert, doch ein Großteil von Mr. Takagamas Geist war ... war ...«

»Ein Großteil bestand aus elektrischen Schaltungen«, fügte Brunos Stimme hilfsbereit hinzu.

»Ja, Elektronik ... was die Aufgabe sehr vereinfacht.«

»Wo ist der Haken?« fragte Carol. »Ich bezweifle, daß Aliens jemandem einen Gefallen tun, nur weil sie so ein gutes Herz haben «

Der Puppenspieler versteifte sich für einen Augenblick; dann riß er beide Köpfe hoch, die wieder einander flüchtig anblickten.

»Wunderbare Phrase«, sang das dreibeinige Wesen.

»Der Haken«, erinnerte ihn Carol.

»Es ist sehr unwahrscheinlich, daß Sie schon bald wieder in den menschlichen Raum zurückgebracht werden. Die Outsider wollen vermeiden, daß eine neue Spezies von ihrer Existenz erfährt, bevor sie diese Spezies besser kennengelernt haben.«

Carol konnte ein Lachen nicht länger unterdrücken. »Diplomat, ich weiß *gar nichts* über die Outsider. Ich habe gerade mal eine Schlacht zwischen zwei ihrer Fraktionen gesehen.«

»Nichtsdestotrotz.« Erneut scharrte das kleine Wesen ungeduldig mit den Hufen. »Die Outsider verlangen, daß Sie und ... und der wiederhergestellte Mr. Takagama außerhalb des menschlichen Raums bleiben, bis die Outsider beschließen, den Menschen ihre Existenz zu enthüllen.«

»Das ist leicht«, erklärte Carol dem Puppenspieler. »Unser Schiff ist nutzlos. Wollen Sie uns irgendwo aussetzen?«

Der Puppenspieler trat von einem Huf auf den anderen. »Aber ganz und gar nicht, Captain Faulk. Sie und Mr. Takagama würden mir bei Verhandlungen mit fremden Spezies zur Seite stehen.« Der kleine Puppenspieler hielt Carols Blick stand. »Sie scheinen verhältnismäßig wenig Angst vor neuen Dingen zu haben, und ich finde Ihre Ansichten höchst interessant. Sie würden hervorragende Mitarbeiter und Gefährten abgeben.«

»Und wenn die Menschen Kontakt mit den Outsidern oder Puppenspielern aufgenommen haben?«

Diplomats rechter Kopf hüpfte auf und ab. »Dann würde man Sie selbstverständlich wieder in den menschlichen Raum zurückbringen.«

Aber klar doch, dachte Carol; doch ihr blieb wohl keine andere Wahl. Nur noch eines galt es zu klären ...

»Bruno!« rief sie.

»Ich höre dich, Carol. Wirst du dich mit Diplomats Bedingungen einverstanden erklären?«

»Wenn du bei mir bist, mein alter Schiffszwieback, dann ja. Aber ... Aber selbst wenn sie all das tun können, was sie versprechen, woher soll ich wissen, daß du wirklich *du* bist?«

Bruno Takagamas Stimme seufzte. »Carol, die Frage kann ich dir nicht beantworten. Bist du morgens noch dieselbe Person wie am Tag zuvor, als du schlafen gegangen bist? Und kannst du es beweisen?«

»Da gibt es wohl einen kleinen Unterschied ...« Doch die körperlose Stimme fiel ihr ins Wort.

»Da gibt es überhaupt keinen Unterschied. Ein Großteil meines Geistes bestand aus elektronischen Daten; das weißt du. Hast du nicht geglaubt, daß ich immer noch ich war, nachdem der EMP mein Hirn gebraten hat?« Da hatte die Bruno-Stimme natürlich nicht ganz unrecht; trotzdem ...

»Warte mal eine Minute«, argumentierte Carol. »Du besitzt doch nur Brunos Erinnerungen bis zu dem Punkt, als er zum Flug gegen das Zelotenschiff aufgebrochen ist, oder?«

»Das stimmt«, bestätigte die Stimme. »Aber noch einmal: Du warst bereit, dich nach dem EMP-Schlag um mich zu kümmern, selbst wenn mein Gehirn ernsthaft beschädigt worden wäre, habe ich recht?«

Carol nickte. »Ja«, fügte sie hinzu, da sie nicht wußte, ob Brunos Geist sie sehen konnte.

»Diese Situation hier ist doch recht ähnlich.«

Carol wußte nicht, was sie dagegen einwenden sollte. Tat sie das Richtige? Sie war weit weg von der Erde und von Wunderland. Was blieb ihr schon übrig? Außerdem könnte sie hier eine Menge lernen, wenn der kleine Puppenspieler sie nicht hinters Licht führte.

Carol dachte an einen vollkommen fremden Sternenhimmel, an fremde Planeten, merkwürdige Wesen und noch viel seltsamere Abenteuer, an Dinge, die noch nie ein Mensch zuvor gesehen hatte – und die außer ihr auch so schnell keiner sehen würde, wenn es nach Diplomat ging.

Doch sie *würde* das alles sehen ... und vielleicht sogar mit Bruno an ihrer Seite.

»Ja«, sagte Carol schlicht. »Ich akzeptiere.«

Sie hörte Brunos Stimme seufzen.

»Hervorragend«, erwiderte Diplomat.

Carol streckte die Hand aus. All ihre Abenteuer konnten unmöglich umsonst gewesen sein. »Da ist nur noch eine Sache, Diplomat.«

»Und was bitte, Captain Faulk?«

Carols Augen huschten hin und her in dem Versuch, den Blick des Puppenspielers festzuhalten. »Wir können die Menschheit nicht einfach den Kzinti überlassen.«

»Wir werden die Kzinti nicht vernichten«, sang Diplomat entschlossen. »Sie sind aggressiv, doch eines Tages werden sie sich vielleicht als nützlich erweisen. Das wissen Sie doch sicherlich auch.«

»Fein«, erwiderte Carol. »Aber sie besitzen einen viel zu großen technischen Vorsprung. Wie sollen wir Menschen lange genug durchhalten, um zu lernen, in Frieden mit ihnen zu leben?«

Die beiden Köpfe des Puppenspielers blickten einander an. »Captain Faulk, ich habe eine hervorragende Idee, was Ihre Sorge betrifft.«

»Was Sie nicht sagen«, säuselte Carol. Sie mußte vorsichtig sein. Vielleicht war es doch noch möglich, aus diesem Debakel einen Nutzen zu ziehen.

Na ja, manchmal habe ich mir schon vor dem Frühstück sechs unmögliche Dinge vorgestellt, sinnierte Carol und der Gedanke beruhigte sie. Bruno hatte ihr einst erklärt, daß diese Denkweise ein gutes Mittel sei, um zu vermeiden, allzu dogmatisch zu werden. Carol hatte sich schon immer gefragt, wo Bruno diesen Spruch wohl herhatte.

Vielleicht würde sie ihn das schon bald fragen können ... von Angesicht zu Angesicht.

KAPITEL 16

Diplomat saß mit verschränkten Beinen vor dem Holoschirm in der parfümierten Meditationskammer, die die Unharmonischen für ihn konstruiert hatten.

Der Schirm zeigte einen Rasen mit wunderbaren karmesinroten *Lolaloo*-Blumen, eine Wiese, die wie für einen langen, ausgelassen Galopp geschaffen war. Es war das Anwesen, das der Hinterste ihm schenken würde, wenn Diplomat sich eines Tages zur Ruhe setzte.

Diplomat pfiff eine traurige Melodie und dachte an die Arbeit, die vor ihm lag. Eine schreckliche Reise zum heiligsten Ort der Outsider stand ihnen bevor, in jene Region, wo sowohl die Strahlenden als auch die Outsider geboren worden waren ...

Wenn doch nur noch ein anderer Puppenspieler hier gewesen wäre ... selbst die Wächterin ...

Aber zumindest würde Diplomat nicht ganz ohne Hilfe sein. Diese Menschen unterschieden sich von sämtlichen anderen Pak-Varianten, die die Unharmonischen konstruiert hatten. Der gewaltige Ring von Welten, den die Outsider vor so langer Zeit gebaut hatten, war voll der verschiedenartigsten Spezies; alle sahen sie anders aus, und alle besaßen sie unterschiedliche Fähigkeiten. Kunst, Technik, Philosophie ... Für die Unharmonischen Outsider stellten diese Fähigkeiten Handelsgüter dar, die man in der gesamten Galaxis im Tausch für sorgfältig ausgewählte Informationen erwerben konnte ...

... oder vielleicht auch jenseits davon.

Vielleicht hielten die Outsider auch Diplomats Spezies in einer Art Zoo; doch das konnte niemand wissen.

Ein tiefer Ton erfüllte die Kammer mit Musik. Diplomat flötete zur Bestätigung.

»Die Neuerschaffung des Bruno-Menschen hat begonnen«, sang das Outsider-Puppenspieler-Übersetzungsprogramm. »Wir haben viel über die Physiologie dieser Spezies gelernt.«

Der kleine Puppenspieler bewegte zweimal den rechten Kopf auf und ab – das war die Geste, die die Menschen ›Nicken‹ nannten: Sie galt als Zeichen der Zustimmung und der Akzeptanz – eine Geste, an die sich Diplomat unbedingt gewöhnen mußte.

»Sie haben zugestimmt, uns zu helfen?« erkundigte sich die synthetische Stimme.

»Natürlich«, antwortete Diplomat. »Die mit Namen Carol hatte keine andere Wahl.«

»Warum? Ihr Kodepartner ...«

»... Gefährte ...« korrigierte Diplomat.

»... ihr *Gefährte* war Ansporn genug?«

»In der Tat. Ebenso wie das Versprechen, ihrer Spezies zu helfen.«

Die Outsiderstimme klang ein wenig verwirrt. »Das hätten wir ohnehin getan. Die Hominiden sind von besonderem Interesse für uns. Die Merkmale dieser Spezies besitzen mehr Allgemeingültigkeit als die aller anderen Varianten, die gegenwärtig unter Beobachtung stehen.«

»Das wissen sie aber nicht«, erinnerte Diplomat seine Gastgeber.

Auf jeden Fall war es gut, daß die Unharmonischen beschlossen hatten, den Menschen zu helfen.

Die Outsider schwiegen eine Zeitlang. Diplomat

wußte aus früheren Begegnungen mit den kalten Händlern, daß sie erst das Wort ergriffen, wenn sie bereit dazu waren.

»Trotz unseres großen Interesses an dieser Spezies«, erklärte das Outsiderprogramm, »waren wir nicht für diese Pak-Variante verantwortlich. Es sind entflohene Wilde. Der Pakt ist nicht verletzt worden.«

»Das habe ich mir schon gedacht.« Neigten die Outsider ebenso zu Selbstrechtfertigungen wie Puppenspieler? Selbst mit einer Körpertemperatur, die nur wenige Grad über dem absoluten Nullpunkt lag? Diplomats Köpfe blickten einander amüsiert an.

Die synthetisierte Stimme wurde ernst. »Beim Orakel muß ein neuer Pakt geschlossen werden.«

Diplomat leckte sich über die Lippen. Die Outsider mußten zu einem großen Kosmischen String reisen – und zu der Kolonie von Strahlenden, die über den String wachte. Dort würden sie für einen neuen Pakt zwischen den Zeloten und den Unharmonischen plädieren. »Haben die Menschen und ich nicht zugestimmt, euch zu helfen?«

Diplomat hatte das Angebot der Menschen nicht überrascht; sie waren dankbar. Die Outsider würden das Gleichgewicht im Konflikt mit den Kzinti zugunsten der Menschen verändern, indem sie diesen – scheinbar durch Zufall – Zugang zu primitiver Hyperraumtechnologie gewährten ... was die Menschen künftig davon abhalten würde, im großen Stil Fusionstriebwerke im tiefen Raum einzusetzen; das wiederum würde den unentschlossenen Outsiderfraktionen gefallen.

»Dann sind sie also nützlich für uns und unsere gemeinsamen Ziele?«

Diplomat nickte erneut. »Sie sind geradezu unglaublich komplex und es durchaus wert, vor der Vernichtung durch die Kzinti oder die Zeloten bewahrt zu werden.« Er dachte eine kurze Weile nach; dann sprach er das höchste Lob aus, das ihm einfiel. »Mit jeder Wache fürchte ich mich weniger vor ihnen.«

Aber natürlich hielt er stets den Energieschild bereit.

»Das ist gut«, erwiderte die idealisierte Puppenspielerstimme. »Du mußt deine Pflicht erfüllen, ebenso wie die Menschen. Wirst du sie führen?«

»Natürlich.« Diplomat versuchte, auf menschliche Art zu lachen. Das Gurgeln, das er ausstieß, klang jedoch in keinster Weise amüsiert, sondern eher wie ein Tier, das Schmerzen litt. Waren alle menschlichen Äußerungen so melodielos?

Diplomat dachte über den Begriff »Pflicht« nach. Besaß er wirklich eine so unterschiedliche Bedeutung für Puppenspieler, Outsider, Menschen und Kzinti? Sein linker Mund schlängelte sich in das verzierte Kästchen auf der niedrigen Plattform. Darin bewahrte er das Siegel des Hintersten auf. Die Wächterin hatte es für Diplomat zurückgelassen, bevor sie in den Kampf gegen die Zeloten gezogen und gefallen war.

»Vielleicht versteht jede Spezies den Begriff »Pflicht« auf die gleiche Weise«, summte Diplomat nachdenklich.

»Eins ist Teil des Ganzen, das hast du mir schon früher zu erklären versucht. Spiegelt das eine nicht das andere wider?« fragte das Outsiderübersetzungsprogramm.

»Vielleicht«, antwortete Diplomat und legte sich

das Medaillon mit dem Siegel um den linken Hals. Es fühlte sich warm an.

Er hatte Gedankenfäden der Outsider aufgefangen, die ihn wirklich beunruhigten. Für sie waren Kzinti, Primaten und die Herde ein und dasselbe: warmes Leben. Die Outsider betrachteten alle Dinge als *Objekte* – staubiges Plasma und topologische Frakturen in der Raumzeit, Namen wie ›die Strahlenden‹ oder ›Jene, die hinübergleiten‹. Diesen Objekten maßen sie weit größere Bedeutung bei als den flüchtigen Formen der von Sonnen gebackenen Wesen.

Diplomat schauderte. Vielleicht konnten diese Gedanken die verschiedenen Formen warmen Lebens eines Tages dazu bewegen, sich miteinander zu verbinden. Er vermutete, daß sie das auch würden tun müssen, wollten sie angesichts dessen bestehen, was vor ihnen lag. Das Fremde erwartete sie; Mächte, die ein Wesen, eine Spezies nicht nur töten, sondern zur Vergessenheit verdammen konnten, was weitaus schlimmer wäre.

Pflicht. Diplomat begann, die Daten für den Sprung durchzusehen, den sie bald machen würden. Sie würden durch die unendlichen Weiten des Hyperraums zu der uralten Bedrohung springen, die man das Orakel nannte.

ENDE

DER KRIEGSGEFANGENE

VON PAUL CHAFE

INS DEUTSCHE ÜBERTRAGEN
VON RUGGERO LEÒ

Das Kzintischiff verließ den Hyperraum und trieb durchs All. Zwischen der Erde und der verräterischen Spur, die das Raumschiff beim Eintritt in den Normalraum verursacht hatte, stand der Jupiter. Kurs und Geschwindigkeit waren zuvor genau kalkuliert worden, um das Sol-System ohne Steuermanöver durchkreuzen zu können; alle weniger wichtigen Systeme hatte man abgeschaltet. Die Besatzung hoffte, daß jeder zufällige Beobachter das Schiff für Kometentrümmer halten würde, die sich mit hoher Geschwindigkeit durchs All bewegten.

Dazu war es bereits zu spät.

Eine zivile Beobachtungsstation im Belt registrierte wenige Stunden später eine ungewöhnliche Strahlungsemission; das Signal wies auf einen Hyperraumaustritt hin, lag jedoch außerhalb der vorgesehenen Austrittszonen für Schiffe der Menschheit. Leistungsstarke Radaranlagen tasteten das All rings um den Jupiter ab. Weitere Stunden vergingen, bis die Radarechos etwa eintausend mögliche Objekte zur Auswahl stellten. Lediglich zwei davon hatten sich in der Austrittszone befunden, und nur eines befand sich auf einem Kurs, der an der Erde vorbeiführte. Der Kontakt wurde in aller Ruhe ausgewertet; es bestand kein Grund zur Eile: Weltraum-Kriegführung ist eine langwierige Angelegenheit.

Vierzig Stunden nach Erscheinen des Kzintischiffes brach der Zerstörer *Excalibur* seine Patrouille im Belt ab und ging auf einen neuen Kurs, der ihn langsam und im engen Bogen an der Erde vorbeitrug. Dann schaltete auch er die Systeme ab und trieb im freien Fall weiter. Die Geschwindigkeit des Kzintischiffs war soviel höher, daß es zwischen Mars- und Erdbahn zur

Excalibur aufschließen würde. Dort wäre es bereits zu tief in Sols Gravitationstrichter vorgedrungen, um noch den Hyperraumantrieb zu benutzen.

Die Kommandantin der *Excalibur*, Commander Elizabeth Mace, war über ihre Befehle nicht sonderlich glücklich. Ihr Schiff sollte ein ›einzelnes Kzintischiff abfangen‹, bei dem es sich ›wahrscheinlich um einen Aufklärer‹ handele. Wenn das UNSN-Oberkommando von ›wahrscheinlich‹ sprach, kam dies allenfalls einer vagen Vermutung gleich. Als Frontoffizier hatte Elizabeth Mace nicht viel für Spekulationen von Admiralstäblern übrig, deren Leben letztendlich nicht von leichtfertigen Mutmaßungen abhingen. Bei dem Eindringling könnte es sich ebensogut um einen Schlachtkreuzer oder um eine unbemannte kzintische Raketenplattform handeln, die mit Konversionsbomben vollgepackt war. Vielleicht war das Objekt tatsächlich ein Aufklärer, aber das UNSN-Oberkommando wußte nichts Genaues. Deshalb war die *Excalibur* ausgesandt worden. Mace konnte nur versuchen, das Abfangmanöver tief genug innerhalb der Singularität durchzuführen; nur so ließ die Flucht der Kzinti in den Hyperraum sich vereiteln, wenn die Falle zuschnappte. Zugleich jedoch durfte das Manöver nicht *zu* tief im Gravitationstrichter stattfinden, sonst hätte die *Excalibur* einem aussichtslosen Gefecht nicht mehr auszuweichen vermocht. Menschen und Kzinti befanden sich zwar – noch – nicht wieder im Kriegszustand, trotzdem wurde der Friede unentwegt durch Zwischenfälle gestört, die von den Holonachrichtensprechern der Flatlander als ›geringfügiges Geplänkel‹ bezeichnet wurden. Ihnen mochten Sie in der Tat geringfügig erscheinen, für die Besatzung eines

Kriegsschiffes bedeutete die Niederlage im Gefecht zu neunundneunzig Prozent den Tod – auch bei einem ›Geplänkel‹. Mace wollte die *Excalibur* nicht wegen der Fehleinschätzung irgendeines Analytikers verlieren. Sie seufzte und versuchte die Sorge beiseite zu drängen.

An Bord des Aufklärungsschiffes *Lautloser Streuner* fuhr Chraz-Kommandant die Krallen ein und aus. Nur mit Mühe ertrug er die beengten Bedingungen und die abstumpfenden Wachschichten. Seine Nerven waren zum Zerreißen gespannt, da die Lebenserhaltungssysteme mit Minimalleistung arbeiteten und obendrein ein zusätzliches Besatzungsmitglied Atemluft verbrauchte und wertvollen Raum beanspruchte. Daß dieser Passagier der ranghöchste Offizier an Bord war, strapazierte Chraz-Kommandants Geduld an die Grenzen des Erduldbaren.

Und gerade jetzt, am kritischsten und gefährlichsten Punkt ihrer Mission, erfaßten die passiven Sensoren ein Schiff auf beinahe direktem Abfangkurs. Das Schiff hatte ebenfalls die Systeme abgeschaltet und befand sich im freien Fall. Schlimmer noch: Sein Kurs würde es in zwei Stunden hinter die *Lautloser Streuner* bringen – ihr wäre dann der Rückzug abgeschnitten. Möglicherweise war das Schiff nur ein treibendes Wrack, doch auf einen solch glücklichen Zufall wollte Chraz-Kommandant nicht bauen. Noch unwahrscheinlicher war, daß es sich um einen anderen kzintischen Aufklärer handelte. Nein, die Pflanzenfresser mußten die *Lautloser Streuner* entdeckt und ihr eine raffinierte Falle gestellt haben.

Mit einem Schrei machte er seiner angestauten Frustration Luft, schlug mit der Pranke auf den Alarmknopf und brüllte in die Bordsprechanlage: »Schiff klar zum Gefecht! Meister-Maschinist, alle Systeme volle Leistung.« Zugleich packte er seine Kampfrüstung und legte sie an. Er benötigte weniger als dreißig Sekunden, um in die klobige Rüstung zu schlüpfen und sie druckfest zu machen. Noch während er sie anlegte, liefen Geübter-Sensorenbediener und Sraowl-Navigator in den Kontrollraum und zwängten sich ebenfalls in die Rüstungen. Die Statusanzeigen für die Raketen leuchteten rot, was verriet, daß Ober-Bordschütze bereits auf seinem Posten war. Maximal fünfundvierzig Sekunden waren verstrichen, als Sraowl-Navigator Meldung erstattete: »Gefechtsstationen eingenommen, o Dominanter, Energie und Antrieb stehen zur Verfügung, Sensoren und Waffensysteme sind bereit.«

Chraz-Kommandant grollte anerkennend. Er gab bereits eifrig Feuerlösungen und Kursanweisungen in den Computer ein. Seine Besatzung war einzigartig. Ihr hohes Leistungsniveau beeindruckte sicherlich auch seinen Vorgesetzten. Nach wochenlanger, spannungsgeladener Langeweile einem Kampf entgegenzusehen wirkte auf Chraz-Kommandant geradezu erleichternd. Er betätigte erneut die Taste der Bordsprechanlage. »Die Affen haben uns eine Falle gestellt. Denen werden wir zeigen, was es heißt, einen Kzin zu fangen!«

»Sie fahren die Schiffssysteme hoch«, warnte der Ensigu am Ortungsstand. Commander Mace brauchte keinen Alarm zu geben; ihre Crew war seit sechs Stunden in Gefechtsbereitschaft, lange bevor die Weitwinkelsensoren die erste Spur des Kzintischiffes aufgenommen hatten. Da Kurs und Geschwindigkeit des Ziels feststanden, hatte die *Excalibur* den Feind schon drei Tage zuvor mit dem optischen Teleskops ausgemacht. Zu Mace' grenzenloser Erleichterung entpuppte sich das Schiff tatsächlich als Aufklärer – ein Schiff der Streuner-Klasse. Nun trieb sein Abbild ruhig im Hauptdisplay der Brücke; der absorbierend beschichtete Rumpf hob sich kaum von dem tiefschwarzen Hintergrund ab. Eine vereinfachte Darstellung des Feindschiffes leuchtete rot auf dem Gefechtsdisplay. Höchstwahrscheinlich verfügte der Aufklärer über Instrumente, die ebenso leistungsfähig waren wie die der *Excalibur* oder ihnen sogar überlegen; dennoch befand sich der Zerstörer im Vorteil, denn seine Besatzung kannte den genauen Kurs des Feindes.

Mace lächelte schwach. Die Ortungstechnik war mittlerweile sehr weit entwickelt, und doch hatte seit der Segelschiffzeit nichts ein geübtes Auge und ein Teleskop schlagen können – man mußte nur wissen, wo man zu suchen hatte. An Mace' Kabinenwand hing ein antikes Marinefernrohr aus Messing und gleich daneben ein eiserner Sextant. Durch diese Gegenstände fühlte sie sich mit den Generationen von Seefahrern verbunden, die einst auf den Meeren der Erde gekreuzt hatten. Außerdem trug sie einen Totenkopf-Ohrring, mit dem sie eindeutig gegen die Bekleidungsvorschriften der UNSN verstieß. Commander Elizabeth Mace war Belterin, und Belter neigten dazu, sich mit Geächteten im allgemeinen und Piraten im besonderen zu identifizieren.

Sie drückte die Taste der Bordsprechanlage. »Alle Stationen aufgepaßt, man hat uns entdeckt. Sämtliche Systeme hochfahren«, sagte sie und schaltete das Commset auf EXTERN. Die Anlage war bereits auf das terranische Notfrequenzband eingestellt; vermutlich hörte der Aufklärer diese Frequenz ab. In den vergangenen Monaten hatte Mace viel Zeit dafür geopfert, ihre Kenntnisse in der Heldensprache zu vertiefen. Besonders gut hatte sie sich einen kurzen Satz eingeprägt: »Kzintiaufklärer, hier spricht der UNSN-Zerstörer *Excalibur*. Ergebt Euch, oder wir eröffnen das Feuer.«

Zur Antwort flackerte das Bild auf dem Display mehrmals. »Raketenstart! Flugkörper erfaßt«, rief der Ortungsoffizier. Gleichzeitig erschien auf Mace' Gefechtsdisplay neben dem Symbol des Feindschiffes eine Gruppe leuchtender Punkte. Der Angriff kam ein wenig überraschend. Die Streuner-Klasse war nicht mit Energiewaffen armiert, und die Raketen würden auf diese Entfernung Minuten benötigen, um die *Excalibur* zu erreichen – mehr als genug Zeit, die feindlichen Flugkörper abzuschießen. Typisches Miezekatzenbenehmen: Der Angriff bedeutete ihnen mehr als der Sieg. Mace betätigte wieder die Taste der Bordsprechanlage. »Geschütztürme A und B, das Feuer auf den Kzin eröffnen. Geschützturm C, die Raketen abfangen.« Mace war zuversichtlich und entspannt. Die Armierung der *Excalibur* übertraf die des Feindes bei weitem, und auch wenn das Kzintischiff einen Geschwindigkeitsvorteil besaß, konnte es einem Laserstrahl nicht davonlaufen. Sie hatte die Kzinti in die Ecke gedrängt, und das gefiel ihr. Plötzlich leuchtete der Bildschirm in grellem Weiß auf.

»Raketendetonation«, rief der Ensigu.

Mace' Gefechtsdisplay zeigte eine orangefarbene, kugelförmige Nebelwolke, die sich immer weiter ausdehnte; in diesem Raumgebiet störte das energetische Plasma der Kernexplosion die Sensoren der *Excalibur*. Mace erwartete, daß sich die Wolke mit zunehmender Ausdehnung allmählich auflöste, aber das geschah nicht. Die Gelassenheit der Kommandantin erhielt einen Dämpfer: Der Feind hatte der *Excalibur* keinen Treffer zufügen wollen, er verschaffte sich lediglich Deckung. Ein weiterer Gefechtskopf detonierte. Das rotblinkende Symbol und dessen angezeigte, leicht gekrümmte Kursbahn verschwanden vom Display, und an ihre Stelle trat ein Kurskegel, der sich rasch verbreiterte; die Spitze des Kegels war die letzte bekannte Position des Aufklärers, der sich an jeder Stelle innerhalb dieses Konusses befinden konnte. Mace fluchte und bewegte den Navigationscursor, bis er die systemauswärts liegende Seite des Kegels berührte. Der feindliche Kommandant würde seine überlegene Beschleunigung nutzen, um sowohl außer Reichweite der *Excalibur* als auch aus Sols Gravitationstrichter zu gelangen. Mace befahl Ausführung, und ein Ruck ging durch das Schiff, dann glichen die Gravitationskompensatoren den Andruck der Kursänderung aus. Der Bildschirm flackerte wiederum grell auf, und Mace drehte ihn weg. Auf dem Display näherte sich das Symbol der *Excalibur* dem Abfangpunkt, anfangs langsam, dann immer schneller. Eine zweite Raketensalve detonierte und füllte den Bildschirm mit weiteren Flecken in blendendem Orange.

Plötzlich erschien auf dem Display ein neues Symbol; es blinkte rot und befand sich sehr dicht an dem Symbol für die *Excalibur*. Bereits bevor der Ensigu am Ortungsstand »Raketenwarnung!« rief, hatte Mace die Intercom-Taste gedrückt. »Alle Geschütztürme ...« Noch während sie sprach, leuchtete eine grüne Linie auf ihrem Display auf und verband das Symbol der *Excalibur* mit dem der Rakete. Die Linie blitzte, und das Raketensymbol verschwand.

»... guter Schuß, Turm C«, vollendete sie den Satz. Diese Rakete war bedrohlich nahe herangekommen. Mace verfluchte sich innerlich, weil sie die Taktik nicht vorhergesehen hatte, und hoffte, daß die Kätzchen nicht noch mehr Überraschungen bereithielten.

Einige Minuten später erreichte die *Excalibur* den mutmaßlichen Abfangpunkt. Vom Kzintischiff keine Spur. Der Bildschirm zeigte größtenteils orangefarbenen Nebel, doch befand sich der Zerstörer auf einer Position, die einen freien Blick auf den Teil des Kurskonusses gestattete, der dem Feindschiff die besten Aussichten auf eine erfolgreiche Flucht geboten hätte.

Nichts war zu sehen. Mace überlegte fieberhaft.

Hypothese: Die Kzinti verfügten über weitaus leistungsstärkere Antriebe, als sie angenommen und in den Gefechtscomputer eingegeben hatte. Sollte dies zutreffen, befand sich der Feind bereits außer Reichweite der *Excalibur* und konnte nicht mehr aufgebracht werden. Diese Möglichkeit kam zwar durchaus in Betracht; dann aber wäre alles ohnehin zu spät, so daß die Kommandantin nicht weiter darüber nachzudenken brauchte.

Hypothese: Die Kzinti hatten ihr Schiff tiefer in den Gravitationstrichter Sols gesteuert. In diesem Falle wären sie zwar vorläufig entkommen, ihre Mission war jedoch zum Scheitern verurteilt. Sollte die *Excalibur* den Aufklärer nicht aufspüren, würde man die gewaltigen Sensorbatterien in der Erdumlaufbahn einsetzen. Dutzende von Kriegsschiffen standen notfalls für die Jagd zur Verfügung. So weit innerhalb der Singularität brauchten sie sich nicht an die Beute anzuschleichen. Möglicherweise waren die Kätzchen dieses Risiko eingegangen; sollte dies tatsächlich der Fall sein, brauchte sich Mace ebenfalls nicht mehr den Kopf zu zerbrechen.

Hypothese: Als die Raketen detonierten, hatte der feindliche Aufklärer einen entgegensetzten Kurs eingeschlagen und seine Antriebsemissionen in den Störeffekten verborgen. In diesem Falle wären die Kzinti den eigenen Raketen gefolgt, hätten den Partikelnebel überholt, die Geschwindigkeit angepaßt und wieder alle Systeme abgeschaltet. Sie würden das System also auf demselben Weg verlassen, auf dem die *Excalibur* hereingekommen war. Wenn sich der Partikelnebel erst ausreichend aufgelöst hatte und die Schiffssensoren der *Excalibur* wieder zuverlässig funktionierten, müßte Mace ein immenses Raumvolumen absuchen, um die Kzinti aufzuspüren. Ehe die *Excalibur* dieses Gebiet vollständig durchmustert haben konnte, befänden sich die Kzinti bereits weit genug von der Singularität Sols entfernt, um in den Hyperraum gehen zu können.

Mace berührte nachdenklich eine der orangefarbenen Kreisflächen auf ihrem Display. So mußte es sein. Der Feind verriet seine Position nicht durch Energieemissionen, und Mace verfügte über keinen vorausberechneten feindlichen Kurs mehr, den sie mit dem

Teleskop der *Excalibur* optisch absuchen konnte; deshalb mußte sie wohl oder übel auf Aktivortung umschalten, um ihre Beute ausfindig zu machen. Damit gäbe sie zugleich jedoch die Position der *Excalibur* preis. Da der Partikelnebel die Ortungsreichweite enorm einschränkte, würde sich die *Excalibur* womöglich unverhofft eine Rakete einhandeln, die dem Ortungssignal des Zerstörers folgte. Die Radaranlagen der Erde waren im Augenblick nutzlos. Zwar erbrachten sie die nötige Leistung, um die Kzinti trotz des Nebels aufzuspüren, aber die Erde stand mehr als eine Lichtstunde entfernt, und innerhalb der Singularität war eine Hyperwellenübertragung unmöglich. Bis eine Bitte um Unterstützung die Erde erreichte, verging eine Stunde, dann dauerte es weitere zwei, bis man den Aufklärer geortet hätte, und dann mußte Mace noch eine Stunde auf das Suchergebnis warten. In vier Stunden konnte ein kzintischer Aufklärer sehr weit weg fliehen.

Mace zog innerlich den Hut vor dem gegnerischen Kommandanten. Er hatte sie hinters Licht geführt und sie in eine Zwangslage gebracht. Zuerst ließ er sie an einen Angriff glauben, dann an seine Flucht, und während sie jedesmal nach Schatten boxte, verschwand er einfach auf leisen Pfoten durch die Hintertür. Sie hätte diesen Kzin nur zu gerne kennengelernt – was angesichts der Umstände allerdings eher unwahrscheinlich war. Selbstverständlich würde sie trotzdem ihr Bestes geben.

Kurzerhand traf sie eine Entscheidung und drückte die Intercom-Taste. »Waffenoffizier auf die Brücke.«

Kurze Zeit später kam Lieutenant Curzon zu ihr, ein hochgewachsener, schlaksiger Flatlander mit einem Gesicht, das zugleich spitzbübisch und knabenhaft wirkte. Er bewegte sich mit großer Selbstsicherheit und stand in dem Ruf, ein Herzensbrecher zu sein; Mace sah deutlich, weshalb. Natürlich stand für sie jegliche Form von körperlicher Beziehung mit dem Lieutenant außer Frage.

Auch wenn ihr der Gedanke nicht mißfiel, wären die Auswirkungen auf die Moral der Besatzung katastrophal gewesen. Zwar war Elizabeth nicht gerade prüde, vor allem aber war sie die Kommandantin der *Excalibur*.

Rasch skizzierte Mace die Situation und alle daraus resultierenden Schlußfolgerungen auf dem Gefechtsdisplay. »Passiv aufspüren können wir ihn in diesem Nebel sowieso nicht. Die aktive Ortung ist davon so stark gestört, daß wir mit etwas Pech noch in seine Raketenreichweite geraten sind, wenn wir ihn endlich aufs Radar bekommen. Wir können den Kzin nur finden, wenn er sich durch Emissionen verrät, und abstrahlen wird er erst dann, wenn er in den Hyperraum geht.«

»Also müssen wir ihn dazu verleiten, sich zu verraten, ohne damit unsere Position preiszugeben.« Trotz seines Rufes verhielt Curzon sich im Dienst stets professionell.

»Genau. Ich habe vor, einige Raketen abzufeuern, und zwar auf diesen Vektoren.«

Sie berührte eine Taste, und auf dem Display leuchteten mehrere Linien auf, die fächerartig vom Symbol der *Excalibur* ausgingen und die orangefarbene Nebelwolke durchbohrten. »Wir programmieren die Raketen, daß sie erst nach ihrem Eindringen in den Nebel auf Aktivortung schalten, und dann sollen sie ab Wolkenmitte auf Zielsuchmodus gehen, ob sie etwas erfaßt haben oder nicht.«

»Um die Kzinti denken zu lassen, wir hätten sie erfaßt, obwohl dem nicht so ist.« Curzon grinste, und der Spitzbube in ihm kam zum Vorschein.

Mace lächelte zurück. »Wie lange brauchen Sie?« fragte die Kommandantin.

Curzon war bereits auf dem Weg. »Zehn Minuten«, antwortete er. »Zehn Minuten, oder mein nächster Urlaub gehört Ihnen.« Er rannte, als er die Brücke verließ, und Mace überlegte, ob die Zweideutigkeit beabsichtigt gewesen war.

Tatsächlich vergingen nur acht Minuten, bis die Statuslichter der Gefechtskonsole wieder Raketenfeuerbereitschaft anzeigten. Die *Excalibur* hatte gewendet und trieb auf den Punkt zu, an dem Mace das Feindschiff am ehesten vermutete. Die Kommandantin hatte den Bildschirm wieder eingeschaltet, sah aber lediglich Sterne, deren Leuchtkraft der Partikelsturm nicht minderte. Zwar störte der Nebel die Bordsensoren enorm, dennoch machte er auf dem Bildschirm nur eine kleine Fläche inmitten des Vakuums aus. Sie drückte die Intercom-Taste.

»Alle Geschütztürme bleiben in Gefechtsbereitschaft. Raketenschacht: Abschußsequenz wie geplant durchführen.«

Der Boden der Brücke erbebte schwach, und ein blaues Symbol erschien vor Mace' auf dem Gefechtsdisplay. Sie hielt den Atem an und musterte angespannt die Darstellung. Auch wenn die Kzinti nicht auf die List hereinfielen, bestand dennoch die Chance, daß die *Excalibur* ein Streusignal auffing, das von einer der Raketen stammte und vielleicht die Position des Feindes verriet. Wiederum bebte das Schiff, und auf dem Display erschien ein weiteres Symbol, das sich auf einem anderen Vektor von der *Excalibur* entfernte. Mace blieb nichts weiter übrig, als abzuwarten.

»Raketenwarnung!« Sensorenbedieners Stimme schnitt messerscharf durch die Stille des Kontrollraums. »Rakete hat uns bisher nicht erfaßt.« Auf seinem Display zeigte sich die verräterische Suchstrahl-Signatur der Rakete als Linie, die sich hin und her bewegte.

»Sie kommt nicht auf uns zu, o Dominanter.« Sraowl-Navigator sprach mit leiser Stimme, als ob er befürchtete, die Sensoren der Terraner könnten jedes lautere Geräusch empfangen.

»Sie starten Raketen aufs Geratewohl und hoffen, daß wir uns selbst verraten. Wäre ihnen unsere Position bekannt, würden sie Laser einsetzen.« Chraz-Kommandant blieb ruhig und selbstbeherrscht. »Verfolge den Kurs der Rakete zurück und gib mir einen Zielpunkt. Ober-Bordschütze, starte vier Raketensalven mit diesen Parametern, ausschließlich passive Sensoren. Der Raketenstart darf unsere Position durch nichts verraten.«

Sekunden später hatte Ober-Bordschütze eine Feuerlösung in den Gefechtscomputer eingegeben. Die Lichter erloschen, und das Summen der Lebenserhaltungssysteme verstummte, als Ober-Bordschütze alle Energie den Startspulen zuleitete. Es bestand keine Veranlassung, die Generatorleistung zu erhöhen, denn auf die wenigen zusätzlichen Minuten, die die Spulen zur Minimalaufladung benötigten, kam es nicht an. Natürlich konnte der Feind die geringe Emission entdecken, wenn sich die Spulen entluden, doch dieses Risiko mußte Chraz-Kommandant eingehen. Der Partikelnebel verlor mit zunehmender Ausdehnung an Dichte, doch solch einen schwachen Impuls sollte er dennoch verbergen können. Über die Folgen eines Irrtums mochte Chraz-Kommandant nicht nachdenken.

Eine Reihe dumpfer Schläge dröhnten durch das Schiff. Im gleichen Augenblick erschienen die Raketen auf Chraz-Kommandants Gefechtsdisplay. Mit ausgeschalteten Antrieben folgten sie kriechend langsam ihren vorgegebenen Kursbahnen. Das spielte keine Rolle, denn die Zeit war auf Chraz-Kommandants Seite, und nun hatte auch er die Krallen ausgefahren. Sollten die Menschen die Verfolgung aufnehmen, so würde er bald schon ihre Ohren am Gürtel tragen. Aus geweiteten Pupillen, die Ohren nach vorn gerichtet, beobachtete er den Plot – ein Raubtier, das seine Beute belauert, bis sie in Reichweite kommt.

»Die Rakete hat uns erfaßt, Dominanter! Ihre Antriebsemissionen haben sich verändert!« Die Linie auf Sensoren-Bedieners Bildschirm blinkte schneller, und das Echo wies höhere und schärfere Zacken auf als zuvor. Chraz-Kommandant spürte, wie sich Angriffswut in ihm regte; die Ohren hatte er flach an den Schädel gelegt, und sein Fell sträubte sich. Dann erlangte er die Selbstbeherrschung zurück und beobachtete das blinkende Symbol. Die Rakete war zunächst an der *Lautloser Streuner* vorbeigeflogen, erst dann hatte sie das Schiff erfaßt. Sie würde ihre Geschwindigkeit verringern müssen, bevor sie die *Lautloser Streuner* verfolgen könnte – was Chraz-Kommandant wertvolle Sekunden verschaffte, um Witterung aufzunehmen. Vielleicht hatten die Menschen den Aufklärer nun entdeckt, vielleicht handelte es sich aber auch nur um eine weitere Arglist der Primaten, mit der sie ihre Beute aufscheuchen wollten. Die Atemluft an Bord roch immer stärker nach Jagdwut und einem Unterton von Furcht. Mit gedämpftem Fauchen gab Sraowl-Navigator dem Computer Anweisungen. Wenige Augenblicke später meldete er: »Die Rakete wendet, kommt jedoch nicht auf uns zu.« Die Erleichterung klang deutlich in seinen Worten mit.

Chraz-Kommandant entspannte sich ein wenig. Er starrte noch immer unablässig auf das Gefechtsdisplay, beobachtete den Vektor der suchenden Feindrakete und das lautlose, langsame Vordringen der eigenen Flugkörper. In der Leber verlangte ihn nur nach zwei Dingen: Daß das Symbol des Menschenschiffes auf seinem Display erschien, und daß die *Lautloser Streuner* jene frustrierend nahe Linie überquerte, die den Rand der Singularität Sols markierte. Unter Maximalbeschleunigung konnte sein Schiff die restliche Distanz innerhalb weniger Minuten zurücklegen, doch dann hätte der feindliche Zerstörer die Antriebsspur entdeckt, und seine Laser würden ihr Ziel nicht verfehlen. Hätten Chraz-Kommandant noch mehr *Kreeoowtz*-Nebel-Werfer zur Verfügung gestanden, dann hätte er sich hinter weiteren Nebelwolken getarnt, während er entkam. Die Affen hätten dann den Schatten nachjagen können. Er verdrängte den Gedanken. Da konnte man sich ebensogut wünschen, daß der Baum auf dem eigenen Landsitz statt Früchten plötzlich Fleisch trüge, aber besser blieb stets, nach Beute Ausschau zu halten. Angesichts ihrer Mission war die *Lautloser Streuner* großzügig mit leistungsstarken Sensoren ausgerüstet worden. Im Gegensatz zu dem riesigen Zerstörer bot das Aufklärungsschiff nur ein kleines Ziel, und Geübter-Sensorenbediener war mit der Dynamik des Partikelnebels vollkommen vertraut, wohingegen die Affen aufs Geratewohl nach den Frequenzbändern suchen mußten, wo die Ortungsstörung am schwächsten war. Sollten sich die Menschen zu sehr annähern, würde er sie gewiß als erster orten. Und dann, wenn er Geschwindigkeit und Flugbahn des Feindes genau kannte und die Entfernung zum Feind niedrig genug war …

»Rakete hat uns erfaßt!« schrie Sensoren-Bediener überrascht. »Wir befinden uns in ihrem Suchkegel.« Das Lebenserhaltungssystem arbeitete mit Minimalleistung und vermochte den Jagd- und Angstgeruch kaum aus der Atemluft zu filtern. Nun wurde die Luft stickig. Daten tanzten über Sraowl-Navigators Bildschirme, als er den Beschleunigungsvektor des Flugkörpers errechnete. »Sie hat uns.« Er sprach abgehackt, und seine Stimme klang selbstbeherrscht, aber sein Geruch verriet Aufregung und Angst.

Chraz-Kommandant brüllte einen Fluch und schrie: »Bring uns hier fort! Notbeschleunigung, komplettes Ausweichmanöver. Ober-Bordschütze, den Feindflugkörper erfassen und eine Abfangrakete starten! Alle vorhin ausgesandten Raketen zünden, und wenn der Zerstörer auftaucht, eine weitere auf ihn abfeuern!«

Chraz-Kommandant spürte, wie sich sein Gewicht erhöhte, als Meister-Maschinist die Schwerkraftpolarisatoren über ihre Kompensationsgrenze hinaus belastete. Das Deck dröhnte wie unter einem dumpfen Schlag, und als Ober-Bordschütze die Rakete startete, flackerte die Beleuchtung kurz. Der Flugkörper jagte mit Maximalbeschleunigung davon. Weiße Lichtsphären erblühten auf Chraz-Kommandants Plot, als die Raketen detonierten, die bislang nach dem Menschenschiff gesucht hatten. Im Bestfall verschafften die Explosionen dem Aufklärer einige Sekunden lang Deckung, und das konnte durchaus genügen. Die Beleuchtung flackerte erneut und verlosch, während das entfernte Jaulen des Generators zu einem Kreischen anschwoll. Meister-Maschinist leitete die Energie bis auf das letzte Watt in die Antriebsspulen. Unerbittlich erhöhte sich mit der steigenden Beschleunigung Chraz-Kommandants Körpergewicht. Ein Schiffssymbol erschien auf dem Plot, und das Deck erbebte abermals; Ober-Bordschütze hatte die letzten drei Raketen gestartet. Ohne Warnung traf eine Serie von schweren Hammerschlägen das Schiff. Alarmsirenen schrillten, und die Hälfte der Kontrolleuchten auf der Schadensberichtkonsole blinkten; weil der lähmende Andruck nicht nachließ, schenkte Chraz-Kommandant den Anzeigen keinerlei Beachtung, sondern konzentrierte sich völlig auf seinen Plot. Die Pranke hielt über dem Hyperraum-Sprungknopf bereit. Immer schneller raste die *Lautloser Streuner* der Freiheit entgegen. Das eigene Gewicht raubte Chraz-Kommandant den Atem, aber dennoch brüllte er immer wieder nach höherer Beschleunigung. Der Schmerz war überwältigend, seine Sicht trübte und klärte sich in regelmäßigen Abständen. Die Sprunglinie war bereits sehr nah, nur noch wenige Sekunden und ...

Das Universum dröhnte und blitzte in gleißendem Weiß auf, dann verblaßte es zu stummer Dunkelheit. Auf Chraz-Kommandants Plot überschritt das Symbol für die *Lautloser Streuner* die Singularitätsgrenze. Dann flackerte das Symbol und verlosch.

Der Aufklärer überschlug sich und rotierte dabei langsam um die eigene Längsachse. Das Schiff befand sich in schrecklichem Zustand. Am Bug reihte sich ein Einschlagloch an das andere, obwohl die *Excalibur* keinen Raketentreffer erzielt hatte. Der Kzintikommandant mußte mitten durch die Druckwelle seiner ersten Raketensalve gesteuert haben, die ihm lediglich hatte Deckung verschaffen sollen. Die Laser des Zerstörers hatten tiefe Furchen in die Ablationspanzerung gerissen und an vielen Stellen das darunterliegende Rumpfmetall zum Schmelzen gebracht. Ein schwerer Treffer, möglicherweise der vernichtende, war in die Antriebssektion gedrungen und hatte dort eine Sekundärexplosion ausgelöst, die den Antrieb größtenteils wegriß. Die Sensorkuppel war zerborsten; Kabel und Elektronik ringelten sich aus der Öffnung ins All und ließen das Wrack wie ausgeweidet erscheinen. Das Enterkommando bestätigte die Beobachtungen. Drei tote Kzinti lagen auf der Brücke. Ihre Kampfrüstungen waren von Metalltropfen zerlöchert, die sich wie Geschosse von der Wand gelöst haben mußten, als ein Laserstrahl den Rumpf getroffen, aber nicht völlig durchdrungen hatte. Ein weiterer Kzin hing im Waffenschacht, von einem herabgestürzten Stahlträger zermalmt. Das wahre Gesicht des Sieges hatte stets eine ernüchternde Wirkung auf den

Betrachter. Mace vermochte keinen Haß gegenüber ihren Feinden zu empfinden, nur ein Gefühl des Verlustes. Flatlanderpropaganda schilderte die Kzinti als seelenlose Raubtiere, in diesem Augenblick aber empfand Mace eine größere Seelenverwandtschaft mit den Opfern des Gefechts – mit *ihren* Opfern – als mit den Milliarden von Erdhockern. Auch die Kzinti hatten die seelenverdorrende Erhabenheit des Nichts zwischen den Sternen gekannt, die endgültige Leere, die das verletzliche Leben nur um so wertvoller machte. Sie waren zu einer gefährlichen Mission aufgebrochen, und als sie fehlschlug, führten sie tapfer einen aussichtslosen Kampf, anstatt einfach aufzugeben. Mace hoffte, sie würde ebenso mutig in den Tod gehen, wenn ihre Zeit kam.

Ein Funkspruch riß sie aus ihrer Träumerei. »Skipper, wir haben einen Überlebenden.«

Das Flottenversorgungsschiff *Andromeda* war von gewaltiger Größe und ließ sogar den riesigen Angriffsträger winzig aussehen, der sich unter ihr befand und in einem Dockbaugerüst steckte. Auf der Brücke der *Excalibur* besaß Elizabeth Mace als Kommandantin die absolute Befehlsgewalt, was auf Traditionen der Raum-, Luft- und Seefahrt basierte, die zum Teil bis in die Zeit vor der Geschichtsschreibung zurückreichten. Nun wartete sie in einem Konferenzraum an Bord der *Andromeda* auf die Einsatznachbesprechung und war nichts weiter als ein kleines Rädchen im Militärapparat. Vielleicht mochten manche diesen Unterschied hinnehmen und ignorieren, aber Elizabeth empfand ihn als bedrückend. Derselbe

Geist und dieselbe Initiative, die sie ein Kommando hatten anstreben lassen, bewirkten nun, daß sie sich im Umgang mit den bürokratischen Elementen der Streitkräfte unbehaglich fühlte. Es ärgerte sie, Befehle von Offizieren entgegennehmen zu müssen, die zwar Doktortitel in Systemanalyse, aber keinerlei Kampferfahrung besaßen. Natürlich dienten auch diese Offiziere einem Zweck, aber Mace fiel es schwer, einen Vorgesetzten zu respektieren, der aufgrund herausragender logistischer Planung befördert worden war, während sie zur gleichen Zeit irgendwo in einem Gefecht den Kopf hingehalten hatte.

Die Tür glitt auf, und Admiral Tskala trat ein, gefolgt von einem Major, der die Abzeichen des Nachrichtendienstes trug. Mace erhob sich und salutierte zackig. Tskala war kein Bürohengst. Sein erstes Kommando hatte er auf der dekomprimierten Brücke des Kreuzers *Hermes* geführt – als einziger überlebender Offizier. Er hatte die *Hermes* durch die Schlacht gebracht, obgleich drei Viertel der Besatzung tot oder kampfunfähig gewesen waren. Nun führte er den Oberbefehl über die Verteidigung des kompletten Sonnensystems. Dank seiner Position verfügte er über enormen politischen Einfluß, und trotz der Bürde seiner großen Verantwortung pflegte er engen Kontakt zu seinen Frontoffizieren. Mace hatte keine Schwierigkeiten, Tskala zu respektieren.

Er erwiderte ihre Ehrenbezeugung und schüttelte ihr die Hand. »Herzlichen Glückwunsch, Captain«, sagte er und reichte ihr eine kleine Schachtel, in der sich die Rangabzeichen ihres neuen Dienstgrades befanden. Er lächelte über ihren überraschten Gesichtsausdruck. »Eine offizielle Bekanntgabe erfolgt noch früh genug, aber ich wollte der erste sein, der es ihnen sagt.« Er bemerkte die Sorge in ihren Augen und fügte hinzu: »Keine Angst, wir stecken Sie schon nicht hinter einen Schreibtisch.«

»Ich danke Ihnen, Sir«, antwortete sie erfreut und erleichtert zugleich.

Tskala deutete auf den Nachrichtendienstoffizier. »Das ist Major Long. Er wird Ihren Gefangenen verhören, aber zunächst hat er noch einige Fragen an Sie. Wenn Sie hier fertig sind, lassen Sie es mich wissen, und wir sehen zu, daß wir den ganzen Papierkram hinter uns bringen. Inzwischen weiß ich Sie bei dem Major in kompetenten Händen.« Er wies auf einen Sessel und öffnete, bevor sie zum Salut ansetzen konnte, die Tür und verließ den Raum. Long setzte sich ihr gegenüber; legte einen Vocoder auf den Tisch und stellte das Gerät an.

»Wie kann ich Ihnen behilflich sein, Major?« Mace lächelte.

Der Nachrichtendienstoffizier unterschied sich deutlich von Tskala, der stets vor Energie überfloß und eine gewisse Autorität ausstrahlte. Er trug keine Dienststerne auf der Uniform, und sein Benehmen ließ jene Mischung aus Vorsicht und Zuversicht vermissen, die einem ›alten Hasen‹ zu eigen ist. Eindeutig handelte es sich bei ihm um einen wehrdienstpflichtigen Zivilisten, der irgendwie im Admiralstab gelandet war. In seiner gesamten Laufbahn war er vermutlich der Front niemals näher gekommen, als in den Einsatzbesprechungsräumen der *Andromeda*. Andererseits strahlte er auch nicht jene abwehrende Selbstherrlichkeit aus, wie die meisten Spezialisten im rückwärtigen Stab sie mit der Zeit zu entwickeln schienen. Mace beschloß, sich kein vorschnelles Urteil über ihn zu bilden und abzuwarten.

Long nahm erst noch einige Feineinstellungen am Vocoder vor, bevor er das Wort ergriff. »Ich habe Ihren offiziellen Bericht vorliegen, Captain, aber ich hätte es gern, daß Sie mir das Gefecht persönlich schildern.« Er klang entspannt und gemächlich.

»Wir hatten Glück, das ist alles, wir hatten alle Trümpfe in der Hand, und trotzdem wären die Kzinti uns beinah entkommen und hätten uns dabei um ein Haar auch noch in Stücke geschossen. Es war verdammt knapp. Zu gerne hätte ich einmal diese Miezekatze kennengelernt.« Bei diesen Worten klang leichtes Bedauern an. Mace drängte ihre Gefühle zurück und fuhr fort:

»Bei ihrem Endspurt haben sie mit achtundneunzig *g* beschleunigt. Die Streuner-Klasse ist normalerweise für achtzig *g* ausgelegt, macht einen Andruck von achtzehn *g*. In Anbetracht ihrer Möglichkeiten war ihre Taktik sehr klug. Sie haben uns mit ihrem Nebelschirm überrascht und die Initiative geraubt. Daß wir sie schließlich mit unseren blind abgefeuerten Raketen orten konnten, war mehr, als ich in dieser Situation erhofft hatte. Ihr Kommandant hat alles unternommen, um seine Vorteile optimal auszunutzen und unsere zu verringern, und er hat dabei gute Arbeit geleistet. Wir hingegen, finde ich, haben gut auf seine Überraschungen reagiert und zu jedem Zeitpunkt den bestmöglichen Lösungsweg eingeschlagen. Meine Crew hat ein Hervorragendes geleistet, vor allem die Waffenabteilung. Es ist nicht gerade leicht, ein Achtundneunzig-*g*-Ziel auf eine Lichtsekunde zu treffen, selbst mit einem Laserstrahl nicht. Möglicherweise hätte ich den Abfangpunkt tiefer innerhalb der Singularität festlegen sollen, aber ich wollte die Sicherheit meines Schiffes und meiner Crew nicht gefährden, falls sich die Prognosen des Nachrichtendienstes als falsch erwiesen hätten.« Sie verschwieg bewußt, daß sich nach ihren Erfahrungen eine nachrichtendienst-liche Beurteilung nur selten als korrekt zeigte.

»Sehr klug von Ihnen, natürlich, Captain.« Long lächelte. »Konnten Sie bei der Untersuchung des Wracks etwas in Erfahrung bringen?«

»Wir haben ein Enterkommando hinübergeschickt. Der Schaden war beträchtlich. Die Selbstzerstörungsroutine des Computermagnetkerns hatte ganze Arbeit geleistet, deshalb haben wir keinerlei Daten retten können. In Anbetracht des Auftrages der Kzinti enthielt er wahrscheinlich nur missionsspezifische Informationen. Die Kzinti hatten sämtliche Raketen abgefeuert. Ihre Sensorenanlage war beeindruckend, und ich könnte mir durchaus vorstellen, daß sie ihren jetzigen Stand der Technik widerspiegelt. Sie war schwer beschädigt, aber ich glaube, daß wir eine Menge aus den Überresten erfahren können. Die Antriebe waren vollständig zerstört, aber angesichts ihrer gezeigten Leistung gehe ich davon aus, daß die Kzinti sie modifiziert oder verbessert hatten. Vielleicht bringt die Bergungscrew noch etwas in Erfahrung, wenn sie die Trümmer untersucht. Die Kommandantenkajüte war für zwei Kzinti eingerichtet worden. Dort haben wir auch unseren Gefangenen gefunden.«

»Was können Sie mir über ihn sagen?« Die Stimme des Nachrichtendienstoffiziers klang noch immer entspannt, aber die Art, in der er sich in Erwartung ihrer

Antwort aufsetzte, verriet sein Interesse. Das Gefecht und das Kzintischiff waren lediglich Hintergrundmaterial. Long war nur aus einem Grund mit der Angelegenheit betraut worden: wegen des Kzins.

»Er trug eine Raumrüstung und lag besinnungslos am Boden. Normalerweise besteht die Schiffsbesatzung der Streuner-Klasse aus fünf Mitgliedern. Vier haben wir auf ihren Gefechtsstationen gefunden, er ist also möglicherweise das fünfte Crewmitglied. Allerdings dürfte der Maschinist ins All geschleudert worden sein, als die Antriebssektion einen Treffer erlitt und dekomprimierte. Es ergibt keinen Sinn, daß er sich mitten in einem Gefecht irgendwo anders hätte aufhalten sollen.«

»Haben Sie etwas aus dem Überlebenden herausbekommen, als er aufwachte?«

»Nichts Brauchbares, außer, daß er nach Essen verlangte. Ich spreche die Heldensprache nicht sonderlich gut, und er hat überhaupt kein Interesse gezeigt, sich zu äußern.«

Long lächelte. Als Tskala ihm die Gefechtsrekonstruktion vorführte, hatte er Mace' einzigen Funkspruch an den Aufklärer gehört. Sie hatte ›*Excalibur*‹ mit ›Heiliges Schwert des Mythischen Patriarchen vom Inselkönigreich‹ übersetzt und sich bei der Aussprache der Phrase beinahe den Kiefer ausgerenkt. »Hat er sich in irgendeiner Weise aufsässig oder niedergeschlagen verhalten? Wie hat er auf seine Lage reagiert?«

»Er war sehr ruhig. Wir haben ihn in einem Energienetz festgesetzt. Müßte ich sein Verhalten auf den Punkt bringen, würde ich sagen: Er war vorsichtig und wachsam. Er hat jeden mit den Augen verfolgt, der durch die Kabine schritt. Das war irgendwie beunruhigend.«

»Welche Aufgabe hat er Ihrer Meinung nach an Bord verrichtet?«

Mace wägte ihre Gedanken gegeneinander ab, bevor sie antwortete. »Ich glaube nicht, daß er der Maschinist war; der Maschinist ist zusammen mit dem größten Teil des Antriebs ins All gerissen worden. Die Kommandantenkajüte war definitiv für einen zusätzlichen Kzin ausgestattet worden, und dieser Kzin ist unser Gefangener, ansonsten hätte er sich nicht in der Kajüte befunden. Niemand kann eindeutig bestimmen, was seine Aufgabe an Bord gewesen ist. Ich persönlich vermute, er war Telepath. Bei dem Schiff handelte es sich um einen Aufklärer, und auf einer solchen Mission wollten die Kzinti wohl in erster Linie strategische Informationen beschaffen. Welche bessere Möglichkeit gäbe es, als diese Informationen direkt den Gedanken der Strategen zu entnehmen?«

»Gute Überlegung, Captain. Ich danke Ihnen, daß Sie sich die Zeit genommen haben.« Long erhob sich, ein deutliches Zeichen, daß er das Interview als beendet betrachtete. Mace war recht irritiert – gerade erst hatte sie begonnen, sich bei den raschen Abfolgen von Frage und Antwort wohl zu fühlen.

Sie fragte sich, ob Long die Befragung reflexiv so abrupt beendet hatte, wie es ein Befrager zu tun pflegt, um den Verhörten aus dem Gleichgewicht zu werfen, oder ob er ihr gegenüber bereits die Gleichgültigkeit eines Spezialisten entwickelt hatte, dem die befragte Person keine weiteren Fingerzeige zu liefern vermag.

»Freut mich, wenn ich Ihnen helfen konnte, Major.« Sie machte Anstalten, die Kabine zu verlassen, wandte sich jedoch noch einmal um. »Unser Gefangener – was wird nun mit ihm geschehen?«

Long zögerte ein wenig, ehe er antwortete. »Ich werde ihn verhören und versuchen, eine Verbindung zu ihm herzustellen und so viel wie möglich in Erfahrung zu bringen. Wieviel das sein wird, hängt stets vom Verhörten ab. Letztlich brechen sie entweder aufgrund der Gefangenschaft zusammen oder verweigern die weitere Aussage. Ist dieser Punkt erreicht, beginnen wir mit Schlafentzug oder Empfindungsberaubung. Wenn dadurch der Widerstand wächst, setzen wir schließlich Psychopharmaka ein. Das ist eine bewährte Methode.«

»Und danach?«

»Es gibt kein danach. Irgendwann im Verlauf der Prozedur stirbt er. Sie sterben immer.«

»Oh.« Mace wandte sich zum Gehen um und bemühte sich, ihr Gesicht ausdruckslos zu halten. Das Schicksal ihres Gefangenen war letzten Endes nicht schlimmer als jenes, das seine Kameraden an Bord des Aufklärungsschiffes erlitten hatten, aber wenigstens waren sie erhobenen Hauptes im Gefecht gefallen. Dieser Kzin würde erst den Tod finden, wenn die Drogen auch die letzte Faser seines Verstandes zerrissen hätten.

Longs Hand auf ihrem Arm ließ sie innehalten. Sie wollte seinem Blick nicht begegnen, aber andererseits war sie zu sehr Kommandantin, um dem Blick auszuweichen.

»Wissen Sie, wie ich diesen Posten bekommen habe, Captain?« In seiner Stimme lag eine Stärke, die zuvor nicht dagewesen war. Er fuhr fort, ehe sie etwas erwidern konnte. »Ich bin Kulturhistoriker. Ich wollte die Kzinti studieren. Ich habe ihre Sprache erlernt, ich bin nach Tiamat gegangen und habe mich mit ihnen angefreundet. Danach bin ich nach W'kkai geflogen und habe dort zwölf Jahre lang gelebt. Ich war für sie Mensch-der-Kzinti-Erforscht. Ich hatte überdies gehofft, sogar einmal Kzinheimat zu sehen. Die Kzinti leben in einer alten, komplizierten Gesellschaftsstruktur; sehr viele arbeitsreiche Jahre liegen noch vor mir. Nun aber steht uns ein weiterer Krieg bevor, und ich muß gezwungenermaßen meine Arbeit ruhen lassen, um eben die Kenntnisse anzuwenden, die mir die Kzinti vermittelt haben; Kenntnisse darüber, wie sie ihre Gefangenen dazu bewegen, die eigene Spezies zu verraten – und ich bin zu dieser Aufgabe verdammt, weil ich der Geeignetste dafür bin. Die Tatsache, daß Kzinti während der Gefangenschaft unweigerlich sterben, interessiert das UNSN-Oberkommando herzlich wenig.«

Mace spürte plötzlich, wie hart er ihren Arm umklammerte. Er ließ sie los und setzte sich abgespannt hin. »Wir dienen beide unserer Spezies. Vielleicht sollten Sie das im Hinterkopf behalten, Captain.«

Mace eilte auf die Brücke der *Excalibur* zurück, wo der vorläufige Friede noch klar umrissen und sie froh über das Gefühl war, nicht für das Schicksal des Kzins verantwortlich zu sein. Sie stürzte sich in die Vorbereitungen für ihre nächste Patrouille und versuchte, die leise Stimme in ihrem Kopf zu verdrängen. *Wenn du dich nicht verantwortlich für sein Schicksal fühlst,* fragte die Stimme, *warum hast du dann nachgefragt, was mit ihm geschehen wird*?

Obwohl die *Andromeda* Gefängniszellen besaß, war der Gefangene in keiner der Zellen untergebracht. Dazu war es zu wichtig, daß er sich so uneingeengt wie möglich fühlte. Longs Hauptverhörraum bestand aus einer umgebauten Luxus-Passagierkabine. Die einzigen Sicherheitsvorkehrungen bestanden aus einem Wachtposten der Marineinfanterie vor der Kabinentür und einem digitalen Sicherheitsschloß, das sich mittels eines Tastenfelds betätigen ließ, welches ausschließlich auf Longs Daumenabdruck ansprach. Weitere Sicherheitsvorkehrungen wären unnötig gewesen. Die Innenwände der *Andromeda* waren für weitaus höhere Belastungen konstruiert worden als einen Kzin, der aus seiner Kabine auszubrechen versuchte. Die sanitären Anlagen hatte man der Größe und den Geschmacksvorstellungen eines Kzins angepaßt, dazu drei Seiten der Kabine mit Holowänden versehen, die eine baumbewachsene Savanne zeigten. Die Einrichtung war karg: ein Tisch, ein gewaltiger Schreibtisch, ein Sessel und ein riesiges Kzinti-*prrstet* – eine hart gepolsterte Kreuzung aus einem Sofa und einer Hängematte. Auf einem Regal lag eine kzintische Holobrille, ein Holo-Wiedergabegerät und einige Dutzend virtueller Abenteuer, die auf Datenwürfeln gespeichert waren. Auf dem großen Schreibtisch stand ein Standard-Terminal, an das eine zusätzliche Displaytafel angeschlossen war, wie sie die Kzinti verwandten. Sobald Long eine gewisse Vertrauensbeziehung zu seinen Gefangenen aufgebaut hatte, übergab er ihnen eine Benutzerkennung für das Terminal und gewährte ihnen einen sorgfältig eingeschränkten Zugang zu den Datenbanken. Ein Kzin, den jeder Bestechungsversuch ernsthaft beleidigt hätte, konnte mit viel Feingefühl unter Druck gesetzt werden, indem man ihm Privilegien zugestand und gegebenenfalls wieder entzog. Indem Long dies über die Zugriffsberechtigung zum Computer bewerkstelligte, konnte er behaupten, keinen großen Einfluß auf die Erteilung oder den Entzug der Berechtigung zu besitzen. Nach einer Weile hing jeder Kzin von Long ab, der die Probleme mit den ›übergeordneten Stellen‹ bereinigte; damit gab er zugleich zu verstehen, daß er stillschweigend bereit sei, sich für seine Kooperation belohnen zu lassen. Die Kabine des Kzins lag neben einem großen Lagerraum. Long bemühte sich um die Erlaubnis, die Trennwand entfernen zu lassen, um aus dem Raum ein Arboretum zu machen, in dem seine Gefangenen sich behaglicher fühlten. Je länger die Verhörten entspannt blieben, desto länger konnte er hinauszögern, sie in den anderen Verhörraum zu schaffen, in dem sich ein Schwebetank befand únd die Hypnodrogen zur Anwendung kamen.

Der Gefangene war allein in der Kabine und hing mit ausgestreckten Armen und Beinen in einem portablen Energienetz. Obwohl der Kzin wie ein an der Wand hängendes Trophäenfell aussah, bot er einen beeindruckenden Anblick. Mit Gewißheit war er kein Telepath; er zeigte keinerlei Anzeichen von Drogenabhängigkeit. Seine Körpergröße betrug deutlich mehr als zweieinhalb Meter, und er hatte ein dunkelorangefarbenes Fell. Schwarze Tigerstreifen verliefen im Zickzack um seine Flanken bis zu dem weniger dichten Fell auf dem Bauch. Seine Ohren, Pranken und die Schwanzspitze waren ebenfalls schwarz. Bei einer Hauskatze hätte das Muster vielleicht niedlich ausgesehen, an diesem Kzin jedoch wirkte es atemberaubend eindrucksvoll. Er hob die Lefzen ein wenig und entblößte die spitzen Zähne, und seine Pupillen verengten sich zu engen Schlitzen, als er Long beobachtete, wie dieser durch die Kabine schritt. Die Ohren hatte er aufgestellt und in Jagdhaltung nach vorn gedreht. Das war gut, denn hätte der Kzin die Ohren vor Angst oder Wut flach an den Kopf gelegt, wäre es für Long unmöglich gewesen, seine Arbeit erfolgreich zu verrichten. Andererseits fühlte sich Long durch die Körpersprache des Kzins wie Jagdwild. Der Gefühlseindruck, den Captain Mace von ihren Gegnern gehabt hatte, war offenbar gerechtfertigt gewesen.

Long atmete tief durch und sprach den Kzin in der Heldensprache an. »Ich bin Major Long, Offizier des Nachrichtendienstes. Darf ich nach Eurem Namen fragen?«

Der Kzin knurrte ihn an und entblößte die Zähne in einer Weise, die an ein Lächeln erinnerte. Die Feindseligkeit in seiner Stimme war nahezu fühlbar. »Ich besitze keinen vollen Namen, man nennt mich Flotten-Kommandeur.«

Long war bestürzt. Der Major hoffte nur, daß seine Selbstbeherrschung genügte, um vor dem Kzin, der schließlich mit der menschlichen Mimik unvertraut sein mußte, seine große Überraschung zu verbergen. Einen Kzin nach dem Namen zu fragen, war nicht nur eine Gesprächseinführung, es war ein großes Kompliment. Nur Kzinti von hohem Rang oder hohen Verdiensten besaßen einen vollen Namen; die untergeordneten Kzinti wurden einfach nach ihren Tätigkeiten benannt. Einen Kzin von solch hohem Status an Bord eines Aufklärers zu finden war schon ungewöhnlich, aber ein Kzin mit dem Rang eines Flotten-kommandeurs, der dennoch nicht wenigstens einen Teilnamen besaß, war Long bislang noch nicht untergekommen. Zudem verriet das zähnefletschende Grinsen des Kzins, daß er sich von der Frage beleidigt fühlte. Ob dies daran lag, daß der er keinen vollen Namen besaß, oder daran, daß man ihm einfach einen solchen unterstellt hatte, konnte man unmöglich wissen. Keine der beiden Möglichkeiten ergab einen Sinn. Dennoch zeigte der Kzin, abgesehen von den entblößten Fängen und dem gesträubten Fell, weder die blinde Wut noch die erbärmliche Depression, die die meisten Gefangenen an den Tag legten. Das zumindest war ein gutes Zeichen.

»Es ist mir ein Vergnügen und eine Ehre, Euch kennenzulernen, Flotten-Kommandeur.« Long knallte die Hacken zusammen und salutierte nach Art der Kzinti vor dem Gefangenen, indem er sich mit der Hand durchs Gesicht fuhr, als wolle er sich mit imaginären Klauen Striemen zufügen.

Das tödliche Grinsen des Kzins entspannte sich, soweit das Energienetz es zuließ. »Auch mir ist es eine Ehre, Euch kennenzulernen, Major Long, aber kein Vergnügen.« Bei diesen Worten zuckte er mit den Ohren.

»Dieser Raum ist abgeriegelt. Ihr könnt nicht entkommen. Wenn Ihr mir Euer Wort gebt, mir nichts zuleide zu tun, werde ich Euch von dem Netz erlösen.«

»Es liegt keine Ehre darin, die Almosen eines Feindes anzunehmen«, grollte der Kzin. »Aber ebenso unehrenhaft ist es, an der Wand zu hängen wie ein *Kzraow* auf einem Ast.« Wieder zuckte er mit den

Ohren. »Ich gebe Euch mein Wort, Major Long, und nehme Euer Angebot an.«

»Euer Entschluß ist nicht unehrenhaft, Flotten-Kommandeur. Dieses Netz vermag einen Kzin mühelos festzuhalten. Ihr hättet Euch aus eigener Kraft keinesfalls befreien können.« Long betätigte den Öffnungsmechanismus. Für ihn bestand keine Gefahr, denn das Wort eines Kzintikriegers war mit dessen Ehre identisch, und die Ehre des Kriegers bedeutete sein Leben.

Nichtsdestotrotz fühlte sich Long unbehaglich, mit einem hungrigen, feindseligen Fleischfresser allein in der Kabine zu sein.

Der Kzin fiel herab, reckte sich in typisch katzenhafter Art und rieb sich dann die tauben Glieder mit befremdlich primatenhafter Gestik. »In Wahrheit, Major Long, vermag dieses Netz zehn Kzinti festzuhalten. Der Krieger, der mich hierhergebracht hat, empfand mir gegenüber wohl eine unangemessen große Furcht.« Zum drittenmal zuckte er mit den Ohren. Diese Geste, begleitet von einer ironischen Bemerkung, galt unter den Kzinti als spöttisches Lächeln. Long war offenbar auf einen Kzin mit Sinn für Humor gestoßen. *Eigentlich,* dachte er mit einem Anflug der ihm eigenen Ironie, *könnte so jemand sogar noch seltener zu finden sein als ein Flotten-Kommanduer ohne Namen.*

»Ich entschuldige mich für die schlechte Behandlung, die Ihr erdulden mußtet.« Long deutete auf das *Prrstet*. »Bitte macht es Euch bequem, wir haben viel zu bereden. Während Eures Aufenthalts an Bord soll ich Euch als Bezugsperson dienen.« Er ließ sich in den Sessel nieder.

Der Kzin sprang anmutig auf das gepolsterte *Prrstet*. Er sah so vollkommen entspannt aus, wie es nur Katzen an den Tag zu legen vermögen. Nicht die geringste Spur seines anfänglichen Zorns war noch zu erkennen. »Ihr sprecht die Heldensprache sehr gut, Major Long. Eure Artikulation ist Musik in meinen Ohren, wenn ich daran denke, wie entsetzlich jener Zerstörerkommandant die Heldensprache verunstaltet hat.«

Die Befragung verlief bislang besser als jede, die Long jemals durchgeführt hatte. Für gewöhnlich dauerte es Tage, bis ein gefangener Kzin derart ungezwungene Spötteleien zum Besten gab. Flotten-Kommandeur hätte mühelos als ein Angehöriger des Adels von W'kkai durchgehen können, der Mensch-der-Kzinti-Erforscht erstmals zu Gesicht bekommt: neugierig, zuversichtlich und regelrecht übertrieben höflich.

Long antwortete gleichermaßen freundlich: »Euer Lob ermutigt mich in meinen erbärmlichen Bemühungen, geachteter Krieger.«

Flotten-Kommandeur fuhr fort. »Verratet mir dennoch eines: Wozu sollte ein Gefangener einen Verbindungsoffizier benötigen?«

»Ihr seid kein Gefangener, obwohl Ihr bis auf weiteres hier an Bord bleiben müßt. Solange die Verhandlungen über Eure Rückkehr im Gange sind, werdet Ihr unser Gast sein. Wir würden jede Art von Hilfe begrüßen, die Ihr uns leisten könnt.« Die Hoffnung auf eine Entlassung aus der Gefangenschaft half Kzintigefangenen oft, ihre geistige Gesundheit länger zu bewahren, und verschaffte Long grundsätzlich eine bessere Ausgangsposition, um ihnen Informationen zu entlocken. Die Verzweiflung war es, die letzten Endes zum Tod der Gefangenen führte.

Flotten-Kommandeur wirkte plötzlich angespannt und seine Schnurrhaare sträubten sich. »Ihr glaubt also, ich würde militärische Geheimnisse verraten. Ein armseliger Wirt, der sich über die Ehre seiner Gäste lustig macht.«

»Ich habe Euch nicht beleidigen wollen, hochverehrter Gast. Wir würden Euch selbstredend nicht zu heiklen Informationen befragen. Natürlich steht es Euch frei, die Antwort auf jede Frage zu verweigern. Wir suchen nicht den militärischen Vorteil, sondern erstreben schlicht ein besseres Verständnis der Gesamtlage. Wir hoffen, einen weiteren Krieg verhindern zu können.«

»Urrrhh.« Sichtlich erleichtert entspannte sich die riesige Katze wieder. »Angesichts dieser Umstände will ich Eure Fairneß nicht in Frage stellen.« Er zuckte wiederum mit den Ohren.

Long war erleichtert.

Es war stets ein schwieriges Unterfangen, mit einem gekränkten Kzin umzugehen, dessen Ehre ihm verbot, sich der Situation anzupassen. Die Grundregeln einer Befragung aufzustellen, ohne sich den Verhörten zum Feind zu machen, stellte den heikelsten Teil seiner Arbeit dar. Anfangs würde Long die Fragen sehr behutsam stellen, und der Kzin würde jede Antwort verweigern. Sobald sich Flotten-Kommandeur jedoch an die Situation gewöhnt hatte, würde er sich ungezwungener verhalten und immer seltener Fragen zurückweisen. Ungeahnte Informationen würden dabei ans Licht kommen. Ob dann weitere Antworten folgten, war irrelevant: Was der Kzin nicht verraten wollte, würde er spätestens unter Drogeneinfluß ausplaudern.

»Ihr müßt hungrig sein; ich werde uns etwas zu Essen bringen lassen. Eine Benutzerkennung für den Computer wird bereits für Euch vorbereitet, damit Ihr solche Dinge künftig selber erledigen könnt. Wir besorgen außerdem einige Beutetiere für Euch – lebendige, versteht sich. In der Zwischenzeit, denke ich, werdet Ihr frischem Fleisch gegenüber den Bordrationen sicherlich den Vorzug geben.«

Long gab seinen Zugangscode in das Terminal ein und bestellte eine kalte Mahlzeit – gekochtes Fleisch hätte die empfindliche Nase des Kzins beleidigt – und fünf Pfund rohes Rindfleisch.

»Ich danke Euch für Eure Gastfreundschaft. Während wir warten, könntet Ihr mir doch berichten, wie es meinen Gefährten auf der *Lautloser Streuner* ergangen ist.« Die sorgfältig neutrale Wortwahl des Kzins verriet, daß er die Wahrheit bereits zu kennen glaubte, aber Long ließ sich dennoch mit der Antwort Zeit.

»Ihr wart der einzige Überlebende. Der Kommandant unseres Zerstörers sagt, sie haben gut gekämpft. Ich bedaure Euren Verlust.«

»Hrrr. Chraz-Kommandant gehörte zu den Besten der Flotte, seine Besatzung war ausgesucht. Wir werden sie vermissen.«

Long prägte sich den Namen des Aufklärerkommandanten zur späteren Überprüfung ein; vielleicht würde er dabei auf weitere Hinweise stoßen. »Ihr hattet Glück, daß Ihr überlebt habt, Flotten-Kommandeur. Der Weltraum ist selten nachsichtig.«

»Selten, in der Tat, Major Long, aber häufiger als die

UNSN. Ich protestiere gegen diese unnötigen Tötungen. Wir befanden uns auf einer reinen Beobachtungsmission, die nicht gegen den Vertrag verstößt.«

Der Kzin machte nicht nur seinem Groll Luft, er versuchte herauszufinden, wie weit er mit seinen Äußerungen gehen durfte. Long ermahnte sich, behutsam vorzugehen. Flotten-Kommandeur war für den Nachrichtendienst von unschätzbarem Wert. Die rasche Anpassung des Gefangenen an die Situation ließ auf eine beträchtliche Klugheit schließen.

»Laut Vertrag muß das kzintische Oberkommando uns von einer solchen Mission zuvor in Kenntnis setzen, was jedoch nicht geschehen ist; bei einer unangemeldeten Operation ist die Auswahl der Sensoren, die auf der Mission zum Einsatz kommen dürfen, deutlich beschränkt. Widerrechtlich ist Euer Schiff tief in den Verteidigungsgürtel Sols eingedrungen. Als wir den Kommandanten zur Aufgabe aufforderten, hat er als erster das Feuer eröffnet. Auch wenn wir Eure Verluste bedauern, konnten wir nicht anders handeln.«

Der Kzin knurrte leise. »Die *Lautloser Streuner* war ein Aufklärer und stellte für keine militärische Bedrohung für das Sol-System dar. Wir haben uns nur auf ein Gefecht eingelassen, weil Euer Abfangmanöver eine Flucht ausschloß, und dann nur das Feuer eröffnet, um unseren Rückzug zu decken. Wir haben unsere Mission mit dem Ziel angetreten, jedwede Kriegsvorbereitung der Menschen aufzuspüren, und sie endete in einem Angriff durch Menschen. Offenbar sind eure Kriegsvorbereitungen beträchtlich, sonst hättet ihr uns nicht angegriffen. Mein Protest bleibt bestehen!«

»Wie könnt Ihr uns der Aggression bezichtigen? Die

Menschen waren Pazifisten, bevor die Kzinti kamen.« Long hoffte, den richtigen Zug gemacht zu haben, um die Auseinandersetzung fortzuführen. Einerseits wollte er den Kzin nicht gegen sich aufbringen, andererseits mußte er ihm die Stirn bieten, sonst respektierte der Gefangene ihn nicht. Wenn er der Debatte aus dem Weg ging, konnte er die Achtung des Kzins auf keinen Fall erlangen. Zudem hatte sein Gefangener unaufgefordert das Missionsziel preisgegeben. Vielleicht würde er in einem Moment der Aufregung noch weitere, weniger offensichtliche Fakten verraten.

Flotten-Kommandeurs wütendes Fauchen überraschte Long.

»Ihr Menschen wart Pazifisten, weil nur die Selbstauslöschung zur Alternative stand. Es bereitete euch keine Schwierigkeiten, wieder zu Mördern zu werden, als die Notwendigkeit sich einstellte. Ihr fürchtet die Kzinti, weil wir für euch Raubtiere sind. Wir duellieren uns um der Ehre willen und jagen, um uns zu ernähren, und ihr behauptet, unsere Spezies sei gewalttätig und blutrünstig. Aber kein Kzin hat Konversionswaffen gegen Ballungszentren eingesetzt. Kein Kzin hat die Kuppeln von Koloniewelten zerstört. Wie viele Menschen fanden den Tod, als die UNSN Wunderland angriff? Wie viele empfindungsfähige Arten habt ihr allein auf der Erde eliminiert? Wir sind es, die vor Furcht erzittern müßten, weil wir die Kühnheit besitzen, solch eine Spezies herauszufordern. Möge der Zähnefletschende Gott uns vor unserer Torheit bewahren!«

Long war schockiert. Zwar roch er keinerlei Kzintipheromone in der Atemluft der Kabine, aber aufgrund seiner langjährigen Erfahrung war er imstande,

Nuancen der Heldensprache zu erkennen. Hinter Flotten-Kommandeurs Zorn verbarg sich eigentlich Furcht. Er war in neues und gefährliches Terrain vorgedrungen. Obwohl er sich des Risikos bewußt war, ließ er sich von der Neugier verleiten und sprach die heikle Frage offen aus: »Wie kann ein Kzintikrieger die Menschheit fürchten? Wir kämpfen nur zu unserer Verteidigung und streben nicht danach, den Kzintiraum zu erobern.«

In Flotten-Kommandeurs Stimme lag nicht mehr die geringste Furcht. Vor mühsam unterdrückter Wut sträubte sich sein Fell. »Ohne nachzudenken, erobert ihr, was ihr nicht begehrt. Der Patriarch höchstpersönlich erzittert vor Furcht bei dem Gedanken an eine Menschheit, in deren Lebern das Verlangen brennt, ein Imperium aufzubauen. Nur ein Narr würde euch nicht fürchten. Ein einzelner *Vr'pen* könnte nicht den erbärmlichsten Feigling einschüchtern, aber wenn sie in der acht-hoch-sechsfachen Überzahl ausschwärmen, ziehen sie dem tapfersten Krieger das Fleisch von den Knochen. Ich habe die Geschichte der Menschen studiert, Major Long. Wißt Ihr, was geschah, als Rom Karthago plünderte? Die Römer schlachteten mehr als eine Million Menschen ab. Als sie die Vergewaltigungen und Plünderungen beendet hatten, machten sie die Stadt dem Erdboden gleich, steckten die Ruinen und alles andere im Umkreis von vielen Kilometern in Brand, und dann schütteten sie Salz auf den Boden, damit keine Pflanze mehr gedieh. Eine Konversionsbombe wäre eine größere Gnade gewesen. Dschingis Khans Krieger töteten vierzig Millionen Menschen mittels Schwertern und Bögen, ein Drittel der damaligen Erdbevölkerung. Wen wundert es da noch, daß ihr zu Pazifisten wurdet, als ihr schließlich Massenvernichtungswaffen entwickelt hattet? Euer Planet wäre heute ohne jedes Leben, hättet ihr euch nicht geändert. Ihr fürchtet, die Kzinti würden euch vernichten. Ihr vergeßt jedoch die Zeit, als ihr euch vor der Selbstvernichtung ängstigtet.«

Flotten-Kommandeur wartete ab; seine Lefzen zuckten und legten die gefährlichen Fänge frei. Der Blick des Kzins verriet, daß er eine Antwort erwartete, aber Long sammelte in Ruhe seine Gedanken. Er mußte das Vertrauen dieses Kzins gewinnen und die Konversation aufrechterhalten, durfte dabei aber nicht den Zorn des Gefangenen heraufbeschwören. Er hatte sich durch seine Neugier verleiten lassen und sich dadurch viel zu tief in dieses brisante Thema hineinmanövriert. Vorsicht war geboten.

»Unsere Geschichte ist voller Gewalt. Vielleicht haben wir deshalb gelernt, unsere Instinkte zu beherrschen. Nun kämpfen wir nur noch, wenn man uns angreift. Vielleicht hat der Krieg mit dem Patriarchat unsere Instinkte wieder freigesetzt, aber in unserem Innern sind wir keine wahren Krieger wie ihr.« Longs Worte schmeichelten dem Kzin, ohne dessen Standpunkt zu widerlegen. Hoffentlich ließ sich durch seine Wortwahl im weiteren Gespräch ein gemeinsamer Nenner finden, damit sich Flotten-Kommandeur wieder beruhigen konnte, ohne dabei sein Gesicht zu verlieren.

»Wir sind Krieger, und ihr seid keine, aber dennoch verlieren wir, wieder und wieder und wieder. Ihr seid ein Offizier des Nachrichtendienstes, Major Long. Warum verlieren wir Eurer Meinung nach unweigerlich jeden Krieg?«

Flotten-Kommandeur blickte Long zwar regungslos und durchdringend an wie eine Katze, die auf einen Fehler der Maus wartet, sein Temperament aber hatte der Kzin wieder im Griff. Der Major wertete dessen Beherrschtheit als gutes Zeichen und wählte seine Worte mit Bedacht.

»Taktisch seid ihr Kzinti brillant. Eure Truppen beweisen Mut, eure Kommandanten Einfallsreichtum. Vielleicht erschwert euch gerade diese Heldenhaftigkeit den Sieg, vor allem dann, wenn Angriff nicht die beste Strategie darstellt.«

Flotten-Kommandeur hieb mit der Faust gegen das Tischterminal. Er war wieder so wütend wie zuvor. »Wir brüllen und springen, so seht ihr Menschen uns, nicht wahr? Ihr glaubt, wir seien so unglaublich aggressiv, daß wir dem Angriff zuliebe den Sieg opfern. Möglicherweise habt ihr euch bereits gefragt, wie sich eine Spezies derart töricht aufführen kann, wo sie doch über unzählige Generationen hinweg Raumkampferfahrung sammeln konnte? Vielleicht fragt ihr euch, wieso eine Rasse zwanzig Jahre lang höchst geduldig eine Invasion vorbereitet, dann aber nicht noch weitere fünf Jahre investiert, um den Erfolg der Invasion zu garantieren?« Er fuhr in wütender Geste mit den Klauen durch die Luft. »Oder begnügt ihr euch bereits mit der Verwunderung darüber, daß solch eine Rasse überhaupt imstande war, die Raumfahrt zu entwickeln?«

Long bemerkte, daß er sich im Sitzen verkrampfte. Obwohl der Kzin ihm nicht offen gedroht hatte, verfehlte seine Redegewalt nicht ihre Wirkung. Auf der Erde zeigten die Populärmedien unablässig mutige Menschen, die sich einer übermächtigen Kzintiinvasion gegenübersahen und den Feind dennoch besiegten, indem sie sich seine Aggressivität und Dummheit zunutze machten. Einige Gelehrte vertraten sogar die Ansicht, daß die Kzinti ihre eigene Technologie niemals selbst entwickelt haben könnten. Long wußte besser als jeder andere, daß die Wissenschaftler sich da irrten, aber nur fünf Minuten zuvor hätte auch er noch ohne zu zögern behauptet, daß die Kzinti aufgrund ihrer verstiegenen Aggressivität und ihrer chronisch mangelhaften Strategie alle Kriege gegen die Menschen verloren; vor fünf Minuten war er noch davon überzeugt gewesen, das sein Standpunkt ausschließlich auf Fakten basierte. Flotten-Kommandeurs Worte hatten diese Überzeugung ins Wanken gebracht. Die Schlußfolgerungen, die sich aus den Äußerungen des Kzins ableiten ließen, waren folgenschwer: Nach sechs Kriegen glaubte die Menschheit mit großer Zuversicht, ja sogar Arroganz, sie könne immer den Sieg davontragen. Schließlich hatten die Kzinti wiederholt bewiesen, daß sie zu übereilten Angriffen neigten, bevor sie die nötige materielle und personelle Rückendeckung hergestellt hatten, ohne die ein Sieg unmöglich blieb. Man debattierte bereits über die moralische Vertretbarkeit, die Kzinti völlig auszulöschen, um künftige Kriege zu verhindern; aber selbst im Falle eines unerwarteten Angriffs bezweifelte niemand, daß am Ende die Menschheit einmal mehr über die Kzinti triumphieren würde. Hatten die Kzinti jedoch ihre Schwachpunkte so genau erkannt, wären sie möglicherweise imstande, sie irgendwann auszugleichen, und dann würde der nächste Krieg vielleicht anders zu Ende gehen als der zurückliegende.

»Wenige Menschen bekommen je einen echten Kzin zu Gesicht. Größtenteils begegnen sie uns in der Schlacht zum erstenmal. Ein blinder Jäger muß nach dem Stand des Windes jagen.« Dieser Kzintiaphorismus konnte alles und nichts bedeuten. Long hatte bereits aufgegeben, den Gang des Verhörs zu kontrollieren, und überließ es dem Gefangenen, das Gespräch zu leiten.

»Nun, augenloser Mensch, ich werde dir zeigen, wie das Blut eines Kzins riecht.« Flotten-Kommandeurs Ton war selbstbeherrscht, er unterdrückte die Wut, aber seine Lefzen verzogen sich zu einem tödlichen Grinsen. »Unseren ruhmreichen Patriarchen kümmert es nicht, ob seine Helden Welten erobern oder bei dem Versuch sterben. Solange sie die Vaterwelt und die Inneren Sonnen schützen und die Träume von Wohlstand und Ruhm aufrechterhalten, geben sie seinem Hof keinen Anlaß, die *Prret* und Palastspiele aufzugeben. Warum sollte er diese Narren auch in den Kampf führen, wo sie doch freiwillig ausziehen in der Hoffnung, um einen Teilnamen zu erringen, der unter der Würde eines jeden Höflings wäre? Aber nun müssen wir nicht mehr kämpfen, um zu erobern, sondern um zu überleben, und die Helden ziehen nicht mehr ganz so willig in die Schlacht. Bald schon wird der Patriarch sie anführen müssen, wenn er nicht von einem neuen Herrscher getötet werden will. Dann, Affenmensch, werden die Kzinti einen Krieg führen, den ihr Menschen nachvollziehen könnt. Und du kannst getrost deine Ohren darauf verpfänden, daß ihr ihn nicht überleben werdet.«

Der Kzin hatte sich so weit vorgebeugt, daß er kaum noch auf dem *Prrstet* saß, sondern fast vor Long auf dem Deck hockte. Die Ohren hatte er ganz aufgerichtet und blickte Long unverwandt in die Augen. Wiederum suchte der Major nach einer Antwort, die das Gespräch zugleich entschärfte und in Gang hielt.

Der Türsummer unterbrach seine Gedanken. Er hatte das bestellte Essen völlig vergessen. Vielleicht half ihm ja die kleine Unterbrechung ein wenig, die angespannte Atmosphäre wieder abzubauen. Er stand auf, ging zur Tür und drückte den Daumen gegen die Öffnungstaste. Die Tür glitt auf und gab die Sicht auf eine Ordonnanz frei, der ein Tablett trug.

Flotten-Kommandeur brüllte und sprang; noch in der Luft warf er Long um, bevor dieser zu reagieren vermochte, riß die Ordonnanz in die Kabine und schleuderte den Mann in einer einzigen fließenden Bewegung auf den zusammengebrochenen Major. Der Kzin prallte gegen die Wand, fing den Schwung jedoch mit beiden Füßen und einem Arm ab und griff zugleich mit dem anderen um den Türrahmen auf den Gang hinaus; sofort drückte er sich wieder mit aller Kraft von der Wand ab und riß den überraschten Wachtposten vom Korridor ins Kabineninnere. Die Kabinentür glitt wieder automatisch zu. Marineinfanterist und Kzin prallten an der gegenüberliegenden Kabinenwand gegen die Energienetzvorrichtung; noch bevor der verdutzte Wächter begriffen hatte, wie ihm geschah, hob der Kzin ihn in das Netz, aktivierte mit einem Fuß die Energiezufuhr des Gerätes und sprang wieder zurück. Long hatte sich inzwischen von der benommenen Ordonnanz befreit und wollte die Gegensprechanlage an der Wand betätigen, als der Kzin vor ihm landete und ihn und mit der gewaltigen Pranke am Hemd packte. Mit der anderen Hand ergriff Flotten-Kommandeur die am Boden liegende Ordonnanz, sprang mit einen Satz zum Netz und hängte die beiden neben den Marineinfanteristen. Der Kzin wandte nicht mehr Gewalt an als nötig, aber die Feldstärke des Netzes stand noch immer auf Maximalleistung. Das Feld packte den Major wie ein stählerner Schraubstock und rammte ihn gegen das rückwärtige Schott. Hart schlug er sich den Kopf am Metall an. Sein Blick trübte sich, dann übermannte ihn die Dunkelheit.

Mit der Trägheit einer Luftblase, die in Sirup aufsteigt, kam Long wieder zu Bewußtsein. Zunächst bereitete es ihm Schwierigkeiten, die Augen zu öffnen, dann erinnerte er sich, daß er in einem Energienetz steckte. Neben sich hörte er den Marineinfanteristen und die Ordonnanz atmen. Ihm selbst bereitete das Luftholen keine Mühe; demnach hatte Flotten-Kommandeur die Feldstärke des Netzes herabgesetzt. Dennoch war Long kaum imstande, sich zu bewegen, so stark preßte das Energiefeld gegen ihn. Schließlich gelang es ihm, beide Augen zu öffnen, aber das half ihm nur wenig: Er sah alles verschwommen und die grelle Kabinenbeleuchtung schmerzte ihm in den Augen. Den Kzin erkannte er nur als orangefarbenen Flecken, der sich über die Displaytafel des Tischterminals beugte.

Über das Tischterminal beugte! Ein Adrenalinstoß verhalf ihm wieder zu klarer Sicht. Wie hatte sich der Kzin Zugang zum Computer verschafft? Schließlich hatte er noch keine Benutzerkennung erhalten. Datenwürfel stapelten sich auf dem Schreibtisch und auf dem Fußboden: virtuelle Kzintiabenteuer. Warum hatte Flotten-Kommandeur einen Angriff durchgeführt, wenn er sich nun Holos anschaute? Er trug nicht einmal die dafür notwendige Brille. Nichts von alledem ergab einen Sinn.

Erschüttert begriff Long, wie Flotten-Kommandeur sich die Benutzerkennung für das Terminal verschafft hatte. Der Kzin hatte ihm offenbar auf die Finger geschaut, als er für ihn das Essen bestellte, und sich das Kennwort eingeprägt. Flotten-Kommandeur sah sich nicht etwa die Holovids an, er überschrieb sie – mit jedweder Information, auf die er dank nachrichtendienstlicher Autorisierung Zugriff besaß. Sicherlich hatte der Kzin diese Datenausbeute für bedeutend genug erachtet, um ohne Gesichtsverlust sein Wort brechen zu können; dennoch stand es auf einem anderen Blatt, auf welche Weise er die Daten von Bord der *Andromeda* schaffen wollte. Vielleicht gelang es Long ja, an die Kriegerehre des Kzins zu appellieren. Ein Kzin würde beinah alles tun, um selbstverschuldete Schande von sich abzuwenden.

»Auf diese Art also steht ein Krieger zu seinem Versprechen«, sagte Long so verächtlich, wie es ihm unter den gegebenen Umständen nur möglich war.

Der Kzin legte den Papierausdruck, in den er vertieft gewesen war, auf den Tisch und blickte auf. In seiner Miene lag nicht mehr die geringste Spur seines vorherigen Zorns. Flotten-Kommandeur betrachtete seinen Gefangenen mit gelassener Aufmerksamkeit, wie Long der Ohrenstellung des Kzins zu entnehmen vermochte. Schließlich ergriff er das Wort.

»Ich habe versprochen, Euch nichts zuleide zu tun, Major Long. Mein Wort habe ich eingehalten und werde es nicht brechen. Dennoch muß ich Euch ersuchen, mich nicht zu stören, sonst sähe ich mich gezwungen, die Feldstärke auf eine Leistung zu erhöhen, die Euch nicht behagen wird.« Ohne eine Entgegnung des Majors abzuwarten, machte er sich wieder an die Arbeit.

Long schwieg. Er wußte nichts Hilfreiches mehr zu sagen; sollte ihm doch noch etwas einfallen, würde ihm die Artikulation gewiß leichter fallen, wenn ihm das Energiefeld des Netzes nicht die Kiefer zusammenpreßte. Er wandte den Kopf, um seine Mitgefangenen anzublicken. Der Marineinfanterist trug keinen Helm mehr, und Long erkannte überrascht, daß es sich bei dem Wachtposten um eine junge blonde Frau handelte. Entweder schlief sie oder hatte die Besinnung verloren, ihre Atmung jedoch war regelmäßig. Ihr Körper versperrte ihm die Sicht auf die Ordonnanz. Einen Augenblick lang dachte er schuldbewußt über das Versprechen des Kzins nach. Offenbar betrachtete Flotten-Kommandeur Prellungen, Verstauchungen und eine Gehirnerschütterung nicht als echte Verletzungen. Die anderen Helden, die Long in der Vergangenheit verhört hatte, wären möglicherweise der gleichen Ansicht gewesen, aber sie hatten zumindest stillschweigend den menschlichen Bedeutungskontext der Worte ›Verletzung‹ oder ›zuleide tun‹ zugrundegelegt, als sie ihm ihr Wort gaben. Long überlegte, ob Flotten-Kommandeurs Zurückhaltung auf Absicht beruhe, und entschied, daß dem wohl so sein mußte. Von Anfang an hatte der Kzin Flexibilität und Einfallsreichtum unter Beweis gestellt. Was hatte er jetzt nur vor? Long zerbrach sich darüber den Kopf, ließ jeden Aspekt der Befragung noch einmal im Geiste Revue passieren und versuchte, die Denkprozesse des Kzins im Ansatz zu verstehen. Das Pochen in Longs Schläfen erschwerte ihm das Nachdenken, aber er hielt durch. Er hatte keine andere Wahl.

Stunden verstrichen, so kam es dem Major jedenfalls vor, ehe Flotten-Kommandeur aufstand und sich genüßlich streckte. Er ging zum *Prrstet* und riß breite Gewebestreifen aus der Liegenoberfläche. Dann kehrte er zum Schreibtisch zurück und fertigte sich daraus einen behelfsmäßigen Tragebeutel, in dem er die Datenwürfel und einen Stapel Papierausdrucke verstaute. Den Beutel hängte er sich über die eine, das Strahlengewehr des Wachtpostens über die andere Schulter, ging zur Kabinentür und drückte die Taste für den Öffnungsmechanismus. Die Tür blieb verschlossen. Longs aufkeimende Hoffnung verflog wieder, als der Kzin auf das Energienetz zuschritt und den Major herabhob.

Wie eine Stoffpuppe trug Flotten-Kommandeur ihn zur Tür, öffnete die geballte Faust des Majors und drückte dessen Daumen gegen die Öffnungstaste, als koste es ihn nicht die geringste Anstrengung. Die Tür glitt auf. Der Kzin blockierte mit dem Tragebeutel die Lichtschranke, damit sich die Tür nicht wieder schloß, und hängte Long ohne Umschweife wieder in das Energienetz.

Dann ging Flotten-Kommandeur zur Tür, nahm den Tragebeutel auf, wandte sich um und salutierte – er fuhr sich nicht nach Art der Kzinti mit den Krallen durchs Gesicht, sondern grüßte wie ein Soldat der UNSN, indem er die offene Handfläche seitlich der Stirn anlegte. In Wunderländisch sagte er: »Ihr handelt klug, das Verhalten Eurer Feinde zu erlernen,

Major Long.« Bei diesen Worten zuckte er mit den Ohren und dem Schwanz, dann verschwand er.

Eine Ewigkeit verging, ehe die Alarmsirenen schrillten. Eine weitere Ewigkeit verstrich, ehe man Long und die anderen aus der Kabine befreite.

Die Aufzeichnung im Bildschirm stammte aus der Überwachungskamera unter der Decke. Long blickte auf die Zeiteinblendung, die sich am unteren Bildrand befand und die Zehntelsekunden in Zeitlupe zählte. Eine Tonspur gab es nicht. Das Bild zeigte einen der vielen langen Korridore, auf dem sich ein Trupp Marines mit Strahlengewehren im Anschlag postiert hatte. Wo es ihnen möglich war, hatten die Leute hinter Leitungsrohren und in Türrahmen Deckung genommen. Ihre Panzer verrieten weder das Geschlecht noch das Alter der Soldaten und ließen sie fast selbst wie Außerirdische erscheinen. Sie vermochten etwa zwanzig Meter weit in den Korridor einzusehen, dann krümmte sich der Gang. Zunächst glaubte Long ein Standbild zu betrachten, dann jedoch kam ein Gegenstand mit quälender Langsamkeit um die Ecke geflogen, schwebte in sanftem Bogen gegen die gegenüberliegende Wand, prallte ab und fiel schließlich auf den Boden. Es war eine Blitzlichtgranate.

Die Marines hatten sie ebenfalls erkannt. Sie ließen sich zu Boden fallen und legten die Arme schützend vor die Helmvisiere. Einer schwang sein Gewehr herum und legte an. Mit verblüffender Plötzlichkeit leuchtete der Bildschirm in grellem Weiß auf. Long zuckte unwillkürlich zurück. Für einige Augenblicke blieb der Schirm weiß, während die Zeitanzeige weiterhin die Zehntelsekunden zählte, dann kehrte das Bild nach und nach zurück. Grauer Rauch hing in der Luft, wo die Granate gelegen hatte, und die Druckwelle der Explosion warf die Marines zurück. Man konnte unmöglich sagen, ob die Granate die gepanzerten Soldaten in irgendeiner Weise verletzt hatte. Inmitten des Rauchs erschien eine dunkle Gestalt. Zuerst erkannte man nur die Mündung eines Strahlengewehrs und den Ziellaser, der auf den nächstliegenden Marineinfanteristen einschwenkte. Der rote Punkt erschien auf dem Helm des Soldaten, und ein heller Strahl schoß aus der Gewehrmündung – so schnell, daß er nur auf einem einzigen Bild der Aufzeichnung zu sehen war. Im übernächsten Bild blitzte der Strahl erneut auf. Krater aus geschmolzener zweiphasiger Keramik umgaben die Einschußlöcher; der Ziellaser suchte bereits sein nächstes Ziel. Zwar lag der Soldat trotz der beiden Treffer noch genauso da wie zuvor, aber nun war er mit Sicherheit tot.

Inzwischen vermochte man die Gestalt im Rauch vollständig zu erkennen. Es war Flotten-Kommandeur, der sich mit aufgerissenem Maul mitten im Sprung befand und vermutlich einen grauenvollen Schrei ausstieß; die Ohren hatte er flach an den Kopf gelegt und die Fänge kampflustig entblößt. Statt des leichten Gewehrs, das er dem Marines-Wachtposten abgenommen hatte, trug er nun einen schweren Strahler, den jeder Mensch normalerweise durch ein Dreibein hätte abstützen müssen. In seinen gewaltigen Pranken wirkte die Waffe wie ein Spielzeug. Ein Schultergurt mit Taschen voll Blitzlichtgranaten hing ihm über die eine Schulter, der behelfsmäßige Tragebeutel über die andere. Der Kzin hatte die Beine vorgestreckt und spreizte die Klauen, als ob er nach dem Boden tasten wolle; den Schwanz streckte er zugleich nach hinten aus, um die Schwenkbewegung mit der schweren Waffe auszubalancieren.

Der Ziellaser streifte noch über fünf weitere Marines: jeden trafen zwei Schüsse, dann suchte der Laser sein nächstes Opfer. Als Flotten-Kommandeur den dritten Soldaten erschoß, berührten die Pranken des Kzins soeben den Boden; beim fünften fing er mit den Beinen den Schwung des Sprunges ab; mit einem Satz hatte er über zehn Meter überwunden. Long beobachtete fasziniert, wie der Kzin das Gewehr dicht an den Brustkorb zog, um es zu schützen, und den rest-lichen Schwung des Sprunges dazu nutzte, eine Rolle vorwärts zu vollziehen; den Aufprall fing er zunächst mit der Hüfte, dann mit der Schulter ab. Rasch ging er in die Hocke, hob das Strahlengewehr auf die Schulter und nahm eine Schießposition ein. Der Kzin hatte das Maul nicht mehr weit zum Schrei aufgerissen, sondern zeigte ein zahnbewehrtes Grinsen. Er spreizte die Ohren und drehte sie nach vorn. Flotten-Kommandeur verharrte in seiner Scharfschützenhaltung und blickte von einer Tür im Korridor zur anderen, suchte nach Zielen und potentiellen Gefahren. Er erblickte die Überwachungskamera und schien Long für einen Moment direkt in die Augen zu sehen. Das wilde Grinsen weitete sich, als der Kzin das Gewehr hob. Der Ziellaser glitt über die Kameralinse, dann füllte die Gewehrmündung das Bild vollständig aus.

Das Bild wurde schwarz. Long blickte auf die Zeiteinblendung. Sie zeigte 7,2 Sekunden an.

Tskala, der hinter ihm stand, ergriff das Wort. »Wir

haben mindestens vierzig Leute verloren. Sie können sich glücklich schätzen, überlebt zu haben.«

Long lächelte ironisch. »Er hat versprochen, mir nichts zuleide zu tun.«

»Sein erstes Ziel war die Brücke. Als schließlich jemand daran dachte, die Brückencrew vorzuwarnen, war er schon fast dort angekommen. Die Crew konnte gerade mal den Sicherheitsalarm auslösen, bevor er sie außer Gefecht setzte. Die Brücke befindet sich in einem fürchterlichen Zustand. Er hat den Computerkern zerstört, die Kommunikationssysteme, die Waffenkontrollen – alles. Keine Überlebenden.«

»Haben sich die Druckschotte nicht beim Alarm geschlossen? Wie ist er hindurchgelangt?«

Tskala verkrampfte sich. »Er hat dem Kommandanten die Hand abgerissen und dessen Daumenabdruck verwendet.«

Long schwieg.

»Von der Brücke kämpfte er sich dann in den Hangar vor. Die Marines waren bereits überall auf dem Schiff in Stellung gegangen, aber das hat uns recht wenig genützt. Wir haben vier Gruppen auf die Art und Weise verloren, wie Sie es auf der Aufzeichnung gesehen haben. Als er schließlich den Hangar erreichte, ging er an Bord eines Einsitzers, der übrigens einem zivilen Prospektor gehört. Mit dem Schürflaser des Einsitzers schoß er ein Loch in jedes andere Schiff, jagte die Pole der Schleusenfelder in die Luft und machte sich auf und davon.«

»Hat man ihn nicht verfolgt?«

»Niemand außerhalb der *Andromeda* wußte, was hier vorging. Das traf übrigens auch auf die meisten unserer Besatzungsmitglieder zu.«

Long vermochte den Plan des Kzins nachzuvollziehen. Indem Flotten-Kommandeur die Brücke funktionsunfähig machte, hatte er der *Andromeda* sozusagen das Gehirn herausgerissen. Die Besatzung konnte nicht mehr als geschlossene Einheit funktionieren. Statt dessen hatten die kleinen Gruppen ihre jeweils letzten Befehle bestmöglich auszuführen versucht, ohne sich über die wahre Natur der Gefahr im klaren zu sein. Aufgrund mangelnder Information und Führung vermochten sie sich kaum gegenseitig zu helfen.

Der Kzin hatte sich mit der gleichen Mühelosigkeit durch die Besatzung gekämpft, mit der ein heißes Messer durch Butter gleitet. Die anderen Flottenschiffe in der näheren Umgebung hatten höchstwahrscheinlich nicht einmal bemerkt, welchem Problem sich die Besatzung der *Andromeda* gegenübersah. Als man schließlich die Kontrolle wiederlangt und die anderen Schiffe von dem Ereignis in Kenntnis gesetzt hatte, war der Einsitzer längst über alle Berge verschwunden.

Long atmete tief durch. »Wenn es einen Schuldigen gibt, dann bin ich das. Er unterstand meiner Verantwortung. Ich habe darin versagt, ihn …«

»Wenn der Vorfall auf eine Nachlässigkeit zurückzuführen ist, wird die Untersuchungskommission das schon feststellen«, unterbrach ihn Tskala. »Im Moment fehlt mir die Zeit für Schuldzuweisungen. Ich muß vielmehr wissen, was Sie von dem Kzin in Erfahrung gebracht haben und, noch wichtiger, was er über uns herausgefunden hat.«

»Über uns – besitzt er ungefähr fünfzig Datenwürfel.«

Der Admiral erblaßte. »Fünfzig Datenwürfel! Was war darauf gespeichert?«

»Ursprünglich virtuelle Abenteuer für Kzinti. Er hat sie jedoch überschrieben. Bestimmt hatte er die Bedienungsanleitung für den Einsitzer aufgezeichnet und alles andere, was er für seine Flucht benötigte. Vielleicht noch all meine Verhörprotokolle; darüber hinaus kann ich nur Vermutungen anstellen, doch im Grunde kommen alle Dateien in Betracht, auf die er mit meiner Benutzerkennung Zugriff hatte. Wenn wir die Datenbanken nicht wiederherstellen können . . .«

Er sprach nicht weiter. Als Offizier des Nachrichtendienstes besaß Long Zugriff auf nahezu jede Information, nur Daten ausgenommen, die strengster Geheimhaltung unterlagen. Der Computer der *Andromeda* enthielt gewaltige Datenmengen, die ihren Auftrag entsprechend zum Teil hochbrisante Informationen umfaßten: Marschpläne der Flottenschiffe, Kodeschlüssel, selbsterklärende Bedienungsanleitungen für nahezu jedes Gerät der Flotte, Standardvorgehensweisen der UNSN, Hunderte von Algorithmen, Bestandslisten und Dienstpläne. Die Liste war endlos. Ein Datenwürfel faßte mehr als fünftausend selbsterklärender Betriebsanweisungen. Fünfzig Datenwürfel vermochten zwar nur einen Bruchteil der insgesamt zur Verfügung stehenden Informationen aufzunehmen, aber da man den genauen Inhalt der Datenträger nicht kannte, mußte man in Zukunft davon ausgehen, daß dem Feind jede Information aus der *Andromeda*-Datenbank bekannt war. Millionen an Arbeitsstunden mußten geleistet werden, um die allgemeine Sicherheit wiederherzustellen. Darüber hinaus waren die Verluste erschütternd. Kodes und Vorgehensweisen könnte man leicht ändern, Funktionsweisen und die Leistungsdaten von Waffen hingegen nicht. Die Kzinti hatten einen Vorteil errungen, der gut und gerne über Sieg und Niederlage entscheiden könnte.

Tskala nahm sich zusammen. »Was haben wir von ihm über die Kzinti erfahren?«

»Nichts von militärischem Wert; meiner Ansicht nach jedoch etwas viel Wichtigeres. Er war ein sehr ungewöhnlicher Kzin. Er hat mir viele seiner Ansichten vermittelt.«

»Was hat er gesagt?«

Der Major atmete tief ein. Alles hing nun davon ab, daß er den Admiral zu überzeugen vermochte, allerdings war Long sich seiner Sache selbst nicht allzu sicher. »Er nannte mir den Grund, warum wir Kriege gewinnen, und er hat mir verraten, warum wir den nächsten verlieren könnten.«

»Und warum sollten wir verlieren?«

»Wieso kann die Gazelle dem Leoparden davonlaufen? Weil der Leopard nur seinem Abendessen hinterherrennt, die Gazelle jedoch um ihr Leben läuft. Wir mußten siegen oder hätten den Tod gefunden. Für die Kzinti war es nie mehr als ein weiterer Eroberungsversuch. Nun, wir haben sie jedesmal aufgehalten. Nun aber drückt der Schuh woanders. Flotten-Kommandeur befürchtet, wir könnten seine Spezies ausrotten.«

Tskala lachte bitter. »Das nenne ich einen Rollentausch! *Wir* haben kein Dutzend Sklavenrassen, die wir zum Spaß jagen oder essen. Was sollte er von uns befürchten?«

»Er hat sich eingehend mit der Menschheitsgeschichte befaßt und sieht nichts als Ausrottung und verbrannte Erde. Er sieht, daß im Laufe der Zeit komplette Zivilisationen von unserem Planeten verschwunden sind. Er sieht eine Spezies, die sich dem totalen Krieg verschrieben hat.«

Der Admiral lachte erneut auf. »Welches Verhalten hat denn seine Spezies während der letzten sechs Invasionen an den Tag gelegt, wenn ich fragen darf? Wir waren Pazifisten, bevor sie uns angriffen, zum Tanj!«

»Für uns bedeuteten die Kzinti den totalen Krieg. Für sie waren es lediglich Eroberungsfeldzüge. Aus Sicht des Patriarchen also eine geringe, mittelriskante Investition mit guten Aussichten auf Profit und zugleich eine gute Gelegenheit, seine heißblütigen jungen Helden davon abzulenken, ihm die Position streitig zu machen. Die Kzinti haben nie einen totalen Krieg ausgefochten, das entspricht nicht ihrer Art. Sie sind einfach kein Volk, daß sich einem Gruppenwillen völlig unterwirft, denn dazu sind sie nicht zivilisiert genug. Sie ziehen in den Krieg, um Ehre zu erlangen, Sklaven, neue Ressourcen, Wohlstand und einen Status in ihrer Gesellschaft. Das erreicht man nicht, indem man seinen Feind ausrottet. Ihre Form der Eroberung gleicht eher organisierter Piraterie. Flotten-Kommandeur war aufrichtig erschüttert über unsere Kampfweise, und dazu hat er jedes Recht. Wir haben nur aus einem einzigen Grund in Frieden gelebt: weil die Alternative unsere Selbstvernichtung bedeutet hätte.«

»Das sehe ich anders. Die Kzinti werden als Raubtiere geboren und erzogen. Sicherlich gab es auf unserer Welt Kriege, bevor die UN die Kontrolle übernahm, aber in der Zeit danach waren wir dem Paradies so nahe, wie es auf der Erde überhaupt möglich ist. Als die Kzinti an unsere Tür klopften, mußten wir erst wieder von Grund auf lernen, wie man kämpft.«

»Ach ja? Denken Sie an die Mittel, die erforderlich waren, um dieses Paradies zu erzwingen. An die Unterdrückung jedweder Technik, die zu aggressiven Zwecken hätte eingesetzt werden können, mit anderen Worten: die Repression des beinah gesamten technischen Fortschritts. Jeder einzelne Bürger war von der Wiege bis zum Grab einer intensiven, antiaggressiven Konditionierung ausgesetzt. Die Persönlichkeitstypen, die wir zu unseren heutigen Kommandeuren gemacht haben, galten damals als gefährlich und instabil. Sie mußten sich obligatorischen ›Behandlungen‹ unter Einsatz von Psychodrogen unterziehen, und zwar ihr gesamtes Leben lang. Und selbst dieses Kontrollmaß genügte uns nicht. Haben Sie je von Organschiebern gehört? Als Transplantationen noch üblich waren, töteten diese Leute Menschen und verkauften sie als Ersatzteile. Ich bezweifle, ob Kzinti brutaler sein könnten.«

Der Admiral lächelte schief. Schließlich war er einer dieser Kommandeure, auf die Long anspielte. »Lieber wäre ich ein brutaler, freier Mensch als ein sanftmütiger Kzintisklave. Dennoch sehe aus unserer Sicht kein Problem. Die Kzinti stellen keine Bedrohung mehr dar. Sie werden wiederum angreifen, bevor sie ausreichend zum Kampf gerüstet sind, wie sie es immer tun. Wir werden sie zurückschlagen und ihnen noch ein paar Welten wegnehmen. Früher oder später begreifen sie schon, daß ihnen ihre Eroberungen mehr Verlust als Gewinn bescheren, und geben Ruhe.«

»Darin besteht nicht die Gefahr, Sir. Die kzintische

Kultur strebt von Natur aus nach Ausdehnung. Den Patriarchen kümmert es nicht, ob seine Erobererhelden siegreich bleiben oder bei ihrem Versuch sterben, solange sie sich nur von den kontrollierten Systemen entfernen. Bislang haben sie sich dazu bereit gezeigt, waren regelrecht begierig darauf. Ein Planet, auf dem das Leben in geregelten Bahnen verläuft, bietet einem ehrgeizigen Kzin nicht allzu viele Gelegenheiten, Ruhm zu erlangen. Einem Eroberungsfeldzug beizutreten ist nicht nur ehrenvoller, sondern auch sicherer, zumindest bis jetzt.«

Tskala wirkte verwirrt.

»Ich weiß, daß die Kzinti auf einen Kampf brennen, aber wie kann es *sicherer* sein, in den Krieg zu ziehen als zu Hause zu bleiben?«

»Alle gesellig miteinander lebenden Fleischfresser kennen Mittel zur Schadensbegrenzung: Die meisten Drohgebärden sind Täuschungsmanöver, und die meisten Kämpfe sind nicht ernsthaft; die wirklich gefährlichen Auseinandersetzungen unterliegen strikten Regeln. In einer etablierten Gesellschaft führt der einzig rasche Weg an die Spitze über ein Duell auf leben und Tod, wobei die Regeln den Herausforderer benachteiligen. Dadurch bewahren die Kzinti ihre Sozialstruktur, was jedoch nur funktionieren kann, wenn es für den Herausforderer eine bessere Alternative gibt. Bislang bestand diese in den Eroberungen, aber wir Menschen haben das grundsätzlich verändert. Während meines letzten Jahres auf W'kkai habe ich mehr Duelle gesehen als während meines ersten, Duelle, an denen zunehmend ältere Kzinti teilnahmen. Die Situation wird sich noch verschlimmern, wenn ihre Bevölkerungsdichte sich zu sehr erhöht.

Kzinti kann man nicht in Multiblocks stecken wie Menschen; sie benötigen sehr viel Platz.«

»Inwiefern betrifft uns das?«

»Versetzen Sie sich mal an die Stelle des Patriarchen! Bereits jetzt zeigen sich erste Risse im Gefüge – Flotten-Kommandeur ist der Beweis dafür. Er sieht sich dem Tod gegenüber, der Zerstörung einer Dynastie, die älter ist als die menschliche Zivilisation, der Auflösung seiner Gesellschaft und möglicherweise der Ausrottung seiner Spezies. Er ist ein Kzin. Möchten Sie dreißig Milliarden Menschen darauf setzen, daß er es ablehnen wird zu lernen, wie man einen totalen Krieg führt?« Long machte eine Pause, um Atem zu holen. Die Worte waren fast wie von allein aus ihm hervorgesprudelt. Die halbfertigen Gedanken, die in seinem Geist geschmort hatten, als er im Energienetz hing, hatten nun Gestalt angenommen. Da er das Problem nun mit Gewißheit erfaßt hatte, *kannte* er die Lösung.

Tskala stieß einen Pfiff aus. »Allmählich verstehe ich, worauf Sie hinauswollen, glaube ich. Was schlagen Sie vor? Die völlige Ausrottung der Kzinti ist nicht einmal theoretisch eine Möglichkeit, ganz egal, was die Flatlander daherplappern. Wir könnten sie gar nicht schnell genug außer Gefecht setzten, um die Art von Krieg zu verhindern, von der Sie sprechen. Entweder geben wir auf oder wir besiegen den Feind. Der Kapitulation gebe ich nicht gerade den Vorzug, und Sie sagen mir, daß wir die Kzinti nicht zurückdrängen können.«

Das war der kritische Moment: Der Admiral konnte es Long leichtmachen oder unglaublich schwer. »Ich bevorzuge keine der beiden Möglichkeiten, aber ich glaube, es gibt noch eine bessere Lösung. Die Galaxis ist ein großer Ort mit genug Raum für Krieger, die nach Ehre streben, welcher Spezies sie auch immer angehören mögen. Ich schlage vor, wir bilden eine Allianz mit den Kzinti.« Long hielt den Atem an.

Tskala dachte nach, bevor er antwortete. »Was macht Sie so sicher, daß die Kzinti diese Allianz nicht brechen, sobald sie für die nächste Invasion gerüstet sind?«

»Ich glaube, sie haben keine Wahl, genausowenig wie wir. Wenn sich nicht bald etwas ändert, erwarten uns und die Kzinti nur der totale Krieg und Massenvernichtung, wenn nicht sogar vollkommene Auslöschung. Wir sollten diejenigen sein, die Flexibilität und Weitsicht beweisen. Bisher haben wir Glück gehabt; lassen Sie uns etwas unternehmen, bevor es uns ausgeht.«

Tskala schnaubte. »Man kann es wohl kaum als Glück bezeichnen, von der räuberischsten Spezies der Galaxis überfallen zu werden.«

Long blieb hartnäckig. »Die *Angel's Pencil* begegnet einem Kzintikriegsschiff im interstellaren Raum und überlebt, um uns zu warnen. Unsere völlig pazifistische Gesellschaft übersteht den Sturmangriff technisch überlegener Krieger. Ein Thrintun, der vier Milliarden Jahre in Stasis verbracht hat, wird genau am richtigen Ort und zur richtigen Zeit befreit, um die Fünfte Invasionsflotte zu vernichten. Die Outsider treffen auf We Made It ein und überlassen uns den Hyperraumantrieb. Ein Forschungsteam stolpert zufällig über eine geheime Kzintibasis, bevor die Katzen uns damit überraschen können, daß auch sie in den Besitz des Hyperraumantriebes gekommen sind.

Vielleicht sollten wir uns sogar glücklich schätzen, daß sie uns aus unserem künstlichen Paradies rausgeschmissen haben, bevor die UN zur unerschütterlichsten Tyrannei aller Zeiten verkrustet wäre. Jeder Krieg, den wir gegen die Kzinti geführt haben, hat sich aufgrund eines unglaublichen Zufalls entschieden. Wie lange können wir noch auf solche Zufälle bauen?«

Tskala machte eine abfällige Armbewegung, denn ihn überzeugte Longs Einwand nicht. »Gute Taktiker schaffen ihr eigenes Glück, Major. Zufälle ereignen sich immer wieder – die Kommandeure und Kommandanten sind es, die sie in Sieg oder Niederlage verwandeln. Schreiben Sie einen offiziellen Bericht über Ihre Erkenntnisse. Ich verschaffe Ihnen eine Anhörung vor dem Oberkommando. Wenn Sie die Offiziere überzeugen, können Sie mit dem Generalsekretär sprechen.« Er erhob sich und sah Long in die Augen. »Ich werde Sie in dieser Sache unterstützen. Ich öffne Ihnen die Tür. Die Überzeugungsarbeit leisten müssen Sie aber schon selber.«

Long erkannte stets, wenn sich ihm eine einmalige Chance bot.

Nur eine Antwort kam in Frage. Er stand auf und salutierte. »Ja wohl, Sir!«

Der UNSN-Kreuzer verließ jenseits des größeren Mondes von Kzin den Hyperraum und blieb im freien Fall. Ein Kzintikriegsschiff erwartete ihn bereits. Aus dem massigen Bauch des Kriegsschiffes startete ein Shuttle und glitt anmutig dem Neuankömmling entgegen. Geschickt orientierte sich der Pilot des Shuttles an den Markierungslichtern des Kreuzers und steuerte ihn in das Hangardock.

Christopher Long wartete bereits im Hangar; er trug nicht mehr die graue, zweckdienliche UNSN-Uniform, an die er sich so sehr gewöhnt hatte. In dem formellen roten Overall, mit dem er nun bekleidet war, fühlte er sich nicht sonderlich wohl.

Aus dem Shuttle zischte weißer Dampf, als die Besatzung den Kabinendruck dem Luftdruck im Hangar anglich. Die Rampe fuhr aus, und ein Kzin schritt herab. Er hatte ein dunkelorangefarbenes Fell mit schwarzen, zickzackartig verlaufenden Tigerstreifen. Seine Pranken, Ohren und die Schwanzspitze waren ebenfalls schwarz. Er trug eine königsblaue Robe und eine Schärpe vor der Brust, die vom Siegel des Patriarchats geschmückt wurde. Long ging in Habachtstellung und salutierte nach Art der Kzinti. »Ich bin Christopher Long, Abgesandter nach Kzin«, sagte er in der Heldensprache. »Darf ich fragen, wie Euer Name lautet?«

Der Kzin zuckte mit den Ohren und mit dem Schwanz, reichte Long die große Pranke und bemühte sich, beim Lächeln nicht die Fänge zu entblößen. Er sprach Interspeak mit leichtem Wunderländerakzent.

»Ich habe keinen vollen Namen. Man nennt mich Botschafter.«

ENDE

Ein Klassiker der Science Fiction in Neuauflage. Der preisgekrönte, brillante Roman Larry Nivens liegt hiermit, in der kongenialen Übersetzung von Axel Merz, erstmals vollständig, ungekürzt und bis ins Detail werkgetreu vor: eine Neuentdeckung, ebenso spannend wie die Entdeckungsreise auf die Ringwelt selbst.

Abenteurer dreier verschiedener Rassen unternehmen eine waghalsige Expedition zum größten Wunder der Milchstraße: Einst baute ein längst vergessenes Volk eine gigantische ringförmige Welt, die um eine Sonne rotiert. Die Abenteurer glauben, auf einem verlassenen Artefakt zu landen – doch die Ringwelt ist nicht tot ...

ISBN 3-404-24238-6

BASTEI
LÜBBE

Einsam steht sie auf Iapetus, einem Mond des Saturn: die riesige Statue eines außerirdischen Wesens, mit einer Inschrift, die allen Entschlüsselungsversuchen trotzt. Sie ist nicht das einzige Relikt. Nach Entwicklung des überlichtschnellen Antriebs entdecken Forscher weitere geheimnisvolle Bauwerke – und alle auf Welten, die von kosmischen Katastrophen heimgesucht wurden. Die Archäologen von der Erde stehen vor einem Rätsel. Gibt es einen Zusammenhang zwischen den fremden Wesen und dem Untergang so vieler Zivilisationen? Und wohin sind die Monument-Erbauer verschwunden?
Doch es bleibt nicht mehr viel Zeit, Antworten zu finden, denn die Erde, die sich am Rande einer ökologischen Katastrophe befindt, kann keine weiteren Gelder für Forschungen bereitstellen – selbst wenn in ihnen der Schlüssel für das Überleben der ganzen menschlichen Rasse liegen könnte ...

Ein neuer, ungewöhnlicher SF-Roman aus der Feder des Philip-K.-Dick-Award-Preisträgers JACK McDEVITT.

›Interstellare Archäologie mit erstaunlichen Ideen, einer beeindruckenden Atmosphäre und der Spannung eines ausgeklügelten Krimis. Unwiderstehlich!‹‹ *Gregory Benford*

ISBN 3-404-24208-4

BASTEI
LÜBBE

AD 2600. Die Menschheit entdeckt endlich ihr ganzes Potential. Hunderte von Kolonien, verstreut über die ganze Galaxis, bieten eine Unzahl unterschiedlichster Kulturen und unermeßlichen Reichtum. Gentechnik hat die Grenzen der Natur gesprengt. Der Handel blüht, und die Konföderation sorgt für Frieden und Sicherheit. Ein goldenes Zeitalter ist angebrochen.
Doch etwas ist schiefgelaufen. Extrem schief! Auf einem kleinen, primitiven Planeten trifft ein Mensch rein zufällig auf ein vollkommen nichtmenschliches Wesen – und löst die Apokalypse aus: eine Macht, die all unsere Ängste wahr werden läßt.

Mit dieser neuen Serie beweist Peter Hamilton endgültig, daß er vom Hoffnungsträger der modernen SF zu deren Bannerträger geworden ist. Was zahllose Autoren vor ihm versucht haben, ist ihm alleine mit unvergleichlicher Bravour gelungen: einen klassischen Space-Opera-Roman zu schreiben, der alle Tugenden dieses alten Genres in sich birgt, ohne antiquiert zu sein, und der alle Entwicklungen der modernen SF, von Gen- bis Nanotechnologie aufgreift und logisch in die Geschichte integriert.

ISBN 3-404-23221-6

BASTEI LÜBBE

›Die Leute behaupten, daß es einen Dämon gibt – den Traumdieb –, der die Träume der Menschen stiehlt, während sie schlafen. Sie sagen, er lebe in den Bergen des Himalaja, wo er die gestohlenen Träume in einem großen Rubin eingeschlossen hält. Es heißt, wenn ein Mensch keine Träume mehr hat, dann schickt ihn der Traumdieb in die Nacht hinaus, so daß er sich sein Leben nimmt.‹

Der ehrgeizige junge Wissenschaftler Spencer Reston ist Traumforscher auf Gotham, einer riesigen Weltraumstation, wo er die Auswirkungen langer Aufenthalte im All studiert. Eine unheimliche Macht scheint während seiner Selbstversuche nach seinem Geist zu greifen. Ohne es zu ahnen, ist er zum Bindeglied eines gewaltigen Komplotts geworden, geschmiedet von einem geheimnisvollen Wesen. Die abenteuerliche Suche nach dem Traumdieb führt Spencer und seine Freunde vom Mars bis in die Bergwelt Nordindiens.

ISBN 3-304-24241-6

BASTEI
LÜBBE

Der erste Thriller des nächsten Jahrtausends. Eine Art ›STIRB LANGSAM‹ im Weltraum von einem der begabtesten deutschen SF-Autoren der Gegenwart.

Im Jahr 2015: Hauchdünn und kostbar sind die Sonnensegel der japanischen Solarstation NIPPON. Von ihnen aus wird die Erde mit Energie versorgt. Als die Energieübertragung versagt, denken Leonard Carr und die Mannschaft der Station zuerst an eine technische Panne. Doch dann geschieht ein Mord, und ein fremdes Raumschiff dockt widerrechtlich an. Entsetzt erkennt die Besatzung, daß sie Spielball in einem Plan ist, der die Station zu einer nie dagewesenen Bedrohung für die Erde werden läßt. Leonard hat nur eine Chance gegen die kalte Präzision, mit der seine Widersacher vorgehen: Er kennt alle Geheimnisse der Solarstation und weiß beim Kampf, die Gesetze der Schwerelosigkeit für sich zu nutzen ...

›Eine höchst ungewöhnliche Mischung aus Thriller und SF.‹
Brigitte

ISBN 3-404-24259-9

BASTEI
LÜBBE